JN053892

猿の罰

J・D・バーカー
富永和子 訳

THE SIXTH WICKED CHILD
BY J.D. BARKER
TRANSLATION BY KAZUKO TOMINAGA

ハーパー
BOOKS

Published by K.K. HarperCollins Japan, 2020

真実に捧げる

最後のショーへ、ようこそ
一張羅を着てきただろうな
——『サイン・オブ・ザ・タイムズ』ハリー・スタイルズ

父さん、ほかに何を遺してくれた？
父さん、何を遺してくれたのさ、俺のために
——『アナザー・ブリック・イン・ザ・ウォール』ピンク・フロイド

猿の罰

おもな登場人物

サミュエル（サム）・ポーター——シカゴ市警刑事
ヘザー・ポーター——ポーターの妻。故人
ブライアン・ナッシュ——シカゴ市警刑事。ポーターの相棒
クレア・ノートン——シカゴ市警刑事。ポーターの同僚
エドウィン・クロゾウスキー（クロズ）——シカゴ市警ＩＴ課
ヘンリ・ダルトン——シカゴ市警警部。ポーターの上司
フランク・プール——ＦＢＩ特別捜査官
フォスター・ハーレス——ＦＢＩシカゴ支局長。プールの上司
トム・アイズリー——検視官
デリック・ヒルバーン——ポーターの元相棒
ヴィンセント・ウェイドナー——オーリンズ郡刑務所の元看守
アーサー・タルボット——不動産王。４ＭＫに殺害された被害者
エモリー・コナーズ——タルボットの娘
バリー・ミルトン——シカゴ市長
アンソニー・ウォーリック——市長補佐官
ポール・アップチャーチ——連続少女誘拐犯
アンソン・ビショップ——連続殺人犯。４ＭＫ、四猿殺人鬼とも呼ばれる

1

五日目　午前五時十九分

トレイ

「おい、クソ野郎、ここがホテルに見えるか？」

トレイはいきなり蹴られ、怒鳴られた。この時間だと、警官か警備員？　たんに腹を立てた住人かもしれない。トレイ・ストーファーはそう思いながら、黴臭《かびくさ》いキルトにくるまったままじっとしていた。こちらが動かずにいれば、相手はうんざりしてそのまま立ち去ってくれることもある。

また蹴りがきた。速い、鋭い蹴り。それが腹部を直撃した。

トレイは悲鳴をあげたかった。男が蹴りだした脚をつかみ、反撃したかった。が、じっとこらえた。

「なんとか言え。おまえに言ってるんだぞ！」

またしても蹴り。さっきより強烈なやつが、今度はあばらに食いこむ。トレイはたまらず、うなるような声をもらしてキルトをもっときつく巻きつけた。

「おまえみたいなのがうろうろしてると、この辺の価値がさがるんだよ。子どもは怖がるし、年寄りも外に出られなくなるだろ。ちょっと買い物に行くのにも、おまえみたいなゴミをまたがなきゃならないなんておかしいだろ？」

　ってことは、ここに住んでる男か。こういう苦情を言われるのは、初めてではない。

「いい気持ちでお休みかよ。俺は朝の五時に、ここで何をしてると思う？　おまえがここですやすや寝てるあいだ、デルフィンズ・ベイカリーで十時間も働いてきたんだぞ。その前は十二時間も、あのくそったれキッチンでこき使われた。今日だって、十時間もすれば、またそこに戻る。そうやって家賃を払い、社会に貢献してるんだ。俺は絶対にホームレスにはならん。おまえら怠け者のクソとは違う。のらくらしてないで、働けよ！」

　働きたくても、十四歳じゃまともな仕事にはありつけない。親の同意でもあれば別だけど、それは不可能だ。

　トレイはまた蹴られるのを覚悟した。ところが、男はいきなりキルトをつかんで引きはがし、脇に放り投げた。キルトがビシャッという音をたて、階段下の半分溶けた雪のなかに落ちる。

　震えながら体を丸め、トレイは次の蹴りに備えた。

「なんだ、女か。それもまだ子どもじゃないか？」男はさっきよりずっと優しい声で謝った。「悪かったな。なんて名前だ？」

「トレイシー。みんなトレイって呼ぶ」そう言ったとたんに、答えたことを悔やんだ。こういう連中に口をきいたら、どうなるかわかってるのに。口を閉じて、透明人間でいるほうがましなのに。

男は左手に紙袋を持ったまま膝をついた。それほど年寄りじゃない。二十代半ばぐらい？　分厚いコートを着て、紺のニット帽をかぶってる。そこからはみだしている髪は茶色、瞳ははしばみ色。紙袋からいい匂いが漂ってくる。

トレイが袋を見ているのに気づいた男が訊《き》いてきた。「俺はエミットだ。腹が減ってるのか？」

トレイはうなずいた。これも間違いだとわかっていたが、ものすごくお腹がすいているせいで、つい反応してしまった。

エミットと名乗った男は紙袋から小さなパンの塊を取りだした。パリパリの表面から蒸気が立ちのぼり、シカゴの凍るような空気のなかを漂っていく。トレイはつかのま、湖を渡り、うなりをあげて通りを過ぎていく寒風を忘れた。

男にも聞こえるほど大きくお腹が鳴った。

エミットはパンをちぎり、トレイに差しだした。それにかぶりついて、嚙《か》む手間さえかけずにふた口で飲みこむ。「もっと欲しいか？」

だめだとわかっているのに、トレイはうなずいていた。

男が息を吐き、人差し指の横でトレイの頬をなでる。その指が顔から首へ、セーターの襟元からなかへと滑りこんだ。「なかに来いよ。好きなだけパンを食っていいぞ。食べるものはほかにもある。温かいシャワーも、柔らかいベッドも。俺が――」

トレイは両手で力いっぱい男の肩を押しやった。片膝をついて身を乗りだしていた男が、バランスを崩してしりもちをつき、階段の金物の手すりに頭をぶつけた。その手から紙袋が落ちる。

「くそアマ！」

トレイはすばやく立ちあがり、紙袋とリュックサックをつかんだ。五段ある階段を駆けおりて、キルトをすくいあげ、マーサー通りを走りだした。あの男が追ってくる心配はしていなかった。ああいう連中は、めったに追いかけてはこない。でも、ときどき――

「二度と来るなよ！　今度見かけたら、おまわりを呼ぶぞ！」

ちらっと振り向くと、男はすでに立ちあがってバッグを拾いあげ、建物のなかへと消えるところだった。だいぶ離れているのに、扉が開いた瞬間にもれてきた空気の暖かさが、感じられるようだ。

トレイはローズヒル墓地まで全力で走った。早朝とあって門には鍵がかかっているが、トレイは痩せている。体をくねらせて鋳鉄《ちゅうてつ》製の棒のあいだをすり抜け、リュックサックとキルトも引きこむと、墓地に入った。

シカゴには、たくさんのシェルターがある。でも、こんな時間に開いているところはひとつもない。どのシェルターも午後七時から真夜中のあいだに閉まり、それ以降は受け入れてくれないのだ。受付が開いていても関係ない。満員に決まってるから。シェルターに入るには、昼ごろから並ばなくてはならないこともある。ホームレスの数に比べて、ベッド数が足りないのだ。それにトレイはむしろ通りのほうが安全と感じていた。エミットみたいな男はどこにでもいる。とくにシェルターにはああいうのが多い。夜のあいだ鍵のかかる部屋でああいう男に出くわすことに比べたら、風にさらされずにすむビルの入り口の階段の上や路地で出くわすほうがはるかにましだ。シェルターでは、ああいう男たちが集団でトレイみたいな若い娘や女を餌食《えじき》にすることもあった。

墓地は少しも怖くなかった。ホームレスになってから二年、シカゴにあるどの墓地でも、少なくとも一回は寝たことがある。このローズヒルは、なかでもお気に入りだ。オークウッドやグレースランドと違って、ローズヒルの霊廟《れいびょう》には、夜のあいだも鍵がかからない。墓地のなかは警備員が何人か見回りをしているが、今夜みたいに寒い夜はオフィスにこもっていることが多い。トレイは彼らがカードゲームに興じたり、テレビを観《み》たり、眠っているのを、何度も窓から覗《のぞ》いたことがあった。

〝静けき道〟に積もった新雪を踏みながら、トレイは霊廟のひとつに向かった。雪のなかに残る足跡のことはそれほど心配していなかった。そのうち風が消してくれるから。でも、わざわざ危険をおかすのは愚かだから、丘の上にたどり着くと、そのまま左に曲がって〝至福の道〟へと入らず、歩いている道を突っ切って〝至福の道〟沿いの木立に入った。明かりはひとつもなかったが、空には満月に近い月がかかっている。まもなくその光を反射している池が見えてくると、トレイは思わず足を止め、目の前に広がる雪景色を眺めた。水際にたたずむ大理石の像に守られ、うっすらと雪の積もった池の氷がきらめいている。像のあいだには石のベンチも置かれていた。

なんて静かで、心安らぐ場所だろう。

最初のうち、トレイは水際でひざまずいている娘に気づかなかった。長いブロンドの髪を背中にたらして池に顔を向け、じっと動かずにいるせいで、彫像のひとつに見えたのだ。青ざめた肌は、まとっている白い服とほとんど変わらないくらい白い。なぜか裸足《はだし》で、コートどころか、透けて見えるほど薄い服しか着ていない。頭を傾け、両手を胸の近くで組んで、一心不乱に祈っているように見える。

トレイは声をかけずに近寄っていった。やがてほかのすべてと同じように、この娘もうっすらと雪に覆われているのが見えた。横にまわりこむと、娘ではなく三十代くらいの女性だった。どこもかしこも真っ白ななか、赤い細い線が額の生え際から顔の横を走り、左目の隅からも細い線が赤い涙のように頬を伝っている。口の片端からも。この線は祈る女性の唇を真っ赤な薔薇《ばら》のように染めていた。

女性の額に、何か書いてある？

待って。書いてあるんじゃない。

膝の前、雪のなかに、銀色のトレーが置いてあった。高級レストランの洒落《しゃれ》た夕食会か何かで使われるような、トレイが一生テレビや映画でしか見ることがない、高級品だ。

その上に黒い紐《ひも》をかけた白い箱が三つ載っていた。

箱の後ろ、女性の胸には、道端に座ってお金を恵んでもらうときにトレイが持つのと似たような、ボール紙の表示が立てかけてあった。

でも文句は違う。そこに書かれているのは——

父よ、わたしをお許しください

どうすればいいかわからず、トレイは走りだした。

2

五日目　午前五時二十八分
プール

やあ、サム。

混乱しているでしょうね。

質問もあるんじゃないかな。

ぼくはあったし、いまでもあります。

質問は知識、学習、発見、再発見の基礎です。好奇心旺盛な脳は無限の広さを持つ倉庫のようなもの。膨大な数の部屋とぴかぴかのきれいなもので溢れた、天をつくほど高い記憶の宮殿です。ところが、その脳が損傷すると、壁が崩れる。多くの部屋が壊れ、改修の必要が生じます。残念ながら、あなたの脳はそういう状態らしい。でも、そこにある写真と日記が、記憶の瓦礫《がれき》を掘り起こし、壊れた部屋を再建する手助けとなってくれるでしょう。

わからないことがあれば、いつでも訊いてください。

ぼくはあなたを許した。ほかの連中もあなたを許すかもしれません。いまのあなたは昔とは違う。はるかに深みのある人間になりましたから。

――アンソン

「いったい、これはなんなんだ？」

ＦＢＩの特別捜査官フランク・プールは手にしたメモを観察室の机に置き、ひどい頭痛を少しでも和らげようと、目を閉じて手首の付け根をこめかみに押しつけた。ニューオーリンズからの帰路、眠ろうとしたのだが、機内の衛星電話が鳴りつづけだったのだ。まだサラ・ワーナーの法律事務所とその上の住まいを調査中の、ＦＢＩのニューオーリンズ支局からの問い合わせが主だった。九時間前、プールは、膝の上に腐った食事の残りを載せ、額の真ん中に銃弾の穴を開けて、白濁した目でソファから自分を見上げている女を発見した。検視官によれば、その女が殺されたのはプールが最初に推測したより何週間も前だという。死体はサラ・ワーナーだと判明した。そうなると、この数日サラ・ワーナーと名乗り、サム・ポーター刑事に同行していた女は偽者だということになる。ポーターとその女は、オーリンズ郡刑務所から女受刑者を脱獄させ、北米大陸を縦断してシカゴに連れこんでいた。

ニューオーリンズ支局からの電話の合間には、ポーターの相棒ナッシュ刑事からも電話が入った。こちらはもう何十年も放置されたままのギヨン・ホテルで、ポーターが見つかったという報告だった。ホテルのロビーには、オーリンズ郡刑務所を脱獄した女受刑者の射殺体が転がっていた。ポーターは四階の一室で、指名手配中の四猿殺人鬼《4MK》アンソン・ビショップとふたりで写っているスナップ写真に囲まれ、ひと束の作文帳を横に置いて、呆然《ぼうぜん》としていた。そのとき目の前のノートパソコンに表示されていたのが、いまプールが見ているメッセージだった。

ナッシュの説明によると、そのノートパソコンは、この数日間の残酷な殺しの容疑者が使っていたもの。また、虐待の末に殺された少女たちの親は、現在クック郡病院で手術を受けているポール・アップチャーチの治療にかかわった医療従事者および関係者だと判明した。

クック郡病院でビショップとアップチャーチがもたらした感染症の対応に追われている
クレア・ノートン刑事からも電話があった。

なぜかプールの直接の上司、ＦＢＩシカゴ支局のハーレス支局長だけは電話をしてこないが、それもまもなくかかってくるだろう。その前に二、三答えを見つけておかなくてはならない。

「サムと話をさせてくれ」同じく観察室にいるナッシュが後ろから言った。

「だめです」プールは痛む頭を両手に抱えたまま、そっけなく拒否した。

こちらからしか見えない窓の向こうでは、ポーターが金属製の椅子につき、対のテーブルに背を丸めてかがみこんでいる。両手を手錠で拘束されているが、あれははずすべきかもしれない。

「俺となら話す」

ポーターは市警に連れてこられてから、誰とも話そうとしなかった。それどころか、プールが会ってからひと言も発していない。

「だめです」

「サムは立派な警官だ。この事件にかかわってるはずがない」

「いや、相当深く関与していますよ」

「あいつにかぎって、絶対ありえない」

「ポーターが脱獄に手を貸した女受刑者は、彼のそばにあった銃で射殺されていた。しかもポーターの利き手から硝煙反応が出たんです」

「だからって、女を射殺したのがサムだと決まったわけじゃないぞ」

「しかし、本人は否定していませんよ」

「撃ったとすれば、正当防衛だ」

プールはナッシュの言い分を無視した。「ポーターはクック郡病院にいるノートン刑事への電話で、事件に関与していなければ知りようのない情報を口にしている。アップチャーチが膠芽腫《こうがしゅ》だということも知っていた。アップチャーチの名前さえ知らないはずなのに。それにふたりの少女についても、事件にかかわりがなければ知りえない詳細をつかんでいた」

「クレアから聞いたはずだぞ。ビショップがサムに教えたんだ」

「ええ、聞きました」プールは苛々《いらいら》して繰り返した。「アップチャーチの家で見つかった少女ふたりに致死性のウイルスを注射した、とビショップが言ったことも」

その件に関しても、プールはまだ完全に理解できずにいた。行方不明だったカティ・キグリーとラリッサ・ビールは、ふたりともアップチャーチの家で見つかった。このふたりが伝染力の強いウイルスを注射された、というポーターの連絡で、少女ふたりが運びこまれたクック郡病院は封鎖され、この主張が真実かどうかを判断するために血液検査が実施されている。これがなんらかのまやかしならそれに越したことはないが、最悪の場合は……。

「ビショップはサムをばかげたゲームの駒にしているんだ」

「ポーターはクレアに、しくじった、と打ち明け、謝った。何もしていなければ、どうして謝るんです？」

「サムは銃を隠そうとも、逃げようともせず、ホテルの一室で俺たちを待っていたんだぞ。罪を犯した人間が逮捕されるのを待ってるもんか。罪の痕跡を隠し、行方をくらますのがふつうだ」

「ポーターは4MK事件のファイルを盗みだし、自宅で謹慎しろという命令に背いてニューオーリンズに飛んだんですよ」プールは言い返した。「あげくの果てに受刑者の脱獄に手を貸し、その死体を残して立ち去った。それなのにあなたは、がむしゃらに相棒を弁護する。だから、ポーターと話すのは許可できないんです。ポーター刑事と親しすぎて、物事を客観的に見られなくなっているからですよ。相棒や友人という関係はひとまず脇に置いて、証拠だけを見るべきだ。ポーターを容疑者として見るべきです」プールは再びプリントアウトに目を通した。「これが書きこまれていたパソコンは？」

「市警のIT部門にある」

「証拠品袋に入れておくように連絡してください。おたくのチームには触れてもらいたくありません。全員が証拠を損なう恐れがある。パソコン内のデータはFBIの担当者が徹底的に調べ、分析します。ポーターがいた部屋で見つかった写真と作文帳はどうしました？」

ナッシュは黙っていた。

「どこなんです？」

「写真はまだあのホテルにある。四〇五号室だ」ナッシュはしぶしぶ答えた。「部屋の写真を撮らせたあと、テープを張り、四階にひとり、ホテルの外にふたり、制服警官を配置してある。作文帳は持ち帰り、俺が証拠管理室に提出した」

「すべてそのままにしておいてください。ここからはＦＢＩが引き継ぎます」

ナッシュはまた黙りこんだ。

立ちあがったとたん、頭のなかでボウリングの球が転がっているような痛みに襲われ、プールはまたしてもこめかみを押さえた。「そのほうがあなた方のためでもあるんですよ。ポーターが犯人なのか、勝手に単独行動を取っているだけなのかはともかく、ビショップを裁くには、あなたを含め４ＭＫ捜査班の面々は証拠品との距離を保つことが不可欠です。さもないと、証拠が改ざんされたと弁護士がわめきたて、起訴事実をぼろくそにけなし、ポーターだけでなく、あなたやクレア、クロズが触れた証拠はすべて無効だと訴えるでしょう。これからは傍観者に徹してください。捜査班の全員が、です。墓穴を掘らないためにはそれしかない」

「相棒を見捨てるような真似《まね》ができるか」

「気持ちはわかります。でも、相棒があなたを見捨てることもありますよ」

プールは取り調べ室のドアを開けた。ドアを閉めたときのカチリという音が、耳のなかでことさら大きく響いた。

3

五日目　午前五時三十六分
クレア

クレアは口を覆ってくしゃみをした。

「くそったれ《ファック・ユー》」にわかオフィスに仕立てた古い診察室の反対側でクロズがつぶやく。

「ふつうは〝お大事に《ブレス・ユー》〟って言うもんよ」文句を言いながら鼻をかむ。

「肌がじっとりして、やたらと喉が渇く。おまけに体中が痛い」クロズがうんざりしたように応じる。「まさかウイルスで死ぬとは思いもしなかったよ。警官になったときは、派手に撃ち合うか手入れの最中に華々しく倒れるところを思い描いたものだ。ＳＷＡＴの隊員みたいに」

「ＩＴ部門のオタクが何を言ってるの。派手な撃ち合いなんて縁がないくせに。紙で指を切った傷か、胸ポケットのペンが不運に突き刺さって死ぬのが関の山よ。だいたい、まだウイルスの鑑定結果も出てないのよ」クレアはティッシュを丸め、テーブルの下のゴミ箱に投げこんだ。テーブルの上には、まだアップチャーチの医療記録が広げてある。クレアはノートパソコンに向かってうなずいた。「合計は出たの？」

「知りたくないような数字だぞ」

「知らなきゃ仕事にならないのよ」

「二十三人だ」

クレアはほっと息をついた。「それだけ？　もっと多いかと思った」

クロズは続きがあるというように人差し指を振った。「二十三人というのは、アップチャーチのファイルから割りだした被害者候補の数。それに配偶者と子どもたちを入れると八十七人になる」

「そんなに？」

自分が受けた治療を医療ミスだとみなしたアップチャーチが、手術ばかりか検査や治療にかかわった人々、医療保険関係者までも殺害候補に含めていることがわかると、クレアは対象となる人々をこの病院に集めた。少ない人員で大勢の安全を保つには、それしかないと判断したからだ。ところがポーターからの電話で、アップチャーチは市警が救助した少女たち、ラリッサ・ビールとカティ・キグリーがこの病院に運びこまれると想定し、ふたりに感染力の強いウイルスを注射したらしいことがわかった。

その結果、クレアやクロズも含めて病院にいる全員が感染の危機に直面し、わずか数時間前に保護する目的で集めた人々は、期せずしてウイルスにさらされるはめになった。

ウイルスに関する連絡を受けたクック郡病院の上層部は、ただちに病院を封鎖、規定の手順に従い疾病予防管理センター《CDC》に通報した。そして、四回も体温を測りながら時計をにらんでいたクロズによれば、通報から二十七分後に、オヘア空港にあるシカゴの検疫所から緊急対応チームが病院に到着した。

ポーターはまた、アップチャーチの共犯者はアンソン・ビショップだとクレアに告げた。クレアはこのときの会話をまだ理解しようと努めていた。あの電話のポーターは、クレアの知っているサム・ポーターらしくなかった。すっかり打ちひしがれ、まるで負け犬のような口ぶりだった。

しかも、本来なら知るはずのないことを知っていた。

アップチャーチの家に踏みこんだナッシュとSWATチームは、二階の子ども部屋にいるアップチャーチを見つけた。もっとも、アップチャーチ自身には子どもはなく、その部屋には、動物のぬいぐるみと絵に囲まれ、少女の服を着せられたマネキンが置かれていただけだ。アップチャーチはまったく抵抗せず、おとなしく逮捕された。地下室で意識を失っていたラリッサ・ビールは、その後、ガラスのかけらを呑みこんだことがわかった。最初はアップチャーチに強要されたとみなされていたが、レイプされるのを恐れたラリッサが自分で呑みこんだとわかった。

さいわい、ガラスの破片はすべて体内から取り除かれ、ラリッサは現在病室に戻っている。アップチャーチ家で受けた傷からは全快する見通しだが、アンソン・ビショップに注射されたウイルスによると思われる症状が現れはじめていた。弱った状態のラリッサがその症状から回復できるかどうかは、まだわからない。

アップチャーチ家では、キッチンのテーブルに同じく意識不明で横たわっているカティ・キグリーも発見された。ラリッサとカティの供述により、アップチャーチは死後の世界を知るためのゆがんだ実験に、少女たちを使っていたことが判明した。カティの手には、4MKのトレードマークだった黒い紐を結んだ白い小箱があり、なかにはこの病院のロッカーの鍵が入っていた。クレアが開けたロッカーからは、ポール・アップチャーチの医療記録と注射器が刺さったリンゴが発見された。ビショップはポーターに、その注射器には少女ふたりが注射された病原体のサンプルが入っていると告げ、もしもアップチャーチが死ねば、その病原体をほかの場所でもっと広範囲にばらまくと宣言したのだった。

ポール・アップチャーチはパトカーで警察に護送される途中で発作を起こし、急遽《きゅうきょ》この病院に担ぎこまれ、現在、手術中だ。これもポーターの指示で、クレアはFBIのフランク・プールに、ジョンズ・ホプキンズ大学病院に勤務する神経外科医ドクター・ライアン・ベイヤーをボルティモアからシカゴへ連れてくる手はずを整えてもらった。ボルティモア・ワシントン国際空港を飛び立ったFBIのジェット機は、午前二時二十一分にオヘア空港に着陸した。ベイヤーはそこからパトカーの誘導で病院に到着すると、院内の封鎖された場所を迂回《うかい》してアップチャーチが待っている三階の手術室へ直行し、この病院の医師たちから患者の状況に関する説明を受けた。アップチャーチとビショップはアップチャーチが必要な治療を受けられなかったことに憤り、多くの人間を殺した。そのかいあって（この表現が適切かどうかはともかく）アップチャーチは、執刀を待つ大勢の患者たちを飛び越し、高名な脳腫瘍の専門医であるベイヤーに頭のなかをつつきまわされている。

ノックの音がして、用務員のスー・ミフリンが顔を覗かせた。「刑事さん？　ドクター・ベイヤーが手術室から出てきました。お話があるそうです」

4

五日目　午前五時三十八分
プール

シカゴ市警のサム・ポーター刑事は、プールが取り調べ室に入っても顔を上げなかった。プールの存在に気づいているそぶりすら見せない。周囲の出来事にはまるで関心を示さず、頭のなかで誰かと話してでもいるように、声もなく口を動かしている。目はメタンフェタミン中毒者かコカインを吸いこんだヤク中のようにぎらついていて、視線の先にある自分の指が小刻みに痙攣していることすら気づいていないようだ。

プールはサム・ポーターをそれほどよく知っているわけではない。四猿殺人捜査班に所属していたほかの警官たちと同じ程度にしか知らないが、人を見る目には自信があった。言動の裏にある真の動機を見抜き、相手の不安や欠点、知性などを瞬時につかんでどんな人間かを判断するのは得意だ。プールがポーターから受けた第一印象は、〝四猿殺人鬼《4MK》を捕まえ、刑務所に放りこみたいと心の底から願い、懸命に手がかりを追う真面目な警察官〟だった。頭の回転の速いベテラン刑事で、同僚に尊敬されているポーターは、まさしくプール自身が日々の目標にしている捜査官そのものに見え、寡黙な男だが、多くを理解していると感じたものだ。いきなり結論に飛びつかずに証拠を重んじるタイプ、被害者の死を心から悼《いた》み、残された人々のために正義を求める警官だ、と。

いま取り調べ室に座っている男は、そのサム・ポーターではない。この男は打ちひしがれ、心の壊れた、たんなる殻にすぎない。

汗の臭いがするしわだらけの汚れた服、無精髭《ひげ》で黒ずんだ顎、睡眠不足のせいでできた黒い隈、その上で血走った目が落ち着きなく動いている。

プールは向き合った椅子に腰をおろし、テーブルの上で手を組んだ。「ポーター刑事？」

ポーターは自分の手を見つめ、ほかの人間には聞こえない会話を続けている。

「聞こえますか、ポーター？」

聞こえた様子はなかった。

業《ごう》を煮やしたプールが、痛みをもたらすほど強く右手をテーブルに叩《たた》きつけると、ポーターはようやく顔を上げ、目を細めた。

「フランクか」

そっけなくプールの名を口にした声は、うっかりすると聞き逃してしまいそうなほど小さかった。

「どういうことなのか説明してください」

ポーターは椅子の背に体をあずけ、両手に目を戻した。「その前に、サラ・ワーナーと話したい」

「ワーナーは死にました」

ポーターは首を傾《かし》げた。「なんだと？」

「少なくとも三週間前に、額を撃たれて殺された。オフィスの上にある住まいでソファに座ったまま死んでいるのを、ぼくが見つけました」

ポーターは首を振った。「そのワーナーじゃない。もうひとりのワーナーだ」

「どこにいるか教えてくれれば連れてきますよ」

ポーターは答えなかった。

「わかっているんですか？　その女が本物のサラ・ワーナーを殺したんですよ」

「そうとはかぎらない」

死亡推定時刻からすると、本物が殺されたときポーターはまだシカゴにいた。それにポーターの言うとおり、ワーナーの名前と身分を詐称していたことを除けば、もうひとりのサラ・ワーナーが本物を殺したという証拠はひとつもない。

「ワーナーの名を騙《かた》っていた、あなたのサラ・ワーナーは誰なんです？　本当は誰だか知っているんですか？」

「きみは知ってるのか？」

「その女があなたの助けを借り、オーリンズ郡刑務所から女受刑者を脱獄させたことは知っています。4MK、つまりアンソン・ビショップの母親だと思われるその受刑者が、あなたと偽ワーナーの手でいくつも州境を越え、シカゴに入ったあと、ギヨン・ホテルで射殺されたことも。その後まもなく、殺しに使われた銃とともにホテルの一室であなたが見つかった。あなたにはSWATが姿を見せる前に手についた硝煙を落とす時間がなかったか、その気がなかったことも知っています」プールはため息をついた。「だから、ぼくの知らないことを話してくれませんか？」

「あれはビショップの母親だ」ポーターは静かな声で言った。

「死んだ受刑者が？　ぼくもいまそう言ったはずですよ」

「死んだ女じゃない。俺と行動をともにしていた女、偽ワーナーのほうだ。ビショップが受刑者を射殺した直後、母親と立ち去る前に明かしたんだ」

「それを信じるんですか？　ビショップにはさんざんな目に遭わされたのに？」

ポーターは痙攣する指に目を戻した。「ビショップの日記を読ませてくれ。あいつがギヨンに置いていった日記を全部。あのなかにすべてがあるはずだ。必要な情報も、必要な答えも、すべてあのなかにある」

「まるでうわごとを言っているみたいですよ。少し眠ったらどうです？」

ポーターは顔を上げ、身を乗りだした。「あの日記を読ませてくれ」

プールは首を振った。「だめです」

「答えはあのなかにあるんだ」

「日記に書かれていることはどれもでたらめですよ」

ポーターはすばやく首を振った。「湖はあった。家も。きみも見たはずだぞ。あそこに行ったんだろう？　日記の記述はほとんどが事実だ」ポーターは内緒話でもするように声を落とした。「地下には血の染みもあった。ビショップが言ったとおりの場所、カーターが死んだ場所に」

「その話をしましょう。サウスカロライナのシンプソンヴィルへ行ったのは、あれが初めてですか？　ジェンキンス・クロール・ロード一二番に？」

ポーターはけげんそうな目になった。「なんだって？　もちろん初めてだ。どうしてそんなことを訊く？」

「シンプソンヴィルで、あそこの保安官と一緒に、土地と家の登記が誰の名義になっているかを調べたんです。権利証にあったのはあなたの名前でした」

ポーターは聞いていないようだった。「カーターは？　湖のなかで見つかったのか？」

「湖から上がったのは六体。五体は欠損のない状態で、一体は切り刻まれ、ゴミ袋に詰められていました」

「それがカーターだ」ポーターが低い声でつぶやく。

「権利証は？　どうしてあなたの名前なんです？」

ポーターは両手に目を落とし、また唇を動かしはじめた。

「ポーター、なぜジェンキンス・クロール・ロード一二番が、あなたの名前で登記されているんです？」

ポーターは顔を上げ、片手を振った。「ビショップの小細工だ。偽物の書類を作り本物と入れ替えたんだろう。それはたいした問題じゃない。それより――」口元に笑みが浮かんだ。「カーターを見つけたんだな。湖に沈められていた。驚いたな、あれは本当だったんだ」

プールは、まだテーブルの上で痙攣しているポーターの手に目をやった。本人は気づいているようには見えない。

「具合が悪そうですよ。休んだほうがいい」

ポーターは両手を勢いよくテーブルに叩きつけ、身を乗りだした。「ビショップが置いていった日記を読ませろ！」

「湖に沈んでいたほかの五体は誰です？」

「見当もつかん」

「あそこはあなたの地所ですよ」

ポーターは答えようと口を開いたものの、再び手を見下ろし、指をからませては解きはじめた。「言っただろう？　ビショップの小細工だ。世界を嘘《うそ》で塗り固めるのは、あいつの得意技だからな」

「だったら、なぜあの日記を信じるんです？　ビショップが嘘つきなら、ギヨンに置いていった日記の内容なんかどうでもいいじゃありませんか」

ポーターは顔を上げた。「あれはどこにある？　まだホテルにあるのか？」

「ぼくの質問に答えてください」

「ほかの五体が誰かは、残りの日記を読めばわかる」

「そんな保証はどこにもありませんよ」

口の端に細い唾液の跡を光らせ、ポーターは身を乗りだした。「あの日記に書かれていることは事実だ。ビショップが沈めたと言った場所で、きみはカーターを見つけた。地下室には血の染みがあったし、冷蔵庫にも鍵がついていた。ビショップは俺たちに、何が起きたか知らせたがっているんだ。それ以外のこと、権利証の俺の名前やなんかはただの小細工にすぎん。たんなるたわごと、惑わされてはいけないものだ」

ポーターは一気にそう言うと、プールを見据えたままゆったりと座りなおし、急に声を落とした。「〝この女の名前はローズ・フィニッキー、殺されるだけのことをしたんですよ。百回死んでも償えないようなことを〟」

「なんですって?」

「ビショップの言葉だ。女受刑者の額を撃った直後に、やつはそう言った」

「ホテルのロビーで死んでいた女ですか?」

ポーターはうなずいた。「さっきも言ったように、もうひとりの女、サラ・ワーナーを騙っていた女はビショップの母親だ。ビショップは爆弾を持っていると匂わせ、俺を脅して女受刑者の脱獄を手伝わせると、ふたりの女をシカゴに呼び寄せた」

「しかし、あなたの手からは硝煙反応が――」

「警告のために一発撃ったからだ。受刑者を撃ったのは俺じゃない。ビショップだ」

「銃を手にしていたのなら、どうしてふたりが立ち去るのを許したんです? なぜ捕まえなかったんです?」

「なぜだか知っているはずだぞ」

「あなたがクレアに告げた理由のせいですか?」

ポーターはうなずいた。「ビショップはふたりの少女にウイルスを注射した、と俺に言った。それが本当だという証拠に病院のロッカーにウイルスのサンプルを残したと言い、ウイルスはもっとある、いま自分たちを逮捕すれば仲間がそれをシカゴ中にばらまく、と俺を脅したんだ。きみならどうする? あいつの脅しがでたらめだという可能性に賭けるか? 俺が四〇五号室にいたのは、そこなら携帯が使える、そこにもっと証拠を置いていく、と言われたからだ」

「で、おとなしく従ったわけですか？」

「ほかにどんな選択肢があった？」

選択肢はたくさんあったはずだ、プールはそう言いたかった。４ＭＫ事件の捜査が始まってからポーターは多くの決断をしてきた。プールには、この刑事がそのたびに間違ったドアを選んできたとしか思えなかった。しかもいまやすっかり判断力が曇り、目が見えないも同然。常軌を逸した状況にはまりこみ、ビショップとかわるがわる墓穴を掘っている。

「きみが知るべきことが、もうひとつある」ポーターは不自然に目を光らせたあと、瞬《まばた》きして再びプールに焦点を定めた。「あの日記の一部は真実だ。二軒の家、湖、カーター夫妻、これらに関する記述はみな正確だと思う。しかし、ほかの記述は違う。いまはそれがわかる。書き方のリズム、言葉の選択のなかに違いがある。ビショップは手がかりを残しているんだ。俺にはその違いがわかる。きみも気づいたんじゃないか？　人をおちょくったようなあの調子に」

プールはかろうじて苛立ちを抑えた。「日記は捜査陣の気を散らす小道具にすぎませんよ」

「違う！」ポーターは叫んだ。どうやら意図したよりもはるかに大きな声だったらしく、自分の声にたじろぎ、椅子の上で肩をすぼめた。「違う。日記こそがすべての鍵だ。あのなかに隠されたパズルを解かなくてはならん」

「謎解きより、殺人鬼を捕えたいですね」

「殺人鬼たちだ」

「なんですって？」

「ホテルに俺を置き去りにする前、ビショップの母親が言ったんだ。〝どうしてこの刑事さんに、あなたのお父さんは死んだなんて言ったの？　そんな嘘をつく子に育てた覚えはないわよ〟と。日記には父親は死んだと書かれていたからな」ポーターは再び身を乗りだした。「わからないのか？　俺はいまならわかる。ああ、日記のページから叫んでいるように、偽りと真実の違いがわかる。まるで違う色で書かれているようにはっきりと見える。きみはリビー・マッキンリーの死体を見たと言ったな？　リビーを殺したのはビショップじゃないぞ。ビショップはリビーを守ろうとしていたんだ。そして、あれがビショップの仕業でないとすれば……」ポーターは目に見えないパン生地をこねるように指を動かした。「あの一家は全員が殺人鬼だ。母親も、父親も、息子のビショップも。そして三人ともいまはシカゴにいて、何年も前に始めたことを終わらせようとしている。ビショップの子ども時代に始まったことを。あの日記のなかに書かれている何かを。真っ赤な嘘のなかに、真実が隠されているんだ」ポーターは自分の言葉にうなずき、またしても笑みを浮かべた。「いまは俺にもそれが見える。俺を信じてくれ」

　プールは少しのあいだ黙ってポーターを見つめていた。「あなたがアンソン・ビショップの父親だと思っている人々もいますよ」

　ポーターの口の端から唾がたれ、金属製のテーブルに落ちた。ポーターは唇を拭《ぬぐ》い、プールの目をまっすぐに見つめた。「きみはどう思う？」

「ギヨンであなたがいた部屋に大量の証拠が残されていました」

ポーターは鼻を鳴らした。「写真か？　あんなものはいくらでも作れる」

「しかし、一部の写真は二十年以上前のものだ。百歩譲って偽造だとしても、いったいビショップはそんな昔のあなたの写真をどこで手に入れたんです？　あなたはいつからビショップを知っていたんですか？」

「実際に顔を合わせてからは、まだ半年にもならない。俺がやつに会ったのは、市バスの事故現場。ナッシュがやつに会ったのと同じ日だ。ビショップはシカゴ市警の科学捜査班《CSI》の鑑識員として俺たちに近づいてきた。嘘発見器《ポリグラフ》にかけてもいいぞ。俺はかまわん。何も隠しちゃいないからな。ギヨンにあった写真も、シンプソンヴィルの登記書類と同じだよ。捜査の目を真実からそらそうとする小細工にすぎない」

「あなただけがビショップの日記から読みとれる真実、ですか？」

再び思いがほかにさまよいはじめたのか、ポーターは答えない。

プールは苛立ちを見せまいとした。「ローズ・フィニッキーというのは誰です？」

「あの日記を読ませてくれ。ビショップがあれを置いていったのは、あの日記が重要だからだ。少なくとも、それくらいはわかるだろう？」

「あれはＦＢＩで分析します」

「そんな時間はないぞ。きみの同僚は何を探せばいいかわからない。嘘と真実の見分けもつかない。俺はビショップを知ってる」

「ほう？　どれくらいよく知っているんです？」

ふいに大きな音が二度続けて響いた。こちら側は鏡になっている窓を誰かが叩いたのだ。

プールはつかのまポーターを見つめた。ポーターが挑むように見返す。何を考えているのかまるで読めない。嘘をついているとしても、姿勢や動作、そぶりにはまったく表れていなかった。この男は自分が口にしているすべてを信じているのだ。

だからと言って、それが真実だとはかぎらない。プールは自分にそう言い聞かせながら、立ちあがってドアへ向かった。

ポーターの声が追いかけてきた。「ビショップを捕まえるには俺の助けがいる。きみたちだけじゃ、誰ひとり捕まえられんぞ」

5

五日目　午前五時四十三分
クレア

オフィスの戸口に立っている看護師は、たしかクレアがここに来たときも勤務していた。睡眠不足で充血した目、その下の黒い隈、すぼめた肩――クレアたち同様疲れきっているようだが、まだめいっぱい働いている。休憩すら取っていないのかもしれない。

「四番です」看護師はそう言って壁の電話機を示した。

クレアは礼を言い、腰を上げた。体中の関節がこの数時間座っていた金属製の古い椅子よりもきしむ。

どこもかしこも痛かった。骨や関節ばかりではなく、喉も、目も。鼻水が止まらず、暖房の効いた部屋にいるというのに、少しも体が暖まらない。

部屋の隅にある机から用心深い顔でこちらを見ているクロズも、ひどく具合が悪そうだ。

クレアは受話器を取りあげて点滅しているボタンを押した。「ノートン刑事です」

「刑事さん？　ドクター・ベイヤーだ」ベイヤーは咳払《せきばら》いをひとつすると、それが癖なのか慎重に言葉を選びながら、クレアが最も恐れていた報告を口にした。「すでにご存じだと思うが、患者は手の施しようがない状態だ。助けられる可能性はまったくない」

クレアはちらっとクロズを見た。ノートパソコンのスクリーンから目を上げ、じっとこちらを見ている。クレアは受話器を耳に押し当て、声を落とした。「あの男が死んだら、アンソン・ビショップが街のどこかにウイルスをばらまく可能性があるんです。何千という命がかかっているんですよ」

「だからと言って事実を変えることはできない。あの患者の膠芽腫は最終ステージで、脳細胞の大部分が非常に攻撃的な腫瘍におかされている。腫瘍そのものはできるかぎり取り除いたが、それによって生じる損傷を修復するのは不可能だ。まだ生きているだけでも、正直言って驚いているくらいだよ。記憶の喪失、運動機能の著しい低下は言うまでもなく、この腫瘍は後頭頂葉と一次運動野、およびその周辺をおかしている。術後に人工呼吸器をはずすのは無理だし、心律動に異常が見られるほか、おそらく視覚も損なわれている。万にひとつ生き延びたとしても、ただ心臓が動いているというだけで……」

クレアは目を閉じ、医者の言葉をさえぎった。「あなたならアップチャーチを救えると言われたんです。特別な治療法があると――」

「たしかにわたしはホプキンズで超音波療法を研究している。まだ臨床試験のごく初期の段階ではあるが、これは膠芽腫を治療する非観血療法でね。あの患者も発症時に診ていれば、あるいは助けることができたかもしれない。しかし病状があまりに進行してしまった。現在の医学には、ここから健康な状態へ戻す治療も方法も存在しない。遅すぎたんだ」

「ほかにできることは？」

「できるだけのことはした。あとは状態を安定させ、患者が快適に過ごせるようにして、避けられぬ最期が来るのを待つだけだ。この状態で一両日持てばそれだけで奇跡のようなものだな」

クロズが一縷《いちる》の望みにすがるような目でこちらを見ている。クレアはその目を避けるように背を向けて、ベイヤーに言った。「記者会見では、ポール・アップチャーチは思ったよりよい状態で手術室を出たと言ってもらえませんか。容態は安定している、転院できる状態になりしだいホプキンズに運び、治療を続ける予定だ、と。予後に希望を持っている、と匂わせてもらえると助かります」

ベイヤーは答えなかった。

クレアは時計を見た。「ドクター、アンソン・ビショップはまだ野放しになっています。わたしたちはできるかぎりのことをしている、アップチャーチは最高の治療を受けている、とビショップに信じてもらわなくては困るんです。細かい説明はいりません。とにかく最善を尽くしている、という印象を与えてください」

「わたしには患者に対する責任があるし、守らねばならない評判も――」

「そうすることで、おそらくは何千という人々の命を救うことができるんですよ。ポール・アップチャーチは何人もの少女を誘拐し、殺害した男です。被害者のうちふたりは、この病院でいまも命がけの闘いを続けています。わたし自身は、アップチャーチが死んでも少しも悲しくありません。ですがアンソン・ビショップには、少なくともいまのところ、アップチャーチの予後の見通しは明るいと思わせておかなくてはまずいんです」

ドクターは長いこと黙りこんでいた。「即答はできかねるな。弁護士に相談しなくてはならないかもしれない。ビショップの仲間がこの病院にいたらどうなる？　状況を見守り、報告しているとしたら？　手術室にいた医師や看護師は、みな個人的には知らない者ばかりだ。わたしのチームはボルティモアのホプキンズにいるんでね」

クレアはため息をつき、もつれた髪を手ですいた。「わたしはここを出られません。ドクターのほうから、アップチャーチの手術とその後の処置にかかわった医師や看護師に口止めをお願いします。シカゴ市民が危機にさらされていることを説明してください」

「やれやれ、きみは要求の多い人だ」

「どうかお願いします」

「また連絡する」

ベイヤーはクレアがそれ以上言う前に電話を切った。クレアはややあって受話器を壁の架台に戻した。

「アップチャーチの容態は？」クロズが訊いてきた。

「最高ですって」

クロズがこれに返す前に、またしてもノックの音がした。

小窓の向こうには、疾病予防管理センターのジャレット・モルトビーが苦虫を嚙み潰したような顔で立っていた。

6

五日目　午前五時四十八分
プール

さきほどプールが出ていってから、観察室の人数はふたり増えていた。ナッシュのほかに、その上司であるヘンリ・ダルトン警部と、もうひとり。こちらは見たことのない男だ。

ダルトンはプールより十センチ以上背が低いが、地位がもたらす威圧感のせいか身長より大きく見える。それに朝の五時だというのに、きちんと髭を剃《そ》り、シャワーを浴び、アイロンのかかった服に身を包んで、見るからにさっぱりとしていた。

「これ以上ポーターを勾留《こうりゅう》することはできんぞ」ダルトンはいきなりそう言った。

「冗談はやめてください」

「マスコミがこれを嗅ぎつけたら、ポーターは八つ裂きにされる」

「説明を受けなかったんですか、警部。ポーターは自分で自分の首を絞めたんですよ。刑務所から受刑者を連れだして州境を越えた容疑でニューオーリンズ市警のお尋ね者となったばかりか、ギヨン・ホテルで射殺されていたその受刑者殺しの容疑者でもある。自宅で謹慎しろというあなたの命令を無視し、独自にビショップを追ってシカゴを離れたことを考えると、釈放されれば再びシカゴを出る恐れがあります。マスコミが嗅ぎつけ、ポーターをどれほど叩こうと、あの男を自由にするつもりはありません」プールはもうひとりの男を見据えた。「あなたは？」

仕立てのいい紺のスーツに白い髪を短くした五十代の男は、片手を差しだした。「市長の補佐官、アンソニー・ウォーリックだ」

プールはその手を無視してダルトンに目を戻した。「ポーターの雇用記録を見せてください。採用時の身辺調査、精神科医の査定、勤務評価──すべての情報をお願いします。ポーターの過去を繋《つな》ぎ合《あ》わせ──」

「それより、まずは一歩さがってこの状況を客観的に考えてみるべきじゃないか？」ダルトンがさえぎった。

ウォーリックが一歩前に出た。「捜査官、現段階でアンソン・ビショップが犯した極悪犯罪に、シカゴ市の警察官がかかわっていると仄《ほの》めかすのは、少々無責任ではないかな？マスコミは飢えた野犬のようなものだ。結果などこれっぽっちも考えずに、きみが投げ与える情報に食いつき、尾ひれをつけてそれを報道する。きみがポーター刑事を連行している写真でも撮られてみたまえ、ポーター刑事が袋叩きにされるだけでなく、きみたちFBIも含め、この街の司法組織全体が轟々《ごうごう》たる非難を浴びることになる。マスコミはポーターひとりを糾弾《きゅうだん》するだけでは終わらない。司法組織の全員が犯罪に加担したとみなすだろう。そんな疑いが広まったら、この街はおしまいだ。ましていまは感染症勃発の疑いでクック郡病院が封鎖され、市民はそれでなくてもぴりぴりしているんだ」

ウォーリックは声を落としてプールの肩に手を置き、その手を即座に振り払われても、かまわずに続けた。「実際、もしもポーター刑事が事件に関与しているなら、ことを急がずとも法の裁きを下す時間はじゅうぶんある。嫌疑を立証できる証拠を揃《そろ》え、あらゆる事実を整理してから公判に持ちこめばいい。それが責任ある行動というものだ」

プールが言い返そうとすると、窓のそばに立って取り調べ室を見つめていたナッシュがつぶやいた。「あれはサムじゃない。注意力が散漫で、言ってることが支離滅裂だ。何日も眠っていないように見えるな。ヘザーが殺されたときでさえ、あそこまでまいってなかった。この事件を取りあげられたら、あいつはどうかなっちまうぞ」

「すでにどうかなってますよ」プールは言い返した。

「サムに気がすむまでやらせてやるべきだ」

「つまり?」

ナッシュは肩をすくめた。「あの日記を読ませるんだ」

「あれは証拠ですよ。ポーターの罪を立証するかもしれない証拠だ。当の本人に渡すわけにはいきません。日記はクアンティコの行動分析チームに送ります。掘り起こすべき事実があれば、クアンティコのチームが見つけるはずです」

ダルトンが市長の補佐官とすばやく目を合わせた。「それなんだが、いますぐ市警でスキャンすれば、行動分析チームとやらも何時間か後にはそのファイルを読める。ポーターも読める。ポーターには日記を読みたければ市警で読めと言おう。逮捕ではなく、自分の意思でここに留まってもらうんだ。それで何か見つかれば、大いに結構。たとえ見つからなくても、ポーターはわれわれの目が届くところに留まり、シンプソンヴィルの湖で発見された死体の謎をきみたちが解き明かす時間もできる」

取り調べ室では、ポーターがまたしても誰かと話しているように唇を動かしながら、テーブルの上で指を絡み合わせていた。

携帯の着信音が鳴り、ナッシュがポケットを探りながら廊下に出た。

「それでいいかな、捜査官?」ウォーリックが念を押したとき、プールの電話も鳴りだした。ポケットから取りだし、ディスプレーに目をやる。

ハーレス支局長だ。

プールは人差し指を立てた。「失礼、電話に出ないと」

ハーレスはプールが応じるのを待たずに話しはじめた。「ビショップの手口に合致する死体が出た。場所は市内のローズヒル墓地、被害者は女だ。いまチームを派遣した。ポーターは勾留しているんだな?」

プールはちらっと窓の向こうに目をやった。「ええ」

「サウスカロライナ支局長のグランジャー、オーリンズ郡刑務所、クック郡病院に派遣されたCDCのチームからも報告が入ってる。そのすべてを支局で集約し、整理しているところだ。墓地の現場検証が終わったら、いったん報告に戻ってこい」

「わかりました」

ハーレスからの電話が切れるのと同時に、ナッシュが青ざめた顔で部屋に戻り、ちらっとダルトンに目をやってからプールを見た。「また殺しだ」

「ぼくもたったいま聞きました。これからそっちに向かうところです」

ナッシュは息を吐きだし、ダルトンに顔を向けた。「警部、線路から被害者を動かせるようになるまで、地下鉄を止めてください。そろそろ通勤ラッシュが始まる。急いで市民に知らせる手配をお願いします」

プールは眉をひそめた。「地下鉄?　死体があるのは墓地で……」

ナッシュの顔がいっそう青くなった。「俺が受けた電話じゃ、クラーク駅付近の線路上で見つかった。被害者は女。祈るような姿勢を取ってる。黒い紐のかかった白い小箱が三つ、すぐそばの地面に置かれているそうだ」

7

五日目　午前六時十三分
ナッシュ

ナッシュはラサール通りをレイク通りに折れてすぐに、二重駐車している救急車の後ろに愛車の七二年型シボレー・ノヴァを停《と》めた。警察車両であることを示すプラスチックのカードをダッシュボードに置く。経過報告のためクレアがかけてきた電話は、まだ続いていた。

「検査の結果に間違いはないのか？」そう言いながらギアをパーキングに入れ、片手をヒーターの吐きだし口にかざす。だが噴きだしてくる空気は湖を渡ってくる風のように冷たかった。

「ＣＤＣのモルトビーは、念のために二度検査したと言ってる。リンゴに突き刺さっていた注射器からは、研究所で培養されたＳＡＲＳウイルスが発見されたそうよ。女の子たちも同じものが打たれたかどうか、いま検査してるとこ」

「くそ」

「病院じゃ飴《あめ》を配るみたいに抗生物質を配ってるけど、それ以外は打つ手がないみたい。CDCはここを、カトリックの学校に通う女子生徒のお尻の穴より固く閉ざしてるわ」

クレアの例えがおかしくて笑ったのはいいが、笑いがたちまち痰《たん》のからむ咳に変わった。

「そっちも具合が悪そうね」

「風邪をひいたんだろ。ろくに休まずこの寒さのなかを動きまわってるからな。体が悲鳴をあげてるんだ」

「ハンバーガーやチョコバーばかり食べてるせいよ。この仕事は体が資本なんだから、大事にしなきゃ」

ナッシュは車の床に落としたマクドナルドの包み紙をちらっと見て、急いで話題を変えた。「少し前に、アップチャーチの手術をした医者の記者会見をラジオで聞いたぞ。少なくとも、そっちはなんとかなったようだな」

「あの発表はでたらめよ。医者に頼んで時間稼ぎをしてもらったの。アップチャーチは虫の息、もっても四十八時間だって。それを知ってる人たちには箝口令《かんこうれい》を敷いてあるけど」

「くそ、俺の気持ちを明るくしようと電話をくれたんなら、なんの役にも立ってないぞ」

地下鉄の入り口から制服警官がひとり、犯行現場を示す黄色いテープをくぐってナッシュの車に近づいてきた。その足元で降ったばかりの雪が風に舞いあがり渦を巻く。車のなかにいるのがナッシュだとわかると、警官はおざなりに手を振り、即座にきびすを返した。

「新たな殺しもビショップの仕業？」

「着いたばかりでまだ見てないが、そのようだ」

「サムが言ったビショップの両親の話を信じる？」

「いまは何を信じればいいかわからんな」

「両親のどっちかがやったのかもしれない。それとも、三人の誰でもなく、ビショップの犯行を真似た模倣犯《コピーキャット》の仕業とか」

　ナッシュはヒーターを止め、再びつけた。忌々しいことに噴きだしてくる風は間違いなく冷たかった。肌が氷のようで、ちっとも温まらない。「サムなら雑念に惑わされず、証拠だけを見て判断しろと言うはずだ」

「サムに会ったんでしょう？」

「会ったには会ったが、どんな具合か、よくわからん……この事件が終わっても、元に戻れるかどうか」

　クレアはつかのま黙りこんだ。「フランク・プールが尋問してるの？」

「ああ。あいつが捜査を取り仕切ってるよ」

　誰かがいきなり車の窓を叩き、ナッシュを驚かせた。「くそ！」

「何よ、それ？」

「どうしたの？」

　横の窓を見ると、チャンネル7のキャスター、リゼス・ラウドンだった。デイヴィーズ家の前で邪魔に入ったときは薄っぺらいコート姿だったが、今日は毛皮の裏打ちがあるジャケットを着こんで、ポケットに両手を突っこみ、体を温めようと足踏みしている。

「切るぞ、クレア。あとでまたかける」

電話に続いてエンジンも切る。いつものようにモーターがためらうように咳《せ》きこみ、静かになった。ナッシュは車を降り、思い切りドアを閉めるとラウドンを押しのけ、地下鉄の入り口に向かった。「ノーコメントだ」

「話してもらえないなら適当にでっちあげるしかないけど、それでいいの？」ラウドンがそう言いながら追いかけてくる。

「カメラマンはどこだ？」

ラウドンが三台後ろに駐《と》まっている中継車を示す。「あそこで暖まってるわ」

「あんたもそうすべきだぞ」

「下に死体があるのは知ってるのよ。４ＭＫの被害者かもしれない死体が」

「そうか？　俺は知らんな」

ラウドンは携帯電話を差しだした。画面にはフェイスブックの投稿が表示されている。

「これはどう見ても死体でしょう」

ナッシュはユーザー名を頭に焼きつけた。「マネキンかもよ」そう返してテープをくぐる。ラウドンもあとに続こうとしたが、さきほどの制服警官がどこからともなく現れた。

「ナッシュ刑事の連れよ」

「とんでもない」ナッシュは首を振り、階段をおりはじめた。

「ポーター刑事はどこなの？」ラウドンが後ろで叫ぶ。「どうして一緒じゃないの？」

これには答えず、ナッシュはプラットホームへおりて話し声がするほうに向かった。

ホームの天井の蛍光灯のほかに大きなハロゲンランプが四つ、線路を煌々《こうこう》と照らしていた。トンネルの東端には地下鉄車両が止まり、特殊装置をつけたフォードＦ１５０が西端を塞いでいる。トンネルの先に向けたヘッドライトの光は、十五メートルほど先で厚い闇に吸いこまれていた。

プラットホームの端で階段を示され、ナッシュはそれをおりた。

「足元に気をつけてください。三本目のレールには電流が通ってますから」誰かが後ろから警告した。「それを切ると路線全体が止まってしまうので、切れないんです」

ハロゲンライトが照らしているトラックと車両のあいだが、黄色いテープで囲まれている。制服警官数人とシカゴ市警の鑑識員がふたり、ＦＢＩの捜査官が三人、テープの外側で話していたが、ナッシュが近づくとその声がとだえた。ナッシュはテープをくぐって線路の中央まで行くと、片膝をつきながら携帯を取りだした。

「詳しく描写してください」プールは呼び出しに応じるなり言った。「急ぐ必要はないですから、何ひとつ漏らさずにお願いします」

ナッシュはテープの外にいるＦＢＩの三人と、その横にいる鑑識に目をやった。傍観者の立場に置かれているからか、みな不満そうだ。

さきほどナッシュとプールがほぼ同時に受けた電話から、市内の二箇所で死体が発見されたことがわかると、プールはどちらもFBIの管轄だと主張した。だがウォーリックが市長に連絡を入れた五分後、支局長のハーレスからプールのもとに、シカゴ市警と共同で捜査に当たるようにという命令が入った。お偉方は市民の手前、力を合わせて事件の解明に当たるのが最善の策だと判断したのだろう。プールは反対したが、そっけなく却下された。ハーレスがあっさり市警との合同捜査に同意した理由は想像に難くない。万一事件を解決できなかった場合には、責任をなすりつける相手が必要だ。お偉方は常に自分の保身しか考えないのだ。

ナッシュは咳払いをひとつした。「ええと、被害者は女、年齢は不詳。三十代だと思うが、四十代の可能性もある。見たところ、透けるほど薄い白い服以外、何も着けていない。靴も、下着も、コートもなし。周囲にも見当たらない。皮膚の表面が白い粉で覆われてる。髪もだ」

「服も、ですか？」

「いや」

「すると殺したあとで着せたんですね」

「そう見えるな」

「ほかには？」

ナッシュは黒い革手袋をはずし、ラテックスの手袋をポケットから取りだすと、白い粉がなんらかの汚染物質である可能性を考慮して手術用マスクを着け、少し身を乗りだした。

「両目とも閉じているが、右目は眼球がえぐられているようだ。目尻に乾いた血が少しついてる」次いで慎重に髪を押しやる。「耳もひとつない。両膝をついて祈っているような姿勢を取ってる」

口に手を伸ばし、開けようとしたが動かない。「口は開かないな」

「死後硬直ですか？」

「いや、そうじゃなさそうだ。この寒さで凍ってるんだろう」

「無理やり開けないでください」プールは言った。「舌が切り取られているのは、検視官が確認してくれるでしょう。例の箱が三つありますか？　黒い紐をかけて？」

「ある。これまでとは違うな。去年までビショップは一週間ほどかけて、ひと箱ずつ郵便で家族に送りつけた。こんなふうに三箱一度に死体と残したことはない」

「ありましたよ。ビルの地下通路付近で見つかったタルボット社の最高財務責任者のそばには、箱が三つ置いてあった」

「ガンサー・ハーバートか」

その後ビショップは、ハーバートを拷問したのは、シカゴの不動産王であるアーサー・タルボットの財務に関する情報と、タルボットを複数の犯罪に結びつける情報を聞きだすためだった、とポーターに語っている。

「リビー・マッキンリーのときも、三つの箱がテーブルに置いてありました」

「額に剃刀《かみそり》のようなもので文字が書いてあるぞ」

「なんて書いてあります？」

「〝わたしは邪悪です〟だ」

自宅で殺されたリビーにも〝邪悪〟という言葉が書かれていた。何千という剃刀の小さな傷で体全体に。

「拷問してから殺すのは、情報を引きだすときの常套手段だ」ナッシュは低い声で言った。「それも以前の被害者とは違う点だな」

「違う点はそれだけですか？」

ナッシュは再び身を乗りだした。死体は人間というよりも彫像のようだった。こんなふうに祈りの姿勢を取らされた死体を目にするのは初めてだ。

祈り、か。

ナッシュは目を細めた。「指先が……」

「指先がどうかしたんですか？」

「焼かれてる」

「つまり指紋が取り除かれている？」

「だと思う」ナッシュは死体の手を動かさずに、もっとよく見ようとした。「これも以前とは違うな」

「懺悔《ざんげ》の言葉は？」

「懺悔の言葉?」

「文字が書かれたボール紙か何かが近くにありませんか?」

ナッシュは死体の周囲に目をやった。「何も見当たらんな……いや、待ってくれ」

「ありましたか?」

ナッシュはトンネルの壁に歩み寄り、テープの外側に立っている男女にちらっと目をやった。「誰か、これが書かれたばかりかどうかわかるか?」

誰も答えない。

「あったんですか?」

ナッシュはペンキに手を触れた。まだ濡《ぬ》れている。

父よ、わたしをお許しください

ほかの落書きにまぎれてうっかり見落とすところだったが、トンネルの壁にはスプレーペイントでそう書かれていた。

8

五日目　午前六時二十二分
プール

プールはナッシュと話しながら目の前の死体を見ていた。こちらも祈るように池のほとりにひざまずいている。前に置かれた銀色のトレーには、黒い紐のかかった白い小箱が三つ。〝父よ、わたしをお許しください〟と書かれたボール紙を胸に立てかけ、額に〝わたしは邪悪です〟と刻まれていた。

遠巻きにしているＦＢＩのＣＳＩチームには、検視官も含まれている。おそらく地下鉄駅の現場も同じだろうが、全員が黄色いテープの外側に立っていた。

プールはナッシュとの通話を終えると雪のなかに片膝をつき、死体の指先を確かめた。こちらも組んだ指の先が焼かれている。使われたのは火ではなく、酸を含む化学薬品だ。硫酸か、塩酸かもしれない。

口を開けようとしたが、ぴくりとも動かなかった。ナッシュが言ったように、死後硬直にしては硬すぎる。たぶん凍っているのだろう。現在の気温はマイナス十度くらいだが、昨夜の体感温度はそれより五度は低かった。

　白い粉はこちらにもあった。死体が雪に覆われているためわかりにくいが、体全体をうっすらと膜のように覆っている。服には付着していないところを見ると、被害者はまずこの粉に覆われ、その後、服を着せられたのだ。白い結晶はかすかにきらめいていた。

　塩だろうか？

　ポール・アップチャーチは塩水を入れたタンクで少女たちを溺れさせた。この白い粉はその水に含まれていた塩の残滓《ざんし》か？

　考えていると、ポケットのなかで携帯電話が鳴った。画面に表示されているのは、見覚えのない番号だった。「プール捜査官です」

「シンプソンヴィルのバニスター保安官よ。こんなに朝早く起こして悪いけど、まだニューオーリンズにいる？」

「シカゴに戻りました」プールは立ちあがり、まわりの鑑識員たちに現場検証を始めてくれと合図を送った。「何かありましたか？」

「実は、死体が発見されたの」バニスターは少し震える声で言った。「見つかったのは二時間前、裁判所の正面階段でひざまずいていた。まるで祈ってるみたいに。すぐそばに紐をかけた白い箱が三つ置いてあった。しかも、すぐ横の段に懺悔のように――」

「〝父よ、わたしをお許しください〟と書かれていた」プールはつぶやいた。

「ええ。どうしてわかったの？」

「それより、女の身元はわかりますか？」

「女じゃなくて男よ。ええ、身元はわかってる」

9

五日目　午前六時二十九分
クレア

　クレアはくしゃみをして、すぐ横のテーブルにある箱からまたしてもティッシュを引きだした。

「もっとでかい箱がいるな《ウィ・アー・ゴナ・ニード・ア・ビガー・ボックス》」クロズが冴《さ》えないニューイングランド訛《なま》りで映画『ジョーズ』の有名な台詞《せりふ》をもじると、大きな音をたてて鼻をすすった。

　クレアはにらみつけた。「あんたとここで死ぬなんて、まっぴらよ」

「しかし、どちらもこの建物から出られない。頭がおかしくなりそうだ」

「ほんとね」

　クロズは右足を使って床を押し、ゆっくり時計と逆回りに椅子を回しはじめた。「SARSウイルスは症状が出るまで、長いと十日かかる。CDCの連中はまだ発表していないが、あのセンターの規定によれば、封鎖が解除されるのは最後の患者が出てから最低でも十日後だ。だから、もしここに運ばれた少女たちがSARSウイルスを注射されているとしたら、二週間近く出られない可能性が大だな」

「そんなに長く足止めされやしないわよ」

「そうかな？　ここにはベッドも食べ物もあるし、具合が悪くなればあらゆる事態に対応できる医者が揃っている。隔離にこれ以上都合のいい場所はないぞ？　CDCはウイルスがここから街に拡散する危険をおかすもんか」

「でも、ビショップがウイルスの残りを持ってるなら、撒《ま》こうと思えばどこにでも撒ける。ここを封鎖したってなんの役にも立たないわ」

「ビショップがほかで撒けば、センターの連中はわれわれをここに隔離しているのと同じ理由で、感染者をこの病院に運びこむ。そして全員をここに閉じこめたあと、ウイルスがわれわれ全員に感染し、自然消滅するのを待つ。有効な治療方法がまだないんだから、理にかなった処置だ」

　クロズの言うとおりだったが、認めるつもりはない。クレアは黙ってティッシュを丸め、ゴミ箱に向かって投げた。くそ、三十センチもはずれた。

　ノックの音がして、答えを待たずにジェローム・スタウトが入ってきた。

クレアたちが到着してから働きづめとあって、病院の警備責任者であるスタウトも、ほかのみんなと同じように疲れた顔をしていた。スキンヘッドは毛が生えはじめて黒ずみ、制服の脇の下には汗の染みが目立つ。五年前に五十歳でシカゴ市警を退職してからこの仕事に就いたと聞いたが、まさかこんな事態に対処することになるとは夢にも思わなかっただろう。「刑事さん、一緒に来てくれないか」手術用の白いマスクをしているせいで、声がくぐもっている。

「なんの用？」

スタウトは部屋の奥にいるクロズをちらっと見た。「死体が見つかったんだ。ひどい状態で」

「なんてこった」クロズが低い声でつぶやく。

クレアは立ちあがった。

「それを着けてくれ」スタウトが病院から配られたマスクを示す。

クレアはマスクを着け、耳にかけた紐を調節してから足早に廊下に出た。

カフェテリアを通り抜けるのは気が進まなかったが、ほかに行き方があるか尋ねようとしたときには、スタウトはすでにカフェテリアに足を踏み入れていた。

ビショップの標的となりうる八十七人は、ここに集められたとき、市警からカフェテリアおよび隣接する二室の職員用ラウンジから出ないようにと申し渡されていた。オフィスにいるクロズを除けば、クレアは現場を指揮している唯一の警官だ。全員が即座にクレアに気づき、罵声を浴びせながらクレアのほうへ押し寄せてくる。みな答えが欲しいのだ。だが、クレアにはその答えがない。取り囲む人々を押しのけて急ぎ足に進みながら、落ち着いて、もうすぐ終わりますから、とつぶやくくらいしかできなかった。もちろん、こんなごまかしは通用しない。ここにいるのはほとんどが医療関係者で、隔離の規則には詳しいのだ。

テーブルが壁際に押しつけられ、多くの家族が病院のシーツで〝テント〟を作りはじめていた。ざっと見たところ、最初よりも二、三十人減っているようだ。病室を提供された家族もあると聞いたが、すべての家族に行き当たるほどの空き室はなく、自分のオフィスに移った者もいれば、ロッカー室を〝占拠〟した者もいるらしい。ウイルスが拡散するのを恐れ、クレアたちは全員をここに戻そうとしたが、スタッフのほとんどはいまさら集めても遅すぎることを知っていた。クロズの言うとおり、ウイルスの拡散を防ぐのは、いまとなってはこのカフェテリアではなく病院の建物自体なのだ。

クレアはスタウトのあとからエレベーターに乗りこんだ。扉が閉まって怒りに燃える顔が見えなくなると、思わずため息が出た。

「一部の連中が、ロビーのガラスのドアを壊して外に出ようとしたんだ。だが、入り口には対暴動用のフル装備を着けたSWATチームがいるからね。カフェテリアの人たちが真っ向から彼らと衝突したらどうなるか、考えるだけでも恐ろしいよ」

スタウトは知らないが、ロビーを警備しているSWATはクレアが要請したのだった。

警官になってから、クレアは三件の〝エスカレートした市民活動〟を経験している。どの場合も、暴動が起きる前、あたりには一発触発の空気が立ちこめていた――いまのクック郡病院と同じように。クレアがそれに気づく前から、職員は極端に寡黙《かもく》になり、同僚やカフェテリアにいる大勢の〝他人〟に用心深い目を向けはじめたし、子ども連れの親は近くで誰かが軽い咳やくしゃみをしただけで、青筋を立ててにらむようになった。ＣＤＣが具合の悪い者を隔離するという話が出ており、二階の病棟のひとつをそれに使わせてくれと病院側と掛け合っているらしいが、その計画が進んでいるとしても、クレアたちは何も知らされていなかった。

エレベーターの扉が四階で開き、スタウトが先に立って左手に向かった。壁には〈循環器科〉という表示がある。「十分ほど前に看護師が見つけたんだ」

スタウトは別の廊下へと曲がり、もう一度曲がって管理棟に入った。ドアのほとんどは閉ざされ、ブラインドもおろされている。「左側の二番目の部屋だ」スタウトが指さす。

そちらに目をやると、閉まっているドアには〈ドクター・スタンフォード・ペンツ〉の名札がかかっていた。クレアは腰につけた銃に手を置いた。

「銃はいらないよ」

それでも革のストラップをはずして握りをつかみ、もう片方の手で取っ手を回した。広いオフィスが見えた。左側にソファがあり、右側にはマホガニー製の机と見るからに高そうな革の椅子が二脚。様々な学位や資格を示す証明書が壁のひとつを飾り、机の上の写真立てからは、正装した六十代の男と妻らしき女性、十二歳ぐらいの少年が笑いかけている。その男はこちらに背を向け、部屋の中央にひざまずいていた。オフィスの奥の壁を占領する大きな窓と向き合い、がっくりと頭をたれている。黒いローファーがすぐ横に揃えてあった。

男に近づき、その正面にまわりこむと、そこには血だまりが広がり、三つの箱が並んでいた。

10

五日目　午前八時三十一分
ナッシュ

ナッシュが分厚いコートを脱いだとき、エレベーターの扉が開いた。ふだんはがらんとしている市警の地下の廊下を、今日は驚くほど大勢の人々が行きかっている。まだナッシュが降りないうちに、ファイルの入った箱を載せた台車を押して二十代の若者が乗りこんできた。

見覚えのある箱だ。

「それをどこへ持っていくんだ?」

「ルーズヴェルト通りです」ベルトにFBIのバッジを留めた若者が答える。

「誰の命令だ?」

若者は一階のボタンを押し、廊下に向かって親指をぐいとそらした。「質問があるなら、プール捜査官にどうぞ」

ナッシュは閉まりはじめた扉を足で止め、すべての階のボタンを押してから外に出た。

別の若い捜査官がさらに六箱のファイルを積んだ台車を押し、すぐ横を通り過ぎる。

この数年、4MK捜査班は作戦本部と名づけた地下の一室を使ってきた。ほかの刑事たちがひっきりなしに出入りする上階の大部屋にいたときは、捜査の進捗《しんちょく》状況に関する質問や詮索の目に絶えずさらされ、マスコミに情報が洩《も》れることも多かった。だが地下に移ってからはそのすべてがほぼなくなり、集中して仕事ができるようになった。ところが数カ月前、4MKだと判明したアンソン・ビショップが市警の包囲網をすり抜けて逃亡すると、FBIが市警から事件の捜査を取りあげ、廊下を隔てて向かいにある部屋に陣取った。一時的な対応だ、とポーターは言った。ビショップが捕まるか事件の記事が新聞の一面から姿を消せば、FBIは興味を失い、市警に捜査権が戻る、と。だが、戻るどころかFBIはますます幅を利かせ、態度がでかくなるばかりだ。

ナッシュはまずFBIが使っている部屋を覗いた。見たこともない捜査官が四人、せっせと部屋にあるものを箱に詰め、その箱をドアのそばに積み重ねている。

向かいの作戦室では、フランク・プールが部屋の奥にある椅子に腰をおろし、捜査経過と証拠を書きだした三つのホワイトボードをにらんでいた。

ナッシュはかっかしながらなかに入った。「おい、どういうことだ？」

「ルーズヴェルト通りのシカゴ支局に何もかも集めろという、ハーレス支局長の命令です。シンプソンヴィルとニューオーリンズから、例の湖で見つかった六つの死体とビショップの家に関する報告、シカゴを出てからギヨン・ホテルで見つかるまでのポーターの足取りに関する報告があがってきています」

「どうしてここで捜査を続行できないんだ？」

「決めたのはぼくじゃありません」プールはボードを見つめたまま言った。「市長とはどの程度の知り合いなんです？」

「市長だと？　市の集まりで二度ばかり顔を合わせたことがあるだけだ。一度は握手し、一緒に写真を撮ったが、市長が俺を覚えているとは思えんな」

「側近のアンソニー・ウォーリックはどうです？」

「あの男とは、さっきが初対面さ。なぜだ？」

プールはまだボードから目を離さずに答えた。「ウォーリックが市長に電話をして五分も経たないうちに、ハーレスがこの捜査にあなたと共同で当たれと言ってきた。その十分前には〝ポーターもその相棒も逮捕しろ〟と息巻いていたのに、ですよ。市長がハーレスの弱みを握っていて、脅しをかけているとしか思えません。そうでなければ、ハーレスの指示がわずか五分のあいだに百八十度変わった説明がつかない」

プールはいちばん端のボードに行き、アーサー・タルボットに関する情報のひとつを指さした。〝市長の友人〟とある。

「サムが書いたに違いないな」ナッシュは言った。「タルボットは市長のゴルフ仲間で、選挙のときにはかなりの額を寄付していた。タルボットの不動産関係のプロジェクトは、大規模なものばかりだったからな。市長がなんらかの形でかかわっていなければ、そう簡単に許可はおりなかっただろう」

「市長を犯罪に結びつける証拠があったんですか」

ナッシュは首を振った。「何も出なかった。それを調べた者がいたかどうかも俺は知らん。俺たちは市長じゃなく、タルボットに的を絞っていたからな」

「市長はあなたを捜査に含め、目と耳代わりにするつもりですよ、きっと」

ナッシュは鼻を鳴らした。「だとしたら、間違った人間を選んだな。俺は市長の犬になるつもりはない」

プールは少しのあいだ黙りこんでいた。「まさか市長に弱みを握られていないでしょうね？」

ナッシュは笑いだした。「市長が俺を脅すとでも思ってるのか？」

プールは肩をすくめた。

「ありえないね。俺は品行方正だ。つけこまれる隙なんかひとつもない」

プールは言い返そうと口を開け、思い直したらしく咳払いに変えた。「とりあえず、この事件に集中しましょうか」

「ああ、そうしよう」

プールはしばらく椅子の肘掛けを指先で叩いていた。「何時間か前、シンプソンヴィルの保安官から連絡が入りました。裁判所の正面階段にひざまずいている男の死体が見つかったそうです。こっちの二体同様、白い粉に覆われ、目と耳と舌が、黒い紐をかけた白い小箱に入れてそばに置かれていた。すぐ横に、〝父よ、わたしをお許しください〟と書いてあったそうです。CSIの報告はまだ入らないが、白い粉は塩だと思います」

「くそ。今日一日で四体か」

「なんですって？」

「病院でも同じような死体が見つかったんだ。クレアから電話があった。スタンフォード・ペンツという医者が自分のオフィスで死んでいた。小箱から粉までまったく同じだ」

「懺悔の言葉は？」

ナッシュはうなずいた。「机の上の処方箋《しょほうせん》に書かれていた」

「額には？」

「何もない。それが唯一の違いだな」

「シンプソンヴィルの男も額には何もなかった」

プールはつかのま考えていた。「死亡推定時刻はわかっているのかな。犯人は封鎖中の病院にどうやって入ったんだろう？」

ナッシュが何も言わないうちに三人の捜査官が作戦室に入ってきて、箱詰め作業に取りかかった。

「ボードは残しておいてくれ」プールは三人がうなずくのを確認して、部屋の正面に目を戻した。「数時間のうちに四体か。それも二体は街のなか、一体は厳重に封鎖されている病院内、一体は千キロ以上離れた場所で見つかった。ビショップひとりの仕業じゃないですね」

ナッシュは椅子を引き寄せ、プールの横に腰をおろした。「シンプソンヴィルの死体だが、身元はわかってるのか？」

「ええ。トム・ラングリン、すでに退職しているが、九〇年代にビショップの家が燃えたとき、放火の報告書を書いた男です」

「その報告書は手元にあるのか？」

「いいえ。でも、向こうにいたとき読みあげてもらいました」プールは首を傾け、目を閉じた。「〝一九九五年八月か。わたしが保安官に当選するずっと前ね。その場で放火だと断定されたようね。報告書を書いたのはトム・ラングリンよ。もう退職してるけど、いまもこの地域に住んでる。直接話が聞きたければ、自宅に連れてってあげるわよ。これによると、あたり一帯にガソリンの匂いが充満してて、消防車が到着するころには、家は完全に焼け落ちていた。そのなかで三人の男の焼死体が見つかった。焼け焦げているせいで死因は断定できなかった、とある。生存者がひとり、アンソン・ビショップ、十二歳。湖で釣りをしていて、戻ってきたら煙が見えたと供述。警察は焼死体のひとつは父親で、火をつけたのは母親だとみなしている。母親は姿を消し、全国に指名手配されたけど見つからなかった。家の裏にあるトレーラーはサイモン・カーターと奥さんのリサが借りていた。このふたりも火事のあと行方不明。手配されたけど、やはり見つかっていない。残った男の子はここからさほど離れていないカムデン療養センターに送られた〟」プールは目を開けた。「これが保安官の説明でした」

「気味の悪いやつだな。昨日の会話を一語一句覚えているのか？」

プールは額にかかった髪を払い、ホワイトボードに注意を戻した。「映像記憶と呼ばれるものです。見たり聞いたりしたことは、ほぼ完璧に頭に焼きつく」

「くそ、俺は車をどこに駐めたかさえ二度に一度は忘れちまうのに」

「そういうことは、やめたほうがいい」

「何をやめろって？」

「自分をけなすジョークです。あなたは利口な人だ。仕事もよくできる。そんなふうに自分をけなしていると、周囲の人々にばかだと思われ、軽んじられる原因になりますよ」

「ついでだから、ひとつ教えてやる」ナッシュは口の片端を持ちあげ、内緒話をするように声を落とした。「ばかな警官のそばじゃ、人は油断するんだ。ちょっとしたジョークとよれよれのスーツがどれほど相手の油断を誘うか知ったら驚くぞ。おたくのような男が部屋に入ってきたら、あらゆるクソ野郎が警戒する。へたなことを口にするまいと神経を使う。だが俺とは一緒にビールを飲みたがる。警官を相手にしてることを忘れちまうのさ」それからボードを示した。「それにこういう事件に取り組むときには、ちょっとしたユーモアが役に立つ。この部屋でするのは殺しや死体の話ばかりだからな。それが長年続くと根が明るいやつでもまいっちまうことが多い」

プールは息を吐き、床に目を落とした。「あなたがいま言った〝こういう事件〟に、ポーターも含まれてると思いますか？」

ナッシュは両方の手のひらをズボンで拭った。「とんでもない、そんなばかなことはありえない、と言いたいね。あいつとは長い付き合いだ。俺が一緒に働いた警官のなかじゃ、あいつはピカいちだよ。一カ月前に同じことを訊かれたら、速攻で違うと答えていただろう。だが、いまはわからん。わからんことが自分でも怖い。サムはこの事件に取《と》り憑《つ》かれて、理性を失ってる。あんなふうにひとりでビショップを追い、受刑者を脱獄させる手伝いまでするなんて……。サムが俺に何も言わなかったのは、俺たちを守るためだと思いたいが……どうかな。あいつが黙っていた理由は、ほかにあるのかもしれん。そのボードにサムがしたことをすべて書きだしたら……証拠と行動だけを並べ、それだけを見たら、サムは間違いなく重要参考人だ。認めたくないが、それが事実だ」ナッシュは顔をしかめた。「そうは言っても、俺たちの手にある四つの死体は、サムが殺したわけじゃないぞ。あいつは勾留されていたんだからな。だが完全に潔白だとも言い切れん。まだ何か俺たちに話してないことがある。あいつの秘密を知るのは怖くてたまらないが、俺も警官の端くれだ。なんとしてもそいつを突きとめるつもりだ」

しばらく沈黙が続いたあと、プールが言った。「FBIでは、捜査班に共犯者がいたと考えています。4MKがこんなに長いこと逮捕を逃れてきたのはそのせいだ、と――」

ナッシュはプールがまだ言いおえないうちから首を振った。「ビショップが何年も逮捕をまぬがれてきたのは、殺しの動機が本人以外の誰にも理解できないほど常軌を逸していたからだ。万にひとつ、サムがなんらかの形で最初からビショップとかかわっていたとしても、そのかかわりは事件の捜査とは関係のないものだった。あいつのアパートを見ただろう？　あの壁を。捜査を攪乱《かくらん》したがっている男が、あそこまでするか？　あれはどんな犠牲を払ってもビショップを逮捕したいという思いに取り憑かれた男の、頭のなかのほんの一部だ。あいつはなんとしてもビショップを逮捕したがっている」ナッシュはホワイトボードから目を離し、プールを見た。「ビショップの日記を読ませて、あいつの助けを借りるんだ。あいつほどうまくビショップのたわごとから真実を引っ張りだせるやつはいない。認めたくないかもしれんが、おたくもそれはわかってるはずだ」

「日記が入った箱は、十分前にポーター刑事のもとに届けました」

ナッシュは顔をしかめた。「くそ、俺がぐだぐだ言うのを聞いてないで、先にそれを教えろよ」

「ぐだぐだ？　何か話してましたか？　よく聞こえませんでしたが」

「なんだ、ジョークを言えるじゃないか」

「たまにはね」

　プールは立ちあがり、携帯電話でボードの写真を撮った。「ルーズヴェルト通りの支局で、三十分後に状況説明が行われます。市長はあなたにも出席してほしいでしょうね」

　最後の言葉もジョークかどうか、ナッシュにはよくわからなかった。

11

五日目　午前八時三十六分
ポーター

　ポーターは神経が昂《たかぶ》って眠れなかった。取り調べ室から出してもらえたのは、トイレで小用を足すときと、廊下にある水飲み器で水を飲むときだけだった。取り調べ室から出ていくと、廊下にいた者たちがぴたりと話をやめた。ポーターは両手を振りあげ奇声をあげて、無言でこっちを見ている刑事や職員を驚かしてやりたい衝動をこらえた。

制服警官に誘導され取り調べ室に戻ったあとは、ありがたいことに再びひとりになった。脱獄幇助《ほうじょ》からギヨン・ホテルで射殺された女の殺害まで、なんらかの罪で起訴されるに違いないと覚悟していたのだが、そうはならなかった。少なくとも、いまのところは。しかし、すぐに釈放してもらえる見込みもなさそうだ。

目を閉じて、少しでも休もうとしたが、気がつくと頭のなかの叫び声に耳を傾けていた。この事件のあらゆる事実が一斉にわめきたて、百もの声が議論を闘わせている。

ドアをノックする音で目を開けたときには、なんと二時間も経っていた。

なぜわざわざノックするのか？　俺にはドアを開けられないのに。

ここに入れられたとき、取っ手を回してみたいという気持ちと一時間以上も闘ったあと、ついに負けて、ひねってみたのだ。ドアには鍵がかかっていた。だからノックされても、ばかみたいにドアを見て、待つことしかできない。

ノックに続いて鍵がはずれる音がした。開いたドアから入ってきたのは、ＦＢＩのバッジと市警の訪問者パスをつけた二十代の女性だった。

「プール捜査官にこれを届けるように頼まれました」

それだけ言うと、ＦＢＩの女性は抱えていた白いファイルボックスをテーブルにおろし、出ていった。ドアが閉まり、再び鍵がかかる。

暖房の音を除けば、部屋は静かになった。

ポーターは箱を見つめた。何が入っているかはわかっている。薄い段ボール紙を通して、まるで生きて、呼吸している獣がそこにいるように、作文帳がそのなかにあるのを感じることができた。蓋に手のひらを置くと、その獣のぬくもりが伝わってくるような気さえした。汗が一滴、眉から流れ頰を伝ったが、ポーターは拭おうともしなかった。

「書くものがいる」顔を上げずにつぶやく。鏡の向こうで誰かが、ひょっとすると複数の誰かが観察しているのはわかっている。「できればコーヒーもらえるとありがたい」

ものの一分としないうちに、ホワイトボードとカラーペン、マグカップとコーヒー入りのポットが差し入れられた。持ち手にガムテープが巻いてあるぼろいポットだ。

ひとりになるのを待って箱の蓋をはずし、一度に一冊ずつ作文帳を取りだしてテーブルに並べていった。表紙の右上の隅には、ポーターがよく知っている筆跡で1から11まで番号がふってある。

コーヒーをマグカップに注ぎ、ゆったりと座って最初の日記を手に取る。鏡の向こうで見ている連中が、ほんの少し身を乗りだした――ような気がして、音読したい衝動をこらえた。

12

日記

〝さまよえる子どもたちのフィニッキー・ハウス〟は、夜になるとしゃべりだす。壁や床、天井など、あらゆる場所で関節炎にかかっているみたいに古い骨や関節が音をたて、家全体があえぐように息を吸いこんでは、かすかな喘鳴《ぜんめい》やかすれたため息を吐きだす。しかも、それらの音は毎晩階下の床で始まり、どこか上へと出ていくように聞こえた。どの部屋もかつてこの家をわが家と呼んだ人々に酷使され、忘れられて、悪性腫瘍や傷ついた細胞のせいで満足に働かない疲れた肺の機能しか果たしていないようだ。

わが家。

これはおかしな言葉だ。一年前のぼくは、即座にそれがどんなものか答えることができた。なんの疑いも迷いもなくわが家とは何かを理解し、それを地図の上で指し示し、そこに至るいちばんの近道を口にすることができた。一年前には、わが家はぼくが知っているたったひとつの場所、それまでずっと暮らしてきた、暖かい毛布のように慰めをもたらす場所だった。湖へ行く小道を裸足で歩くときに指のあいだに盛りあがってくる湿った土の感触、母の笑い声と父の微笑《ほほえ》み、庭を横切りながら控えめに手を振る美しいカーター夫人、その香りをひと息でも吸いこみたい、太陽の光が黄色い花柄のワンピースに後ろからちょうどいい角度で当たったときに浮きあがる体の線をちらっとでも見たいという願い……そのすべてが、ぼくのわが家だった。

目を閉じれば、そこに戻ることができる。実際、ぼくはよくそこに戻った。けれど時が過ぎるにつれ、戻るたびに何かが変わっていった。最初はほんの少しずつ――風に揺れる濡れた布巾やタオルが消え、食品が詰まっていた冷蔵庫が二リットル入りの腐った牛乳を除いて空《から》になった。暖かく居心地がよかった部屋は秋の気配で冷えこみ、あらゆるものの上に埃《ほこり》が積もりはじめた。そうやってあの場所、ぼくの〝わが家〟はしだいに見つけにくくなっていった。まるで頭のなかの箱のひとつに押しこまれ、徐々に奥へと追いやられるように。毎日新しい箱がいくつも現れ、その前に積み重ねられていき、やがてさえぎられ、見えなくなっていくように。

今日は猫のことを考えながら目を覚ました。もう誰も世話をしてくれる人もなく、湖のほとりに置き去りにされたぼくの猫。

わが家を再び目にする日が来るんだろうか？

それから、最後に家を見たときのことを思い出した。燃え盛る炎と、あの男たちを。あそこにはもう何ひとつ残っていないかもしれない。

ポールのいびきが聞こえてくる。

ポール・アップチャーチ、様々な世界を描く、『メイベル・マーケルの不運な冒険』の作者。二段ベッドの上段で眠るこの少年は、毎晩必ず、壊れかけの発電機みたいな音をたてる。息を吸うたびに漏れる濡れた音は、すぐ上の天井に当たって実際よりずっと大きく響いた。大きすぎて、ときどき本人も驚いて目を覚ます。でも、なぜ目が覚めたかわからず、意味不明の言葉をつぶやきながら再び夢の国に戻り、また一時間もすると同じことを繰り返す。

ぼくはそれほど幸運ではなかった。

ポールの故障した呼吸システムにぐっすり眠っているところを起こされたあとは、完全に目が覚めて、上段のベッドを見上げるはめになる。部屋の反対側でかすかに赤く光る目覚まし時計によれば、これは決まって午前四時二分過ぎに起こった。

今夜も同じだった。目を閉じると、あらゆる音が目を開けているときよりも大きく聞こえる。ぼくはよけいなものをすべて取り除き、向かいの部屋の音だけに耳をすました。

その部屋の主リビー・マッキンリーとは、ここに来てからまだ一度も顔を合わせていないけど、よく知っているような気がする。それに日を追うごとにどんどん惹《ひ》かれていく。ふたりを繋ぐ目に見えない糸が、刻々と短くなっていくんだ。これはふたりがカムデン療養センターに勤務する、あの変わり者のドクター、ジョゼフ・オグレスビーの患者だったときに始まった。いまリビーは、この部屋のほんの少し先、手を伸ばしても届かないとはいえ、体温を感じられるほど近くにいる。閉ざされたドアの向こうで、ほとんどいつも泣いている。ぼくはリビーの笑い声が聞きたかった。お金があれば、くしゃみを聞くためだけにでも大金を払うだろうに。でも聞こえてくるのは泣き声だけ。そのわけはわからない。フィニッキーさんや女の子たちが順番に付き添って、ありとあらゆる時間に部屋を出入りしている。十五歳のクリスティーナ・ニーヴンとそれよりひとつ上のティーガン・サヴァラ。このふたりのこともぼくはほとんど知らない。廊下ですれちがうときにちらっと見て、やあ、と口のなかでつぶやくだけだ。

ここへ来た日の夜に、ティーガンはすごくセクシーなんだ、とポールが教えてくれた。クリスティーナもきちんとすれば〈そそられる度計〉で八・六はいくらしい。ふたりがいちばん古株で、フィニッキー・ハウスに来てからもう二年になるという。

ここがどんな場所なのか、ぼくにはまだよくわからない。里親になりたい人たちが列をなして訪れるのかと思っていたけど、ぼくが来てからそういう人はまだひとりも来ない。養子が欲しい夫婦も、里親候補も見たことがない。実際、ここを訪れる人はほとんどいなかった。それにこの家の正確な場所もまだつかめずにいる。かなり広い敷地の真ん中に大きな家がぽつんと建っているだけで、ほかの家は一軒も見えない。見えるのは荒れ果てた納屋だけで、〝あそこは危険だから絶対に近づくな〟とぼくらは言われてる。でも、子どもはそう言われると見たくなるものなんだ。ポールはいま、ある作戦を練っていた。

「女の子たちを誘って、あそこを見に行こうよ。きっと干し草や、静かな仕切りがある。

屋根裏もあるかもよ。ぼくはティーガンといちゃつくから、きみはサイコロを持ちこんでクリスティーナとゲームでもやりなよ。さもなきゃ見張りをするとか。キスが目当てのボトルゲームをするんなら、瓶を用意したほうがいいな」

「あれこれ空想する前に、勇気を出してティーガンと話したら?」

「話してるさ」

「ティーガンに〝おはよう〟とか〝元気?〟と声をかけられても、〝うー〟とか〝あー〟って意味のわからないうなり声を出すだけじゃないか」

「ぼくは寡黙なんだよ。無口なタフガイってやつ。ティーガンはちゃんとわかってる。だからいつも、ぼくの服を剝《は》ぎとるみたいな目で見てくるんだ」

「ティーガンの目はそんなことをするの?」

「そうさ。あの目には星と火花がきらめいてる。いつもほかの子とぼくの話をしてるし」

「どうしてわかるの?」

「ほかに話すことなんかないだろ?　あの納屋でふたりきりになれば、何を仕掛けてくることか」

「頭大丈夫?　水分が足りないんじゃない?」

ポールはつかのま静かになり、いきなり訊いてきた。「女の子の裸を見たことある?」

「ないよ」ぼくは言った。少し早く答えすぎたかもしれない。女の子の裸は見たことがないけど、女の人の裸は見たことがある。その夜ぼくは、カーター夫人のことを思いながら眠りに戻った。

あの人はいまどこにいるんだろう？　どれくらいわが家から遠くへ行ってしまったんだろう？

13

五日目　午前八時四十分
ナッシュ

シカゴ市警本部からルーズヴェルト通り二一一一番にあるＦＢＩのシカゴ支局までは、車なら十分で着く。ナッシュは愛車を走らせてそこに向かった。先ほど市警の地下からファイルを運びだしていたＦＢＩ捜査官のひとりが乗せていくと言ってくれたのだが、その気になれなかったのだ。まったく、ＦＢＩと共同捜査とは。上はいったい何を考えているんだ？

一階の受付で、主要な武器どころかバックアップの銃まで取りあげられ、写真を撮られたあと、ナッシュはビジターズ・バッジとともに金属探知機内蔵の戸口をくぐり、プールから聞いた四階の会議室Cに向かった。

どういう場所を想像していたのかは自分でもわからないが、その会議室が想像と違っていたことはたしかだ。ゆうに六百平方メートルはある広いスペースに十以上の列が階段状に造られていた。すべての席が正面の高くなった演壇と、床から天井まである複数のモニターに向き合い、どのスクリーンでも、たえまなく動くＦＢＩの３Ｄ紋章がきらめいている。開始時刻にはまだ十分あるため、プールとその上司の姿はどこにも見えないが、少なくとも二十人の捜査官がすでに思い思いの席についていた。

こちらは知らない顔ばかりでも、捜査官たちはナッシュを知っているらしく、ナッシュが入っていくと、ほとんどが話をやめて無遠慮な目を向けてきた。ナッシュはおどけて手を振りたい衝動をこらえ、戸口のそばにあるテーブルでコーヒーを注いで三列目の席に腰をおろし、しだいに座席が埋まるのを見ながら会議が始まるのを待った。

きっかり九時に頭上のライトが暗くなり、二箇所にあるドアが自動的に閉まった。映画の予告編が始まるような気分でスクリーンに目をやったが、代わりにハーレス支局長が横のドアから出てきた。会議室がしんと静まり返る。

「諸君のほとんどがこの事件に新たに加わったことはわかっているが、これまでの経過をゆっくり学んでもらう時間はない。今朝、新たに四人の遺体が見つかった。三人はシカゴ、もうひとりはサウスカロライナ州シンプソンヴィルで発見された。サム・ポーター刑事は逮捕され、現在市警に勾留されている」

驚いたことに、これを聞いて数人が歓声をあげた。手を叩く者さえいる。

ハーレスはどちらも無視した。「詳細はプール捜査官が説明する」

どうにか髭を剃り、着替えをする時間をひねりだしたと見えて、ハーレスと同じドアから出てきたプールは、さきほどよりだいぶしゃきっとして見える。プールが手にしていたリモコンのボタンをひとつ押すと、背後のスクリーンが明るくなった。

四つの死体が映しだされる。

「どの死体も同じ姿勢で発見されました。ごらんのとおり、ひざまずき、祈りを捧《ささ》げるように両手を胸の前で組んで頭をたれています。左目、左耳、舌は、外科医のような手際のよさで取り除かれ、黒い紐をかけた白い小箱に入れられて、被害者のそばに置かれていました。この点はビショップのこれまでの手口と少し違います。もっともガンサー・ハーバートとリビー・マッキンリーの場合は今回の被害者同様、箱は三つともすぐそばに並んでいました。この四体のそばには、〝父よ、わたしをお許しください〟というメッセージも見つかっています」

プールは演壇の左側へ歩いていき、スクリーンに映っているふたりの女性を示した。「最初の被害者はローズヒル墓地で、ふたり目は地下鉄レッドラインのクラーク駅の線路上にひざまずいていました。どちらも化学薬品を使って指紋を焼かれているため、いまのところ身元はわかっていません」つづいて三人目の被害者を指し示す。「いま説明したふたりと同じ姿勢を取らされ、シンプソンヴィルにある裁判所の正面階段で見つかったこの遺体は、身元が判明しています。トム・ラングリンという地元消防署の元調査官で、ビショップの家が燃えたあと、火事の報告書を作成した男です」

「例のポーターの家だな?」誰かが後ろのほうで叫んだ。

「その説明はちょっと待ってください」プールはそう答えて右端のスクリーンに歩み寄り、最後の死体を示した。「これはドクター・スタンフォード・ペンツ、昨日から封鎖されているクック郡病院の循環器科の医師でした。今朝、病院にある本人のオフィスで、ごらんのとおり、ほかの三人と同じ姿勢で発見されました。死亡推定時刻はまだわかっていませんが、おそらく封鎖の前でしょう。病院は昨日封鎖されて以来、厳重な警備下にある。容疑者がそこで犯行におよぶのも、そこに死体を運びこむのも不可能です。実際、昨日以降に病院に入るのを許されたのは、ポール・アップチャーチの手術を執刀するために呼ばれた外科医だけでした。アップチャーチの情報については、ケースファイルを見てください」

二列目のなかほどに座っていた捜査官が立ちあがった。「ビショップではなく、〝容疑者〟という言葉を使っているが、犯人がほかにいる可能性もあるんですか?」

プールはハーレスがうなずくのを確認してから、質問した捜査官に顔を戻した。「複数の州でほぼ同時に四人の被害者が発見されたことを考えると、ビショップが誰かと組んでいる可能性があります。エラ・レイノルズ、リリ・デイヴィーズ、ラリッサ・ビールの誘拐では、ビショップがアップチャーチに手を貸したことがわかっていますが、ほかにも共犯者がいるかもしれません。ポーター刑事は、アンソン・ビショップが実母かもしれない女とこのシカゴに潜んでいる、と主張しています」

「ポーター刑事はビショップの父親なんですか?」

部屋のずっと奥から、黄褐色のパンツスーツを着たアジア系の女性捜査官が尋ねた。

これにはハーレスが答えた。「現時点では、われわれはどんな可能性も除外していない」

プールが説明を続けた。「女の被害者ふたりは、〝わたしは邪悪です〟と額に刻まれていました。男の被害者ふたりにはそれがなかった。その違いが何を意味するかはまだわかっていませんが、この情報は絶対にマスコミに洩らさないでください」

数人が小声でつぶやいた。

プールはスクリーンに顔を戻した。「これらの被害者はみな全身を塩で覆われていました。着ていたものには塩がついていないところから、塩漬けにされたあとで着せられたと考えられます。皮膚についていた塩はポール・アップチャーチの自宅にあった塩水の塩と同じではなく、もっと粒子の細かい、道路の凍結を防ぐために使われる塩のようです」

アジア系の女性が立ちあがり、再び質問した。「聖書の創世記に、神の言いつけに背いてソドムの街を振り返ったロトの妻が塩の柱になったという話があるわ。それと〝父よ、わたしをお許しください〟というメッセージを考えると、聖書にかかわりがあるのかしら?　これまでのビショップの手口とはかなり異なりますね」

「あるいは、ビショップが父親に直接的なメッセージを送っているのかもしれん」ハーレスが応じる。「ビショップの父親がまだ生きていれば、だが」

プールはハーレスの言葉が耳に入らなかったように、女性捜査官を見て聖書を引用した。

「〝のがれて、自分の命を救いなさい。後ろを振り返って見てはならない。低地にはどこにも立ち止まってはならない。山にのがれなさい。そうしなければ、あなたは滅びます〟。創世記十九章十七節です。ソドムの街を滅ぼす直前に、天使がロトとその妻にこう告げた、いまの指摘はこれのことですね」

女性捜査官はうなずいた。「ええ。興味深いと思って。発見されたとき、死体は四体とも地理的に同じ方向を向いていたんですか？」

プールがこの問いに考えこんだとき、ナッシュの携帯電話が鳴りだした。会議室のざわめきが静まり、全員が一斉にこちらを見る。ナッシュは周囲の男女に謝るような笑みを投げ、受話器マークをスワイプし、携帯を耳に近づけた。とたんに全身に鳥肌がたった。この声を聞くのはほぼ半年ぶりだが、頭に刻みこまれている。

「どこにいるかはわかってます。黙って聞いてください。これから送る住所に、ひとりで、三十分以内に来てください。遅れないように。待たされるのは嫌いですから」

メールの受信音とともに、画面に住所が表示された。

「あなただけですよ、ナッシュ。ほかの人間はお断りです。わかったら咳をひとつしてください」

ビショップの指示どおり、ナッシュはこほんと咳をした。

「結構」

電話が切れた。ナッシュが顔を上げると、まだ全員がこちらを見ていた。

14

日記

おしっこに行きたくて、六時過ぎに目を覚ました。寝返りを打って再び目をつぶる。あと一時間延ばせる〝尿意〟ではなく、急がないと家中が目を覚ますほど大きな音をたてて膀胱《ぼうこう》が破裂してしまう〝尿意〟のほうだ。

あせってベッドからおりようとしてシーツが脚にからみ、転げ落ちそうになった。上のベッドで眠っているポールがいびきをかきながら寝返りを打ち、仰向《あおむ》けになって右腕をベッドの端からたらした。朝の訪れを仄めかす最初の光が窓から入りこもうとしている。

急いで部屋を横切り、ドアを開けて、両手で股間を押さえて廊下に出た。男なら誰でも知っているが、朝起きるとなぜかペニスが屹立《きつりつ》しているんだ。廊下のはずれにあるトイレで膀胱を空にしないと、尿意も勃起もどっちもおさまらない。

でも問題があった。廊下の床はきしむんだ。ヴィンセント・ウェイドナーは部屋にいてもそれが聞こえると断言し、そういう耳障りな音で眠りを妨げたやつは、ただじゃおかない、と言い渡していた。うっかり間違った板を踏めば、ひどい罰を受けるだろう。どこかを切り取られるか、最悪、姿を消すはめになるかも。ヴィンセントは眠るのが好きだ。ほかのことも、ほかの人間もあまり好きじゃない。けど、人を傷つけるのだけは例外で、好きみたいだ。

どの板がきしむかは、わかっている。

ポールが地図を持っているから。いま書いた理由で、ポールはぼくがフィニッキー・ハウスに着いた日に、それを覚えるのを手伝ってくれた。その地図を頭に浮かべ、反対側の壁にいちばん近い板に左足を載せ、右足を振りだして、一メートルほど先の廊下の真ん中に近い場所に置く。ありがたいことに、足踏みをしても床は音をたてなかった。

リビーの部屋のドアは閉まっていた。いつものように、ぼくはなかの物音に耳をすますあいだだけ足を止めた。

泣き声は聞こえない。これはいいことだ。リビーはまだずいぶん泣くが、カムデン療養センターにいたときほどじゃない。泣き声を聞くのはつらいけど、声がまるで聞こえないのも寂しい。ただ、すぐ近くにいると思うと奇妙に心が休まった。へんだよね。ちゃんと会ったこともないし、話したこともない。ときおりちらっと姿を見るだけで、どんな外見かさえ、大まかにしか知らないのに。

突然、廊下のはずれでトイレの水を流す音がして女子用トイレのドアが開き、ティーガンが目を閉じて両腕を上げ、大きなあくびと一緒に伸びをしながら出てきた。身に着けているのは白いパンティだけだ。ぼくはその場でかたまった。でも朝勃ちはそのままで、目を開けたティーガンがそれを見つめた――テントみたいにパジャマを突きあげているものを。急いで両手で覆ったものの、正直に言うと、ティーガンの着ているものに（というか、着ていないものに）気を散らされ、反応が遅れた。

「やだ、じろじろ見すぎよ」ティーガンはそう言いながら長い脚であちこちの床板を遠慮なくきしませ、近づいてくる。「変態」

そして自分の部屋に入り、壁が揺れるほどの勢いでドアを閉めた。

ヴィンセントがうめく声がした。

ぼくはヘラジカのような速さでトイレに飛びこみ、ドアを閉めた。そして鍵をかけたあと、膀胱を空にしながら考えた。ヴィンセントに捕まらないようにここで一時間待ったほうがいいか？　それとも急げば無事にベッドに戻れるだろうか？

便器の向こうには、私道を見下ろす細い窓がある。朝いちばんの排尿がもたらす解放感を味わいながら、何気なくその窓の外に目をやると、車が見えた。おなじみの白いシボレー・マリブだ。ウェルダーマン刑事が降り、ぐるりとまわりこんで後ろのドアを開ける。クリスティーナ・ニーヴンが降りてきて、刑事に何か言った。なんだか怒っているみたいだ。丈の短い黒いワンピースと黒いハイヒール、小さなバッグを手にしている。

玄関に向かうクリスティーナから刑事に目を戻すと、ウェルダーマンがこちらを見上げ、ぼくをにらみつけていた。

15

五日目　午前九時十七分
クレア

クレアは病院の警備主任ジェローム・スタウトと机ごしに向き合い、狭いオフィスに立っていた。スタウトは大きな携帯電話を机の真ん中に置いて、キャスター付きの古い椅子に腰をおろしている。クレアはスタウトに頼まれ、市警の上司である殺人課の警部、ヘンリ・ダルトンに電話をかけたのだった。

「五人？　たったそれだけか？」ダルトンの声がスピーカーから流れてくる。「あんなにでかい病院を、わずか五人でどうやって警備できるんだ？」

スタウトは頭を掻《か》いた。「わたしにそう言われてもね。文句は病院の予算委員会に言ってください。わたしは病院が与えてくれるものでやり繰りするしかない。ここだけの話、クリーブランド総合病院にいる友人は、一シフトわずか三人でやってます。五人のほうがいくらかましですよ」

クレアは身を乗りだした。「警部、ビショップが病院内にいるかもしれないんです。応援を送ってください」

「無理だな。CDCは病院を出るのはもちろん、こっちが院内に入る許可も出さない。それに、今朝は市内でも同様の死体が二箇所で発見されているんだ。サウスカロライナのシンプソンヴィルでも一体見つかった。院内の殺しがビショップの仕業だとは思えん」

「だから安心しろって言うんですか？　犯人が誰にせよ、この建物のなかに潜んでいる可能性が高いのに！」

「きみは殺人課の刑事だ。文句を言わずに捜査を始めたまえ。そっちにいる制服警官は何人だって？」

「四人です。ビール母娘の病室と、カティ・キグリーの病室にひとりずつ、カフェテリアにふたり。集めた被害者候補が暴動を起こさないように、全員をロビーの警備につけるつもりでしたが、こうなると、それはできません。病室のほうも引き続き警備しないと。なんとかしてください。手持ちの人員だけでは、二十四時間体制を取るのは無理です」

「アップチャーチには誰もつけていないのか？」

「あの男は昏睡《こんすい》状態でもう意識を取り戻さないだろうと言われてます。死ぬとわかっている男にまで警備をつける余裕はありません」

ダルトンはため息をついた。「助けを送りたいのは山々だが、できんのだ。きみと同じように、わたしも命令を受けているんだよ」

「FBIはどうです？」

「ハーレス支局長とはすでに話したが、あっちも同じだ。CDCが病院の封鎖を解く許可を出すまでは、誰ひとり病院から出ることはおろか、入ることもできない。死体はどこにある？　病院内で殺しがあったことは、ほかに誰が知ってる？」

クレアはちらっとスタウトを見て、電話に目を戻した。「死体置き場におろしてもらいました。検視はアメリア・ウェバーという勤務中の病理学者が行うことになっています」

「結構。検視局のアイズリーに連絡を入れるよう、ドクター・ウェバーに伝えてくれ。アイズリーは市内で見つかったほかの二体を解剖中だし、シンプソンヴィルとも連絡を取っている。情報を交換しながら進めてもらいたい。その医者が殺されたことはできるかぎり伏せておけよ。院内に知れ渡ったら、状況がさらに悪化しかねない」

クレアはくるりと目を回した。

この忠告は少々遅かった。

ペンツの遺体を発見した看護師は、すでにナースステーションでそれを同僚に話していた。それも付近にいる職員――三人の用務員と、ひとりのドクター、カフェテリアで働く職員ふたり――に聞こえるほど大きな声で。クレアはその全員に慎重に対処する重要性を説明したものの、時すでに遅く、みなほかの人々に話し、話を聞いた人々もあちこちで触れまわったあとだった。

「とっくに知れ渡ってますよ、警部」

「では、ほかの殺しと同じように対処し、できるかぎり早く犯人を突きとめろ。こっちでも死体が見つかっていなければ、そちらの循環器科の医者を殺した犯人はほぼ模倣犯で決まり。その医者に死んでもらいたい人間が、自分の犯行をごまかすために4MK騒ぎを利用した、と思うところだが……。もちろん、その可能性もまだある。しかし、ほかの可能性も排除できん。クロズは被害者のことを調べたのか？　アップチャーチと関係がある人物かね？」

「アップチャーチとも、あの男の治療とも、直接的な繋がりはありません。でも、ドクター・ペンツは病院の理事だそうです。ペンツが行った資金操作が間接的にアップチャーチの治療に影響を与え、ビショップのレーダーに引っかかったかどうか、クロズが調べているところです」

「その調子で頼む。何かわかったら知らせてくれ。わたしからすべてFBIに伝える」

ダルトンは電話を切った。

「結局、ちっとも役に立たなかったわ」

スタウトが背もたれに体をあずけると、椅子がうめくような音をたてた。「ビショップか模倣犯か、まったく違う犯人かはともかく、そいつが院内にいるのは間違いないね。出入り口はすべてSWATとわたしの部下が見張っているんだから」

いや、そうとはかぎらない。クレアはふいに頭に浮かんだ可能性を口にした。「この病院は、街の下にある地下通路に繋がってないのかしら？」

「地下通路？」

「ええ。禁酒法時代に密造酒を街に運びこむため造られた地下通路。港からシカゴのあらゆる場所へ通じてるの。その後公益事業社がほとんどを引き継ぎ、いまでもまだ使われているわ。去年エモリー・コナーズが４ＭＫに誘拐されたあと、ビショップはその通路を使って移動していたことがわかった。それを使えば、街の端から端まで姿を見られず行くことができるのよ」

　スタウトは顔をしかめた。「そんな通路の話は聞いたことがないが」

「地下を確認すべきね」

16

五日目　午前九時十五分
ナッシュ

ナッシュは通りの東側の縁石沿いに車を停めた。ビショップが送ってきた住所、マコーミック四二三番はこの半ブロック先だ。ギアをパーキングに入れ、そのブロックを見渡す。といっても、たいしたものはない。ここはほとんどのシカゴ市民が九〇年代に見限った地域だった。ギャングが入ってきたとたんに商店の経営者が店を閉めはじめ、いまや残っているのは質屋が四、五軒に保釈金を貸しつける店が一軒、それともう客を店内に入れようとしない角のコンビニだけだ。コンビニの店主は、通りに面した窓を厚さ五センチの防弾ガラスに換えていた。客が外から通話機で欲しいものを告げると、店主がそれを棚から取ってきて、大きな金属の引き出しを通して金を受けとり、同じ引き出しに入れて客に品物を渡す。この数年で近隣の治安はさらに悪化したが、地域の住民（ギャングのメンバーを含め）がこの店は襲わないという暗黙のルールを守っているため、開店してから二十三年のあいだ、角のコンビニはまだ一度も強盗に襲われていなかった。だからと言って、店主が店のドアを開けることはない。相手が誰でも……たとえ警官でも。

　ビショップから送られてきた住所が、あのコンビニとはどういうことだ？　ナッシュは首をひねった。店主は毎朝九時には店を開けるらしく店内は明るいが、分厚いガラスの向こうを動きまわっている者は見えないし、通りの角にも人の姿はない。

　グローブボックスのボタンを押したとたん、旧式のオーディオ・テープが床に落ちてきた。「くそ」悪態をつきながらボックスの奥に手を入れ、太いネジで留めてある革製ホルスターを取りだす。三八口径を引き抜き、弾がこめられているのを確認してから、銃をベルトに突っこんだ。肩に吊《つ》ったホルスターには支給されたベレッタ、くるぶしのホルスターにはケルテックP３ATがおさまっている。車の後部に日本刀が置いてあれば、それもつかんでいたかもしれない。分厚いダウンコートの下にはケヴラー製防弾チョッキを着こんでいた。ＦＢＩで着けてきたのだ。

〝警察〟と書かれたカードをダッシュボードに置いたあと、考え直して床に散らばったテープの上に落とした。こういう地域で、わざわざおまわりの車だと告げるのはアホだ。まあ、どのみちいまごろは誰かが見破っているだろうが。

　まだ人っ子ひとり見えないものの、ナッシュは複数の視線を感じた。それがビショップの目か、地元の連中が自分たちの、あるいは仲間の利益のために見張っているのかまでは、わからないが、通りの先から、頭上から、背後から、間違いなく見られている。

深々と息を吸いこんでからエンジンを切り、ひび割れた歩道に立った。ドアをロックする手間はかけなかった。どうせ助手席のドアは鍵がかからないし、こういう地域では、簡単に車内のものを取りだせるようにしておくほうがいいのだ。さもないと窓ガラスを割られ、換えを買いに行くはめになる。

除雪車のおかげで通りの雪は少ないものの、歩道はそうはいかなかった。場所によっては汚れて黒ずんだ雪が一メートル以上も積もっている。廃業して放棄された店の前には、もっと高い雪だまりもあった。歩道には塩をまく者がいないのだろう。ナッシュは凍っている場所を慎重に避けながら、体のまわりで渦巻き、うなる風のなかを歩きだした。

ようやくコンビニにたどり着いた。店の名前を書いた看板は見当たらない。厚いガラスをノックし、顔を近づけてなかを見ると、男がひとり、折りたたみのガーデンチェアに座り、窓の左手にある机でシカゴ・エグザミナー紙を読んでいた。店主と思《おぼ》しきその男は、面倒臭そうに顔を上げ、じろりとナッシュを見て、新聞に目を戻した。

「くそったれ」ナッシュは毒づいて再び窓を叩いた。

店主は顔を上げずに、すぐ横にある大きなマイクのボタンを押した。「何か欲しけりゃ、通話機を使いな」そして新聞に目を戻し、ページをめくった。

ナッシュは言い返そうとして、なかにいる男には聞こえないことに気づいた。窓のまわりを探すと、左手にあるアルミニウム製スピーカーにボタンがついている。手袋をした指でそのボタンを押した。「俺が来たのは……」

そこで口ごもった。なんと言えばいいのか？

〝アンソン・ビショップに会うためだ〟と？

店主はナッシュが来た理由を知っているらしく、口ごもっているうちに窓の下から金属の引き出しが滑りでてきた。なかには懐中電灯と単一電池がふたつ入っている。「銃は持ったままでいいそうだ。懐中電灯がいるとさ」

ナッシュは大型の懐中電灯を取りだし、手袋をしたままぎこちなく底のキャップをひねって電池を入れ、再び蓋をした。ＬＥＤライトではなく電球を使った旧式のやつだが、明るさは問題ない。

「六ドル五十八セントだ」店主が言った。

「なんだと？」

「懐中電灯と電池で六ドル五十八セントだよ」

「ビショップはどこだ？」

店主は音をたてて引き出しを揺すぶった。「六ドル五十八セント」

ナッシュはポケットを探って、十ドル札を引き出しに入れた。

店主は引き出しを戻して十ドル札をつかみ、自分のポケットに入れると、椅子に座り直してまた新聞を読みはじめた。

「おい、釣りはどうした？」

「地域の美化に使わせてもらうよ」店主が顔も上げずに言い返す。

吹きさらしの歩道で言い争う気になれず、あきらめて店主に尋ねた。「ビショップはどこにいるんだ?」

店主はため息をつきながら新聞を下に置き、骨太い指を伸ばした。「通りを渡った四二六番だ。あんたがひとりじゃなかったら、四三〇番だと言うことになっていたがね」

「俺はひとりだ」

「だから四二六番だ。聞いてなかったのか? ひとりだってことは見りゃわかる。さっさと行かんか。おまわりに立っていられたんじゃ、商売の邪魔なんだよ」

店主は再び新聞を手に取り、顔の前に広げて即席の壁を作った。

向かいの四二六番にあるのは、一階の窓に鉄製の黒い格子がはまった赤煉瓦の三階建てだった。ほぼすべての窓が合板で塞がれている。誰かが緑色のドアにオレンジ色のペンキで特大のペニスを描いていた。

「マコーミック四二六番か」建物を見上げ、つぶやく。「ま、どこで死んでも同じだな」

通りを横切る前に左右を確認する。目に入ったのは焼けた古いワゴン車の、半分雪に埋もれた残骸だけだった。

17

日記

「左を向いて、少し口を尖《とが》らせてみようか」ポール・アップチャーチがカメラを構えて指示を出す。

ぼくは代わりに舌を突きだした。

どんな犠牲を払っても写真を撮られるのを避けろ、父にはそう教えられた。写真は記録を作りだす——書類、証拠、時系列を。いつなんどき再浮上して、災いをもたらしかねない、と。「幽霊のように生きろ。おまえを目にする人間が少なければ少ないほど、自由に生きられる。真の自由、百パーセントの自由を享受できるのは死者だけだ」

でも、いまぼくはフィニッキー・ハウスの居間で壁を背にして、かなり高そうな三五ミリのカメラを構えたポールのためにポーズを取っていた。

「なんのために写真を撮るの？」

「名誉の殿堂ならぬ、〝屈辱の壁〟に飾るためさ」ポールがダイヤルやなんかを微調整し、片膝をついてファインダー越しにぼくを見る。「いつもならフィニッキーは新人が着いた翌日に写真を撮るんだ。けど、きみは着いてからもう一週間近くなる」

カシャッという音がしてフラッシュが光り、部屋のなかに白い点を残した。

「今朝早く、あの刑事を見たよ。ぼくをここに連れてきた刑事」パンティ一枚のティーガンを見たことは黙っていた。ひと言でも口にしたが最後、何時間でもしつこく訊いてくるだろう。今日はそんなことに使う時間はない。ぼくには計画があった。

「ウェルダーマンか？」

「そのとおり、ウェルダーマンだ」

「正しい答えは〝ああ、ウェルダーマンさ〟だよ。きみってときどき老人みたいなしゃべり方をするな。今日は少なくとも三回〝ちげえよ〟って言ったほうがいい」

再びカシャッという音がして、フラッシュが光った。

「右を向いて」

〝ああ〟はともかく〝ちげえよ〟なんて、ぼくには無理をしないと言えない。父さんは周囲に溶けこむことが重要だと言っていたから、努力すれば言えると思うけど。文法的に正しくない言葉遣いをするには、かなり抵抗がある。

ポールはもう一度あれこれ調整した。「ウェルダーマンはよく来るよ。相棒のストックスもだ。フィニッキーの友だちだからな。ときどきあの刑事たちは女の子を街へ連れてく。ぼくたち男を連れてくこともあるけど、たいていは女の子だ」

「あいつったら、しなびたグレープフルーツみたいな匂いがするの。けど、街まで歩くよりもましでしょ」

　その声に顔を上げると、クリスティーナがアーチ型の入り口に立っていた。ちっぽけな白いビキニを着て茶色いタオルを肩にかけているだけだ。

「グレープフルーツとオールド・スパイスの匂いよ。デオドラントの」後ろに立ったティーガンが訂正する。こっちは黒いツーピース姿だ。ふたりとも髪を後ろでひとつにまとめ、ポニーテールにしていた。

　水着姿のふたりに、ぼくは赤くなって床に目を落とした。

　ポールは振り向いたとたんにあんぐり口を開け、「うわっ、すごい」と言いながら、ファインダーを覗こうともせず、ふたりに向かって続けざまにシャッターを切った。女の子たちはすぐにモデルよろしく背中合わせになり、可愛《かわい》らしく首を傾げて、写真向けの微笑を浮かべながらポーズをとりはじめた。

「いいね！」ポールは親指をぐいとそらしてぼくを示した。「カメラを向けたとたんにコチコチになる、シャイなこいつとは大違いだ」

「そうかな」ティーガンがにやっと笑う。「今朝はそれほどシャイじゃなかったけど」

　そう言いながらクリスティーナと連れ立って近づいてくると、タオルを落として片腕をぼくの腰にまわし、耳元でささやいた。「全然シャイじゃなかったよね、アンソン？」

　クリスティーナも反対側から、裸も同然の体を押しつけてくる。

ぼくは両腕をどこに置けばいいかわからずに、ぎこちなく体の横にたらし、指先がクリスティーナの腿をかすめると、あわてて丸めた。

ポールがまた写真を撮った。

ふたりともいっそう強く体を押しつけてくる。とても温かくて、新鮮な野生の花とベビーパウダーのような匂いがした。

「顔が熟れたトマトだぞ、アンソン」ポールに指摘され、ぼくはもっと赤くなった。

ティーガンがくすくす笑い、クリスティーナの肩を叩いてぼくの下半身を指さす。

「やだ、ずいぶん単純ね」クリスティーナは低い声で笑った。

「言ったでしょ」ティーガンも嬉《うれ》しそうに笑い、居間の入り口へと頭をそらした。「リビー、アンソンの勃起を見たい？　あんたに見てほしいって！」

ぼくはあわてて両手でジーンズの股間を覆った。ふたりともくすくす笑いながら体をすり寄せてくる。

「リビー、早くおいでよ！」

すると廊下の壁に影が差した。でも見えたのは影のほんの先だけで、リビー本人は居間に入ってこなかった。

「やっぱりやめようかな」小さな声が言う。リビーの声を聞いたのは初めてだったが、その音も抑揚も、まるで生まれたときから知っているような気がした。

ティーガンがくるりと目を回し、腹立たしげに廊下へ戻っていく。「閉じこもってちゃだめ。一緒に日光浴に行くんでしょ。あんたは死人みたいに青白いんだから」

ふたりに挟まれていたときも戸惑ったが、クリスティーナだけと体を寄せあって立っているのはもっとへんな感じだった。

でもポールは気にする様子もなく、シャッターを切りつづけている。

ぼくらは誰も、食堂からフィニッキーさんが入ってくる音に気づかなかった。たぶんずっとキッチンにいたんだ。「アンソン、シャツを脱いだらどう？　その格好じゃバランスが取れないわ。クリスティーナがすてきなビキニ姿できれいな体の線を見せてるのに、あなたときたら、これから教会へ行くみたいな格好だもの」それからポールに向かって言った。「そういうことに気づかないいんじゃ、いつまで経ってもちゃんとした写真は撮れないわね」

「はい、マダム」

フィニッキーさんはぼくに顔を戻した。「どうする？」

「あたしが脱がしてあげる」ぼくがかたまっていると、クリスティーナがシャツのボタンをはずしはじめた。だけど、その声はもう楽しそうじゃなかった。怖がっているみたいだ、ぼくはちらっとそう思った。

18

五日目　午前九時二十二分
ナッシュ

凍った階段で危うくしくじりもちをつきそうになりながらも、ナッシュはドアの前に立った。オレンジのでかいペニスを描いた緑のドアに誰かが蹴りを入れたと見え、枠沿いの木が割れ、差し錠もなくなっている。だいぶ前からその状態だったようだ。そっと押すとドアが内側に開き、剝がれかけた花柄の壁紙と暗い廊下が覗いた。懐中電灯をつけ、なかをぐるりと照らす。色褪《いろあ》せた床板は傷だらけ、何枚か剝ぎとられて黒々とした穴が開き、床下の根太《ねだ》が見えた。懐中電灯の黄色い光を穴に向けてみたが、闇が立ちはだかっている。廊下の先も、手にした懐中電灯ではせいぜい三メートルくらいしか先が見えない。

「ビショップ?　入るぞ」

床が抜けるのを心配しながら、ためらいがちに足を踏み入れた。ナッシュは小柄とは言えない。この前の身体検査では体重は百キロあった。それに武器や防弾チョッキばかりか、北極を歩いても凍らずにすむだけの防寒具の重さを加えれば、相当なものだ。ナッシュはベレッタを引き抜いた。「俺は銃を持ってる。バカな真似をすれば撃つぞ」

その警告に応えたのは、どこかの開いている窓から吹きこむ風のうなりだけだった。壁から逃れようともがく蛾《が》のような音をたて、剝がれた壁紙がはためいている。「どこにいる？」

「ひとりですか？」

いきなりビショップの声がして、ナッシュはびくっとした。その声には不思議な響きがあった。叫び声でも、大声でもない。ただ、あらゆる方向から聞こえてくるようだ。上から降ってくると同時に後ろからしのび寄り、下からも蛇がからむように、体を這《は》いあがってくる。いま足元を見れば、とぐろを巻いた蛇がそこで鎌首をもたげている、そんな錯覚に陥りそうになる。

「ひとりで来いと言っただろ？　だからひとりで来た。きさまの頭に一発撃ちこむぐらい、俺ひとりでたくさんだ」部屋のひとつひとつを照らし、空っぽだと確認しながら進んだ。古びた居間、食堂、荒れ放題のバスルーム。「なぜスターバックスで落ち合うんじゃだめなんだ？」

「それじゃ月並みすぎます」

後ろで床板がきしみ、ナッシュは懐中電灯と銃を構えてすばやく振り向いた。そこには誰もいない。

「びくついてますね」

「どこにいるんだ?」

「階段を上がって二階に来てください」今度は間違いなく上から聞こえてくる。

懐中電灯の光を天井に向けると、開いている穴のひとつから覗いている人影が見えた気がした。「もしも床を踏みぬいて怪我《けが》をしたら、訴えてやるぞ。市警の健康保険はくその役にも立たんからな」

「ええ、それはぼくも知ってます」ビショップの声はさっきよりくぐもっていた。少し遠ざかったのか?「壁の近くをゆっくり上がってくれれば大丈夫ですよ」

ナッシュの前にある階段は左手の壁沿いに上がり、暗がりのなかに消えている。「なぜ俺を呼びだした?」階段には手すりがあった。しかし右手の銃も左手の懐中電灯も必要だ。やむをえず、手すりに頼らず最初の段に足を載せて体重をかけると、板がたわんだ。じりっと壁際に近づき、もう片方の足も載せる。板は砕けなかった。ナッシュは次の段に足を置いた。

「その調子ですよ、ナッシュ」

「くそったれ」

「敵意の塊ですね」

二段目は足の下でバリッと音がした。そのまま突き抜けて落ちるのを覚悟したが、ありがたいことに持ちこたえてくれた。最後の四段を少し急いで上がると、目の前に廊下が伸びていた。並んでいるドアのうち三つは閉まり、ふたつは開いている。もうひとつはドア自体がない。

「どの部屋だ、クソ野郎」開いたドアのほうに光を向けたが、なかには何も見えない。

「そんな呼び方をされたら、友だちにはなれそうもないな。友だちはお互い、尊敬するものですよ」

「いいから廊下に出て、よく狙える場所に立て。弾が急所をはずれて苦しむのはいやだろ？　内臓に当たれば、何日もここで血を流しつづけるはめになる。最悪のパターンだ」

「ええ、あなたはさぞ良心の呵責《かしやく》にさいなまれるでしょうね。最後の、ドアのない部屋です」

ナッシュはビショップの声に従い、二階の廊下に足を踏みだした。銃をいちばん奥の戸口に向け、通過する部屋のなかを照らしていく。「減らず口を叩いてないで、廊下に出てきたらどうだ？」

「額を撃ち抜かれるのはごめんです。撃つ気なんでしょう？」

「ああ、そのとおり」ナッシュは低い声でつぶやいた。

閉まっているドアを開けて確認したほうがいいだろうか？　いや、やめておこう。ビショップがいる場所はわかっている。階下で聞いた奇妙な反響は消え、いまやビショップの声は明らかに廊下のはずれにある部屋から聞こえてくる。銃を握った手に力をこめながら、ナッシュはその戸口に近づいた。「行くぞ、ビショップ。バカな真似をするなよ」

「そんなことは考えもしません」

最後の部屋はかなり広かった。家具はひとつもなく、奥の壁にある窓は板張りされていた。左手の両開きのルーバー扉はクローゼットだろう。廊下や階段の壁と同じように、剝がれて丸まった壁紙の下にひび割れた漆喰《しっくい》と板格子が覗いている。天井の真ん中からワイヤー一本でぶらさがっている古い扇風機は、ほんの少しの振動でも落ちてきそうだ。

アンソン・ビショップはドアに背を向けて板張りされた窓と向き合い、うなだれて、ひざまずいていた。

ナッシュはその後頭部に狙いをつけた。「動くなよ、くそったれ」

19

五日目　午前九時二十三分
クレア

クック郡病院の地下は驚くほど広く、雑然としていた。数十年分の古びた医療機器が、ほぼあらゆる空間を満たしている。ストレッチャー、ベッド、点滴のスタンド、車椅子。

箱もたくさんあった。途中で整理した痕跡はあるものの、そこからまた何年も放置されてきたようだ。どの部屋にも一応用途を示す札が張ってあるが、いまとなっては収納されているものを大まかに示す役目しか果たしていない。必要のなくなったものが出るたびに、空いている場所にそれを押しこんで忘れてしまうのだろう。比較的きちんとした状態にあるのは、空調システムが集まっている部屋だけで、そこにメンテナンス担当のアーネスト・スコウがいた。クレアがスタウトとその部下の警備員三人を引き連れてエレベーターを降りると、この汚れたつなぎを着た六十代の黒人の男は、プラスチックの箱に腰をおろし、朝食のサンドイッチを食べていた。

「アーネストでいいよ」老人はサンドイッチの残りを口に入れ、唇についたパン屑《くず》を払いながら言った。「その地下通路ってのはなんだね？」

「密造酒業者が造ったもので、街の地下に網羅されてるの。こういう古いビルには、たいてい出入り口がある。新しいビルで見つかることもあるわ」

スコウは顎の無精髭を掻いた。「かれこれ二十年近くここで働いてるが、そんなものは見たことがないね」

「地下の部屋に関しては、どれくらい把握しているんだ？」スタウトが尋ねた。

スコウは首を傾けた。「俺が整備する器材や機械があるとこは出入りしてるが、それがない部屋には足を向けないね」

「電話線はどこから入れてるのかしら？」クレアは尋ねた。「建物によっては、電話局が機材を置くのにその地下通路を貸しているところもあるの」

スコウは天井を仰ぎ、また顎を掻いた。「おそらく西側の壁だな。そっちにもエレベーターがあって、ときどきそのあたりで作業員が何かやってるのが聞こえる。こっち側にはめったに来ないから、向こうにあるんだろう」

「そこに案内して」

クレアたちはスコウのあとに従い、古びた機材が作る迷路のあいだをくねくねと進んでいった。なかには使い古したストレッチャーも混じっている。ぽつんと離れたところに置かれたものもあれば、荷物運びに使われたのか古い機材や箱を積んだもの、壊れてあちこちに放りだされているものもあった。全部集めたらかなりの数になりそうだ。４ＭＫに拉致されたエモリーとガンサー・ハーバートは、ストレッチャーに手錠で繋がれていたのだ。ビショップはここで調達したのだろうか？

スコウは天井を指さした。「あの灰色の線が電話、青いのはインターネットだ」

天井にはたくさんの太いケーブルが結束バンドでまとめられ、コンクリートに金具で固定されていた。ようやく西側の壁にたどり着くと、ケーブルの束はコンクリートの基礎に開けられた直径十センチほどの丸い穴の向こうに消え、穴の周囲はゴム製シールで塞がれている。

トンネルも、目に見える開口部もない。

クレアは壁を見まわした。「間違いなく、ここにあると思ったのに。ここはいつ建てられたの？」

　スコウは即座に答えた。「一九二二年だ」

「密造酒業者が地下通路を造りはじめたのは一八九九年ごろだから、この建物に開口部があったとしてもおかしくないわね。でも、このコンクリートはそんなに古く見えない。通路を塞ぐために塗り直したのかしら？」

「ここは、八〇年代に基礎が補強されたときに改修されてる。そのときに塗りつぶされた可能性もあるな」

　クレアの携帯電話が鳴った――クロズだ。

「どうしたの？」

「ポール・アップチャーチが目を覚ました」

　クレアは眉を寄せた。「なんですって？　でも、医者はこのまま――」

「何かしゃべっているそうだ」クロズがさえぎった。「急いで行ってくれ」

20

日記

「声を落とせ！」ぼくはひと言もしゃべっていないのに、ポールが女の子たちに聞こえるほど大きな声で注意した。

ぼくたちは母屋の裏にある草地を納屋のほうへと這い進んでいた。

ポールが頭を上げて背の高い草のあいだから前方を見ながら報告する。「ふたりが見えるぞ。納屋から十五メートルぐらい手前にいる」

ぼくも頭を上げようとすると、肩をつかんで阻止された。「見つかっちゃうだろ！」

ぼくはしかめ面になった。「きみは？」

「ぼくは見えない。忍者みたいにこっそりと動くから。透明人間みたいに。だから見られたいと思わないかぎり、誰にも見えないんだ」

女の子たちはフィニッキーさんが背を向けるとすぐに居間を出て、急いで裏口から外に出ていった。リビーは居間には一歩も入ってこなかったが、ほかのふたりと一緒に影が遠ざかり、三人の足音が家を出ていくのが聞こえた。フィニッキーさんはポールからカメラを取りあげ、ぼくたちも居間から追いだした。階段の下まで戻ったとき、ポールがぼくの腕をつかんで玄関のほうに顎をしゃくった。

まもなくぼくらは外に出て家の裏手にまわりこんでいた。

「二十数えるまで待ってから追いかけよう。近づきすぎちゃまずい」

「まずいって、何かする気なの？」

ポールは呆《あき》れたように目玉をくるりと回した。「覗き見するに決まってるだろ。三人ともぼくらに見てほしいんだ。そうじゃなきゃ、どうしてあんな格好で居間に入ってくる？」

「出ていく途中に居間があったから？」

「ちぇっ、いまどきの女の子の気持ちが全然わかってないな」

〝あなたに見てほしかったんだと思う〟

ふいにカーター夫人の言葉が頭のなかで響いた。

「クリスティーナはずいぶん積極的にきみに迫ってたし、ティーガンはぼくに触りたくてうずうずしてた」ポールが言う。「そういうシグナルを読めるようにならないとな」

「シグナル？」

「女の子はシグナルを送ってくるんだよ。セイレーンの歌みたいなシグナルを。あの三人が日光浴したがってるって？」ポールは首を振った。「とんでもない。半分裸で草の上に寝転ぶのは、ぼくらに見てもらいたいからさ」

三人のうちの誰かがくすくす笑うのが聞こえた。

ポールはぼくを引っ張り、地面に伏せた。「くそ！」

ぼくらはふたりとも少しのあいだ黙りこんでいた。それからポールが草の上から頭が出ないようにしながらそろそろと顔を上げた。

「見える？」

「ああ。すばらしい」かすれた声でポールがつぶやく。

ポールがさらに三メートルほど這い進み、ぼくもあとを追った。再び止まったときには女の子たちの声が聞こえ、肘をついて少し体を持ちあげると今度は三人とも見えた。いちばん手前にいるのはティーガンで、タオルをお腹の下に敷いてこちらに背を向け、寝そべっている。その隣のクリスティーナも腹ばいになって、膝を曲げぶらぶら足を振っていた。リビーはふたりの向こう側にいるせいで、片足の半分しか見えない。

「あっち側にまわりたいな」

「どうして？　ティーガンはすぐそこにいるぞ。それに――わお」

ティーガンが背中に手をまわし、ビキニのトップをはずした。「ローションを塗ってよ」

ぼくらはその言葉が聞こえるほど近づいていた。

クリスティーナが片手にローションの瓶を持って起きあがり、ティーガンの背中に少しだけたらしてすりこみはじめる。「ちょっとにするね。日焼けの線が見えないようにしろ、って言われただけだから」

「うん、あんまり焼けたくないし」

「もう少ししたら戻ろう」クリスティーナが言って、ティーガンのボトムの紐もほどく。ビキニのボトムがはらりとはずれた。「こっちの線も消したほうがいいよね」

すぐ横でポールがあえぐような声をもらした。ぼくもあえいでいたかも。

「うん、せいぜいあと三十分ね」ティーガンが言う。「さもないと、ロブスターみたいに真っ赤になっちゃう」

クリスティーナがリビーのほうに向きを変えた。「打ち身の跡にローションをすりこんでも大丈夫かな?」

「平気じゃない?」ティーガンが言った。「跡はそのうち薄くなるよ。もうなりはじめてる。それくらいいならファンデーションでごまかせそうだね」

「少しだけすりこんでくれる?」

そう言ったのはティーガンでもクリスティーナでもなく、リビーだった。

「背中の跡に塗るときは気をつけてね。そこはまだ痛いの」

21

五日目　午前九時二十五分
ナッシュ

アンソン・ビショップは、ナッシュが部屋に入っても振り向かなかった。まったく動かず、今朝早く見つかった死体とそっくりの姿勢で、両手を胸の前で組んでいる。

「ついでに、きさまの耳と目と舌が入った小箱が置いてあるといいが」ナッシュは銃口をビショップに向けたまま近づいた。

ビショップは黙っている。

ナッシュの懐中電灯が作りだすビショップの影が、部屋を横切って奥の壁を這いあがり、尖った長い線の生き物になった。

重みに耐えきれず、いやな音をたてる床を慎重に進みながら、ナッシュはビショップの前へまわりこんだ。

ビショップは目を閉じていた。「サムは元気ですか？　サムのことが心配なんです」

「武器を持ってるか?」

「いいえ」

ビショップはグレーのトレーナーとジーンズ、ブーツといういでたちだった。分厚いジャケットとマフラーと帽子は奥の隅に丸めてある。

ナッシュは靴のつま先でトレーナーの裾をめくり、腰に銃をはさんでいないことを確認した。「両手を頭の後ろにまわせ」

ビショップがおとなしく従う。

「頭の後ろで手を組むんだ」

この言葉にも、ビショップは黙って従った。

ナッシュは胸に立てかけてあるボール紙に気づいた。

線路や墓地で見つかった死体と違い、そこには〝わたしは降伏する〟と書いてある。

「残りのウイルスはどこだ?」

ビショップは目を閉じたままだ。「ウイルスって?」

ナッシュは銃口をビショップのこめかみに当て、ねじこむように押しつけた。「サムは忍耐強いが、俺は違う。ひと思いに撃ち殺して、その状態で見つけたことにしてもいいんだぞ。気にするやつがいると思うか? シカゴ中が大喜びでパレードするだろうよ。おまえのせいでもうすぐ病気になった連中が病院にひしめくことになるんだからな。もう一度だけ訊く。残りのウイルスはどこだ?」

ビショップは唇を舐《な》めた。「病院はふつう病気の人でいっぱいですよ」

ナッシュはビショップを蹴った。

自分が何をしているか気づく前に、片脚を後ろに引いてビショップの胸を蹴っていた。久しぶりにスカッとした。「今朝死体で見つかったふたりの被害者の家族は、俺がきさまをあの窓から投げ落としても気にしないだろうよ。ウイルスの残りはどこだ？」

蹴られたビショップは体をふたつに折ったものの、頭の後ろで手を組んだまま、何度か咳きこんでから体を起こした。「ぼくは市警の刑事に自首した。まったく敵意を示さず、攻撃するような動きも見せなかった。でも、この刑事は暴力をふるい、ぼくを殺すと脅している。あなた方をここに招いたのはそのためです。これを目撃してもらいたかった。市警の刑事がぼくをどう扱うか記録してもらいたかったんです。ぼくが最初からどう扱われてきたかを。シカゴ市警は、仲間を守るためにぼくを生贄《いけにえ》にしたがっている。このブライアン・ナッシュ刑事はサム・ポーターの相棒です。ふたりは長年の友だちで、ナッシュ刑事がどこまでこの件にかかわっているか知らないが、ポーター刑事と同じように堕落しているのは明らかだ。ぼくは無実です。この刑事たちがぼくのせいにしてきた罪をひとつとして犯していません」

ナッシュは怒りで真っ赤になり、ビショップを見下ろした。「誰に向かってしゃべってるんだ？」

強風が吹きつけ、家がうめくような音をたてた。

ビショップは初めて目を開け、部屋の隅を顎の先で示した。硬材の床の蜘蛛《くも》の巣と埃のなかに、レンズをこちらに向けて小型カメラが設置されている。

ナッシュは靴の踵でそれを踏みつけ、壊れる音に溜飲《りゅういん》をさげながらカメラが潰れるまで何度も踏みつけた。

だが、ビショップは意気消沈するどころか、不敵な笑いを浮かべた。「すんなり逮捕してもらえるとは思えなかったので、あなたより先にテレビ局に連絡したんです。チャンネル7のリゼス・ラウドンに。そのカメラを設置したのはテレビ局ですよ。隣の部屋でライブ録画している。なぜここに呼びだしたかって？」ビショップはナッシュを見上げた。「いまのがその理由です」

くそ、まずいことになった。ナッシュは足の下で潰れているカメラからビショップに目を戻し、一歩さがりながらジャケットの襟に取りつけた小型マイクを手で囲った。「プール、聞こえるか？　いますぐ来てくれ」

22

五日目　午前九時二十六分
クレア

手術のあと、ポール・アップチャーチは五階にあるＩＣＵの奥の、隔離室に移されていた。クレアが地下からエレベーターで上がると、ドクター・ベイヤーが廊下で待っていた。髪がほんの少し乱れ、疲れた目をしているが、それ以外は、決まりきった日常から突然引きだされ、混沌《こんとん》のただなかに置かれた男にしては落ち着いて見える。

「病院の話だと、注射器に入っていたのはＳＡＲＳウイルスだったそうだね。ふたりの少女のほかに、そのウイルスが原因だと思しき症状の患者が十人以上いるそうだが」

「ええ」クレアはマスクの下でもごもご答えた。相変わらず関節が痛み、胃のむかつきもメキシコ料理を食べすぎた夜よりひどいが、それをこの医者に打ち明けるつもりはない。

ベイヤーもマスクをしているが、具合が悪そうには見えない。「きみは大部分の患者よりも前に、このウイルスにさらされたんだね」

「でも、なんの症状もありません」

「そうは見えないな。生理食塩水を点滴してもらうといい。脱水症状を起こしている」

「疲れているだけです。この事件は何日も解決のめどさえたたず、悪化する一方で――」

ベイヤーはいきなりクレアの手首をつかみ、手の甲の皮膚をつねった。「ごらん。皮膚にしわがよったまますぐに戻らないだろう？　弾力性がなくなっているんだ。脱水症状のひとつだよ」そう言って手首を離した。「何時間か前に免疫を高める注射をしてもらいました。それ以外は、これといった治療法はないみたいで。でも、いまおっしゃった点滴をしてもらいます」

クレアは肩をすくめた。「ここの医者は手当をしてくれないのか？」

クレアは廊下を示した。「で、アップチャーチはなんと言ったんですか？」

ベイヤーは廊下を振り返った。「ついさっき患者の呼吸器の管をはずしたんだ。これは呼吸や唾をのむなど、不随意の行為が自力でできるかどうかを確認する標準的な術後のテストでね。すぐに戻すことになると思ったが、彼は咳をして、わたしの腕をつかんだ」ベイヤーは考えるように口をつぐみ、前腕をこすった。「信じられないことだ。脳の発話と論理的思考をつかさどる部分は壊滅状態で、文章を組み立てるどころか、単語とは何かを理解できる状態ですらないのに」

「ドクター、アップチャーチはなんと言ったんです？」

ベイヤーはＩＣＵに向かって歩きだした。「名前を口にした。最初は理解できなかった。が、患者は必死に何度か繰り返した。サラ……サラ・ワーナーと。この名前に何か意味があるかね?」

誰なのか実際には知らないが、名前だけはよく知っていた。サムがここに連絡をしてきたときに使っていた携帯の持ち主だ。この二日間、サムがサラ・ワーナーになりすましていたその女と、あちこち飛びまわっていたこともわかっている。ところが、本物のサラ・ワーナー、ニューオーリンズの弁護士は、何週間も前にアパートで殺されていた。サムはFBIのプールに、自分がサラ・ワーナーだと思っていた女は、実際にはビショップの母親だったと告げていた。

アップチャーチが口にしたサラ・ワーナーは、ビショップの母親か、それとも死んだ弁護士のほうだろうか?

「ここから入ろう」ベイヤーはいくつかドアを通過して狭い控室に入ると、密封された袋を手渡した。「これを着てくれ。患者がそのウイルスにさらされたら、ひとたまりもない。感染する危険はおかせないからね」

「ばい菌扱いだなんて、ずいぶんですね」クレアはそう言いながら袋を引き裂き、使い捨ての黄色いビニール製スーツを取りだした。ベイヤーは同色のブーツと頭からすっぽりかぶるマスクも手渡し、クレアがそれをかぶったあと、スーツに固定した。ベイヤーがクレアの腰に小さなタンク付きのベルトをまわし、カチリと音をさせて管をスーツの背中に留めると、ひんやりした空気が顔全体に吹きつけてきた。

クレアの支度がすむと、ベイヤー自身も慣れた手つきで同様の支度をすませた。「このタンクの酸素は十五分持つ。それ以上の時間は必要ないだろう」マスクに内蔵された通信機からベイヤーの声がした。「用意はいいかな？」

クレアはうなずいて、ベイヤーのあとから先ほどとは別のドアを通過し、ポール・アップチャーチの部屋に入った。

アップチャーチがここに運ばれてきたときは、じっくり見る余裕がなかった。警察に向かう途中で発作を起こしたため、パトカーからまっすぐICUに送りこまれ、手術の準備が始まったからだ。目の前のベッドに横たわっている男はまるで悪夢のような様相だった。うっすらと汗ばんでいる灰色の皮膚はまるで潤いがなく、頭の開口部には白い包帯の代わりに透明な絆創膏《ばんそうこう》が貼ってあるだけで、切開の傷がそのまま見える。収縮する絆創膏の下に、液がたまっていた。傷跡の回復を促す薬なのだろうか？　それとも膿《うみ》みたいなものか？　クレアにはわからなかった。治療のあいだに抜け落ちたのか、手術のために剃られたのか、髪も眉もまったくないむくんだ顔が、まっすぐクレアを見ていた。

カルテにある瞳の色は「青」だが、クレアを凝視している血走った目は濁った灰色で、白目の部分は黄色かった。

ベイヤーはクレアに背を向けてベッドのそばの様々な機器が置かれた台の前に立ち、色付きのグラフや数字を調べはじめた。

アップチャーチはベッドに近づいてくるクレアの姿を目で追い、乾いた唇を舌で舐めた。目や皮膚と同じように舌もピンクではなく、死人のような灰色だ。この男は死にかけている。クレアを見つめてくるまなざしの何かが、本人もそれを知っていると告げていた。

　アップチャーチの右手が痙攣し、ほんの少し持ちあがったあと力なくベッドに落ちた。手錠ががちゃりと音をたてる。こんな状態の男に手錠をかけるのは、愚かしく思えた。アップチャーチが起きあがって歩きだすことなどありえないのに。唇がかすかに動いたが、言葉の代わりに弱々しい音と息が漏れただけだった。

　そのあいだも、アップチャーチは瞬きもせずにクレアを見つめている。

　クレアはもう一歩近づいた。「シカゴ市警のクレア・ノートン刑事です。ここがどこかわかりますか？」

　アップチャーチは必死の努力でかすかにうなずき、目を閉じた。

「鎮静剤を投与されているとはいえ、どれほどかすかな動きでも、ひどい痛みをともなうはずだ。いまのはかなりの集中を要する行為だよ」

　いつのまに振り向いたのか、ベイヤーがベッドの反対側でクレアと向き合っていた。

「サラ・ワーナーに会いたいそうね。でもワーナーは死んだのよ」

　この言葉を理解したとしても、眉のない顔には何も浮かばない。再び唇が動いた。クレアは病室を走りでたい衝動を必死にこらえた。

　またしても唇が動く。今度は話そうとしていることがはっきりわかった。きわめて弱々しいものの声を出している。クレアは身を乗りだし、顔をしかめた。「見える？　何が見えるの？」

口の端、唇のひび割れから線のように細く血が滲《にじ》みでてくる。クレアは目をそむけたくなった。「ようやく見られる」アップチャーチはさきほどより少し強い声で言った。

「何を？」

彼は顔を持ちあげ、クレアに近づけようとしたが、力尽きて頭を枕に落とした。クレアは身をかがめ、場合によってはアップチャーチの言葉を聞くためにマスクを剝ぎとるつもりで、できるかぎり耳を寄せた。

アップチャーチが再び声を出した。まるで幽霊がささやくように、死にかけた男の口が言葉を紡ぐ。クレアは驚いてぱっと体を起こし、一歩さがった。「嘘よ。そんなことありえない」

クレアは耳を塞ぎたいのをこらえ、隔離室からあとずさった。そしてベイヤーや看護師が驚いて目をみはるのもかまわず、剝ぎとらんばかりに感染予防のスーツを脱ぎ捨てた。

23

五日目　午前九時三十一分
クレア

十分後、クロズのいる小さなオフィスに戻ったクレアは、両手に顔を埋め、ドアを入ってすぐの床に座りこみ、体を揺すっていた。

最初はかがみこんで慰めようとしたクロズも、あきらめて自分の椅子に戻り、ノートパソコンの画面に目を戻した。クレアと同じくらい当惑しているようだ。

「熱に浮かされたたわごとさ、クレア。そんなのを真に受けるな」

クレアは体を揺すりつづけた。「だって、そう言ったのよ。あたしは警官だもの。報告しなきゃならない。新聞がこれを嗅ぎつけたら……」

「本当に正しく聞きとったのか？　聞き違いかもしれないぞ」

「あれほどはっきりした言葉は、これまで聞いたことがないくらいよ」

「けど防護服を着ていたんだろう？　そんなものを通してちゃんと聞こえるわけがない」

クレアはさらに小刻みに体を揺らした。「〝4MKはサム・ポーターだ〟はっきりそう言ったの。聞き間違いなんかじゃない。ベイヤーにも聞こえたはずよ。すぐそばにいたんだもの。看護師もいた。あの看護師も聞いてるわ。ほかにも……」

「アップチャーチから供述を取る必要があるな」クロズが低い声で言った。「あいつが死ぬ前に……」

クレアは体を揺するのをやめた。「あそこに戻るのはごめんよ」

「あの男が知っていることを訊きださないと」

「あれはでたらめよ」クレアは怒って言い返した。「4MKはアンソン・ビショップだわ」

「そうじゃなかったら？」

クレアはクロズをにらみつけた。「あんたはどっちの味方なの？」

クロズは降参するように両手を上げた。「べつにサムを疑ってるわけじゃないさ。だが、もしもこれが明るみに出たとき——いずれ明るみに出るのはわかってるはずだぞ——アップチャーチから供述を取っていなければ、どう見られると思う？　サムをかばっていると非難されるぞ」

「アップチャーチはエラ・レイノルズとリリ・デイヴィーズを殺した。ラリッサ・ビールとカティ・キグリーも殺そうとした。おそらくその親たちも。トラックの運転台にいた少年、ウェスリーを殺したのもあいつよ。そんな男が言ったことを、誰が信じる？」

だがクレアにはわかっていた。世間はアップチャーチの言葉を信じるだろう。

「まさか報告しないつもりじゃないだろうな？　その選択肢はないぞ」

クレアは黙ってクロズを見た。

クロズは呆れて尋ねた。「だったら、どうしてわたしに話したんだ？」

「あいつが言ったのがどういう意味かわかるまで、黙ってるべきじゃない？」

クロズは首を振った。「ナッシュに相談してみたら？」

「とっくにそうしようとしたわ。でも、留守電になってるの」

「だったらプールに話すべきだ」

「プールの電話も留守電よ」

壁の電話が鳴りだし、ふたりは揃って顔を上げ、点滅するランプを見つめた。四度目の呼び出し音で、クロズが立ちあがり受話器を取った。

クレアにはこちら側の言葉しか聞こえなかったが、クロズが何度かうなずき、電話を切ったときには、なんの電話だったか正確にわかっていた。

「アップチャーチが死んだ」

24

日記

ウェルダーマン刑事はその夜も農場に来た。でも、家のなかには入らず、代わりにエンジンをかけたまま運転席に座り、窓をおろして一分おきぐらいに煙草《たばこ》の灰を落としていた。五分もするとクリスティーナとカメラを肩にかけたティーガンが出てきて、後部座席に乗りこんだ。走り去る車の赤いテールライトはすぐに針のように小さくなり、完全に闇のなかに消えた。九時を少し過ぎたばかりだ。

「どこへ行くのかな？」

二段ベッドの上の段では、ポールが自分の漫画、『メイベル・マーケルの不運な冒険』を描きながら、前の晩に盗んだティーガンのセーターを顔に押しつけて匂いを嗅いでいる。

「静かに！　アイデアが閃《ひらめ》くとこなんだから」

「セーターの匂いを嗅いで？」

「パンティの匂いを嗅いでたら、気味が悪いだろ？」

ポールのことだ。どこかにもっとティーガンのものを隠してあるに決まってる。そのなかには下着も含まれていると思うが、隠し場所はまだ見つからない。

「ウェルダーマン刑事は、あのふたりをほとんど毎晩どこかに連れていくね。どこに行くんだろう？」

ポールはセーターを脇に置き、再び描きはじめた。「前向きに考えるべきだぞ。つまり、今夜あの車の後部座席に乗ってるのはきみじゃない、ってこと。あんなとこでひと晩過ごすのは最悪だからな」

「あの刑事がふたりをどこへ連れていくのか知ってるの？」

ポールはカラーペンのなかから赤を選ぶと、スケッチに色を塗りはじめた。「その質問は間違ってるぞ」

「そう？」

「どうすれば今日の昼間みたいに、またクリスティーナがあのナイスバディをこすりつけてくれるか？　それを考えるべきだ」

ぼくは赤くなった。「ふざけていただけだよ」

ポールは鼻を鳴らした。「もちろんさ。けど、きみをふざける相手に選んだ。つまり、きみは相手ができるほど大人だって、それとなく告げているわけだ。あとはその気になって、誘惑に乗っかればいいだけさ」

「絶対そんな意味なんかなかった」

廊下のどこかでドアがバタンと閉まり、ウィーゼルが誰かに叫ぶのが聞こえた。たぶん、相部屋のキッドにだろう。ふたりともぼくたちより少し年下で、ふたりだけでいることが多い。ウィーゼルはたぶん十歳か十一歳ぐらい。本名はわからないが、イタチ《ウィーゼル》というあだ名にぴったりの子だ。目は豆粒のようだし、動揺すると鼻にしわが寄る。しかも、ほとんどいつも動揺している。もうひとりはなぜかみんなにキッドと呼ばれていた。〝ザ・キッド〟と。みんながそう呼ぶから、ぼくもそう呼んでいる。

ポールは自分が描いたものを掲げた。

目を閉じて裸でタオルの上に寝そべるティーガンに、クリスティーナがかがみこみ、日焼け用ローションの瓶を逆さにしている。ローションの最後の一滴がティーガンの背中に落ちる寸前。ティーガンの赤いセーターは、頭の近くに丸まっていた。すごく上手だ。

「リビーは？」

ポールはちらっと絵を見て、遠くの端にかろうじて見える片足を指さした。「ここだよ」

「そうじゃなくて、なぜふたりと一緒に出かけなかったんだろう？」

ポールは呆れたように目をくるりと回し、首を振りながらその絵に描き足しはじめた。

「クリスティーナみたいなセクシーな娘がきみに首ったけなのに、どうしてリビーみたいなのが気になるんだ？　あの子はどっかが壊れてる。忘れちまえよ。ああいう子は絶対ふつうにはならない。ここには少しのあいだいるだけで、そのうちああいう子が行く場所へ送られるに決まってる。ぼくらの世界に長くいる子じゃない。あんまり執着しないほうがいいぞ。フィニッキーは壁に飾る写真すら撮ろうとしないだろ？」

ぼくはまだリビーに会ってさえいなかった。風に吹かれたブロンドの髪や、壁に映る影を、あちこちでちらりと目にするだけ。今日だって青空の下で草のなかに寝転んでいるリビーの姿は、ほとんど見えなかった。まるで幽霊みたいに、さもなきゃ取るに足らない付け足しみたいに、周囲の景色に溶けてしまっていた。

ぼくはドアに歩み寄り、耳を押しつけた。「フィニッキーさんは何をしていると思う？」

ポールは肩をすくめた。「たぶん魔術の練習だな。地下に隠した大釜で小さい子を煮てるのかも。三十分煮たてたら、塩をひとつまみに赤トウガラシを少々、って具合に」

ドアを開けて廊下を覗いたが、誰もいなかった。ウィーゼルたちの部屋は閉まっている。クリスティーナとティーガンはドアを開け放して出かけた。ヴィンセントのドアも開いている。そういえば、今日はまだ一度もヴィンセントを見ていない。まあ、ちっとも悲しくないけど。

リビーのドアは開いてもいないし、ぴたりと閉ざされているわけでもなかった。ほんの少しだけドア枠とドアのあいだに隙間がある。部屋のなかは真っ暗だ。

ポールが投げた何かがぼくの脇にぶつかり、床に落ちた。チョコバーだ。「クリスティーナはチョコが好きなんだ。機嫌をとっといて損はないだろ」

ぼくはチョコバーを拾ったが、クリスティーナの部屋に行くつもりはなかった。

25

五日目　午前九時三十七分
ナッシュ

「行け《ゴー》！　行け《ゴー》！　行け《ゴー》！」

エスピノーザの命令とそれに応答する声がイヤホンを通じて聞こえた直後、チームが雪崩《な》《だ》れこんできた。玄関のドアが破られ、足音が階段を上がってくる。彼らは途中の各部屋が空であることを確認しながら、近づいてきた。

ナッシュは銃を構えたまま、身じろぎもせずビショップに目を据えていた。目の前の男を撃ち殺したくて、引き金にかかった指がうずく。ビショップも微動だにしない。SWATチームのメンバーがふたり、部屋に駆けこんできた。さらに三人がそれに続いたが、ビショップはまだ動かない。全員がわめきながら、ビショップの腕を背中にねじあげて手錠をかけた。隊員のひとりが片足でビショップを押し倒し、全体重と装備の重みをかけて汚れた床に顔を押しつけた。

ビショップはうめきもしなければ、抗議もしなかった。

そのあいだ、ナッシュは立ち尽くしていた。

SWATのひとりがビショップの足を拘束バンドで縛った。全身を叩き、ポケットをひっくり返したが、何も見つからない。

誰かがナッシュの肩に手を置いた。

プールだ。

プールは何も言わなかった。こういうときは、どんな言葉も無意味だ。

ナッシュはようやく手にした銃をホルスターにおさめ、ビショップの横に膝をついて、咳払いをひとつしてからお決まりの警告を口にした。「きさまには黙秘権がある……」ほかのみんなが見守る奇妙な沈黙のなかで言いおえ、引き立てろと合図した。

四人の隊員が無抵抗のビショップを床から立ちあがらせ、部屋の外へ連れだす。

「もうマスコミが集まってます」プールが言った。

「わかってる」

「ハーレスがぼくにやれと言う前に、外に出てビショップの逮捕を発表してください」

「本来ならサムがやるべきなんだが」

「お偉方は誰ひとりポーターをマスコミの前に出したりしませんよ。いまはとくに」

ナッシュは髪をかきあげ、なでつけた。「何もかもクソだな」

プールは黙ってカメラの残骸を見下ろした。

ナッシュはプールにカメラのことを訊かれる前に、ビショップの胸に立てかけてあったボール紙をつかみ、ビショップを引きずるようにして階段をおりていくSWAT隊員のあとを追った。

玄関から出て階段の上に立ったとたん、ぴたりと足が止まった。つい二十分前に渡ったときには、がらんとして人っ子ひとりいなかった通りに、大勢の人間がひしめいている。警察のワゴン車、パトカー、SWATのワゴン車など、十台以上の車がこのブロックにかたまっていた。これは予測していたことだった。ビショップの電話を受けたあとプールと相談したとおり、一キロ近く離れてナッシュに従ってきたFBIが、二ブロック手前で待機していたのだ。しかし、このあたりの住民までこぞって巣穴から這いだしてくるとは思いもしなかった。おまけに、すでに現場にいるニュース番組の中継車二台のほかに、もう一台、市警の道路封鎖を通り抜けようとしている。

四人のSWATがビショップを連れて表の階段をおり、黒いワゴン車へと向かう。そこでさらにふたりが手を貸し、ビショップを乗せてワゴン車の扉を閉めた。すべてが数分のうちに終わっていた。まるで夢でも見ているようだ。

なぜビショップは突然自首してきたのかと、数人のレポーターが声高に叫んでいる。それはナッシュの頭を占領している疑問でもあった。

カメラのシャッター音がひとしきり続いた。そのレンズがワゴン車に乗せられたビショップから、マコーミック四二六番の入り口に立つナッシュに向けられる。蹴り開けられた緑色のドアが、残った蝶番《ちょうつがい》から不自然な角度でぶらさがっていた。

「そのボール紙を掲げてもらえますか?」胸に〈シカゴ・エグザミナー〉とある紺色のジャケットを着たカメラマンが叫んだ。

ビショップの胸に立てかけてあったメッセージだ。ナッシュは自分がボール紙を手にしているのを思い出し、文字が見えないように裏返した。カメラマンがかまわずそれに向かってシャッターを切る。

階段の下でカメラに向かってしゃべっていたチャンネル7のキャスター、リゼス・ラウドンが、ナッシュを見上げた。「実況放送中です。刑事、アンソン・ビショップが自首したというのは本当ですか?」

ナッシュは答えようと口を開け、ためらった。何を言えばいいのか? 会見の用意などまったくしていなかったのだ。サムはいつも即興で、なめらかに話していたが……。

ラウドンがナッシュにマイクを差しだす。おそらくほんの一、二秒だろうが、まるで何分にも思えた沈黙のあと、ナッシュは咳払いをした。「少し前、アンソン・ビショップから連絡があり、われわれはビショップがここに来ることを知りました。シカゴ市警はこのチャンスをつかみ、FBIと協力してビショップを逮捕し、すみやかに拘束しました」

レポーターはけげんそうに眉を寄せ、マイクを自分の口元に戻した。「今朝見つかった被害者については? ウイルスは取り戻したんですか? クック郡病院にいる人々はこれで解放されるんですか?」

「さきほどこの街を長いあいだ恐怖に陥れていた怪物を逮捕しました。これで市民のみなさんも安心できます」質問を無視してそう結ぶと、ナッシュはレポーターを押しのけるようにして車に戻った。

前輪がふたつともパンクしていた。

向かいの角にあるコンビニの窓から、店主がこちらを見ている。じろりとにらむと、店主はブラインドをおろした。

26

五日目　午前十時二分
クレア

「くそ、めちゃくちゃだ」

クロズに言われなくても、そんなことは百も承知だった。でも、この男は明らかな事実を口にして、人の神経を逆なでする。いつもそうだ。クレアは部屋を横切り、ノートパソコンを乱暴に閉じて、それでクロズの頭を叩きたかった。そういう衝動にかられることはこれまでもあったが、本気でそうする気になったのは初めてかもしれない。こんなに疲れ、苛々して、鼻水が止まらないというのに、クロズときたら……。

ついさっき電話でアップチャーチが死んだことを伝えたとき、ダルトン警部は少しも驚いていないようだった。まあ、驚く理由はない。でも、サムに関するアップチャーチの発言を、あたりまえのように受けとめるなんてひどすぎる。ダルトンはサムをよく知っているはずだ。サムが4MKなどではないこともわかっているはず。それなのに明日の天気予報でも聞いたような反応しか示さないとは。それからダルトンはその件は他言無用だと命じた。マスコミにもFBIにも、誰にも。

携帯電話がメールを受信する音に、クレアは画面に目をやった。

〝ビショップを逮捕した〟

メッセージを送ってきたのはナッシュだった。

「ナッシュがビショップを逮捕したって」クレアはつぶやいた。とても小さな声だったから、クロズにすら聞こえたかどうか。

どうやら聞こえていたらしい。クロズはパソコンの画面に顔を近づけたまま言った。「わかってる。めちゃくちゃだと言ったろ。こいつを見てみろよ」

クレアは壁から体を起こし、体中の関節がきしむのを感じながら床から立ちあがった。クロズがこちらにまわしたスクリーンの上半分には、〝わたしは降伏する〟と書かれたボール紙を手にして、ナッシュがどこかの家の前に立っていた。下半分では、ナッシュががらんとした部屋でビショップを蹴っている動画が繰り返し再生されている。振りあげた足がビショップの胸を直撃するたびに、動画が前に戻ってそれを繰り返す。その下には大きな活字体で、〝シカゴの腕利き刑事、本領発揮〟とキャプションがつけられていた。

「どのソーシャルメディアでもこれが拡散されてる」

「最悪」

「こっちはもっとひどい」クロズが動画の下にあるリンクのひとつをクリックし、別の動画を再生した。こちらはナッシュの足がビショップの胸を蹴るところから始まり――明らかにさきほどの続きだ――、何度か咳きこんでから、体を起こしたビショップが話しだす。

「ぼくは市警の刑事に自首した。まったく敵意を示さず、攻撃するような動きも見せなかった。でも、この刑事は暴力をふるい、ぼくを殺すと脅している。あなた方をここに招いたのはそのためです。これを目撃してもらいたかった。市警の刑事がぼくをどう扱うか記録してもらいたかったんです。ぼくが最初からどう扱われてきたかを。シカゴ市警は、仲間を守るためにぼくを生贄にしたがっている。このブライアン・ナッシュ刑事はサム・ポーターの相棒です。ふたりは長年の友だちで、ナッシュ刑事がどこまでこの件にかかわっているか知らないが、ポーター刑事と同じように堕落しているのは明らかだ。ぼくは無実です。この刑事たちがぼくのせいにしてきた罪をひとつとして犯していません」

「ナッシュはこのあとすぐにカメラを壊した。これを録画していたチャンネル7は、全メディアに映像の使用許可を与えた」クロズはすごい速さでキーを叩きながら言った。「連中はビショップと話をさせろ、勾留中の取り調べの透明性を確保しろ、サムにインタビューさせろとわめきたてている。今朝見つかった被害者が殺された時間に、サムがどこにいたか知りたいとさ。これまでの事件に関するサムのアリバイも、だ。めちゃくちゃだよ」

〝4MKはサム・ポーターだ〟

「ビショップはこれをアップチャーチと示し合わせたのね」クレアはきっぱりと言った。「あのふたりは事前にこうする計画を練っていたんだわ」

クレアの携帯が鳴りだした。

「くそ、今度は何？」ポケットから取りだし、嚙みつくように応じる。

スタウトからだった。「いますぐふたりともカフェテリアに来てくれないか。困ったことにな――」

通話はそこで切れた。

オフィスのドアを開けたとたんに騒ぎが聞こえた。ほかの人々の叫び声にかき消されまいとわめきたてる、怒りに満ちた声が。暴徒――としか言いようがない――を廊下に出すまいと立ちふさがっているのは、スタウトと三人の警備員だけ。クレアが配置した警官ふたりの姿はどこにも見えない。カフェテリアの人々が四人を押しのけ廊下に出れば、ロビーに向かい、最終的には正面玄関に達して、そこを守っているSWATと衝突する。

クレアは警備員をかき分けて前に出ると、片手を銃にかけ、金属製のコート掛けを手にした男とスタウトのあいだに割って入った。

「われわれを撃つつもりか？」コート掛けを手にした男が食ってかかる。

「落ち着いてください！」クレアはそう叫ぼうとしたが、声がしゃがれ、咳きこむはめになった。

「この人も、悪徳刑事の仲間よ！」青い花柄のワンピースを着た女がわめき、手にした携帯電話のカメラをクレアに向けた。「警察はわたしたちをここに閉じこめて、ひとりずつ死ぬのを待っているんだわ。保護だなんてとんでもない。一箇所に閉じこめ、じわじわ殺す気なのよ。こんなところにいるのはもうたくさん！　家に帰るわ！」

　数人が同意の叫びをあげる。クレアはあとずさりしたいのをこらえた。

　コート掛けを手にした男が、それをクレアに向かって振りかざした。ラックの端がうなりをあげ、頭をかすめる。さすがにぎょっとしたのか、一瞬、全員が静まり返ったが、すぐにいっそう大声でわめきはじめた。

　こうなったら銃を抜くしかない。覚悟を決めたとき、鋭い笛の音が喧騒を切り裂いた。振り向くと、クロズがすぐ後ろに立って二本の指を唇に当てていた。

「いい加減にしろ！」

　今度はぴたりとわめき声が静まり、全員の目がクロズに注がれた。

「ここにいたくないのは、われわれも同じだ」

「わたしたちは４ＭＫに狙われる危険があるからと連れてこられた。その４ＭＫが逮捕されたのに、なぜここを出てはいけないのかね？」

　そう言ったのは、左端に立っている、ツイードの上着に黒っぽいズボン姿の年配の男だった。その男はクレアが自分の名前を思い出そうとしているのを見てとったらしく、訊かれる前に名乗った。「腫瘍専門医のバーリントンだ。ここにいる何人かはわたしの下で働いている。わたしたちはただ、ふだんの生活に戻りたいだけだ」

「そんなに簡単にはいかないんです」

「ウイルスのせいで、かね？」

　クレアは黙っていた。

　バーリントンは片手を上げた。「隠す必要はない。ここにいる大半は医療の専門家だ。当然、隔離に関する規約も理解している。と同時に、ウイルスがどういう形で広まるかも正確にわかっているんだ。こうやって大勢を一箇所に閉じこめておくのは、いちばんまずいやり方だぞ。症状らしきものが出ている者とそうでない者を確実に分けなくてはならん。常にマスクをするなどの安全措置も取るべきだ」

　クレアは自分がマスクをしていないことに気づいた。仮の捜査本部であるオフィスに忘れてきたのだ。改めて見直すと、マスクをしているのは半分だけだった。

　バーリントンが続けた。「CDCは抗生物質の支給など、対策に手を尽くしている。それはたいへん結構だが、何かしらの症状が出ているひと握りの人間をほかの場所に移しただけで、残りをひとつのグループとして扱い、このカフェテリアと周囲の部屋に閉じこめているのは、いくらなんでもまずい。ちょうど風邪とインフルエンザが猛威をふるう時期だから、この病院に来る前から体調を崩していた者もかなり多いはずだ。誰が感染症の前段階で、誰がただの風邪もしくはインフルエンザなのか、現状ではわからない。そういう症状は、感染する可能性があると仄めかされるだけで起こるものだ。ここには、自分では具合が悪いと思っているが、実際は違う人々もいる。具合の悪い人間のそばにいると、わたしたちの体は防衛体制になる。その防衛機能が、似たような症状を作りだすこともあるんだ。わたしたちの脳はそうした症状を恐れろと教えられているため、問題を長引かせる」

「だったら、どうすればいいんです？」

「SARSウイルスの症状は、初期の段階ではインフルエンザとよく似ていて、判別しにくい。少し関節が痛み、鼻水が出るだけの場合もある。そうした症状だけでは、風邪なのか、インフルエンザなのか、恐ろしいことにSARSウイルスに感染したのか、判断する方法はまったくない。問題は、そのどれも症状が出はじめたときが最も感染力が強いことだ。だからいくつかサブグループを作り、個別に隔離すべきなんだよ。体が痛む人々、喉が痛む人々、くしゃみやほかの呼吸器系の症状がある人々を、それぞれ別にする。熱がある者はほかの人々と完全に分けなくてはならない。どれも標準的な手順だ。CDCもわかっているのに、この手順を実施していない。それどころか、われわれ全員をここに閉じこめておくだけでじゅうぶんだと思っている。一般市民を疫病の流行から守るという観点からはたしかにじゅうぶんかもしれないが、それでは、ここにいる、まだ感染していない者を守れない。このままでいけば、われわれ全員がまもなく感染することになる」

バーリントンは一歩近づき、クレア以外の者には聞こえないように声を落とした。「死体が見つかったそうだな。循環器の専門医スタンフォード・ペンツだと聞いた。さっきはみんなその知らせで浮足だったんだ。さいわい、ビショップが逮捕されたことがわかり、そのパニックはおさまった。いいかね、なんとかしてここにいる連中を鎮めないと、あっというまに暴徒化する危険があるぞ。ともに犯人に立ち向かう仲間だという気持ちがあるいまのうちになんとかすべきだ。わたしも手を貸そう。少しは役に立つと思う」

バーリントンの言うとおりだ。それにこの男がみんなの信頼を得ているのは、彼が話しはじめたとたんにわめき声がやんだことでもわかる。「お友だちにコート掛けをおろすように言ってください。そうすれば警官を襲ったことは忘れます。そこから始めましょう」

バーリントンはクレアを目の隅に置いたまま、左に顔を向けた。「ハリー、それをおろしなさい。バカな真似をしてきみが刑事さんに撃たれても、誰も悲しまないぞ」

コート掛けを手にした男は、つかのまバーリントンをにらんだものの、うなるような声をもらしてコート掛けを横に置いた。スタウトが歩み寄ってそれを彼の手からもぎとった。

「CDCの担当者に連絡を取らせてもらえないか」バーリントンが言い、再び声を落とした。「ここにいるみんなに、ただ突っ立っているだけではなく目的を持たせるんだ。そうすれば、おとなしくなる」

　それもこの男の言うとおりだった。それに、正直言っていまは群衆管理をしている余裕はない。「ジャレッド・モルトビーと話してください。上のどこかにいるはずです。携帯を貸してくれませんか」

　バーリントンは尻ポケットから携帯電話を取りだし、手渡そうとしたが、クレアの目を近くから見たとたんにそれを引っこめた。おそらく血走って、しょぼしょぼして、腫れぼったいに違いない。「番号を教えてくれれば、自分で入力するよ」

　バーリントンがそう言ったとき、女性の悲鳴が聞こえた。

27

日記

　ぼくは廊下を横切り、細く開いたドアに耳を押しつけた。細い隙間からは何も見えないし、なかからは何も聞こえない。

「リビー？」無意識にそう呼んでいた。

　返事はない。なんの音もしない。

なかに入ろうか？　だけど、目を覚ましたリビーが悲鳴をあげるところが頭に浮かんだ。廊下の斜め向かいの部屋にいるへんな男の子が、暗がりでチョコバーを差しだしている姿が目に入ったら、恐怖にかられて当然だ。それじゃきちんとした自己紹介とはほど遠い。

だから、代わりに足音をしのばせて階段をおりた。階下も二階と同じように静かだった。ところどころに小さな明かりがついているものの、フィニッキーさんが支配する階下では影が光をねじ伏せている。

キッチンに入ると、カトラリーをしまってある引き出しにまっすぐ向かった。でも、フォークとスプーンがあるだけで、ナイフは一本もない。どこかに隠し、必要なときだけ取りだして、食事が終わるとまた集めてしまいこむらしい。どうやらフィニッキーさんは疑り深い人のようだ。

自分のナイフが恋しかった。今度ドクター・オグレスビーに会ったら絶対に回収しなきゃ。あのドクターは持っていないと言ったが、嘘だということはわかっている。嘘つきは嫌いだ。虫唾《むしず》が走る。

とくにあてもなく、キッチンの引き出しと戸棚をすべて確認した。結局たいしたものは見つからなかった。当然キッチンにあるもの、よく知っているものだけで、役に立つものはひとつもない。

冷蔵庫が低いうなりを発していた。奇妙なことに、ここでは冷蔵庫に鍵をかけない。母さんは食事のとき以外、いつも鍵をかけていた。ぼくが物心ついてからずっとそうだったから、冷蔵庫はみんな鍵付きで届くのだと思っていたけど……。

扉を開け、なかを覗いた。ポールがくれたチョコバーほどうまそうなものはひとつもない。扉を閉めると、重いマグネットで貼りつけてある当番表がふわっと揺れた。そのすぐ横にある子猫のカレンダーには、今日の日付のところに小さな赤い星がついている。昨日までの日付は×で消してあった。赤い星はほかにもかなりある。書きこまれたメモの類はほとんどないが、九月二十九日には赤インクで丸がついていた。

キッチンの窓からは、野原の向こうにぽつんと立つ納屋が見えた。暗い夜空についた真っ黒な染みのようだ。黒い雲のベールを通して、月がそれを見下ろしている。

いつのまにキッチンを出たのか、気がつくとぼくは外に出て納屋へ向かっていた。

28

五日目　午前十時六分
ナッシュ

「いったい何を考えていたんだ、ナッシュ？」ダルトン警部は、部屋のこちら側にいてもその熱が感じられるほど顔を真っ赤にして怒っていた。

くそっ。説教をくらう気分じゃないのに。

前輪が二本ともパンクしているとあって、愛車はマコーミックに置いてくるしかなかった。あんな治安の悪い通りでは、部品を剝ぎとられて車体だけになるのも時間の問題だ。すぐに回収してタイヤを取り換えてもらう算段は帰りの車のなかでつけてあるが、すでに無残な状態になっている可能性もある。市警まではプールがジープで送ってくれた。ふたりはビショップを乗せたSWATチームのワゴン車のあとに続き、レポーターの一団を引き連れて市警に戻った。本部の正面にもレポーターがわんさか集まっていた。ナッシュはワゴン車に連絡を入れ、裏口にまわれと指示したが、レポーターはそこにもいた。正面ほど多くないが、行く手を阻むにはじゅうぶんな数だ。ナッシュたちは頭に黒い上着をかぶせたビショップを引き立てて、カメラに追われ、群がるマスコミを押しのけながら建物のなかに入った。

そして背後でドアが閉まったとたんに、ダルトンの雷が落ちたのだ。

「容疑者を蹴るとは！」

「警部なら蹴りませんか？」ナッシュはとっさに言い返し、あわてて口をつぐんだ。

ちくしょう、いまのはまずかった。

ダルトンの顔がさらに赤くなる。「ビショップが勾留されたことを確認したら、まっすぐわたしの部屋に来い！」

　ダルトンはそう言い捨てて足音も荒く立ち去り、ナッシュは頭に浮かんだ抗議の言葉を呑みこむしかなかった。

　ビショップは抵抗した。俺をおちょくった。おとなしくウイルスを渡そうとしなかった。あいつはアンソンくそったれビショップで、市民のほとんどがやつを撃ち殺す順番を待ってる性悪の犯罪者だ。やつは――

　だが正直に認めれば、あのときビショップを蹴る正当な理由はひとつもなかった。ひとつも、だ。時計の針を巻き戻してやり直したかったが、時間を戻すことはできない。カメラがあろうとなかろうと、容疑者を蹴ったのは間違いだ。だからその責任は潔く取るとしよう。だが、その前にやることがある。

「どこに連れていく？」SWATチームの隊長、エスピノーザがビショップの右側から尋ねた。

　ナッシュは後ろにいるプールを振り返った。「ほんとにいいのか？」

　プールがうなずく。

　ナッシュはためらうようにプールを見つめ、それからエスピノーザに顔を戻した。「取り調べ室2に入れてくれ。サムがいる部屋の向かいだ」

　プールはSWATチームが取り調べ室に向かうのを待って携帯電話を取りだし、ナッシュに渡した。「ハーレス支局長が、なぜビショップを市警に連行したのか訊いてくるでしょう。いますぐ支局へ連れてこい、と命じるかもしれない。あいだに入って時間を稼いでください」

ナッシュは携帯を受けとった。「おたくはボスに反抗するような男には見えないが」

「直接命じられないかぎり、反抗していることにはなりませんよ」プールは感情をまじえずに言った。「だが、ポーターが正式に逮捕され、ビショップがＦＢＩに身柄を確保されたが最後、こういう形でふたりを尋問できるチャンスは失われてしまう。この建物の外では様々な力がこの事件に介入し、自分たちの意向を反映させようとしている。真実を引きだせるのはいましかありません」

たしかにプールの言うとおりだ。ふたりとも市警に戻る車のなかでこうしようと決めたのだった。とはいえ、いざ実行するとなると、吹き飛ぶ寸前のダイナマイトの上に座っているような気がした。

廊下にも人だかりができはじめていた。ビショップの姿をひと目見ようと警官や事務官が集まってくるのだ。ナッシュはプールと連れ立ってそのなかを進み、ようやく取り調べ室にたどり着いた。無事にビショップを部屋のなかに座らせ、エスピノーザが立ち去ると、プールは廊下に出てきてドアを閉め、ナッシュを見た。「ビショップは手足を拘束され、どこへも行ける状態ではないが、念のためドアの外にひとりかふたり警官を配置してもらえますか」

「ふたり配置する。廊下の野次馬《やじうま》はどうする？　追い払うか？」

「お願いします。あなたは取り調べ室の外にいてもらいます。いいですね？」

ナッシュはうなずいた。「ああ。観察室にいる。もしも呼び出しがかかったら、おたくの携帯はSWATのひとりに預けておく」

「いや、そのまま持っていてください。これから何時間か携帯が見つからなければ、そのほうが好都合だ」

プールはそう言うと取り調べ室のドアを開け、なかに消えた。

ナッシュは観察室に入った。

そこにはすでに市長の補佐官であるアンソニー・ウォーリックが、録音係のそばに威嚇するように立っていた。ナッシュはじろりと見てくる補佐官を無視し、窓の前に立った。いけ好かない野郎だ。

SWATのエスピノーザが入ってきて、ウォーリックに聞こえないようにナッシュの耳元で言った。「気分はどうだ？」

「何も感じない。この状況に頭がついていけてないみたいだ」

「そういう意味じゃない。ブローガンが四十度の熱を出した、とかみさんから連絡が入った。これ以上熱が上がったら救急室に連れていくと言ってる。風邪だとは思うが、ウイルスのことがわかる前に、アップチャーチ家でふたりの少女に接触してるからな。あんたは大丈夫か？」

ナッシュはうなずいたものの、その動きで骨と関節が痛んだ。そういえば、少し前からしつこく寒気が続いている。

取り調べ室では、プールがアルミニウム製のテーブルを挟んでビショップの向かいに腰をおろすところだった。これから二時間、ナッシュたちはここにこもることになる。

29

五日目　午前十時七分
クレア

悲鳴が聞こえたのは、カフェテリアの奥にあるトイレのほうだ。クレアがその廊下に駆けつけると、清掃道具を載せたカートのそばで、二十代の女性が両手を口に当ててトイレを凝視していた。その女性はクレアを見ると、トイレのドアを指さし、がたがた震えながらどうにか言った。「あそこに……」

クレアは銃を引き抜いた。「全員さがって」

女性の横をすり抜け、銃を構えてドアを押す。「動くな、警察よ！」

壁から跳ね返ってくる声を聞きながら、すばやく見まわす。誰もいないのを確かめると、片膝をついて仕切りのドアの下を覗いた。奥から二番目の仕切りに足が一対見える。そこのドアは少しだけ開いていた。

立ちあがり、トイレのなかを横切ってその仕切りに近づく。

何かがおかしいことは、ドアを開ける前からわかっていた。足と便器のまわりの床を覆っている白い粉が、青白い蛍光灯の光にきらめいている。

塩だ。

その塩のなかに、足跡の一部が残っていた。大きさからすると男の足跡だろう。

便座に腰かけている女は、きちんと服を着て頭を左に傾けていた。両目は開いているが、宙を見つめているのは右目だけ。左目があった場所には黒い穴しかなく、そこから頬へと血が滴っている。左の耳があった場所にも血がこびりついていた。舌がないことは、口のなかを見なくてもわかった。祈るように組んで膝に置かれた両手は、おそらく糊《のり》づけされているのだろう。死人の両手をこの位置に留めておく方法はほかに思いつかない。ステンレス製のペーパーホルダーの上に黒い紐をかけた白い箱が三つ並び、壁には黒いカラーペンで〝父よ、わたしをお許しください〟と書かれていた。

名前はわからないが、カフェテリアにいた女性のひとりだ。ほんの二、三時間前コーヒーを取りに行ったときに、顔を見た覚えがあった。

「事務員のクリスティ・アルビーだ」

いつのまに入ってきたのか、眼鏡をかけたバーリントンが後ろに立っていた。

「外で待つように言ったはずですよ」

バーリントンはその言葉を無視して近づいてくると、女の首に指を二本置いた。「脈はない。それに冷たい。少なくとも死後一時間は経っているな」

「いいから、廊下に戻って！」クレアは塩のなかに立っている医者のベルトをつかみ、仕切りから引っ張りだした。いまや新しい足跡がふたつでき、最初にあった跡がぼやけてしまった。「なんてことを。あれは証拠だったのに。現場を荒らすのはやめて、廊下に出てください」

バーリントンは顔をしかめた。「わたしはただ――」

「とにかく廊下に出て。ここで見たことは誰にも言わないように」

クロズとスタウトも入ってきた。「誰も入れないで」クレアは急いでスタウトに言った。スタウトはクレアの肩越しに死体を見て青ざめ、きびすを返してバーリントンを廊下に連れだした。

クロズがけげんな顔でそばに立った。「ビショップは逮捕されたのに……」

「被害者の名前はクリスティ・アルビーよ。たしかリストにあったわね？」

クロズはうなずいた。「事務員だ。アップチャーチの保険請求もこの女が担当した。病院と保険会社の調整係みたいな仕事をしていたんだ。だが、ビショップが逮捕され、サムも勾留されているのに、いったい誰がやったんだ？」

「サムの名前をビショップと一緒に口にしないで」

「言いたいことはわかるだろう？」クロズは小箱を示した。「何度も夢にまで出てきたから断言できる。あれは間違いなくビショップが使っていたのと同じ箱だぞ」

クレアはめまぐるしく頭を働かせた。「急がないと。写真を撮って現場を記録し、このトイレは立ち入り禁止にする。死体はスタンフォード・ペンツを解剖している病理学者のところに運ばせるわ。検視局のアイズリーと連絡を取ってるはずだから、ここの二体とビショップの初期の被害者たちの死体を比べ、違いを探してもらいましょう。シカゴとサウスカロライナで見つかった死体も比べたほうがいいわね。ふたりを殺したのはビショップじゃない。間違いなくサムでもない。ほかの誰かよ。もしかすると複数の誰かかもしれない」

30

日記

納屋の扉は開いていた。天井にレールが取りつけられている大きな扉だ。トラクターが出入りできるほど幅も高さもある。でも、いま開いているのは六十センチぐらいの狭い隙間だけだった。ぼくは少しのあいだ扉を見つめ、考えた。この隙間を残した誰かさんは、ここを開けたままにして納屋に入ったのか？　それとも納屋から出ていったのか？　この数カ月、何度無意識に右手をポケットに突っこみ、ひんやりしたナイフの柄を探したかわからない。そのたびにぼくの指は失望することになった。いまもそうだ。誰かがなかにいるかもしれないのに、納屋に入るのは無謀な行為だ。父なら〝よせ〟と言うだろう。ぼくが入ったことを知ったら、顔をしかめるに違いない。でも、何かが納屋に入れと命じていた。目に見えない力に背中を押された、とは言いたくない。そんな力は信じていないから。でも、このときはそれを感じた。まるで自分の一部が納屋のなかにあり、それを回収しなくてはならないかのように。

音をたてずに、扉の隙間から暗がりへと踏みこんだ。いまはもう暗くても怖くないが、小さいとき、ぼくは暗闇が苦手だった。あんまりひどく怖がるので、母は明るすぎないよう部屋のスタンドに古いスカーフをかけ、寝るときもスタンドを消さずにおいてくれた。父に笑われ、からかわれても、気にしなかった。空気と同じくらいその光が必要だったから。父がそれを取りあげたのは、きっとそのせいだ。

ある夜、部屋に戻ると、スタンドの電球が取り外されていた。理由を訊くぼくに、母は唇に指を当てて後ろの居間を示した。どうして父さんはぼくの電球を取ったの？　そう尋ねたとたんに母は青ざめた。その問いにではなく、ぼくの声の大きさに。なぜかというと、ぼくの声を聞きつけて父が戸口に来たからだ。

「おいで」父は言った。

母はぼくをかばいたそうだったが、父に逆らうことはできない。父は先に立って階段をおり、ぼくを地下室に連れていった。そしてひとりで階段を引き返しながら地下室の電球をひとつずつはずしていき、最後に階段のいちばん上にある電球をはずしてドアを閉め、鍵をかけると、ドアの向こうから言った。「自分に目があることを忘れるんだ。視覚は人を欺く。ほかの感覚を目と同じくらい信頼できるようにならなければ、本当に〝見る〟ことはできないぞ」

二日目の夜までは、毛布ももらえなかった。枕をもらえたのは四日目の夜だ。ぼくは一週間以上、二週間近くも真っ暗な地下室で過ごした。暗闇を怖がらなくなるまでは、上に戻るのを許してもらえなかった。父の言うとおり、視覚を奪われても〝見る〟方法は何通りもあった。人間の脳はどんな環境にもすばやく適応し、方法を見つけるものだ。

あの地下室では音がした。

この納屋でも音がする。

小さな生き物が走りまわる音。巣を横切る蜘蛛のささやき。真っ暗でぼくには何も見えない場所でも、ぼくを見ることができる目は無数にある。ぼくは近づいてくるそれらの目のひとつひとつを感じた。

納屋のなかの空気は家のなかよりひんやりしてなんの動きも感じられなかったけど、ひとりじゃないことは即座にわかった。

「ここにいるんでしょ？」

呼びかけた声が意図したよりはるかに大きく響いて、ぼくは内心あわてた。リビーを驚かせたくなかったから。なぜだかわからないが、納屋にいるのはリビーだという確信があった。リビーの部屋のドアに耳を押しつけたときにわかったんだと思う。もうはるか昔のようだけど、実際はそんなに前じゃないあの日、リビーがもうカムデン療養センターにはいないとわかったときと同じくらいたしかに、ぼくはリビーがここにいると感じた。

「リビー、ぼくだよ、アンソンだ」

またしても沈黙のあと――

「ほかにも誰か一緒？」

その声は左手の上のほうから聞こえてきた。天使のように甘くて、音楽のように心地いい声。山の湧き水みたいに澄んだその声なら、電話帳をただ読みあげても最高に面白い物語に聞こえるに違いない。

「ぼくだけだよ。どこにいるの？」

少しのあいだ沈黙が続き、それから動く音がして上から何かが降ってきた。粉か埃のようなふわっとしたものが。

「左のほうに梯子《はしご》があるわ。屋根裏の干し草置き場にいるの」

頭の上で何かが光り、小さな炎が納屋のなかを照らしだした。

「急いで。明かりに気づかれたくないから」

十歩あまり離れたところに、屋根裏へ上がる梯子が見えた。あまり頑丈そうには見えなかったけど、足を載せてみると意外としっかりしていた。ぼくは三メートルほどのその梯子を上って、乾いた藁《わら》で手と膝がちくちくするのを感じながら、四つん這いで梯子を離れた。上から覗いた納屋の地面は驚くほど下にあった。

奥の隅にある古い木箱の上では、色褪せた灯油ランプが燃えていた。リビーはその木箱の横で体を縮め、壁に寄りかかってこっちを見ている。ランプに後ろから照らされ、分厚い毛布のように影がまとわりついているせいで、形もはっきりしない。もっとよく見たくて肌がうずいた。

「早く。もう消すわよ」

立ちあがって歩きだすと、途中で明かりが消えた。真っ暗になっても息遣いは聞こえる。ぼくはそちらに向かい、リビーの体温が感じられるほど近くにしゃがみこんだ。近すぎるかも。きっと離れていくに違いない。

でも、リビーは動かなかった。

ぼくはもっとにじり寄りたい気持ちと闘った。

「カムデンにいたでしょ。あそこで見たことがある」リビーが低い声で言った。

「きみもいたね」そう言ってから、心のなかで舌打ちした。なんて間の抜けた返事だ。でも、緊張していたんだ。父さんがここにいなくてよかった、とほんの少しだけ思った。もしもいたら、ぼくを緊張させる相手に何をするかわからない。いくつか頭に浮かんだ可能性に、思わず身震いが出た。

「寒いの？」

「少し」寒くはなかったけど、そう答えた。

リビーは脚にかけていた毛布の端を引っ張り、ぼくの脚にかけてくれた。何年も前から納屋にあったに違いないその毛布は、黴臭くて、たぶんものすごく汚れてるけど、リビーが隣にいるいまは、少しも気にならない。

暗闇に目が慣れてくると、そばの黒い塊が月の光でしだいにリビーになっていった。最初は大まかな輪郭、それから少しはっきり見えた。片目が殴られたみたいに黒くて、こめかみのところも黒ずんでいる。首のまわりに誰かに絞められたような跡があるだけじゃなく、右腕にもいくつか打撲の跡があって——

リビーがぼくから目をそらして、うつむいた。

「ごめん、じろじろ見て」

「いいの。あたしだってたぶんそうするわ」

「痛む？」

「うん、痛かった。でも、もうそれほどでもない」

金の鎖で首にかかっているロケットが、月明かりにきらめいた。

「事故か何かにあったの？ それとも誰かにやられたの？」ぼくには関係のないことだし、訊いてはいけないのかもしれない。でも知りたかったんだ。事故だと言ってほしかった。誰かがリビーにこんな跡が残るようなことをしたなんて、考えるだけでも恐ろしすぎる。

「答えなくてもいい？　もう終わったことだし、昔のことじゃなく、これからのことを考えたいの」

「いいよ」ぼくは心から言った。それからチョコバーを持ってきたのを思い出し、ポケットに手を突っこんでそれを取りだした。「お腹、すいてる？」

　リビーはうなずき、バーを受けとって包み紙を剝がした。「半分こにしよっか」そう言って真ん中から折ると、半分を口に入れ、もう半分をぼくの口の前に差しだした。チョコバーはたちまち口のなかで溶けた。これまで食べたなかで、いちばんおいしいような気がする。リビーは指についたチョコレートを舐め、にっこり笑った。とたんに、チョコバーのことは頭から吹き飛んだ。

　リビーは壁にもたれた。「カムデンの看護師さんたちはあなたのことを怖がってた」

「どうしてかな？」

「ドクター・オグレスビーが危険だって言ったの。消防署の人があなたを見つけたとき、家のなかに死体が三つもあった、両親を殺したのはあなたかもしれない、って」

　オグレスビーはいつみんなにそんなことを言ったんだろう？　きっとギルマン看護師がぼくに笑いかけなかった日だ。

「ぼくは父さんも母さんも殺してないよ」

「家のなかで見つかった人たちは？　あなたが殺したの？」

　リビーはふつうの調子で訊いてきた。全然怖いことじゃなく、夕食に何を食べたかとか、好きな色を訊くみたいに。これはどういうことなんだろう？　いったいどんな経験をしてきたら、地下室に死体があった家の少年を怖がらない子になるんだ？

「家のなかにいたあいつらが悪いんだ」ぼくは言った。「どんな行為にも結果がともなうんだよ」

毛布の下でリビーの手がぼくの手を握り、細い指がちょうどいい具合にぼくの指にからみついた。「うん、ほんとね」

31

五日目　午後十二時六分

プール

プールがアルコールを口にすることはめったにない。ウイスキーどころか、最後にビールを飲んだのがいつだったか、それさえ思い出せないくらいだ。だが、ビショップと何時間か過ごし、取り調べ室から出てきたときは、スコッチをダブルで、いや、ボトルからあおりたくなっていた。たとえ少しのあいだでも、この事件に関するすべてを忘れてしまえたら、どんなにいいか。

　廊下で待っていたナッシュが耳打ちしてきた。「ウォーリックのそばでは発言に気をつけろ。一度も名前は口にしなかったから誰と話していたのかは知らんが、携帯電話で逐一誰かに報告していたぞ。記録係に取り調べのコピーも頼んでいた。おたくの許可が必要だと言っておいたぞ。ＦＢＩの担当する事件だから、とな。それでどれくらい時間が稼げたかわからんが」

「ハーレス支局長から電話は？」

　ナッシュはくるりと目を回した。「ああ、ほんの十回ばかり。おたくは取り調べ室にこもってビショップを尋問中だと言っておいた。出てきたらすぐに電話しろとさ」

　ナッシュが携帯を渡そうとしたが、プールは受けとらなかった。「まだ持っててください。その伝言も聞かなかったことにします」

　プールが観察室に入ろうとすると、ナッシュが押し戻して引きとめた。「あいつが言ったことはひとつ残らずでたらめだ。それはわかってるだろうな？」

プールは何を信じればいいか、もうわからなくなっていた。

観察室に入ったとたん、ウォーリックがまくしたてた。「ハーレス支局長に電話をかけたほうがいい。それと、取り調べの録画のコピーをもらいたい。これは命令だ」

「誰の命令ですか？」

「そんなことはどうでもいい。許可証はきみのボスのところに届いている。すぐさま実行したまえ」

ナッシュはウォーリックをにらみつけた。「市長には、ＦＢＩの捜査に関する許可証を発行する権限はないぞ」

「許可証が市長から出ているとは誰も言ってない。今日明日にも停職になりかねんのに、よけいな口出しをしないほうが身のためだぞ」それから怒りに顔を赤くしたままプールに言った。「いますぐコピーを作りたまえ」

プールはため息をついて、さっきから黙って座っている記録係に顔を向けた。「コピーしてもらえますか？」

パソコンの前にいる記録係はＣＤ－ＲＯＭドライブのボタンを押すと、トレーのＣＤを取りだした。「もうできてます」

「おい、こいつに渡す気じゃないだろうな」ナッシュが食ってかかった。

「渡せと命じられたら、そうするしかないでしょうね。でも、その命令はまだ受けていない」そう言ってＣＤを手にドアへ向かった。「いまはそれより、ポーター刑事とこれについて話したい」

ウォーリックが行く手をさえぎろうとした。「気でも狂ったのか？　適切な分析を行ったあとならともかく、いまそれをポーターに見せることはできん！　少なくとも、われわれはあの供述の裏付けを取ってポーターを尋問し――」

ウォーリックが言いおえないうちに、プールは自分を示し、次いでウォーリックを示した。「あなたとわたしは〝われわれ〟と呼べる立場ではありません。あなたがなぜここにいるのか、ぼくにはそれすらわからない。そこをどいてください。さもないと、ＦＢＩの捜査を妨害したかどで逮捕します」

ウォーリックはそれでも動こうとしなかったが、やがて首を振り、左に寄ると携帯電話を取りだした。

一緒に廊下に出たナッシュが、プールの肩をつかんだ。「俺もなかに入れてくれ。俺にならサムも話してくれるはずだ」

「いや」プールは首を振った。「それがだめな理由はすでに話したとおりです。過去の捜査に不正があった可能性が消えないうちは、捜査から距離を置いてもらいます。あんな動画が出まわっているいまはとくに」

「だが、現場の捜査には加えてくれたじゃないか」ナッシュは指摘した。

「いまとは状況が違いますよ。あのときはＦＢＩ捜査官が一部始終を見守っていたし、ぼくが電話で指示を送った。すべての証拠を記録し、集めたのも、市警ではなくぼくのチームだった。あなたに行ってもらったのは、過去の事件をよく知る警察官として、これまでの手口との類似点を確認するためです。ぼくの裁量でできるのはそれが限度だ。何が起きているか多少とも把握できるまでは、見ているだけにしてもらいます。いずれ加わってもらうかもしれないが、いまはまだそのときじゃない」

ナッシュはしぶしぶうなずいて、廊下の反対側にある観察室へ入った。

プールは深く息を吸いこみ、取り調べ室のドアを開けた。

ポーターは日記に夢中で顔を上げようともせず、テーブルの下で右膝を落ち着きなく揺り動かしている。しばらく前にポーターの要請で運びこまれたホワイトボードは、走り書きで覆われていた。スケッチもいくつか混じっている。家の間取りだ。コーヒーポットもマグカップも空だった。

プールはさっきと同じ、向かい合った椅子に腰をおろした。「コーヒーをもっと持ってきてもらいましょうか？」

ポーターはノートの一冊に目を走らせたまま言った。「知ってるか？　ビショップはバーバラ・マッキンリーの姉、リビー・マッキンリーとは旧知の仲だった。家が燃えたあと、やつは児童養護施設みたいなところに預けられたんだ」

「〝さまよえる子どもたちのフィニッキー・ハウス〟ですね」

ポーターが顔を上げた。「知っているのか？」

「そこに書いてあります」プールは証拠ボードに顎をしゃくった。

ポーターはうなずいた。「ヴィンセント・ウェイドナーもそこにいた。ポール・アップチャーチも――」ポーターは立ちあがり、ボードに歩み寄った。「――クリスティーナ・ニーヴンとティーガン・サヴァラという少女も。この四つの名前を調べてくれ。全員が繋がっているかもしれない。ほかにも少年たちがいた。彼らの名前を見つけようとしてるところだ。ビショップはその家に連れていかれる前、しばらくカムデン療養センターと呼ばれる施設にいたんだ。そのときの記録が欲しい。医療施設だから、記録を調べるには捜査令状を取らなくてはならないだろうが、拒む判事はいないだろう」

「モンテヒュー研究所に関して知っていることを話してもらえませんか？」

ポーターは眉間にしわを寄せ、記憶を探るような目になった。「ああ。それはここに入るな」彼はボードの右上の隅、〈その他の関連する場所〉と書かれた下に空いているスペースを見つけ、そこにプールが言った研究所の名前を書いた。

「その研究所について何か知っていることは？」

「ビショップがウイルスはそこで手に入れたと言っていた。確認が取れたのか？　まだだとしたら、早急に取ったほうがいい。少なくとも盗まれた量は明らかになる」

「ビショップは逮捕されました」

ポーターがその言葉を理解するまでに、少し間があった。プールの言葉が頭に染みこむと、ポーターはテーブルに戻り、崩れるように椅子に座った。「いつだ？」

「今朝の九時半ごろです。市街地にある廃屋で、ナッシュ刑事が逮捕しました」

「自首したのか？　母親も一緒だったか？　どこの建物だ？」

「それを知ってどうするんです？」

「ギヨン・ホテルか？」

プールは首を振った。「いいえ。マコーミック四二六番です。サラ・ワーナーになりすましていた女の姿は影も形もありませんでした」

ポーターは立ちあがり、プールが告げた住所をモンテヒュー研究所の下に書きこんだ。

「その場所に意味があるかどうかはわからんが、念のために書いておこう。ビショップの母親を見つけないと。近くにいるはずだ」まるで脳の働きがわずかに遅れているかのように、ポーターは目を見開き、次の質問を口にした。「ウイルスの残りを回収できたのか？　どこにあるか聞きだしたか？」

どう答えればいいのか？　プールはつかのま迷ったあと真実を告げることにした。「ビショップはあなたが残りを持っていると言ってます」

この発言にショックを受けたとしても、ポーターの表情はまったく変わらなかった。

「なんだと？」

「モンテヒュー研究所に押し入ってウイルスを盗んだのはあなたで、自分ではない、ビショップはそう言っています」

「ばかな。なぜ俺がウイルスを盗むんだ？」ポーターは笑いそうになって口元を引き締め、立ちあがった。「やつはここにいるのか？　この署内に？　どこに勾留しているんだ？」

「落ち着いて。座ってください。見せたいものがあるんです」プールは部屋の隅のＤＶＤプレーヤーに手にしたディスクを挿入し、リモコンを使ってテレビをつけた。

ポーターは立ち尽くしている。

「座ってください」

ビショップの顔がスクリーンに大写しになると、ポーターはようやく腰をおろした。

32

五日目　午後十二時六分
クレア

「市内に死体がふたつ、院内にもふたつ。つまり犯人は自由にこの病院を出入りしてるのよ。例の地下通路を使っているに違いない」クレアは厳しい顔で断言した。

スタウトの狭いオフィスには、彼と部下がふたり、クロズ、市警の警官ひとりが集まっていた。もうひとりはラリッサ・ビールとカティ・キグリーの病室を警護しているが、カフェテリアから消えたふたりの行方はまだわからない。

「地下室は部下が徹底的に調べたが、トンネルはなかった」スタウトが報告する。

「いいえ、絶対にあるわ」

「院内にいるのは模倣犯に違いない」

「でも、病院の外でもそっくり同じ状態の死体が発見されたのよ」

「死亡推定時刻はわかったのか？　なかのふたりはこの病院が封鎖される前に殺され、発見された場所に置かれたのかもしれない。あるいはビショップに仲間がいて、外の死体は自分が逮捕される前に殺し、仲間がここで見つかったふたりを殺した可能性もある」

クレアは警備主任に鋭く言い返した。「だったら、サウスカロライナの男は？　向こうでも被害者が見つかってる。同じ手口の死体よ」

スタウトはしだいに増える切り株のような髪が気になるのか、剃りあげた頭をなでた。

「わたしは市警の巡査で、殺人課で勤務したことは一度もないが、何事も決めつけるな、結論に飛びつくな、と耳にたこができるほど言われたものだ。病院で人殺しをしている犯人が、ビショップや四猿事件となんの関係もないとしたらどうかな？　院内の誰か、ひょっとすると職員のひとりが、現在の状況を隠《かく》れ蓑《みの》に使って４ＭＫが殺したように見せかけ、遺恨を晴らそうとしたのかもしれない。さきほど警部もその可能性を口にしていたが、じゅうぶんありうることだと思うね」

クレアはこめかみに手のひらを押しつけ、うつむいた。「クロズ、被害者はふたりともアップチャーチに繋がると言ったわね？」

何をしているのか、さっきからせわしなく持参したノートパソコンのキーを叩いているクロズが、一拍遅れて顔を上げた。「なんだって？」

「聞いてなかったの？」クレアは苛々しながら質問を繰り返した。

クロズは首を振った。「クリスティ・アルビーはアップチャーチの保険請求の書類を整えた。しかし、循環器の専門医スタンフォード・ペンツとアップチャーチを繋ぐものは何も見つかっていない。引き続き探すよ」

オフィスの壁には、予定表が書かれた黒板があった。クレアはそこにあるすべてを消すと、今日見つかった被害者全員の名前を書いた。

身元不明の女性――ローズヒル墓地
身元不明の女性――地下鉄レッドラインの線路上／クラーク駅
トム・ラングリン――シンプソンヴィルにある裁判所の正面階段
スタンフォード・ペンツ――クック郡病院
クリスティ・アルビー――クック郡病院

その上に〝父よ、わたしをお許しください〟というメッセージを書き、丸で囲むと、自分が書いた情報をじっと見つめ、スタウトに尋ねた。「ペンツとクリスティ・アルビーのあいだに繋がりはないの？」

「繋がりって、どんな？　ふたりがいい仲だったとか？」

クレアは肩をすくめた。

スタウトは少し考えてから言った。「そのふたりについては知らないが、そういうことは結構ある。長時間のシフトだからね。家族よりも同僚と一緒にいる時間のほうが長いし、それに仕事のストレスもある。そう、男女関係があった可能性はあるだろうね」

「そのあたりを少し探ってみてくれる?」

スタウトは黙ってため息をついた。

クレアは目を細めた。「宿題は嫌いなの?」

「そうじゃないが、ただでさえ手薄なんだ。カフェテリアの平和を保つことに集中したほうがいいと思う。あそこはいつ手がつけられなくなるかわからない。あんたも見ただろう、お互いに殴り合うか、われわれに殴りかかる寸前だ。いったんそうなったら、この人数ではとても止められない」

スタウトの言うとおりだった。カフェテリアの状況もなんとかしなくてはならない。懸案があまりにも多すぎる。「助けを申しでたドクターだけど、あれはどういう人なの? 犯罪現場を台無しにした男、バーリントンよ」

「人当たりのいい先生だよ。職員にも慕われている。この病院に来て十年ぐらいになるんじゃないかな。その前はたしかニューハンプシャーで働いていたとか」

「スタンフォード大学卒業」クロズが口を挟んだ。「その後ニューハンプシャー州ダートマス郊外にある小さな病院で研修を終えた。近くの高校に通っていたらしいから、そのあたりで育ったんだろう。長いことそこで勤務していたが、二〇〇七年にここに移ってきた。最初から腫瘍学が専門で、アップチャーチの治療に関しても相談を受けている。で、ここに閉じこめられるはめになった。もう少し調べてみるが、いまのところはとくに問題はなさそうだな」

クレアはスタウトに顔を戻した。「いまは誰も信用できないけど、助けがいることもたしかね。だから、あのドクターの申し出を受け入れましょう。カフェテリアのなかで、こっちの目となり耳となってくれるかもしれない。あれから早速CDCに連絡したらしく、一時間前にモルトビーからメールが届いたわ」クレアはスタウトのデスクにあるコンピュータ―を示した。「ペンツのオフィス周辺の防犯カメラを確認してもらいたいの。それとクリスティ・アルビーが見つかったトイレ付近のカメラも」

この指示に、スタウトが若いほうの部下と意味ありげに目を見合わせた。

クレアは目を細めた。「映像はあるんでしょう？　防犯カメラは病院の至るところで見るわよ」

「カメラは設置されているんだが」スタウトが重い口を開いた。「このところ、きちんと作動していないんだ」

「どういう意味？」

「IT担当者は、システムがなんらかのウイルスかマルウェアに感染したと言ってる。どのカメラも録画はしているものの、タイムスタンプがまるで違う。この一週間、ドライブを再フォーマットしたり、オペレーティング・システムをインストールし直したり、ハードウェアを丸ごと取り換えてみたりもしたが、何をやっても正常に作動するのは二、三時間だけで、その後また同じ問題が起こる。しかも、時間が経つほどひどくなる。担当者が言うには、原因がなんにしろ、たんにタイムスタンプを書き換えるだけじゃなく、その書き換えの回数が加速度的に増えていくらしい」

「漸進的《ぜんしんてき》な書き換えってやつだな。最初は本来の日時を違う日時に書き換える。それからスタートに戻ってその日時をさらに別の日時に書き換え、いつまでもそれをやりつづけるんだ。前にも見たことがあるよ。賢いトリックだと、そのなかに正確に見える部分を保っておく。もっと巧妙になると、顔認識を使って同一人物が映った画像を繋げる」

全員がぽかんとクロズを見つめた。

クロズは呆れたように天を仰いだ。「たとえば、今日一緒に廊下を歩いたふたりが、同じ廊下を二週間前にも一緒に歩いたとするね。賢いコンピューター・ウイルスだと、それ以外の映像の時系列はいじらず、そのふたりが映った映像のみを交換するわけだ」

クレアはうめくような声をもらした。「なんのためにそんなことをするの？」

クロズは肩をすくめた。「ハッカーっていうのは、斬新な方法で世間を騒がせるのが好きなのさ。こんなこともできるんだと証明するためだけに、そういうウイルスを作る連中がいるんだ。そしていったんそういうウイルスが作られれば、ダークネットに投稿され、大勢にコピーされて、ほかのハッカーのツールになる。〝生命の輪《サークル・オブ・ライフ》〟の電子版だな」

「もとに戻すことができる？」

「たぶん。見てみないことにはわからないが。病院のＩＴ担当者が手を尽くしたのに、まだ書き換えが止まらないとすると、このコンピューター・ウイルスは病院のネットワーク以外の場所にあるんだろう。それがハードウェアを監視していて、何かが消されるとか修正されるたびに、再びきれいになった機器にウイルスをインストールしているんだ。それほど難しいことじゃない。ウイルスはほぼどこにでも隠せるからな。ルーターやカメラ、スイッチ、ネットワークに接続されているコンピューターのなか、どこでもね」

「急いでその場所を突きとめて」クレアはクロズに言った。

クロズはクレアの指示に応える代わりに、続けざまにくしゃみをした。

「いますぐ取りかかって」クレアはくしゃみの発作を無視して繰り返した。

クロズがうなずく。「かなり弱ってるが、病の荒れ狂うなかを死の扉へと廊下を這うことになっても、最後まできみのために働くとも」

「シカゴ市民があんたの奉仕に感謝するでしょうよ」クレアはそっけなく言うと、スタウトに顔を戻した。「地下通路探しには何人割いてるの?」

「いまのところはふたりだ」

「わかった。そのまま続けて」スタウトが抗議する前に、クレアはふたりの警備員と向き合った。どちらもこの部屋に来てからひと言も発していない。「あなたたちにはカフェテリアの警備を頼むわ。できるだけ彼らに姿が見える場所に立つのよ。ただし、威嚇するような態度はとらないで。たまに話しかけたりして、できるだけみんなを落ち着かせてちょうだい。それと、発見された死体に関して何か耳に挟んだらすぐに連絡して。わかった?」

ふたりの警備員がうなずく。

ただひとり残った市警の警察官——刈りあげた褐色の髪にまだ警察学校を卒業したての

匂いがする、ひょろりとした若者――には、こう言った。「事情聴取を頼める?」

「はい、ノートン刑事」

「彼らとひとりずつ話して、被害者たちとなんらかの関係があったか、アップチャーチを知っているか、何か見ていないかを聞きだして。殺されるまでのペンツとアルビーの行動をできるだけつかんでもらいたいの。被害者たちを最後に見たのは誰かとか、そういう役に立ちそうなことを」

「わかりました」

「あなたの名前は?」

「デイル・サッターです」

クレアは行方の知れない警官たちのことを尋ねた。「ヘンリックスとチャイルズを最後に見たのはいつ?」

「アルビーがトイレで見つかる一時間ほど前です。ヘンリックスは風邪をひいたみたいだ、と言ってました。顔色が悪くて、目が充血してて、ちょうど……」サッターの説明は尻すぼみになった。

「あたしみたいだった?」

サッターがすまなそうにうなずく。「チャイルズもあまり具合がよくなさそうでした」少しためらってから付け加えた。「ヘンリックスはちょっとだけ横になれる場所を探す、みたいなことを言ってましたよ。もしかするとチャイルズも……」

クレア自身、少しでもベッドに横になれるなら人殺しもいとわない気分だが、昼寝しているところを見つけたら、あのふたりを血祭りにあげるとしよう。

携帯電話で再びふたりを呼びだしたが、無駄だった。どちらもまっすぐ留守電に繋がってしまう。「だめね。やっぱり出ない」

「館内呼び出しをかけてもらおう。院内には、電波が届かない場所がいくつもあるから」

スタウトがそう言って机の上の受話器をつかんだとき、スタウト自身を呼びだす声がオフィスの隅にある拡声器から聞こえた。その声が廊下に響き渡ると同時に、机の電話が鳴りだす。スタウトは受話器をつかみ、クレアを見ながら相手の言葉に耳を傾けた。「病理学のドクター・ウェバーからだった。ペンツの死因がわかったそうだ」

33

五日目　午後十二時七分

プール

プールはビショップの顔がテレビ画面に映しだされるのを待って、DVDプレーヤーのリモコンをつかみ、再生ボタンを押した。画面をにらむポーターの前で映像が動きだす。

「なぜ突然、自首する気になった？」テレビの細いスピーカーからプール自身の声が聞こえてきた。カメラはプールの肩越しにビショップを捉えていた。背を向けたプールの頭の端と肩のごく一部が映りこんでいる。

ビショップはちらっと自分の手を見下ろし、再び顔を上げた。「実は、ポーター刑事とは何カ月も連絡を取っていました。ぼくはもっと早く自首したかったんです。でも、本物の４ＭＫを捕まえるのに支障をきたすから、と止められて……。世間にはぼくが４ＭＫで、捜査班は必死にぼくを追っていると思わせ、そのあいだに真犯人を追い詰めたい、と言われたんです」

「ばかな。一語残らず嘘っぱちだ」ポーターが吐き捨てた。「俺がビショップにそんなことを頼む理由がない。俺のアパートを見ただろう？　やつに逃げられてから、必死で居所をつかもうとしてきたんだ」

プールは片手を上げてポーターを制し、画面を指さした。

「ばかでしたよ」ビショップが続ける。「あんなたわごとを信じるなんて、ほんとに世間知らずでした。違う刑事のところに行くべきだった。でも、うまく言いくるめられたんです。ポーター刑事は、もうすぐ真犯人を逮捕できる、あと少しの辛抱だ、と言いつづけ、一日も早く疑いを晴らしたいというぼくを抑えつづけた。あと一日だけのはずが、一週間になり、一カ月、数カ月になった。ようやく何かがおかしいと気づいて問い詰めると、ぼくの目の前であの女を撃ち殺し、ぼくにも銃口を向けてきた。だから、また逃げるしかなかったんです」

「ギヨン・ホテルで？」

「ええ、ギヨン・ホテルで」

「しかし、ポーター刑事はなぜあの女を殺したんだろう？」

「チャールストンでパトロール警官だったころの知り合いだそうです。自分の過去を知ってる人間のひとりだ、と言ってました」ビショップはつかのまテーブルに目を落とし、親指と人差し指をこすり合わせてからプールに顔を戻した。「〝この女は当時のことを知っているから、生かしてはおけないんだ〟と。それから天を仰いで、〝父よ、許したまえ〟とささやき、あの女性を撃ち殺したんです」

ビショップは手の甲で涙を拭おうとして、拘束具に引っ張られ前かがみになった。「ポーター刑事はぼくの目の前で、至近距離から額を狙ってあの女を撃ち殺したんですよ！ぼくは愕然《がくぜん》としたが、銃口が自分に向けられると、どうにかわれに返った。さいわい、わずかに狙いがはずれたおかげで逃げることができました」

供述の内容に気を取られ無意識に身を乗りだしていたらしく、つかのまプールの頭でビショップの顔が隠れた。「ポーター刑事と一緒にいた女は？　サラ・ワーナーだそうだが」

ビショップは戸惑ったように眉を寄せた。「その人がホテルの違う場所か外にいたのなら別ですが、ポーター刑事はひとりでしたよ。そばには誰もいませんでした」

「ポーター刑事はその女がきみの母親だと言ってる」

ビショップは目を閉じ、深いため息をついた。「母は何年も前に、昔ぼくらが住んでいた家の火事で死にました。父もです。児童福祉施設のファイルのどこかに記録があるはずです。火事のとき、ぼくはいつものように家のそばにある湖で小石を投げて遊んでいた。あのとき家にいたら、ぼくも焼け死んでいたでしょう。ほんの二、三時間遊んでいただけなのに、戻ったら家が燃えていて手がつけられない状態だった。消防車が来ていたけど、消火をあきらめていました。消防士のひとりがぼくに気がついて、ぼくの家かと訊いてきたので、そうだと答えました。それから両親のことを訊かれました。ふたりとも家のなかにいたに違いない。根拠はないけど、ぼくにはわかっていた。でも、どうしても言葉にすることができなくて。そのあとのことはほとんど覚えていません。まだ子どもでしたから。ショックから回復するまで、しばらくカムデン療養センターという施設に預けられました。そのあいだに、ぼくを引き取ってくれる親戚を見つけようとしたんでしょう。でも、親戚はひとりも見つからなかった。それで里親に預けられたんです」

「さまよえる子どもたちのフィニッキー・ハウスと呼ばれていた場所だね？」

ビショップはまたしても戸惑いを浮かべた。「さまよえる――？　そんな場所は知りません。カムデン療養センターを出たあと、ぼくはイリノイ州のウッドストックから車で一時間半ほど離れた町にあるワトソン家で、デヴィッドと奥さんのシンディと一緒に暮らしました」

「ワトソンというのは、シカゴ市警のCSIに移ってきたときに使った偽名だったな」

ビショップはまたしてもため息をつき、両手を上げた。手錠の鎖がテーブルに当たって耳障りな音をたてる。「ばかなことをしました。ええ、わかってます。でも、本名を使えば誰かが火事の記録を読んで、両親がその火事で焼け死んだことを知るかもしれない。同情されるのも詮索されるのもごめんだった。だからあの名前を使うことにしたんです。同じ理由でワトソン夫妻は〝ポール・ワトソン〟の名前でぼくを学校に入れたんです」ビショップは片手を振った。「ポールはデヴィッド・ワトソンのミドルネームなんですよ。以来、ずっとポール・ワトソンで通していたんです」

「フィニッキー・ハウスにいたことはないと言うんだね？」

ビショップはきっぱりうなずいた。

「きみの日記には、フィニッキー・ハウスのことが書いてあるが」

ビショップはいきなり身を乗りだし、椅子の背に留めた鎖で後ろに引っ張られた。「どうかポール・アップチャーチに確認してください。まだ生きてますよね」

「なぜ？　きみはどうしてアップチャーチを知っているんだ？」

ビショップは体を起こした。「会ったことはありません。ただ、ポーター刑事がその日記を書かせるために、あいつを雇ったのを知っているだけです」

34

日記

ドクター・オグレスビーは、ぼくがいつも座る椅子を新しい椅子に替えていた。オレンジ色の醜くて巨大なその椅子は、ふわふわで腰をおろすとどこまでも体が沈む。うっかり背中をあずけようものなら完全に呑みこまれ、立ちあがれなくなりそうだ。ぼくは背筋を伸ばし、ごく浅く座った。この一年でだいぶ背が伸びたけど、脚がまだ少し短いせいで、両足が床から浮きあがりそうになった。床に座ることもできるだろうけど——

「きみの心はまたどこかをさまよっているようだな、アンソン。こちらを見て、わたしの話をちゃんと聞いてはどうかな?」

ぼくはドクターを見上げた。菱形《ひしがた》模様のセーターが人間を食べられるものなら、このセーターはせっせとそうしているみたいだ。緑と黄色と白の菱形模様。このセーターはこれまで見たどれより醜くて、だぶだぶで、ご立派なドクターの体はそのなかで泳いでいる。

ぼくはにっこりしてドクターを見上げた。「せっかくの時間を、一秒でも無駄にする気はありません」

「よかった。わたしもこのセッションが楽しみでね」

さあ、眼鏡をつかむぞ。三、二、一――

オグレスビーは首からさげた眼鏡をつかんでそれをかけ、膝に置いたメモを見下ろした。

「フィニッキーさんのところは楽しいかな？」

「ぼくのナイフは使い心地がいいですか？」これまでオグレスビーは、いつも机の隅の、ぼくが手を伸ばしてもぎりぎり届かない場所に、ナイフを出したままにしておいた。あからさまな意地悪だ。一種のパワープレーに違いない。こういう思いつきを自力でひねりだす能力など持ち合わせているとは思えないから、きっと誰かのやり方を真似しているんだろう。前回オグレスビーと会ったのは、ウェルダーマン刑事とストックス刑事に車に押しこまれ、フィニッキーさんのところに連れていかれる直前だった。ナイフを返してと言ったら、この独りよがりのろくでなしは「ナイフ？　なんのことだね？」ととぼけた。そんなものは存在しないと言わんばかりに。

「きみがここにいるのは、ナイフの話をするためではないよ、アンソン。きみの精神状態について話すためだ。時間はかぎられている。本題に入ろうじゃないか」

「ぼくはもうここの患者じゃないのに、なぜあなたと話さなきゃならないんですか？」

オグレスビーは微笑した。「たしかにきみはカムデン療養センターを離れたがね。裁判所が別の指示を送ってくるまでは、わたしの患者だ。わたしには、きみが回復するのに必要な治療を行う義務がある」

「だけど、すっかり元気になったのに」

「衝撃的な体験は心に傷を残すことが多い。そういう傷は心の奥に埋められ、思いがけないときに表面化することがある。だから今日は具合がいいと感じても、明日、あるいは明後日は違うかもしれない。わたしはきみがこの体験を乗り切る手助けをしているんだよ」

以前父がこういう医療行為が横行する理由を話してくれたことがあった。保険産業はこの産業に従事する者のポケットを潤す方法をあの手この手で見つけだす。一般開業医は患者をセラピストに送り、セラピストは〝健康診断〟の名目で保険会社に費用を請求できるように、処方されたセラピーに加えて血圧を測り、患者が定期的にのむ薬のほかにも二、三種類よけいに処方し、その薬の効果を経過観察するため定期診療を行う……といった具合に。こうして最初の医者だけで事足りるところを、ほかにふたりをかかわらせ、無駄な時間と費用を捻出する。そして週末ともなれば三人仲良くゴルフに出かけ、〝せっせと働いて〟得た保険の金を費やす、と。ドクター・オグレスビーがぼくになんらかの関心があるにしても、その関心はぼくを診て懐に入る利益を超えるものだとは思えない。医療産業なんて詐欺も同然、だいたい誰かに頭のなかをつつきまわされるのはごめんんだ。

「人と話している最中にうわの空になる癖は、なんとかしなくてはいかんぞ、アンソン」

「ぼくはうわの空じゃありません。考えているだけです」

「何を？」

「この惑星におけるあなたの価値を」

ぼくの答えはオグレスビーを面白がらせたようだった。「ほう、するときみは、そういう判断を下す資格が自分にある、と思っているわけだな」

「ドクターの知性が上っ面なのを見抜くには、路地裏のごみ溜めで暮らすホームレス程度の知識があればじゅうぶんです。自分の診療所を維持していくだけの能力がないから、仕方なくこういう施設で働いているんでしょう？」

うまくいった。ドクターは眼鏡をはずし、体を引いて椅子の背にあずけた。でも、笑みはまだ残っている。「演技をしているのはわたしではないかもしれんぞ。これまでの物静かで礼儀正しい少年はどうしたのかね？」

「その少年は、ナイフを返してもらうのを待っているんです。それとあの写真も」

「写真？」オグレスビーはけげんそうな顔をした。

「わかっているくせに」

母とカーター夫人がベッドでからみあっている写真は、持ち物を取りあげられたときナイフと一緒にポケットに入っていた。この男が持っているのはわかっている。これまでは何も言わずにいただけだ。

オグレスビーはまっすぐにぼくを見た。「写真のことは知らないな。だが協力してくれれば、きみと一緒に警察から預かった品物にもう一度目を通すことができる。案外ラベルを張り違えたか何かで、ほかに紛れこんでいるのかもしれない。ときどきそういうことがあるんだよ」

今度はぼくのほうが嘘っぽく笑う番だった。「ええ、喜んで協力します」

ドクターは眼鏡をかけ、メモを見た。「リビー・マッキンリーのことを話してくれないか。ここにいたとき、リビーのことをとても気にしているようだったね。フィニッキー・ハウスでどんな毎日を送っているか話したくないなら、リビーの話をしてはどうかな？」

ぼくはしゃべりすぎていた。これまでのセッションを全部足したよりも、しゃべった気がする。もう話すのはやめなきゃ。感情を制御して、冷静にならないと。何か言うときは、それが口を出てほかの人の耳に入る前に慎重に吟味しろ、というのが父の口癖だった。ところがこの二十分、ぼくはこの教えを完全に無視し、おかげでオグレスビーにつけこまれるはめになった。この餌に食いつくのは間違いだ。だけど、それがわかっていても訊かずにはいられなかった。「リビーはどんな目に遭ったんですか？」

答えてもらえるとは思っていなかった。以前リビーのことを訊いたとき、患者のことは話せないとはぐらかされたからだ。でも、ドクターはぼくを驚かせた。

「最後に里子に出された家の父親に繰り返しレイプされたんだよ。逆らうと、ひどく殴られた。最初はあざが残らないように電話帳で殴っていたようだが、しばらくすると拳で殴る感触が好きになったらしい。三メートルと離れていないリビングに座って、週末のあいだずっと夫がリビーを痛めつけ、レイプする様子を聞いていた妻が、とうとう我慢できなくなって、警察を呼ぶ代わりに夫に三八口径の弾を二発撃ちこみ、屋根裏に死体を隠した。

リビーは医者に診せる必要があったが、その女は毎月州からもらう五百十二ドルの手当をあきらめる気になれず、リビーをベッドに縛りつけたまま放置して、何も起こらなかったふりを決めこんだ。さいわい、銃声を聞いた隣人が警察に電話をしたため、リビーは救出され、チャールストンのローパー病院に運ばれた。そこで二日過ごしたあと、ここに送られてきたというわけだ」ドクターは身を乗りだした。「友だちができれば、あの子も少しは明るくなるだろう。きみがその友だちになれるかもしれないな、アンソン」

ぼくは何も言わなかった。オグレスビーがこういうことで嘘をつくとは思えないけど、その可能性を疑え、と頭の隅で父がささやいていた。〝こいつはおまえの信頼を得たがっている。そのためにはなんでも言うだろう。そして信頼を得たら、手のひらを返す〟

黙ってオフィスを見まわすと、机の向こうの壁にかかっているカレンダーが目に入った。面白い。このカレンダーも九月二十九日が丸で囲んである。フィニッキーさんのキッチンにあるカレンダーと同じように。

35

五日目　午後十二時十分
クレア

クレアはスタウトのあとからエレベーターに乗った。二階におりていくつかホールと廊下を通過するうち、自分がどこにいるかまったくわからなくなった。誰かが壁にある表示を動かそうものなら、たちまち迷子になりそうだ。マスクのせいで顔が痒《かゆ》く、吐きだす息が熱い。唾を呑むたびに喉が痛み、具合が悪くなっていくのがいやでもわかった。スタウトの早足についていくだけで息があがり、汗が出るのに寒気がする。熱があるに違いないが、測る勇気がなかった。いつまでこうして動けるだろう？　足を止めて座ったら、いや、少しでも休もうとしたら、それっきり立ちあがれなくなりそうだ。

廊下のはずれには、大きな金属の扉がふたつ並んでいた。スタウトが壁に埋めこまれた読み取り機にIDバッジを滑らせ、そのふたつを開けたとたん、冷たい風が吹きつけ、クレアは身震いした。花柄模様の上っ張りに白いカーディガンをはおった黒人女性が机から顔を上げ、奥の隅にある緑色の扉を指さす。「死体は冷えている冷蔵室のほうです」

「ありがとう、ベヴ」スタウトが言い、その扉へと向かった。

クレアに聞こえたのは〝冷えている〟という言葉だけだった。ここより冷えている部屋など想像できない。だが、スタウトに続いて緑の扉を通過したとたん、空気が一段と冷たくなった。まるで冷蔵庫のなかに入ったようだ。「何、この寒さ」カチカチ鳴る歯のあいだからつぶやく。

病理学のオフィスはクレアが思っていたよりはるかに広かった。シカゴの商業地区にある検視局のオフィスと同じくらい大きい。ざっと十五メートル四方はあるその部屋は、等間隔で天井に設置されたハロゲンライトで煌々と照らされていた。壁と床はすべて白いタイル。少なくとも十二のアルミニウム製作業台があり、その下の床は水がはけるように格子がはまっている。いまは作業台の五つに遺体が安置され、そのうち三つには覆いがかけられていた。暖房・換気・空調用の大きな通気口が頭上で低いうなりを発し、凍るような空気を送りこんでくる。部屋のなかの消毒剤の匂いは思ったほど強くない。もっとも、こんなに鼻が詰まっていては、匂うほうが驚きだが。

「これを着るといい」ドアのすぐ横に置いてあるラックから、スタウトが赤いコートを取ってクレアに差しだし、自分には緑のコートをつかんだ。

クレアはコートに袖を通した。「ここはどうしてこんなに寒いの?」

緑の手術着を着けた五十代後半の女性が、紙ばさみを手に隣の部屋から姿を現した。白髪まじりの髪を後ろでひとつにまとめ、耳覆いをつけている。「時間のかかる検査で生じる腐敗を最小限に抑えるために、室温を二度にしてあるの。奥にある死体保管室の引き出しと同じ温度。ここで行うのは死因が異常な遺体の解剖だけで、心臓発作やガンのような一般的な解剖が行われるのは、廊下の先にあるここよりも暖かい部屋」女性は手袋をした手を差しだした。「ノートン刑事ね。病理学者のアメリア・ウェバーよ」

手袋をした手を素手で握るの？　クレアはとっさにそう思った。クレアがためらうのを見て、アメリア・ウェバーはあっさり手をおろした。「病理学者と握手したい人なんかいないわよね。結婚して二十八年になる夫でさえ、いやな顔をするんですもの」それから身を乗りだし、クレアをまじまじと見た。「まあ、ひどい状態。ちゃんと薬をもらってる？」

「ええ、抗ウイルス薬をもらいました。わたしなら大丈夫です」

「ちっとも大丈夫じゃないわ。横になって、体にウイルスと闘うチャンスをあげるべきよ。むくみも始まってる。薬の副作用ね」ウェバーはクレアの手を見た。「はずせるうちに、指輪を取ったほうがいいわよ」

クレアは身震いして、コートのファスナーを喉元まで上げた。「死因がわかったとか」

ウェバーは少しだけクレアを見つめてから答えた。「ええ。少し待って、アイズリーを呼ぶから」

「アイズリーが来てるんですか？」クレアは驚いて尋ねた。

「実際に〝いる〟わけじゃないの」ウェバーは部屋を横切って、背の高いガラスの扉付きキャビネットの向こうにいったん姿を消し、大きなテレビが載った滑車付きの台を押して戻った。テレビの下にはコンピューターが備えつけられていて、ウェバーがいくつかボタンを押すと画面が明るくなり、トム・アイズリーの顔が大写しになった。

「やあ、クレア。ドクター・ウェバーとはずっと……おや、ずいぶん具合が悪そうだな」

テレビの上部に小さなカメラが下向きに取りつけられている。そのレンズとテレビのどちらを見て話せばいいかわからず、クレアはカメラを見上げ、それから画面に目を戻した。

「あたしは元気よ、トム」

「しかし、とてもそうは――」

「元気だと言ったでしょ。話を進めてもらえる？　時間がないの」

この八つ当たりに腹を立てたとしても、アイズリーは顔にも態度にも出さずに機嫌よく応じた。「いいとも。アメリア、きみが始めるかい？」

ウェバーがうなずき、アイズリーが映っているテレビの台を、むきだしの死体を載せた解剖台のほうへと押していった。左がスタンフォード・ペンツ。右がクリスティ・アルビーだ。ペンツの胸に入ったY字切開の切込みはすでに縫合されているが、アルビーの解剖はまだこれかららしい。ウェバーはまずペンツの遺体と向き合った。左側を見ているかのように横向きにされた頭は、髪を剃られ、てっぺんに丸く切ったあとがある。脳を取りだすために切ったのだ。「初見では心停止の兆候が見られたけれど、心臓を調べても停止するような病気も先天性の欠陥も見つからなかった。ペンツは健康で、心臓も思ったよりも良好な状態だったわ。でも耳を切り取った跡の血を拭うと、これが見つかったの」ウェバーは切られた耳のすぐ下にぽつんとついた暗赤色の点を示した。

「注射の跡ですか?」クレアは身を乗りだしながら尋ねた。

ウェバーはうなずいた。「でも、毒物検査では何も検出されなかった。ひと通りやったのよ。二度テストしたけれど、それでも何も出なかったわ。するとアイズリーが脳細胞のサンプルをテストしてはどうかと言ったの」

テレビの画面でアイズリーが言った。「厳密に言うと、コハク酸の量を調べてくれと頼んだんだ」

「そうしたら大量に見つかったの」ウェバーが言った。

「コハク酸というのは?」

アイズリーがウェバーに代わって答えた。「サクシニルコリンという筋弛緩《しかん》薬の副産物だよ。麻酔専門医が使う薬で、これを注射すると、呼吸に使われる筋肉も含め全身の筋肉が弛緩する。人工呼吸器をつけずにこの薬を注入すれば、窒息して死に至るんだ。即座に作用するとはいえ、非常に苦しい死に方だよ。サクシニルコリンには鎮静効果はなく、筋肉を麻痺《まひ》させるだけだから、注射された者は意識がはっきりしたまま息ができなくなる」

「わたしだけだったら、絶対に気づかなかったわ」ウェバーが口を挟んだ。「心臓だけを調べていたんですもの。窒息したことを仄めかすしるしは何もなかった。ふつうは肌が紫色になるとか顔に点状出血が見られるんだけど、ペンツにはそれがまったくなかったの」

「そういう兆候は、薬の麻痺作用が抑えてしまうんだ」アイズリーが説明した。「コハク酸を調べるよう提案したのは、たまたまフロリダ州サラソタの医師が奥さんを殺すのにこの薬を使ったという記事を読んでいたからだ。サクシニルコリンは明らかに検出するのが難しいため、殺意を抱いた医者のお気に入りらしい。そこは病院だから、薬はいくらでも手に入る。それでひょっとしたら、と思ったわけだ」

クレアはウェバーに尋ねた。「即座にというと、どれくらい速く効くんですか？」

「注射してから死ぬまで？」

クレアはうなずいた。

「血管内を血液が流れる速度を考えると、せいぜい二秒もあれば筋肉が弛緩し、その後数秒で死に至るでしょうね」

「誰かを呼ぶまも、叫ぶまもないですね」スタウトが指摘し、ちらっとクリスティ・アルビーの遺体を見た。こちらも頭が横向きになっている。「アルビーの死因も同じですか？」

ウェバーは右側の台に歩み寄り、耳があった場所のすぐ下にある、よく似た点を示した。

「ええ、ほぼ同じ箇所に注射の跡がある。ちょうど後耳介静脈がある箇所よ。針の侵入角度が明確な前進角だから、犯人は後ろから近づいたのね。ふたりの被害者の身長を考えると、犯人の身長は百八十センチよりも低いわ」

「身長が百八十センチ以下で、厳重に管理されている麻酔薬を入手できる人間か」スタウトがつぶやいた。「調剤室の記録を確認してみますよ。出入りすべきではない人間が出入りしていたことがわかるかもしれない」

アイズリーが苛立ってため息をついた。「こっちの身元不明の女性ふたりも同じ死因でなければ、その調査で犯人が割りだせるかもしれないが。それにシンプソンヴィルのトム・ラングリンも、やはりサクシニルコリンで殺されているんだ。二十分ほど前に向こうの病理学者に確認した」

「塩はどう？」

「こっちの身元不明の二体とシンプソンヴィルの被害者の皮膚を覆っていたのは、おそらく水を軟水にするために使われる塩だ。これは大型量販店に行けば大量に買える。病院の被害者に使われているのはふつうの卓上塩だよ。身元不明の遺体はどちらも裸にされ、しばらくのあいだ完全に塩に浸《つ》けられていた。少なくとも数時間は浸けられていたね。最初は死体を保存するためか、死亡時刻を混乱させるためだと思ったんだが、いまはよくわからない。ペンツとアルビーが殺されたのは、発見された時点から遡って二十四時間以内だ。証拠を破壊するためであれば、苛性《かせい》アルカリ溶液のほうがはるかにすぐれているし、塩と同じくらい簡単に入手できる。卓上塩はなんの役目も果たさない。したがって、塩には象徴的な意味があるのではないかな。なんらかのメッセージとか。ＦＢＩは聖書に由来する可能性を考えているらしい。聖書にはとんとご無沙汰だから、塩と聞いて頭に浮かぶのは、塩の柱になったロトの妻の話ぐらいだ。何かわかったらすぐに連絡するよ」

「すべての被害者が同じ犯人に殺されたのかしら？」

アイズリーは肩をすくめた。「同じ方法で殺されてはいるが、ひとりの犯人がこれだけ距離の離れた被害者たちをすべて殺せるものかな?」それから目を輝かせて続けた。「そうだ、役に立ちそうな発見がもうひとつある」

「助かるわ」

ウェバーがクリスティ・アルビーの死体にかがみこみ、口を開けた。明るい光に照らされた台の上では、舌があった場所の赤い肉の塊がいやでも目に入る。「舌を切るのに使われたのは外科用のメスよ。分界溝に沿ってほぼ完璧に切断されている」

「なるほど」クレアはこみあげてきた胆汁を押し戻しながら、どうにか答えた。

「ここの角度を見て。こちらのほうが反対端よりもほんの少し多めに舌扁桃《へんとう》が残っているでしょう?」

「はあ」だが、クレアは目をそらし、周囲がぼやけるほど目を細めた。こんなイメージを頭のなかに焼きつけたくない。「それに何かの意味があるんですか?」

クレアの問いに答えたのはアイズリーだった。「犯人は左利きなんだ」

「ビショップはどうだったかしら?」

「ビショップのこれまでの被害者はすべて――といっても、われわれにわかっているかぎりの被害者だが――わたしが解剖した。彼は右利きだ。少なくとも、これまでは右手で殺してきた」

「サムはたしか――」思わず口をついて出たクレアの言葉は、広い部屋のなかで意図したよりも大きく響いた。

36

五日目　午後十二時十一分
プール

「何もかもでたらめだ！」ポーターが怒鳴った。

プールはDVDプレーヤーの一時停止ボタンを押した。

画面のビショップの顔が凍りつく。

ポーターは椅子の上で身じろぎし、怒りに顔を赤くして落ちくぼんだ目でプールをにらみつけた。「ポール・アップチャーチに会ったことはない！　俺がやつに関して知っているのは、日記で読んだこと、ビショップから聞いたことだけだ」

だがプールがその視線を受けとめると、ポーターは目をそらした。

信じたいのは山々だが、何を考えているかさっぱり読めない。クアンティコで行動科学班に所属し、仕草などから非言語コミュニケーションを解釈する動作学を学んだプールは、かなりの確率で相手の答えが真実か嘘かを判断できる自信があった。実際、これまで多くの容疑者を取り調べ、実績を挙げてきたのだ。決まった質問で相手が示す反応から〝基準〟となる仕草や姿勢をつかめば、これはさほど難しくない。真実を口にするとき、人は意識せずに自然に話す。だが嘘をつくときは脳の創造をつかさどる部分を使って話を作りださなくてはならない。そのときに、ほんの一瞬にせよ視線をそらすとか、腕や体の一部を動かすことが多い。ポーターはそうした兆候の多くを示しているものの、不安や心配、怒り、苛立ちなどの感情で、動作学の兆候が読みづらくなっていた。いつもなら、プールはそういう不純物をろ過できるのだが、なぜかポーターの場合はうまくいかない。考えてみれば当然かもしれない。ベテラン刑事であるポーターも動作学には詳しいだろう。プールがどんな兆候を探しているのか百も承知で、意識的にそうした動作を避けているのかもしれない。どんな嘘発見器も、それが持つ弱点を逆手に取ってくる相手にはかなわないのだ。

「チャールストンで何があったんです？」プールは尋ねた。

「チャールストンだと？」

「なぜビショップは、ギヨン・ホテルで死んでいた女の殺しをあなたのせいにするんですか？　チャールストンで起きたことを隠すために殺した、と言っていましたが」

ポーターはこの質問に顔を上げた。だが、嘘をつくとき人間がよくするように右上を見たわけでも、真実を口にするときのように左上を見たわけでもなく、まっすぐ上を見て、顔をのけぞらせ、苛立ちのこもったため息とともに片手で髪をかきあげた。「警官になりたてのころ、たしかに俺はチャールストンで勤務していた。交通違反の切符を切ったり、コソ泥を捕まえたり――要するに、受け持ち区域をパトロールしていたんだ。あるとき、ヤクの売人を逮捕しようとして、二二口径の銃弾をここに――」と後頭部を叩いた。「一発くらった。その後あの街をあとにして、ヘザーとふたり心機一転、シカゴでやり直すことにしたのさ」

「撃たれたんですか？」プールは驚いて尋ねた。

ポーターは両手を膝に戻した。「この事件とはまったく関係ない。相手は粗悪なヘロインとコカインを扱う小物の売人だった。ウィーゼル、だったかな。相棒とふたりでそいつを路地に追い詰め、俺は後ろから、相棒は通りの角をまわりこんで反対側から迫り、挟みうちにしようとした。だが、相棒の姿を見たそいつがぱっと向きを変え、俺がすぐ後ろにいるのを見てパニックを起こし、撃ってきた。ヤクをやっていたんだろう。びくついて反射的に引き金を絞ったんだ。銃口は俺のほうを向いてさえいなかったよ。だが、金属製のゴミ箱に当たって跳ね返った弾が、運悪くここに当たった」ポーターは後頭部の先ほど叩いた場所をなでた。「貫通せずに内部に留まったため、脳内圧が上昇し、医者は手術で銃弾を除去し、脳圧をさげた。その後は順調に回復したよ。それだけだ」

「相棒の名前は？」

ポーターは口を開いたものの、混乱したような表情になった。「くそ」

「なんです？」

今度は口をぎゅっと閉じる。「実は、ときどきあのころの出来事を思い出せなくなるんだ」

「相棒の名前を思い出せないんですか？」

ポーターは目を閉じた。「かなり昔のことだからな。デリックなんとかだ。ヒル、ヒルマン……いや、ヒルバーンだ。デリック・ヒルバーン。あいつを思い出すのは久しぶりだな」ポーターは目を開け、首の横を掻いた。

「ニューオーリンズで脱獄させた女受刑者ですが、以前会ったことはないんですか？」

「ああ、ない」

「あの女を撃たなかったんですか？　ＣＳＩの検査ではあなたの手と服から硝煙反応が出ましたが」

「俺はビショップに警告の一発を撃っただけだ。あの女を殺したのはビショップだ。そう説明しただろう？　くそ、組合の弁護士を呼んでもらわなきゃならんのか？」

プールはしばらく黙っていたが、リモコンを手に取り、また再生ボタンを押した。

画面でプールが尋ねる。「ポーターがアップチャーチを雇い、あの日記を書かせた？」

ビショップがうなずく。「ポーターの奥さんを殺した犯人が捕まった日、ぼくたちは五番通りに行ったんです。帰り際にポーターがコーヒーで服を濡らしたので、市警に戻る前にアパートに立ち寄った。そこにいるとき、捜査班のＩＴを担当しているクロズから電話がかかってきました。そのあと、いきなりポーターが〝ポール・ワトソンというのは偽名で、本名はアンソン・ビショップだそうだな〟と言ってきた。てっきり警察に連行されるのかと思ったら、捜査に協力してくれと言われたんです。〝4MKを逮捕するための極秘作戦が進行中なんだ。手を貸す気があるなら、偽名を使ったことを利用できるかもしれない〟と」ビショップは肩をすくめ、首を振った。「愚かにもその言葉を真に受け、何日か身を隠すことに同意しました。まもなくサイレンの音が聞こえ、ポーターは急いで千ドルの現金と四一プレースの住所を押しつけ、ここで待て、いまは説明している時間はないがまもなく俺もそこに行く、と言ったんです」

「あの緑の家？　ぼくを襲った場所か？」

ビショップは少しためらい、うなずいた。「すみませんでした。危害を加えるつもりはなかったんです。ただ、あのときは身を隠してから何カ月も経っていて、とても不安だった。あなたも事件に関与しているとポーターに吹きこまれていたから、ぼくを殺しに来たと勘違いして……」

「ぼくのパートナーを向かいの家で殺したのもきみか？」

ビショップが身を乗りだし、声を落とした。「あのあとすぐに、ポーターが来たんですよ。ぼくが家を出るとき、家の横を走ってくるのが見えた。おそらくあなたの相棒もポーターを見たんでしょう。そのせいで殺されたんだと思います」

「ポーターが連邦捜査官を殺す理由は？」

　ビショップはわからないというように両手を振りあげ、鎖を鳴らした。「ぼくがアパートを出たあと、ポーターは自分で脚を刺したんですよ。三一四タワーでタルボットを殺したのもポーターです。エモリー・コナーズを誘拐したのも、たぶんそうだ。あの刑事は、本物の４ＭＫをおびきだすためだと偽って、すべての罪をぼくになすりつけ、ぼくをマスコミの餌食にした。ぼくはポーターが秘密作戦を遂行していたと思いこんでいたが、そんなものはなかった。ポーターが４ＭＫだと思います。被害者全員を殺したのがポーターだとしたら？　あの男はずっとぼくたちを騙《だま》していたんですよ」ビショップは体を引き、椅子の背にもたれた。「突拍子もない話に聞こえるのはわかっています。ポール・アップチャーチと話をしてください。ぼくの言い分を裏付けてくれるはずです」

「どうやって？」

「三一四タワーの一件でポーターがすべてをぼくのせいにしたあとも、ほかにどうすればいいかわからなくて、ぼくは姿を隠しつづけた。ところが一週間経っても、事件はまったく解決しない。それで、ポーターを尾行したんです。ぼくが知っているだけで、三回アップチャーチの家を訪れています。三度目のとき、失うものは何もないと腹をくくりました。そしてポーターが立ち去ったあとにドアをノックし、アップチャーチにＣＳＩのバッジをさっと見せて警察の内部調査官だと告げ、ポーターとの関係を聞きだしたんです。アップチャーチはポーターが刑事だということすら知らなかった。一年ほど前、コミュニティ・サイトに載せた投稿を見て連絡してきたそうです。漫画を売りこむかたわら、パートタイムで画家の仕事をしていると言ってました。ポーターから筆跡サンプルをいくつか受けとり、うまく真似られることを証明すると、数日後に字がびっしり詰まった分厚い紙束と作文帳を渡され、一万ドル払うから、ノートに書き写してくれと依頼されたそうです。脳腫瘍と診断されたばかりで金が必要だったアップチャーチは、何ひとつ質問せずに引き受けたんですよ。アップチャーチを呼んでください。証言してくれるはずです」

「アップチャーチは三時間前に息を引き取った」プールはそっけなく告げた。

ビショップはさっと青ざめ、崩れるように椅子に沈みこんだ。「つまり、ポーターを信じるか、ぼくを信じるか、ですね。どうか信じてください。お願いします」

プールは映像を止めた。

ポーターは静かになっていた。もう十分以上黙っている。やがて口を開いたときには、その声はプールが思っていたよりもずっと冷静だった。「全部でたらめだ。きみもわかってるはずだぞ。俺はきみの相棒が殺されたとき、シカゴにはいなかった」

プールはつかのま、向かいに座った男をじっと見据えた。嘘をついているとしても、目に見える兆候はまったくない。とはいえ、ビショップにも欺瞞《ぎまん》の兆候はひとつも見受けられなかった。プールは立ちあがり、背を向けたまま「ちょっと失礼」と断って部屋を出た。

静止したビショップの顔が、画面からふたりを見ていた。

37

五日目　午後十二時三十三分
プール

マジックミラーで取り調べ室と隔てられている観察室に戻ると、ナッシュが一枚の紙きれをプールの手に置いた。「取り調べの映像を要請するＦＢＩの令状だ。ダルトン警部が持ってきた。警部の話だと、支局長のハーレスがこっちに向かっているそうだ。おたくと連絡を取ろうと躍起になってるぞ」

プールは小さな部屋を見まわした。録画機器を操作する技師しかいない。「市長のオフィスから来た男はどうしたんです？　ウォーリックでしたっけ」

ナッシュは肩をすくめた。「取り調べの映像を手に入れた直後に出ていったよ。もう二十分になる」ナッシュは目の縁が赤く腫れぼったかった。額にうっすら汗をかいている。

「具合が悪そうですよ」

「風邪だよ。インフルエンザかもな。アップチャーチの家に行く前からいやな感じがしてたんだ。あの家で悪いもんに感染したわけじゃない」ナッシュはポケットから風邪薬の箱を取りだし、ひと粒口に放りこんだ。「もう気分がよくなってきた」それから顔をそむけてジャケットの肘に咳きこむと、まるでネズミを丸呑みしたかのような顔でプールを見た。

「なんです？」

「おたくが取り調べ室にいるとき、クレアと話した。病院で発見された二体の予備解剖をしたところ、サクシニルコリンという薬を注射されていたそうだ」

「筋弛緩剤か。病院なら簡単に手に入りますね」

ナッシュはうなずいた。「それに、いくつか矛盾も出てきた」

「矛盾というと？」

「ビショップは右利きなんだ。少なくとも、以前の被害者はすべて右利きの犯人に殺されてる。だが、今朝シカゴで発見された四人を殺したやつは左利きだ。シンプソンヴィルのトム・ラングリンも同じさ。向こうの病理学者に確認済みだ」

プールは取り調べ室に駆け戻りたい衝動をこらえた。「ポーターは左利きですよね」

ナッシュは床に目を落とした。「隠し事はなしという約束だから一応伝えたが、サムは絶対に犯人じゃない。それはわかっているはずだぞ」

「ディーナーが死んだことを伝えた覚えはないのに、いつ殺されたのかまで知っていましたよ」

「それがどうした？　クレアかクロズから聞いたのかもしれんし、どこかで耳に挟んだ可能性もある。俺はニュースで見たぞ。ビショップはおたくを混乱させようとしているんだ。忘れるな、あのときサムはニューオーリンズにいたんだぞ」

　プールは片手を差しだした。「ぼくの携帯を見せてくれませんか」

　ナッシュはあちこちのポケットに手を突っこみ、ようやくプールのｉＰｈｏｎｅを見つけた。「ひっきりなしに鳴ってたぞ。おたくは海軍基地の売春婦より人気者らしいな」

「なんですか、その例えは」プールはつぶやきながら着信履歴にざっと目を通した。ハーレス支局長から数十回。局番五〇四の、見覚えのない番号からも何度かかかってきている。

「つまり、海軍基地には——」

　説明を聞かずにナッシュに背を向け、プールはその番号にかけた。

　電話の向こうでしゃがれた声が応じた。「オーリンズ郡刑務所のヴァイナだ」

「所長、ＦＢＩのフランク・プールです。ちょうどこちらから電話しようと——」

「問題が生じた。まだ情報を収集中だが、ヴィンセント・ウェイドナーが消えた」

　プールはナッシュをちらっと見て、スピーカーフォンに切り替えた。「ウェイドナーが消えた？　どう〝消えた〟んです？」

「実は昨日、深刻なセキュリティ侵害が起きてね。どうやらコンピューターをハッキングされたらしい。朝九時少し過ぎに、所内のすべての扉が次々に開錠された——監房のドアだけでなく、アクセスドア、内側と外側のゲート、すべてだ。最初はハードウェアが故障し、あちこちがでたらめに開いたように見えた。まず監房の扉が開き、受刑者が共通エリアになだれ込むと同時に、外側の扉も開きはじめた。看守や警備員が止めようとしたが圧倒的な数の差で押しきられたため、ただちに緊急封鎖した。これまでにふたりが死亡し、六人が怪我をして処置室にいる。脱獄した受刑者は十四名、ウェイドナーもそのひとりだ。じゅうぶんなバックアップ・システムのある閉鎖ネットワークだから、外部からのハッキングなど起こるはずはないんだが」ヴァイナは受話器を覆って誰かと話してから続けた。「監視カメラの映像で確認しようとしても、そっちもハッキングされたらしく、タイムスタンプがめちゃくちゃで映像の順番がばらばらだ。どうしてこんな事態になったのか想像もつかんよ」

プールは目を閉じ、ため息をついた。「すると、ポーター刑事が二日前にそちらの刑務所にいた証拠となる映像が欲しいと要請しても、用意できないんですね？　あるいは、サラ・ワーナーになりすましていた女の写真が欲しいと言っても？」

ヴァイナは乾いた笑い声をあげた。「わたしが今朝車から七番ゲートまで歩いていく映像を見たばかりだが、タイムスタンプは三週間前になっていた。技術チームがバックアップからデータを復元しようとしているが、望みは薄そうだな。説明によると、何が原因にしろ、システムに侵入されたのはだいぶ前だそうだ。わたしはポーターがここにいたことを証言できるか？　もちろんできる。このオフィスで向かい合って座り、話をしたんだからね。だが、それを証明する物的証拠を提出しろと言われたら、無理だと言うしかない。少なくとも、いますぐには無理だ。もしかしたら永久に無理かもしれん。二十分後の会議で、この件をあらいざらい上司に報告しなくてはならないんだが、何をどう言えばいいのか見当もつかんよ。会議のあとでもクビが繋がっていたら、お次は地元のテレビ番組で、十四人の囚人が行方不明で、おそらくバーボン通りを徘徊《はいかい》したり、人々の家に押し入ったり、車を盗んだり、様々な悪事を働いている、とニューオーリンズの善良な市民に告げなくてはならん。すべてわたしの監視下で起こったことだから、わたしの責任だ」所長はそう言ってため息をついた。「これは勘だが、ウェイドナーはそっちに向かっていると思うね。案外もう着いているかもしれんな。この前アパートで逮捕《たくら》したとき、あの男は二千ドルの現金とシカゴ行きのバスの切符を持っていた。何か企んでいるのは間違いない。われわれはたんにその計画を遅らせただけだろう。ウェイドナーを含む囚人全員を全国で指名手配した。これからマスコミを通じて写真を流す予定だ。必ずやつを、十四人全員を捕まえてみせる」

「ウェイドナーの利き手がどちらかご存じですか?」

ヴァイナ所長は一瞬考えてから答えた。「たしか右利きだったはずだが、なぜだね?」

「理由はお話しできないのですが、正確なところを知りたいんです。調べてもらえませんか?」

「いいとも。今日片付けねばならん仕事リストのいちばん上に入れておこう。失礼する」

プールが応える前に電話は切れていた。

ナッシュが口をはさんだ。「ウェイドナーがシカゴにいるとすると、俺たちが発見した女ふたりを殺したのはやつかもしれんな。病院の殺人もやつの仕業かな？　もし運よくフライトが取れたとすれば、シンプソンヴィルに行く時間もあっただろうし」

「ポーターは嘘をついていないと信じるんですね」

「もちろんだ。ビショップの供述は信じられん。サムが最初の日記を見つけたとき、俺はその場にいたんだからな」

「ええ、報告書を読みました。でも遺体を最初に調べ、あの日記を見つけたのはポーターだった。ポーターがあれを死体のポケットに入れた可能性はありませんか？」

ナッシュは顔をしかめた。「マジシャンみたいにか？　あいつと死体を俺たちみんなが囲んでいたのに？　ありえんな」

モンテヒュー研究所で盗まれたウイルスについて調べている同僚に連絡を入れると、研究所の防犯カメラの映像も使いものにならないという。犯人が誰にせよ、あっさりセキュリティを迂回してネットワークに侵入し、なんの痕跡も残さずに出ていったのだ。捜査チームは現在、研究所のスタッフを調べている。おそらく犯人はビショップ、ひょっとするとポーターだが、確認を取らなくてはならない。

観察室の窓の向こうでは、ポーターが再びビショップの〝日記〟に顔を埋めていた。

実際に夢中で読んでいるのか、それとも巧妙な演技だろうか？

プールは廊下に立っている見張りのふたりに声をかけた。「ポーター刑事もビショップもトイレ以外は取り調べ室から出さないでもらいたい。昼飯と、暇つぶしになるようなものを差し入れてもらえるとありがたいな」彼はポケットから名刺を二枚取りだすと、それぞれに渡した。「取り調べ室に無理やり入ろうとする人間がいたら、それが誰であろうと、まずぼくに連絡して、確認してほしい。ぼくたちは一時間で戻る」

制服警官たちはうなずき、名刺を受けとった。

「ぼくたち、だと？　どこへ行くつもりだ？」ナッシュが尋ねた。

38

日記

「九月二十九日ってなんの日？」

リビーはこの一週間毎晩いる納屋の干し草置き場の片隅で、毛布にくるまっていた。ぼくはそこを〝ぼくらの場所〟と呼ぶようになった。三日目の夜、ぼくたちは最初の夜にリビーがいた場所から、木箱とランプを反対側の隅に動かした。ここなら窓に近いから、母屋を見張れる。屋根裏には何冊か本を持ちこんでいた。ぼくが読んでいるのはスタインベックの『ハツカネズミと人間』。リビーはサッド・マカリスターという作家のホラー小説だ。でも、ふたりでいるときはどっちも読まない。読むのは相手を待っているときだけ。一緒にいるときは話をした。リビーはとても話しやすい子だった。

それに、とても可愛い。

いまなら、そう思っていることを認められる。父さんが知ったら、リビーの美しさに判断力を曇らされている、と機嫌を損ねるだろうけど。何年か前に父さんは、美は脳から血を抜きとり、理性を失わせる、と言ったことがあった。「この男はなぜ通りを渡ろうとしたと思う?」父さんはそう尋ね、ぼくが答える前に言った。「美しい女性に近づこうとしたからだ。そしてその女性の笑顔しか目に入らなかったせいで、トラックに轢《ひ》き殺《ころ》された。美しさに目が眩《くら》み、通りを渡る前に左右をきちんと確認しなかったんだ。美のせいで何度も戦争が起きたが、美が戦争を終わらせたことは一度もない。美には何にも代えがたい〝味〟がある。何よりも甘い毒なんだよ。いったんその虜《とりこ》になると、命を失うことになろうともっと欲しくなる毒だ」

父さんは真面目な顔でそう言ったけど、ぼくは内心、そんなばかなことがあるもんか、と思った。でも父さんの言ったとおりだ。干し草置き場で、丈の短い花柄の服を着たリビーが、後ろから月の光に照らされて立っているのを見たとき、父さんの言ったことがようやく理解できた。打ち身の跡やなんかはほとんど消え、残っているのはほんの一、二箇所だけだった。でも跡があるうちから、本来のリビーの姿がぼくには見えた。惹かれているなんて言葉ではとても言い表せない。毎晩ぼくは眠りにつくまでリビーのことを考え、目が覚めたとたんにリビーのことを思う。手を握っていないと、自分の手が空っぽな気がして落ち着かない。

「九月二十九日？　さあ。どうして？　なんの日なの？」

　ぼくはドクター・オグレスビーのカレンダーも、フィニッキーさんのキッチンのカレンダーも、その日付に印がついていることを説明した。

「誰かの誕生日じゃない？」

　そうは思えなかった。ドクター・オグレスビーとフィニッキーさんの共通の知り合いなんて、ウェルダーマン刑事とストックス刑事ぐらいしか思いつかないけど、あの刑事たちの誕生日をドクターとフィニッキーさんが祝っているところは想像できない。

「町に物産展が来る日とか？」

　リビーは窓枠にもたれて外を見ながら片足で立ち、もう片方の足を後ろに曲げていた。つま先にぶらさがっている白いスニーカーが、いまにも脱げて落ちそうだ。満月に近い月明かりに照らされ、服が透けて体の曲線が見える。両脚の線もはっきり見えて、ぼくは目をそらすことができなかった。父さんの言ったとおりだ。でも、どうでもよかった。

「物産展って、ここにも来るのかな？」この農家はかなり辺鄙《へんぴ》な場所にある。ぼくは週に二回ドクター・オグレスビーの診察を受けに行くが、この一帯には畑と野原以外にはほとんど何もなかった。

　リビーが肩をすくめ、その動きで首にかかったロケットが揺れた。「さあ。でも、一度でいいから行ってみたいな」

窓枠に少し前かがみにもたれながら、ヒップを揺らしているリビーを見ていると、ぼくはどうかなりそうだった。わざとやっているんだろうか？　それとも、工場の機械に備わった機能とか心臓の鼓動みたいに、本人は少しも意識していないのか？

「戻ってきた！」リビーが大きめの声でささやき、急いで頭を引っこめた。もっとも、ランプをつけないかぎり、母屋からぼくらの姿は見えない。

ぼくは壁際から這い進んで窓の外を覗いた。リビーもぼくの横から外を覗く。まだキスをしていないけど、したくてたまらない。リビーの温かい体がとても心地よくて、いつまでも体を寄せあっていたかった。ばかな願いだってことはわかってる。よいこと、すばらしいことは、いつか必ず終わってしまう。これだっていつか終わるに決まってる。でも、できるかぎり長引かせたい。ぼくは心の底からそう思った。

ウェルダーマン刑事の車がエンジンをかけたまま、母屋の前に停まっていた。車のドアは閉めてある。

「誰が乗ってるのかな？　見える？」

ぼくは首を振った。

たいていの夜はクリスティーナかティーガン、それかその両方だ。ぼくをドクター・オグレスビーのオフィスまで送り迎えするのもウェルダーマンだけど、それはいつも昼間だった。いまはもうすぐ午前三時だから、行き先がカムデン療養センターじゃなかったのはたしかだ。リビーがどこに行ったのか尋ねても、ティーガンは「あんたもいつかわかるよ」としか言わなかった。先週はポールが連れていかれたが、ポールもこの外出のことを何ひとつ話してくれない。実際、戻ってきてから二日間、ほとんど口をきかなかった。

運転席からウェルダーマンが降り、そのあと指に煙草を挟んだストックスも降りてきた。ウェルダーマンが後部座席のドアを開け、声をかけながら手を伸ばす。

「汚ねえ手をどけろよ！」ヴィンセント・ウェイドナーの怒鳴り声がした。「俺に触るな！」

ストックスの空いているほうの手が、ベルトに挟んだ銃へと動く。リビーもそれに気づいたと見えてあえぐように息を呑み、もっと身を寄せてきた。

ヴィンセントが手を払いのけ、ウェルダーマンを押しのけるようにして車から降りた。ヴィンセントは体格がよかった。背丈もウェルダーマンと同じくらいある。肩で押しのけられたウェルダーマンがよろめき、ストックスが銃を握りしめた。ヴィンセントはそれ以上何も言わずに、かっかして私道を横切り家のなかに姿を消した。ふたりの刑事は、ストックスが煙草を吸いおえると車に乗りこんで走り去った。

リビーがぼくの手を取って窓から引っ張った。「行こう」

39

五日目　午後十二時四十分
プール

　青い外壁に白い縁どりがあるポール・アップチャーチの家は、その一画の真ん中あたりにあった。家の正面にはCSIのワゴン車とパトカーが一台駐まり、通りの向かいではテレビ局の中継車が後部の排気管から白い煙を吐いている。プールがパトカーの後ろにジープを停め、ギアをパーキングに入れると、中継車に乗っている人間が助手席側の曇った窓を手で拭き、こちらを見た。

「まるでヘルペスだな。ようやく消えたと思ったら、もう片方の尻にできる」隣でナッシュがつぶやく。

「ヘルペスはそういうものじゃないと思いますよ」プールはうわの空で訂正しながら家を見上げた。

「雰囲気を明るくしようとしてるだけさ。市警を出てから、ずっとだんまりだからな」

「すみません。考え事をしていると無口になるんです」

「俺とサムはその反対だ。話し合うことで糸口を見つけようとする。役に立つこともあるぞ。わかっている事実を全部口にして、混ぜ合わせ、推理を組み立てるんだ。無駄になることが多いが、ときどき、思ってもみなかったような見方に行きつく」

「あなたの知らないところでポーターが極秘任務を遂行していた可能性はありますか？」

「絶対にない」

「いまのは反射的な答えだ。もう一度訊きます。ポーターはあなたに気づかれずに、ひそかに作戦を実行できたでしょうか？」

ナッシュは人差し指で唇を叩いた。「できたはずがない。あいつとは何年も組んできた。たしかに秘密主義になることもあるが、ビショップが言ったような大掛かりな計画を俺に隠していられたとは思えん」

「しかし、アパートに踏みこんでポーターの寝室の壁を見たとき、あなたもぼくらと同じくらい驚いていたように見えましたよ」

「正直に言えば、ひとりで何か調べてるんじゃないかと疑ってはいたんだ。ただ、ビショップを追いかけるのが悪いことだとは思えなかった。サムは簡単にあきらめる男じゃないからな。だが役に立ちそうな手がかりが見つかれば、俺たちに報告していたはずだ」

「でも、ニューオーリンズに向かうことは誰にも言わなかった」

「それはそうだが——」

プールは片手を振ってさえぎった。「ぼくたちはみんな、同僚のことは何から何までわかっていると思いこんでいる。長年の相棒のことはとくに。だからと言って、相手のことを何もかも知り尽くしているわけじゃないんです」

ナッシュはプールと目を合わせた。「サムがニューオーリンズの件を黙っていたのは、俺たちを守りたかったからだ」

「つまり、極秘作戦を実行していたとしても、黙っていた可能性があるわけだ」プールは切り返した。「あなた方を守るために」

「サムは立派な警官だぞ」

「ええ、みんながそう言います」プールが先に車を降り、凍えるような寒さのなかを家に向かった。ふたりはなかに入る前に、コンクリートの階段の上で靴の裏の雪を落とした。

玄関にいる制服警官がナッシュに向かって会釈した。

ナッシュはプールを親指で示した。「ＦＢＩのフランク・プール捜査官だ。なかに誰かいるか？」

「チームのほとんどは昼飯を食いに行きましたが、ロルフェスが二階にいます」

「リンジー・ロルフェスか？」

警官がうなずく。

プールは口を挟んだ。「知り合いですか？」

「ジャクソン公園の氷の下でエラ・レイノルズを見つけたときに、現場にいた。頭のキレそうな鑑識員だ」

　プールはドアのすぐ内側の血痕に目を留め、そこから廊下の先を見た。

「ふたりの少女のうち、ひとりは意識不明でキッチンのテーブルに横たわっていた」ナッシュは説明した。「もうひとりは地下にある檻《おり》のなかで見つかった。冷凍庫を改造した温水タンクがあるのもそこだ。俺たちが踏みこんだとき、アップチャーチは二階の部屋にいた」

「あなた方を待っていた？」

「ああ」

「どの部屋です？」

　プールはナッシュのあとについてキッチンを通り過ぎ、居間を突っ切って階段を上がると、部屋のひとつに入った。ピンクでまとめた明るい部屋だ。小さなベッドにはハローキティ柄のカバーがかかり、その上に動物のぬいぐるみが散らばっている。たくさんの絵が壁を覆っていた。子どもが描いたような絵もあれば、明らかにもっと熟練した技術を持つ者の作品だとわかる絵もある。部屋の片隅に置かれた子どもサイズの小さなマネキンには、女の子の服が着せてあった。赤いセーターとブルーのショートパンツだ。

　絵のなかの女の子とよく似ていた。窓はひとつ。その下にある机の引き出しはどれも引き出され、中身が床に散らばっている。部屋の真ん中に、眼鏡をかけた三十代の女性が座っていた。ふたりが部屋に入っていくと、ロルフェスはブロンドのショートヘアに縁どられた顔を上げ、ナッシュに会釈した。「ナッシュ刑事」

「この男はFBI捜査官のフランク・プール。プール、さっき言ったロルフェス鑑識員だ」ナッシュはそう言ってふたりを引きあわせた。

ロルフェスは手袋を取らずにプールの手を握り、笑みを浮かべた。「何か？」

「アップチャーチのことをもっとよく知りたいんです」プールはそう言ってから、自分の言葉が唐突すぎることに気づいた。「少女たちの殺害とは別件で、事件にかかわっている可能性が出てきたので」

「偽造のことですか？」

プールはナッシュと目を交わした。「偽造？」

ロルフェスはうなずいた。「ずいぶん盛んにやっていたようですよ。若い子に運転を教えるだけで生活費を稼ぐのは厳しいし、絵で食べていくのは難しい。で、身につけた技術をユニークな形で役立てていたってわけです――運転免許証とか、パスポートなどの偽造に」ロルフェスはスケッチパッドの山の下からノートパソコンを取りだし、机に置いた。「アップチャーチはフォトショップの達人でした。別の部屋でプロが使うスキャナーや撮影機器も見つかっています。プリンターは三台もありました。運転免許証ぐらいなら、一時間もあればこの家から一歩も出ないで偽造できたでしょう」

ロルフェスがスペースキーを押すと、ノートパソコンのスクリーンが明るくなり、ふたりの女性の写真が何枚か表示された。白い背景からすると、おそらくパスポート用の写真だろう。二十一歳以上の運転免許証には青い背景が、それ以下には黄色い背景が使われることが多い。

「驚いたな」ナッシュが小声でつぶやき、スクリーンに顔を近づける。

「ええ」そのふたりにはプールも見覚えがあった。スクリーンの写真は、今朝早く墓地で発見された女と、レイク通りの近くにある地下鉄駅の線路上で発見された女のものだった。

40

日記

母屋へ戻ろうとリビーと一緒に野原を横切っている途中で、わめき声が聞こえた。いや、違う——まず、ドン、という音がして、さらにドンドンと何回か続いたあと、わめき声がしたんだ。母屋の二階と下の両方で、いくつか明かりがついた。こんなときに自分勝手だけど、ぼくが真っ先に心配したのはリビーと自分のことだった。こんなに遅い時間に外にいたのが見つかったら、まずいことになる。

ヴィンセントは玄関の扉を開け放っていた。最初の音は、玄関を入ったすぐのところにある丸テーブルが倒れた音だったに違いない。なかに入ると、そのテーブルが壁際に横倒しになっているのが見えた。花瓶も花も、車の鍵を置く小皿も床に落ちて砕け散り、カーペットは花瓶の水でぐっしょりだ。フィニッキーさんが見たらかんかんになるだろう。でもそれをじっくり考える間もなく、ぼくはリビーに手を引っ張られて二階から聞こえてくる怒鳴り声のほうへと向かった。

急いで階段を上がると——この状況では、床のきしみ音は気にしなくても平気だ——、シャツを血で汚し、顔を真っ赤にしたヴィンセント・ウェイドナーが廊下の真ん中に立っていた。左側にひとつ、右側にふたつ、壁に穴が開いている。手が切れているのは、漆喰だけでなくその下の幅板まで拳でぶち抜いたからだろう。でもシャツを汚しているのは、本人ではなくポールの血だった。顔を殴られたらしく、ポールはヴィンセントの足元に倒れ、片手で鼻を押さえている。立ちあがろうとしたが、足が滑ってしりもちをついた。

「動くな！」ヴィンセントがポールに叫ぶ。「そこにいろ！」

ティーガンがTシャツとショーツ姿で戸口に立っていた。ヴィーゼルとキッドもドアの陰から覗いている。クリスティーナが落ち着かせようと手を伸ばしたが、ヴィンセントは腕に置かれた手を振り払った。もう少しで肘で突かれそうになり、クリスティーナは泣きそうな顔で言った。「ヴィンス、お願い、あたしの部屋に来て。大丈夫だから落ち着いて！」

「ぼくは、助けになりたかっただけだよ」ポールが言った。唇が割れ、そこからも血が出ている。きっと何発も殴られたんだ。

ポールのそばに行こうとすると、繋いでいるリビーの手に力がこもった。ティーガンがそれに気づいたらしく、驚いた顔でじっと見てきた。

「いったいなんの騒ぎ?」

ぼくはびくっとして後ろを振り向いた。くるぶしまで届く黄色い寝間着姿のフィニッキーさんが、ショットガンを手にして立っている。リビーとぼく、床に座りこんでいるポール、壁の穴、最後にヴィンセントに目をやると、フィニッキーさんはヴィンセントに銃口を向けた。「何を騒いでるの?」

ヴィンセントの顔がさらに赤くなった。「いいから、俺のことは放っといてくれ!」それから倒れたままのポールをまたいで自分の部屋に入り、ドアを叩きつけるように閉めた。

残されたぼくたちは、どうしていいかわからずにその場に立ち尽くしていた。

さきほどの驚きが消え、ティーガンの表情が険しくなっていた。リビーはそれに気づいてぼくの手を放し、じりじり離れて自分の部屋へ向かった。

「立ちなさい」フィニッキーさんがショットガンをおろし、ポールに言った。「ひどい顔! 何をされたの?」

ポールが空いているほうの手で唇に触れ、痛みにたじろぎながらどうにか立ちあがる。

フィニッキーさんが近づいた。「まったく、あんたたちときたら。上を向いて! 廊下中に血がたれているじゃないの。クリスティーナ、トイレから雑巾を持ってきて。残りは部屋に戻りなさい。ぐずぐずしないで！」

　ウィーゼルとキッドは、突然ついたキッチンの明かりに驚いたネズミみたいに引っこんだ。ティーガンはまだ戸口から、床のポールではなくぼくを見ている。ぼくがリビーを探して振り向くと、リビーの姿はもうそこにはなかった。部屋のドアが閉まった音すら聞こえなかった。

「部屋に行きなさい、アンソン」フィニッキーさんが開いているドアを顎で示し、目を細めた。「あんたはどうして服を着てるの？」

　ぼくはそれには答えず、急いで部屋に入り、ドアを閉めた。

　一時間近くあとにポールが戻ってきたとき、ぼくはまだ起きていた。電気は消えていたけど、部屋のなかは見える。ポールは氷の袋を包んだタオルを鼻に当て、黙って部屋を横切った。ベッドに上がってからも、十分ばかり無言のまま横たわっていた。それから鼻にかかった声で言った。「あいつら、今度はきみを連れてくぞ。わかってるだろ？」

「連れていくって、どこへ？」

　ポールは答えない。自分がその答えを知りたいのかどうか、ぼくもよくわからなかった。

「みんな行くんだ。そのあとはリビーの番。たぶんウィーゼルとキッドも……」ポールの声が途切れ、袋のなかで氷が音をたてた。「ティーガンとクリスティーナはまだいい。ぼくとヴィンセントだって――通りで育ったからいろいろ見てるし。だけど、ウィーゼルたちはまだほんの子どもなのに」

みんなまだ子どもだよ、ぼくは口から出そうになった言葉を呑みこんだ。

しばらくしてポールがまた言った。「納屋にいたんだろ？　リビーと一緒に」

「うん」

「トラックを見たか？　トラックがあるって聞いたぞ。動くかどうか、見てみないとな」

41

五日目　午後一時
プール

ナッシュがノートパソコンを見下ろして言った。「最近の写真だな。髪型が同じだ」

プールはロルフェスを見た。「いいですか？」

ロルフェスがうなずく。

プールは机の前にある椅子に腰をおろし、写真のひとつを右クリックして、メタデータを呼びだした。つづいてもうひとつの画像もクリックする。「どっちも先週撮られてる」

ロルフェスが横から手を伸ばし、何度かクリックして次々に写真を呼びだした。「ほら、ふたりとも服装を変えて十枚ばかり撮られています。ヘアスタイルもいろいろですよ。髪をおろしたり、アップにしたり。複数のＩＤを作るつもりだったのか、最適な写真を撮ろうとしただけなのかは不明ですが」

ナッシュが指を鳴らした。「そういえば、サムが日記に出てくるふたりの娘のことを調べてほしいとおたくに頼んでたな。これがそのふたりってことはあるか？」

「クリスティーナ・ニーヴンとティーガン・サヴァラ？　どうかな。可能性はあるでしょうが」

プールは写真をスクロールした。「偽造書類の作成はどこまで進んでいたのかな？　名前は見つかりましたか？」

ロルフェスは首を振った。「いいえ、どちらもありませんでした。このふたりの書類は完成していなかったようですが、ここには数百人分のデータが入ってます。なかには十年以上前のものもありました。イリノイ州だけでなく、ルイジアナ、ノースカロライナ、サウスカロライナ、ニューヨーク州のものまで。ずいぶん長いこと偽造を手掛けていたようですね」

ナッシュはロルフェスに目を戻した。「このデータのコピーを全部クロズに送れるか？」

「三時間ほど前に送りました」

プールは抗議しようと口を開きかけたものの、考え直して尻ポケットから名刺を取りだした。「ここに電話してフォスター・ハーレス支局長と話し、ＦＢＩのシカゴ支局にもコピーを送ってもらいたい」

「わかりました」ロルフェスはブラウスの胸ポットに名刺を入れた。

プールは立ちあがって散らかった部屋を見まわし、机の証拠品袋にプリペイドの携帯電話が入っているのに目を留めた。「そのなかに役立ちそうな記録があったかな？」

ロルフェスは肩をすくめた。「役立つ、というのが何かによりますね。これは使い捨てにする安物のプリペイド電話ですから。アップチャーチは使うたびに記録を消去していたので、ＩＴ部門が携帯会社に発着信記録を問い合わせています。何時間かすれば、結果が出るでしょう」

「そっちもわかりしだい、連絡が欲しい。携帯の番号はいま渡した名刺の裏に載ってます。日記か作文帳みたいなものはなかったかな？」

ロルフェスは部屋の反対側を示した。「ベッドの下にありました」

近くにいたナッシュがピンクのハローキティのベッドカバーをめくり、かがみこんだ。それから深いため息をつきながら、手に触れたものすべてを引っ張りだした。まだ透明のセロファンに包まれたままの新しい作文帳が五冊。セロファンが剝がされているものが二冊。頑丈なクリップで留めたタイプ原稿の束もいくつかある。

プールは作文帳のひとつを手に取った。黒いペンがカバーに留めてあり、タイプされた紙が何枚か挟んである。プールはそのページを広げて読んだ。

やあ、サム。
混乱しているでしょうね。
質問もあるんじゃないかな。
ぼくはあったし、いまでもあります――

ギヨン・ホテルでポーターが見つかったとき、コンピューター・スクリーンに表示されていた文面だった。ここにはそのプリントアウトだけでなく、作文帳の一ページ目にも同じ文章が書かれている。几帳面なこの文字には見覚えがあった。最初の日記の文字、それにいまポーターが取り調べ室で読んでいる日記の文字と同じ。アンソン・ビショップの筆跡とされているものだ。

ベッドにもたれて床に座っていたナッシュが、プールを見上げた。「これが俺の思ったとおりのものだとしたら、ビショップがここに置いた可能性もあるぞ。やつが真実を告げているという証拠にはならない」

たしかにそうだが、ポーターにとってはますます不利な状況になった。

プールの電話が鳴った。

「ハーレスからか？」

プールはディスプレーを見てうなずいた。

「長年ボスから逃げてきた俺に言わせれば、いつかは捕まるぞ。引き延ばせば引き延ばすほど、状況は悪くなる」

　プールはしぶしぶ応答ボタンを押し、電話を耳に当てた。「プールです」

「なぜアップチャーチの家にいるんだ？」

　支局長であるハーレスは、部下が持つ携帯電話のＧＰＳデータにリアルタイムでアクセスできる。だが、わかっていても、こうしてその事実を突きつけられるのはいやな気分だ。

　プールは新たに発見したことを報告した。

　ハーレスはつかのま考えてから指示を出した。「その書類をすべて支局に運ばせろ。ポーターのアパートから押収したノートパソコンはまだこっちにある。そのデータが入っているかどうか確認しよう」

「わかりました」

　ハーレスは受話器を手で覆い、誰かと話をしてから続けた。「その家の前で黒のエスカレードが待っている。五分以内に市警の刑事と一緒にそれに乗るんだ」

「しかし、これから市警に戻り、取り調べの続きを――」

「五分だ」ハーレスは一方的に電話を切った。

　プールには毒づく習慣はないが、いくつか罵り言葉が頭に浮かんだ。

42

五日目　午後一時五分
クレア

手がかりはゼロ。

少なくとも、いまのところはない。

聞き取り調査を任せたサッターの報告では、なんとかカフェテリアにいる人々の三分の一から話を聞くことができたというが、役立つような手がかりは何もなかった。被害者たちに繋がりがあるとしても、現時点ではわからない。ヘンリックスとチャイルズも、姿を消してから四時間以上になるというのにまだ行方知れず。何日もまともに休んでいないのだから、どこかで仮眠しているのなら見過ごしてやってもいい。でも、それにしては長すぎる。頭の隅で警告を発しはじめた声が、しだいにしつこくなるのは時間の問題だろう。立て続けにふたりも殺されたうえに警官が姿を消したと知ったら、ここに足止めをくっている人々が――警官や警備員も含めて――パニックを起こしかねない。そうなったら事態は一気に悪化する。秩序と礼節という錯覚は、多数の制御があって初めて成り立つ。だが警官や警備員からなるクレアたちのグループは、とうてい多数とは言えなかった。

しかも、今度はこれだ。

入ってくるそばからクロズが読みあげていく情報のせいで、みぞおちのしこりがボウリングのボール並みに大きくなった。クレアはオフィスの小さなテーブル越しにクロズを見ながら、喉を塞ぐ大きな塊を呑みくだした。「ばかばかしい。そんなことありえないわ」

「信じられないが」クロズはスクリーンに目を張りつけたまま答えた。「事実のようだぞ」

「サムがあたしたちの知らないところで極秘任務を遂行し、ビショップに指示を出していた、ですって？　ありえない。絶対に無理よ」

「だが、任務でなければ、たんにビショップを甘言で弄《ろう》していたことになる。そのほうがずっとひどい。つまり4MKはビショップではなく、サム――」

クレアは手近なフォルダーをつかんでクロズの側頭部を叩いた。「そんなこと、口にするのもやめて。いまも、これからもずっとよ。あたしはそんなでたらめ信じないから」

「客観的になろうとしているだけさ。サムについて知っていることをいったん脇に置き、たんに容疑者として見ると――」

クレアは再び叩いた。「サムは容疑者じゃないったら！　そういう言い方はやめてって言ってるでしょ！」

クロズは頭の横をさすった。「五分でいいから叩くのをやめて、聞いてくれないか？」

「サムは容疑者じゃない」

「わかった、重要参考人だ」

「ただの〝関係者〟よ」

クロズは顔をしかめ、天を仰いだ。「まあそれでもいい。とにかく、考えてみればあやしい点もある。エモリー・コナーズの供述書は読んでるよな？　エモリーは誘拐犯の顔をはっきり見てはいないから、ビショップが誘拐犯だと確認していない。エレベーター・シャフトの底にいたときに声を聞いているが、反響がひどかったし、あのときの精神状況を考えると、犯人の声を特定するのは無理だろう。正直言って、検事局がエモリーに声を特定させるとも思えない。エモリーが間違った声を選べば、裁判はおしまいだからな。エモリーにビショップの声を聞かせる話が出なかったのは、そのせいだ」

今度はクレアが天井を仰ぐ番だった。「どうしてサムがあの子を誘拐するの？　ほかの被害者を殺した動機は？　ビショップには動機がある。サムにはまったくないわ」

「ないように見えるが、実際にないかどうかはわからない。調べたことがないんだから。だいたい、ビショップの動機はどこまであてにできる？　あれはサムが日記を分析し、ビショップ本人がサムに語った情報をもとに割りだした動機だろう？　だが、ふたりの会話を聞いていた者はひとりもいない。サムが、聞いた、と言っているだけだ」

「サムはビショップに刺されたとき、あんたと電話中だったわ」

クロズは肩をすくめた。「あのとき聞いたのは片方だけ、サムの声だけだ。アパートで何があったか、この目で見たわけじゃない。サムの言葉を信じただけだ」クロズはノートパソコンのキーをいくつか叩き、プールがビショップに行った取り調べの映像を再び呼びだした。「このとおりに起こった可能性もあるぞ。やつの言葉とサムの言葉、どちらが真実か、どうしてわかる？　立証する手立てはないんだ」

クレアはそんなごたくを認めるつもりは毛頭なかった。「ビショップはタルボットを殺す直前に、サムに自白したのよ」

「サムに、だ。サムだけに」

クレアは嘲《あざけ》るような笑いを浮かべた。「例の指紋は？　ガンサー・ハーバートの死体を発見したとき、マリファックス・ビルの地下通路にあった貨車の指紋。あれはビショップの指紋だった。ビショップがハーバートを殺した犯人じゃなければ、なぜあいつの指紋がトロッコに残っていたの？」

「あの報告書はわたしも読んだ」クロズはスクリーンにファイルを呼びだし、最後の数段落までスクロールダウンした。「ブローガンが率いるSWATチームのマーク・トーマスが、貨車から指紋を採取し、証拠品袋に入れて、午後六時十八分にサムに渡した。サムはそれをポケットに入れ、三時間後に、分析にまわせとナッシュに渡してる。三時間後だ。すり替える時間はたっぷりあったと思わないか？　あるいは最初からポール・ワトソンを犯人に仕立てるつもりで、あの指紋を残したのかもしれない」

「サムがそんなことするもんですか」

「サムだってことをいったん忘れて、ただの〝関係者〟の話だと思ってくれ。その人物がビショップをはめようと企んでいたとしたら、チャンスはあった。それにビショップが犯行現場にいたと証言できる目撃者は、サム以外ひとりもいない」クロズはため息をついて椅子にもたれた。「ビショップが犯人じゃないと言ってるわけじゃない。ただ、穴をつつきたい者がいれば、その穴は簡単に見つかるってことさ」

「ビショップは正義を気取った、イカれ頭のくそったれ殺人鬼よ。あいつがやったの。全部あいつの仕業。あたしたちがこの病院に閉じこめられてるのも、あいつの――」

「刑事がみずからの手で正義の鉄槌を下す、そう考えるのはそれほど難しいか？　サムがそうしたとしても、第一号ってわけじゃない」ノートパソコンがかん高い電子音を発し、クロズが身を乗りだす。「ＣＳＩのロルフェスから、またメールが来た」

「なんて？」

すぐには答えず、クロズは添付ファイルをクリックしてジップファイルを開いた。スクリーン上に十枚ほどの写真が表示された。様々な年齢のビショップとサムだ。

「ギヨンのサムがいた部屋にあったのと同じ写真？」

クロズがうなずく。「だと思う」

クレアはノートパソコンを自分のほうに向け、画面をのぞきこんだ。

すべてアップチャーチのコンピューターで作られた偽物です。

「どういうこと?」クレアがささやくように言った。

「サムがアップチャーチに金を払って日記と一緒に偽造させたか、ビショップがそうしたかだな」

「それはわかるわ。でも、なんのためよ?」

クロズは答えない。

クレアの携帯に、サッター警官からメールが入った。

いますぐカフェテリアに来てください。

43

日記

翌日の夕方、ぼくとリビーは納屋で黄褐色の防水シートがかかっているトラックを見つけた。黄色い塗料があちこち剝げた、錆《さび》だらけの一九八八年製フォードF-150だ。奥の壁にぴたりとつけてあるせいで、前を通るにはバンパーに飛びのり、向こう側までじりじり進むしかなかった。防水シートをかける前は物置代わりに使っていたらしく、荷台は不要になったガラクタでいっぱいだ。古い鳥かごから靴や本まで、とにかくありとあらゆるものがある。画面のガラスが割れ、そのなかの電子の腸や動脈、心臓が見えるテレビさえあった。

タイヤは四つともぺしゃんこ。キーはイグニションに差さっているものの、いくら回してもうんともすんとも言わない。運転席は黴臭く、千年ぶりに開けたエジプトのお墓みたいに空気がよどんでいた。

「うわっ」リビーが顔をしかめて鼻をつまんだ。

黴の臭いだけじゃなく、ダッシュボードの下に何かが這いあがって昼寝しているうちに死んだような悪臭が混じっている。アライグマかドブネズミか、家ネズミの一家が。車体の下を覗いてみたけど、懐中電灯がないとほとんど何も見えない。なかの黄色いスポンジがはみだしているひびだらけのビニールの座席は、助手席によじ登ったリビーが座ったとたんにすごい埃が舞いあがり、ふたりともくしゃみが止まらなくなった。ようやく話せるようになると、リビーはダッシュボードの埃を指でなぞって宣言した。「完璧ね」

「ポンコツさ」ぼくはまたキーを回した。「きっともう使えないからここに入れたんだ」

リビーはぼくを見て、にっこり笑った。「これを修理して、カリフォルニアかカナダか、メキシコに行こうよ。これまでのことは全部忘れて、新しくやり直すの」

「修理するには部品や道具がいる。まずそれを手に入れる方法を考えなきゃ。いちばん近い店まで、少なくとも十五キロはあるよ。そこを往復する方法が見つかったとしても、誰が修理するのさ？ オイル交換やメンテナンスの仕方は父さんに教わったけど、どうすればエンジンを直せるかなんて、全然わからない」

リビーは考えこむような顔でぼくの指に自分の指をからめてきた。このごろぼくたちは、いつも手を繋いでいる。そうしていると安心できるんだ。リビーの手を握っていないと、忘れ物をしたみたいな気がする。リビーもドクター・オグレスビーと同じことを言う。話している途中で、ぼくがどこか別のところに行ってしまう、と。だけどオグレスビーといるときと違って、リビーといるときはどこにも行きたくない。

「ポールに相談してみようよ」リビーが言った。

ぼくたちは、スケッチパッドを手にいつものようにベッドで胡坐《あぐら》をかいているポールを見つけた。何を発見したか説明しても顔を上げようともせず、ひたすら絵を描いている。

「ヴィンセントは修理工場で働いてたから、直せるんじゃないか？ でも、ぼくは頼まないぞ。あいつはぼくにとっては死んだも同然だ」

ポールの顔にはヴィンセントに殴られた跡が生々しく残っていた。左目のまわりは真っ黒、鼻は折れなかったとはいえ腫れあがり、まわりが緑と青のまだらになっている。昨晩からヴィンセントを見かけた者はひとりもいなかった。部屋から一歩も出てこない。トイレはどうしているんだろう？

「あいつの部屋はフィニッキーさんの部屋の真上だから、窓から直接ポーチのひさしに用を足しているんだろ。日が昇ってそれに気づいたら、フィニッキーさんがおったまげるぞ」ポールはそう言ったが、太陽が昇っても何も起こらなかった。きっと誰も見ていないときにちゃんとトイレに行ってるんだ。

「あたしたちが話すよ」リビーが言った。「ね、アンソン?」

話すどころか、ぼくは顔も合わせたくなかった。ヴィンセント・ウェイドナーのことが怖かったんだ。だけど父さんならこう言うだろう。〝恐怖を見せるな、女の子の前ではとくにだめだ〟と。だからとりあえずうなずいた。すると抗議する間もなく、リビーはぐいぐい手を引っ張ってヴィンセントの部屋の前にぼくを連れていき、ドアをノックした。

「ヴィンセント? リビーとアンソンよ」

答えはない。

「いないのかも」いるのはわかっていたけれど、ぼくはそう言った。

リビーはもう一度ノックした。

「断る」ヴィンセントが扉の向こう側から言った。

リビーがぼくを見て、扉を見る。「断るって、何を?」

「おまえ、アンソン、みんなだ。誰も来るな。俺に近づくな」

「話がしたいだけよ」

「いいから、とっとと失《う》せろ」

リビーは動こうとしない。どうすればいいかわからず、ぼくもそのまま立っていた。リビーは再びノックした。

ヴィンセントが怒鳴る。「いますぐ行かないと、ふたりとも窓から放りだすぞ！」

これが最期の息になるかもしれない。ぼくはそう思いながら、ためていた息を吐いた。

「ぼくたち、納屋でトラックを見つけたんだ」

答えは返ってこない。

ややあってドアが開いた。開けたのはヴィンセントじゃなくクリスティーナだった。髪をポニーテールに結って、バングルスのTシャツにピンクのランニングショーツを着ている。裸足で、ブラジャーもしていないみたいだ。「トラックって？」

44

五日目　午後一時二十分

プール

ハーレスの言ったとおり、アップチャーチ家を出ると、黒いキャデラック・エスカレードが待っていた。乗っているのは運転手だけ。きちんとアイロンのかかった黒いスーツの五十代の男だ。運転手は車を降りてきて、凍えるような寒さのなかでどうにかドアを開けた。プールは助手席に、ナッシュは後部座席に乗りこんだ。

プールが尋ねても、運転手は行き先を言おうとしなかった。

驚くほどきれいな車だった。黒い革は新車同様に艶やかで、スモークを貼った窓も曇りひとつない。プールが靴底につけて外から持ちこんだ汚れた雪まじりの泥を除けば、フロアマットさえ、客を乗せるたびに交換しているかのようにきれいだ。

「おい、バーまであるぞ。酒も揃ってるし、つまみもある。俺の車じゃ、特製ソースで汚れたマクドナルドの包み紙と、飲みかけのペットボトルが見つかれば儲《もう》けもんだってのに」ナッシュが後部座席から言って、前の座席にチョコバーを差しだした。「食うか?」

プールはそれを無視して運転手を見た。「誰の車なんだ?」

「お答えできません」

「ぼくが連邦捜査官だと知っていて、そう言ってるのか?」

「申し訳ありません、命令を受けていますので」運転手は何度か角を曲がり、二九〇号線の東方面車線に入ると、標識に従ってミシガン湖のほうへ向かった。

ナッシュはチョコバーを引っこめて座席に背を戻し、半分かじってからぼそりと言った。

「いまさらかもしれんが、なぜFBIがこの事件を捜査しているんだ?」

「理由はわかっているはずですよ」

ナッシュはチョコレートのかけらを落としながら、もうひと口かじった。「いや、わからんな。俺たちがビショップを取り逃がしたうえに、捜査の進展が遅すぎるからＦＢＩが引き継ぐ、そう聞いたが、考えてみればおかしな理屈だぞ。地元警察に頼まれた場合を別にすれば、ＦＢＩが受け持つのは、ふたつ以上の州にまたがる犯罪だけだ。ところが、最初の連続殺人はすべてシカゴ市内かその周辺地域で起きてる。被害者はみなシカゴ市の住民、それに市警がＦＢＩを招かなかったこともたしかだ」

「サウスカロライナ州とルイジアナ州でも関連のある殺人事件が起きましたよ」プールはそう言い返したものの、こんな議論はあまりしたくなかった。

「それはＦＢＩがこの件を引き継いだあとのことだ。引き継ぐ前じゃない」

「ぼくはハーレス支局長の命令で捜査しているだけです」

「誰かがハーレスをこいつに引きこんだってことだな。ハーレスに命令してるのは誰だ？」ナッシュはチョコバーを食べおえ、包み紙を足元に捨てた。「それを突きとめれば、この車の持ち主がわかる」

運転手はラサールで二九〇号線をおり、ステート通りを左折した。

「突きとめる方法はほかにもありますよ」プールはグローブボックスを開けた。

「おやめください」運転手はそう言ってプールを見たが、すぐに道路に目を戻した。この時間のステート通りはかなり混んでいるのだ。

グローブボックスをかきまわすと車の登録証が見つかった。だが、そこには〈エリート・レンタルズ・アンド・トランスポーテーション・サービス〉としか書かれていない。ほかには古い駐車違反のチケットと車の取扱説明書、革のホルスターに入った三八口径の銃が入っていた。「銃を携帯する許可は持っているのか？」

「はい。先月更新しました。毎週少なくとも一回は射撃場に通っています」

「きみは運転手なのか？　それとも用心棒か？」

運転手は答える代わりにウィンカーをつけ、ウォバッシュ通りに入った。

「警察関係者か？」

運転手はまた左に折れたあと、右手の縁石沿いに車を停めた。「着きました」

窓の外の金色の日よけを見て、ナッシュが口笛を吹いた。「ランガム・ホテルか。一度結婚式に出席して、プールに飛びこんだことがある。天井のライトがきらめいてたっけ。最高のパーティだったよ」

「ぼくたちが結婚式のために呼ばれたとは思えませんけどね」

運転手は車を降りて助手席側にまわりこみ、まずプールのドアを、それから後部座席のドアを開けた。「直接一二一八号室においでください、とのことです」

運転手はそれだけ言うと、ふたりを寒風が吹きつける歩道に残して走り去った。

プールはホテルの入り口の扉を見つめ、両手で口を囲って温めた。「いやな感じがしますね。ぼくたちがここにいることは誰も知らないわけだから」

「いや、クレアにメールで部屋番号を送っといた。十五分以内にメールしなければ、応援を送ってくれることになってる」

プールは重いガラスの扉を押してロビーに入った。運転手の指示どおり、ふたりは込み合ったフロントもコンシェルジュもベルボーイも無視してエレベーターに向かい、真ん中の扉が開くと、それに乗りこんで十二階のボタンを押した。十二階の廊下には、スキンヘッドに山羊髭《やぎひげ》の濃紺のスーツを着た大男が、クリップボードを手にして立っていた。

プールはすばやく男の左肩と右足首のふくらみを見てとった。少なくとも二挺《ちょう》の銃を着けている。相手も同じように、まずプール、次にナッシュが銃を持っているのを目でチェックした。それで動揺したとしても、顔にはまったく表れていない。「どなたですか?」

プールは名前を告げた。

男はリストをさっと見てページをめくり、それから最初のページに戻ってもう一度見てから、「少しお待ちください」と言うと、答えを待たずに廊下の角を曲がって姿を消した。

「シークレットサービスか?」ナッシュがつぶやく。

プールは首を振った。「シークレットサービスは髭を禁じています」

「よく知ってるな」

先ほどの男が、市長の補佐官アンソニー・ウォーリックと戻ってきた。ウォーリックは挨拶をする手間さえかけず、「こっちだ」と言ってきびすを返した。

プールはナッシュと目を見交わしてから、歩きだした。クリップボードを持った男は、エレベーター前の持ち場に戻っていく。

一二一八号室の両開きの扉の前には別の男が立っていた。プールたちが近づいていくと、その男はカードキーをリーダーに差しこみ、部屋の扉を開けた。

いや、ただの部屋ではない。スイートルームだ。

それも、豪華マンションか、ちょっとした一軒家ぐらいの広さがある。

贅沢《ぜいたく》な格天井は少なくとも床から三メートル上にあり、一面ガラス張りの奥の壁からはミシガン湖が見える。中央の大きなテーブルを挟んでソファがふたつ。その左側はダイニングエリアで、右側には扉が並んでいた。ひとつはバスルーム、あとのふたつはおそらく寝室だろう。美しい絨毯《じゅうたん》が硬材の床を覆い、趣味のよい絵画が壁を飾っている。洒落た現代風の家具は、茶の中間色から濃い褐色まで深みのある暖色系だ。

部屋のなかでは、六人の男女が電話をかけるか、額を寄せて話していた。プールたちが入っていくと、何人かは顔を上げたものの、すぐにそれぞれがしていたことに戻った。窓のそばの机には女性が座っていた。ベージュのセーターにジーンズ姿でヘッドホンをつけ、周囲の出来事にはまったく注意を払わず、マックブック・プロの大きなディスプレーに目を凝らしている。そこには取り調べを受けているアンソン・ビショップとサム・ポーターの映像が並んで映しだされていた。ポーターのほうは一時停止されているが、ビショップの映像は再生中だ。

「どういうことですか？」プールが顔をしかめた。

「あの女性はマデリン・エイベル」ウォーリックが答えた。「動作学の専門家だ。動作学というのは――」

「動作学が何かは知っています。それより、なぜこの人が取り調べの映像を見ているんです？　ポーターの映像も令状を取ったんですか？　誰からあれを手に入れたんです？」

「説明している時間はない。このふたりのうち、どちらが真実を口にしているのか大至急突きとめなくてはならんのだ。きみたちのやり方では時間がかかりすぎる」ウォーリックは質問を無視して、不満そうにナッシュを見た。「きみたち両方とも、だ」

ナッシュはふんと鼻を鳴らしただけで何も言わなかった。

ウォーリックが片手を肩に置くと、スクリーンを見つめていた女性が映像を止め、ヘッドホンをはずして……驚いた顔でプールを見た。「フランク？」

ウォーリックが眉をひそめる。「知り合いなのか？」

「ぼくはエイベル捜査官から動作学の訓練を受けたんです」

エイベルはにっこり笑った。「いまはただのマディ・エイベルよ。マディと呼んでちょうだい。三年前にＦＢＩを辞めて民間企業に移ったの」

「どちらが嘘をついているのか、大至急突きとめなくてはならない」ウォーリックは厳しい顔で繰り返した。「昔話はあとにしてくれ」

エイベルは笑みを消し、映像に目を戻した。「どちらも嘘をついているし、どちらも真実を告げている。もっと時間をかけないとわからないわ。ふたりとも嘘がうまいから。動作学に詳しいのは明らかだし、意識的にも無意識にも、嘘を隠そうとしている。プール捜査官は、基準を確立する質問と、証言のなかの嘘を暴くフォローアップの質問を巧みにぶつけているけれど、ふたりともその戦術に対抗できるだけの知識を持っているようね」

ウォーリックが怒りで顔を赤くした。「きみをここへ呼んだのは、専門家だと聞いたからだ。ややこしいごたくはいいから、答えをくれたまえ。このふたりのどちらに責任があるか、それが知りたい」

エイベルはため息をつき、テーブルの端に置いた手に目を落とした。「参考資料がもっとあれば――ほかにもビショップの映像が手に入ります？　それにポーターが過去に取り調べをした映像とか？　ふたりが動作学をどれだけ理解しているかがわかれば、この映像を見ながらそうした動作を除外し、隠せなかった仕草に注意を絞れるわ」

ウォーリックが目で合図を送ると、後ろで話を聞いていた若い男が離れていき、携帯電話で話しはじめた。ウォーリックはそれを確認してからエイベルに目を戻した。「ポーターの映像は手に入るが、ビショップの映像はこれだけだ」

「なんの責任だ？」スイートに入ってからひと言も発していなかったナッシュが、突然そう尋ねた。「〝どちらに責任があるか〟というのは、どういう意味だ？」

一瞬、ウォーリックは鋭く言い返しそうに見えた。が、黙って向きを変え、歩きだした。

「こっちに来てくれ」

ウォーリックはスイートを横切り、バスルームの左手にあるドアを開けて、なかがよく見えるように横に寄った。

そこは広い寝室だった。天井の照明だけでなく、ドレッサーや小机の上にあるスタンドもすべてつけてある。奥のバスルームまで明るかった。部屋の中央にある四柱式のキングサイズのベッドは、シーツと上掛けが足元にくしゃっとかたまっている。ベッドの一メートルほど横に置かれた三脚には、レンズをベッドに向けてビデオカメラがセットされていた。床のあちこちに、男物の服――スーツのズボンにジャケット、シャツ、ネクタイ、靴下、トランクス――が投げ捨てられ、茶色っぽい赤い染みが真ん中から広がって、ベッドの三分の二を覆っている。

プールとナッシュは部屋に入った。

ウォーリックが後ろから入ってくる。「昨夜九時半から市長の行方がわからない。それに、これは血だ」

45

五日目　午後二時
プール

「市長の血か?」ナッシュがベッドに一歩近づいた。

「さあ。ここは発見されたときのままにしてある」

プールはほかのふたりとは違い、部屋に入ってから動いていなかった。「ここは犯行現場だ。封鎖すべきです」

ウォーリックはプールの言葉を無視してドレッサーに歩み寄った。「市長の身辺警護を担当しているスタッフが、わたしに連絡する前に家具や床などあらゆる表面を拭き、ベッドの汚れまで始末しようとした。少なくとも一時間、この部屋の隅から隅まで歩きまわり、触りまくったよ。いまさら封鎖しても手遅れだ」

「誰かが市長に危害を加えたんだとすれば、なぜボディガードがそれを隠そうとするんだ?」ナッシュが尋ねた。

プールには答えがわかっていた。「市長が厄介な事態を引き起こすのは、これが初めてじゃないからさ。そうですね？　ボディガードは市長の尻拭いをしているつもりだった」

ウォーリックは思案顔でプールを見た。「市長の……とっぴな行為は……荒っぽくなることもある。むろん羽目をはずしすぎることはない。それに相手の女にはじゅうぶんにその埋め合わせをする。みんな市長の好みはちゃんと知っているよ。打ち身の跡が残るとか……指が折れたこともあった。だが、こんなにひどいのは初めてだ。流血沙汰は一度もない」

「しかし市長は過去に女を痛めつけたことがあるから、スタッフは今回もてっきりそうだと思った」

「ああ、揃いも揃ってマヌケばかりだ」ウォーリックは吐き捨てるように繰り返した。

ナッシュは部屋をひとまわりしながらベッドの下を覗き、バスルーム、クローゼットを見ていった。「相手の女はどこだ？」

ウォーリックは肩をすくめた。「どこにも見当たらない。ホテルの防犯カメラの映像を見たが、タイムスタンプがばらばらで、映像の順番もめちゃくちゃだった。公共の場には至るところにカメラがあるし、エレベーター内にも設置されているのに、昨夜このスイートに来た女の映像はひとつも見つからない」

プールはちらっとナッシュを見たものの、何も言わなかった。

ナッシュもそれには触れず、ウォーリックの隣に立ってドレッサーの鏡を見た。

ふたりのそばに行くと、プールにもその理由がわかった。鏡の上には、石鹸《せっけん》らしきものでこう書かれている。〝父よ、わたしをお許しください〟

今朝発見された死体と同じ。病院やシンプソンヴィルで発見された被害者と同じだ。プールは床を見まわした。「どこかで塩を見つけましたか？」

「塩かね？」ウォーリックが首を振る。「いや。なぜそんなことを訊く？」

ナッシュも同じ可能性を考えたらしく、ぐるりと見まわしたあと、バスルームの近くで膝をついた。「ここにあるぞ。少しだが、絨毯の上に」

プールはうなずき、部屋の隅のゴミ箱を示した。その底に塩の紙パックが残っている。ナッシュはポケットから証拠品袋を取りだし、それを使って紙パックをつまむと、袋に入れ、尻ポケットに突っこんだ。

プールはビデオカメラを見たが、なかは空っぽだった。「テープはどこです？」

「カメラはこの状態だった」

信じていいものだろうか？　テープに入っているのが証拠にせよ、市長の犯罪行為を示す映像にせよ、ウォーリックたちはそれを間違った人間の手に渡したくないはずだ。おそらくこの男にとっては、自分以外の全員が〝間違った人間〟に違いない。「隠せば、証拠改ざんの罪に問われますよ」

ウォーリックは一歩前に出た。「テープはなかった」

ふたりはにらみ合った。

「女のことは、何がわかってる？」ベッドにかがみこみながら、ナッシュが尋ねた。

ウォーリックはつかのまプールをにらみつづけてから、ナッシュを振り向いた。「女？」

「ああ」

「それが、あやふやなんだ」

ナッシュがふんと鼻を鳴らした。「都合のいいこった」

ウォーリックはこの皮肉に取り合わずに、開いているドアの向こうに怒鳴った。「ベディントン！」

暗褐色の髪が薄くなりかけた、たくましい四十代の男が入ってきた。無精髭と目の下の隈、スーツの状態からするに、昨夜から一睡もしていないのだろう。ウォーリックが紹介した。「選挙以来、市長の身辺警護を担当しているベディントンだ」

「その前からですよ」ベディントンが訂正する。「雇われたのは、あの人がまだ市議会議員で、市長に立候補したときでしたから」

ウォーリックは苛立たしげに手を振った。「さっきの話をこのふたりにも話してくれないか。女のことだ」

ベディントンは不安そうにウォーリックを見た。

「いいんだ。このふたりは命令を受けている。情報が洩れることはない」

そんな命令を受けた覚えはないが、プールは黙っていた。ナッシュも口を閉ざしている。

「市長はこういう場合、特定の店を使います。もう長いこと同じ店を使ってます」ベディントンは足を踏みかえ、床に目を落としてそう言うと、ジャケットの胸ポケットから安物の携帯電話を取りだした。「電話も必ずプリペイド式のものからかけます。市長だとわかるような電話は絶対に使いません。なぜなら――」

「理由はわかっている」ウォーリックがさえぎった。「要点を話せ」

ベディントンはうなずき、ジャケットに携帯を戻した。「昨日はわたしがホテルに着くのが予定より遅れることがわかったので、車からエスコートサービスに電話しました。で、この部屋に着くと、女はもう寝室にいて、歩きまわってるのがちらっと見えました。市長もいて、わたしを見るとドアを閉めました。この悪天候で女がどうやってわたしより早く着いたのか見当もつかなかったが、とにかく先に着いていた。その点は深く考えませんでした。対処しなきゃいけない問題があったんで」

「問題？」

「市長の奥さんです。市長のすることをつかんでいて、わたしに電話をしてくるんです。毎回同じ時間に連絡が入るんですよ。自分たち夫婦はお互いの自由を尊重している、と市長は言ってるが、何年も奥さんと話したかぎりじゃ、とてもそうは思えませんね。それはともかく、わたしは奥さんをなだめるために廊下に出て、中二階までおりるはめになりました。そこのほうが電波がよく入るもんですから。奥さんとは一時間ぐらい話してました。気さくないい方です。ようやく電話を切って戻ってくると、エスコートサービスから送られてきた女が部屋の前にいるじゃありませんか。わたしが電話で呼んだ女のほうです。いくらノックしても誰も開けてくれない、その若いブロンドはそう言うんです。一時間前に寝室にいたのは、まるで違う女でした。わたしは何かがおかしいと気づいて、金を払い、ブロンドの女を帰しました。それから自分のカードキーを使ってなかに入ると、この状態だったんです」ベディントンは血だらけのベッドを示した。「驚いて部下を呼び、部屋を片付けはじめてから、市長の使い捨て携帯がドレッサーの上にあるのに気づきました。わたしが遅れたんで、自分で店に電話をして最初の女を呼んだに違いない、そう思って電話の履歴を見ると、かけていない。ほかの電話の記録はありましたが、その店にはかけていなかった。つまり、わたしも市長も最初の女には電話してないんです。それがわかったので、ウォーリック氏に連絡を入れました」

プールはウォーリックに顔を戻した。「あなたはなんなんです？　市長のトラブル処理係ですか？」

「たしかにきみたちの上司に電話をかけたのはわたしだ。シカゴ市のために極秘で捜査し、もみ消す必要のあるたいへんな問題が起きたと知らせた。言っておくが、この情報はひと言も洩らしてもらっては困る」ウォーリックはドアの向こうの、マディ・エイベルが見ている映像のほうに指を二本向けた。「これは、あのふたりのどちらかが仕組んだことだ。マスコミに洩れる前にどっちの仕業か突きとめ、市長を取り戻さなくてはならない」

ナッシュはベッドを顎で示した。「これだけ出血してるところを見ると、市長を取り戻せる確率は低いぞ」

「市長は百三十キロ近い巨体だ。女がひとりで運びだせるはずがない。つまり銃かナイフを突きつけられ、自分の足で歩いてここを出たことになる」

「それか洗濯物入れやルームサービス用のカートを使ったのかもしれん。これだけ大きなホテルだと、死体を運びだす方法はそれこそ無数にある」

プールはベディントンに尋ねた。「この部屋で見たのは、どんな女でした？」

ベディントンは鼻を掻き、首を振った。「開いてるドアの向こうを横切ったとき、ちらっと見ただけですからね」

「目を閉じると、浮かんでくることもありますよ」

ベディントンは目を閉じ、頬の片側を噛んだ。「背は高くなかった。せいぜい百六十センチぐらい。褐色の髪は肩ぐらいの長さだった。体にぴったりした黒いドレスに、色っぽい脚の……」

「顔立ちは？」

「顔は見えなかった」

「電話をかけた店の番号を教えてください」

ベディントンは眉を寄せた。「聞いてなかったんですか？　その店から来た女じゃなかったんですよ。そこから来た女より先に着いていたんです」

「だったら、どうやってここに来たんです？　店から派遣されたのでなければ、なぜこのホテルの、この部屋で市長が待っているとわかったんです？」

「それを知るのは簡単だ」ウォーリックが口を挟んだ。「市長は毎週月曜の同じ時間に、同じ部屋を使うんだ。だから奥さんも知っているのさ。スタッフも、ホテルの連中も、全員が知ってる。店にはすでに問い合わせたが、何も知らなかった。調べるだけ無駄だよ。この女はなんらかの手段で市長のスケジュールを知り、市長があの時間にここにいるとわかったうえで計画を立てた。共犯者がいるかもしれんが、店は関係ない」

「店の名前は〈カーマインズ・ピザ〉か？」ナッシュが尋ねた。

ウォーリックがぱっと振り向いた。「どうして知っているんだ？」

「何カ月か前にアーサー・タルボットの財政状況を洗ったとき、やつのビジネス・リストに名前があった。ピザ屋を隠れ蓑にして高級エスコートサービスを行っているという疑いで、一年近く監視下に置かれていたんだ」ナッシュはそう言ってプールを見た。「市警に戻ったら、記録を引きだそう。だがウォーリックの言うとおりだ。女がその店を使ったとは思えんな。そんなことをすれば簡単に足がつく」ナッシュはベディントンに顔を向けた。

「サラ・ワーナーという名前に心当たりはあるか？」

ベディントンが首を振る。

ウォーリックは顔をしかめた。「ポーターがニューオーリンズで一緒だったという女か？　その女だと思うのか？」

ナッシュは肩をすくめた。「外見の特徴が似てる。その女も肩までの褐色の髪だ」

「しかし、あのサラ・ワーナーが、なぜ市長を襲うんです？」

この質問に誰も答えないと、プールはベッドに目を戻した。「ＣＳＩを呼びましょう。市長の血液型はわかりますか?」

「だめだ」ウォーリックがきっぱり首を振った。「ＣＳＩを呼ぶわけにはいかん。写真撮影も許可できない。誰にもこの部屋を見せるわけにはいかん。市長が行方不明だということはまだ誰も知らない。その状態を保ってもらう」

「だったら、どうしてぼくたちを呼んだんです?」

「誰が拉致したか突きとめ、ひそかに市長を見つけてもらいたい。何も起こらなかったかのように、真夜中までには市長を自分のベッドに寝かしつけ、ポーターにしろビショップにしろ、これを企んだやつを独房にぶちこんでくれ。問題はすべて解決し、街に出ても安全だとシカゴ市民が思えるように。つまり、自分の仕事をしろ、と言っているんだ」ウォーリックはナイフを取りだし、ベッドの血だらけのシーツを少し切り取って、差しだした。「これが血液サンプル。市長の血液型はＡプラスだ」

「まさか、本気じゃないでしょうね」

「そう思うか?」ウォーリックは携帯を取りだし、スピーカーフォンにした。即座に電話に応じたのは——「ハーレスか? きみの部下に仕事をしろと言ってもらいたい」

「支局長?」プールは呼びかけた。

電話の向こうで、ハーレスが咳払いをした。「ウォーリックの言うとおりにするんだ、フランク」

「この男は現場を台無しにしたあげく、事件をもみ消そうとしているんですよ」

「ばかなことを言うな、フランク。部屋は封鎖され、証拠は保存される。現時点の最優先事項は、パニックを引き起こさずに市長を見つけることだ。市警に戻ってビショップとポーターを尋問しろ。間違いなくどちらかがこの件を知っている。ふたりを締めあげるのが、いちばん早い」

「気に入りませんね」プールは鋭く言い返した。「そんな捜査は邪道です」

「三時間経っても市長が見つからなければ、現場の証拠収集を行う。鑑識を送ってその部屋を徹底的に調べさせる。必要があればマスコミにも知らせる。だが、それまでは情報をいっさい洩らすな」ハーレスはしばし考えたあと付け加えた。「やむを得ぬ場合はほかの捜査官も投入するが、いまは説明に時間をかけたくない」

ウォーリックが真っ赤な顔で言った。「ほかの人間には話すな。事態を知る者が増えれば、それだけ情報が洩れる危険が高まる。それに、急がないと市長が――」

ハーレスはウォーリックをさえぎった。「あの箱を見せたのか?」

「まだだ」

プールはウォーリックを見た。「どの箱です?」

「とにかく、一刻も早く市警に戻れ。時間がないぞ」ハーレスはそう言って電話を切った。

「あの箱は市長とは関係ない。それはわかってもらいたい」ウォーリックが言う。

「どの箱です?」プールは食いさがった。

「市長とはなんの関係もないんだ」ウォーリックがなおも言った。「いいな？」

「そのとおりですよ」ベディントンが付け加える。「市長にはそっちの趣味はありません。長年知ってますからね。たしかです」

プールは苛々して繰り返した。「どの箱です？」

ウォーリックがドレッサーのそばに戻り、いちばん上の引き出しを開けて脇に寄った。プールはナッシュと目を合わせ、引き出しのなかを覗きこんだ。

そこにはレターサイズの紙が入るくらいの白い箱が入っていた。誰かが開けたと見えて、蓋と黒い紐が横に放りだされている。箱のなかには、十代の少年少女のポラロイド写真が少なくとも百枚は入っていた。少ししか服を脱いでいない子もいれば、裸に近い子もいる。カメラに笑顔を向けている子はごくわずかで、ほとんどがおどおどとカメラかその付近、その背後を見つめていた。

プールはまたしてもナッシュと顔を見合わせ、ラテックスの手袋をつけて写真のひとつを裏返した。そこには几帳面な手書き文字でこう書かれていた。
２０３　ＷＦ１５　３ｋ　ＬＭ
ふたりとも、この種の写真には見覚えがあった。アンソン・ビショップのアパートで発見された、もっと大きな箱のなかにも同様の写真が入っていたのだ。

「市長はロリコンじゃありません」ベディントンが言った。

プールはそれを無視して写真を見つめた。そのうちの一枚に、色褪せた黒いインクで文字が書かれている。〝ねえ、サム、ぼくを覚えてる？〟

奇妙なことに、プールの興味を引いたのはその言葉ではなく、少年が着ているトレーナーのほうだった。それには〈チャールストン・リバードッグズ〉とロゴが入っていた。

46

日記

ぼくが運転席にあるボンネット・リリース・ケーブルを引っ張り、クリスティーナがボンネットの真ん中、下側にあるラッチみたいなものを押しているあいだに、ヴィンセントがバールを差しこみ、ようやくボンネットをこじ開けた。何年も前におろされ、朽ちていく運命を受け入れて錆に蝕《むしば》まれていたボンネットは、墓泥棒のシャベルで永遠の眠りを邪魔された棺みたいに、ギイッと抗議の声をあげながら持ちあがった。

ヴィンセントはバールを突っ張り棒にしてボンネットを上がったままの状態に留め、なかを覗きこんだ。「バッテリーはだめだな。新しいのがいる。ケーブルも半分ぼろぼろか何かにかじられてる」そう言ってなかに手を伸ばし、干し草と泥をつかみだした。「くそ、巣まで作ってやがる」

「走るようになる？」ぼくの隣に立って、閉まらないように運転席のドアを押さえているリビーが言った。

「ああ、部品を買う金が五百ドル、買いに行く車、修理に使う工具がひと揃いあればな」ヴィンセントはさらにかがみこんだ。「誰か豚の貯金箱を持ってるか？　フィニッキーはくれないぞ。あいつは俺たちをここに留めておきたいんだから」そう言うと、クリスティーナを振り向いた。「昨日も言ったが、俺は今夜荷物をまとめてここを出る。一緒に来たいなら、真夜中までに用意しろ。もうひと晩だってここにいるのはごめんだ」

ゆうべウェルダーマンたちと出かけたあと、いったい何があったのか？　ぼくには見当もつかなかった。リビーにもだ。クリスティーナは知っていると思う。クリスティーナとヴィンセントが見交わす表情でそれがわかった。でも、ふたりともぼくたちには何も教えてくれない。

「あいつら、きみに何をしたの？」ぼくは訊いてみた。

ヴィンセントは鼻を鳴らし、首を振った。「すぐにわかるさ。次はその子の番だ」とリビーを示す。「今夜だって聞いたぞ。その次はたぶんおまえだな。俺は二度とごめんだ。あんな思いをするより、ひとりで生き延びるほうに賭けたほうがましだ」

「あたしも行く」クリスティーナがヴィンセントの腕に手を置く。「ゆうべ、そう言ったでしょ」

ヴィンセントは横にいるクリスティーナを見た。「好きにすればいい。だが足手まといにはなるなよ」

「あたしたちを、ここに置いてくわけ？」

その声に振り向くと、ティーガンが沈む夕陽《ゆうひ》を浴びながら、開いている扉から入ってくるところだった。「ヴィーゼルとキッドはどうなるのよ？　自分たちの力じゃ、ここを出られないんだよ。あの子たちを見捨てるつもり？」

ヴィンセントはエンジンに顔を戻した。「俺の知ったことか。俺のおふくろはコカイン中毒の売女《ばいた》で、親父《おやじ》なんか最初からいなかった。小さいころから自分の面倒は自分で見てきたんだ。子守なんてごめんだね。この世界で頼れるのは自分だけだぞ。少しでも早くそれに気づくほうが、あいつらのためだ。ここにいれば雨露をしのぐ屋根があるし、腹を減らすこともない。けど何事にも代価があるってわけだ。おまえらの考えてることはわかってる。このトラックを直して、みんなでここよりましな場所に逃げだす夢を見てるんだろ？　けど、ましな場所なんてどこにもない。ここことは違う場所ってだけだ。この世界はくそだらけなんだよ。できるだけきれいな隅っこで、じっと悪臭を我慢するしかないんだ。そして我慢ができなくなったら別の場所に移るしかない。俺はゆうべ、ここに留まる代償を突きつけられた。俺にとっちゃ高すぎる代償だ」

ティーガンが言った。「フィニッキーが黙ってあんたを行かせると思う？　こっそり抜けだせたとしても、どこまで行けると思ってんの？　あの女はウェルダーマンたちに電話するよ。そうして、あのふたりが仲間を呼ぶ。あいつらはすぐにあんたを捕まえる。そしたらどんな目に遭わされると思う？　母屋に飾られてる写真の子たちが、いまどこにいると思ってるの？　まともな家族に引き取られて、郊外のお屋敷に住み、大学に通ってるって？　あの子たちは死んじゃったのよ。あたしはここに来て長いから、逃げだそうとすればどうなるかわかってる。文明社会と呼べる場所までたどり着けないうちに、あいつらに見つかって、ぼこぼこにされるんだ。それでも逃げようとすれば、あんたは消えちゃう。まるで煙みたいに。フィニッキー・ハウスには空きベッドがひとつできて、すぐに新しい子がやってくる。残るのは、壁で埃をかぶるあんたの写真だけ」ティーガンはトラックに向かってうなずいた。「けど、そのトラックがあれば、みんなで一緒にここを逃げだせるかもしれない」

ヴィンセントは腐ったケーブルでドブネズミが作った巣をつかみだし、床に投げ捨てた。

「フィニッキーに見つからずに、どうやって直すんだ？」

「フィニッキーは睡眠薬中毒だよ。あたしたちが戻ってきて、みんなが無事に寝静まれば、錠剤を口に放りこんで、十五分後にはぐっすり眠ってる。部屋にしのびこんだことがあるんだ。クローゼットや引き出し、ベッドの下のガラクタをあさっても、ぴくりとも動かずに、よだれをたらしていびきをかいてた。昼間も同じようなもんよ。いまだって気絶したみたいに眠ってる」

ぼくは運転席から出て、リビーの隣に立った。「どこかにお金を隠してないかな？　母さんはよく、ガス台の上にある戸棚の瓶にお金を入れてたけど。へそくりを。誰にでもへそくりがあるのよ、って言ってた」

ティーガンは首を振った。「あると思うけど、見つからなかった。ありそうなところは全部探したんだけど」それからちらっとクリスティーナを見た。「でも、お金は手に入るよ。ね、クリスティーナ？」

クリスティーナはその意味を理解したのだろう、少し青ざめたものの、しぶしぶうなずいた。「うん、どうしてもいるんなら」

ティーガンはリビーを見た。「今夜があんたの番なら、あんたも手に入れられるよ」

「何をしなきゃならないの？」ぼくはリビーににじり寄り、気がつくとそう訊いていた。

リビーがぼくの手を握り、身を寄せてささやく。「心配しなくても大丈夫」

でも、大丈夫じゃなかった。

47

五日目　午後二時十五分
ポーター

どこかで、バンという大きな音がした。

つづいて今度は鈍い音。爆発音ではなく、少し離れた部屋で何かが棚から落ちたような音だ。誰かが廊下で転び、壁か床に勢いよくぶつかったのか？

ポーターは日記をおろし、耳をすました。小刻みの足音が聞こえる。

取り調べ室の右上端で何かが動いた。いや、動いたわけではない、防犯カメラの赤いライトが消えたのだ。

カメラの下の時計は、午後二時十五分。

叫び声がした。これは間違いなく男の叫び声だ。内容はわからないが、怒りと怯《おび》えが入り混じっている。

ポーターは立ちあがった。何時間も座りっぱなしでこわばった筋肉や関節がうめき、血を送るために体を伸ばさなくてはならなかった。

　またしてもバンという音。今度は続けざまに三度聞こえた。

　銃声によく似ているが、まさか、ここは市警本部だぞ。

だが、銃声としか思えない音だ。長年の習性で利き手が肩の下へと向かう。だが、そこには革のホルスターも銃もなかった。

　ポーターはドアに近づいた。

　目の高さにある小窓の向こうに、誰かの後頭部が見えた。この部屋を見張っている警官の頭だ。せわしなく左右に動いている。持ち場についているときのゆったりした動きではない。かなりあせっているようだ。

　ポーターはドアを叩いた。

　警官がぱっと振り向いた。その目を見て、とてつもなくまずい事態だとわかった。警官はすぐに廊下に目を戻した。

　試しにドアノブを回してみたが、鍵がかかっている。

　ポーターは再びドアを叩いた。「何が起きてるんだ？」

　だが、警官は何かに気を取られ、振り向こうともしない。

　バン、バン、バン。

　またしても銃声が聞こえ、ポーターはドアを叩きながら叫んだ。「廊下で撃っているのは誰だ？　何が起きてる？」

見張りの警官はちらっと振り返ってから左へ走っていき、ポーターの視界から消えた。左手にあるのは留置場だ。中央刑務所か郡刑務所に移送する手続きが終わるまで、一時的に犯罪者を勾留するのに使われるだけだから、規模はそれほど大きくない。大きめの監房がいくつかと、ひとりかふたり用の狭い監房が五、六室あるだけだ。こちら側とは大きな鉄製の扉で区切られ、その扉のそばに警備員の詰め所がある。

警報が鳴りだした。

取り調べ室の壁の時計の隣で、赤と白のライトが点滅しはじめる。誰かが火災報知機のボタンを押したのだ。

ポーターはもう一度ドアを叩いた。「誰か、ここを開けてくれ!」

ドアの向こうをさらに三人が通り過ぎた。ふたりは留置場のほうへ。もうひとりは手錠をつけたまま反対方向へ走っていく。顔中に刺青《いれずみ》をした、ぼさぼさの黒い髪の男だ。数分前まで勾留されていたように見える。

シュッという音とともに、天井のスプリンクラーが作動し、氷のように冷たい水が降ってきた。

急いでテーブルに戻って日記を両手ですくいあげ、箱に入れて蓋をすると、それを抱えて、拳でドアを思い切り叩いた。「くそ、ここを開けろ!」

カチリ。

ドアの取っ手をつかむと、今度は抵抗なく回った。廊下に出たとたんに、さらに三人の男がすぐ近くを全速力で走りすぎ、ポーターは風をくらって倒れそうになった。武装したSWAT隊員たちだ。後ろ姿を目で追うと、留置場に続く扉の鍵が開いていた。三人の隊員が扉を押し開けて次々になかへ走りこむときに、留置場内の騒ぎが垣間《かいまみ》見えた。監房の扉がすべて開き、警官と囚人が入り乱れている。近づくSWAT隊員に誰かがパイプを振り回し、それが隊員の腕に当たって――

鉄の扉が閉まり、悪夢のような光景を隠した。

どこも水浸しで、タイルの床が滑る。

この廊下には取り調べ室がずらりと並んでいるが、プールが見せてくれた映像でビショップがいる部屋はわかっている。その部屋のドアも同じように開いていた。片手でスプリンクラーの水から目を守り、片手で箱を抱えて、ポーターは廊下の向こうに目を凝らした。すると十五メートルほど先にやつが見えた。走らずに早足で歩いていく。

「ビショップ！」

アンソン・ビショップはちらっと振り向き、角を曲がって姿を消した。

そちらに向かって走りだすと、反対側からまたもやSWAT隊員が走ってきた。ポーターはひとりの腕をつかみ、大声で叫んだ。「アンソン・ビショップが逃げるぞ！」

騒ぎのなかでこの言葉が聞こえたとしても、SWAT隊員はまったく反応せず、ポーターの手を振り払って留置場へと走り去った。

ポーターは急いで廊下の角を曲がった。あそこだ！　ビショップはずっと先で階段室に姿を消すところだった。あらゆる場所のドアが開いていた。まるで誰かが建物の鍵をすべて遠隔操作で開けたかのように。火災報知器が作動すると同時に閉まるはずの防火扉まで開いたままだ。

ようやく階段に達し、上下を覗きこんだが、ビショップの姿はどこにもなかった。上に向かって走っていく者もいるが、ほとんどは一階の出口を目指している。

ポーターもその流れに加わって階段を駆けおりた。途中、人ごみにもまれて何度も箱を落としそうになった。職員たちはパニックを起こし、互いに先を争いながらも、まだどうにか落ち着きを保とうとしている。

一階では、少なくとも百人ばかりが廊下にひしめき、出口を目指して押し合っていた。ポーターはカタツムリのようにのろのろと動く人々を押しのけようとしたが、人の壁がみな同じ場所を目指しているとあって、なかなか進まない。ようやく市警本部の外に出たときは、最後にビショップを見てから二分近くも経っていた。

スプリンクラーの水で濡れそぼった状態で寒風にさらされるのは、氷の毛布で叩かれているようだった。降りしきる雪が、箱を抱えたポーターの体に張りついてくる。

そのときビショップが見えた。銀色のレクサスの助手席に乗りこもうとしている。運転席に座った女がポーターを見て眉をひそめ、それからにっこり笑って華奢《きゃしゃ》な手を振ってきた。ずっとサラ・ワーナーだと思っていた女――ビショップの母親だ。ポーターが縁石に達したときには、レクサスは車の流れに呑みこまれていた。

48

五日目　午後二時十六分
クレア

まだカフェテリアの近くまで行かないうちに、怒鳴り声や叫び声、悲鳴が聞こえてきた。相手の話など聞く耳持たない男女の怒号ばかりか、親たちに負けじとかん高い声で叫ぶ子どもたちの声も混じっている。

警官のサッターは、廊下でクレアを待っていた。その後ろの、いつもは開いているカフェテリアの扉はぴたりと閉じている。「バーリントンが、みんなを焚《た》きつけてるんです」

クレアはドアの窓からカフェテリアを覗きこんだ。人々が腕を振り回し、叫んでいる。

「いったい何をしたの?」

「あの男だけじゃありません。何人か味方につけて、具合の悪い連中に黄色い上っ張りを着せ、奥のスタッフ用ラウンジに強制的に移し、一般囚から離そうとしているんです」

「一般囚?」クレアは眉をよせた。「刑務所じゃあるまいし」

「ええ。でも、バーリントンはそう言ってます。メイン・カフェテリアは〝一般囚〟の場所だ、って」

クレアは目を細めた。「黄色が病人なら、青と緑は？　三色の上っ張りが見えるけど」

「青は関節痛や頭痛の症状がある者。具合は悪いが明確な症状が出ていない者だそうです。病人のそばにいるだけで気分が悪くなってる人たち、本当に具合が悪いわけじゃなくて、悪いと思いこんでるだけの人たちで、緑はまったく症状のない人たちです」

「やれやれ」クレアは鼻を鳴らした。緑を着ているのはごくわずかだ。バーリントンは部屋の奥、上っ張りを積み重ねたテーブルの横にいた。誰かと言い争っている。「五分以内にあたしが出てこなかったら、迎えに来て」

クレアはカフェテリアの扉を押し開け、バーリントンを目指して突き進んだ。それに気づいた人々がわめきながら集まってくる。あまりに大勢の人々が叫んでいるので、何を言っているのかさっぱりわからない。ようやく目当ての場所にたどり着くと、バーリントンは待てというように片手でクレアを制し、前にいる男に怒鳴りつづけた。

たった一秒のうちに、銃を使わずバーリントンを殺す方法が少なくとも十通りは頭に浮かんだ。片手で足りるに違いないが、銃がいちばん手っ取り早いだろう。一発、いや十発ばかり顔に撃ちこんでやろうか。「怒った女を無視するのがどれほど危険か、わかってるの？」

バーリントンは苛立たしげにクレアを見て、言い争っている男に目を戻した。「ウォルター、ちょっと待ってくれ」

ウォルター——名札によるとドクター・シャナハン——が、首を振りながら離れていく。

バーリントンがこちらを向いた瞬間、クレアはまくしたてた。「いったい何をやってるの？　みんなを落ち着かせるどころか、扇動するなんて」

バーリントンは両手を上げた。「わたしはモルトビーの指示に従っているだけだ」

「CDCの？」

バーリントンがうなずく。「病人を見つけて分けろ、可能であれば隔離しろ、という指示を受けている」

「二階の一部を空けて、病人をそこへ移すことになっていたんじゃなかった？」

「そうしたとも。だが、あっというまにベッドが足りなくなった。簡易寝台や毛布は調達できたが……もう空いている部屋がない」

「病人はどれぐらいいるの？」

「数えきれないほど」バーリントンはテーブルに手を伸ばすと、ビニール袋に入った青い上っ張りをつかんでクレアに渡した。「きみにはこれを着てもらう」

「冗談でしょ」

バーリントンは顔を近づけ、声を落とした。「きみの具合が悪いことは、すでに周知の事実だ。自分たちはぎゅう詰めの部屋で、どんどん具合が悪くなっているのに、そのきみが病院中を自由に歩きまわっている。それで落ち着けと言われても無理な話だろう。いいか、あと一時間もすれば、この連中は一斉にドアに押し寄せるか、病院内に散らばるぞ。症状の出る人間が増えるにつれ、無症状の者はパニックに陥る」

「で、自分で取り仕切ることにしたわけ？」

バーリントンは首を振った。「いや、そんなつもりはない。わたしはきみの味方だよ。だが、われわれは少数派だし、しかもその数は減る一方だ。みんなを落ち着かせておく手段がなくなりかけている」バーリントンは上っ張りの包みを突きつけた。「頼むからこれを着て、手本になってくれ」

クレアは包みを受けとった。「わかった。すぐに着るわ。ＣＤＣの治療はどうなっているの？」

バーリントンは唇を引き結んだ。「治療など存在しないよ。感染者の免疫力を上げ、最善を祈るのみ。酸素吸入や点滴は多少の助けにはなるものの、これがＳＡＲＳだとしたら非常に攻撃的なウイルスだ。免疫力の強い者は勝ち残れるが、弱い者は勝ち残れない。最終的には、それに尽きる。この部屋にいる人々の多くは、一週間もしないうちに死ぬだろう。それが真実だ」

「とんだ希望の光ね」

「わたしは現実主義者なんだよ」

クレアの携帯が鳴った。セキュリティ主任のジェローム・スタウトだ。「ノートンよ」

「刑事さん、いますぐオフィスに来てもらえないか」

「わかったわ」電話を切ってバーリントンに目を戻す。「みんながすがれるような希望を与えて」

バーリントンはクレアが手にしている包みを見下ろした。「頼む、それを着てくれ」

クレアはうなずくと、包みを小脇に挟んで人々の突き刺すような視線を無視し、エレベーターに向かった。

だが、ボタンを押しても何も起こらない。

もう一度、ボタンを押す。

反応はまったくなし。

ボタンが壊れそうなほど連打し、ドアを蹴り飛ばしてうなったが、何も起こらなかった。

頭に来てスタウトに電話をかけた。「エレベーターがおかしいの」

「その階は止めてあるんだ。階段を使うしかない」

「どうして止めたの？」

「院内の人々の動きを制限するためだ。ＣＤＣのモルトビーの指示でね。階段で次の階に行けば、エレベーターは動いてる」

クレアは悪態をつきながら階段室を見つけ、重いドアを押し開けた。だが、次の階まで一段飛ばしに上がり、ドアを開けようとすると、鍵がかかっていた。

まったく、無駄にしている時間はないのに。

一分近くドアを叩いたが、誰も応えない。

もう一階上がったが、ドアにはやはり鍵がかかっていた。
あせってポケットから取りだそうとして、危うく携帯を落としそうになった。
電波がない。
くそ、くそ！
地団駄を踏みそうになったとき、いきなり照明が消えた。
次いで音もなく背後から伸びてきた手が、クレアの首に注射針を突きたてた。

49

日記

ティーガン、クリスティーナ、リビーを乗せた車が遠ざかっていく。ぼくは寝室の窓からそれを見ていた。ウェルダーマンとストックスは、その夜十一時少し過ぎにやってきた。いつものように、家のなかには入らず、ウェルダーマンが二度クラクションを鳴らし、ストックスが煙草を吸いに車を降りた。女の子たちは五分後に家から出てきた。リビーは後部座席に乗りこむ前に窓を見上げ、そこにいるぼくに気づいて微笑んだ。無理やり浮かべた笑みだ。大きな目に浮かんでいる恐怖と不安が、ぼくにははっきり見てとれた。

リビーはとてもきれいだった。夕食のあとすぐに、ティーガンとクリスティーナがリビーと一緒に部屋にこもり、支度に取りかかった。ドアの向こうからくすくす笑う声や、緊張した笑い声、小声の質問、もっと小さな声の答えが聞こえてきた。クリスティーナたちがリビーに着せたのは、細いストラップが肩からいまにも落ちそうな、太腿の半分までしか隠れないタイトな黒いワンピースだった。リビーはハイヒールも履いていた。車に向かう歩き方からすると、初めて履いたみたいだ。ほとんどクリスティーナの肩に片手を置いたままで、つまずくたびに不安そうに笑った。お化粧もきれいにしていた。顔だけでなく、消えかけている打ち身の跡も、女の子たちが好奇心旺盛なぼくたちには見せてくれない粉や液やジェルで隠していた。髪は片側を結いあげ、もう片側を肩にたらしている。

初めて見るワンピースを着たティーガンとクリスティーナも、とてもきれいだった。クリスティーナはリビーに手を貸し、並んで歩いていたが、ティーガンはふたりの背中を見つめて少し後ろからついていく。ぼくはゆうべティーガンが、手を繋いでいるリビーとぼくをにらんでいたことを思い出した。

三人が乗りこむとすぐに、車は走りだした。テールランプが遠ざかるにつれて、ぼくの胃のなかのしこりは大きくなっていった。

「食肉工場へ向かう家畜だな」ポールがベッドでつぶやく。この何日か、ポールはほとんどしゃべらない。納屋から戻ったあと、トラックのことやヴィンセントが修理すること、女の子がお金を手に入れると約束したことを報告しても、笑みひとつ浮かべなかった。

「ティーガンはきみが好きだと思うな」もとのポールに戻ってきてほしくて、ぼくはそう言った。

ポールがうなるように答えた。「ティーガンが好きなのは、ぼくじゃなくてきみさ。リビーもきみが好き。クリスティーナはヴィンセントとできてる。ウィーゼルとキッドだってお互いがいる。もう少し大人になってそっちに興味を持てば、カップルになるかもな。いつものように、ぼくには誰もいない。気の毒なポールはひとりぼっちだ。いっそのことフィニッキーに言い寄るかな。まあまあいい女だし。『卒業』のミセス・ロビンソンみたいに、年上の女もいいよな。少なくとも家を持ってる——年上のパトロンの条件はばっちりだ。誰にでも、愛が必要だもんな」

「何を描いてるの？　見せてくれる？」

少しのあいだ考えてから、ポールはノートをこちらに向けた。裸のティーガンが誘惑するような笑みを浮かべている。天井からロープで吊るされ、つま先が巨大な肉粉砕機のすぐ近くにたれていた。ティーガンの乳首はこんなに大きくないよ、と言いたかったけど、それでポールを元気づけられないのはたしかだ。

「〝男を食う者を食らうもの〟って題をつけた」

「ずいぶん……」ぼくは顔が赤くなるのを感じた。

ポールは褒められたと解釈したらしかった。「リビーの絵も描いてほしいか？」

「そういう……絵を？」

ポールはページをめくって白いページを出した。「いや、こういうんじゃなくて、もっと感じのいい、趣味のいいやつ。でも、裸じゃないとだめだ」

ぼくは少し考えて首を振った。「いや、いらない」

「いや、いらない」ばかにするような口調で繰り返すと、ポールはせわしなくペンを動かしはじめた。たちまちリビーが形を取っていく。ベッドの乱れたシーツの上に裸で横たわり、指を一本唇に当て、もう片方の手を――

ぼくはそのページを引きちぎり、くしゃくしゃに丸めた。「いらないって言っただろ」

ポールは怒るなというように両手を上げた。「ごめん、冗談だよ。悪気はなかったんだ」

それからさっきのティーガンの絵に戻り、鉛筆で影をつけはじめた。

丸めた絵を持ったまま、ぼくはドアへ向かった。

その後ろからポールが声をかけてくる。「それでヌクつもりなら、色をつけてやるよ」

「裏で燃やすんだ」

「ヨーロッパには、芸術の自由を抑制したやつは死刑になる国もあるんだぞ」

ポールはしゃべりつづけていたけれど、階段をおりていくうちに聞こえなくなった。最後の段に差しかかったとき、ぼくの写真が壁にかかっていることに気づいた。今日の昼間はなかったのに。ポールがつい最近、居間で撮った写真のひとつだ。ぼくは半笑いを浮かべ、壁にもたれている。自信たっぷりの顔で、と思いたかったけど、不安そうな緊張した顔だってことはわかっていた。最高の写真とは言えない。最悪でもないけど。

少し傾いでいるのを直そうとすると、額がはずれて落ちた。さいわい、ガラスは割れなかった。もとに戻すとき、裏に貼られた細くて白いテープに書かれた文字が見えた。

124 WM13 1・4k

試しにほかの子たちの写真をいくつかはずして裏返すと、どれも暗号みたいな文字と数字が書かれている。

「何をしてるの？」

ぼくはびくっとした。いつのまに来たのか、フィニッキーさんが後ろに立っていた。片手にお酒を、もう片手によれよれのペーパーバックを持っている。

「あの――」

「戻しなさい。全部よ。あんたはこの家のお客。わたしのものに敬意を払いなさい」

「はい」

「もう遅いわ。寝る時間でしょ。よく休むのよ」フィニッキーさんはひと口酒をあおった。強いお酒らしくて、離れているのにぷんぷん匂う。「明日の夜は、あんたが刑事さんたちと一緒に出かけるの。行儀よくしてちょうだいよ」

胃が沈むような感覚に襲われたけれど、ぼくは何も言わなかった。

50

五日目　午後三時十七分
プール

「写真の子が着ていたトレーナーを見ましたか？」

「チャールストン・リバードッグズ、と書いてあるやつか？　ああ、見た。あれはサムが警官になりたてのころ勤めていた街の、野球チームの名前だ」

プールとナッシュは再び黒いエスカレードに乗っていた。市警にはあと数分で着く。

プールは黒いものが目立ちはじめた顎を掻いた。「あなたとクレアがビショップのアパートで見つけた箱ですが、あのなかのものは人身売買に関係があると思いました。帳簿も写真も全部です」

「俺たちもそう思ったさ。だがクロズが写真をデジタル化して、行方不明の子どもたちのデータベースと照合しても、ひとりも一致しなかった。帳簿のほうも暗号みたいですぐに行き詰まった」

「市長も含め、被害者全員になんらかの繋がりがある可能性もありますね」プールは頭に浮かんだことを口に出した。「ビショップを信じるとすれば――」

「あいつを信じられるもんか」

プールはひとにらみでナッシュを黙らせた。「仮にビショップを信じるとすれば、ポーターがこのすべての裏にいて、チャールストンで起きた何かを隠すために糸を引いていることになる。〝この女は当時のことを知っているから生かしてはおけない〟ポーターはギヨン・ホテルで女受刑者を殺す前にそう言ったそうです」ナッシュが抗議する前に、プールは急いで付け加えた。「わかってますよ。ポーターがあの女を殺したと仮定しての話です。なるべく客観的に判断しようとしているんです」

「だったら俺も仮の話をするぞ。仮にサムが真実を告げていて、ビショップが裏で糸を引いているとしたら、ビショップはチャールストンで起こった何かを俺たちに知らせようとしてる、ってことになる。写真の子どもたちに関することだ。そうなると、ビショップはそれを隠すためじゃなく、復讐《ふくしゆう》かなんかのために殺してるんだな。タルボットが市長と親しかったことはわかってる。それも関係があるのかもしれん」

「いずれにしろ、単独の犯行じゃない。そこは同意してもらえますね？」

ナッシュがうなずいた。「ひとりじゃ無理だろう。現にふたりとも勾留されているいまも次々に事件が起きてる。俺の勘じゃ、共犯者は元看守のヴィンセント・ウェイドナーだ。それかサムがビショップと一緒に姿を消したと言っていた女、偽のサラ・ワーナーだな。

その両方かもしれん」

プールが窓の外に目を戻した。「研究所から盗まれたウイルスのことなんですが」

「ああ？」

「どうもしっくりこないんです。４ＭＫは常に被害者に接近して、目や耳を切り取り、舌をえぐるという、きわめて個人的なやり方で殺してきた。しかし、ウイルスを盗みだして少女たちに注射し、拡散させるという方法は、これまでの個人的なやり方とは対極にある。誰に影響が出るかわからないわけで、特定のターゲットがいないんですから」

「しかし、ウイルスを手にしているという脅迫が効いて、ビショップがアップチャーチのために望んでいたことは実現したぞ。お偉方は脳腫瘍の第一人者をすぐさま呼び寄せた」

「それはそうですが、どこか……〝違う〟気がする。作戦室で話した〝ノイズ〟のことを覚えてますか？」

「ああ。注意をそらすものだから、排除すべきだと言ったな」

「このウイルス騒ぎはノイズだと思うんです」

「その可能性はあるな」

しばらく沈黙が続いたあと、プールは付け加えた。「真実を語っているのがビショップで、ポーターが黒幕なら、盗んだウイルスをどう役立てるつもりでしょう？」

「そんなことは考えたくもないね」

「仮に、ですよ。客観的に判断すると言ったじゃないですか」

ナッシュは咳きこんだあと袖口で鼻を拭った。「すまん、ただの風邪だよ。ほんとさ」それから腫れぼったい目でプールに言い返した。「サムにはウイルスを撒き散らす理由も、緊急事態に対応して現場に到着した連中を狙う理由もまったくない。とくに、俺とクレアが最初に現場に到着する可能性が高かったんだからな」

プールはすぐには言い返さず、注意深く言葉を選んだ。「まだ話していなかったことがあるんです。どうやって話そうか考えてて……でも、重要なことだから、知らせておきます。実は今朝ポーターと話したあと、チャールストンのポーターの昔の相棒に連絡を取ろうとしたんです。ビショップが嘘をついているとは思ったが、念のために確認しておきたくて。チャールストンにいるとき、ポーターが何かをしでかしていたとしたら、知っておくべきですから」いったん言葉を切って窓の外に目をやってから、プールはナッシュに目を戻した。「ポーターの相棒だったデリック・ヒルバーンは、六年前、地下室で首を吊ったそうです。詳細はわかりません。自殺に見えたが、市警は他殺の可能性も頭に置いて調べたようです。短いとはいえ、遺書はあったようですね。ただ、筆跡がヒルバーンのものと断定できなかったため、疑いが生まれたとかで」

「遺書にはなんて書かれてたんだ？」

プールは唇を舐めた。「〝父よ、わたしをお許しください〟と」

ナッシュがたじろぎ、ふかふかの座席に埋もれそうになった。

次の言葉は口にしたくなかったが、言わなくてはならない。「もしポーターがすべての罪をビショップになすりつけて事件を収束させるつもりだったとしたら、あなたやクレアをSARSウイルスに感染させ、都合の悪い証人を間接的に始末しようと考えたかもしれない。大きな秘密を隠しているなら、目撃者になりうる人々を生かしておきたくないでしょうから」

「いったいどんな秘密を隠しているって言うんだ?」

「ポーターのまわりでは、大勢死んでいますよ」

ナッシュは鼻で笑った。「サムは殺人課の刑事だぞ。中古車のセールスマンに、古い車ばかり扱ってる、と言うようなもんだ」

「ヒルバーンが疑わしい状況で死んだのは六年前。4MKが最初の被害者を殺す直前です」

「そんなものは、たんなる偶然――」

「ぼくは偶然を信じません」

「サムだってそうさ。だいたい、サムが故意にクレアや俺を傷つけることは絶対にない」

「八年前、ぼくはある事件を担当しました。シンシナティのベン・プリースという警官が起こした事件です。プリースは十五年近く勤め、仲間の半分を足したよりも多く表彰されている、立派な警官だった。警部になることもできたが、自分の能力を生かしたいと風紀取締班に留まるほど仕事熱心な男でした。ところが最終的には十四件の殺人で起訴された。プリースは独自に捜査し、麻薬の売人を殺していたんです。証拠を突きつけると、プリースはあっさりすべて認めましたよ。組合の弁護士を呼んでくれとも言わなかった。そのうち三件の被害者は警官でした。のちに悪徳警官だったと判明しましたが、堕落していようがいまいが、プリースが殺したのはたしかです。やめたかったができなかった、これでようやくぐっすり眠れる、とプリースはほっとしていました。それから相棒の件も自白したんです」

「相棒?」

「一年ほど前に犯行を気づかれ、ずっと金で口止めしていたが、少し前に糖尿病を患っている相棒のインシュリンを塩水とすり替えた。どうせ真実が明るみに出るなら、あいつを殺すんじゃなかった、と悔やんでいました」

ナッシュはプールを見ようとせずに言った。「サムは絶対に俺やクレアを傷つけたりしない。ほかの誰だって傷つけるもんか。あいつを疑うなんて見当違いも甚だしいぞ」

「人が公に見せる顔は、本当の姿と違うこともある。司法組織のなかに自らの手で制裁を加える者が出るのは、組織に対する苛立ちや不満があるからです。4MKの被害者はひとり残らず、親やきょうだいがなんらかの犯罪に繫がっていた。つまり、親きょうだいが犯した罪の罰として殺されたわけです。これは無視できない事実だ。里親組織で育った子どもと、悪者が法の盲点をついて大手を振って歩み去るのを何度も見てきた刑事。悪を罰したいという強い動機を持つのはどっちだと思いますか?」

ナッシュは目を閉じ、椅子にもたれた。「チャールストンだ」

「なんですって？」

「ビショップを信じるにしろ、サムを信じるにしろ、どっちの仮説もチャールストンに繋がってる。客観的になれと言ったな。これが俺なりの客観的な結論だ。ビショップは俺たちにチャールストンを調べろと言ってる。一方サムは、チャールストンに知られたくない秘密を隠している可能性がある。それでこのすべてが終わるんなら、俺は喜んでチャールストンに出向くね」ナッシュはそう言うと、携帯を取りだしてクレアに電話をかけた。が、留守電になってしまう。そこで代わりにメールを打った。

「何をしてるんです？」

ナッシュは顔を上げずに答えた。「クレアとクロズに、病院の被害者がチャールストンに関連があるかを調べてもらうのさ」

「市長に関しては他言無用ですよ。事情がわかるまでは」

ナッシュはそれには答えずメールを送信し、携帯をポケットに戻した。

運転手が少しばかり強くブレーキペダルを踏みすぎて後輪が少し左に滑ったが、すぐに右に戻った。ナッシュとプールは窓の外に目をやった。いまのは運転手のせいではない。前方がひどい渋滞で、雪で滑る路上で衝突を避けようと、多くの車がブレーキを踏んでいるのだ。「すみません。これだけ寒いと道路の塩もたいして役に立たなくて。マイナス十五度までさがると、塩では氷が溶けなくなるんですよ」

ナッシュがくしゃみをした。「いまの気温は？」

「マイナス十六度ですが、風が強いので体感温度はマイナス二十度を超えているでしょう」

プールは前方に目をやった。ミシガン・アベニューはひどい渋滞で長い列ができている。

「何かあったようだな」

運転手はハンドルに手を置いたまま、人差し指で前方を示した。「警察の外に人だかりができてます。避難訓練か何かでしょうか？」

51

五日目　午後三時二十分
ポーター

ポーターは震えていた。歯がカチカチ鳴るのが止まらない。少しでも体を温めようとぱっと腕を上げながら跳躍し、早足でぐるぐる小さな円を描いてみた。公園のベンチに腰をおろして太腿の下に手を挟んでもみたが、寒さを防ぐ役にはまったく立たなかった。

市警の外でなんとかタクシーをつかまえたものの、あっというまにビショップたちの乗ったレクサスを見失った。これが映画なら、〝あの車を追いかけてくれ〟と告げたとたん、運転手はよしきたとばかりに張り切って追跡にかかるところだが、現実にこの言葉を口にすると、なんともばかげて聞こえた。ミシガン・アベニューを往来する何百台もの車に目をやり、〝どの車です？〟と訊き返してきた運転手に車の特徴を説明しおえたときには、ビショップと母親を乗せた銀色のレクサスはとっくに見えなくなっていた。

ポーターは濡れた百ドル札を二枚渡して運転手にコートを譲ってもらい、携帯を借りるのにもう百ドル払った。おかげで市警の前からリバーノースにあるモンゴメリー・ワード公園までのタクシー料金は、これまででいちばん高くついた。あげくに濡れた服の上に手に入れたばかりのコートを着て、子どもの遊び場がある場所の近くで降ろしてくれと頼むと、運転手に〝どれだけイカレてるんだか〟という顔をされた。

それからまだ二十分しか経たないが、ポーターは自分でも運転手の意見に同意しはじめていた。氷点下の外気にさらされ、濡れた服は凍りかけている。コートの下では、体熱が冷えた服との戦いに敗れかけていた。せめて帽子があれば。極寒のなか、びしょ濡れで立っているだけでも最悪だというのに、髪までぐっしょりなのだ。

立ちあがってベンチのまわりを走り、両手に息を吹きかけた。体中の細胞という細胞が凍りつきそうだ。

と、後ろの通りからクラクションが聞こえた。振り向くのに少し時間がかかったのを体温がさがりすぎたせいにして、ポーターは向きを変え、近づいてくるＳＵＶへと向かった。

それからビショップの日記が入った箱をベンチに忘れてきたことに気づき、つるつる滑る地面をできるかぎりの速さで戻ると、氷のような風のなか、箱を抱えて再び車に向かった。

助手席には誰も乗っていなかったが、ポーターはスモークが貼られた窓に感謝しつつ後部座席のドアを開けた。暖かい空気が厚いキルトのように全身を包みこむ。口を開きかけたが、言葉が思うように出てこなかった。「——あ——モリー」

エモリー・コナーズは後ろを振り向き、ぽかんと口を開けた。「まあ、びしょ濡れ。外の気温がどれだけ低いかわかってるの？　凍死していたかもしれないのよ！」

エモリーは助手席の床から黒いリュックをつかんで差しだした。「急いで着替えなくちゃ。そのなかにアーサーの古い服が入ってるわ。ズボンとシャツだけじゃなく、靴下と下着も入れてきた。ずっとチャリティに寄付しようと思っているんだけど……とにかく、早く着替えて。目をつぶってるから。病気になる前に！」

この状況では慎みなど気にしていられない。ポーターは濡れた服を剝ぎとるように脱いで車の床に落とし、エモリーがビショップに殺された父親、アーサー・タルボットのクローゼットから持ってきた服に着替えた。途中でちらっとバックミラーを見ると、エモリーはハンドルを握りしめ、約束どおり目を閉じていた。

「髪を切ったんだね」ポーターはシャツのボタンをかけながら言った。少々きつめだが問題ない。「よく似合ってるよ。突然、電話してすまなかった。驚いたろう？」喉がひりつくものの、どうにかふつうに声が出た。

エモリーはうなずいて、目を閉じたまま肩のすぐ上でカールしている褐色の髪に触れた。

「気分を変えたかったの。もう開けてもいい？」

ポーターは借りたズボンのベルトのループに黒い革のベルトを通しながら答えた。「いいよ」それからラジオに向かってうなずく。「ニュースではなんと言ってる？」

エモリーはSUVを発進させてキングズベリー通りの車の流れに加わり、州間高速道路九〇号線に向かった。「警察の事件はまだニュースになってないわ。どのチャンネルもクック郡病院に関する報道と、ナッシュ刑事がビショップを蹴っている映像でもちきり」

「ナッシュがビショップを蹴ったのか？」これは初耳だ。ポーターは、エモリーがテレビの中継で観たという、ビショップ逮捕時の模様に興味深く耳を傾けた。

エモリーは慣れたハンドルさばきで九〇号線から五五号線南方面の車線に入り、速度を上げた。

「免許を持っているとは知らなかったよ」

エモリーは頰を染めた。「実はまだ正式な免許じゃないの。去年アーサーに言われて個人レッスンを受けはじめたあと、少しのあいだ教習所に通ったのよ。そのあと、ボディガードがかわるがわるウッドストックにある練習用道路に連れてってくれるようになって、ものすごく楽しかった」

「縦列駐車も習ったかな。俺がいちばん苦労した科目だ」ポーターはリュックから黒い革靴を取りだした。タルボットのお気に入りだったジョン・ロブの靴だ。サイズは十一。いつも履いているのは十・五だが、なんとかなるだろう。「頼んだものも持ってきてくれたかい？」

心配そうな目がバックミラー越しにポーターを見た。「ほんとにあれがいるの？」

ポーターはうなずいた。

エモリーはグローブボックスから紙袋をふたつ取りだし、ポーターに渡した。

最初の袋には二十ドル札の束が入っていた。全部で四千ドルある。

ふたつ目の中身は三八口径と弾薬、腰につける革のホルスターだ。

「アーサーの金庫にあったものだから、足がつく心配はないと思う。シリアルナンバーも入ってないわ」

ポーターは銃の下側を見た。エモリーの言うとおりだ。最初は入っていたとしても、完全に消され、痕跡も残っていない。まるで作られたときからなかったようだ。

ポーターはホルスターに銃を入れてベルトに留め、弾丸と現金をリュックに入れると、ビショップの日記も濡れた箱からそこに移した。

車は二八六番出口で五五号線をおり、標識に沿ってミッドウェイ国際空港へ向かった。エモリーは速度制限が時速三十キロになると鋭く左にハンドルを切り、狭い出口を抜けて個人や法人所有の格納庫が並ぶエリアを目指し、守衛のゲートに近づいても速度を落とさなかった。小さな詰め所から身を乗りだした守衛が、エモリーだと気づくと、どうぞ、というように手を振る。エモリーは建物のあいだを縫うように進み、二八九番格納庫の大きな扉のなかに入って車を停めた。尾翼に〝タルボット・エンタプライズ〟と入った真っ白なジェット機のすぐそばだ。「アーサーのお気に入りだったの。ボンバルディア・グローバル5000。小型だけどスピードも出るのよ。シカゴにはほかにも何機かあるけど、あたしはこれがいちばん好き」

　十代の娘が複数の専用ジェット機をいつでも使える世界は、乗り物といえば車一台しか持っていないアパート暮らしの自分とはあまりにかけ離れている。エモリーがどうやってふつうの感覚を保っていられるのか、ポーターには想像もつかなかった。

「この車は、あなたのためにここに置いておくつもり」エモリーが続けた。「GPSは無効になってるし、ナンバープレートはアーサーの幽霊会社のひとつに登録されてるから、誰も探さない。探したとしても引っかからないはずよ」

「きみはどうやって家に帰るんだ？」

　エモリーは格納庫の入り口を示した。「ボディガードがついてきてくれたの」

　窓の外を見ると、後ろに別のSUVが駐まっていた。排気管から蒸気が立ちのぼる車のなかには、少なくともふたり乗っている。

「大丈夫よ、ふたりともこの車が公園で誰を拾ったか知らないから。あなたを見られないように、二分遅れてついてきてって頼んだの」エモリーはジェット機に顔を戻した。「燃料は満タンだし、クルーは指示どおりに動く。あなたの名前はどこにも現れないし、フライトプランは離陸直前に出すことになってる。行き先はあなたが告げるほうがいいと思って。そうすれば、あとで誰かに訊かれても、あたしは本当に知らないんだもの。あなたから行き先を聞いたら、クルーが着陸する空港に別の車を手配してくれることになってる。そっちもこれと同じ、追跡不可能な車よ」エモリーは下唇を嚙んで、ちらっと笑い、おどけて言った。「そういうことを手配してくれるところがあるみたい。びっくりよね？」

「お父さんにはなじみ深い世界だったんだろうな」

「たぶんね。とにかく、どこに着陸するにしろ、このジェットはそこであなたが戻るのを待つことになってるから、ほかに移動したかったら、そう言えば連れてってくれる」エモリーは声を落としてためらいがちに付け加えた。「電話をもらったあと、実は、顧問弁護士に電話したの。あたしにできることと、できないことが知りたかったから。気を悪くしないでくれるといいけど」

ポーターは心から言った。「そうしてくれてよかったよ」

「あなたはまだ起訴されていないから、手助けしても法をおかすことにはならないんですって。でも、もしも起訴されたら、四時間待って警察に連絡し、知っていることを話すように言われた。四時間は〝許容範囲内〟みたい」エモリーは指でカッコを作り、強調した。「だから、あなたが起訴されたら、専用機を使ったことを言うわ。でも行き先は知らない――本当に知らないもの。警察がどれくらいで事実を突きとめるかわからないけど、その時点から時間はどんどんなくなっていく。だからスタッフが用意した車を捨てて、別の移動手段を見つけたほうがいいかも。時間を稼ぐためよ……指名手配とかされたら、だけど」

最後の言葉をすまなそうに口にして、エモリーは目をそらした。

ポーターは椅子の背にもたれ、運転席にいる愛らしい少女を見つめた。「驚いたな。しっかりしてるのはわかっていたが、ここまでとは。きみにはとてつもない借りができた」

エモリーはにっこり笑った。「借りなんて、とんでもない。あたしにできることなら、これからだってなんでもするわ」

こんなに若いのに、ここまで考えて行動できるとは。だが、エモリー・コナーズはふつうの人間には想像もつかないような修羅場をくぐってきたのだ。それに家庭教師は、エモリーが非常に高いＩＱを持つ賢い娘だと言っていた。待機している車に急ぐエモリーを見送り、その車が走り去ると、ポーターはリュックを手にＳＵＶを降りた。そしてボンバルディア機のタラップを上がり、機内に姿を消した。

52

日記

リビーは戻ったあと、口をきいてくれなかった。ドアにもたれて廊下で眠りこんでいたぼくは、女の子たちがしのび足で二階に上がってくるまで帰ってきたのに気がつかなかった。気配を感じて目を開けると、三人ともぼくをじっと見ていた。

「どいて」ティーガンが言った。

ぼくはリビーを見て急いで尋ねた。「大丈夫?」

リビーは目をそらし、早足でバスルームに入って勢いよくドアを閉めた。

追いかけようとすると、ティーガンが前を塞いだ。「放っといてあげな。朝になったら会えるじゃない。でも今夜のことは絶対に訊いちゃだめよ。わかった?」

うなずいたけど、ほんとは全然わからなかった。でも知りたかった。それにリビーの助けになりたかった。

ティーガンがリビーを追いかけ、そっとバスルームの扉をノックしてなかに入る。クリスティーナがバッグからドル札をつかみだした。「三百五十ドルあるわ。ヴィンスに渡してくれる？　残りは次行ったときに手に入れる、そう言っといて」

クリスティーナは返事を待たずにお金をぼくの手に押しつけ、同じくバスルームに姿を消した。三人がなかで話しているとしても、何も聞こえなかった。ドアに耳を押しつけて様子を探りたくてたまらなかったが、リビーがそのうちきっと話してくれる、と自分に言い聞かせ、どうにか我慢した。

ヴィンセントの部屋のドアは鍵が閉まっていた。ノックをしても応えはなかった。

53

五日目　午後四時一分

プール

プールとナッシュは渋滞で身動きの取れないＳＵＶを降り、市警までの数ブロックを走った。付近の喫茶店やレストランで暖を取っている者もいるが、ほとんどの職員が建物の前の歩道にかたまっている。ふたりが入る許可を得て、入り口を警備しているＳＷＡＴの前を通過したときには、車を降りてから四十分近くも経っていた。ビショップとポーターの取り調べ室はどちらも空っぽだった。

ふたりの姿はどこにもない。

壁も床も何もかもがびしょ濡れで、ポーターがホワイトボードに書いた文字も流れて読めなくなっている。ナッシュが廊下でダルトンと話しているあいだ、プールは壁を殴りたい衝動を必死にこらえた。

せめて脱出前後の数分間の映像が残っていることに望みをかけたのだが、観察室の電子機器は回路がショートしていた。ここの機器は閉域網システムで、建物の防犯システムとは違いネットワークとは繋がっていないから、水でやられさえしなければ映像は残っていたはずだ。防犯システムのほうは、すでに役に立たないことがわかっていた。どうやら誰かが市警本部のコンピューターに侵入したらしく、モンテヒュー研究所やオーリンズ郡刑務所、ランガム・ホテルの防犯カメラ同様、タイムコードや映像が修復できないほどひどく攪乱されていた。犯人は防犯システムをハッキングし、建物のあらゆる電子ロックも解除して、消火システムを作動させたのだろう。誰がやったにしろ、混乱に乗じてビショップかポーターを（あるいはふたりとも）逃亡させるためだったのは間違いない。クック郡病院ほか複数の施設で防犯システムを攪乱したのと同じ人間の仕業だろう。

これはただの脱走事件ではない。犯人の目的は混乱を引き起こすこと。これも〝ノイズ〟だ。気をそらされるな、プールはそう自分に言い聞かせた。

すべての死者がなんらかの形で繋がっている。すべてが関連しているのだ。ビショップかポーターと。あるいはこのふたりと。

それとも、ふたりとも犯人ではない可能性があるだろうか？

そんな思いが突然、ささやきのように頭をよぎった。

集中しろ。

引き出しをいくつか開けると便箋が入っていた。プールは目をつぶり、深呼吸して気持ちを落ち着かせてから、ポーターがホワイトボードに書いた情報を思い浮かべた。まるで写真のように、すべてがポーターの配置したとおりに見える。わずか数分でプールはそのすべてを再現していた。

証拠ボード

湖／家屋
サウスカロライナ州シンプソンヴィル、ジェンキンス・クロール・ロード一一番
・アンソン・ビショップの子ども時代の家
・火事で焼失（放火と断定——ビショップの母親＝容疑者）
・焼け跡から三人の男の死体が発見された／黒焦げで死因は不明／身元不明（ひとりは

ビショップの父親だと推定された）
・母親の行方は不明
・唯一の生存者＝アンソン・ビショップ／カムデン療養センターに送られる。十二歳
・家の裏手にあるトレーラーは、サイモン・カーターとその妻リサ・カーターが借りていた／ふたりとも行方不明
・湖から欠損のない死体が五体、発見される（身元不明）
・湖から切り刻まれた死体が一体、発見される（サイモン・カーターと思われる）

シカゴ／最初の被害者
1カリ・トレメル　二十歳　二〇〇九年三月十五日
2エル・ボートン　二十三歳　二〇一〇年四月二日
3ミッシー（メリッサ）・ルマックス　十八歳　二〇一一年六月二十四日
4スーザン・デヴォロ　二十六歳　二〇一二年五月三日
＊5バーバラ・マッキンリー　十七歳　二〇一三年四月十八日（唯一のブロンド）
6アリソン・クラマー　十九歳　二〇一三年十一月九日
7ジョディ・ブルミントン　二十二歳　二〇一四年五月十三日
8エモリー・コナーズ　十五歳　二〇一四年十一月三日（生還）

ガンサー・ハーバート／タルボット・エンタプライズ社の最高財務責任者
アーサー・タルボット

シカゴ／ポール・アップチャーチと共犯者の手による第二の殺人の被害者たち
フロイド・レイノルズ
エラ・レイノルズ
ランダル・デイヴィーズ
リリ・デイヴィーズ
ダーリーン・ビール（生還）
ラリッサ・ビール（生還）
カティ・キグリー（生還）
ウェスリー・ハーツラー

＊リビー・マッキンリー
スチュワート・ディーナー

第三の殺人の被害者たち（シカゴとサウスカロライナ州シンプソンヴィル）
身元不明の女性——ローズヒル墓地

身元不明の女性――地下鉄レッドラインの線路／クラーク駅
トム・ラングリン――シンプソンヴィルの裁判所前の階段
スタンフォード・ペンツ――クック郡病院
クリスティ・アルビー――クック郡病院

＊＝ビショップに殺害されたのではない？

日記より
さまよえる子どもたちのフィニッキー・ハウス
カムデン療養センター
十歳から十六歳までの三人の少女と五人の少年
アンソン・ビショップ
ポール・アップチャーチ
ヴィンセント・ウェイドナー
ウィーゼル（！）
キッド
リビー・マッキンリー
クリスティーナ・ニーヴン

ティーガン・サヴァラ
ウェルダーマン刑事
ストックス刑事

その他の関連する場所
モンテヒュー研究所
マコーミック四二六番

54

五日目　午後四時六分
プール

プールが自分の書いたメモを見ていると、ナッシュが観察室に入ってきてドアを閉め、低い声で言った。「おたくのボスを操ってるのが誰だか知らんが、そいつはダルトン警部も操っているようだ。ふつうなら、俺は停職処分になってあたりまえだ。これだけマスコミが俺とビショップの動画を繰り返し流しているんだからな。俺でさえ、自分が憎らしくなってくるよ。だが、ハーレスがおたくに言ったのと同じことを、警部も俺に言ったぞ——市長が見つかって問題が解決するまで、責任を持ってこの件を追え、と」

「ビショップとポーターは？」

「FBIと市警が総出でふたりを探してる。空港のターミナル、バスや電車の駅、すべて封鎖された。職員たちには4MKが男を誘拐したと話してあるそうだ。いまのところ被害者の身元はわからないが、おそらくまだ生きている、と。市長のことはプール以外の者には話すな、クロズとクレアにも言うな、と口止めされたが、くそくらえだ。俺はあのふたりにはなんでも話す」ナッシュは一枚の紙を掲げた。「〈カーマインズ・ピザ〉の住所だ。まずここを当たろう。ウォーリックは信用できない」

プールはメモから目を上げずに言った。「ぼくはチャールストンに行きます」

「なんだって？　そんなことをしてる時間があるのか？」

「手がかりを追いつづけても、ますます深みにはまるだけだ。先を読んでこっちが主導権を握るべきですよ。車のなかであなたが言ったように、すべてがチャールストンを示している。あそこで何が起きたか突きとめれば、誰がなぜこの被害者たちを殺しているのかわかるでしょう」プールは便箋に書いた名前のひとつを叩いた。「それに、これもある」

ナッシュが視線を落とした。「ウィーゼル？」

「ポーターがチャールストンで勤務していたころに、彼を撃った若い売人の名前です。ホワイトボードの情報によれば、日記にもその名前が出てくる」

「日記は信用してないんじゃなかったのか？」ナッシュは部屋を見まわし、マジックミラー越しにポーターがいた取り調べ室に目をやった。「サムは日記を持ち去ったぞ。もしもアップチャーチに金を払ってあれを書かせたとすれば、俺たちに読ませるためにここに置いていくはずだ」

「濡れないように持っていったのか、ほかの場所に置いただけかもしれませんよ」プールは一応そう言ったが、そんなことは自分でも信じていなかった。

「いや、持ち去ったのは読みおえていないからだ。俺たちと同じく、何が書かれているのか知らないのさ」

「結論に飛びつくのはやめましょう」プールは携帯電話を掲げた。「ここにコピーが入ってる。ぼくも読みますよ。ポーターが何を考えているかわかるかもしれない」

「あるいは、ビショップがな」

プールは便箋に目を落とした。「本物であれ偽物であれ、あの日記は、ふたりのどちらか、あるいは両方がたどっているパン屑のようなものです。ふたりの過去の何かが表に出てきた。ぼくたちが知った事実のすべてがチャールストンを指している。そこで起きたことが足りないパズルのピースです。それがわかれば一連の謎を解明し、市長を見つけることもできるはずです」

ナッシュはドアの小窓から廊下に目をやり、さらに声を落とした。「あいつらに止められるぞ。いま行くのは絶対に無理だ」

「だから黙って行きます」

55

日記

いつどうやって部屋に戻ったのかは覚えていないけど、翌朝ぼくは自分のベッドで太陽の光を感じて目を覚ました。ウィーゼルとキッドが部屋で遊んでいる音が聞こえてくる。ポールやほかの子の姿はどこにも見えない。女の子たちの部屋のドアは全部開いていて、なかは空っぽだった。

ヴィンセントは納屋にいた。トラックのボンネットが上がり、床には使いものにならない部品が散らばっている。ぼくが昨日クリスティーナからもらったお金を渡すと、ヴィンセントは何も訊かずにそれをポケットに突っこんだ。「どうやって部品を買いに行くんだ?」そう言いながら、ドライバーの頭で地面に散らばったエンジンの部品を指す。「点火プラグ、ピストンリング、エアフィルター、ファンベルト、プラグ用のワイヤー・ハーネス、どれもこれも交換しなきゃならない。ほとんど絶望的だぞ。まあ、タイヤは完全にイカれてないから、空気を入れれば使えるが、それにはポンプかコンプレッサーがいる……」ヴィンセントが頭をボンネットのなかに戻し、続きが聞こえなくなった。

「全部隠さないと。フィニッキーさんに見られたらどうするの？　ぼくらが何をしてるかバレちゃうよ」

ヴィンセントは顔を上げずに片手を振った。「あいつはここには来ない。母屋にいる。あの刑事たちも来ない。少なくとも、来たのは見たことない。あいつらは——いてっ！」ヴィンセントがトラックの下から飛びのいた。指から血が出ている。グリースやオイルで真っ黒なのに、ヴィンセントはその指を口に入れた。「くそったれ！」

ぼくは古い作業台の上にあったぼろきれをヴィンセントに渡した。ヴィンセントがそれを人差し指に巻く。縫うほど深い傷ではないみたいだけど、痛そうだ。ヴィンセントはバンパーをきしませながらそこに座った。「で、どうやって部品を手に入れる？」

ぼくには見当もつかなかった。「リストを作れる？　外に出たとき、女の子たちが——」

「刑事たちが一分だって目を離すもんか」ヴィンセントがさえぎった。「フィニッキーは、食料品や服なんかを買いにクリスティーナたちを街に連れてくが、そのときも絶対にそばから離さない。ひとりがうまく抜けだして部品を売ってる店に行けたとして、どうやって見つからずに持って帰るんだ？　必要な部品が多すぎる。こういうのをバッグに入れて隠せると思うか？」ヴィンセントはそう言って床を示した。

解決法をひねりだせ、父さんがここにいればそう言うに違いない。どんな問題にも、必ず少なくとも三つは解決策がある。完璧な解決策を見つけたと思っても、ほかのふたつをじっくり吟味しろ。いちばん簡単そうに思える方法が最善とはかぎらないし、最善の解決策がすぐ思いつく方法でも、簡単な方法でもないこともある。「うん、ひねりだすよ」

「なんだって？」

ヴィンセントに訊き返されて初めて、ぼくは声に出していたことに気づいた。「なんとか方法を見つける、ってこと」

「おまえ、ほんとにへんなやつだな」ヴィンセントは立ちあがり、エンジンのところに戻った。

「工具を見つけたんだね」ぼくは話題を変えた。足元にドライバーが何本かとペンチがふたつ転がっている。

「母屋の流し台の下にあった」ヴィンセントはエンジンに取り組みながら答えた。「全部揃ったわけじゃないが、当面はこれでなんとかなる」

それ以上はほとんど話さなかったが、道具を手渡したり、ときどき手を貸したりして、その日一日、ぼくはヴィンセントと一緒に過ごした。ほかのことを考えなくてすむのがありがたかった。

夕方六時ごろ、フィニッキーさんと女の子たちが乗ったトヨタ・カムリが戻り、みんなが買い物袋を手に降りてきた。リビーは黄色いワンピースに白いスニーカー姿。髪をポニーテールに結っている。野原のこっちからぼくが見ているのには気づかなかった。

部屋に戻ると、ベッドの上に新品の黒いローファーと濃い色の靴下、水色のボタンダウンのシャツ、それにフィニッキーさんが書いたメモが置いてあった。

夕食のあと、シャワーを浴びてこれに着替えなさい。きちんと身なりを整えること。八時に迎えが来るわ。

ポールは上段のベッドにいたが、話しかけてこなかった。用意された服をちらっと見ただけで、寝返りを打って壁のほうを向いてしまった。

56

五日目　午後四時五十八分
クレア

真っ暗闇のなか、クレアは目を開けた。光はまったくない。最初に思ったのは、エレベーター・シャフトの底でストレッチャーに手錠で繫がれていたエモリー・コナーズのことだった。それから4MKの手口が頭に浮かび、急いで耳（まだある）と目（こっちもまだある）に触れた。クレアは壁にもたれて床に座っていた。鼻が詰まっていても、黴とじめっとした臭い、腐った臭いがする。

手錠ははめられていない。怪我もしていない。

ストレッチャーもない。

クレアは大声で叫んだ。喉がひりついているにもかかわらず、精いっぱい声を張りあげ、自分でも恐ろしくなるような悲鳴をあげた。聞こえる範囲に誰かがいれば、この声にこもっている怒り、恐怖、苛立ちが伝わるはずだ。でも、せっかくの骨まで凍るような悲鳴も、見えない壁に跳ね返り、湿った床に反響するばかり。やがて口を閉じると、そのこだまも消えていった。

まるで何も起こらなかったかのように静寂が戻る。聞こえるのは自分の呼吸の音だけ。注射針を刺された首の柔らかな部分を指で探ると、消毒綿が貼ってあった。ありがたい配慮だこと。クレアは綿を引きはがし、投げ捨てた。

ベルトのホルスターは残っているが、銃はなくなっている。

苦労して立ちあがったとたん、水が満杯になっているみたいに重い頭がぐらりと揺れた。目の奥、鼻の付け根の痛みが、偏頭痛の始まりを予感させる。クレアは無理やりよどんだ空気を吸いこんだ。「誰か、いる？」

声が響いたが、ほかには何も聞こえない。

ゆっくりと壁沿いに歩きながら、またしてもエモリーのことを思った。あの娘も意識を取り戻したあと、同じことをしたと言っていた。囚《とら》われていた場所を何度か周回してから、ドアがないことに気づいた、と。

クレアは三メートルも進まないうちにドアを見つけた。

ドアも枠も金属製だ。取っ手は回るがその上の差し錠は動かない。鍵穴があっても、ひねって回すつまみはなかった。思い切り肩をぶつけてみたが、ドアはびくともしない。

誰も駆けつけてくれないとは思ったが、一分ばかり拳で叩いてみた。閉じこめられたら、誰でもするように。

もう一度壁沿いに指を走らせると、コンクリートでもシンダーブロックでもなく、積み重ねた石をセメントで固めてあることがわかった。

手を上に伸ばしたが、空気しかない。膝を曲げ、弾みをつけて飛びあがっても、指先すら何もかすめなかった。声の響き方から天井があるのはわかっているが、かなり高さがありそうだ。

床は湿ったコンクリート。汚れている。

クレアはジーンズで指を拭いた。

古い建物の地下室には何度も入ったことがある。ここも似たようなものだろうが、人が住んでいる気配がない。説明はできないが、何かがへんだ。誰があの注射をしたにしろ、犯行におよんだのは病院の階段だった。そのまま人目につかずに病院の地下室に運びこんだと考えるのが妥当だろう。それなのに、ここは何度かおりたことのある病院の地下とは違う気がする。もっと古いようだ。

注射した犯人は、あたしを病院の外に連れだすことができたの？

手首を掲げて時間を確かめようとしたが、暗すぎて時計の針どころか時計そのものさえ見えない。

いまごろはクロズが探しているはず。スタウトも。バーリントンだって、文句を言うためにそのうち探しはじめるだろう。警備員たちやサッター警官、誰かがきっと……。

行方不明の警官ふたりのことが頭に浮かんだ。ヘンリックスとチャイルズ。誰もふたりを本気で探そうとはしなかった。こうなってみると探すべきだったかもしれない。でも次々にいろいろなことが起こりすぎて、みんなが自分のことで精いっぱい。人探しをしている余裕などなかったのだ。

クレアはぶるっと震え、両腕で自分の体を抱きしめた。熱があるのにこんなに湿った黴臭い部屋にいたら、よけい具合が悪くなる。アスピリンかイブプロフェンか――解熱剤をのむつもりだったのに。

けど、のまなかった。あんたはここで死ぬのよ。ここがどこだか知らないけど。

クレアはまた悲鳴をあげた。そうしたかったからではなくて、恐怖を振り払うために。

すると、カチリという音が響いた。

頭上で蛍光灯がついたのだ。その明るさに目が慣れると、金属製のドアに分厚いガラスの入った窓が見えた。安全のために金網をガラス内部に入れた窓。簡単に割れない類の窓だ。

窓ガラスの向こう側で、誰かが少し首を傾げてこちらを見ている。

クレアは凍りついた。「サム？」

57

五日目　午後五時三分
ナッシュ

〈カーマインズ・ピザ〉は、ウェスト二六番通りのリトルビレッジと呼ばれる地域にあった。ナッシュは通りの北側の、平行駐車ができるスペースに半分滑るようにして入り、がくんと停めると、モーターが咳きこむ音を聞きながら、古い三階建ての赤、緑、白に塗られた店の正面を観察した。従業員が次々にドアを開け、ピザの入った保温バッグを手に凍えるような寒さのなかに出てきて、めいめいの届け先に向かう。ふたつ先の建物の路地に駐めてある車に向かう者もいた。六十代の男が誰かのためにドアを押さえてやってから店内に入っていき、五分ほどしてピザの箱を手に出てきた。ピンクのダウンコートにマフラー、帽子、手袋をした十代の女の子が、そのすぐあとから箱をふたつと袋をひとつ持って出てきて、母親らしき女が運転席で待つアイドリング中の車に走っていく。

エスコートサービスを仄めかす動きはまったくない。見ているうちにどんどん腹が減ってきて、ぐうぐう鳴りはじめた。風紀課の報告書によると、〈カーマインズ・ピザ〉がエスコート業を営んで十年になるが、ピザ屋のほうもたんなる見せかけではなく、ウェブサイトのレビューで四つ星半を獲得しているという。

悪いやつらが合法的なビジネスの陰で違法な商売を営むのは、いまに始まったことではない。それでも、まさか〈カーマインズ〉がクック郡刑務所の目と鼻の先にあるとは思わなかった。そこから一ブロックも離れていないクック郡刑務所には、四十万平方メートルの施設に少なくとも六千五百人の受刑者が収容され、三千九百人の法務省職員と七千人の民間人が働いている。毎日おびただしい数のピザが、ナッシュがいまその一角を目にしている巨大施設で働く職員の腹におさまり、こっそり握手やウインクが交わされているに違いない。なぜなら売春業がそこまで秘密を隠しとおせるはずがないからだ。現に風紀課は気づいているし、商務省は間違いなく知っている。それなのに取り締まろうとはしないのだから、この店のピザはよほどうまいのだろう。

ナッシュはエンジンを切って車を降り、足早に通りを渡った。舗道の端が凍っていて転びそうになったが、どうにか踏ん張り、ドアを開けて店のなかに入った。

すきっ腹に染みる匂いだ。

ソースの染みがついた〈カーマインズ〉のTシャツに、紙の帽子をかぶった十六歳ぐらいの若者が、カウンターの向こうで顔を上げた。「スライスですか？　それともホール？」

カウンターの奥はオープンキッチンだった。少なくとも六つのオーブンが稼働中。五人の従業員がソースを作り、皿を洗い、生地をこねている。見ているだけで空腹感がいや増し、ナッシュは無理やり若者の顔に目を戻した。「支配人と話したいんだが」

若者は天井を仰ぎ、肩越しに叫んだ。「アディ、また警官だよ！」

「また？　ここは警官がよく来るのか？」

若者はナッシュの問いかけを無視して、キッチンの奥に引っこんだ。

まもなく五十がらみの女が流しの横のドアから出てきた。白いセーターに黒いタイトなパンツ姿、百五十キロ近くありそうな巨体を横にしてテーブルとオーブンのあいだを通り抜けてくる。カウンターにたどり着くと、ナッシュを上から下まで見て嘲るようなにやけ笑いを浮かべた。「なんの用です？」

「ピザを食べに来たわけじゃない」

「ふん。小遣い稼ぎに揺さぶりをかけに来る警官だって、うちのピザを食べてくよ。ついてきとくれ」

やがて箱が散乱した狭いオフィスに入ると、アディはドアを閉めろとナッシュに告げて机の向こうの回転椅子に腰をおろした。「知っていることは一切合切ウォーリックって男に話したよ。どっちにしろあんたも来るだろう、ひょっとすると揺さぶりをかけるのにFBIを連れてくるかもしれない、と言ってた。何を知りたいにしろ時間の無駄だけど、気のすむようにしとくれ。夕食どきで忙しくなる前に終わらせてもらいたいね」

「あまり心配しちゃいないようだな」

「あんたらに何ができるって言うのさ?」アディは鼻を鳴らした。「違法なことなんか、何ひとつしちゃいない。あたしは言ってみりゃ、仲人《なこうど》のようなもんさ。引き合わせた大人同士が何をしようと関係ない。裁判所には数えきれないほど何度も呼びだされてるけど、罪に問われたことは一度もないんだ」アディは前かがみになり、声を落とした。「はっきり言って、顧客リストに載ってる名前を見れば、あんたも納得するだろうよ。リストのコピーは国のあちこちにいる友だちに預けてある。あたしの身に何かあれば、それがマスコミに洩れはじめるって寸法さ。インスタグラムのアカウントの写真が可愛い猫から、女にかませた猿ぐつわを舐めてる政治家の写真に変わるわけ。その気になりゃ、あんたを通りの真ん中で撃ったって、あたしの身は安泰さ。誰もあたしにゃ手が出せない。もう一度言うが、もう五時を過ぎてるんだ、急いどくれ。なんの用だい?」

ナッシュは机の前にある椅子から封筒の束をどけ、そこに座ってゆったりとくつろいだ。肉づきのいい顔がしかめ面になる。「さっさと終わらせる気はなさそうだね」

「そのとおり」

アディはため息をついた。「ウォーリックに言ったとおり、あたしが送ったのはラトリスだよ。ブロンドに青い目の二十二歳、うちに来て三年になる娘で、市長のちょっとしたお遊びにも黙って辛抱する。これまでも二回相手をしてるから、何をされるかわかってるし、市長が少々やりすぎてもあわてるな、と言い含めてある。ほら、あの手の連中はだんだんエスカレートするだろ。ああいう手合いは、若いころいやってほど相手にしてきた

——市長の好みは特別変わってもないし異常でもないよ。たんにほかのろくでなしと違うってだけ。ラトリスは、うちのほかの娘たち同様、何をされたってあわてもしなきゃ騒ぎもしない。指示どおり約束の時間より早めに到着し、予定より三十八分早く立ち去った。あたしからすれば、驚くようなことは何ひとつなかった。あんたたちが探してる褐色の髪の女が誰だか、見当もつかないね。うちの娘じゃないのはたしかだ」

「記録はつけてるのか？」

「つけてるとしても、それをあんたに見せると思う？」

ナッシュは肩をすくめた。

アディは机の隅にある古いノートパソコンに目をやった。「見せたくても、見せられないんだよ。ウイルスに感染して、ファイルが全部だめになっちまった。修復してもらうのを待ってるとこさ」

ナッシュはアップチャーチのコンピューターで見つけた女性ふたりの写真を携帯画面に呼びだし、机越しに差しだした。「このふたりを見たことがあるか？」

アディは最初、写真には目もくれず、そうすれば引っこめるかのように、ナッシュをにらみつけた。だが、やがて根負けしたらしく写真に目を落とし、首を振った。「いや、うちの娘じゃない」

ナッシュはサムの写真を呼びだした。「この男は？」

アディはしばらく写真を見つめていた。知っているのかとどきっとしたが、そうではなかった。あまりに多くの男の顔を見てきたため、頭のなかの名簿と照合するのに時間がかかったのだろう。「うちの客じゃない」アディはようやく言って椅子の背にもたれた。

この答えにほっとしたあとで、自分が頭のどこかで、この女がサムを知っているのではないかと恐れていたことに気づいた。潜在意識の底にある刑事の部分がそう感じていたのだ。それを洞察と呼ぶ者もいれば、直感と呼ぶ者もいる。サムは、その声を信じろ、とよく言っていた。潜在意識は意識よりも先に物事を繋げる。その声を信じ、それに耳を傾けるようになれば、腕のいい刑事になれる、と。ナッシュはそのときサムに、そういう頭のなかの声に耳を傾けるのをすっぱりやめるべきだ、と言い返した。この助言に自分自身も従うべきかもしれない。

「パソコンがウイルスに感染したのはいつのことだ?」

アディはノートパソコンに向かって顔をしかめた。「一週間くらい前かね。年をとって忘れっぽくなったみたいな症状だった。最悪なのは、タイムスタンプがごちゃごちゃになっちまったことさ。どのファイルを見ても、帳簿や文書の日付がまるっきりでたらめなんだから。なんだってそんなことになったのか、さっぱりわからない。メールのリンクや、わけのわからないウェブサイトを開いた覚えはないのに。ITに詳しい男は、ここで使ってるソフトウェアでこんなことが起こるはずがない、って首を傾げてる。とんだ役立たずだよ」

「署に直せるやつがいるぞ。頼んでやろうか?」

ナッシュが来てから初めて、アディはにっと笑った。「今週いちばんの笑えるジョークだね。〝いいとも、パソコンを持ってって直しておくれ、刑事さん。でも、覗き見はなしだよ〟って?」巨体の重みで椅子がきしんだ。「さあ、もう帰っとくれ」

「あとひとつだけ」ナッシュは携帯電話の写真をスクロールし、目当ての写真で手を止めた。ランガム・ホテルのスイートルームに残されていたポラロイド写真の裏側だ。手書きで〝203　WF15　3k　LM〟とある画像を拡大し、アディのほうに携帯を滑らせた。「これが何かわかるか?」

アディはまた前かがみになり、文字が読めるように電話を自分のほうに向けた。何も言わなかったが、言わなくても知っていることはわかった。落ち着きを取り戻して携帯を滑らせてよこす前に、血色のよい顔から血の気がひき、かすかに口が開いたのがその証拠だ。

「知らないね」

「この状況じゃ、嘘をつくのはまずい手だぞ」

「ウォーリックと話しておくれよ。あたしゃ、巻きこまれるのはごめんだ」

「ウォーリックはこれがなんだか知ってるのか?」

「帰っとくれ」アディは立ちあがってドアへ向かい、取っ手に手を伸ばした。

「チャールストンと関係があるか?」

取っ手をつかもうとした手が止まった。「チャールストン?　さあ……何を言ってるのかさっぱり……とにかく、ウォーリックと話すんだね」

「ギヨン・ホテルはどうだ？」

アディは取り乱した様子で首を振った。

誰かがドアをノックした。アディが開けると、グレーのカクテルドレスと赤いハイヒール姿のまだ二十歳にもならない娘が、ナッシュを見て眉を寄せた。「ごめん、お客さんだった？」ちらっとアディを見て、付け加える。「誰かに車で乗せてってもらいたいの」

アディは顔をしかめた。「マイケルに頼みな。それか、このナッシュ刑事が乗せてってくれるかも。ちょうど帰るとこだから」

目の前の男が刑事だと知って、娘が目を見開く。

ナッシュは立ちあがった。「シェルターにならいつでも連れていくぞ」

「お節介はいいから、とっとと出てっておくれ」アディはそう言って大きく扉を開けた。

ナッシュは安心させるように笑みを浮かべたが、少女はあとずさった。ナッシュはふたりの横を通り過ぎ、オフィスを出た。

後ろからアディの声が追いかけてきた。「これは大昔から行われてることなんだよ。イヴがアダムに〝そうしてほしければリンゴをちょうだい〟と言ったときからね。あたしは、それを管理して女の子たちの安全を守ってるんだ。感謝してほしいぐらいさ。あたしが面倒を見なきゃ、この娘たちは通りで身売りするはめになる。そのあとはどうなるか、あんたもわかってるはずだよ」

そのとおり。ナッシュにはわかっていた。

ナッシュはオーブンから出てきたばかりのピザをふた切れつかみ、店を出た。売春を野放しにしておきたくはないが、それを取り締まるのは自分の仕事ではない。少なくとも今日は違う。

58

日記

刑事ふたりがぼくたちを車で街へ連れていくのはいつものことだった。ぼくも週に二度ドクター・オグレスビーのオフィスに送り迎えしてもらうし、ほかのみんなも毎晩のようにどこかへ出かけては送ってもらう。警官が運転手代わりなんてへんだけど、その理由を尋ねたりはしなかった。人が何かをするのは理由があるからだ。この刑事たちが運転手を務める理由は、もうすぐわかる。

たいていの場合、車のなかではそれぞれが同じことをする。運転するのはウェルダーマンで、ストックスは助手席でひっきりなしに煙草を吸い、せっせと車のなかを臭くする。ストックスの服はいつも煙草の臭いがした。ぼくは後部座席からふたりを見ながら、ウェルダーマンの首にアイスピックを刺して車が暴走したら、シートベルトが守ってくれるだろうかと考える。念のために言うと、ぼくはアイスピックを持っていないし、どこで見つかるかもわからない。けど、子どもの想像力はそういう現実には左右されないんだ。

ふだんのぼくたちはしゃべらない。でも今日はウェルダーマンがこう尋ねてきた。「おまえの親父は火事で死んだのか、アンソン？」

「うん」とっさにそう答え、すぐに後悔した。少し早すぎたかもしれない。

ウェルダーマンは道路を見たまま続けた。「おまえの家で見つかった焼死体のうち、二体はアーサー・タルボットという男のもとで働いていた人間だとわかった。この名前に聞き覚えはあるか？」

家の外に駐まっていたワゴン車には、二台とも〈タルボット・エンタプライズ〉という社名が入っていた。でも、それをこの刑事に言うつもりはない。ぼくは黙っていた。

「そうなると身元不明の死体はひとつしか残らない。問題は――おまえの家から見つかった服だ。ほとんどが燃えちまったが、ズボンが一着だけ、まあ、まともな状態で残っていた。股下八十六センチのズボンだ。おまえの両親の部屋にあったタンスの焼け残りから見つかったところを見ると、親父さんのものだろう。そこにズボンをしまう男が、ほかにいるとは思えん。そうだろう？　股下八十六センチの男の身長は百八十から百八十四、なかなかの長身だ。おまえの親父は背が高かったのか、アンソン？」

ぼくはこれにも答えなかった。窓の外を見ると、車は農場のなかの細い道をあとにして高速道路へ入っていく。これはいつも通る道とは違っていた。ぼくたちはカムデン療養センターではなく、チャールストンへ向かっているんだ。

「俺たちはそう思ってる。車の運転席も、ほぼいっぱいにさげてあったしな」ウェルダーマンはハンドルを指で叩きはじめた。「ところが、まだ身元のわからない死体の身長は、百七十五センチしかない。火事でズボンはほとんど焼けていたが、股下が八十六センチより短いのはたしかだ。そいつが股下八十六センチのズボンをはいたら、裾を折らなきゃならん。わざわざ長すぎるズボンを買ったとは思えんから、俺たちはこう思ってるんだ。おまえのおふくろだけじゃなく、親父も火事を生き残った、とな。おまえはどう思う？」

「ぼくも父さんが生きていればいいと思うけど、いくら願っても事実は変えられないよ」

ウェルダーマンは隣のストックスを見た。「おい、何が腑《ふ》に落ちないかわかるか？」

ストックスが咳払いをする。「なんだ？」

「こいつの親がふたりとも生きてるとしたら、こいつが今夜みたいな用事で夜出かけるのをどうして許すんだ？　これから息子に起きることを黙って見てるってどんな親だよ？　それもひとり息子だぜ」

ストックスが肩をすくめると、肩から煙草の煙が立ち昇るのが見えた気がした。「ふたりとも生きてるとしたら、隣の夫婦から盗んだ金でいまごろは悠々自適……とっくに息子のことなんか忘れてるんだろうよ」

「ああ、そうかもしれんな」

このふたりはぼくを動揺させて、ふつうなら絶対口にしないことを言わせようとしているだけだ。そうに決まってる。そんな手に乗るもんか。父さんはこういうトリックも、それに引っかからない方法も教えてくれた。こいつらは善良な警官じゃない。ワルの警官でさえない、〝腐りきった〟警官だ。ぼくは別の餌を放ってやった。「父さんはものすごく忍耐強い人だった。まだ生きているとしたら、搾り取れるだけ情報を搾り取るまで、まずあんたたちを観察すると思うな。もしかしたら、しばらく尾行するかも――いまだって後ろにいるかもしれないよ。そうやって情報をすっかり手に入れて、ふたりとも用なしになったら、家だかアパートだか知らないけど、あんたたちが眠る部屋の静かで居心地のいい影に身をひそめて、ぐっすり寝込むのを待つ。あんたたちは、ある晩、首に生温かいものが巻きつくのをぼんやり感じて目を覚まし、それが自分の腸で、喉から股まで切り裂かれているることに気づく。父さんはにやっと笑って、〝わたしの息子にもっと親切にすべきだったぞ〟と言うだろうな。父さんが生きてなくてよかったね。その心配をしないですむもの」ぼくは少し考え、付け加えた。「でも、母さんがどうするかは想像もつかない。父さんほど忍耐強くないから」

ウェルダーマンはバックミラーでぼくをちらっと見ただけで何も言わなかった。ストックスも無言だ。ふたりは道路に注意を戻した。

ぼくはほっとした。看板や出口や曲がり角をすべて注意深く頭に刻むには、静かなほうが集中できる。高速道路を出ると、ウェルダーマンは黄緑色の縁どりがある黄色いモーテルの駐車場に入り、白いワゴン車の隣に車を停めた。紺のトレンチコートを着た男が、そのワゴン車から降りてきた。

59

五日目　午後五時三分
クレア

サムじゃない。

いくら熱で朦朧《もうろう》としているからって、サムだと思うなんてばかげている。

ガラスの向こうの顔は黒い目出し帽をすっぽりかぶり、サングラスで目を隠していた。マスクには口の穴がないから、口は見えない。なめらかで、何もない。なんの表情も見えない。わかるのは、たぶん男だということだけ。

クレアがつま先立ちになり、首の下をよく見ようとすると、目出し帽が近づき、すでにかぎられている視界をさえぎった。

「何がしたいの？　くそったれ」

頭が再び傾く。マスクの生地を通して笑っているのが見えるような気がした。茶色い歯に、臭い息――手を伸ばしてマスクを剝ぎとれば、それが見えるに違いない。ひょっとすると犬みたいに尖った歯が。

しっかりしなさい、クレア。こいつは化け物じゃない、ただの男よ。弱い男。あたしに薬を注射して、ここに閉じこめ――

何をするつもりなの？

刑事を誘拐するには理由があるはずだ。自分でも気づかぬうちに、答えに近づいていたのだろうか？

行方不明の警官がふたり。死体がふたつ。この男はあたしが手がかりを見つけるのを恐れたの？　それともあたしはただ次のターゲットというだけ？

「卑怯者《ひきょうもの》。勇気を出してドアを開けたらどうなの」クレアは一歩後ろにさがった。「ぶちのめす前に三つ数えて、逃げるチャンスをあげるわよ！」

男はじっとクレアを見つめている。

マスクの奥で、昆虫のような黒いサングラスの目を光らせて。

クレアは取っ手を引っ張った。「あたしは具合が悪いの。ここから出して！　薬が必要なのよ！　くそ、ここには水もないじゃない！」

カチッという音がして、再び明かりが消えた。

ドアが消える。

小さな窓も。

男も。

闇がすべてを呑みこんだ。

もっとちゃんと部屋を見ておくんだった。ここがどこなのか、脱出に使えそうなものがあるかどうかも、まったくわからない。

体が震えた。冷たい空気が服の下の肌をくすぐり、うなじから這いおりていく。冷凍庫のなかにいるみたいに寒い。

これ以上悪くなることなどありえないほど、まずい事態だ。

そう思ったとき悲鳴が聞こえた。すさまじい苦痛を感じている男の悲鳴が。その声はじっとりした暗闇のなか、すぐそばから聞こえるようだった。

60

五日目　午後五時七分
ナッシュ

アパートの外で何分もためらったあと、ナッシュはようやくなかに入る覚悟を決めた。二日前にクレアと来たときは、サムのことが心配だった。友人の身を案じ、助けたかった。だが今回はこそこそ嗅ぎまわるために戻った。どう言い訳しようと、これが相棒に対する裏切りであることは否定できない。

サムのアパートのドアには、犯行現場用のテープはなかった。厳密には、ここは犯罪の現場ではないのだから、テープがあるほうがおかしい。だがナッシュは現場の外に立つときと同じように胃がよじれるのを感じた。

何度かドアをノックした。

サムがドアを開けて笑顔で迎え入れ、ビールはどうだと勧めながら、すべて誤解だと言ってくれる、そんな光景を思い描いたが、返事はない。俺たちは、いったい何を間違えたのか？　ナッシュはそう思いはじめていた。

ビショップかサムか。

サムかビショップか。

その両方か。

ナッシュを揺さぶったのは、クロズから来たメールだった。それを見る前は、サムのまわりに積もっていく証拠は、ビショップが作りあげた煙のような幻、スポットライトをサムに向けるための作り話だとしか思わなかった。だが、市警に戻る途中で受けとったメールにはこう書かれていた。

去年の九月、サムの当座預金から二千五百ドルずつ、四回引きだされているぞ。アップチャーチの口座にそれと呼応する振込みがあった。四回ともサムが金を引きだしてから四十八時間以内に、同額が入金されている。三千ドルを超える額はすべて、愛国者法により国税庁に報告される。だからサムは国税庁の調査に引っかからないように、分割して金を引きだしたに違いない。

そのすぐあとに、二通目のメールが届いた。

顔認証で、アップチャーチのコンピューターにあった写真と今朝のふたりの被害者が一致した。写真のふたりがクリスティーナ・ニーヴンとティーガン・サヴァラかどうかはまだ確認できない。社会保障番号にも出生記録にも該当する名前がないところをみると、これが本名かどうかも疑わしいな。引き続き調べてるところだ……。

　追伸：最悪の気分だが、きみは？

「最高だよ」ナッシュは赤くなった鼻をこすり、詳細を訊こうとクロズに電話を入れたが、留守電になった。クレアの電話も同じだ。まったく。あのクソ病院は携帯の電波を呑みこむ巨大ブラックホールだ。

　ナッシュはサムのアパートの前の廊下で、もう一度二通のメールを読み直してから、ようやく鍵を取りだしてなかに入った。

　なかの空気はよどんでいた。まるで地下墓地にでも足を踏み入れたかのようだ。夕食に招いたナッシュをもてなそうと、せかせかと動きまわるサムとヘザーの姿が浮かぶ。あれはまだ、そんなに前のことではなかった。テレビではフットボールの試合がたけなわで、セカンド・クウォーターの時点でベアーズは七点差で負けていた。試合の実況中継の音量は絞られ、部屋の隅のラジオから懐かしい曲が流れていた――たしかイーグルスの『ホテル・カリフォルニア』が。

　だがいまは、音楽どころか物音ひとつしない。

閉ざされたカーテンの隙間から漏れる光で、空中を静かに漂う埃が見えた。

「サム、いるのか？　入るぞ」

サムがいないことはわかっていたが、そう言うべきだと感じた。クロズのメールが届かなければ、そのままきびすを返して立ち去っていたかもしれない。

アパートのなかに目を走らせながら、ナッシュは思った。どこから始めればいい？　俺は何を探しているんだ？　ここはＦＢＩがすでに隅々まで調べ済みだ。サムとヘザーの本は一冊残らずおろされ、本棚の前に積まれていた。どれもページのあいだまですべて調べられたが、何も隠されていなかった。キッチンの戸棚の半分は閉まり、半分は開いて、中身が散らばっている。引き出しも同じだ。腐った牛乳と古いパンとサンドイッチ用のべとつく肉以外、冷蔵庫は空っぽ。冷凍庫には氷しかない。〝牛ひき肉〟とメモ書きされたくしゃくしゃのアルミホイルがカウンターに残っていた。あれに入っていた金はサムがニューオーリンズに行くときに持っていったのだ。安楽椅子の下から日記を取りだしたときに

――

ナッシュは居間に戻った。入ってきたときになぜ見逃したのか？　隠してあった日記を取りだすためにサムが横に倒した安楽椅子、クレアと二日前に来たときは転がっていた椅子が、ふつうの状態に戻っている。

市警から逃げたあと、サムはここに戻ったのだ。

ナッシュは椅子の下に片手を突っこみ、もう片方の手で肘掛けをつかむと、重い椅子を横向きに倒して膝をついた。この前見たときは中身がはみだしていたのに、椅子の裏の生

地はきちんと留まっている。

片隅をつかんでマジックテープをはずし、黒い布を押しやった。そこに携帯電話のライトを当て、なかを覗きこむ。合板と金属の枠に、粘着テープで貼りつけた白いプラスチックの包みが見えた。なんとか手が届く位置だ。ナッシュはめいっぱい手を伸ばし、指先で角をつかんで包みを引きだし、床に置いた。

四角いものが入った白いビニールのゴミ袋に、黒い紐がかけてある。

日記ではない。もっと大きなものだ。

テープを剝がし、紐をほどいてビニール袋を剝ぎとったあと、手袋をしていないことに気づいた。急いで取りだして、袋の中身を床に振り落とす。

とたんに埃が舞いあがった。

床に落ちた四枚のプラスターボードのうち、最初の三枚には詩が書かれていた。残った一枚に記されているのは、この一文だけだった。

〝神になりたければ、まず悪魔を知れ〟

61

日記

　車を降りたウェルダーマンとストックスが、濃紺のトレンチコートを着た男に声をかける。それからウェルダーマンが後部座席のドアを開けた。「降りろ、アンソン」

　ぼくは車のなかから外の三人を見たまま動かなかった。ウェルダーマンの車にいたいわけじゃないけど、三人についていけば、悪いことが起きるのがわからないほどバカじゃないから。殺されるとか、そういう悪いことじゃない。ぼくを殺すつもりなら、世間の目に触れないあの農場でやっていたはずだ。でも、自分の靴を見下ろしているストックスや、落ち着きなく駐車場に目を配るウェルダーマンの様子からすると、命の危険とは別の醜悪なことがまもなく起きるという予感がした。一昨日の夜、刑事たちの車で戻ったときのヴィンセントの荒れようからしても、よほど悪いことなのはたしかだ。

　トレンチコートの男がウェルダーマンに鍵を渡し、後ろのモーテルを顎の先で示す。「十四号室だ」とつぶやく声が聞こえた。男は白いワゴン車に戻ってドアを閉めたものの、走りだそうとはせずに駐車場に目を走らせていた。通行人が何人か、ファストフード店へと通りを渡っていく。隣のガソリンスタンドでは、年配の男がライトバンにガソリンを入れていた。ワゴン車の男は〝見張り〟なんだ。両親に言われて何度もその役目を果たしたことがあるぼくは、すぐにぴんと来た。

ストックスがニコチンで黄色くなった指を伸ばし、襟をつかんでぼくを引きだした。ぼくは足の力を抜き、地面に倒れこんだ。

ウェルダーマンがため息をつきながらジャケットの端を少しめくり、ベルトにつけたホルスターと銃を見せる。「俺に撃たせたいのか、坊主？　撃たないと思ったら、大間違いだぞ。喜んでおまえの頭に銃弾をぶちこみ、ストックスが後始末をするあいだ、向かいの店でハンバーガーを食ってやる。そういうことは、これまでもあった。それとも少々痛い思いをさせてやろうか？　ウェイドナーみたいに。仲良しのリビーも勇ましく抵抗したぞ。俺が打ち身の跡をひとつふたつ増やしてやるまではな」ウェルダーマンはぼくの横に片膝をつき、目を覗きこんできた。「いいか。強情を張ればここで死ぬことになる。死ぬのも痛い目を見るのもいやなら、自分の足で部屋まで歩くんだ。今夜を生き延びて農場に帰りたけりゃ、部屋に行け。さっさとそうすれば、そのぶん早くベッドに戻り、今夜の出来事は悪い夢だと自分に言い聞かせながら眠れる。初めてのときはつらいもんだが、そのうち楽になる。これはほんとだぞ」

ウェルダーマンは立ちあがり、向かいにあるバーガー店をちらっと見た。「俺は腹ぺこなんだ。どっちにするか早く決めろ」

車に乗ったトレンチコートの男が、ぼくたちのやりとりをじっと見ていた。とくに気に病んでいる様子はない——いつものことだ、という顔だ。

ぼくは立ちあがり、ズボンの土埃を払った。銃を持った男ふたりでも手に余るのに、三人目も控えていたんじゃ勝ち目はない。仕方なく後ろのモーテルに目をやった。「十四号室?」

ウェルダーマンがうなずく。「そうだ」

駐車場を歩きだすと、後ろからストックス、その後ろをウェルダーマンがついてきた。十四号室は一階のいちばん右端の部屋で、明かりがついていた。ほかの部屋はほとんど暗い。ウェルダーマンが鍵を開け、ドアを押した。

ベッドがふたつ、同じ花柄の上掛け。ドアの右側に丸い小テーブルがあって、部屋の奥に洗面台と流し、左側にバスルームのドアがある。ベッドの向かいにある縁が欠けたドレッサーの上では、テレビがついていた。でも、誰もいない。そう思ったとき、トイレを流す音がして、男が出てきた。その男はぼくたちをちらっと見ただけで、何も言わずに流しで手を洗った。

ウェルダーマンかストックスのどちらかが背中を押し、ぼくを部屋のなかへと突き飛ばした。それからウェルダーマンが言った。「五十分ですよ」

ドアが後ろで閉まり、手を洗いおえた男がタオルに手を伸ばす。ぼくはその場に立ち尽くしていた。

62

五日目　午後五時十二分
ナッシュ

褪せたペンキがところどころ剝がれたプラスターボードには、黒い大きな活字体の文字が書かれていた。実際に見るのはこれが初めてだが、それが何かはすぐにわかった。ディーナー特別捜査官が殺された四一プレースの空き家から、誰かが切り取って持ち去った詩だ。その向かいの家には、アンソン・ビショップが隠れていた。

市警に戻ったあと、プールは記憶を頼りに切り取られた部分に書かれていた詩や言葉をホワイトボードに再現した。ディーナーが殺され、壁の一部が切り取られたのは、ビショップがなんらかの理由で壁の詩を発見されたくなかったからだろう、とナッシュたちは推測した。ところが今朝の取り調べでビショップは、ディーナーを殺したのはポーターだ、と供述した。それが真実なら、このプラスターボードを切り取ったのもサムだということになる……そしてここに隠したというのか？　ばかな。

百歩譲ってサムが壁を切り取ったとしても、なぜそれを自分のアパートに隠す？

誰かがここにわざと置いたとしか思えない。

だが事件に関与していないなら、サムはなぜアップチャーチに金を渡したのか？

ナッシュは四角いプラスターボードを四枚床に並べた。最初の板にはこう書かれている。

わたしは立ち止まって死を待てなかったので
親切にも死のほうが立ち止まってくれた
その馬車にはわたしたちと
不死だけが乗っていた

二枚目には——

生と死を分析するやり方のひとつに
このふたつを水と氷にたとえたものがある
水が集まって、氷ができる
そして氷は解けて再び水になる
死んだものは、必ず再び生まれる

生まれたものは必ず死ぬ
氷と水が互いに害をなすことはないから
生と死が互いに害をなすこともない

三枚目には――

みんなでわが家に戻ることにしよう
飽くなき欲望もその成就も無意味なこと
今日のすべてを喜びが満たし
青い死の海から
命が蜜のようにあふれでる
命のなかには死があり、死のなかに命がある
だから恐れる必要がどこにあろう？
空の鳥は歌っているではないか「死などない、死などない！」と
昼も夜も不死の潮が
この地上へと降りてくる

プールが思い出したとおり、いくつかの単語に線が引かれていた。

氷／水／生／死／わが家／死／恐れ

この意味はすべて、解読できたつもりだった。アップチャーチは被害者を水や氷のなかに置いた。生き残ったふたりの被害者の供述によれば、あの男は被害者を地下の塩水タンクで何度も溺れさせたあと、蘇生させ、仮死状態のときに何を見たのかを知りたがったという。〝死〟という言葉に二度線が引かれているのはそのためではないか、とプールは言った。線が引かれた言葉は、〝わが家〟を除けばプールの理論に一致する。だが、〝わが家〟の意味を突きとめることだけは、どうしてもできなかった。

それに、ビショップがやったにしろサムがやったにしろ、わざわざ時間をかけて、落書きだらけの壁からこの詩を切り取り、隠す理由もわからない。連邦捜査官をひとり殺し、もうひとりがすぐ向かいの家にいる状況で、なんのためにそんな危険をおかすのか。

この詩には何か別の意味がある。俺たちはそれを見逃しているに違いない。

ナッシュはそれぞれのボードの詩を携帯で撮り、〝サムの家で発見〟というメッセージをつけて、クレアとクロズ、プールに送った。どのみちどこで見つけたか訊かれるのはわかりきっている。隠す意味はない。そのうちわかることだ。

鼻がむずむずして、ナッシュはボードから顔をそむけた。くしゃみを連発したあと、立ちあがりながらティッシュを探して部屋を見まわしたが、箱はひとつも見当たらなかった。

キッチンのペーパータオル・ホルダーにも、ボール紙の芯が残っているだけだ。いくら身の回りに気を使わないやもめでも、トイレットペーパーを切らすことはないだろう。ナッシュは明かりをつけながら寝室を横切り、バスルームに入った。最初はその死体が目に入らなかった。寝室を横切るときに臭わなかったのは、誰かさんがバスタブに捨てる前にビニールで包む手間をかけたからだろう。それとも塩が消臭剤の役目を果したのか？　あるいはたんに鼻が詰まっているせいで気づかなかっただけか？

63

五日目　午後五時二十一分
ポーター

タルボット・エンタプライズ社のジェット機は無事チャールストン・エグゼクティブ空港に着陸した。エモリーの言ったとおり、そこにはすでに車がポーターを待っていた。ジェット機がその車から十五メートルしか離れていないところに停止すると、タルボット・エンタプライズ・エアサービスのつなぎを着た男が、タラップの下でポーターを出迎え、鍵を差しだした。「ガソリンは満タンです。電話をかける場合は、座席のあいだのコンソールボックスにあるプリペイド式の使い捨て携帯電話をどうぞ。電話は適宜処分してもらってかまいません」男はポーターにタルボット・エンタプライズ社の名刺を差しだした。「裏にわたしの電話番号があります。必要なものがあれば連絡してください。この機はあなたを待ってここに留まるよう指示を受けています。操縦士のふたりも空港で待機します。離陸前の準備には通常三十分ほどかかるので、急ぐ場合は前もって電話をください。そうすれば最短の待ち時間で出発できます」

「ありがとう」ポーターは鍵を受けとり、ポケットに名刺を滑りこませると、リュックを肩にかけて車に向かった。

ジェット機のキャビンには、ほかの様々な贅沢品に混じって、高速でインターネットにアクセスできるノートパソコンが何台かあったから、これから行く先の道順は前もって調べてあった。ポーターは車に乗りこみ、その道順を確認してから、標識に従い州間高速道路を目指し、三十分もしないうちにカムデン療養センターの駐車場に入っていた。

そこは平屋根の白い一階建てだった。樹木はきちんと手入れされ、冬だというのに色とりどりの花が咲いている。もちろん、サウスカロライナ州の冬はシカゴの冬とは比べ物にならない。ここまで南下すると雪が降ることはまずないだろう。終業時間の五時を過ぎているとあって、駐車場には車が数台しかなかった。

リュックを持っていこうか？　そう思ったが、結局、助手席の床に残すことにした。日記が必要なら、取りに戻ればいい。ニューオーリンズのときと同じように、捜査中の刑事だと信じてもらうには、刑事らしく見せるのがいちばんだ。刑事はリュックなど持ち歩かない。だが銃やバッジは持ち歩くから、ベルトのホルスターに入った銃はそのままつけておいた。バッジがないのは仕方がない。服装については、エモリーができるかぎりそれらしい服を用意してくれた。もっとも、見てくれはともかく、いま身に着けているものは、実際にはとうてい刑事の給料では手が出ない高級品ばかりであることは認めざるを得ない。ポーターはミラーに映った顔を見ておかしなところがないか確認し、車を降りて入り口に向かった。

玄関のドアを押し開け、カーペットが敷いてあるロビーに入る。ベージュと白の壁には、趣味のよい風景画がかかっていた。受付にいる二十代前半の若い女性がパソコンから目を上げ、笑顔で尋ねた。「どのようなご用件でしょう?」

ポーターは市警の名刺を一枚渡した。「ここの患者に関して話を聞きたい。およそ二十年前の患者なんだが」

「二十年前ですか?」

ポーターはうなずいた。

「患者の名前は?」

「アンソン・ビショップだ」

受付嬢はつかのまポーターを測るような目で見たあと、受話器を取って小声で話しはじめた。耳をすましたが、会話の内容は残念ながら聞こえない。受付嬢はまもなく電話を切り、軽くうなずいて向かいの壁際に並んだ椅子を示した。「お座りになってお待ちください。まもなく責任者が参ります」

のんびり座って待つ気分ではなかったが、これぱっかりはどうにもならない。ポーターは銀色と黒の革を張った椅子に腰をおろし、横のテーブルに積まれた古い雑誌に目をやった。ロイヤルファミリーの最近の行動やジェニファー・アニストンの交際相手など、知りたいとも思わない。ジョニー・デップに関するゴシップにかすかに興味をそそられ、その雑誌を手に取ろうとすると、ロビーの奥のドアの向こうで声がして、ブザーの音とともにドアが開き、五十代後半か六十代前半の男が入ってきた。

ポーターに目を留めると、その男は少々困惑したように、薄いレンズの眼鏡越しに目を細めた。ここに来る前にポーターは、相手がテレビのニュースか何かで顔を覚えていて自分に気づいたら、すぐさま立ち去ろうと決めていた。それなら相手が警察を呼ぶ前にここを離れ、地元の警官が駆けつける前に逃げられる。いまは捕まるわけにはいかなかった。市警に勾留され、すでに貴重な時間を無駄にしているのだ。

その男は受付嬢に声をかけた。「電話が入ったら、会議中だと言ってくれないか?」

受付嬢がうなずく。

男はポーターに向き直った。「こちらへどうぞ、刑事さん?」

質問の形を取った言い方だった。警官なら誰でもそうだが、ポーターはこれまで何人もの精神科医と話をしてきた。どの精神科医も、必ずと言っていいほどこういう質問口調で話す。まるで問いかけるように、常に最後の言葉の語尾を上げるのだ。いつものようにこの口調にイラッときたものの、それを抑えて笑みを返し、不思議な既視感に襲われながら男のあとからドアを通過した。

その先には、片側にナースステーション、もう一方の側にドアを閉ざした守衛のブースがあった。廊下の長さはおよそ十五メートル。ビショップの日記に描写されているとおりだ。ナースステーションには誰もいなかったが、ギルマン看護師がそこに座り、自分たちが通り過ぎるのを見ているような錯覚に陥る。守衛はふたりのほうをちらっと見ただけで、モニターの列に目を戻した――何十というカメラが、ロビーや談話室、患者の部屋と思しき部屋やオフィスのすべてを監視している。

廊下の両端に防犯カメラが設置され、レンズの黒い目が天井に設置された丸い小さなこぶから見下ろしている。オグレスビーのオフィスのカメラはまだ見つからないが、たぶんあるはずだ。ぼくの部屋にあるカメラは、蛍光灯のすぐ横にある通気口のなかから部屋を監視している。なんの音もたてないが、ぼくにはそれが瞬きしているのがわかる。

ポーターは廊下の天井に設置されたカメラを見ないように努めた。

男は左側の壁にある二番目のドアを開け、机の前の椅子を勧めてからドアを閉めると、向かいの大きな革椅子に腰をおろし、眼鏡をはずして銀の鎖で胸の前にたらした。菱形模様のセーターの色は赤と緑――なんとも趣味の悪いクリスマス・カラーだ。若いころは黒かったに違いない髪には白髪が混じっていた。「久しぶりだね、刑事さん？」

この挨拶はポーターの意表を衝《つ》いた。名前や顔を覚えるのは得意だが、この男と会った覚えはまったくない。机の上にある、ドクター・ヴィクター・ウィッテンバーグ、という名前にも覚えがなかった。「失礼、どこかでお会いしましたか？」

ゆったりと座り、こちらを見ている医者の顔には、なんの表情も浮かんでいない。勘違いだったかもしれないと思い直しているのだろうか？

４ＭＫを追っていた五年のあいだ、ポーターは何十人という精神科医と話をしてきた。ウィッテンバーグがそのうちのひとりで、記者会見の場にいた可能性はある。一度に大勢を前にする状況で、こちらが全員の顔を覚えるのは無理だが、記者会見で話をしたポーターのことは、ほとんどの参加者が覚えている。

この医者はそういう状況で俺と会ったのか？

医者は落ち着いた声で言った。「思い違いかもしれないが」

「よくある顔ですから」

「まあね」医者は机の上に手を伸ばし、銀色の小さなレコーダーの横の赤いボタンを押した。「この会話を録音させてもらってもかまわないかな？」

いや、それは困る。「なんのために？」

ウィッテンバーグは眼鏡に手を伸ばし、再びそれをかけた。「あなたは警官だ。ここに来たのは、ひとりもしくは複数の患者の情報を入手するためでしょうな。医者には守秘義務があるから、本当はこうして会うだけでもまずいのだが、話をするとしたら、あるいは話すかどうかを考慮するには、会話の記録があるほうが安心できる」

断ると言えば、この会合は終わり。おそらくここから放りだされるだろう。実際には、受け入れるしかなかった。「断っておきますが、これは現在進行中の事件です。会話の内容は口外しないでください。誰かに洩らせば、捜査妨害の罪を問われる可能性がある、つまり、このテープを人に聞かせたら厄介なことになりうる、ということです」

「それはわかっている」ウィッテンバーグはふたりの声が等分に入るように机の真ん中にレコーダーをずらした。

ポーターはなるべくそれを見ないようにしながら咳払いをした。「ドクター・オグレスビーは、まだここで働いているんですか?」

「オグレスビー?」

「ええ」

ウィッテンバーグは眼鏡をはずし、首からたらした。「聞いたことのない名前だな」

「ここで働きはじめてどれくらいになります?」

数えているのか、少し返事が遅れた。「今年で二十三年になる」

ポーターはどぎつい色の菱形を見つめた。「オグレスビーは九〇年代後半にここにいた精神科医です」

「では、知っているはずだな。ここはそれほど大きな施設ではないから。しかし、その名前は一度も聞いたことがない。カムデンで働いていたのはたしかかな?」

「たしかです。アンソン・ビショップを治療した医者ですよ」

「そうか」

曖昧な答えにポーターは苛立った。「ビショップのファイルはまだありますか? そこから始めるべきかもしれません」

「刑事さん、わたしはきみの言動が非常に心配だね」

俺が机越しにそのど派手なセーターをつかんであんたを横に放りだし、引き出しをあさりはじめたら〝心配〟しろ。ポーターは心のなかで悪態をつきながら、落ち着けと自分に言い聞かせた。「すみません。このところほとんど寝ていないもので。こういう捜査は神経をすり減らすんですよ。ビショップのファイルで何が見つかるか、見てみようじゃありませんか?」

ポーターはわざと相手の口調を真似て、語尾を上げた。

ドクターはレコーダーを見下ろし、まだ回っているのを確かめてから立ちあがった。

「ちょっと失礼するよ」

数分後、ウィッテンバーグはフォルダーをふたつ抱えて戻ってきた。ひとつは薄いが、もうひとつはかなり厚い。医者は椅子に腰をおろし、フォルダーを机の上に置いた。

　ポーターはそれを引き寄せ、ラベルにきちんとタイプされた名前を見た。薄いほうは〝アンソン・ビショップ〟。だが、彼の注意を引いたのは厚いほうだった。ラベルの名前が目に入った瞬間、心臓を鷲摑《わしづか》みにされたような衝撃を受け、思わずびくっと体が跳ねた。

「これはなんです？」

「そこにあるとおりだ」

　分厚いフォルダーのラベルには、〝サミュエル・ポーター〟とあった。

64

日記

　男は振り返らずに言った。「きみの名前は？」

「アンソン」

「アンソンか」タオルを折ってラックにかけながら、低い声でつぶやく。

　鏡に映っているのは、薄くなりかけた褐色の髪を短くした三十代の男だった。レンズの丸いワイヤーフレームの眼鏡をかけ、口髭をはやしている。ドアの近くにある椅子の背に、スーツのジャケットがかかっていた。ネクタイをゆるめ、シャツのいちばん上のボタンをはずし、袖もまくってある。身長は百六十五、六センチ。男にしては低いほうだ。

男は鏡で自分の姿を点検してから、振り返ってにっと笑い、不揃いの歯をのぞかせた。ほんとは目をそらしたかったけど、ぼくはまっすぐ見返した。「写真どおりだ。よかった」

写真どおりに決まってるじゃないか。そう言い返しそうになったが、ばかげたやりとりをするのはやめておいた。

「俺はバーニーだ。アンソンは名前か、それとも苗字かな?」

ぼくは黙ったまま男をじっと見つめた。

何秒かあとにバーニーが言った。「余分な金を払ってるんだ、ちゃんと答えてくれ。あいつらは信用できない。いつも嘘をつくからな」

バーニーはこれを何回やってるんだろう? ちっとも緊張しているようには見えないのが、何よりも恐ろしかった。だって、〝これ〟がなんなのかもう推測がついていたし、こういう状況でくつろいでいられる相手とは、絶対に知り合いたくないから。

小さくうなずくと、ようやくバーニーはぼくから目を離してくれた。そしてズボンのポケットから財布を取りだし、何枚か紙幣を引き抜いて流しの横の台に置いた。「もう金は払ってあるが、これはきみにやるよ」それから財布を戻して少し近づき、ナイトスタンドにある茶色い瓶を示した。「飲むかい? 緊張が取れるぞ」

お酒を飲んだのはこれまで二度しかなかった。最初はカーター夫人とで、そのあとひどい気分になった。二度目はその翌朝、父さんと飲んだ。父さんはそれを迎え酒、つまり二日酔いの気分の悪さを軽減する手段だと説明してくれた。実際、カーター夫人と飲んだお酒で霞《かすみ》のかかっていた頭が、父さんと飲んだお酒ですっきりした。でも、同じことをここで繰り返す気はない。ぼくは首を振った。「でも、飲みたかったらぼくに遠慮しないでいいよ」

バーニーは飲みたかったらしく、うなずいて、モーテルのグラスに親指の頭ぐらい注いで、ひと口に飲みほした。それからぶるっと体を震わせてグラスを置き、上掛けの端に座ると、隣を叩いた。痛々しいほど爪を深く嚙んだ指先は黄色く染まっている。一時間後、この男が外でストックスと煙草を吸っている光景が目に浮かぶようだ。まるで小さな秘密結社みたいに身を寄せ合って、ライターで火をつけ合い、おぞましい体験を語り合うところが。

「座って」バーニーが言った。「頼むのはこれが最後だぞ」

ぼくは座った。座りたくはなかったけど、座らないとまずい状況がもっとまずくなる。それは望ましくない。

最初の印象と違って、この男は緊張しているようだ。緊張している人間は、必ずしも理性的に行動しない。

小さいころ、ぼくは白と黒のコマを交互に動かし、よくひとりでチェスをした。相手がいなかったからじゃなく、父さんに、敵の次の動きを予測する術を身に着けろと言われたんだ。ひとりチェスでは、敵の視点から次の一手、次の作戦を考えなくてはならない。その知識を頭に置いて自分の側に戻ると、敵に対抗する手を改めて考え直すことになる。つまり、ひとりチェスは、敵が次にどういう動きができるかを完全に知ったうえで、それに対抗する手段を考える訓練になるんだ。

汗ばんだ両手を上掛けで拭きながら、ぼくはバーニーが次に何をするか考えた。いまごろは通りを渡り、ハンバーガーを注文しているに違いないウェルダーマンとストックス、それに駐車場のワゴン車で見張っている男のことも。

バーニーがにじり寄り、ぼくのシャツのボタンに手をかけた。

ボタンをはずされても、ぼくはじっとしていた。

ボタンをふたつはずすと、バーニーはかがみこんでサラミとコーヒーと煙草のいやな臭いがする息をぼくに吹きかけた。不揃いの歯は指と同じく汚い。バーニーはまぶたを落としたが、自分がしていることが見えるように薄目を開けている。ぼくにはその顔が蛇に見えた。地面を這いまわる脂ぎった蛇だ。

「待って」ぼくは静かにそう言って顔をそらした。

これが何かはわかってる。わからないと言ったら嘘になる。友だちのボー・リドリーが、男の子を暗がりに連れこみ、やってはいけないことをした街の男に関する新聞記事を見せてくれたことがあった。その男は警察には捕まらなかったが地元の男に捕まり、ペニスを切り取られて口に突っこまれ、喉を切り裂かれた。そして胸に〝閉店〟の看板を置かれ、スーパーの裏の路地に置き去りにされたんだ。ぼくは、バーニーが顎の下、不揃いの歯の下に〝閉店〟の看板を掲げているところを思い浮かべた。

「まず服を脱ごうよ」ぼくはさっきよりもっと低い声で言った。相手がそうしたがっているのはわかっている。バーニーは細めた目を開き、口の端に笑みを浮かべて少し体を引いた。興奮しているのか、こめかみの血管が脈打っている。

バーニーはネクタイをはずしてきちんとたたみ、ナイトスタンドに置いた。咳払いのような声をもらして靴を脱ぎ、ボタンをはずしてシャツを脱ぎ、隣の空っぽのベッドにきちんと置く。それからベルトに手をかけながら言った。「きみも脱ぐんだ」

ぼくはうなずき、靴へと手をおろした。ぴかぴかの新品の黒い革靴だ。紐を引っ張り、結び目を解くふりをする。

ヴィンセントはトラックの修理に使う工具を、キッチンの流しの下で見つけたと言っていた。ぼくが納屋を出ていったあと、足元のマイナスドライバーを使おうとして、それがなくなっていることに気づいただろうか？　もしかすると、最後にどこで使ったか、どこに置いたか頭をひねりながら、トラックのまわりやエンジンのなかを探したかもしれない。ドライバーの長さは十五センチぐらいしかなかったから、真新しい靴下のなかにおさまった。平たい先端は錆びているが、じゅうぶん尖っている。

バーニーはズボンを脱ごうとしている。ぼくはドライバーを手に立ちあがった。バーニーのあげた悲鳴はすぐに途切れた。

65

五日目　午後八時三分
プール

さいわい、オヘア空港ではチャールストンへ行く直行便を捕まえられたものの、民間航空の便とあって、空港に着いてすぐに離陸する、というわけにはいかなかった。そこでターミナルで出発を待つあいだにレンタカーの申し込みをすませたのだが、チャールストン国際空港に着陸すると、ゲートまで列ができているとかで、二十分近くも機内に留まらなくてはならなかった。少しでもその遅れを取り戻そうと、飛行機を降りてから、家族連れやビジネスマン、ゴルフカートに乗った空港職員などを巧みによけて、ターミナルを横切って走った。ところがレンタカーのカウンターでまたしても列に並ぶはめになり、プールはバッジを閃かせたい衝動を必死にこらえた。バッジを見せれば時間は短縮できる。その代わり記録がデータベースに入りこみ、ハーレス支局長に連絡がいく可能性があった。

カウンターに着いてから二十八分後、プールは煙草と産業用クリーナーの臭いがするトヨタRAV4で空港をあとにした。ロックウッド通りにあるチャールストン警察署までは四十一分、当直の巡査部長に必要な情報を説明するのに四分、散らかった会議室でさらに十二分待たされた。

奥のサイドボードの上に置かれた染みだらけのコーヒーポットを見ていると、ドアを二度叩いて男が入ってきてバイロン・ロック副署長だと名乗った。この副署長を見てプールの頭に真っ先に浮かんだのは、〝肉厚〟という形容詞だった。ロックは身長こそ百八十センチそこそこだが、体重が百キロはありそうな筋肉の塊で、首が肩に埋もれていた。濃紺のズボンに肘までまくった白いワイシャツ、青いネクタイをゆるめ、銃とバッジをベルトにつけている。ロックはテーブルにフォルダーをふたつ置き、向かいの椅子に腰をおろした。「サミュエル・ポーター巡査のことを聞きたいんだったね？」

「そうです」

「当時の警官は、もうほんの数人しか残ってない」ロックは言った。「しかし時の経つのは早いものだな。あれから二十年とは」

「ポーターが勤務していたとき、あなたもここにいたんですか？」

ロックはうなずいた。「二年勤めたころ、ポーターが入ってきた。同じ課ではなかったが、あの男のことは知っているよ。ヒルバーンのことも。どちらも立派な警官だった。記憶を新たにしようとファイルを取りだしてみたが、たいしたことは載ってないな。何か特定の事実を探しているのかね？」

それについてはだいぶ考えたが、何を探せばいいのかいまの時点では見当もつかない。ビショップは、ポーターがチャールストンで起きた何かを隠していると仄めかしていた。〝チャールストンでパトロール警官だったころの知り合いだそうです〟〝この女は当時のことを知っているから、生かしてはおけないんだ、と〟

プールは携帯電話を取りだし、ギヨン・ホテルで撃たれた女性の写真を見せた。「この女性に見覚えはありませんか?」

ロックはその写真をじっと見た。額の銃痕を見て内心ひるんだとしても、表情はまったく変わらなかった。警察で二十年以上も働いてきたのだ、もっと凄惨な光景をいやになるほど見てきたに違いない。「知っているはずなのかな?」

「ポーターがチャールストンでかかわった事件に関係がある、と考えられるんです。名前はローズ・フィニッキーです」

ロックはテーブルの真ん中にある電話の受話器を取り、内線の番号を押すと、応じた相手にフィニッキーの名前を繰り返した。まもなくロックは受話器を手で覆い、プールに目を戻した。「うちのデータベースには何もない。その女とこの地域を結びつけるものが何かあるかな? 住所とかIDが?」

どこまで話すか、プールは迷った。「児童養護施設か、里子を預かる施設を経営していた可能性があります」

ロックはもう一度電話に向かって何か言い、指を一本上げて首を振った。「児童保護課でも何も見つからないそうだ。この管区内で運営していたとすれば、登録されているはずだが。指紋からは何も出なかったのかね？」

「何も。写真照合でも該当者なしでした。ＦＢＩの全データベースと照合したんですが」

ロックは電話を切り、プールの携帯に目を戻した。「ＦＢＩのデータベースのほうがこ
こよりはるかに大きい。それで見つからないとなると、お役に立つのは無理だと思うね」

「ポーターが扱った事件のファイルはどうです？　見せてもらえませんか？」

「ポーターはパトロール警官だった。彼が扱った事件のファイルなどないよ。交通整理とか、家庭内のいざこざの通報に対応するのが仕事だったんだ」

「ヤクの売人を逮捕しようとして撃たれた、と聞きましたが」

ロックは少し考え、上のファイルを広げて目を通しはじめた。「ここには、その事件に関する記録はまったくないな。負傷の程度と休んだ期間は人事記録にあるが、特定の事件を示唆する記載はひとつもない。まあ、ポーターと相棒が何かを捜査中だった可能性はあるだろうね。パトロールの警官は受け持ちの地域とそこの住民をよく知るようになる。善人もいればワルもいる。そのうち、サンタのリストみたいなものができあがるわけだ。〝よい子〟と〝悪い子〟のね。そして集中的にパトロールする場所が決まってくる。しかし、ふたりが特定の売人を追っていたとしても、公式な事件ではなかった。そうであれば、ふたりのパトロール警官ではなく麻薬課が追っていたはずだ」

「売人はイタチ《ウィーゼル》と呼ばれていました」

ロックはもう一度指を立てて別の内線に電話をかけ、プールの言った名前を告げたが、まもなく顔をしかめて電話を切った。「過去にも現在にも、麻薬課の事件にウィーゼルという名前は出てこない。残念だが、お役に立てないね」

プールはファイルを見下ろした。「いいですか?」

ロックはテーブルの上を滑らせてよこした。

たしかにそこには、たいした情報はなかった。かなり若いサム・ポーターの写真とヒルバーンの写真が一枚ずつ。タイムカードの記録。人事課のデータ。表彰はなし。メモ書きもない。どれもシカゴで手に入るような情報ばかりだ。ヒルバーンのファイルの最後には、死亡時の調査報告があった。

「きみがヒルバーンのことを知りたいかどうかわからなかったから黙っていたんだが、その件はわたしがかかわった。最終的には、自殺と判断された。奥さんの話だと、ヒルバーンは二年前ぐらいから鬱状態に苦しみ、最後の一年は薬を服用していた。支給された拳銃を口に突っこんだこともあったそうだ。死んだあとに聞いたんだ。死ぬ前にわかっていれば、休職にして、必要な助けが得られるように取りはからったんだが。奥さんが食料品を買いに出かけるのを待って、地下室で首を吊ったんだよ」ロックは椅子の背にもたれた。

「この仕事はしばらくするとつらくなる。まあ、改めて言う必要もないだろうが。仕事中に目にするひどい行為や悪事を誰かに話すことで発散する者もいれば、全部自分のなかにためこむ者もいる。ヒルバーンはためこむタイプには見えなかったが、そういうことは外から見ただけじゃわからんからな」

プールは遺書の写真を手に取った。「これについてはどう思います？」

ロックは肩をすくめた。「腑に落ちなかったよ。みんな同じだった。筆跡もヒルバーンのものだと断定できなくてね。おそらくやつの筆跡だろうが、かなりのストレス下で書かれた、というのが鑑定の結果だった。当然、ストレスは感じていただろう。首を吊ろうとしていたわけだから。教会に通っていたヒルバーンが、〝父よ、わたしをお許しください〟と書き残すのも、わかると言えばわかる。しかし、とりわけ信心深いタイプには見えなかったんで、みんな引っかかったんだ。父親は十五年も前に死んでいたから、その〝父〟が神ではなく実際の父親である可能性はない。いずれにしろ、遺書に使うにしては、奇妙な言葉の選択だという気がした。そういう文句はとっさに思いついたというより、しばらく考えて決めるもんじゃないか？　わたしは信心深い人間じゃないから、わからんが」

「自殺ではなく、自殺を装った他殺だという疑いはもたれなかったんですか？」

ロックは口元をゆがめた。「これだけ長いこと警官をやっていると、常に物事の裏を考える癖がつく。誕生日おめでとうと言われても、疑ってかかるくらいさ。この件では、あらゆるものを疑ってかかった。しかし、この遺書以外におかしな点はひとつもなかった」

ロックはポケットからペンを取りだし、ページをめくってそこにある住所を丸く囲んだ。

「奥さんはまだここにいる。訪ねてみたらどうかな。あれからたっぷり考える時間があったはずだから、何か役立つことを思い出したかもしれん」

66

五日目　午後八時七分
ナッシュ

居間で待っていると、アイズリーがようやくバスルームから出てきた。具合が悪くて立っているのがつらかったが、ＦＢＩとＣＳＩが歩きまわり、あらゆる表面を入念に調べているとあっては、座る場所もない。ＦＢＩが到着すると、ナッシュは肘掛け椅子の下に詩の部分を切ったプラスターボードが入っていたことを説明した。が、同じ場所にかつて日記が隠されていたことは言わなかった。これは過ぎたことだ。しかし、プラスターボードのことは隠せない。そうでなくてもナッシュはだいぶまずい状況なのだ。まだ床に並んでいる四つのボードとすぐ横に鑑識が置いたタグを、少なくとも三人が写真を撮り、いままた見たことのない捜査官がにらみつけている。まるで穴があくほど見つめれば、隠された意味が浮かびあがってくるかのように。

意識が遠のきそうになり、ナッシュは少しあわてた。ひどい吐き気と闘いながら流しで水を飲んだが、喉を通ったとたんに逆流してキッチンに吐きだし、鑑識官に苦い顔をされた。バスルームで死体を見たせいだという説明は信じてもらえなかったようだ。無理もない、鏡のなかから見返してくる顔はまるでゾンビのようだった。アイズリーは到着するとすぐに、これをつけろとマスクを差しだした。ただの風邪だと請け合ったが、何にしろマスクは空気感染を防いでくれる、と説明された。家に戻って休むようにとも言われたが、そんなことができるはずはない。結局、必死に倒れないようにしながら、せかせかと動きまわる捜査官たちを見ているしかなかった。

ＦＢＩが調べなかったものは、ひとつ残らず、市警の鑑識官たちが綿密に調べていた。何ひとつ、見逃されなかった。マットレスの縫い目をすべて切り裂き、スプリングのあいだをくまなくチェックしていく者もいれば、床を這いまわり、少しでもゆるんだ箇所や細工されていそうな箇所を剝がしている者もいる。そういえば、サムとヘザーがここに引っ越してきた当初、ヘザーは硬材の床がすっかり気に入ったが、サムはきしみ音を気にして、床板に釘《くぎ》を打ったり、ベビーパウダーやオイルを塗ったり、とにかく少しでも音を和らげるために最初の年の半分以上を費やしたあげく、最後は匙《さじ》を投げた。ポーターがあれほど時間をかけて修理した床板がすべて剝がされ、懐中電灯の明かりがその下を照らしている。

「クック郡病院に行ったほうがいいかもしれないぞ」

いきなり耳元で言われ、びくっとして振り向くと、いつのまに来たのか、すぐそばにアイズリーが立っていた。

「汗をかいている。熱があるんじゃないか?」

「ない」ナッシュは嘘をついた。

アイズリーはポケットを探って電子体温計を取りだし、ナッシュが避けるまもなくそれを額に当てた。くそ、これは死体の検温に使うのと同じやつか?

「三十八度三分」アイズリーがそっけなく告げる。「思ったとおりだ」それから目を細めた。「アップチャーチの家で、ふたりの少女に接触したのか?」

「いや」これも嘘だが、正直に答えていま隔離されるわけにはいかない。自分の体のことは自分自身が誰よりわかっている。厳寒のなかをろくに眠らず歩きまわっているせいで、風邪をこじらせただけだ。

「だったらインフルエンザだろう。いまにも倒れそうだぞ。帰宅して休んだほうがいい」

アイズリーは別のポケットから錠剤入りの瓶を取りだし、ナッシュに渡した。「きみのために持ってきてもらったんだ。タミフルだよ。効果があるはずだ」

ナッシュは水なしで錠剤をのみこみ、瓶をポケットに入れた。「助かるよ」

「バスルームに鎮痛剤があったから、そっちも二錠ばかりのんでおいたほうがいいな。少しは熱がさがるだろう」

ナッシュはうなずいた。「バスルームはどんな具合だ?」

「来てくれ、見てもらったほうが早い」

そう言うと、アイズリーは返事を待たずに歩きだし、捜査員たちを避けて板が剝がれた部分をまたぎ、鑑識のタグがついた様々なものを迂回してバスルームに向かった。そこには誰も入れるなと言い渡してある。

こういう古い建物では珍しくないが、バスルームはそれほど広くなかった。便器と流し台がひとつ、タオルなどを入れる細いクローゼットに、シャワー付きのバスタブしかない。シャワーカーテンははずされ、証拠品袋のなか。流し台にあったものもすべて袋に入っていた。ドアのすぐ外にアイズリーが置いた小テーブルには、色の違う液体が入った小瓶がずらりと並び、テーブルの下には証拠品袋が十以上、どれも塩が入っている。「死体を動かさずに除去した分だよ」アイズリーが言った。「残りは死体を運びだしてからだ」

戸口から、バスタブのなかの裸の男が見えた。アイズリーは男が包まれていた袋の真ん中を切って繭のようにそれを後ろへと剝がしていた。「この男は……」ナッシュは目の前の光景を理解しようとした。

「拷問されているね」アイズリーが言った。「肌のほぼすべての部分に、剃刀の刃かメスで〝見ざる、聞かざる、言わざる、悪をなさざる〟と繰り返し刻まれている。〝おまえは邪悪だ〟というのもいくつかあるよ。額には〝わたしは邪悪だ〟と彫られている」

「リビー・マッキンリーみたいにか?」

アイズリーがうなずく。「ああ、リビー・マッキンリーそっくりに」

「ここで殺されたのか?」

「いや。誰がやったにしろ、じっくり時間をかけている。かなりの出血量だったに違いない。被害者は拷問の最中もほぼずっと意識があったから、ここでやったとすれば誰かが悲鳴を聞いているはずだ。犯行現場は別の場所で、その後ここに運びこまれたんだな」

「だから塩が使われてるのか？　保存料代わりに？」

「今日は塩に関していろいろと学んだよ」アイズリーはそう言ってテーブルを振り返った。「塩は浸透して水分を抜きとり、微生物の繁殖を防ぐ。これにより腐敗が遅れ、死亡推定時刻は大幅に攪乱される。細胞内に残っている塩の量をもとに死亡時刻を割りだす方法を編みだそうとしているが、現時点ではまだ未完成だから、この男が四十八時間前に死んだのか、一週間前に死んだのかわからない。それより前ではないと思う。今日でないこともたしかだ。興味深いことに、この男には二種類の塩が使われている。ひとつは、人間用の塩ではなく高濃度のフェロシアン化ナトリウムとフェロシアン化鉄が含まれたもの。この死体がいちばん長くさらされていたのはそっちの塩だ。もうひとつは主成分が塩化カリウムで、硬水軟化剤に使われるのと同じもの。このほとんどがそれだよ」そう言って、ビニールの証拠品袋を示した。

ナッシュは集中しようとしたが、頭がぼうっとして考えがまとまらなかった。

「今朝早く見つかったふたりの女性も、この二種類と同じ塩が使われていた。最初に使われたのはおそらく道路の凍結防止用の塩、二番目に使われたのは軟化剤のほうだ」

「なるほど。つまり、三人とも殺されてから、道路に使われる塩のなかに保存されていた、ってことだな？」

アイズリーはうなずいた。「これをここに置いた者は、ほぼどこでも大袋で買える硬水軟化塩を死体にかけ、周囲にまいて、バスタブに水を張った。そのため塩がビニールの周囲やなかに染みこみ、最初の状態を部分的に汚染した。あるいは最初に使った塩を隠すために、そうした可能性もある」

「死体をどこに隠していたか悟られないように、か?」

「地元に隠していたことを、だ」アイズリーは指摘した。「シンプソンヴィルの死体は、硬水軟化剤の塩にしかさらされていなかった。これは一時間ほど前、シンプソンヴィルの病理学者に確認済みだ。同一人物がすべての殺しをやったように見える道具立てで、われわれを混乱させようとしたんだと思うね」

「サウスカロライナじゃ道路には塩をまく必要はないから――」ナッシュは頭に浮かんだ可能性を口に出した。「犯人は道路用の塩を手に入れることができなかったのか」

アイズリーがうなずく。「わたしの予想が正しいとすると、シカゴ市内と周辺の塩の倉庫をすべて調べたほうがいいな。犯人は被害者たちを殺したあと、死体をそのどれかに運び、不特定の時間隠しておいた。その後、見つけてもらいたい場所に移したんだ」アイズリーはナッシュに一歩近づくと、声を落とした。「この被害者に関して考えなくてはならない疑問は、〝犯人はサムに罪を着せるために、この男をここに置いたのか、それとも――〟」

ナッシュがあとを引き取った。「〝どこか別の場所に置くときが来るまで、サムがここで死体を塩漬けにしていたのか〟？　自分のアパートを死体の隠し場所にするやつがどこにいる！」

アイズリーは肩をすくめた。「サムは頭のキレる男だ。市警の捜査方法や考え方を知り尽くしている。突拍子もない場所だからこそ、ここを選んだのかもしれないぞ」

ナッシュはこれには答えず、バスルームに入って薬用キャビネットを開け、鎮痛剤を取りだして手のひらに四錠振りだした。「身元を特定できるようなものは見つかったか？」

アイズリーは答える前に、鏡の上に石鹸で書かれた言葉を見上げた。〝父よ、わたしをお許しください〟

「死体の指紋は、ヴィンセント・ウェイドナーという男と一致したよ」

67

日記

最初に部屋に入ってきたのは、ワゴン車の男だった。ウェルダーマンから鍵を返してもらったのか、それともスペアキーを持っていたのか、とにかく早かったから、この部屋には盗聴器が仕掛けてあって、それを聞いていたのかもしれない。バーニーの悲鳴は大きかったとはいえ、駐車場のワゴン車のなかにいる男に聞こえるほどの大声ではなかった。それとも、それくらい大きかったのだろうか？　いろんなことがめまぐるしい速さで起こっていたから、ぼくにはよくわからなかった。

ぼくはバーニーの顎を下からドライバーで突き刺した。ドライバーの先は上口蓋に突き刺さる前に、舌を貫通したようだ。本当は脳まで届いてほしかったけど、それには短すぎた。バーニーは犬が鳴くみたいな悲鳴をあげたが、すぐに舌を突き刺されてそれが途切れた。でも、ほんの一瞬でも、人間は驚くほど大きな声を出せる。舌の使えないバーニーの出す声は、しわがれたうめき声に変わった。ぼくはドライバーを引き抜こうとしたが、まったく動かなかった。そこでナイトスタンドの上の携帯電話をつかんでバーニーの頭に叩きつけた。それでようやく静かになった。

そのとき、ワゴン車の男がトレンチコートをはためかせて部屋に飛びこんできた。後ろで叩きつけるようにドアを閉め、床に倒れたバーニーを引き起こそうとして、怒り狂って真っ赤な顔でぼくを振り向いた。そして部屋の奥、トイレのほうへとあとずさるぼくに肩から体当たりして、仰向けに倒し、のしかかってきた。へんな格好で挟まれた右腕が、車のタイヤに轢かれた枝みたいにボキッといやな音をたてた。ぼくも悲鳴をあげたけど、さっきのバーニーの声にはかなわなかった。ドライバーで顔半分を突き刺されたのに、あんな大きな声が出せたなんて信じられない。

ワゴン車の男はぼくからおりてバーニーのところに戻り、思いがけない行動に出た。ベッドから枕をつかんでバーニーの顔に左手で押しつけ、右手で銃を抜いたんだ。枕を通して、くぐもった銃声が聞こえた。

68

五日目　午後九時七分
プール

「引っ越すべきだったんでしょうね。でも、どうしてもここを離れられなくて。両親が遺《のこ》してくれた家だったし、ここで育ったんですもの」ロビン・ヒルバーンは、両手で持った紅茶のカップから顔を上げ、ドアの柱に入った刻み目を顎の先で示した。「全部わたしのよ。立てるようになってから、毎月、両親がしるしをつけたの。十四歳になって、わたしがいやがるようになるまで続いたわ」

キッチンに置かれたテーブルを挟んで、プールも紅茶のマグカップを手にしていた。チャールストン警察を出るころには、八時をとうに過ぎていた。今夜はホテルに部屋を取り、明日の朝気分を一新させて訪ねようかとも思ったのだが、どうせ眠れないのはわかっている。ポーターのアパートでヴィンセント・ウェイドナーの死体が見つかったとナッシュから連絡があったあとでは、よけい眠ることなどできない。

五十代半ばのロビン・ヒルバーンは、少なくとも二十キロ以上太りすぎだった。グレーのトレーナーの上下を着て、まとまりのない髪を後ろでひとつに縛っているだけで、化粧っけはまったくない。九時少し過ぎにプールが玄関をノックすると、チェーンをはずさずにドアの向こうからバッジをじっと見つめた。鼻先でドアを閉められるのを半ば覚悟しながらプールが訪れた理由を説明すると、ため息をついてなかに招き入れた。「一、二年おきに、誰かが来るの。きっと今夜がその日なのね」

キッチンに入る途中で通った居間には、物があふれていた。シャギーラグに壁紙、たくさんの小物や埃の積もった家具、まるでこの家そのものがタイムカプセルに入っているようだ。テレビでは、人間が造った共同体の失敗、子どもたちがインターネットに育てられている状況について説教者が長々としゃべっていた。

ロビンは紅茶をひと口飲み、口の端を手の甲で拭った。「デリックが……死んだとき……とにかく、ここからできるだけ離れたくて、セントルイスにいる妹のところに何週間か身を寄せたの。でも、しばらくすると家が恋しくなった。戻ってきたときには、ありがたいことにデリックの持ち物はすっかり片付けられていたわ。夫を思い出し、悲しくなるようなものはね。それに子どものころの毛布や昔から使ってきた家具に囲まれていると気持ちが落ち着いたの。ここは生まれたときからわたしの家で、この家以外の場所にいる自分は想像できなかった。夫と出会う前からずっと住んできたんですもの」

遠回しに訊く方法はない。プールは覚悟を決め単刀直入に尋ねた。「デリックを発見したのはあなたですか？」

ロビンがうなずく。「買い物から帰ってきたあと、荷物をおろすのを手伝ってもらおうと、大声であの人を呼んだの。車が私道にあったから、家にいるのはわかっていた。一歩なかに入った瞬間、何かがおかしいと思ったわ。まず二階を見て、それからバスルームを見て、家の裏手を見に行った。そのときは地下室を見に行こうとは思わなかったのよ。地下室には洗濯機しかないし、デリックはあそこが大嫌いだったから。でも、ほかの場所を全部見たけど、どこにもいないので、最後に地下室におりていったの」そこでいったん言葉を切り、ロビンは紅茶をふうっと吹いた。「最初は現実とは思えなかった。まるで映画のワンシーンみたいだったわ。デリックは梁《はり》から静かにぶらさがっていた。あらゆるものが止まっていたわ。あんなロープ、どこで見つけたの？　なぜかその疑問が真っ先に頭に浮かんだ。この家でロープなんて見たことがなかったから。あとでポケットからレシートが出てきて、その日の朝買ったことがわかった」ロビンは片手を振った。「みんながこそこそ話していた。自殺じゃない、誰かの仕業だ、って。あの遺書を読んだあとはとくに。でも、わたしにはデリックが自殺したんだとわかっていた。あのレシートを見て確信を持ったのよ」

「誰かがレシートをポケットに入れた可能性は？」

「いいえ、ありえない」

「どうして断言できるんです？」

ロビンはため息をついた。「デリックはレシートをくるくる丸める癖があったの。ポケットからは、いつも丸まったレシートが出てきたものよ。丸まってないものはひとつもなかった。ロープのレシートも、ほかのとまったく同じように丸まっていたのよ」

だが、相棒ならそういう癖も知っているに違いない。お互いのことを夫や妻よりもよく知っている相棒なら。

プールはその思いを頭から振り払った。「ご主人はローズ・フィニッキーという名前を口にしたことはありますか？」

ロビンは首を振った。

「ヴィンセント・ウェイドナーは？」

「ないわ」

「フレディ・ウェルダーマン刑事か、エズラ・ストックス刑事はどうです？」

「エズラという名前は一度聞いたら忘れないと思うけど。フレディという名前も口にしたことがないわね」

「アンソン・ビショップは？」

ロビンは紅茶をひと口飲んだ。「その名前はテレビのニュースで知ってるわ。でも、デリックが死んだのは、あの事件が騒がれるずっと前よ」

「イタチ《ウィーゼル》と呼ばれていた麻薬の売人はどうです？」

ロビンはまたしても首を振った。

「ご主人は仕事の話をしましたか？」

「もういやだ、別の仕事に転職したい、と言ってた。しょっちゅうそう言ってたけど、実際にそうしようとはしなかった。主人は困っている人たちを助けたくて警察に入ったの。そういう優しい人だったのよ。ほら、男の子って警官に憧れて育つじゃないの。デリックもそうだった。でも実際にその世界に足を踏み入れると、テレビで見るのとはまったく違っていた。わたしの言いたいことは、わかるでしょう？　来る日も来る日も人間の最悪の面を見て過ごすうちに、心がぼろぼろになっていったの。わたしたちは聖書の教えに基づいて育った。デリックはみんなを助けられると思って警官になったけど、何年かすると、そんなことは不可能だと気づいた。デリックが悪い人たちに光を示すよりも、そういう連中がデリックに闇を見せることのほうが多かったんですもの。しまいにはその闇に呑みこまれて、ふさぎこんでいった。思っていたよりもずっと深刻な状態だったんだわ」

「ご主人と相棒との仲は良好でしたか？」

「どっちの相棒？　ふたりいたけど」

「サム・ポーターです」

「サムとは兄弟みたいに仲がよかったわ。サムが撃たれたとき、デリックはすっかり動転していた。サムが街を出たあとは、しばらく深酒をするようになった。ありがたいことに、長くは続かなかったけど。さもなければ、あのあと何年も警官を続けていられなかったでしょう。これだけはたしかよ――デリックが夕食に招いた相棒はサムだけだった。あの事件があってから、もう二度と誰かと近しい関係にならないと誓ったんじゃないかしら。サムがいなくなってからは、家にいる時間がずっと長くなったのはたしか」

「出張に出ることはありましたか？」

ロビンがうなずいた。「サムと一緒に、事件の捜査か何かで何度か泊りがけで出かけたことがあったわね。なんの捜査かは言わなかったし、こっちも訊かなかった。知らせたければ、向こうから言うだろうと思って」

「ふたりがどこに行ったのか、知っていますか？」

ロビンは首を振った。「車で行ったから、そんなに遠くではないはずよ」

プールはキッチンを見まわし、物が乱雑に置かれた棚を見た。「デリックが死んだあと、何週間か妹さんの家に泊まっているあいだに、誰かがデリックの荷物をまとめたと言いましたね？」

ロビンはうなずいた。「警察の人たちが全部箱に詰めて、ガレージに入れてくれたの。まだそのままになってるわ。見たかったら、どうぞ。でも、ひとつだけお願い、終わったら、あなたがいらないものは外に出していってくれる？　そろそろ少しずつ片づけないと」

69

五日目　午後九時八分
ポーター

あのドクターが持ってきたフォルダーは失敬してきた。

それを謝るつもりはない。

カムデン療養センターから五キロほど走ったあと、州間高速道路二六号線の傾斜路に入る手前の、マウント・クリアリー・ロードの道路脇に車を停め、ポーターは助手席に置いたふたつのフォルダーを見下ろした。

ビショップのフォルダーには、ほとんど何も書かれていなかった。家が焼けた直後にあのセンターに連れてこられ、何週間か滞在した。処方された薬のほとんどが抗不安薬だ。その後、本人がプールに語ったように、イリノイ州ウッドストックに住むデヴィッド・ワトソンとその妻シンディのもとに引き取られている。ドクター・オグレスビーが署名した書類は一枚もなかった。それどころか、オグレスビーの名はどこにも出てこない。出てくるのは、ドクター・ヴィクター・ウィッテンバーグという名前だけだ。すべてウィッテンバーグ本人がポーターに告げたとおりだった。ポーターは様々な角度から三時間あまり質問を続けたが、ドクターの主張は一度も揺らがなかった。ウィッテンバーグは、少なくとも自分が話していることが真実だと、心の底から信じている。

最悪だったのは、ウィッテンバーグの顔に浮かんでいる表情だった。同情の入り混じった哀れみか？　何にしろ、とにかく気にくわなかった。そしてポーターの名前が書かれたフォルダーに話がおよぶと、状況はさらに悪化した。

ポーターのフォルダーではない。この違いは重要だ。

たしかにそこには自分の名前が書かれていた――が、自分のフォルダーではない。ウィッテンバーグが檻のなかの動物を見るような好奇心に満ちた目で見守るなか、ポーターは三度、嘘だらけのカルテを読んだ。そのあいだウィッテンバーグは、ばかげた眼鏡越しに何度も机の上のレコーダーを見て、まだ動いていることを確認していた。

ポーターはカムデン療養センターを出るとき、フォルダーと一緒にそのレコーダーも失敬したのだった。

ざまあみろ、だ。

〝ポーターの名前が書かれたフォルダー〟にある情報は、ひとつとして辻褄《つじつま》が合わなかった。このファイルはでっちあげだ。

後頭部にくらった銃弾のせいで、自分が記憶の一部を失ったことはわかっている。脳から髄液が漏れたために、逆行性健忘と呼ばれる記憶障害が起きたのだ。昏睡《こんすい》状態から目を覚まし、やがて妻となるヘザーを初めて見たあと、脳がダメージを負ったことがわかった。最近の記憶はしっかりしているし、子ども時代や十代の出来事も覚えている。たしかに数カ月、数年間の出来事がすっぽり抜け落ちていることもあるが、チャールストンの病院で検査を受けたときのことはよく覚えている。毎回ヘザーが付き添ってくれた。入院期間が延び、退院まで様々な治療やリハビリを行ったあと、ポーターは復職するために必要なステップを踏んで、それをやり遂げた——ヘザーはそのあいだずっと、そばにいてくれた。

カムデン療養センターに行ったことは一度もない。

ヴィクター・ウィッテンバーグに会ったこともない。

当然、あのドクターの治療を受けたこともなかった。

それなのにこのフォルダーには、四カ月近くの治療が細かく記録されている。チャールストンの病院を退院し、その後カムデンに滞在した記録——書類、保険の記録、覚書、治療の進展に関する報告書、すべて揃っていた。

ポーターはアクセルを踏み、道路に戻った。

時速八十キロ。

九十五キロ。

百十キロ。

全部でたらめだ。そうに決まっている。なぜなら、これが真実だとすれば、ほかのすべてーーへザーと知り合ったころの思い出が、何もかもが嘘だということになる。そんなことは絶対に受け入れられない。

持ちだしたカセットを巻き戻して再生ボタンを押したが、小さなスピーカーからはザーッという音しか聞こえなかった。三十秒ほど経ってから早送りボタンを押し、もう一度再生したが何も録音されていない。何度再生しても雑音が聞こえるばかりだ。ポーターは助手席の足元にカセットレコーダーを投げつけた。

ビショップが俺を混乱させようとしてるんだ。

何もかもビショップの仕業だ。そうとも。このフォルダーも、テープも、シンプソンヴィルの不動産の登記証と同じで、すべて偽物だ。それ以外に説明がつかない。

気を散らされるな。深呼吸をして機内で書いたメモを見た。長い夜になりそうだ。

まもなくポーターは州間高速道路を南方面におり、法定速度をはるかに上回るスピードで借り物のＳＵＶを走らせていた。

70

日記

ワゴン車の男もストックスも、ぼくを病院に連れていきたがらなかった。ウェルダーマンは連れていくべきだと言い張ったが、ぼくのことを心配しているからでも、ぼくが痛みに苦しんでいるからでもない。ウェルダーマンもほかのふたりと同じくらい怒っていたが、〝腕がきちんと治らなきゃ、売り値ががくんと落ちるぞ〟と言った。

「そうなったら、始末すればいい」ワゴン車の男が言い返す。「病院は絶対にだめだ。ボスに電話をしろと言うならそうするが、気に入らないだろうな。もう夜中だぞ」

それでこの件はおしまい。

病院には行かないことに決まった。

猛烈に怒っているウェルダーマンが、ぼくを車に引きずっていき、ワゴン車の男とストックスがバーニーを上掛けでくるんでワゴン車の後ろに積みこんだ。ストックスに部屋のどこを触ったか訊かれ、ぼくは答えた。それからストックスが再び消えた。バーニーは大量の血を流したから、部屋のなかは血だらけのはずだ。ぼくも血まみれだったけれど、刑事たちは指紋のほうが心配らしい。モーテルの従業員か誰かが騒ぎを聞きつけ、様子を見に来るとか警察を呼ぶと思ったけど、誰も出てこなかったしサイレンも聞こえず、ぼくたちは十五分後には車に乗り、農場へ向かう道を走っていた。

ぼくは折れた腕を胸に抱えていた。車が道路のでこぼこを通るたび、骨の先端同士がこすれて激痛をもたらす。折れたのは肘のすぐ下、尺骨だと、あとで知った。みるみる腕が腫れてきて、皮膚が熱を持ち、紫色になった。

ウェルダーマンから何度も黙れと怒鳴られたけど、うめき声が口からもれるのを抑えられなかった。まるでそうしないと死んでしまうかのように(頭のどこかでは、うめき声をあげていないと本当に死んでしまう気がした)。フィニッキーさんの家に戻る道中は、それまでのどんな車の旅よりも長く思えた。

白いワゴン車は私道を半分ほど走ったあとで道をそれ、野原に入っていった。ぼくが乗っているほうの車は農家の玄関前で停まった。

前もって電話をしてあったらしく、毛布を肩からかけたフィニッキーさんがポーチの明かりの下で待っていた。「キッチンに運んで」それだけ言ってくるりと向きを変え、足音も荒く家のなかに戻っていく。

車で揺られていたときもひどい痛みだったが、車からキッチンまで歩く途中の痛みはその十倍もひどかった。ウェルダーマンとストックスが、のろのろするなと言いながらぼくをつかんで急がせようとした。でも、ぼくの目に浮かんだ表情を見て、ふたりともすぐに手を離し、ぼくが玄関にたどり着けるように両脇を歩くだけにした。

キッチンにはドクター・オグレスビーがいて、新聞から目を上げ、テーブルに向かってうなずいた。「そこに載せてくれ」

そのあと起こったことのほとんどを、ぼくは頭から締めだした。

ウェルダーマンとストックスが指示どおりぼくの体を押さえ、フィニッキーさんがぼくの口に革のベルトを入れて〝強く嚙め、絶対に吐きだすな〟と命じた。オグレスビーがシャツの袖を切り取り、少しのあいだ骨折した箇所を診た。それからぼくの腕を指で押すのをやめると、骨折した場所の両側をぎゅっとつかみ、つかのまぼくを見て、それから——ぼくは気を失った。これ以上痛みがひどくなることなど考えられなかったけど、はるかにひどくなって、頭が真っ白になり、意識が切れた。気がついたときには、オグレスビーが石膏《せっこう》の滴る布をぼくの腕に巻きつけているところだった。ウェルダーマンとワゴン車の男が、家のどこかで怒鳴り合っていた。

ぼくの意識が戻ったのに気づいて、フィニッキーさんがかがみこんだ。「今度あんなことをしてごらん。あんたの目の前でガールフレンドを何人もの男にレイプさせるよ。男たちがそれに飽きたら、あの子の喉を搔っ切って野原に放りだし、カラスの餌にしてやる。あたしの家にいるうちは、あたしのルールに従って食い扶持《くぶち》を稼ぐんだ」フィニッキーさんはひび割れた唇を舐めた。「バーニーなんてまともなほうさ。次の男には、なんでも好きなことをしていいと言ってやるからね。そのうちわかってくるよ。どうすれば自分のためになるか。さもなきゃ、裏庭にあたしが穴を掘って埋めてやる。あのドライバーはウェルダーマンが持ってるよ。あんたの指紋がたっぷりついてる。今夜のことを誰かにひと言でも言ってごらん、あんたはバーニー殺しで逮捕される。ウェルダーマンがそうなるように手配するよ」それから、さらに身を寄せた。「あんたはあたしのものなんだよ、このクソガキ」

オグレスビーは痛み止めを残していったけど、フィニッキーさんがそれを自分のポケットに入れ、ぼくに部屋に戻れと言い渡した。「せいぜい痛い思いをするんだね。自業自得さ」

ぼくがそろそろとベッドに腰をおろしたとき、起きていたポールがぼそりとつぶやいた。

「ずいぶん派手にやらかしたな」

71

五日目　午後九時十五分
プール

ガレージはヒルバーン家の裏、ひび割れたアスファルトのはずれにあった。車が二台入るサイズだ。風がそよとでも吹けば倒れてきそうな柳の木が、アスファルト上に伸び放題の枝をたらしている。ロビン・ヒルバーンから鍵を預かったものの、横のドアには鍵がかかっていなかった。といっても、簡単に開いたわけではない。湿気のせいか、古いペンキのせいか、それともたっぷり接着剤でも塗ってあるのか、ドアはぴたりと張りついていた。かなり長いあいだその状態だったようだ。何度か思い切り肩からぶつかると、五、六回目でようやくがたつき、コンクリートの床をこするようにしてドアが開いた。

ドア枠の右側にスイッチがあったが、弾いたとたんに中央の梁からさがった電球がチカッと光って、小さな破裂音とともに消えた。プールは携帯電話のライトをつけ、その光でなかを照らした。

天井から白くもつれた蜘蛛の巣の塊がたれていた。サウスカロライナにはこの州が原産のイトグモが多い、とどこかで読んだ覚えがあるが、ここにはほかにも雑多な種類の蜘蛛がいるようだ。どこにも姿は見えないが、プールは縄張りに侵入してきた男を見つめるたくさんの蜘蛛の視線を感じた。

二台の駐車スペースのうち、横のドアに近いほうは大きさも形も異なるたくさんの箱で占領されている。その向こうのスペースにある白いワゴン車は、空気の抜けたタイヤのゴムが腐って割れ、窓にも窓枠にも錆と埃がこびりついていた。せっかく使える車を、ガレージに入れっぱなしでだめにするなんてもったいない話だが、おそらくこの車はデリック・ヒルバーンが専用に使っていたのだろう。妻のロビンはこの車を使う必要がなかったか、それが呼び起こす思い出に耐えられず使う気になれなかった。そして売るために手をかけるよりも、目につかぬところにしまいこみ、忘れてしまうほうがずっと簡単だったに違いない。

プールは空いているほうの腕で蜘蛛の巣を払いながら、積んである箱をまわりこんだ。埃のせいで何度もくしゃみが出た。ガレージの正面扉にたどり着くと、シャッターを上げるハンドルが見つかった。これも横の扉と同じく最初は引っかかっていたが、やがて大きな抗議の音をたてながらローラーがじりじり回りはじめ、冷たいとはいえ新鮮な外の空気が入ってきた。

ネズミが数匹、散乱している物の影のなかから外に飛びだし、生い茂る草むらに姿を消した。そのうちの一匹が止まり、ちらっとプールを見上げる。見たこともないほどでかいやつだ。そいつは鼻をひくつかせ、ぎらつく目でプールをにらみつけてから、仲間を追いかけていった。

母屋の軒下に設置されている、ガレージのドアを照らす投光照明がついた。そのまぶしさに片手を目の上にかざすと、勝手口の窓辺に立っているロビン・ヒルバーンの姿が見えた。ロビンはためらいがちに手を振ってから、家の奥に姿を消した。

せっかくの照明だが、シャッターの両脇の壁で大部分が阻まれ、明るい光はガレージのなかにはほとんど入ってこない。それでも携帯のライトよりはましだった。ヒルバーンの持ち物を調べる手っ取り早い方法はなさそうだ。プールはそう判断し、自分が知っている唯一の方法で取り組むことにした——一度にひと箱ずつ、だ。手の届くところにある最初の箱を表に運び、蓋を開けて中身に目を通す。ジーンズやズボンが十枚あまり。どれも黴臭く、虫に食われていた。そのあとの五つの箱も同様で、中身はTシャツやセーター、靴下などの衣類だった。中身を分類し、寄付できそうなものを右側に、残りを左側に置いていった。デリック・ヒルバーンは、それなりにガラクタをためこんでいた。

四十分後、すっかり汗だくになったが、役立ちそうな物は何ひとつ見つからなかった。キッチンのドアをノックして、水を一杯もらおうか？　そう思いながら目を上げ、何気なくワゴン車に目をやった。

デリック・ヒルバーン（あるいは最後に運転した人物）は、運転席側を壁にぴたりとつけ、後部が奥の壁に触れそうなほどぎりぎりまでバックしていた。先ほどは気づかなかったが、これでは運転していた者が降りるには、助手席をまたがなくてはならなかったはずだ。どうしてこんな入れ方をしたのか？　ガレージに少しでも広く収納スペースを残しておくためだけなら、助手席側を壁に寄せて前から突っこむのがふつうだ。

十数年のあいだに積まれた箱が崩れ、助手席のドアも塞がれていた。プールはそれもひとつずつ外に運びだし、中身を調べながらえり分けていった。やがて助手席のドアのまわりには何もなくなったが――ドアには鍵がかかっていた。

車内に携帯電話のライトを向けてみたが、二列の座席と後部は細い扉のある仕切りで区切られていて、よく見えない。車輪格納部に鍵が置かれていないか探してみたが、見つからなかった。バンパーの下の手が届く範囲にもない。家のほうを振り向くと、ロビン・ヒルバーンはもう休んだと見えて、明かりはすっかり消えていた。

車の窓を壊すか？　だが、それでは大きな音が出る。プールは外に出した箱のひとつからハンガーを取りだして、針金を伸ばし、先端を曲げて小さなフックを作った。それを車の窓のゴムとガラスのあいだに突っこみ、前後左右に根気よく動かすと、ようやく鍵が開いた。

助手席のドアを開けたとたん、よどんだ空気が流れでてきた。どういうわけか、ガレージのなかよりも冷たい――ずっと昔に閉じこめられた空気だ。ひび割れたシートには、分厚い埃が積もっている。座席の色は灰色だと思ったが、埃を指で払うと黒だった。

グローブボックスの中身は、三八口径の銃と弾薬箱がふたつと革のベルト・ホルスター、車の登録証と説明書、それに半分になった制酸剤入りミントの包みだけだ。

ギアのそばのカップホルダーには、古いペプシの缶があった。縁についたペプシがかたまり、タールのように黒い輪を作っている。座席の下の床に、紺色のトレンチコートが丸めて押しこまれていた。

プールはワゴン車に乗りこみ、身を乗りだして、座席と後部を分けている金属製ドアのラッチへと手を伸ばした。ドアには鍵はかかっておらず、思い切り押すと、蝶番のうめくような音とともに荷台へと開いた。

携帯のライトをつけ、にじり寄って後部を覗きこむ。

車輪格納部の横に、緑色のダッフルバッグが置いてあった。バッグの側面に黒いマジックで書かれた名前は、消えかけているものの――

〝ポーター〟と読める。

ジム用のバッグかもしれない。たぶん、チャールストン市警のロッカーから汚れた洗濯物を持ち帰り、清潔な着替えを入れて市警に運ぶのに使っていたのだろう。ポーターの相棒の車にそのバッグがあってもおかしくはないが――無視することもできない。なかを調べようとすると、後ろにあるものが目に留まった。

いちばん奥の、大きなもの――黒いゴミ袋か何かだ。粘着テープをぐるぐる巻いて密封してある。

証拠となるようなものが出てきた場合に備えてさきほどつけたラテックスの手袋は、これまでの作業でところどころ破れ、汚れていた。念のため新しい手袋に取り換え、プールは車の後部に入った。バッグも気になるが、後ろのポリ袋のほうがもっと気になる。長さは百五十センチあまり。子どものころからナイフを持ち歩いているプールは、自然といつもそれを入れている前ポケットに手が行き――そこにないことを思い出した。チャールストンに来ていることをハーレス支局長に知られないため、ナイフも銃もシカゴに置いてきたのだ。民間機に乗るさいカウンターで預けるバッグに武器を入れる場合、連邦捜査官はそれを申告しなければならない。この情報はデータベースに入り、そのときの任務と自動照合される。その照合で齟齬《そご》が見つかれば、支局に通報が行くことになっているのだ。

プールは黒いポリ袋の一部を引っ張り、指で穴を開けた。

とたんに胸が悪くなるような甘い匂いが立ち昇った。

残念ながら、よく知っている匂いだ。

プールはしゃがんだまま、上体をのけぞらせて鼻をつまんだ。

72

日記

「すごいな、たいした度胸だ」

トラックのバンパーに寄りかかり、ヴィンセントが言った。クリスティーナはその隣、リビーはぼくのそばに座り、ポールはドアの近くに立って母屋から納屋に来る小道を見張っている。ウィーゼルとキッドは上の屋根裏で遊んでいるが、ティーガンはフィニッキーと一緒に町に出かけていた。

みんなゆうべ何があったかだいたいのことは知っていた。ぼくは足りない部分を補った。

「刑事たちは草むらにそいつを埋めたんだ」ポールが遠くを指さした。「納屋に歩いてくるとき、その場所がわかった。道から五、六メートル入ったとこだよ」

「警察を呼ぼうよ」クリスティーナが言った。「そうすれば、フィニッキーは逮捕されるし、あの刑事たちだって、逮捕してもらえるよ」

でも警察を呼ぶことはできない。

ヴィンセントがクリスティーナの手をぎゅっと握った。ヴィンセントが誰かに対して少しでも優しくするのを見たのは、これが初めてかもしれない。リビーとぼくがじっと見ているのに気づくと、ヴィンセントは手を離した。「ウェルダーマンとストックスは警官だぞ。フィニッキーが言ったように、あいつら、全部アンソンのせいにするに決まってる。しかも、俺たちは相変わらずここにいるしかないんだから、いまより悪い状況になる。最初の計画どおりにやろうぜ」ヴィンセントはトラックをぴしゃりと叩いた。「こいつを直して、みんなで逃げる。チャールストンか、ほかの大きな街に姿をくらますんだ」

クリスティーナが顔をしかめた。「追いかけてくるわよ」

「ウェルダーマンとストックスはここの警官だ。ほかの街に逃げれば手を出せやしないさ。警察にいる少人数の仲間以外に、まずいことを知られる危険をおかすはずがない」

「でも、〝少人数の仲間〟が何人なのかわからないよ」ぼくはそう指摘した。

ヴィンセントがまっすぐぼくを見た。「そうだな。逃げてみなきゃわからない。逃げて、やつらの限界を試してみなきゃな」

「殺されるぞ」ポールが言った。「壁の写真のことを考えてみてよ。あの子たちがいまどこにいると思う？」ポールは戸口に顔を戻し、背の高い草や麦が風にそよいでいる野原を見渡した。「このどこかに埋められて、バーニーと一緒に土を食ってる。いままで何人の子どもたちがここにやってきては姿を消したと思う？　ある晩出ていったきり戻ってこなかったと思う？　母屋の壁には百人以上の子どもの写真がある」

ぼくはポールを見上げた。「ゆうべ、ぼくを病院に連れていくかどうかで言い争っていたとき、ウェルダーマンが言ってたんだ。〝腕がきちんと治らなきゃ売り値ががくんと落ちるぞ〟って。きみがいま言ったとおりに、刑事たちはぼくのことも撃ち殺せたのに、そうしなかった。それどころか、骨がへんなふうにくっつくことを心配していた」

ポールは目を細めた。「車体にへこみがあったら高く売れない、みたいに？」

そんなふうに考えたことはなかった。それに考えたくもない。

クリスティーナが青ざめた。「あいつら、あたしたちを売り飛ばす気なの？　何よ、モーテルであんなことさせてるだけじゃ足りないわけ？　ありえない。だいたい誰に売るのよ？　あんたたち、どうかしてるわ」クリスティーナはバンパーからおりて、納屋のなかを行ったり来たりしはじめた。ぶつぶつ言っているけど、声が小さすぎて聞こえない。

「九月二十九日だ」ぼくは静かに言った。

クリスティーナを見ていたヴィンセントが振り向いた。「なんだって？」

「キッチンにあるカレンダーは九月二十九日が丸で囲んである。オグレスビーのカレンダーも同じ日に印がついていた。何を企んでいるにしろ、きっと九月二十九日がその日なんだ」

「今日は何日？」

ずっと無言だったリビーが尋ねた。

「十一日よ」クリスティーナが答える。

リビーはぼくの腕のギプスを手でこすった。「あと十八日しかない。この腕はそんなに早く治らないよ」

「そうだな」ヴィンセントがうなずく。「俺も何年か前に腕を折ったが、六週間もギプスをつけてたぞ。三週間もしないでとれるわけがない」

ポールが不機嫌な声で言った。「完全に治ってなくても、治ってるように見えればかまわないのさ。ぼくが前に腕を折ったときは、二週間でギプスをはずされた。あとの二週間は三角巾で腕を吊ってただけだ」ポールは頭の上に左腕を持ちあげてひねった。「でも、ちゃんと治った。転んだり、どこかにぶつけないように、気をつけてなきゃならなかったけど」

「ほかにも骨を折ったことがある人は？」

ぼくが尋ねると、全員が手を挙げた。最年少のキッドまで屋根裏の端から身を乗りだして手を上げている。

「里親制度なんて、こんなもんさ」ポールがつぶやく。

ぼくはこれまで骨折どころか、骨にひびが入ったことさえなかった。もう二度と折るつもりはない。骨折はものすごく痛いんだ。ゆうべよりはましだけど、まだ死ぬほど痛い。

「あたしは六回折った」リビーが隣で言った。「怪我をしたら、べつの里親のところに移されるの。書類を何枚か書いて、ファイルの後ろに押しこんで、それでおしまい。〝後遺症〟が残らないように、二、三回セラピーを受けることもあるけど、それだけ。ちゃんとした里親もどこかにはいると思う。けど、ひどいのもたくさんいるよ」

ポールが空想上のルーレットを回してみせた。「ボールは黒に入ることもあれば、赤に入ることもある」

「九月二十九日だ」ぼくはもう一度言った。「それまでにトラックを直せる?」

ヴィンセントは顔を上げずに言った。「さあな。エンジンはだいぶきれいになった。キャブレターには手を焼いたが、なんとか直した。タイヤも大丈夫だと思う。ポンプを調達して、空気を入れてみるまではわかんねえけど。いろんな管やベルトや点火プラグなんかは――」

「お金は作ったでしょ」クリスティーナがさえぎった。

ヴィンセントが横目でちらっとクリスティーナを見た。「ああ。けど、金の件はもう問題じゃなくなった。これを見つけたからな」ヴィンセントはバンパーから滑りおり、奥の隅に重ねてある木箱に近づいた。箱をいくつか横にずらし、床板を引っ張ると、板は驚くほどすんなりはずれた。ぼくたちはそこに群がった。

ポールが最初に口笛を吹いた。「わお」

ビニール袋に包まれたドル札の束と、リュックが積んである。

「全部のリュックにお金が入ってるの?」クリスティーナがかすれた声でささやいた。

「だったらいいけどな」ヴィンセントが息を吐き、赤いリュックをつかんでファスナーを開けた。中身は湿って黴がはえた女の子の服だ。「半分ぐらいは子どもの服だ。男のもあれば、女のもある。残りは金が入ってる。二十万か三十万、もっとあるかも。できるだけ触ったことがわからないようにして、ざっと数えたんだ。俺たちが見つけたことを知られちゃまずいからな」

「これまでここに来た子どもたちを売った金だ」ポールが言った。

「ああ、少なくとも、一部はそうだろうな」ヴィンセントは赤いリュックのファスナーを閉め、もとの場所に戻した。「けど、どんな大金があっても関係ないさ。必要なものが買えないんだから」

「モーテルの向かいに安売りの部品屋があったよ。ガソリンスタンドの少し先。ゆうべ見たんだ」ぼくは言った。

ヴィンセントはまた地面に目を落とした。「ああ、俺も見た。けど、あいつらが片時も目を離さずに見張ってるのに、気づかれずにあそこまで行くのは無理だ。すぐそこにあっても、何千キロも離れてるのと同じさ」

父さんだったら、よく考えて解決方法をひねりだせ、と言うに違いない。父さんは常に、あらゆる問題に複数の解決策があると言っていた。とても遠くて手に届かないように思えても、そういう解決策は実際、すぐ近くにあるものだ、と。

ぼくの横でリビーが言った。「モーテルに次に行くのは誰だっけ？」

クリスティーナが屋根裏を指さした。「あのふたり。今晩行くことになってる。今日フィニッキーが町に行ったのはそのためだって、ティーガンが言ってた。ものすごく怒ってたらしいよ。そうとわかってれば、昨日アンソンの服を買ったときに一緒に買ってきたのに、って。だけど、間際に決まったみたいで、だから今日急いで買いに行ったの」

解決方法をひねりだしたのは、ぼくじゃなくリビーだった。

73

五日目　午後九時五十一分
プール

こうなると電話をかけるしかない。プールは覚悟を決めた。何年も前に死んだ人間の人生をこっそり嗅ぎまわるだけならまだしも、ビニール袋に包まれた死体を勝手に調べるわけにはいかない。身長が百五十センチしかないところを見ると、おそらく子どもか女、あるいは切り刻まれているのだろう。袋に積もっている埃を見れば、車と同じくらい長く放置されていたのは明らかだ。最初に車がここに置かれ、その後しばらくして死体が運ばれたとすれば、埃がここまで均等に積もっているわけがないし、どんなにかすかでも死体を運びこんだ跡が残っているはずだ。しかし、プール自身がつけた跡以外、そういう痕跡はまったく見られない。

ヒルバーンが自殺した原因は、この死体だったのだろうか？

プールは足と膝で自分がつけた跡をできるだけなぞり、現場をこれ以上荒らさないように細心の注意を払いながらさがった。埃に鼻孔をくすぐられ、腕で口元を覆って二度くしゃみをした。そういえば、ナッシュは今朝ずいぶん具合が悪そうに見えた。風邪かインフルエンザだと頑《かたく》なに言い張っていたが……。

緑のダッフルバッグのそばに膝をつき、携帯のライトをバッグに向けた。バンのなかのあらゆるものと同じように、埃が厚く積もっている。そのせいで上は灰色に見えるが、横にいくにつれて素材の緑色が見えてくる。角度を変えて何枚か写真を撮ってから、ファスナーをこじ開けるように開いた。なかには水色のワイシャツと黒いスラックス、ローファーが一足、褐色のネクタイ、靴下、下着が入っていた。どれもみな切られたり、引き裂かれたりして、びりびりだ。ほぼすべてが、乾いてかたまった血に覆われている。服の下には望遠レンズ付きの古いキャノンのカメラがあった。それと、ビショップの日記にそっくりの白黒の作文帳が一冊、開かないようにゴムバンドをかけてある。古いゴムは、はずそうとすると切れた。

携帯のライトを近づけ、最初の数ページに目を凝らす。

日付、時刻、メモや所見。張りこみの記録だろうか。見たこともない筆跡だ。記憶にあるビショップの筆跡とも、ポーターの筆跡とも違う。ヒルバーンか、あるいはまったく別の人間が書いたのか？　人の筆跡は生涯を通して同じではなく常に進化しているため、筆跡を判別するのは、時とともに難しくなる。とはいえ、専門家なら適切な調査で類似点を見つけられるだろう。

ダッフルバッグには、札束も三つ入っていた。百ドル札の束。帯にある数字が正しいとすれば、それぞれが一万ドルずつだ。

プールはそれをじっと見てから、すべてバッグのなかに戻し、ファスナーを閉めて座席にバッグを投げた。自分も座席のほうに戻り、バッグを手に車を降りると、外に出て何度か新鮮な空気を吸いこんでから電話をかけた。

「グランジャーだ」しゃがれた声が応じる。

「シカゴ支局のフランクです。まだシンプソンヴィルの湖にいるんですか？」

「あっちは何時間か前に作業を終えた。いまはホテルに戻ってる。どうかしたのか？」

この男にどこにいるか告げれば、すぐさまハーレスに報告が行くだろうが、この状況ではほかに選択肢はなかった。プールはきびすを返してガレージと向き合い、髪をかきあげた。「新たな犯行現場が見つかりました。これまでの件と関連があるかもしれません」

「どこだ？」

「チャールストンにある、サム・ポーターの元相棒の自宅です」プールはそこで何が見つかったか報告した。

報告を終えると、グランジャーが尋ねてきた。「シンプソンヴィルの死体をポーターと結びつける証拠はあるのか？　裁判所の前にあった死体だが」

「ありません」いまのところはない。

「その線から、すべてを洗い直すべきだろうな。ポーターが容疑者なら、すべてを調べ直さなくてはならん」

プールはそれには答えなかった。携帯が振動し、着信が入ったことを知らせる。画面には〝サウスカロライナ州警察署〟と表示された。「すみません、電話が入りました」

「現場を封鎖してくれ。地元のオフィスに連絡してチームを送る手配をしてから、そっちに行く。おそらく三、四時間かかるだろう」グランジャーはそう言って電話を切った。

プールは電話に応じた。「プール特別捜査官です」

「サウスカロライナ州警察署のミギンズ警部補です。カムデンの古い療養施設で警報が鳴りました。不法侵入の可能性があります。現場を立ち去った男の特徴が、そちらで指名手配中のサム・ポーターと一致しました。現場に送ったチームによると、オフィスの一室とロビーが血だらけだそうです。死体はひとつもなく、いまのところは怪我人の報告もありません。しかし、事件が起きたのは明らかでしょう。わたしもこれから向かうところですが、指名手配の連絡先に載っていたこの番号に、まず連絡を入れたしだいです」

「サム・ポーターだというのは、間違いないんですか？」

「警備員がそう連絡してきました。テレビで見て顔を知っているそうです。ポーターは黒か紺のSUVで立ち去りました。ナンバーの一部はわかっています。これからメールで送ります」

プールは隣にあるダッフルバッグを見下ろし、ガレージに目をやった。

すると目の隅、私道の端で何かが動いた。「警部補？　こちらからかけ直します」

警部補が何か言ったが、プールは電話を切った。

投光照明を後ろから浴び、男がひとりアスファルトの端に立っている。その姿は黒い影にしか見えなかったが、誰なのかすぐにわかった。「ここで何をしているんです？」

ポーターが一歩近づいた。「ロビンなら、俺が撃たれた夜のことを知っているかもしれないと思ったんだ。デリックから聞いて」

「夫人は何も知りませんでしたよ」

「自分で確認したいね」

プールは冷静な声を保とうとした。「その銃をおろしてもらえませんか」

ポーターがプールに向けて伸ばしている左手には、三八口径か二二口径の小型リボルバーが握られていた。こうなると、シカゴに自分の銃を置いてきたことが悔やまれる。

ポーターが近づいてきた。「夜更けに他人の私物をあさるなんて、どういうつもりだ？　きみはここにいるべき人間じゃない。これは４ＭＫとは関係のないことだ」

「令状があります」

「嘘をつけ。あったら、ひとりで来るわけがない」ポーターは家をちらっと振り返った。

「ロビンはどこだ？　ロビンに何をした？」

「ロビンがガレージを見る許可をくれたんですよ。銃をおろしてください。さもないと落ち着いて話せない」

ポーターは首を振った。「銃を捨てろ。グリップを持ってゆっくり取りだし、芝生に投げるんだ」

「ぼくは丸腰ですよ」プールは民間機で来たことを説明した。

「ジャケットを脱いで、ゆっくりひとまわりしろ」

プールは足元にジャケットを落とし、その場で一周して再びポーターと向き合った。

ポーターはプールの足首に銃を向けた。「ズボンの裾を持ちあげろ。両方ともだ」

これにもおとなしく従い、武器を持っていないことを示した。

「だが手錠は持っているようだな？　ベルトの後ろにつけてあるのは手錠だろう？」

「こんなことはやめてください、サム。連邦捜査官に銃を向けるだけでも犯罪ですよ」

「俺が銃を向けている相手は、悲しんでる未亡人につけこんで、故人の私物を合法的な令状もなしに夜中にあさっている不良捜査官だ」

「この件はすでに報告済みですよ。もうすぐ応援が到着します」

「聞いていたよ」

「それなら、ここに死体があることも知っていますね」プールはワゴン車を顎で示した。

「ああ。だが、俺はその死体に関して何も知らん」ポーターは緑のダッフルバッグを見下ろし、自分の名前を見て顔をしかめた。「そいつも俺のじゃないぞ。緑は嫌いなんだ。何が入っていた？」

プールはポーターに説明した。

「そのバッグを持ちこんで、車のなかに置くつもりだったのか？　でっちあげの証拠で俺をはめるために？　そんなふうに見えるぞ」

「なぜぼくがそんなことをするんです。これはもともと車のなかにあったんです」

「誰かが俺をはめようとしているんだ。ビショップか、ビショップと手を組んでいるやつが。それもどうやらひとりじゃなさそうだ」

「ぼくにはあなたをはめる理由がない」

「俺は自分の名前が書かれたバッグを、相棒の車に死体と一緒に置いておくほどバカじゃない。すると、そのバッグはどうやってそこに来た？　きみでなければ誰が置いた？」

「これは長いことここにあったんです。車がこのガレージにしまわれてからずっと」

「だったら、ビショップの仕業だな。俺は誰も殺しちゃいない」

プールは腕をおろしかけたが、ポーターが引き金にかけた指に力をこめるのを見て凍りついた。「やましいことがないなら銃をおろしてください。そのほうがゆっくり話せる」

「きみが俺の話を聞くように、銃はこのままにしておく。また捕まって勾留される危険はおかせない」

「これは大きな間違いですよ、サム」

ポーターはリボルバーを軽く振った。「手錠をかけろ。見えるように体の前でやるんだ」

　どうする？　プールは迷った。明かりの射《さ》していない横の草むらに飛びこめば、ポーターが狙いを定めて撃つ前に、地面に転がり身を隠せるチャンスはある。リボルバーで正確に狙える距離は、せいぜい三メートル。ポーターはその倍近く離れているのだ。とはいえ、ポーターの落ち着きぶりを見ると、おそらく射撃の腕前は並み以上なのだろう。

「きみは七分前に報告を入れた。この街にあるＦＢＩのオフィスからここまでは、車で二十分と少しだ。捜査官たちが自宅から来るなら、もう少し早く到着する可能性がある。一分やるから、言うとおりにしろ。さもないと脚に一発ぶちこむぞ」ポーターはそう言って誰もいない通りに目をやった。

「ぼくが言うとおりにしたら、どうするつもりです？」

「一緒に連れていく。ふたりでこの事件を解決するんだ」

　プールは黙りこんだ。

「殺そうと思えば、いますぐやれる。それはわかってるな。目撃者はいないし、チームが到着しても、証拠は何ひとつ見つからない。俺の指紋はこの銃の弾にさえついてないからな。きみが失血死する前に、俺はとっくにここを離れてる」

「あなたがぼくを殺すはずがない」

　今度はポーターが黙りこんだ。

　プールは片方の手を背中にまわした。

ポーターの腕に力が入った。「ゆっくりやれ」

プールはベルトの下側についた革のケースを開け、手錠を取りだした。ポーターを驚かせないように、ゆっくりと慎重に、まず左の手首に手錠をかけ、それから右にかけた。

「きつくしろ」

プールは言われたとおりにした。ヒルバーンの家の二階の窓で明かりがついた。ポーターがそれに気づいたかどうかはわからないが、カーテンが動き、窓に影が見えた。「それから？」

「バッグを持って一緒に来い」

プールはうなずいた。

74

五日目　午後十時二分
ナッシュ

運転席に乗りこんだ記憶も、サムのアパートを出た記憶もないのに、気がつくとナッシュは車のなかにいた。ぐるりとあたりを見まわし、胸をなでおろす。ここはアパートの前の通りだ。こんな状態で運転しなくてよかった。

フロントガラスに積もった雪越しに、半ブロックほど先に駐まっている市警やFBIの車、CSIのワゴン車が見えた。愛車のエンジンが不規則な音をたてながら回転し、換気口からこれまた不規則に暖かい空気が噴きだしてくる。まったく覚えはないが、ありがたいことに、少なくともエンジンをつける分別はあったようだ。体中の骨が染みるように痛み、鼻が詰まって口で呼吸しているせいで、野良猫に一時間爪を研がれたみたいに喉がひりひりする。ナッシュを起こしたのは携帯の着信音だった。いったん切れたものの、もう一度鳴りだし、iPhoneがカップホルダーのなかで踊るように震えた。

クロズだ。

ナッシュはおぼつかない手で携帯電話を操作し、スピーカーフォンにした。「もしもし?」

「何をしていたんだ? この一時間ずっと電話しているんだぞ!」

震えが止まらず、手につかんだ電話が氷の塊のように冷たい。車の暖房を最大にひねると、ダッシュボードの後ろでうめくような音があがった。「悪いな、ちょっと気分が……」

「あんたもか? くそ。アップチャーチの家でウイルスに感染したに違いない。病院に行けと言われなかったのか? 動きまわらないほうがいいぞ。みんなを感染させている可能性もある」

「サムを見つけなきゃならん。それにビショップも、市……」ナッシュは残りを呑みこんだ。市長のことは口止めされていたのだ。

「市長が行方不明だ」

クロズの言葉を理解するのに、少し時間がかかった。頭が朦朧としているせいだ。「どうして市長のことを知ってるんだ？」

「なんだって？　市長なんて言ってないぞ。クレアだ、クレアが行方不明なんだ」一瞬の間のあと、クロズが続ける。「待てよ、市長も行方不明なのか？」

ナッシュはがばっと体を起こし、霞がかかった脳を無理やり働かそうとした。「クレアが行方不明だと言ったのか？」

クロズがため息をつく。「熱があるんだな。ああ、クレアが行方不明なんだ。騒ぎを鎮めにカフェテリアに行ったのを最後に、消えてしまった。かれこれ……くそ、八時間になる。病院の警備主任が部下と一緒に捜索しているが、ＣＤＣがあちこち封鎖しているんで、自由に動きまわることもできない。エレベーターは全部止まっているし、階段室も鍵がかかっている。警備員たちは鍵を持っているが、ＣＤＣは別の階へ人を移動させたがらなくてね。警官ふたりも、昼間からずっと行方知れずだ。ふたりも死人が出たうえに、警官が行方不明、今度はクレアまで姿を消した。わたしはオフィスでできるだけのことをしているが、たったひとりだし、誰を信用していいのかもわからない。クレアを誘拐したのはスタウトかもしれないんだからな」

「スタウトって誰だ？」

「ここの警備主任だよ。この病院で悪さをしているのが誰にしろ、院内のどこかにいるのは間違いない。行方不明の連中はみんな殺された可能性もある。もしビショップだとしたら、クレアに何をしているか想像できるか？　八時間のあいだに。あるいは、これが全部サムの仕業で……クレアがどこかでサムを見かけたとしたら……とにかく、ひとりじゃどうにもならない。お手上げだよ」

ナッシュは再びアパートの前で点滅するパトカーのライトに目をやった。ストレッチャーがひとつ運びだされてくる。「サムのアパートのバスタブで、ヴィンセント・ウェイドナーの死体が見つかった」

クロズが声を落とした。「ああ、知ってる。無線やメールなんかをずっと追っているからな。FBIの連中は、全部サムの仕業だと思っているぞ。その可能性は考えないようにしているが……考えるなと自分に言い聞かせているが、あまりにも証拠が多すぎる。ついさっき、プールがチャールストンで古い死体を見つけた。サムの昔の相棒のガレージに隠されていたんだ。そこにはサムの私物と……札束もあったそうだ」

ナッシュはぎゅっと目を閉じ、額をこすって頭の霞を払おうとした。「病院から一歩も出ていないのに、おまえにはそういう情報が全部わかるのか？」

「訊くまでもないだろ？　あんたが最後に携帯で見たポルノ映画だって、その気になれば突きとめられる。そんなことに気をまわすより、まずクレアを見つけないと」

ナッシュはギアに手を伸ばしたが、つかみそこねた。二度試したあと、ようやくつかむことができた。「いまそっちに向かうところだ」

「病院には入れないぞ。この建物全体が隔離されているんだからな」

「俺は病人だ。堂々と入ってやる」そう言って車のエンジンを切った。ポーターの建物の前で警官がパトカーに乗ろうとしている。「だが自分で運転するのはやめる。誰かに乗せていってもらうよ」

ナッシュは電話を終わらせると、体を引きはがすようにして車を降り、その警官に合図をした。

75

日記

リビーとぼくは部屋の窓に身を寄せ、ウェルダーマンとストックスの車が家の前に停まるのを見ていた。九時少し過ぎで、太陽はとっくに沈んでいる。月はすごく細かったから、空は黒いインクを流したみたいに真っ黒だった。

「見える？」

身を乗りだそうとすると、リビーが後ろから引っ張った。「だめ――」部屋の明かりは消してあるから見つかるはずはないけど、ぼくは頭を引っこめた。それから今度はほんの少しだけ頭を出して、ウェルダーマンの車の左側に駐まっているフィニッキーのカムリを見た。最初のうち、ヴィンセントの姿はどこにも見えなかった。でも、すぐに黒ずくめの姿がカムリの下から転がりでてきて、助手席のドアのそばでかがみこんだ。「いた、あそこだ」ぼくはそう言って指さした。

リビーにも見えたらしく、体をこわばらせた。「うまくいくといいけど」

「大丈夫さ」自信たっぷりにそう言ったものの、ほんとは心配でたまらなかった。リビーの計画はすごくよくできてる。だけど、どっちに転ぶかわからない要素がたくさんあるうえに、そのどれもまずいほうに向かう可能性があった。

フィニッキーが階下から怒鳴る声がして、ウィーゼルとキッドが廊下を走り、階段を駆けおりていった。ふたりがどこに行くのか、そこで何が待ち受けているのか、ぼくは考えないようにした。世の中にはバーニーみたいなやつが大勢いて、そのほとんどが野原に埋まっているどころか、我が物顔に通りをのし歩いているんだ。ティーガンは、子どもの写真は母屋の壁にかかっているよりもっとたくさんあると言っていた。言葉にできないほどひどい話だ。でも、もっとひどいこともある。

外ではヴィンセントがなるべく身をかがめ、ウェルダーマンの車の後ろにゆっくり進んでいく。いつものようにウェルダーマンは運転席から動かず、ストックスは反対側の助手席のドアを開けたまま、煙草を手に車の外に立っていた。ヴィンセントが運転席側の後部タイヤにたどり着き、手際よくキャップをはずす。タイヤから空気が漏れはじめた。

「前にもやったことがあるみたいだ」ぼくは小声で言った。

「うん、きっといろんなことをやってきたのよ。でも、急がないと」

タイヤの空気が抜けすぎないといいが。計画では、ぎりぎり運転できる程度に空気を抜くことになっている。町まで半分ほど達したところで、リムがゴムに食いこんでくれるのがいちばんいい。リビーは私道を出られさえすれば、うまくいくと思っている。私道は砂利や土の道だからタイヤの空気が抜けていることにはきっと気づかない、ウェルダーマンが何かがおかしいと気づくにしても、アスファルトの道路に入って少し走ってからだ、と。

階下でクリスティーナがフィニッキーに話しかける声が聞こえた。ウィーゼルたちが言い争うように声を張りあげる。

「クリスティーナはそんなに時間を稼げないよ」リビーがつぶやいた。「ヴィンセント、急いで」

だけど、空気が抜けるのを急がすことはできない。ウィーゼルたちが玄関を出ていくのが早すぎたら、二台の車のあいだにかがみこんでキャップを手にしたヴィンセントは、間違いなくフィニッキーの目に留まる。ポーチからだと、ヴィンセントの体がカムリから半分以上はみだしているのが見えるから。

玄関の扉、つづいて網戸が開く音が聞こえた。

「たいへん」リビーがぼくの手をぎゅっと握った。

ヴィンセントもその音を聞いたに違いない。急いでキャップを戻し、カムリの陰に飛びこんだ。物音に気づいたらしく、ストックスが顔を上げる。煙草の火で、その顔が闇に浮かんで見えた。ヴィンセントが車の下にもぐりこんだちょうどそのとき、ストックスがそちらに近づいていき、足を止めた。

ポーチの明かりがつき、ウィーゼルとキッドが車に歩いていく。ウィーゼルは首からカメラをさげていた。このあいだティーガンも持っていったカメラだ。ウェルダーマンが車を降りて後部座席のドアを開け、フィニッキーとひと言、ふた言交わしてから運転席に戻った。ストックスが燃えさしを落とし、靴で踏み消して助手席に乗りこむ。まもなく私道を走りだしたウェルダーマンの車は、不自然に左に傾いていた。

「誰が封筒を持っているんだっけ?」

「キッドよ」

その封筒には、必要なパーツのリストと五百ドルの現金と、キッドが部品屋で渡すことになっているメモが入っていた。〝この部品を届けてくれたら、お礼にあと五百ドル渡します〟と書かれたメモだ。そこにはこの農家の住所と、まっすぐ納屋に向かってくれというう指示も書かれている。あとは誘うようなポーズを取ったティーガンの写真。これはポールのアイデアだ。「こんなセクシーな子がひとけのない納屋で待っていると知ったら、どんな男だって絶対我慢できっこないよ」

リビーはため息をついた。「刑事たちが部品の店じゃなくガソリンスタンドに行ったら、この計画は台無しね」

「ガソリンスタンドはもう閉まってる。それに、もしガソリンスタンドに行っても大丈夫さ。ウィーゼルに店の前にあるエアポンプを使えなくする方法を教えといたから。きっと部品屋に行くよ。そこしかないんだから」

「スペアのタイヤがあるかもしれないし、誰かを呼ぶかもしれない。それか、ワゴン車の男が手を貸すかも。うまくいかない可能性は数えきれないほどあるわ」

リビーの言うとおりだ。「ワゴン車の男には仕事がある。あいつらに手を貸すなんてありえないよ。それに、ウェルダーマンは助けを求めるタイプじゃないと思う。助けてもらうとしたって、誰に電話するの？　後部座席に子どもをふたり乗せている理由を、どう説明する？　ヴィンセントの話だと、あの車に積んであるスペアは、たぶん小さいドーナツタイヤだって。そういうので長い距離を運転するのは無理だから、今夜のうちに直したいはずだよ」

「ウィーゼルとキッドをモーテルにおろしてから部品の店に行ったら？」

「この作戦がうまくいかなかったら、別の方法を試せばいい」

「ティーガンが言ったように、フィニッキーさんの車を盗むほうがいいかも」

それに関しては、もう何度も話し合っていた。でも、うまくいきっこない。「あの車は小さすぎて全員は乗れないし、盗まれたことを通報されて、ここに連れ戻されるのがオチだ。逃げるなら全員で逃げる。そういう計画だろ？　あいつらはトラックのことを知らない。何を探すか知らなければ、逃げきれるチャンスがある」

「ねえ、あたしたちだけで逃げたほうがよくない？　ヴィンセントとクリスティーナがそうしたって、あたしは驚かない」

　ぼくだって、どれほどそうしたかったことか。このとき〝うん〟と言えばよかったと、そのあとどんなに悔やんだかわからない。あのままリビーの手を取って母屋を抜けだし、ぼくたちふたりだけで納屋にある現金が詰まった袋を手に、夜の闇に溶けてしまっていたら、と。どうしてためらったのか、よくわからない。たぶんリビーが躊躇《ちゅうちょ》したのと同じ理由だ。ほかのみんなと一緒に逃げると約束したから。キッドとウィーゼルはまだ子どもだから、ふたりだけじゃ逃げられない。ぼくたちだってそうだ。みんな子どもで、お互いが必要だったんだ。「ぼくがどこで育ったか、話したよね？」

　リビーがうなずく。「シンプソンヴィルの湖の近くの家でしょ」

「もしもばらばらになったら、そこで落ち合おう」ぼくは住所を言って、リビーが覚えたという確信が持てるまで、何度も繰り返させた。「なんとかしてそこまで行く方法を見つけて、きみを待つよ」

　リビーはそれを聞いて嬉しそうに笑った。

　ぼくはリビーの笑顔がとても好きになっていた。

脚がしびれたので体重を移動させたとき、折れた腕に鋭い痛みが走った。何かするたびに激痛に襲われる。ぼくはお菓子を食べるみたいに痛み止めをのんでいた。フィニッキーは、弱い鎮静剤しかくれない。ぼくが痛みに顔をしかめたのに気づいたらしく、リビーがぼくの髪を手ですいた。「少しはよくなってる？」

「うん、少しずつ」ぼくは嘘をついた。リビーがぼくに触れるたびに心臓がドキドキする。きっとそれを知っててやるんだ。女の子はみんな最初からそういうことを知っているんだろうか？　それとも世知に長《た》けた年上の子から教わるんだろうか？　リビーが着ているのは小さめのコットンのワンピースで、裾が短すぎて太腿が見えている。でも、ぼくがじっと見つめても、裾を引っ張ろうとはしなかった。ぼくたちはふたりとも真っ赤な顔をしていた。

「見せたいものがあるの。誰にも言わないって約束する？」

ぼくはうなずいた。

リビーは廊下を歩いて自分の部屋にぼくを引き入れ、後ろ手にそっとドアを閉めた。

76

五日目　午後十時八分
プール

プールは手錠をはめたまま運転していた。ポーターも銃を握ったまま、緑のダッフルバッグの中身をかきまわしている。しょっちゅう顔を上げてぎらつく目をプールに向けては、道路に目をやって曲がる箇所を指示する。いまは汚れたワイシャツを引っ張りだし、薄明かりにかざしていた。「撃たれた夜に着ていたシャツだ。ここにあるのは全部あの夜着ていたものだな」

「手袋をしてください――証拠が消えてしまう。ジャケットの右ポケットに入ってます」

ポーターはプールの言葉を無視してバッグをかきまわし、今度はカメラを取りだした。

「こいつは俺のじゃないぞ。こんなカメラ、一度も持ったことがない。レンズを見てみろ、ずいぶん高級だ。少なくとも当時は相当したに違いない」

プールは肩をすくめた。「触らないほうがいいと思います」

「フィルムが入ってる。どこかで現像すべきだな」ポーターは空いているほうの手で道路標識を示した。「このイースト・ベイで左に曲がって、北に向かってくれ」

「どこに行くんですか?」

ポーターは眉間にしわを寄せてプールを見た。「携帯電話はどこにある?」

「ポケットのなかです」

「渡してもらおうか」

「なぜ?」

「わかりきったことを訊くな」

「自分で取ってください。手錠が邪魔で取れないし、ハンドルを離したくないですから」

ポーターは少し考えてから言った。「どのポケットだ?」

「ズボンの右の前ポケットです」

ポーターは左手から右手に銃を持ち換え、プールに銃口を向けたまま手を伸ばして携帯電話を取りだすと、ディスプレーを見て顔をしかめた。「グランジャーから何度も電話がかかってる。なぜ黙っていたんだ?」

プールは道路から目を離さなかった。「FBIはぼくを探す。たぶん、もう探しはじめてる。携帯電話を壊してシグナルが消えたとたん、何かあったことに気づきますよ」

ポーターはスクロールして残りのメッセージに目を通すと、携帯をダッシュボードに三回叩きつけた。ディスプレーが粉々になる。それから携帯を折り曲げ、窓をおろして外に放り投げた。

「買ったばかりなのに」

ポーターは窓を閉め、バッグから作文帳を取りだしてぱらぱらとページをめくった。

「これについて、どう思った？」

「カムデン療養センターに行ったんですか？」

ポーターはすばやく目を上げた。「クイーン通りを左に曲がれ」

「ぼくの質問に答えてください」

「なぜだ？」

「グランジャーに電話したあと、サウスカロライナ州警察の警部補から電話が入ったんです。カムデン療養センターで事件が起きた、血痕が見つかったと言っていました」

ポーターは前方の道路に目をやった。「カムデンでは誰にも危害を加えてない」

「やはり行ったんですね」

ポーターは前かがみになった。「あそこで左側に寄って、教会に駐めろ」

プールは大きな教会を横目で見ながら通り過ぎた。「おっと」

「くそ！　遊んでる暇はないぞ。そこを右折してチャーチ通りに入れ。それからまた右折してカンバーランド通りに入る。ブロックをぐるっとまわるんだ」

「この地域に詳しいようですね」

「俺とヒルバーンが昔受け持っていた地域だからな。毎日同じ通りを走っていたんだ、頭に焼きついているさ」

プールは右に曲がってチャーチ通りを走り、小さな公園をふたつ通り過ぎてからまた右折してカンバーランド通りに入った。

「銀行の駐車場に入れ。そこの右側だ」ポーターはバッグに手を入れ三つの札束を取りだし、中央のコンソールボックスに置いた。「こんな大金、生まれて初めて見るな。新しい札じゃないし、記号番号もばらばら、札束を留めた紙の帯には銀行印もない。どこかで誰かがまとめたんだな。銀行の帯なら印を押してある」

「このSUVは誰の車です？　盗んだんですか？」

「あそこに停めろ」ポーターは銃身で駐車場の片隅を指した。「あの街灯の下だ」

「妙案ですね。盗難車が盗まれたりしたらたいへんだ」

「盗難車じゃないさ」

「だったらどこで手に入れたんです？　レンタカーでもない。レンタカーなら通報が来たはずですから」

「停まって、エンジンを切れ」

プールはポーターが示した場所に停め、ギアをパーキングに入れてエンジンを切った。

「お次はなんです？」

「降りて歩くんだ」ポーターは後部座席に手を伸ばし、黒い革のジャケットを取ると、注意深く銃を持ち換えながらそれを着て、左ポケットに銃を滑りこませた。「忘れるなよ、いつでも撃てるように狙ってるぞ」

「逃げるつもりはありません」

「信用できんな」ポーターは車を降りて早足で運転席へとまわりこみ、プールの側のドアを開けた。

プールは手錠をつけた両手を差しだした。「誰かに見られますよ」

「それがいやなら、ジャケットの下に隠したらどうだ?」

プールが車を降りると、ポーターは銀行に向かって顎をしゃくった。「あの建物の端に沿って歩き、角を左に曲がれ。俺はすぐ後ろにいる。バカな真似はするなよ」

銀行は閉まっていたが、なかにはいくつか明かりが灯《とも》っていた。窓のひとつから、定位置に座った警備員が見える。警備員もプールたちに気づいたが、舗道を往来する通行人はほかにもいる。プールたちがそこにいるのを不審に思った様子もなく、すぐに膝に置いた本に目を戻した。

「ここを左だ」建物の北西の角に達すると、ポーターが言った。

プールは路地に目をやった。明かりがかすかに射しているが、薄暗い。中央に敷石の道路があり、両側には生垣と鉢植えが並んでいる。路地の奥はほとんど見えず、垂れ下がった枝のあいだに、向こうの通りの明かりがぼんやり見えた。「ここで撃たれたんですか?」

ポーターはプールの背中を押した。「影のなかを歩けよ」

半分ほど進んだところで、ポーターは止まれと命じ、まわりをぐるりと見まわして、フェンスに囲まれた左手の中庭に目をやった。「そこにはレストランがあったんだ」ポーターは中庭を指さした。「ゴミ箱はこっちの壁際にあった。当時はこんなに木が生い茂ってなかったし、鉢植えもなかった。木の枝もトラックが通れるように刈りこまれていたよ」

「何があったんです？」

ポーターは唇を引き結んでしゃがみこみ、銃を持っていないほうの手で敷石をなでた。

「俺はここに倒れた」

「思い出せることを教えてください」

ポーターは来た道を振り返った。「イタチ《ウィーゼル》って呼ばれてるガキを、カンバーランドのほうから追いかけてきた。そいつは俺がすぐ後ろに迫っていることに気づかず、ここにしゃがみこんだ。ところがブロックをぐるりとまわったヒルバーンが反対側から路地に入ってきた。それを見たウィーゼルはすばやく向きを変え、俺がすぐ後ろにいるのに気づいてパニックを起こして撃ったんだ。銃弾はゴミ箱に当たって跳ね返り、それを後頭部にくらって、俺はここに倒れた」

「その全部を覚えてるんですか？　そんなふうに正確に？」

「ああ。あらゆる場面を覚えてる。目を閉じると、映画みたいにすべてが見える。あいつには俺を撃つ気はなかった。銃は俺のほうに向いてさえなかった。反射的に指が動いたのさ。俺は後頭部を思い切り叩かれたような衝撃を受け、ぼうっと突っ立っていた。車に戻って病院に行こうと思いながら傷口に触ると、血がべっとり指についた。そのあと二歩戻って意識を失った。この場所で、だ」

「撃たれたときのことをそこまで鮮明に覚えているなんて、信じられないな。そういうトラウマを経験すると、脳はふつう記憶の一部を隠すものなんだが」

「すべての瞬間を覚えてる……」

「……映画みたいに」プールが、あとを引き取った。

「そうだ」

「その映画を巻き戻したら、どうなります？」

ポーターは眉間にしわを寄せた。「なんだと？」

プールは一歩前に出て、ゴミ箱があった壁に近づいた。「その出来事を逆に再生してみてください。地面に倒れたところ、意識を失う直前から初めて、逆向きに起こった出来事を確認していくんです。目を閉じたほうが集中しやすいですよ」

「目をつぶる気はない」

「ぼくは逃げません」

「どうかな」

「試してみる価値はあると思います。目を閉じて逆にたどってみましょう」

「目は閉じないぞ」ポーターはポケットに手を入れ、銃を握った。

プールは路地の先と後ろを見て、ポーターに目を戻した。「わかりました。では別の方法でやりましょう。最初にヒルバーンを見たのはいつですか？」

「ヒルバーンはブロックをまわりこんで、反対側の通りからこの路地に入ってきた」

「ついさっきもそう言いましたね。これで三度目だ。市警でも、ほぼ同じ説明を口にした」

「それが事実だからだ」

「頭のなかの映画では、路地に入ってきたヒルバーンは銃を手にしていましたか？　ウィーゼルの銃を初めて見たのはいつです？　そのとき、あなたは銃を抜いていたんですか？　ウィーゼルはヤクの売人だったと言ったが、どの時点で麻薬を投げ捨てましたか？　警官に追われている売人は、ほとんどが麻薬を捨てるんですよ」

「ええと……どうだったか……」

プールは立て続けに質問した。「ヒルバーンは路地に入ってきたとき、どうしました？〝警察だ！〟と叫び、ウィーゼルに銃を捨てるように言いましたか？」

「たしか……そう言った」ポーターは小声で肯定したものの、確信はなさそうだ。

「実際に覚えているんですか？　それとも、ぼくがそう言い、そのはずだと思うから、言ったと答えたんですか？　ぼくの質問で、あなたの映画には別のシーンが加わりましたか？　あなたはどうです？〝警察だ〟と叫び、ウィーゼルに銃を捨てろと言ったんですか？」

「言った……と思う」今度の声はもっと小さかった。

「いまの質問で、頭のなかの映画が変わったんじゃありませんか？」

ポーターはわずかに口を開け、いまではフェンスで囲まれている中庭の壁を見上げた。

プールはもう一歩ポーターに近づいた。「目を閉じて、真ん中の場面から思い出してみてください。あなたは路地を走り、ここの、この場所、ゴミ箱の近くに来て――」

「急いで、あいつらが来る……」ポーターの声があまりに低かったので、プールはもう少しで聞き逃すところだった。

「なんですって？」

ポーターはつかのま、目を閉じた。それから目を開けると、敷石を見て、プールに目を戻した。「あいつは、ウィーゼルはそう言った。〝急いで、あいつらが来る〟と」

77

五日目　午後十時十分
ナッシュ

ナッシュは少し眠った。

眠るつもりはなかった。クレアが病院のどこかで囚われている（もしくは、もっと悪い事態に陥っている）という知らせにひどくショックを受け、眠るどころではなかった。死んでいたとしても生き返るほどのショックだ。

だが、まぶたを震わせて目を開けると、パトカーの助手席の窓に頭を寄せ、口の端からよだれをたらして、シャツに染みを作っていた。シートベルトのおかげで座席からずり落ちずにすんだことを感謝しながら姿勢を正し、つぶやいた。「おふくろに怒られるな」

まったく、なんだってそんなことを言ったのか？　どうかしているに違いない。朦朧としていても、自分がおかしくなっているのはわかった。まあ、よだれの染みを見たら、間違いなく母は怒るだろう。この染みはなんとかして落とさなくては。

それからナッシュはまた眠った。

といっても、ほんの一、二分だ。次に目を開けると、車が停まり、運転していたパトロール警官がハリー・ポッターの魔法よろしく運転席から忽然《こつぜん》と消え、助手席のドアの外に現れた。警官はふたりの相手としゃべっている――

「……ウイルスに感染した可能性があります……アップチャーチ家に最初に出動した刑事ですから。ラリッサ・ビールとカティ・キグリーに接触し……」

叱るような声で女が言った。「なぜもっと早く連れてこなかったの？　同じような症状の人が、ほかにもまだ動きまわっているのかしら？　信じられない……なんて無責任な……ストレッチャーを持ってきて！」

ナッシュはまた眠りに落ちた。

今度はベッドの上で目を覚ました。ふかふかのベッドだ。小さな部屋の壁は白いカーテン。耳障りな電子音に合わせて、様々なライトが点滅している。周囲には五人か六人いた。もしかしたらもっと多いかもしれないが、せわしなく動きまわっているせいで正確に数えられない。全員がすごい勢いでしゃべり、ナッシュにも話しかけてくる。ナッシュはテレビのドラマを観るように、周囲の喧騒《けんそう》を楽しんでいた。ただ、早口すぎてついていけない。もう少しゆっくり動き、しゃべってくれれば……。

「……熱が高すぎるわ！　なんとかしてさげないと」女性の声だ。「点滴もしないとね。ひどい脱水症状を起こしてるもの」

「これをのんでいたようね」ナッシュがアイズリーからもらった瓶を手にして、誰かが言った。

長いブロンドの髪が視界に入ってきた。その女性が錠剤の瓶を見て、ナッシュを見下ろす。「よかった。タミフルをのんだのは賢明だったわね」

ナッシュは錠剤を取り戻そうと手を伸ばしたが、何もつかめなかった。手も腕も鉛のように重く、どさりと胸の上に落ちたきり動かない。

「また意識がなくなりかけているようだわ」

目の前で誰かが指をパチンと鳴らした。きれいな赤い爪だ。「刑事さん？　聞こえますか？　眠らないようにしてください」

ナッシュは起きていろと自分に言い聞かせた。でも、その前にほんの少しだけ眠るとしよう。ものすごく疲れているし、寒くてたまらないから。

78

日記

〝さまよえる子どもたちのフィニッキー・ハウス〟に来たとき、ぼくは何十という規則と一緒に、〝男子は女子の部屋に立ち入り禁止〟、〝女子は男子の部屋に立ち入り禁止〟だと、厳しい声で言い渡された。でも、クリスティーナはしょっちゅうヴィンセントの部屋で寝ているし、ポールはティーガンとふたりきりになるためなら山羊を生贄にだってするだろう(いまこの瞬間、ポールがどこにいるかは知らないが、ティーガンの部屋にいるんじゃないことはたしかだ。ティーガンはポールを子犬ぐらいにしか思ってないようだから)。規則が守られているかどうかを確かめるために、フィニッキーが二階に上がってきたことは一度もない。それでもぼくは不安でたまらず、リビーの部屋の閉まったドアをちらちら見つづけた。噂《うわさ》どおりなら、いまごろフィニッキーは錠剤を口に放りこみ、自室でぐっすり眠っているはずだ。本当だといいけど。

リビーは部屋の片隅にある電気スタンドにブラウスをかけて部屋を薄暗くしてから、ベッドの足元の床に座れと合図した。それからドレッサーに行き、いちばん上の引き出しをかきまわした。

ぼくらはみんなバッグひとつでここに来た。でも、ぼく以外はすぐに荷解《にほど》きをして、〝自分の場所〟を作った。中身が空になるまで、カムデンで用意された緑のダッフルバッグから着替えを取りだしていたのはぼくだけだ。でも洗濯物が戻ってきはじめると、ようやくそれをバッグに戻す代わりに、割り当てられたふたつの引き出しに入れはじめた。

リビーは探していたものを見つけ、隣に座った。それは一冊の本だった。

「『ディキンソン詩集』？」ぼくは表紙の題名を読んで、エンボス加工された文字を指先でなでた。

「詩は好き？」

実を言うと、ぼくはひとつも詩を知らなかった。本を読むのは大好きだけど（ほとんどが漫画）、詩を読もうと思ったことは一度もない。でもリビーがとってもきれいだから、つい「うん」と答えていた。ヒキガエルを生で食べるかと訊かれても、リビーが望んでいる答えだと思えば、力をこめてうなずいていたに違いない。

「ディキンソンってすごいの。言葉が水みたいに自然に流れてくるんだもの。どの言葉をどれと組み合わせるのがいちばんか、正確にわかっているみたいに。ごちゃごちゃになってる言葉でも、どの順番で並べればいいかわかるのよ」

「パズルのピースをはめるみたいに?」

リビーはうなずいた。「うん。大きな言葉のパズルみたいに」

「読んでいい?」

ぼくはリビーから渡された本をぱらぱらめくった。ページの隅が何箇所も折ってあり、いろんなフレーズがカラーペンで塗ってある。ぼくは真ん中あたりの端が折ってあるページを開き、静かな声で読んだ。「〝わたしは立ち止まって死を待てなかったので、親切にも死のほうが立ち止まってくれた。その馬車にはわたしたちと不死だけが乗っていた〟。どうして〝死〟が大文字なの?」

「このひとつのフレーズで、ディキンソンはふたつのことを言ってるの。〝死〟は自分を待つ人か、待つ存在だってことと、いつ死ぬか自分ではコントロールできないってこと。いくら死を避けようとしても、死のほうが自分のために立ち止まるから、誰も逃げられないのよ。死は望もうが望むまいがやってくる。死から隠れることはできないの」

「死が馬車でやってくるのが見えたら、ぼくは一応逃げようとするな」そう答えてページに指を走らせると、右腕に鋭い痛みが走った。

顔をゆがめたぼくを見て、リビーが手の甲に指で触れ、その指をギプスへと滑らせた。

「あたしが腕を折ったときは、一カ月近く使えなかった。だから反対の手でなんでもやれるようになったの。あなたもそうしたら? たいへんだけど、使わないほうが治りは早いもの」

「〝ゴッサマー〟ってどういう意味かな？」別の一節にはこうあった――わたしのガウンはゴッサマーだし、ショールはただのチュール――「チュール？　チュールって何？」

リビーがくすくす笑った。

「何がおかしいの？」

「あなたよ。すごく内容の濃い詩なのに、着てるものがどんな生地でできてるかばかり気にしてるんだもの」

「で、なんなのさ？」

リビーはちょっと考えてから言った。「見せてもいいけど、行儀よくしていられる？」

ぼくは好奇心にかられてうなずいた。

リビーが立ちあがり、ぼくの心臓が爆発するようなことをした。ワンピースのボタンをはずして床に落とし、ぼくに身を寄せたんだ。「あたしの下着は薄地《ゴッサマー》よ」

ぼくは息ができず、ごくりと唾を呑んだ。

白いフリルがついたブラとパンティは、透けるほど薄かった。じっと見ちゃいけないのはわかっていたけど、見ないでいられるもんか。ぼくはむきだしの肩から胸、乳首を見つめた。乳首はどちらもつんと立って、生地を通してすっかり見えそうで見えない。それから平らなお腹に目がいった。左側に治りかけの打ち身の跡がある。ぼくがそれを見ているのに気づいたらしく、リビーは恥ずかしそうに手で隠した。人差し指がパンティの上をつまみ、少しだけそれをさげる。とたんに打ち身の跡のことなんか頭から吹っ飛んだ。

リビーは真っ赤な顔でにっこり笑った。「これ、ティーガンが選んでくれたの。お尻の形がきれいに見えるんだって。Tバックっていうのよ。初めて着けたときはなんだかはき心地が悪かったけど、もう慣れた。ティーガンが言うには、下着の線を隠すにはこれがいちばんだって」

リビーがゆっくりその場でひと回りすると、ぼくの脳みそもそれと一緒に回った。冷たい水をたたえた湖のなかに裸で入っていったカーター夫人の姿が目に浮かぶ。母さんと寝室にいたカーター夫人。鏡の前で母さんに服を脱がされるカーター夫人。ふたりが何も着けずにベッドのなかでからみあっている写真（たぶんドクター・オグレスビーが持ってるけど、まだ取り戻していない）。トイレからほとんど何も着ないで出てきたティーガン――そのすべてがいっぺんに頭をよぎり、それから目の前のリビーが見えた。いたずらっぽい笑顔でパンティを少しずらしながら、ゆっくり回りおえた愛らしいリビーが。リビーはそのままひざまずき、身を寄せて脇にたらしていた手でぼくの左手をつかむと、ぼくを引き寄せた。「この生地はとっても柔らかいの」そう言ってぼくの手を左胸に当て、ブラジャーの上で動かした。肌の温かさを手のひらに感じて、ぼくは頭がどうにかなりそうだった。こそばゆいようなうずきが体中に広がっていく。リビーはぼくの手のひらに乳首を押しつけ、目を閉じている。ふたりとも息が荒くなっていた。いつのまにはずしたのか、さっきまでそこにあったブラが、気がつくと消えていた。素肌に触れた瞬間、ふたりがひとつになったようだった。リビーの体のあらゆるところに触れたい。味わいたいという思いが体の奥から突きあげてくる。リビーは両手でぼくの顔を挟み、唇を重ねてきた。頬と首にリビーの髪が触れるのを感じながら、ぼくは気がつくとキスを返していた。五分。十分だろうか。時間の感覚がまったくなくなった。

「行儀よくしてもらいたいんじゃなかったの？」やがてぼくは、あえぎながらそう言った。

「気が変わったの。女の子って気まぐれなのよ」

リビーはぼくのベルトのバックルをはずし、ジーンズのいちばん上のボタンもはずした。熱い唇が耳を覆い、温かい息がかかる。「したことある？」

ぼくは首を横に振った。

「わかった」

79

五日目　午後十時十二分
プール
「何をするつもりだ？」ポーターはうわの空で路地を見まわした。

プールはさらに近づいた。「よく考えてから答えてください。この路地で起こったことを、あなたは何度も説明した。鮮やかに覚えていると言った。でも、撃たれて出血したせいで脳圧が上がり、記憶の一部を失ったんですよね？　これは頭の怪我にはよくある後遺症だが、不思議なことに、撃たれたときのことはすべて覚えている」プールはいったん口をつぐんで、注意深く言葉を選んだ。「撃たれたあと、たしか一週間ほど治療のために薬で昏睡状態を保たれていたんでしたね？　目を覚ましたとき、病室には誰がいたんですか？」

「ヘザーだ」ポーターは即答した。

プールはうなずいた。「ヘザーがいた。なるほど。ほかには？　目を覚ましたとき、ほかにも誰かいましたか？」

ポーターはうなずいた。「相棒のヒルバーンがいた。部屋の隅にある、窓辺の椅子に座っていた。しばらく前からいたらしくて、そこでひと晩過ごしたように見えた」

「ヒルバーンはあなたを見て、まず何をしました？」

「雑誌を読んでいたんだが、ヘザーが声をかけると、雑誌を置いて近づき、俺にかがみこんで笑顔になった。心からほっとしたようだった。どれくらい意識を失っていたのか、そう尋ねたのを覚えてる。何が起きたんだ、と」

「すると？」

「……説明してくれた。ウィーゼルはすばしっこかった。路地に駆けこんだのを俺が追っていった。ヒルバーンはブロックをぐるりとまわって、反対側から路地に入った。ウィーゼルがそれを見てすばやく向きを変え、すぐ後ろに俺がいるのを見てパニックを起こし、手にしていた銃を撃った。銃弾がゴミ箱に当たって跳ね返り、俺の後頭部に当たった」ポーターの言葉がふいに途切れた。

「それから？　何か思い出したんですね？」

「ヘザーがいまの大統領は誰かと訊いてきたんだ。俺が答えると、その前の大統領は誰かと訊いてきた。だが、いくら考えても思い出せない。医者がやってきて、ヒルバーンを病室から追いだし、いくつか検査をした。そのあと逆行性健忘症だと診断を下し、脳圧が上がったせいで一部の記憶が失われた、たいていはそのうち戻る、と言った」

「なるほど」プールはうなずいた。「路地に戻りましょう。路地を思い浮かべてください。目を覚ましたときにヒルバーンから説明されたことはなるべく無視して、自分の記憶を引きだすんです。目にした光景、聞こえた音、路地の匂いを思い出すといい。レストランがあったと言いましたね。そこから漂ってくる匂い、ゴミ箱の臭い、その夜は暖かかったか──なんでもいいから、記憶を呼び起こす助けとなるようなことを思い出そうとしてみましょう。撃たれる寸前のことを何か覚えていますか？」

　ポーターは考えた。「ウィーゼルを追いかけ、カンバーランド通りから角を曲がってここに来た。ウィーゼルはあそこ、ゴミ箱のとこで立ち止まって……」

「どうしたんです？」

ポーターは片手をあげてプールを黙らせ、目を閉じて、長いことじっとしていた。それから怯えたような顔でぱっと目を開け、路地の反対端を見た。

「何を思い出したんですか?」

「ウィーゼルはここの、ゴミ箱のところで止まった。それから勢いよく振り返ったが……まだヒルバーンの姿は見えない。そのあと銃声がして……」

プールはポーターの横の敷石に片膝をついた。「ほかにも思い出したことがあるんですね? その記憶が消える前にぼくに話してください」

ポーターはプールに向き直った。額に汗が噴きだしている。「ウィーゼルが銃を持っているところが思い出せない。カメラを持っていたような気がする……」

「ウィーゼルはあなたを撃たなかった?」

「どう……かな。ああ、撃たなかったと思う。〝急いで、あいつらが来る〟そう言ったとき、銃声が響いた」ポーターは自分たちが入ってきた通りのほうをぼんやり見て、しばらく考えこんでいた。それから急に立ちあがって早足で戻りはじめた。「あのフィルムを現像しよう」

手錠が手首にこすれるのを感じながら、プールはポーターのあとを追った。

80

五日目　午後十時十四分
クレア

どうやら眠ってしまったようだ。

クレアはそれに気づいて自分を罵った。忌々しいウイルスのせい。体を蝕み、生気もエネルギーも吸いとっていく憎い敵、未知の侵入者のせいだ。もう〝あたしは大丈夫〟と自分に言い聞かせる気力もない。熱がどんどん上がっていくのが自分でもわかった。経験したことがないような高熱――裸で南極に立ち、扇風機の風にさらされているように寒くてたまらない。それなのに汗をかいている。

寒くて震えているのに汗をたらすなんてことが、どうして可能なのか?

驚くほど喉が渇いているところからすると、おそらく脱水症状を起こしているのだろう。しかも汗でよけい水分が失われていく。喉が痛いのは具合が悪いせいだけではなく、叫びすぎたせいだ。叫ぶこと自体は気分がよかった。この状況に対して何かしている気持ちになれたから。だけど、いくら叫んでも、聞いているのは隣の部屋でうめいている男だけだ。クレアが眠りに落ちる（実際は意識を失ったのだが、それは降伏を意味するから、絶対に認めたくない）少し前に、隣の男は静かになった。最初は恐怖の悲鳴をあげていたが、しだいに怯えた泣き声になり、徐々にすすり泣きに変わって、やがてうめき声も消えた。

黒い目出し帽の男は、クレアと隣の男が叫んでいるのを、にやにや笑いながら廊下で聞いているかもしれない。急にそう思いついて、クレアは叫ぶのをやめたのだった。ふたりが苦しむ様子を楽しんでいるのだとしたら、ゆがんだ欲望を満たしてやるのはごめんだ。眠っているあいだにあの男が来たと見え、部屋の明かりはついていた。

さきほどクレアは部屋のなかに通気口を見つけた。それはうめく男がいる隣の部屋と繋がっているようだ。小さすぎて通り抜けることはできないが、近くにかがむと、くぐもったすすり泣きが聞こえてきた。「ねえ、聞こえる？」

すすり泣きがやみ、弱々しい声が答えた。「誰だ？」

クレアは驚いた。これまで何度か話しかけたが、答えが返ってきたのは初めてだ。「あたしはシカゴ市警のクレア・ノートン刑事。あなたは？」

「あの女、わたしの耳を切り取ったんだぞ。わたしの耳を。一刻も早く医者に診てもらわなくては」

女ですって？

「誰なの、その人？　あたしたちをここに閉じこめたのは女なの？」

「エスコートサービスのあの女だ。そうに決まってる。ベッドに縛りつけられたときは興奮したが、それから何かで殴られて気を失った。耳が片方ないんだ。くそ、ものすごく痛む」

エスコートサービス？　いったいなんの話？

「あなたがここにいることを知ってる人がいる？」答えを知りたくないような気がしながらも、クレアは尋ねた。

「ここは……どこだ？　わたしはランガムにいたんだ。どこなんだ？　目が覚めたらここにいた」

「ランガムって、ランガム・ホテルのこと？」

「そうとも。補佐官たちが探しているに違いない。刑事だと言ったな。市警もわたしを探しているのか？　待て、きみも閉じこめられているんだな。きみがあの女に捕まる前、警察はわたしを捜索していたのか？」

「女だってことはたしか？」

「わたしをゲイだと言うつもりか？　もちろん、女だ。わたしにはそっちの気はないし、男と女の違いはちゃんとわかる」

癇《かん》に障るエゴの塊。クレアはこの声の主を知っていた。熱のせいで気づくのが遅れたが、テレビで何度も聞いたことがある、古き良き時代を彷彿《ほうふつ》させるシカゴ訛りのこの声は――

「ミルトン市長ですか？」

男の声が大きくなった——通気口に近づいたに違いない。「あの女はサラと名乗った。いつもの女より少し年上で、娘というより成熟した女だった。だが送り返さないことにした。年をくっていれば、経験も積んでいるに違いない。ほかの娘たちよりオープンに楽しめるかもしれないと思ったからだ。すると、いきなり殴られた」

　これはふだんクレアが市長から聞く類の話ではない。この命がいつまで続くかはわからないが、生きているあいだはこれ以上ひと言も聞きたくなかった。とにかく、ひどく具合が悪い。犯人がとどめを刺しに来ても、それで楽になるとしたら、抵抗したいかどうかさえわからない。

「どんな女でした？」

　市長はうなるような声をもらした。「小柄で、暗褐色の髪だった」

「苗字も言いました？」

「きちんと名乗って、子どもの写真を見せ、人生の目標や天気の話をする？　ふん、そんなわけがないだろう。パーティで顔を合わせたわけじゃあるまいし」市長は急に言葉を切った。それから、「これは全部オフレコだぞ。誰にも、ひと言も洩らしてもらっては困る。わかったな？　洩らしたら、クビだぞ。ここを出る助けになるかもしれないと思って話しているだけだ」

　クレアは軽蔑をこめて通気口をにらみつけた。市長に見えないのはわかっていたが、それでも少し気分がよくなった。「そっちはどんな部屋か教えてください」

「壁は石で、床はコンクリート。金属製のドアには小さな窓がついている。いま会話をしている通気口が壁の下のほうにある。それ以外に通気口はない」

　ここと同じだ。

「耳からはまだ出血しています？」

「いや、血は止まっているようだ。包帯が巻いてある」

「それは剝がさないでください。傷口が化膿するといけませんから」

「よけいなお世話だ。そんな心配をするより、ここから出る算段をしたらどうだ？　耳の心配なら自分でする。銃はないんだろうな？」

「ありません」

「だと思ったよ」

「どういう意味です？」

「あいつらに銃を奪われ、ここに閉じこめられたんだろう？　なんというザマだ。わたしは無防備な状態で不意をつかれたが、きみは訓練を積んだ刑事だぞ。よほどへぼなんだな。優秀なら、ここに閉じこめられるわけがない」

「そんな憎まれ口を聞いたら、助ける気が失せますね」

「だが助けるんだ。それがきみの仕事だろうが。さもないと、ここを出たら職を失うと思え」

　クレアは話しかけたことを少し悔やみはじめた。悲鳴をあげているときのほうが、まだ可愛げがある。「あいつらと言いましたね。その女には仲間がいたんですか?」

そのときまたしても明かりが消えた。

ひとつ残らず。

クレアのいる部屋も、廊下も、通気口の向こう側も真っ暗だ。

ドアが開く音がした。クレアがいる部屋ではない。

「やめろ!」市長が叫んだ。「やめてくれ! 来るな!」

市長は最初のときよりも大きな悲鳴をあげた。だが、クレアを怖がらせたのはその悲鳴ではなく、それが急に途絶えたことだった。

81

日記

騒がしい音がして、ぼくたちは目を覚ました。下の部屋で何か恐ろしいことが起こっている。最初の叫び声が聞こえたとき、空耳かと思った。目を開けたが、一瞬、自分がどこにいるのかわからなかった。隣で寝ていたリビーがもぞもぞと動き、裸の体を押しつけて、ぼくの腰に片脚を巻きつけた。

叫んでいるのはウェルダーマンだ。誰かが泣いている。キッドだと気づくのに少し時間がかかった。

「たいへん」リビーがささやき、シーツで胸を覆って起きあがった。

ぼくたちは急いでベッドをおり、服を着てリビーの部屋のドアを開けた。向かいの戸口から身を乗りだし、青い顔で階段のほうを見つめていたポールが、ぼくたちを見たとたんあんぐり口を開けた。まん丸い目がぼくを見て、リビーを見て、またぼくに戻る。目を見開いているのはぼくたちが一緒にいるのを見たからか、階段の下で起こっている出来事のせいなのか？　その両方かもしれない。

「何が起きてるの？」ぼくはなるべく低い声で尋ねた。

ポールが答える前に、フィニッキーが下から怒鳴った。「全員――いますぐ、おりてきなさい！」

「くそ、たいへんだ、ヤバいぞ」ポールがつぶやく。

リビーがぼくの肩をぎゅっとつかんだ。「メモが見つかったんだ。お金も。あたしたちはおしまいよ」

「あいつらはぼくたちを傷つけたりしないよ」ぼくはリビーを安心させるためにそう言った。「傷ものは売れない。そうだろ？」

リビーはちっとも安心したようには見えなかった。

ティーガンとクリスティーナがあくびをしながら部屋を出てきた。ティーガンは白いガウン、クリスティーナはだぼっとしたTシャツにピンクの短パン姿だ。

「いま何時？」ティーガンが尋ねる。

ポールが肩越しに振り向いた。「朝の四時十五分だよ」

「いますぐおりてこい！　くそったれ！」

これはウェルダーマンだ。

斜め向かいのドアが開き、ヴィンセントがスパナをつかんで出てきた。

クリスティーナが目を細める。「それで何をする気？」

「しなきゃならないことをするのさ」ヴィンセントはジーンズの後ろにスパナを挟み、シャツの裾をズボンから引きだして隠すと階段をおりはじめた。

残りのぼくたちもそのあとに続いた。半分ほどおりたところで、ティーガンがぼくに身を寄せた。「ヤッたの？」

リビーがティーガンをにらむ。ぼくもリビーもこれには答えなかった。

居間には全員が揃っていた。いや、ほぼ全員だ。

「座れ」ウェルダーマンが指示した。「誰も、ひと言もしゃべるな」開いたコートの前から、肩の下の銃が見える。リボルバーの一種だ。

リビーとぼくとポールは壁沿いをまわって一緒にソファに座り、クリスティーナとティーガンが手を繋いでひとつの肘掛け椅子に腰をおろす。ヴィンセントは立っていたが、ウエルダーマンににらまれると、机から木の椅子を引っ張りだした。座った拍子にスパナが音をたてて落ちたらどうしよう？　そう思ってはらはらしたけど落ちなかった。

ウェルダーマンとフィニッキーは、キッチンへ行く戸口に立っている。ウェルダーマンは空いているほうの手をウィーゼルの肩にかけていた。ストックスはいない。キッドの姿もなかった。

82

五日目　午後十時四十一分
プール

そのコンビニの駐車場も空っぽで、店内の明かりもすべて消えていた。ふたりがフィルムを現像するために訪れた店は、これで三軒目だ。

運転しているのはポーターだった。

このまま逃げてしまおうか？　さきほど路地を走っていくポーターのあとを追いながら、プールは一瞬迷った。だが、ポーターが運転席に乗りこみ、助手席のドアに手を伸ばして開けると、そのチャンスは失われた。この男が本気で自分を傷つけるとは思えないが、その可能性がまったくないとも言い切れない。ポーターの行動の何か、見開いた目に浮かぶ何かが、プールを不安にさせた。この男がしていることは、すべて巧妙な罠《わな》なのかもしれない。ワゴン車にあった死体を隠したのがポーターなら、もっともらしい話をでっちあげる時間はたっぷりあった。ほかの被害者全員を殺したのもポーターだとすれば、プールを襲うのも朝飯前だろう。それにいま目を離せば、ポーターはまた姿を消してしまう。この男を逮捕するには、そばを離れず、最後までくらいついているしかない。プールはポーターを逮捕するつもりだった。

プールは車に乗りこみ、手錠のついた手でドアを閉めた。これでポーターとのあいだには、暗黙の信頼のようなものが生まれたはずだ。あとでそれを利用できるだろう。

スーパーマーケットの駐車場も閉まっていた。

「ちくしょう」ポーターは、明かりの消えた看板を見上げて毒づいた。

「どのみち、いまは写真の現像をその場でやるスーパーはほとんどありませんよ。たいていは受けつけるだけで、業者に送るんです」

ポーターはタイヤをきしませながら通りに戻り、すれ違いざま白いトヨタの脇をこすりそうになった。「俺のアパートの少し先にある店は、まだ写真の現像を扱ってるぞ。ヘザーは大事な写真をデジタルで撮るのをいやがった。三五ミリのレンズで撮った写真と比べれば、携帯の写真なんかくそだと言ってたよ。たしか現像用のクーポンがまだ冷蔵庫に貼ってあったな」

「少しスピードを落としませんか」

ポーターはすばやく右車線に入り、そのあとでおざなりにウィンカーを点滅させた。後ろの車がしつこくクラクションを鳴らしつづけた。「さっきは何が言いたかったんだ？　ヒルバーンが俺の頭に記憶を植えつけたと思ってるのか？」

プールは手錠でこすれた手首をさすった。「示唆された知識、と呼ばれるものです。脳が休眠状態から目覚めるとき、短いあいだだが、意識と潜在意識を隔てる扉が開いた状態になる。夢から覚めた直後は夢のなかの出来事が現実に思えるでしょう？　それから眠っていたことに気づき、その出来事は虚構と分類されるか、すっかり忘れ去られる。その夢を作りだしたのは脳だから、脳はその情報が誤りだと判断できるわけです。ところが、この扉が開いているときに脳が外部の情報にさらされると、情報源がなんであれ、分類を間違える可能性がある。完全に覚醒しているわけではないので、必ずしも自分が経験したとされる情報自体を覚えているとはかぎらないが、脳はとりあえずそれを〝記憶〟として蓄えるんです。故意にしろ、そうでないにしろ、ヒルバーンはあなたが目を覚ました直後に事件のあらましを告げ、その記憶をあなたの脳に植えつけたんですよ」

「だが、そうなったのはたまたまで、ヒルバーンの説明が正しく、さっき思い出したことが間違っている可能性もあるぞ」

「まあ、そうです」

「それか、俺が自分を守るために嘘をついてるってこともありえる」

ポーターの率直さは、プールの不意をついた。「ええ、その可能性もありますね」

電話が鳴りだし、ポーターは車の中央のコンソールからプリペイドの携帯電話をつかんだ。だが、鳴っているのはその電話ではなかった。着信音がやむと、ポーターが厳しい顔でプールをにらんだ。「もうひとつ携帯を持ってるのか？」

嘘をつく理由はない。「ええ、ぼくはいつも、自分の携帯とＦＢＩから支給された携帯のふたつを持ち歩いています。あなたが壊したのはＦＢＩのほうです」

「くそ、裸にして身体検査をしなきゃならんのか？　いますぐそれを寄こせ。電話には出るな。二本の指で取りだして、俺に渡すんだ」

プールは言われたとおり、もうひとつの携帯をジャケットのポケットからつまみだし、ポーターに渡した。またしても着信音が鳴った。

ポーターはスピーカーフォンにすると、プールの声を精いっぱい真似た。「プールです」

「グランジャーだ。やつと一緒か？」

「ええ」

「よし、何も言うな。ヒルバーンの奥さんが、きみがポーターに銃を突きつけられて連れていかれるのに気づいたんだ。ウェイドナーの死体がポーターのアパートで見つかったというニュースを見て、やつだとわかったらしい。きみの電話のシグナルが切れたんで、この電話のＧＰＳを追跡中だ。カンバーランドじゃもう少しで追いつくとこだったんだが。

道路からは見えない場所にパトカーを配置してるし、ヘリもそっちに向かってる。どの車なのかわからないが――」

ポーターは窓をおろし、クロンダイクとモーティン・アベニューの交差点で黄信号を突っ切りながら携帯を外に投げ捨て、右に急ハンドルを切ってUターンすると、猛スピードで州間高速道路へと向かう傾斜路に入った。

荒い運転のせいで、プリペイドの携帯が滑って床に落ちた。ポーターはすくいあげるようにそれを拾い、またしてもプールをにらんでから電話をかけた。「フルスピードでそっちに向かってる」

ポーターは電話を切り、信号で停止したわずかな隙を狙ってメールを打った。それから電話を中央コンソールに戻し、しかめ面でプールを見た。「バカなことをしてくれたな」

「あなただって同じことをしたはずですよ」

「ＩＤをもらおうか」ポーターは片手をジャケットのポケットに入れた。銃が入っているほうのポケットだ。

「なぜです?」

「バッジ、ＩＤ、免許証。全部よこせ。いますぐだ」

「サム、そういう――」

「全部だ。いますぐ出せ!」

プールはバッジとＦＢＩのＩＤをジャケットのポケットから取りだし、財布から免許証を抜きだして、それも渡した。ポーターはそのすべてを窓から投げ捨てた。

「いまのも間違いですよ」プールが忠告した。

「どうやら最近の俺は、間違いばかりしでかしているようだな」ポーターは窓を閉め、スピードをあげた。「俺のアパートで何が見つかったって？」

プールはウェイドナーの死体とプラスターボードのことを話した。

バックミラーに目をやりながら、ポーターは黙って聞いていた。サイドミラーに目をやると、プールにもそれが見えた——サウスカロライナ州警察の車が。いつから後ろについていたのか、三台後ろを追ってくる。

83

五日目　午後十時五十三分
プール

「サム、路肩に寄せて止まりましょう。誰も怪我をしないうちに自首してください」

ポーターはまたバックミラーをちらっと見た。州警察の車は隣の車線にいる。四台後ろにさがったが、まだ追ってくる。「いまさらそんなことができるか」

「本当に無実なら、ぼくたちがそれを証明します」

ポーターは銃から手を離して両手でハンドルをつかみ、肩越しに顎をしゃくった。「後ろの床にファイルがふたつある。ふたつともその緑のダッフルバッグに入れて、いつでも動けるよう準備しておけ」

ＳＵＶはさらに速度を上げた。こんなときにシートベルトをはずすのは気が進まない。

「早くしろ！」

「ぼくがちゃんと席に戻るまで、無茶な運転はしないでくださいよ」プールはベルトをはずし、体をひねって座席のあいだから後ろに手を伸ばした。運転席の後ろの床にファイルが見える。それをつかもうと両手を伸ばすと体が前にのめったが、両手をついて投げだされるのを防いだ。「手錠をはずしてくれれば、もっと楽に取れるのに」

「つかまれ」ポーターが警告し、鋭く右にハンドルを切り、出口に向かって三車線を一気に横切った。

どうにか少し体を起こすと、窓越しに後ろの州警察の車がハンドルを切るのが見えた。だが、運転している男の反射神経はポーターよりもかなり遅く、出口を通り過ぎてから急ブレーキを踏み、バックしてくる。プールに見えたのはそこまでだった。「さっきまでこの車だと特定できなかったとしても、いまので完全にばれましたよ」プールはふたつのファイルをすくいあげると自分の座席に戻った。チャールストン空港の看板が右手を飛びすぎる。「どこに行くんです？」

「くそ、くそ、くそ」ポーターはバックミラーを見て毒づいた。州警察の車は影も形もないが、チャールストン市警の車が二台後ろに張りついている。回転灯はまだつけていないものの、それも時間の問題だろう。すでに空港敷地内の道路とあって、制限速度は時速三十キロ。ポーターはそれを少しオーバーする程度に速度を落としていた。高速から出た車の一部は長期および短期駐車場へと向かう傾斜路に入っていくが、一台そちらに向かうたびに三台ばかり入ってくるため、ターミナルに近づくころには車の数はかなり増え、パトカーはだいぶ後ろにさがっていた。しかし、前方のアクセス道路から、別のチャールストン市警の車が入ってくる。この車と同じ車線の数百メートル先にもパトカーが見えた。

「挟みこむ気か」

「手錠をはずして、銃をぼくにください。ぼくに自首したと説明します」

ポーターはハンドルにかがみこみ、標識と周囲の車へすばやく目を走らせた。額から汗を滴らせ、唇をきつく結んで、関節が白くなるほどハンドルを握りしめている。「つかまれ」

ポーターはブレーキを思い切り踏みこんだ。車体が前にのめり、シートベルトが胸に食いこむ。後続車がバンパーに突っこみ、耳障りな音がした。後ろで少なくとも二台の車がぶつかったようだ。サイドミラーを見ると、六台ばかり玉突き事故を起こして止まっている。エアバッグが飛びだしている車もあり、クラクションが鳴り響いていた。

これで後ろの車は進めないが、前はまだ車が流れている。

ポーターはアクセルを踏みこみ、プラスチック製のバンパーを引きちぎりながら右側に二車線移動してその道路を離れた。スピードを上げながら個人や法人用の格納庫へ向かう。

「ヘリですよ」プールのほうが先に、東から接近してくるヘリコプターに気づいた。

ポーターは気にする様子もなく、そのままゲートをおろした警備員のブースへと直進していく。

プールは身を縮めた。

衝突する寸前、ゲートのアームが上がった。ポーターはブレーキを踏みもしなかった。行く手を阻もうとヘリコプターが弧を描いて急降下してきたが、ＳＵＶの速度がまったく落ちないのを見て、あわてて高度を上げた。ポーターがさらにアクセルを踏みこむ。誰かが拡声器で呼びかけているが、なんと言っているのかわからなかった。

ポーターは左にハンドルを切った。前輪が悲鳴のような音をたてて滑り、それからアスファルトをつかむ。ヘリはアスファルトの三十メートルほど上を追ってくる。

回転灯をつけた車が何台も近づいてくるのが見えた。「停まってください、サム！　停まれ！」

停まるどころか、ポーターは扉が開いている格納庫を目指してさらに速度を上げた。格納庫のなかの人々があわてて散らばるのが見えたあと、ようやくブレーキを踏んだ。しかも思い切り踏みこみながら、ハンドブレーキを引いて後輪をロックした。プールは反射的に身構えた。このままでは、格納庫を占領しているジェット機に激突する。タイヤの下のアスファルトがコンクリートになると、ポーターは再び鋭くハンドルを切り、車を右に傾けた。SUVが横転しそうになりながら、格納庫のなかに滑りこむ。頭上に迫っていたヘリコプターが、ローターの音を響かせて高度を上げた。

車が格納庫のなかに消えてからほとんど間をおかずに、タルボット・エンタプライズ社と尾翼に書かれたボンバルディア・グローバル5000が格納庫から出てきた。ヘリコプターはまだUターンしている最中、フルスピードで迫る緊急車両も四百メートルは離れている。ジェット機はかん高いエンジン音を響かせ滑走を始めると、FBIや警官に所有者を知るチャンスも、離陸を止めるチャンスも与えずに、空に飛び立った。

84

日記

「キッドはどこ?」ほかの誰も訊こうとしないから、ぼくが尋ねた。

ウェルダーマンがウィーゼルの肩に置いた手に力をこめた。ウィーゼルが身を縮めてその手から逃れようとする。ウェルダーマンは苛立たしげに親指を肩にめりこませながら、ぼくをにらみつけて、もう片方の手でポケットからメモを取りだした。ぼくたちがキッドに渡したメモだ。「これはおまえが企んだのか？　ふざけやがって」ウェルダーマンがウィーゼルを離し、ぼくに一歩近づいた。「腕が折れてちゃ、おまえにはほとんど価値がない。わかってるのか？　おまえのたらすクソの後始末をするより、ばらばらに切り刻んで外の草むらに埋めるほうがよっぽど簡単なんだ」

リビーがぼくの手を握ろうとするのに気づいて、ぼくはとっさに離れた。ウェルダーマンに見られてはまずい。さいわい、ウェルダーマンには見られなかった。だけど、うっかりしていて、フィニッキーがぼくらを見ていることに気づかなかった。あのとき気づいてさえいたら。フィニッキーのほうを見てさえいたら……。でも、ぼくはフィニッキーのほうを見ないで、ウェルダーマンに言った。「うん、ぼくが思いついたんだ」

ウェルダーマンが顔から飛びだしそうなほど両目を見開いた。「モーテルであんなことをしでかしたと思ったら、今度はこれか？　おまえの頭を撃ち抜いちゃまずい理由がひとつでもあったら、教えてくれ」

その理由はひとつも思いつかなかったから、黙っていた。ぼくだったら、この場で頭を撃ち抜くだろうし、父さんもそうするだろう。母さんなら間違いなくそうする。ぼくは厄介の種で、ウェルダーマンもそれを知っていた。どうしてこの男がぼくを撃ち殺さなかったのかよくわからない。

「あのクソガキをここに連れてこい！」ウェルダーマンが肩越しに怒鳴った。

てっきりストックスが来ると思ったが、入ってきたのはモーテルの前で見張っていたワゴン車の男だった。襟元をつかまれたキッドが半分引きずられるようにして入ってきた。服はびりびり、血の染みがついている。赤や紫、黒に染まった顔には、もっとたくさん血がついていた。左目は腫れあがってほとんど開かない状態、鼻は折れて横にずれている。

みんながあえぐような声をもらした。ティーガンの声がいちばん大きかった。

ワゴン車の男がゴミを捨てるみたいにキッドを落とすと、ウェルダーマンのそばで縮こまっていたウィーゼルが、キッドに駆け寄った。

両脚が体を支えられずに、キッドはへなへなと床に倒れた。床につこうとした右手もだらりとたれた。腕だけでなく、手、指のすべてが力なく落ちるのを見て、一瞬、死んでいるのかと思った。それから、キッドが咳きこみ、塞がっていないほうの目でさっとみんなを見てから、その目を閉じた。

緑のバッグを手にしたストックスが入ってきて全員を見まわし、ウェルダーマンとワゴン車の男を見た。「納屋にトラックがあった。こいつら、しばらくのあいだ修理をしていたらしく、もう少しで動くところだったぞ。もちろん、もう直すのは無理だが。くそ、危ないとこだった」ストックスがバッグを振った。「こいつら、金も見つけたよ。これがトラックの前の座席に置いてあった」

ウェルダーマンはフィニッキーをにらみつけた。「どういうことだ？　あんたはこいつらを見張ってるはずだろ？　俺たちはあんたに仕事を与えた。簡単な仕事だ。ところがどうだ、こいつらはあんたの目と鼻の先で錆びたおんぼろ車を修理していた。子どもたちの監督さえ、まともにできないのか？　役立たずのヤク中め」

フィニッキーは抗議しようと口を開けたが、ウェルダーマンが片手を上げてさえぎった。

「ここの鍵を全部よこせ。ギヨンに行くまでは、今後誰ひとりこの家から出さない。わかったか？　あんたも、こいつらも、全員だ」

フィニッキーが怒りに顔を赤くした。「言っとくけど、街に戻らなきゃだめよ。約束した相手が待ってるんだもの」

「くそ！」ウェルダーマンはぶつぶつ罵りながら部屋中を歩きまわった。「なんだってこんな厄介なことになったんだ！」

「ギヨンって何？」

そう言ったのはウィーゼルだった。キッド以外の人間にウィーゼルが話しかけることなど、ほとんどないのに。その声は消え入るように小さかった。

「うるさい！　黙ってろ、くそガキ」ウェルダーマンは真っ赤な顔で、唾を飛ばしてわめいた。いまにもウィーゼルを蹴りあげそう、いやもっとひどいことをしそうに見えたが、そうする代わりにカメラをつかんで緑のバッグに突っこみ、ワゴン車の男にバッグを押しつけると、ウィーゼルを顎で示した。「ガキを連れてあそこに戻れ。こいつはイカれてるんだと伝えろ。そこにある金を渡して丸くおさめてこい。寄り道はするな、わかったか？」

ワゴン車の男がうなずき、ウィーゼルの襟をつかんで引きずるようにして出ていった。

ふたりがいなくなると、ウェルダーマンは靴のつま先でキッドを横向きに転がしてから、ストックスを振り向いた。「こんなひどい顔にしやがって。いったい何を考えてたんだ？　こいつの分はおまえの分け前から削るからな」

ストックスは口を開けたが、何も言わなかった。

「キッドを上に連れていってもいい？」ぼくはウェルダーマンに尋ねた。「事情はわかった。もうばかな真似はしない。こんなことはすべきじゃなかった。みんな、それはもうじゅうぶんわかったよ」

ウェルダーマンは怒りにゆがんだ顔でストックスを、ぼくを、残りのみんなを見た。

「ああ、さっさと連れていけ。おまえたちの面《つら》はしばらく見たくない」

ぼくは床に膝をついてキッドを助け起こそうとしたけど、腕が折れているせいでうまくいかなかった。ヴィンセントがすぐ横に膝をついて両腕でキッドをすくいあげ、何も言わずに階段に向かった。ティーガンとクリスティーナが椅子から飛びあがるようにして続き、残りのぼくたちもついていった。

二階に上がると、ヴィンセントはキッドをベッドに寝かし、頭をそっと枕に載せた。リビーが水を入れたボウルと布を持ってきて、折れた鼻に触れないように気をつけながら、優しくキッドの顔から血を拭きとりはじめた。ぼくは血で汚れた服をキッドから剝ぎとって部屋の隅に重ねた。ポールは戸口からぼくたちを見ている。その後ろにティーガンとクリスティーナが立っていた。「あいつら、あたしたちを殺すよ」ティーガンが小さな声で言った。

「殺すもんか。売るんだからな」ヴィンセントが言い返した。「ギヨンってのは、そういう意味だ」

ワゴン車の男はウィーゼルを車に放りこみ、鍵をかけて戻ってくると、ほかのふたりと言い争いをはじめた。〝ふたりのガキが傷ものになった〟――あいつらが気にしているのはそれだけだ。

そのとき、言い争う声に混じってその音が聞こえた。車が私道に入ってくる音。タイヤが砂利を踏む音が。

ポールがさっと窓に駆け寄った。「警官だ！」

その直後、ストックスが階段を駆けあがって寝室に走りこんでくると、銃を振り回して叫んだ。「窓から離れろ！　早く！」

ポールはおとなしく従った。

でも、ぼくには白と黒のパトカーが白いワゴン車の後ろに停まるのが見えた。だけど誰も降りてこない。

家の玄関の網戸がギイッと音をたてて開き、バタンと閉まった。ワゴン車の男がパトカーに近づいていく。パトカーの窓がおり、男はかがみこんで運転席にいる警官と話しはじめた。

「音をたてるなよ」ストックスはリビーに狙いを定め、ぼくを見て言った。

「誰なの、あの人？」ぼくは訊いてみた。

「黙れ」

「知ってる人なんだね？」

「黙れと言ったぞ！」

「これは、警察の人みんなでやってるの？」

ストックスは銃を振りあげてぼくを殴ろうとしたが、思いとどまった。すでにふたりも傷ものになっている。たぶん、これ以上ぼくを痛めつけたらどうなるのか知りたくなかったんだろう。

外では、ワゴン車の男がまだパトカーの警官と話している。警官が運転席に座っているのは見えるけど、暗いのと距離があるせいで顔はわからない。ワゴン車の男が何度か家のほうを示す。五分近く話してから、ようやく男は体を起こし、パトカーの屋根を二度叩いて、自分の車に走っていった。パトカーがぐるりとまわり、私道を戻りはじめた。白いワゴン車はその後ろをついていく。

「ウィーゼルはあのワゴン車に乗ってるの？」ティーガンが尋ねた。

誰も答えなかった。乗っているのはみんなわかっている。

ストックスは車のテールライトが暗がりに呑みこまれるのを待ってから言った。「女は全員向こうの部屋に行け。男はこの部屋だ。俺に見えないところには行くな。わかったか」

ぼくはヴィンセントがスパナを取りだしたのも、それを振りかざすのも見なかった。重い鉄がストックスの後頭部にゴツッという音をたてて当たるのが聞こえて、初めて何が起きたか気づいた。ストックスが白目をむき、大きな音をたてて床に倒れる。

「ストックス？　どうした？　大丈夫か？」

階下でウェルダーマンが声を張りあげた。

ぼくたちは床に倒れたストックスを見つめた。死んでいるのは明らかだ。

85

六日目　午前二時十八分

ナッシュ

目を開けると、ぎらつく光が乾いた瞳孔を直撃した。あわててきつく閉じ、何度か瞬きしてから、もう一度目を開けようとした。疲れきって目を閉じてから、自分ではほんの数秒しか経っていないつもりだったが、そばで見ている者がいれば実際には四時間経っていると教えてくれただろう。頭を横に向けると、椅子に座り、ベッドの端に足を載せて眠っているクロズが見えた。「クロズ？」

クロズはもごもごつぶやき、また眠りに落ちた。

ナッシュはベッドからクロズの足を蹴り落とした。

椅子から転がり落ちそうになり、クロズはとっさに肘掛けをつかんで周囲を見まわした。すぐに自分がどこにいるのか気づいたらしく、目を覚ましているナッシュを見て大声で叫んだ。「看護師さん！　来てくれ！」

「おい、クロズ。落ち着けよ」乾ききった喉はガラガラで、声がなかなか出てこない。

「水をもらえるか？」

クロズはもう一度看護師を呼んだあと、急いでベッドサイド・テーブルにあるピンク色のピッチャーから、同じくピンク色のプラスチックのカップに水を注ぎ、ナッシュの口元に差しだした。半分近くは飲めたが、あとの半分はこぼれてシャツを濡らした。だが、そんなことはどうでもいいくらい喉が渇いている。クロズからカップをひったくって飲みほすと、ナッシュはもっとくれと差しだした。

体を起こして三杯目を飲みおえたとき、看護師が入ってきた。赤い爪にブロンドの髪――なんとなく見覚えがある。「戻ってこられてよかったわ、刑事さん」

「出ていった覚えはないけどな」

「熱が四十度もあったのよ。あなたの年じゃ、命にかかわる高熱だわ」

「歩行器にそう注意書きを貼っとくよ」喉がまだ痛むが、水を飲んだおかげでだいぶましになった。

看護師はナッシュの冗談を無視した。「点滴で水分と抗生物質と抗ウイルス剤を入れているところよ。ようやく状況がはっきりしたおかげで、処置方針が定まったの」

「問題のウイルスは命にかかわるようなものじゃなかったんだ」クロズが口を挟む。「ふたりの少女が打たれたウイルスは、リンゴに刺さっていた注射器のものとは違っていた。一時間ほど前にCDCが結論を出した。いまは全員が治療を受けている」クロズは自分の椅子の上にぶらさがっている点滴の袋を指さした。「何が入っているのか知らないが、気分ははるかによくなった」

看護師がナッシュの額に電子体温計を当て、数字を見せた。「三十七度六分までさがった。ずっといいわ」

「だったら、あの子たちが打たれたのはなんだったんだ?」

「感染力の強いインフルエンザよ。ふつうなら命の危険はないけど、放っておけばあなたみたいになるわ」

ナッシュは新しい情報を消化しようとした。まだ頭がぼうっとして、うまく働かない。

「つまり、ビショップはSARSウイルスを注射したわけじゃなかったのか?」

クロズはちらっと看護師を見た。「少しふたりだけにしてもらえないか?」

看護師がうなずき、部屋を出ていく。

クロズは声を落とした。「あんたが眠っているあいだに、いろんなことが起こったんだ。サムがひどいことになってる」

「ウェイドナーの死体だろ」無理して上半身を起こすと、ぐらりと部屋が傾いた。

「それだけじゃない。モンテヒュー研究所のビデオをばらばらにして、フレームごとに見てみた。この事件に関連のあるほかのビデオ同様、ウイルスかマルウェアでめちゃくちゃになってるやつさ。すると侵入事件があった夜に、サムの画像が見つかったんだ。一瞬だったし、画像の精度を高めて明るくしなければならなかったが、間違いなくサムだった」クロズはうつむいた。「FBIには言いたくなかったが、隠しておくわけにはいかないだろう? 連中はサムには共犯者がいると思ってる。シンプソンヴィルとこっちで発見された死体の全部を、ひとりで殺せたはずがないってわけだ。FBIはサムが昔起きた事件の隠蔽工作で殺しまわってる、このウイルスはたんなる目眩ましにすぎず、そのあいだに共犯者が市長を誘拐し、どこかに監禁した、と考えているらしい」

「市長のことを知ってるのか?」

クロズはうしろめたそうな顔になった。「実は、しばらく前からFBIの無線を傍受してて、断片的な情報を繋ぎ合わせたのさ。そのあとプールが突然姿をくらまし、あんたは重体で緊急入院した。お偉方はそれ以上隠しておけなくなって、記者会見を行ったんだ。市長はその時点で丸一日半、行方不明。まだ見つかってないから、かなりヤバいな」

「くそ」

「まだある。昔サムの相棒だった男のガレージで死体が発見された。ワゴン車のなかに隠してあったらしい。何年も放置されていたようだぞ。身元はまだわからないが男の子だそうだ」

ナッシュは顔をこすった。無精髭が手のひらにあたった。「その死体がサムとどう繋がるんだ?」

クロズは同じ車のなかで見つかった名前入りのバッグと、その中身を説明した。「プールが現場を封鎖しようとしていると、突然サムが現れ、銃を突きつけてプールを連れ去った。ヒルバーンの奥さんが母屋から見ていたそうだ。ＦＢＩが携帯のＧＰＳで追跡した——」

「で、ふたりはどこにいるんだ?」

クロズは部屋の天井に設置されたテレビに目をやった。消音になっているが、ニュース専門のチャンネルがかかり、着陸装置をおろすジェット機のぶれた映像が流れている。画面の隅には〝生放送〟、下のテロップには〝タルボット・エンタプライズ社のこのジェット機には、４ＭＫが搭乗している模様〟とある。「どんな魔法を使ったのか、サムはチャールストンでプールを連れてこのジェット機に乗った。ＦＢＩも警察も、離陸を止められなかった。ちょうどオヘア空港に着陸するところだ。空港には軍隊まで待機しているから、今度こそ逃げられないな。サムはもうすぐ捕まる」

画面では、ジェット機が最初に後輪を、次に前輪を滑走路におろし、減速しはじめた。

カメラが引き、滑走路の反対側にいる車両を映しだす。急いで設置された照明のなかには、何十台もの車──FBIやシカゴ市警の車のほかにも、消防車が二台、救急車も一台──が待機していた。プールの上司ハーレス支局長の姿がちらっと見えたあと、映像は再びジェット機に切り替わった。

ふいに記憶が戻り、心臓がどくんと打った。「クレアは見つかったのか?」

クロズは首を振った。「まだだ。警備員たちと捜索したが、全員体調が悪いうえに人手が足りなくてね。警官ふたりの行方もまだわからない。ダルトン警部から、病院の封鎖が解けしだい応援を送り、徹底的に捜索する、そのまま助けを待て、という指示を受けた」

「封鎖を解くだと? クレアの誘拐犯を逃がすつもりか!」ナッシュは手首のテープを剝がし、点滴の針と血圧計のカフを剝ぎとった。

クロズはテレビに目を張りつけている。飛行機が停まり、ドアが開いて、タラップがゆっくりおりてくる。数台の車の周囲で重装備のSWATの隊員たちが開口部に狙いをつけた。クロズはライフルを構えた隊員たちが腰を落とし、タラップを駆けあがるのを食い入るように見つめていた。

86

六日目　午前二時二十一分
プール

「ゴー！　ゴー！　ゴー！」

闇のなかに叫び声が響く。足音は外から近づきタラップを上がり、すぐに小型機のキャビンに入ってきた。震盪手榴弾《しんとうしゅりゅうだん》が炸裂《さくれつ》するのを予期してプールは口を開けた。顎に力を入れていたばかりに「歯が砕けた」「舌を嚙んだ」という話はいくらでも聞く。クアンティコの訓練でこの手榴弾が使われたときも、プールはいまと同じように口を開けていた。

震盪手榴弾は炸裂しなかった。聞こえるのは、重い足音と隊員たちの装備が触れ合う音だけだ。少なくとも五、六人が近づいてくるが、プールには何も見えなかった。

「ひとり発見！　左手中央だ！　動けないようだ！」誰かが叫んだ。

「いまから出る！」この声は閉じたドアの向こうから聞こえた。

「手から先に出せ！」プールから三メートルほど離れたところで誰かが命じる。「ゆっくりだぞ！　手を見せろ！」

ドアを蹴り開ける音、つづいて誰かがうめき声をあげて床に倒れこんだ。すぐあとに、もうひとり倒れる。

そのあいだずっと、プールには何ひとつ見えなかった。

足音がプールの横を通り過ぎた。誰かが右肘をかすめて後部へ向かい、ドアに何かが当たる音がした。トイレのドアを開けたのか？

「異常《クリア》なし！」

「異常《クリア》なし！」

「サム・ポーターはどこだ！」

答えはない。

「サム・ポーターはどこだ！」

「この機には乗っていない」くぐもってはいるが、聞き覚えのある声がした。機長に違いない。通路の絨毯に顔を押しつけられているのだろう。

誰かがプールの目隠しを取った。銃身に装着されたＬＥＤライトに目を射られ、プールは目をしばたたいた。隊員のひとりがＭＰ５１０アサルト・ライフルとまぶしい光をプールの顔からそらし、手を伸ばして猿ぐつわをはずした。

「ＦＢＩのフランク・プールだ」どうにかそう告げる。猿ぐつわがきつかったせいで、口の両端が燃えるように痛い。「結束バンドを切ってくれないか」プールは両手、両腿、両足首を座席に縛りつけられていた。

「隊長？」プールの横にいる兵士は、指示を仰ぐようにドアのそばにいる上官を見た。

隊長が背中を踏みつけたまま機長に尋ねた。「どうなってるんだ？」

「立たせてくれ」機長が絨毯に向かってつぶやく。

隊長が背中から足をおろすと、機長は立ちあがってアイロンの利いた紺のスーツの埃を払った。「ポーター刑事に、４ＭＫ事件の容疑者をシカゴまで運ぶよう指示されたんだ。警察が空港に待機していると言われたが、まさかこんな荒っぽい扱いを受けるとは思わなかった。この機が受けた損害は弁償してもらうぞ」

プールは怒って機長をにらみつけた。「何度も言ったが、ぼくは連邦捜査官だ」

「だがＩＤを身に着けていなかった。そうだろう？　ポーター刑事には、きみの言葉は何ひとつ信じるなと言われていたんだ」機長は隊長に顔を戻した。「わたしは、非常に危険な男だから拘束するようにという指示に従っただけだ。コックピットに携帯電話がある。ポーター刑事から受けとった指示もそれに入っているよ」

隊長は携帯電話を取りに行った。

横にいる兵士がナイフを取りだし、結束バンドを切りはじめた。手足が自由になったプールが憤然とジェット機をおりていくと、ハーレス支局長が六人の捜査官とともに待ちかまえていた。

通信機を通じて機内のやりとりを聞いていたハーレスは、真っ赤な顔でプールをにらみつけた。プールは雷が落ちる前に、シャツの下に隠し持っていたカムデン療養センターのファイルを差しだした。「これがあれば、ポーターを捕まえられます」

87

六日目　午前二時三十八分
クレア

またうめき声がした。

クレアはうとうとしていたが、隣の部屋から聞こえてくる市長の声で目が覚めた。最初は静かなすすり泣きに近かったが、泣き声がしだいに大きくなり、切羽詰まった調子に変わる。

意識が戻ったのか？　ぼんやりそう思っていると、突然、苦痛に満ちた悲鳴があがった。両腕を体に巻きつけ、両脚を体の下にたたむようにして部屋の隅で横になっていたクレアは、びくっとして起きあがり、急いで通気口のそばに戻った。

「ミルトン市長？　どうしたんです？　大丈夫ですか？」

すすり泣く声がする。

大の男の情けない声に、クレアはなんとも言えない気持ちになった。大嫌いな男だが、放っておくことはできない。

「あの女はわたしの……」

「わたしの、なんです?」

それから何分か、すすり泣きだけが聞こえてきた。

「わたしの目を片方えぐっていった」市長はようやくそう言った。「えぐったと思う。はっきりとは……わからない。ガーゼを当ててテープで留めてあるが、ひどい痛みだ。ああ、くそ、目をえぐり取られたに違いない。確かめないと」

「ガーゼはそのままにしておいてください。どんな状態かわかりませんが、傷跡を消毒して抗生物質を塗ってあるかもしれない。はずしたら感染症を起こす危険があります」

「だが、確かめたいんだ」

クレアはぶるっと震えた。まだ寒くてたまらないが、眠る前ほどひどくない。熱がさがったのか?　さがりはじめているのは間違いない。喉がからからだった。「触らないで。手は汚れていますから」

「テープをはずしたのは片側だけだ。ガーゼは取らずに、指を一本だけ入れてみる」市長は泣きじゃくる合間に、最悪の事態を恐れている子どもみたいな声でそう言った。

「やめてください」

市長は結果を教えてくれなかったが、かん高い泣き声がその答えを告げた。

88

六日目　午前二時二十八分
プール

「もう一度説明しろ」ハーレスが言った。

プールはチャールストンでポーターから盗んだファイルをめくり、猛烈な速さですべての記述を読んでいた。「そんな時間はありません」

「いいから話せ」

ふたりはまだオヘア空港に駐まっているＦＢＩのワゴン車のなかにいた。ここならマスコミのカメラやマイクを気にせずに話ができる。マスコミの車は少し離れているが、彼らの積んでいる機器はＦＢＩのものと同等か、もっと性能がいい。離れていても、撮影や盗聴をされる可能性があった。この状況で、間違った情報が洩れる危険はおかせないことを重々承知しているハーレスは、プールと話せるようにほぼ全員をワゴン車から追いだしていた。

　ポーターのファイルを読みながら、プールはチャールストンで起こったことを、もう一度最初から説明した。

　ハーレスは顋をなで、ジェット機の窓に目をやった。「ビショップはこれまでに四回シカゴのオフィスに連絡を入れてきた。毎回異なる番号ですぐに切れてしまうため、いずれも追跡できなかったが、もう一度自首したいと言ってるんだ。しかし市警でもポーターに狙われたことを考えると、身の安全が保障されないのを危惧している、誰だかわからないが市警上層部にポーターの共犯者がいる、と」

「ビショップの言うことを信じるんですか？」

　ハーレスは肩をすくめた。プールと同じくらい疲れきっているようだ。「できればふたりとも殺さずに捕まえたい。身柄を確保したうえで、すべてを解明しなくてはならん。行方不明の市長と警官ふたり、それに市警のあの刑事を見つけないと。まだ生きているといいが」

「どの刑事です？」

「クレア・ノートンだ。二十四時間ほど前、院内で姿を消した」

　読んでいる箇所を追っていた指が止まった。ポーターがクレアを傷つけるわけはない、プールはそう言おうとしたが、もう確信が持てなかった。「これによると、ポーターは撃たれたあと、記憶喪失よりはるかに重度の精神的な問題を抱え、治療を受けていたようです。あの男は精神を病んでいた。幻覚すら見ていた、とありますよ」

ハーレスが眉を寄せる。「シカゴ市警のファイルには、そんな記載はなかったぞ」

「チャールストン市警のファイルにもありませんでした。そもそも、そういう問題を抱えている者は警察に復職できません」

「だが、市警がこの記録にアクセスできなかった可能性もあるな。その治療が裁判所の命令によるものでもチャールストン市警の保険で賄われたものでもなければ、個人情報扱いになる。記録にアクセスするには、ポーターの承諾が必要だったはずだ」

「ポーターはよく誰もいない空間に向かって話しかけていた、と複数の職員が証言しています――少なくとも六人が。いずれの場合も話していた相手は、自分と同年代の、肩までの褐色の髪で南部訛りのある、サウスカロライナ出身の女性です。この身体的特徴は、ポーターが挙げた偽のサラ・ワーナーの特徴とほぼ一致しますね」プールは目を上げた。「ワーナーの写真は手に入りましたか?」

ハーレスは首を振った。「ニューオーリンズでジェーン・ドウと裁判所に入った女の写真が入手できたが、そこに写っていたのは本物のサラ・ワーナーだった。アパートで死んでいた弁護士だよ。ポーターと行動をともにしていた女については、いまのところ何もわかっていない」

プールは考えながら尋ねた。「ポーターの主張以外に、その女が実在した証拠がひとつでもあるんでしょうか?」ハーレスが答える前に、プールは分厚いファイルの前面に目を留めた。「チャールストンにいたときのポーターの住所はわかりますか？」

ハーレスが携帯に記録してある事件のメモから住所を読みあげると、プールは人差し指で患者記録に記載されている住所を軽く叩いた。「すると、この住所はなんだろう？」

「支局長？」右手にある通信機器の前から、技師が声をかけてきた。

「なんだ？」

「四一プレースの家で襲われたときにプール捜査官が盗まれた携帯が、たったいま起動されました」

「どこで？」

89

六日目　午前一時十分

ポーター

プールを乗せたジェット機がシカゴのオヘア空港に着陸する一時間ほど前、ポーターは自動車部品店に隣接する小さな駐車場で両手を握りしめ、店の壁をにらみつけていた。

タルボットの格納庫では、危険な綱渡りをどうにかやり遂げた。SUVが停まった直後、タルボット社の従業員三人がプールを車から連れだし、飛行機に乗せた。そのあいだにポーターは格納庫の裏に走りでて、待っていたフォードF150に飛び乗った。薄くなりかけた白髪頭によれよれのヤンキース帽をかぶった六十代の運転手は、後部座席に緑のバッグを放りこんだポーターを乗せると、よけいな注意を引かぬように、ジェット機が出ていくタイミングでゆっくり格納庫を離れた。終始無言で、ポーターが乗ったときに軽くうなって応じただけ。空港の敷地内を猛スピードで走っていく警察車両の回転灯を見ながらポーターが礼を言っても、うなずいただけで名乗りもしなかった。賢明な判断だ。警備員の操作するゲートを通過するときはおざなりに手を振ったが、雑誌に顔を埋めている警備員が助手席のポーターに気づいたとは思えない。空港を出た運転手は、通りを隔てて向かいにあるホテルの駐車場に入り、濃紺のBMWの横に車を停めて鍵を差しだした。ポーターが緑のバッグから何枚か百ドル札を抜きだして渡そうとすると、目を合わせずに手を振り、それを断った。

「金はたっぷりもらってます」それだけ言うと、空港とは反対の方向に走り去った。

ポーターはBMWのトランクを開け、バッグを放りこんだ。助手席には新しいプリペイド式の携帯と、ここよりも小さな空港で待機している別のパイロット・チームの連絡先が置いてあった。エモリーにはとうてい返しきれないほど大きな借りができた。まさかこんな事態になるとは思わずに、あんなけなげでまっとうな娘を巻きこんでしまったことが悔やまれる。

いつか必ずなんらかの形で償いをしよう。ポーターはエンジンをかけながら心に誓った。

プールを乗せたジェット機が航行高度に達するころ、ポーターは再びチャールストンの街を走っていた。そして中心部に戻り、この駐車場に入って車を降りたのだった。

先ほどプールの電話が鳴ったのは、ちょうど部品店が目に入り、駐車場に入ろうと思ったときだった。いま思えば、入らなくてよかった。プールのことは信用したいと本気で思っていたが、電話の一件で信用できないことがわかった。

通りを走っていて注意を引かれたのはこの店だったが、通りの向かいのガソリンスタンドとその隣のモーテルがなぜか気になった。黄色い壁に黄緑の縁どりがある朽ちかけた建物。あれには見覚えがある。昔、担当の地区だったのだから当然だ。それに日記にも出てきた、と自分に言い聞かせようとしたが、得体の知れない不安に胸が騒いだ。

俺はこの場所を知っている。この場所に来たことがある。

モーテルの向かいの駐車場に車を入れたのは、そうするべきだ、そうしたことがある、と感じたからだ。そして駐車場に車を滑りこませ、暗がりのなかに立ったとたん確信した。

俺はこの場所に立ったことがある。

ポーターが拳を握りしめたまま見上げている横壁には、赤いスプレーでこう書かれていた。

サム、ぼくらはあなたのせいで血を流した

この言葉が頭のなかで響く。どういうわけか、誰かがその言葉を読みあげているように聞こえた。自分の声でも、ビショップの声でもない。誰の声かはわからないが、知っている声だ。

〝サム、ぼくらはあなたのせいで血を流した〟

あのモーテル自体には、これといった記憶はない。パトロール中に数えきれないほど建物の前を通り過ぎているとはいえ、仕事で足を踏み入れたことなど一度もないはずだ。目を閉じて、その一室か、ロビーか、製氷機か、飲み物の自動販売機でもいいから思い出そうとしてみたが、何も浮かばなかった。モーテルの部屋の内部に関する記憶は、日記で読んだもの。ビショップがバーニーと出会ったときとその後の描写、それだけだ。

あのモーテルに入ったことはない。

それとも、あるのか？

ないと断言したかったが、当時の出来事には濃い霞がかかり、はっきりと思い出せない。数時間前までは、撃たれる直前までのあらゆる瞬間を鮮明に思い出せたのだが。

あれは偽りの記憶だった。

頭のなかに、通りの向こう、モーテルの駐車場に駐まっている白いワゴン車が見える。ストックスとウェルダーマンがその隣にシボレー・マリブを乗りつけ、アンソン・ビショップが車から降りてくる。

それとも、ウィーゼルか？

ティーガン？

クリスティーナ？

リビー？

いや、ヴィンセント・ウェイドナーか。

目を閉じれば、まざまざとその光景が見える。そのことがポーターを不安にした。白いワゴン車はヒルバーンの車だろうか。

俺は何度あの車に乗った？　何度あれを運転した？　くそ、数えきれないほど何度もあの車を借りたぞ。それは覚えている。

そして同じくらい何度もヒルバーンにコートを貸してやった。

気に入ってよく着ていた、古い紺のトレンチコートを。

ポーターはよみがえってくる記憶を押しやろうとした。そのことは考えたくない。

再びモーテルに目をやると、いつのまに来たのか、あの女が通りの向こうに立っていた。モーテルの駐車場にたたずみ、こちらを見ている。肩までの褐色の髪を夜風になびかせ、長い黒のコートのポケットに両手を突っこんで、ふたりのあいだを横切る車越しに。ポーターの姿を目にしても、眉ひとつ動かさず、彫像のように立ち尽くしている。

サラ・ワーナー。

少なくとも、ポーターがサラ・ワーナーとして知っている女だ。

ビショップの母親。

嘘つきの、人殺し。

女は静かな微風のなかで、幽霊のようにそこにいた。

サラはつかのまポーターの視線を受けとめてから、シカゴで運転していた銀色のレクサスに乗りこみ、モーテルの駐車場を出て夜中の車の流れに加わった。

ポーターも急いで借り物のＢＭＷに乗り、なんとか見失わずに追いはじめた。三台か、ときには四台あとからついていく。サラがひとりかどうかわからない。近づきすぎて危険をおかすのは愚かだ。

90

六日目　午前一時二十七分
ポーター

ポーターは窓を開けたまま運転していた。シカゴでは寒くてとても無理だが、サウスカロライナの冬は穏やかで、真夜中だというのに十五度以上はありそうだ。ひんやりと心地よい夜風のおかげで、眠気が吹き飛び、生きているという実感が湧く。

いまのポーターには、その実感が必要だった。このすべてがまるで夢のようだ。もう二十分ばかり、ずっとそんな感じだった。たしかにこの場にいるはずなのに、体感がない。魂が肉体を離れ外側からそれを見る——あの幽体離脱と言われる現象、そんなことが本当に起こるとしたら、まさにいまそれが起きていた。ポーターは傍観者のように、自分の人生が目の前を流れていくのを見ていた。

サラ・ワーナーのレクサスは制限速度を守っていた。決して法定速度を超えず、必要なときにウィンカーを出し、黄信号では減速して停まった。高速道路に入って十分もすると、ポーターはこっそりついていくふりをやめた。サラはポーターが後ろにいるのを知っている。それどころか、明らかに尾行してもらいたがっている。ポーターはサラを追って州間高速道路二六号線、それから七八号線に入り、細い通りを何度か折れた。そのころには、道順を覚えようとするのはあきらめていた。曲がるごとに車が減っていき、畑のなかに伸びる細い二車線の道路を走りはじめたあとは、ほかの車は一台も見えなくなった。

部品店の横にある駐車場と同じで、この道にも覚えがあった。ビショップの日記に書かれていたからだ、と自分に言い聞かせたが、さきほどと同じように、この道を実際に運転したことがある、という思いを振り払えなかった。錆が染みついた緑色の穀物貯蔵庫がふたつ、助手席の向こうを通り過ぎていく。一度も見たことがないはずなのに、円筒のあの建物には見覚えがあった。頭のなかの小さな声が、ビショップの日記に穀物貯蔵庫は出てこなかったぞ、とささやく。

ウィンカーを点滅させ、レクサスがアスファルトの道路から左に折れて、身の丈ほどもある草に挟まれた砂利道に入った。かつてはトウモロコシ畑かタバコ畑、さもなければ麦畑だったかもしれないが、母なる自然がとうの昔に穀物を追いやり、雑草で覆い尽くしていた。星までが姿を消したように、空は黒一色。ヘッドライトを消したが最後、鼻をつままれてもわからないような闇に呑まれてしまうに違いない。

ポーターもアスファルト舗装の道路から離れ、砂利道に入った。サラは少なくとも四百メートルほど先を走っている。曲がりくねった道の向こうに消えてしまったが、見失う心配はない。そんなことは否定したかったが、サラがどこに向かっているかポーターにはわかっていた。

まもなく砂利道のはずれに、白い羽目板にトタン屋根の大きな農家が見えてきた。まるで怪物が地球の穴から這いだすように、最初は屋根のてっぺんと煙突、それから二階、次に一階とポーチが現れた。窓はすべて暗いものの、玄関の扉が口のようにぽっかり開き、家のなかに明かりが見える。レクサスの後ろに車を停めると、窓は暗いのではなく、板張りされているのだとわかった。ヘッドライトの光が家の裏手の野原へと伸び、納屋を捉えた。納屋の名残を。屋根はとっくになくなり、三辺の壁がいまにも倒れそうに互いを支え合っている。まずい方向から強風にあおられれば、すべてが崩れてしまいそうだ。

ポーターは車のライトとエンジンを切った。残った明かりは玄関の戸口から漏れてくる光だけだ。車を降りた覚えはなかったが、気がつくとポーチに上がり、足の下で板がきしむ音を聞いていた。なぜか全身にちりちりするような感覚が走り、首の血管が脈打ちはじめる。家のなかに入ると、すべての音が消えた。外の虫の声すらここには入ってこないようだ。

明かりのもとは、家のなかのあちこちに立ててある何十本もの蠟燭《ろうそく》だった。しばらく前からついていたらしく、ほとんどが半分減っている。サラが着いてからこれだけの蠟燭をつける時間はなかったから、もっと前につけておいたに違いない。すべての家具に白いシーツがかかり、その上には灰色の埃が積もっていた。

サラはアーチ型の戸口の向こう、居間と思しき部屋にいた。近くには石造りの炉棚に立っている蠟燭が一本しかないせいで、影に沈んでいる。

サラはこちらに背を向けていた。

ひざまずいた格好で、黒いコートではなく白いガウンのようなものに身を包み、うなだれている。近づくと、目を閉じて両手を組んでいるのが見えた。

そばの床に銀のトレーが置かれ、そこに黒い紐と白い箱が三つ並んでいた。

ナイフもある。

蠟燭の光がその刃にぎらりと反射した。

91

六日目　午前一時三十一分
クレア

市長はまた静かになった。

隣の部屋にいるのはほぼたしかだが、泣き声がやみ、クレアが呼んでも応えようとしない。おそらくショック状態にあるのだろう。

黒い目出し帽の下に黒いサングラスをつけたあの顔が、ドアの向こうに現れた。クレアは窓ガラスに近づき、自分をここに閉じこめた犯人をにらみつけた。「あんたは誰なの?」

マスクに覆われた顔がゆっくりと少しだけ右に傾ぎ、手袋をした手が水のボトルを窓のところに掲げた。それからクレアを指さし、ドアから離れて部屋の奥へさがれと合図した。

こんなくそったれの言いなりになるのは悔しいが、あの水は欲しい。水のボトルを目にしたとたんに渇いた喉がうずいた。

クレアはあとずさった。

そいつは動こうとせずに、ボトルを窓のところに掲げている。しばらくして、一本だけ指を少し曲げ、もっと下がれと合図した。

ドアから一歩。

もう一歩。

さらに一歩。

熱はさがったかもしれないが、健康体に戻ったわけではない。両脚がぶるぶる震え、汗が滲みでてきた。ほんの少し動くだけで、ひどく疲れる。こいつがドアから入ってきたときに飛びかかったとしても、組み伏せるのはまず無理だ。いまはまだ攻撃に転じるときではない。もう少し体力が戻るまでは。

またしても指が一本だけ動き、部屋の隅を示す。

クレアはもう一歩さがった。

マスクが窓から消えた。

カチリ。鍵がはずれた。

蝶番をきしませ、ドアが部屋の内側へとゆっくり開く。

細く開いた隙間から目出し帽の全身が覗いた。広い肩幅、平らな胸、やはり男だ。身長は百七十五センチぐらいか。

ジーンズにシャツ、サングラスの上から目出し帽をかぶり、手袋をしている。そのすべてが黒だった。

男はボトルを持った右手だけを部屋のなかへ入れると、ボトルを床に置いた。それから廊下に置いた茶色い紙袋をつかみ、やはり右手で水の横にそれを置いた。

鍵は持っていないが、ドアの廊下側に差し錠の突起が見える。廊下の床はタイル張り。かなり古くて汚いようだ。壁は薄い灰色に塗ってある。

「ここは病院の地下ね？」

男は昆虫のような目でクレアを見ただけで答えようとせず、廊下に戻り、ドアを閉めて鍵をひねった。

クレアは水のボトルに這い寄った。

92

六日目　午前一時四十八分
ポーター

唇から息が漏れた。敗北し、退却するように、空気が離れていく。こうして彫像のように床にひざまずいているサラを見ていると、息をすることさえ忘れそうになる。この体がもはや自分のものではなく、独自の思いを持ち活動を行う、裏切り者になったようだ。

　ポーターはサラに問いかけた。「ここはなんだ?」

「わが家よ、サム。あの子のわが家だった。シンプソンヴィルで起きたあの恐ろしい出来事のあとで、アンソンは無理やりここに連れてこられたの。わたしたちはあの子を守ってやれなかったのよ。わたしたちの息子を」

「アンソンは俺たちの息子じゃない」

「あなたをあんなに信じていたのに」

「俺はアンソンの父親じゃない。そういう仄めかしはやめろ」

「アンソンはあなたを信じていた。尊敬していた。あなたはあの子の英雄だった。でも、この地獄から助けだす代わりに、あなたはあの子が焼かれるのを黙って見ていた。あの子どもたちが焼かれるのを」

　動かしたつもりもないのに、気づくとポーターは首を振っていた。両手を上げ、自分たちがいる部屋を示す。「俺にはこれがなんなのかわからない。きみの言っていることも理解できない。何も覚えていないんだ」

「思い出そうとしてみて」

「したさ。だが、何も浮かばない」

「いいえ、あなたはここを知っているわ。ここに来て、ここに立ったことがあるんだもの」サラは目を閉じて手を組んだままそう言い、唇を噛んで少しのあいだ口をつぐんだ。

「記憶は水のように流動的なのよ。壁のごく細いひび割れのなかにも吸いこまれてしまう。一滴ずつ。でも完全に消えることはない。壁の裏にたまり、黴をはやし、しだいにたまる場所がなくなって、はけ口を探す。光を求めてそちらに向かう。あなたの記憶は壁の後ろにひしめき、壁を押している、外に出たがっているわ。そうさせてあげるだけでいいの」

ポーターはゆっくりとまわりこんだ。一歩踏みだすたびに、カーペットから埃が舞いあがる。サラの正面に立つと、そこで足を止めた。

サラが目を開け、ポーターがベルトのホルスターにおさめた三八口径に片手を置いているのを見た。「わたしを撃つの？」

「いや。なぜ俺がそんなことをする？」

「でも、ほかの人たちを撃ったわ」

銃に手を置いた覚えはないのに。ポーターはそう思いながら手をおろした。サラのそばにある白い箱も、ナイフも見ないようにした。「俺は誰も殺してない」

サラはかすかな笑みを浮かべただけだった。

ポーターは片膝をつき、さっきよりも確信のある声で言った。「きみにはニューオーリンズで初めて会った。ビショップに初めて会ったのはシカゴで、バスの前に飛びだした男の件で相棒に呼びだされたときだ。ここがどこで、きみが何をしようとしているか知らないが、何もかも嘘っぱち、くだらんごたくだ。きみときみの息子がしているゆがんだゲームに参加するのはごめんだね」

サラの笑みが大きくなった。「サム、あなたはわたしたちよりも前からこのゲームをしてきたのよ」

ポーターは怒りで顔を赤くした。「アンソンの父親はどうした？　実の父親はどうなったんだ」

「撃たれたのよ、サム。あの人は頭を撃たれたの」

「日記にあるように？」

「いいえ、あれはでたらめ。事実とまったく違うわ」

ポーターは息を吐きだし、立ちあがった。「なぜこんなことをしている？」

サラは組んでいた手を解いた。「この部屋に最後に来たときのことを思い出した？」

「俺はここに来たことはない」

サラは左手にある椅子に向かってうなずいた。「あの肘掛け椅子のシーツをはずしてごらんなさい」

「なぜだ？」

「あなたの記憶が外に出たがっているからよ。その声が聞こえないの？」

ポーターは苛立って首を振り、埃だらけのシーツをつかんで床に落とした。ビロードの房飾りがついた、脚の太い黄色いその袖椅子は、座面の真ん中と、片方の肘掛け、高い背もたれのほぼ半分が褐色の染みに覆われている。誰かがこすり落とそうとしたようだが、こういう染みはいくら洗っても取れないものだ。落とそうとした人間は、かえって染みを広げるはめになり、濃い渦巻き模様を作りだしていた。これほど大量の血で汚れたら、布の部分を剝がして燃やし、別の布を張るしかないのだ。

〝さもなければ、シーツをかけて忘れてしまうか〟頭のなかの声がささやく。〝なかには忘れたほうがいいこともある〟

この部屋では恐ろしいことが起こった。大量の血が流れるようなことが。

「こっちのソファも」サラが低い声で言う。

まだ言いおわらないうちに、ポーターはシーツを引きおろしていた。おびただしい埃が舞いあがり、鼻孔と目をくすぐる。

ソファの染みは肘掛け椅子よりもはるかにひどかった。あらゆるしわやくぼみまで濃い茶色に染まっている。ポーターは無意識にソファの横を見て、もとの色を確かめていた。誰かがここで死んだに違いない。もしかすると複数の誰かが。ひとりの血にしては多すぎる。事件の現場をいやというほど見てきた経験がそう告げていた。

別のシーツをつかみ、それも引きおろす。その下にあったのは壊れた椅子だった。これも血だらけだ。次のシーツの下には古いロールトップ式の机があった。上に散らばっている電気や水道の請求書も、恐ろしい出来事の名残である血しぶきを浴びていた。

ポーターは暖炉の上の蠟燭をつかみ、壁に炎を近づけて、そこにも血が飛び散っているのを見てとった。流れ落ち、滴った跡が歴然としている。ここは見れば見るほど陰惨な犯罪の現場だ。壁紙の模様に見えたのも惨事の跡だった。〝ずっと昔、この部屋で人が死んだ！〟と、部屋のすべてが叫んでいた。

ここで何があったんだ？　ポーターは問いただしたかったが、その言葉をいったん呑みこんだ。「子どもたちはストックスを二階で殺した。俺が持っている日記はそこで終わってる。そのあと何があったんだ？　ここで何が起きた？」

サラは黙っている。ポーターがようやく目を向けると、いつのまにか立ちあがってアーチの戸口に戻っていた。「父よ、わたしをお許しください」低い声でつぶやく。

「なんだって？」埃に喉がやられ、しゃがれた声になった。

「あの子に同じことを訊いたら、そう答えたの。〝父よ、わたしをお許しください〟と。その机に同じ言葉が刻んであるわ。ポーター刑事は忘れても自分は絶対に忘れない、あの子はそう言ったわ。それがどんなにつらくても忘れない、と」

ポーターは机に近づき、覆いを引きおろした。サラが言った言葉は、おそらくこの部屋で唯一、血に汚れていないローズ色のマホガニーの覆いに彫りこまれていた。

93

六日目　午前二時二十九分
プール

カムデン療養センターのファイルにあった住所は、チャールストンから車で三十分ほど離れた郊外の農家だった。シカゴ支局に戻るＦＢＩのワゴン車のなかで、プールとハーレスはその住所の衛星写真を呼びだした。とくに何もないところだ。はるか上空からの航空写真でも、その農家はもう長いこと放置されているように見えた。郡の記録によれば、敷地はほぼ二十エーカー。ちょっとした野球場が八つも入るほど広いが、そこにあるのは母屋と、納屋だったものの名残だけだ。

プールの携帯の電波を受信したのは、この農家の近くにある基地局だった。

農家に関する情報が入るそばから、ハーレスが読みあげていく。「最後にこの家で電気が使われてから、二十年近く経つ。土地の区画データによれば、井戸がある。最後に刈り入れをしたのは麦だが、三十年近く前の話だ。現在は何も作られていない」

土地と建物はサム・ポーターの名前で登記されていた。

「買ったのは十七年前だ。しかし住んだことはないようだ。発電機を使っているなら別だが」

「十七年前というと、ポーターはもうシカゴに来てましたよ」プールは指摘した。「辻褄が合いませんね」

「わたしはウィスコンシンの湖のほとりに小屋を持っているぞ。夏休みをそこで過ごす」

「休暇を過ごすために農場を買う人間などいませんよ」

「退職後に移り住むつもりだったとも考えられる」

「それはそうですが」プールはため息をついた。「しかし、そこもシンプソンヴィルの家と同じかもしれない。ポーターはビショップが記録をすり替えたと言ってます」

　ふたりの向かいの椅子で通信技師がヘッドホンをはずし、ハーレスを見た。「チャンネル7でこれを放送中です」そう言って音量のダイヤルをひねる。ワゴン車の天井にあるスピーカーから声が聞こえてきた。チャンネル7のキャスター、リゼス・ラウドンの声だ。

「──市警内部の匿名希望の情報源によれば、ビショップは、自分は無実だ、ナッシュ刑事の相棒であるサム・ポーター刑事が行っていた囮《おとり》捜査のコマとして使われたにすぎない、と主張している模様です。しかし、事実関係の確認が取れる前に、市警本部のセキュリティ関連機器が故障し、アンソン・ビショップとポーター刑事はどちらも姿を消しました。ポーター刑事の行方は依然として不明ですが、わたしたちはアンソン・ビショップからメッセージを受けとりました」

ラウドンが口をつぐみ、カメラを見つめる。カメラが切り替わり、携帯で撮ったらしいビショップの映像が現れた。「ほかに誰のところに行けばいいかわからないんです。もう誰も信用できない。市警に連行されたとき、ＦＢＩならぼくを守ってくれると思ったから、すべてをＦＢＩの捜査官に説明した。この事件にはポーター刑事より大物がかかわっている。しかも仲間が大勢いる。彼らは市警のスプリンクラーを作動させ、あらゆるドアの鍵を一度に解除した」ビショップは苛立たしげに髪をかきあげ、カメラに目を戻した。「ポーターは混乱に乗じてぼくを殺そうと襲ってきたんだ。ぼくはどうにか逃れ――身を隠すしかなかった。ほかにどうすればいいかわからなかったから。ＦＢＩの保護の下にあったはずなのに、もう少しで殺されそうになるなんて。ポーターはぼくが死ぬまであきらめない。それだけはたしかだ」ビショップはつかのま目を落とし、再びカメラを見た。「だからあなた方に身をゆだねようと思う。マスコミとシカゴ市民に。ぼくは午前六時にギヨン・ホテルに行く。いくらポーターでも、大勢の人々がいる前でぼくを殺すことはないと思う。ＦＢＩと保安官事務所の人たちには、そこで待機してもらいたい。ぼくの身を守り、安全を保障できる人たちみんなに集まってほしい。これを観ているみんなにも来てほしい。ぼくの安全はどれだけ多くの人が来てくれるかにかかっているんだ。あなたたちと一緒にいるときしか、安全とは言えない。先にサム・ポーター刑事に見つかったら、きっと殺される。警察の人間は誰も信用できない。自分の身を守るためにできるだけの手を尽くすが、それだけじゃ足りない。助けがいるんだ。みんなの助けが。もしもその時間にぼくがギヨンに姿を現さなければ、それは、ぼくがポーター刑事かその仲間に捕まったからだ。そうでないかぎり、絶対に行く」

カメラを正面から見たまま、ビショップの顔が停止した。

画面がリゼス・ラウドンに切り替わる。カメラが何メートルか引くと、ラウドンは駐車場に立っていた。背後には巨大な建物がそびえ、降りしきる雪がカメラ用に設置された照明を浴びてきらめいている。ラウドンはほんの少し体の向きを変え、自分の後ろを示した。

「ギヨン・ホテルは、一九二七年、当時流行していたムーア復古様式を用いて、ウェスト・ガーフィールド・パーク地区のウェスト・ワシントン・ブールバード四〇〇〇番地に建設されました。ここは何年も深刻な衰退の見られる地区で、現在は荒れ放題のまま放置されていますが、ギヨン・ホテルにはかつてシカゴのラジオ局WFMTがあり、ベニー・グッドマンもここを住まいにしていたことがあります。改装と活性化を謳《うた》って、これまで何度も所有者が変わったものの、どの試みも失敗に終わりました。八〇年代には、この地域でハビタット・フォー・ヒューマニティの活動に参加中のジミー・カーター大統領が宿泊したこともありました。その後まもなく、低所得者層を対象とした公共住宅に変える計画が発表されましたが、それも実現しませんでした。かつて栄華を誇ったこのホテルは、二〇〇五年以来、少なくとも四回所有者を変えながら、いまだに荒れていくまま放置されています。ローゼンウォルド・アパートメントを改装したシカゴ建造物保存委員会が改装に意欲的だと伝えられていますが、現在のところ手つかずの状態です」カメラで大写しになったラウドンが、顔にかかった髪を耳にかけた。「二日前、シカゴ市警の刑事サム・ポーターがこのホテル内で逮捕され、FBIに拘束されました。ポーターはその後、逃亡し、現在も行方がわかっていません。わたしはこのままホテルの前に留まり、アンソン・ビショップがいまからおよそ三時間半後の、午前六時に自首するのを待つつもりです。視聴者のみなさんもどうぞお出かけください。一緒にこの事件の行く末を見守りましょう。そのさいには、防寒装備をお忘れなく。このあたりには商店が少なく、この時間ではとくに大勢の客には対処できないことが予想されるため、食べ物と水の用意もお勧めします」

ハーレスが青ざめた。「くそ、なんてこった」

「相当な人数が集まりますね。しかも、その全員が警官を目の敵にするでしょう。ビショップは大衆をわれわれにけしかけようとしているんです」

ハーレスは大声で運転手に命じた。「おい、このままウェスト・ガーフィールドのギヨン・ホテルに向かえ！」それからプールに言った。「わたしは捜査官をホテルとその周辺に配置する。きみはグランジャーに連絡を取れ。やつのチームがこの農場にいちばん近い。すぐに電話して、農場に駆けつけるように言うんだ」

プールはうなずいた。

携帯を取りだし、電話をかけようとすると、ハーレスが付け加えた。「きみは命令に背いて勝手にシカゴを出た。この件が片付いたら処分を考える。このままではすまさんぞ」

がくんと揺れて走りだす車のなかで、ハーレスは天井に手をついてプールに背を向けた。

94

六日目　午前二時二分
ポーター

「五、四、三……」

ポーターがまだ机のそばに立って彫りこまれた言葉を見下ろしていると、偽者のサラ・ワーナーがふいに長い沈黙を破って秒読みを始めた。

「二、一……」

電話が鳴った。

ポーターはちらっと振り返った。

サラがにっこり笑う。「出たほうがいいわ」

着信音は机から聞こえる。ポーターは覆いを開けて、かなり昔の血糊で貼りついている紙や請求書の下を探った。

見つかった携帯は、使い捨てのようには見えなかった。三度目の呼び出し音が鳴る前に、画面に〝非通知〟と表示された。携帯の裏には、驚いたことに、チャールストン市警時代に使っていたポーターの名刺が貼りつけてある。色が変わり、ひどく汚れているが、かろうじて自分の名前が読めた。ポーターは震える指で受話器マークをスワイプし、電話を耳に押しつけた。「くそ、これはなんだ?」

「ぼくが汚い言葉を嫌いなのは知っているはずですよ。何度も言わせないでください」

「どういうことだ? ここはいったいなんなんだ?」

「そこはあなたの家です。わが家ですよ。ずいぶんひどい状態のまま出ていったものだ」

「こんな農場など――」

「一度も来たことがない? 嘘をつくのはやめてください。思い出すのは難しいかもしれないが、自分を騙してきた嘘をすっかり取っ払って、真実を見つけるときが来たんです。真実はちゃんとその頭のなかにある。長年のあいだに積もった塵や埃の下に。都合の悪いことをいくら押しこんでも、たいていはじわじわ頭をもたげてくるものだ。あなたの記憶は戻りつつある。あなたはぼくたちをあっさり捨てて、忘れ去った。血を流しているぼくらを置き去りにしたんです。ひどい話だ」

「俺は怪我をして――」

「ぼくたちだって傷を負いましたよ、サム」

ポーターは周囲の血痕から目をそらそうとした。この部屋のあらゆる場所が血で汚れている。「ここで死んだのは誰だ？」

「多くの意味で、ぼくたち全員です」

「この名刺はどこで手に入れた？」

ビショップはポーターの問いを無視した。「あなたやヒルバーン、ウェルダーマン、ストックスは、堕落しきった警官だった。身動きできるのが不思議なほど汚辱にどっぷりと浸かっていた。少なくともヒルバーンは犯した罪を自分の命で償いました。あなたはどうか？　なんの呵責もなく街をあとにし、死者を踏み台にして生きつづけた。痛めつけられた子どもたちを踏み台にして。そういう子どもが何人いたことか」

「いったいなんの話だ！」大きな声を出すつもりはなかった。出したくもなかったが、ポーターはつい叫んでいた。

「ぼくはあなたがそこにいるのを見た。ぼくら全員が見ました。こうしているいまも、みんなあなたのまわりにいますよ。その視線を感じませんか？　声が聞こえませんか？　ぼくには聞こえる。助けを求める声が毎晩のように聞こえます。この二十年、ぼくはフィニッキーの農場に何度も戻り、その部屋に座って彼らのために泣きました。彼らを見つめ、果たせぬ夢だとわかっていたが、もう一度リビーをこの腕に抱きしめたいと願いました。奇跡が起きて、ようやくリビーを見つけだしたのに、あなたは無慈悲にもぼくからリビーを奪った。マッキーン通りのあの家で仲間たちとリビーを拷問したあげくに」ビショップは言葉を切った。「あなたも自分の犯した罪を償うときが来たんですよ」

部屋の向こうから、サラが見つめている。スピーカーフォンにしているわけではないが、静まり返った部屋では、ビショップの言っていることがほとんど聞こえるのだろう。ポーターは床にある黒い紐と三つの白い箱とナイフに目を落とした。するとサラが微笑した。

まるでこちらの様子が見えているかのように、ビショップが続ける。「その箱はあなたのためではありません。死は、ある意味では慈悲です。あなたは慈悲を受けるに値しない。父親の罪は、その子どもが支払うんです。父親は、子どもの死がもたらす悲しみによって、自分がもたらしたと同等の、あるいはもっと大きな苦悩を味わうことになる。これまでの悪事を働いた父親と同じように、あなたの罪で死ぬのは本来ならあなたの子であるべきだ。ところが、あなたには子どもがいない。そうでしょう？　あなたの人生に存在したのは、ぼくのような子どもたちだけ。フィニッキーやほかの刑事たちと手を組んで、その農場に連れてきた犠牲者だけです。あの子たちはすでにじゅうぶん苦しんだ。でも子どもはいなくても、あなたにも愛する人はいた。ええ、あなたにもいたんです」

ポーターは心臓を鷲掴みにされたような痛みに襲われた。「きさまがヘザーを殺したのか？」

「妻は子どもとは違う。でも、愛する相手という点に変わりありません」

頭に血がのぼり、こめかみが脈打った。「きさまがヘザーを殺したのか？」

ビショップはわざとらしくため息をついた。「ぼくはただ、薬でハイになっているハーネル・キャンベルを車に乗せ、ヘザーが入っていったコンビニの前で降ろしてやっただけです。まあ、三八口径をわざと座席に置いておいたことは認めます。ハーネルがどこかのコンビニを襲うつもりだと知っていたことも。あの銃はストックスが持っていた銃ですよ。でも、あの悪徳刑事はもう銃を必要としない。気のいいハーネルが使いたいと言うなら、断るのは愚かでしょう」

「だったら、どうしてやつを殺した？」

「あれはただの後始末です。後始末の大切さは父に教えこまれましたから。ハーネルは屑だった。それにぼくにとってはもう利用価値のない男でした」

耳鳴りがして、手が震え、ポーターは携帯を落としそうになった。「ヘザーは誰ひとり傷つけたことがなかった」あふれる涙を拭おうともせず、どうにかそうつぶやく。

「ヘザーの死は、贖《あがな》いの一部でしかありませんよ。これから数時間のうちに、残りの贖いもしてもらいます。それでおあいこになり、償いの皿が満たされれば、ぼくたちは気持ちよく別れることができる。もちろん、あなたのほうは〝気持ちよく〟とはいかないでしょうが。ぼくはリビーとウィーゼルとヴィンセントとポール、ティーガン、クリスティーナを失った……あなたは今日、誰を失うのかな」

ポーターは言い返そうとしたが、熱い塊が喉を塞ぎ、言葉が出てこなかった。

「階段に行って、そこにあるものを見てはどうですか？」

言いなりになるのはいやだったが、選択の余地がないのはわかっていた。

居間を横切り廊下に戻るポーターのあとを、黙ってサラがついてくる。よろめく足を踏みしめて、どうにか階段下までたどり着くと、日記にあるとおり、二階へ行く途中の壁を覆っている写真が見えた。様々な年齢の少年や少女。微笑を浮かべている子もいれば、不機嫌な顔で見返している子もいる。そのうちのひとつがポーターの目を引いた。

「気がつきましたか」

ポーターは階段を上がっていった。それはちょうど中ごろにあった。ひとつだけ裏返しになっている。黒い活字体で〝WM10　5k〟と書きこまれているのが見えた。そのあとに頭文字がふたつ――

額を表に返して写真を見ないうちに、そこに写っているのが誰だかわかった。ポーターが知っているよりもはるかに若い、少年の顔だが、面影がある。

嘘だ。まさか、あいつのはずがない。

「あの晩、あなたの友だちに痛めつけられてキッドは死にかけた。でも、さいわいなことに回復しました。この二十年で、キッドはぼくらの誰よりも機略に富んだ若者になり、子ども時代の恐怖に満ちた体験を克服して、自分や仲間が奪われたものを取り戻し、天秤のつり合いを取る方法を見つけてくれたんです」

ポーターはその写真を見つめた。「これ以上誰も殺すな。こんなことはやめるんだ」

「ぼくがこれから行くところには、あなたが大切に思っている人たちがいます。昔ぼくは、大切な人を救出するために、その農場を飛びだした。でも間に合わなかった。あなたはどうでしょう？　そこからギヨンまでは遠いが、心のどこかでは間に合ってほしいと思っています。ヘザーはいつもあなたならやれると信じていた。きっと最期の息を吐くときにも、あなたが助けに来てくれると希望を持っていたに違いない」

この言葉を最後に、電話は切れた。ポーターは階段の下から自分を見上げているサラに目をやった。

「こんなとき、自由に使える飛行機があれば……。そうだ、あなたにはあるわね」

「俺が来たジェットはプールが乗って帰った」

「でも、タルボット社の連中が、アトランティック航空の格納庫に別のジェット機を用意したはずよ。嘘をついてもだめ。これだけふたりでいろいろ乗り越えてきたのに、わたしを騙そうとするなんてひどいわ」

ポーターは首を振り、電話をかけた。「ＦＢＩに連絡する」

「アンソンの予測したとおりね」サラは何段か上がりながら自分の携帯を取りだし、画面を何度かスワイプして、ポーターに差しだした。「あの子は、あなたは必要とあれば自分の身を犠牲にするだろうと言っていたわ。そのときはこれを見せろと言われてるの」

サラの携帯で再生されている動画は驚くほど鮮明だった。後ろ姿だが、クレアだとはっきりわかる。声は消してあるものの、ポーターには両手でドアを叩くクレアの叫び声がたしかに聞こえた。

「その携帯の電源は切ってもらうわ。シカゴに着陸するまでは使わないように。着いたあとは、好きなところにかけるといい。でもその前に誰かと連絡を取ろうとしたら、この女は死ぬ。わかった？」

ポーターはしぶしぶうなずいた。

「約束を破れば、この人の三つの箱すら見つからないわよ。いますぐ電源を切りなさい」

ポーターは言われたとおりにした。

95

六日目　午前三時三十一分
プール

チャールストン支局のグランジャーは、二十八分後にはチームを編成し、その三十一分後に農場に到着した。そしてプールが電話をしてから約一時間後、午前三時少し過ぎに彼らは位置に着いた。プールはギヨン・ホテルの前に停めたＦＢＩのワゴン車のなかで、チームのやりとりに耳を傾けていた。

「グウェンドル、位置に着いた」

ジョーダンとスアレスからも同じ報告が続いた。

「マイケルソンだ。私道に停まっている車が見える。銀色のレクサス、イリノイ・ナンバーTW84R3だ。人が乗っているようには見えない」

「母屋は真っ暗だ。人影はまったくない」

「油断するな」グランジャーが言った。「ポーターは眠っているだけかもしれん」

チームはすでに廃屋と化した納屋を捜索したが、なんの収穫もなかった。

「ローンスター1、北西で位置に着いた」

「ローンスター2、南東で位置に着いた。農場がよく見える」

〝ローンスター〟はグランジャーの狙撃手のコード名だった。FBIの狙撃手は通信中コードネームを使う。衛星写真からして、ふたりが隠れているのは野原だろう。おそらくそこで、視界の利く周囲より少し高くなっている場所を見つけたに違いない。

まだ何時間か闇にまぎれて動けるのがありがたい。もちろん、全員が暗視ゴーグルをつけている。

グランジャーが言った。「グウェンドル、おまえは風上から近づけ。スアレス、おまえは風下からだ。ジョーダンは中央からドアを破れ。俺の合図で行くぞ」

「了解」

「三、二、一、ゴー！」

「FBIだ！」誰かが叫ぶ。

つづいて破壊槌の音がした。ジョーダンが太い金属筒を後ろに引き、ドアに向かって振りだすところが目に浮かぶ。木が砕け、小気味よい音をたててドアが壊れる。壊れたドアから震盪手榴弾が投げこまれ、爆発音が二度した直後、重い足音が雪崩を打って家に駆けこんだ。すぐさま叫び声があがる。

「廊下、クリア！」

「階段、クリア！」

「食堂、クリア」

「寝室一と二、クリア」

「残りの寝室とバスルーム、クリア」

「スアレス」グランジャーが訊く。「そっちはどうだ？」

応答がない。

「スアレス」

やはり返事はない。

「グウェンドル、階下に戻り、スアレスが無事かどうか確認しろ！」

それからスアレスの声がした。「居間に死体がある。女だ。くそ、ひでえ」嘔吐の音がマイクを通じて鮮明に聞こえた。

「ジョーダンだ。スアレスは……気分が悪くなった。死体は女、三十代か……四十代。よくわからない。髪は褐色、肩までの長さだ。寝間着みたいな白い服を着てる。体に文字が彫られてる。片耳と片目、どうやら舌もない。黒い紐をかけた白い箱が三つ置いてあるが、開けるのはCSIに任せる。喉を切り裂かれているから、それが死因だろう。死体のそばには包丁が落ちているが、それとは別の外科用のメスか先端の薄い刃物で、顔や首、腕といわず、皮膚の至るところに文字が彫られてる――〝見ざる、聞かざる、言わざる、悪をなさざる〟だ。身元がわかるようなものはない。指紋か歯の照合を待つしかないな。それに……この部屋は血だらけだ。いま発見した死体が流したものじゃない。かなり古い血痕だ。その上に埃が積もっているところを見ると、血が流されてから何年も経っているに違いない。部屋にあるロールトップデスクの覆いに〝父よ、わたしをお許しください〟と彫られてる。削り屑は見当たらない。最近彫られたものかどうかもわからない」

「グランジャー？　グウェンドルだ。二階の寝室のひとつにも血痕がある。こっちも最近のものじゃなく古い血だ。血を流した人物はおそらく死んでるな」

プールは電話の消音機能を解除した。「死体の体かその周囲に塩はありますか？　ほかの血の染みの周囲も探してみてください」

「塩？」

「死体の皮膚とか、着ているものに付着していませんか？」

「待ってくれ」まもなくジョーダンが答えた。「ああ、塩に覆われてる」

「ポーターは？」

「ローンスター1と2、外で動きはあるか？」グランジャーが尋ねた。

「ない」

「こっちもない」

「グウェンドルだ。壁に子どもたちの写真がかかっているが、二階に上がる階段の踊り場に、そのひとつが落ちている。埃だらけのガラスに最近誰かが触れた跡が残ってる」

「その写真をこっちに送れますか？」

「待ってくれ」

すぐにプールの携帯電話がピンと鳴り、メールの受信を知らせた。画面に表示された少年の写真を見たとたん、プールの顔から血の気が引いた。

96

六日目　午前二時十六分
ポーター

ポーターはＢＭＷを運転して空港へ向かっていた。助手席に座ったサラ・ワーナーは両手を膝の上で組み、前方に目を据え、話しかけても答えようとしない。ポーターは一秒たりとも目をつぶることができなかった。閉じたとたんに、扉を叩くクレアの姿が、問いかけるようなまなざしで振り返るヘザーが見える。ポーターはヘザーに嘘をつけたためしがなかった。いくら隠そうとしても、あのまなざしに勝てたためしがない。ヘザーはひと言も発しなくてもポーターから真実を引きだすことができた。

「あの家に入ったのは、今夜が初めてだ」首を傾げるヘザーの面影に、自分自身に、かたわらに座っている女に、ポーターはそうつぶやいた。

「覚えていないだけだわ」車体の下に吸いこまれるように消えていく黄色いセンターラインから目を離し、サラはポーターを見た。「あなたの記憶はまったくあてにならない。自分でもわかっているはずよ。大量の記憶が脳のどこかに閉じこめられているんだもの。ドクター・ウィッテンバーグが見せてくれたファイルを読んだでしょう?」

ポーターは顔をしかめた。「どうして知っているんだ?　きみに話した覚えはないぞ」

サラは微笑した。「わたしはいろいろなことを知ってるの」

「あのファイルはでたらめだ」

「そう?」

「あれが事実なら、あんたは幻だ。俺の壊れた脳が作りだした想像の産物。脳という機械に組み込まれた一種の幽霊だってことになる」

サラは黙って微笑んだ。

しばらくしてポーターは尋ねた。「あんたは本物か?」

サラがいきなりポーターの右手をつかみ、自分の胸に押し当てた。「どう思う?」

ポーターは手を引っこめた。「そういうことはするな」

「わたしが本物でなければ、あなたはニューオーリンズで本物のサラ・ワーナーを殺したんだわ。額を撃ち抜いて、ソファに残し、朽ちるに任せた。汚れた過去を隠しておくために。そうしたの？」

「俺は誰も殺してない」

「いくらそう繰り返しても、真実にはならないのよ」

「努力はしてる――」

「どんな？」

「思い出そうとしているんだ。あのころの記憶は、まるで濃い靄《もや》がかかってるみたいに……」ポーターはため息をついた。「本を読みながら、部屋の隅のテレビから流れる映画を聞いているような、ぼんやりした背景音でしかない。無理に思い出そうとすると、かえってぼやけてしまう」

「ドクター・ウィッテンバーグのカルテを覚えてる？　恐ろしい出来事が起こると、人間の脳はその衝撃からあなたを守ろうとするのよ。それが答えかもしれない。自分がしたことを受け入れて、それと折り合えば、靄が晴れるんじゃないかしら」サラはややあって付け加えた。「路地で起きたことを覚えているんですもの。残りの記憶もあるはずよ」

「俺が覚えているのは……」

なんだ？　何を覚えてる？

「あのウィーゼルって売人を追いかけたのは覚えてる。カンバーランド通りにパトカーを停め、やつの後ろから路地に走りこんだ。ヒルバーンが何カ月も目をつけていた麻薬の売人は、あの子は……」

「どうしたの？」

「こう言った。〝急いで、あいつらが来る〟」ポーターはつぶやいた。

「あなたはどうしてその路地にいたの、サム？」

「ウィーゼルを追いかけていったからだ」

「ほんとに？」

ポーターは中央コンソールボックスの上にある携帯をつかんだ。

「電話はだめよ。忘れたの？　さもないと、お友だちが死ぬことになる。わたしたちはあなたを見張っているの。今日一日は一瞬でも自分がひとりだと思わないことね」

ポーターは電話を裏返して、そこに貼りつけてある名刺を見た。「ビショップはどこでこれを手に入れた？」

「空港が見えてきたわ。左手に」

97

六日目　午前三時三十九分
クレア

茶色い紙袋にはチョコバーとオレンジがひとつずつ、ピーナッツバターのクラッカーがひと包み入っていた。栄養満点とは言えないが、すきっ腹よりはるかにましだ。クレアは吐かないように、できるだけゆっくり、チョコバーとクラッカーを水の半分と一緒に飲みこんだ。オレンジは最後に味わって食べた。

紙袋の中身が半分胃のなかにおさまるころ、ようやく自分がどれほど空腹だったかに気づいた。少し前までは胃がよじれ、かきまわされ、きりきり痛んで、食べ物を口にすると考えただけで吐き気がこみあげた。それを考えると、食欲が出てきたのはよい兆候だ。

食べおえると、通気口のところに戻った。「聞こえますか？」

応えはなく、物音もまったく聞こえない。

ややあって、弱々しいかすれ声がした。「ああ」

「あの男に食べ物をもらいました？」

「男じゃない、女だと言ってるだろう」

「どういう女でした？」

市長は息を吐いた。「二十代後半か、せいぜい三十代だと思ったが……もっと上かもしれん。女の年齢はわかりにくいからな。髪は濃い褐色、肩の長さだった」

「身長は？」

「わたしよりも三十センチぐらい低かったな」

クレアはくるりと目を回した。「あなたの身長はいくつです？」

「百八十と少しある」

「すると、その女は百五十センチしかなかったんですか？」

「いや、それよりは高かった。百六十か、もう少し」

「胸は大きかったですか？」

「なんだと、きみはそういう趣味なのかね？」

クレアは市長の頰を平手で打ってやりたくなった。「胸はあったんですか？　あなたをさらった女は。たったいま食べ物をくれた女です」

「もちろんあったさ。形のいい胸が。体に張りつく黒い服がそれを引き立てていた」

「さっきも体にぴったりした黒い服を着ていたんですか？」

「なんだって？　いや、さっきはジーンズだった。黒いシャツとあのひどい目出し帽」

「そして百六十センチでした？」

市長は少し考えているようだった。「昨日の女は、たとえ目出し帽をしていても女だとわかっただろう。しかし、きみの言うとおりだ。さっきのやつは違う人間かもしれん。男かもしれんな。よくわからん。耳を切られ、目を片方えぐられたんだぞ。そんな細かいところまで気がまわるか」

クレアは部屋を見まわし、通気口に顔を近づけた。「武器になりそうなものが、何かありませんか？　どんなものでもかまいません」

「そっちはどうだ？　何がある？」

「何もないんです」

市長は通気口に近づいてきた。細い筒の向こうを市長の影がつかのま塞ぎ、それから壁際に座りこむ音がした。市長が低い声で言った。「釘を一本見つけた」

「それをください」

「断る」

「ここから出たいなら、この通気口からそれをこっちにください」

「自分の釘を探したらどうだ。なぜわたしの釘をきみに渡さねばならん？」クレアが黙っていると、市長が付け加えた。「わたしはこれを使って鍵を開ける」

「そっちの鍵がこちらと同じなら、差し錠です。少なくとも二本の釘がないと開かないし、釘では太すぎて入らない。クリップかピンか、金属製の爪やすりの先なら――」

「だが、ここにあるのは釘だけだ。だからこの釘を使うしかないだろう？」

「それをわたしにくれれば、目出し帽の男の首に突き刺すとか、顔に切りつけてここを脱出し、外からそちらのドアを開け、あなたを救出して、助けを呼ぶことができます。だけど、どうしても渡したくない、それで鍵を開ける、というなら、どうぞ。ドアが開いたら、こっちのドアもよろしくお願いします。でも急いだほうがいいですよ。耳を切られ、目をえぐられたとすれば、今度は舌を切りに来るでしょう。舌を失くしたら、いまの仕事は続けられ――」

何かが通気口に当たった。見下ろすと、錆びた釘の先が突きだしている。

「わたしが落とす前に取ってくれ」

十センチもある長い釘だ。これは役に立つ。

クレアは靴の紐をほどきはじめた。

98

六日目　午前二時十八分
ポーター

チャールストン空軍基地の近くにあるアトランティック航空は、数棟の建物と二本の滑走路を占有していた。夜更けとあって、建物も滑走路も閑散としている。ＢＭＷが近づくと、警備員が手を振ってゲートを通過しろと合図し、ポーターを待っているジェット機、ガルフストリームへと案内した。航行灯をつけ、エンジンをうならせているこのジェット機は、昨日搭乗したタルボットの私有機と違って機尾に会社のロゴはなく、ざっと見たところ機体には登録番号もマークもなかった。タラップのそばで待っていた機長の制服を着た男が、心配そうな顔で駐まっているＳＵＶ二台を指さす。

昨日の副操縦士だ。その男はポーターがまだ車のエンジンを止めないうちに運転席側のドアを開け、ジェット機のエンジン音にかき消されないように叫んだ。「タルボットの全資産はＦＢＩの監視下にあるため、このジェットは友人から借りました。シカゴにお送りすることはできますが、着陸先で待ち伏せされていないという保証はできません」

「エモリーに迷惑をかけたくない」ポーターはまだ手にしていた携帯をポケットに入れながら言った。

操縦士はためらうポーターの肩をつかみ、タラップへと導いた。「ご心配なく。ＦＢＩがこのペテンを見抜いたとしても、エモリーまではたどれない。迷惑はかかりません」

「きみは？」

「わたしはこの機の操縦士として雇われ、十あまりのアカウントを経て届いたメールの指示に従っているだけです。アドレスから身元を突きとめられる恐れはない。心配はしていません。知らんふりを決めこみます」副操縦士は機内を示した。「頼まれたものは現像しておきました。なかにあります。入って、ベルトを締めてください。急ぎましょう」

「この人も一緒に頼む」ポーターはそう言ってタラップの上で振り向いた。

副操縦士がけげんな顔をポーターの後ろに向ける。「どの人です？」

サラの姿は消えていた。

99

六日目　午前五時一分
ナッシュ

「ここが仕事場か？」

ナッシュはクロズとクレアが院内に確保した狭いオフィスに立っていた。まだ本調子とは言えないが、病院に来る前よりだいぶましになった。ナッシュが点滴の針を引き抜くのを見て、救急治療室の看護師は顔をしかめた。ベッドをおり、もうここには戻らないと告げると、もっと渋い顔で警備員に連絡すると脅してきた。ナッシュはぴしゃりと言って黙らせた。結構、カフェテリアに来い、誰ひとりカフェテリアから出すなと言ってくれ、と。クロズの知っているかぎりの、病院に閉じこめられてから現在に至るまでの経過を聞きながらカフェテリアに向かう途中でここに立ち寄ったのは、クレアがひと息入れているか横になっているか、ひょっとすると気を失って倒れていてくれたら、と願ってのことだった。が、オフィスにクレアの姿はなかった。

ナッシュはSWATの隊長エスピノーザに電話を入れた。これで三度目だが、呼び出し音さえ鳴らない。「ここじゃ携帯はクソの役にも立たんな」ナッシュはぐちった。「電話をかけるより会いに行ったほうが早いかもな」クロズがそう言ってドアを開けた。

カフェテリアに着いたとたん、怒りで頭に血がのぼった。

誰もいない。

ナッシュは近くにあったプラスチックの椅子を蹴り飛ばした。「くそったれ！」

テーブルが押しやられ、床にはゴミが散乱し、爆弾が炸裂したようなありさまだが、人の姿はどこにもない。

「CDCが封鎖を解くと同時に、全員が部屋を飛びだしてね。われわれの力ではとても止められなかったんです」

後ろから声が聞こえ、振り向くと、禿《は》げ頭の五十代の男がエレベーターの近くに立っていた。「あんたは誰だ？」

「ジェローム・スタウト、病院の警備主任です」スタウトが歩み寄り、片手を差しだす。

だが、ナッシュはそれを無視して空っぽのカフェテリアに顔を戻した。

「誰がクレアを連れていったのか知らんが、あんたはそいつがこの建物を出るのを許した。わかってるのか？　あんたは自分が警備してる病院で、少なくともふたり殺した犯人がおめおめと逃げおおせるのを許したんだぞ」ナッシュは苦い声でなじった。「クレアに何かあったら、あんたの責任だ」

「仕方がなかったんです。わたしもあなた同様、命令に従っている。ここは刑務所ではなく、病院ですからね。閉じこめられた人々が暴徒と化す寸前まで、なんとか留めておこうとはしたんですが。名前と連絡先は全員に聞いてあります」

ナッシュは片手で髪をかきあげた。「ありがたいこった」

エレベーターの扉が開き警備員が三人降りてきた。

カフェテリアの向こう側にある廊下で誰かが叫んでいる。

アンソニー・ウォーリックだ。

その後ろには十数人の警官とフル装備のSWATがふたり見える——エスピノーザとトーマスだ。エスピノーザが声をかけてきた。「行方不明の警官ふたりが見つかった。昨夜はどっちも救急治療室にいたんだ」

「クレアは？」

「いや、そこにはいなかった。ハーレスから一室ずつ調べろという指示を受けた。ＦＢＩも捜索に加わる。クレアを捕らえているのが誰にしろ、この病院を本拠にしているようだな。ＦＢＩは市長もここに連れこまれたと思ってる。あんたにほかの考えがあれば別だが、最上階から始めてひと部屋ずつあたるつもりだ。出入り口には部下を配置した。出入りする人間はＩＤを確認してる」

「カフェテリアにいた連中だけでなく、病院全体のか？」

「ああ、全員の記録がある。すり抜けた者は誰もいないよ」

ナッシュはエスピノーザの肩をつかんだ。「助かったよ」

エスピノーザはうなずき、後ろの一隊を見た。「すべての部屋、クローゼット、ベッドの下を確認しろ。隅々まで探すんだ。何ひとつ見逃すな。文句を言われても耳を傾ける必要はないぞ。問題が起きたら俺に連絡しろ」

「携帯はほとんどの場所で使えないぞ」ナッシュは警告した。

「ここは昔からそれが問題でね。機材のせいなんです」スタウトがうなずいて、左手の壁を示した。「あそこにある赤電話は警備室に繋がってる。至るところに設置されているから、何かあればあれを使うといい。わたしがオフィスで待機し、内線同士を繋げたり、院内電話を使ったり、適宜必要なことをします」

「わかった」エスピノーザはちらっとナッシュを見て、部下に目を戻し、ためらいがちに付け加えた。「もうひとつ。言いにくいことだが、４ＭＫの捜査を担当したサム・ポーター刑事が、病院でふたり殺し、市長と刑事を拉致した犯人と手を組んでいる疑いがある。それを念頭に置いて警戒を怠るな」

警官のあいだにささやきが広がった。全員がポーターを知っているのだ。

「よし、始めろ！」エスピノーザが叫んだ。「すばやく、連携しながら捜索しろ。油断するなよ！」

警官たちがエレベーターや階段へと散っていき、まもなく残っているのはクロズとナッシュとウォーリックだけになった。

「わたしはきみたちと行動をともにする。市長を探すのが最優先だ」

ナッシュはウォーリックの言葉を無視してクロズを見た。「クレアが最後にいた場所はどこだ?」

100

六日目　午前五時四分
ポーター

ポーターは日記を閉じながら低い声で毒づいた。読むのはこれで三度目だ。ストックスを殺したあと、子どもたちはどうしたのか? サラやビショップの話は、まるで理解できなかった。シカゴに向かう機内で、記憶を呼び覚ますきっかけとなるような記述がないかと日記の該当箇所を何度も読み返したのだが、無駄だった。何ひとつ思い出せない。

ポーターはがらんとした機内を見まわした。

〝わたしたちはあなたを見張っているの。今日一日は一瞬でも自分がひとりだと思わないことね〟

くそ、サラ。あんたもあんたの息子もくそくらえだ。

サラはまた逃げだした。捕まる危険をおかしたくなかったからだ。二時間ほど前、滑走路から空中に舞いあがるジェット機のなかで、ポーターは窓から空港を見下ろしながら自分にそう言い聞かせた。サラはあのどこかにいる。車のあいだにうずくまっているか、ジェット機が飛び立つまでＢＭＷのなかに隠れている、と。

そうでない可能性は受け入れられない。

あの女は幻覚なんかじゃなかった。

「俺は狂ってなんかいない」

だが、声に出してみても、その言葉が真実になるわけではない。

むしろ誰かに聞かれていたのではないかと、あわてて機内を見まわすはめになった。

こめかみを揉みながら、「少し眠れば、しゃきっとするさ」とつぶやく。

その言葉も言い訳がましく響いた。

ポーターはむしゃくしゃして、横にあるトレーから、ベーコンの最後のひと切れを口に放りこんだ。機内にはボリュームたっぷりの朝食が用意されていた――ゆで卵が三つ、イングリッシュマフィンがふたつ、ベーコン、ソーセージ、オレンジジュース、それと濃いコーヒーが入ったポット。

食事をとれば少しはましになるかと思ったが、ひどい頭痛はいっこうにおさまる気配がている。まるで誰かが頭のなかに手を突っこみ、脳をねじりあげて記憶を絞りだそうとしているようだ。目の奥が鋭くうずき、脚が勝手に痙攣する。一度ならず意識的にこの動きを止めようとしたが、痙攣は何分かするとまた始まった。

ジェット機が雲を通過して降下しはじめると、ポーターは気圧の変化で耳がおかしくならないよう、顎を動かした。もうすぐシカゴに到着する。そのあとどうするか、作戦を立てなくてはならない。

小テーブルに置いた封筒の上には、なかに入っていた写真が載っていた。全部で三十六枚。最初の何枚かは少女ふたりの写真だった。誘うようなポーズを取り、カメラに向かって口を尖らせ、水着の裾を引っ張りながら笑みを交わしている。おそらくティーガンとクリスティーナだと思うが、確認する手段はない。どちらの顔にも見覚えはなかった。アンソン・ビショップの写真もある。十二歳か、せいぜい十三歳。少女と並んで、指先を触れ合わせている。少女のほうはカメラ目線だが、アンソンの目はレンズではなくその背後に向けられている。背景に見えるソファや隅の机からすると、さきほどまでサラといた農場の居間で撮ったものらしい。見えない窓から射しこむ陽射しのなかには、血痕は見えない。まだ血が流れていないのだ。

だが、まもなく流される。

アンソンと並んでいるのはリビーだろう。左腕の肘の近くに打ち身の跡がいくつか、うっすら残っている。

おどけた顔をしている少年の写真もあった。おそらくポール・アップチャーチだろう。写真の少年は若く、活気に満ちている。剃った頭に醜い手術の跡が残る、生きた死人のような男とはまるで違う。

ポーターはふいに体をこわばらせた。

ポール・アップチャーチに会ったことは一度もない。少年だったときも、大人になってからも。それなのに、大人になったこの少年がどんな姿になったか、なぜわかったのか？

ポーターはこの疑問を振り払った。ナッシュかプールから聞いたに違いない。わずか数日のうちに、あまりに多くのことが起こりすぎて、何もかもがごちゃごちゃだ。待てよ、ビショップが言ったのだ。あいつがギヨン・ホテルのロビーでアップチャーチの話をした。それからクレアに電話をしたときにも、アップチャーチの状態を告げられた。ビショップから聞いたのと同じことを。実際にアップチャーチに会ったことはないが、ふたりとの会話からアップチャーチのイメージを作りだしたに違いない。

フィニッキーの写真もあった。ポーターが知っていたよりはるかに若いが、間違いなくローズ・フィニッキー、ビショップの母親のふりをしていた受刑者ジェーン・ドウだ。サラとふたりで刑務所から連れだした女。ビショップが眉ひとつ動かさずに処刑した女だ。

〝これでおあいこになったかな〟ビショップはあのときそう言った。

次の三枚はまたティーガンとクリスティーナだが、さっきの写真とはだいぶ趣が違う。一枚目は一糸まとわぬ姿で手足をからませている。背景は薄い黄色の壁とくしゃくしゃになった緑色の上掛け。ふたりはカメラを見て気をそそるような表情を作ろうとしていたが、その目には恐れと懇願が浮かんでいる。

次の写真で、ティーガンは男の肩に後ろからしなだれかかっていた。男は全裸だ。ポーターは最初、その男が誰か気づかなかった。いまよりも長い髪には白髪などなく、体も引き締まっている。ポーターが知っている現在の姿より、少なくとも三十キロは少ないだろうが、間違いなく同一人物だ。

この写真が撮られたころは、市会議員だったはずだ。それともまだ会社法を扱う弁護士だったたか。政治家にはとくに興味がなかったから、それくらいしか覚えていない。

写真には日付は入っていなかった。この男がシカゴのトップに就任する、はるか以前に撮られたものだが、間違いない。これは現在の市長ミルトンだ。写真のミルトンはおそらく三十代。ティーガンとクリスティーナは十五、六歳に見える。

市長のバリー・ミルトンは、次の写真ではクリスティーナと写っていた。市長の手には革紐と猿ぐつわがあった。

ポーターは写真を置いた。とても見ていられない。

ほかの写真はもっとひどかった。

あられもない姿の少年や少女。ポーターはそれも正視できず、吐き気をこらえなくてはならなかった。

市長と同じで最初は気づかなかったが、次の写真の男も知っている。いまよりもはるかに若く、髪も豊かで眼鏡もかけていない。なぜこのときチャールストンにいたのか？　市長に同行していたのだろうか？　このために？　たぶん。市長とはどれくらい前からの知り合いだ？　いつからこんなことをしていたんだ？　ポーターには見当もつかなかった。男はベッドの端に腰をおろし、黒いスーツを着た少年の髪をなでている。またしても胃がうねった。頭に一発ぶちこんでやりたい。

いや、もっとうまい手がある。

ポーターはテーブルの浅いくぼみに置かれたペンをつかみ、キャップを取って裏に二、三言走り書きすると、写真を真ん中から折ってポケットに滑りこませた。

最後の五枚は、ほかの写真とは違っていた。低い位置にあるカメラから被写体を捉えたもので、ピントがぼけている。被写体も必ずしも中央にはなく、半分切れているものもあった。撮っていた人間が脇にさげたカメラを構え、シャッターを押したように見える。隠し撮りの写真だ。

そのなかに、ヒルバーンの写真があった。

車のすぐ外で煙草を吸っている。間違いなくヒルバーンだ。

キャリッジハウス・インという例のモーテルの写真もある。西端からモーテルを写したものだ。

それにポーターがつい何時間か前に立っていた、モーテルの向かいにある駐車場の写真。マクドナルドが片側に、反対側に自動車の部品店が見える。写真の左側には、パトカーが

「たしかに」

ナッシュはウォーリックにうなずき、階段の下を示した。「お先にどうぞ」

ウォーリックは顔をしかめた。「だったら銃を返してくれ」

「自分の足で歩いておりるか、突き飛ばされて落ちるか、好きなほうを選んでくれ」

「きみはポーターの仲間で、わたしを地下で殺すつもりかもしれんだろう?」

ナッシュはにやっと笑った。「ああ、それもいいな。なかなかいい思いつきだ。あんたの読みが正しいかもしれん。だが、市長が見つかる可能性もあるぞ。どっちに転ぶにしろ、あんたが先頭だ。後ろを歩かれるのはごめんこうむる」

「きみのキャリアもこれでおしまいだな」ウォーリックは吐き捨てるように言い、きびすを返して階段をおりはじめた。

102

六日目　午前五時十二分
クレア

「ドジ、ど阿呆《あほう》、くそったれ、しっかりしなさいよ！」

自分を叱咤激励《しったげきれい》してジャンプしたが、またしても失敗した。これで四度目だ。

「何をしているんだ？」市長がくぐもった声で尋ねてきた。

クレアは通気口にちらっと目をやり、低い声で毒づくと、頭上の照明器具に目を戻した。それをにらみつけ、もう一度ジャンプする。今度も届かなかった。

「くそっ」

靴から引き抜いた二本の靴紐を結んで一本の長い紐にしたあと、その両端をそれぞれの手でつかんでジャンプしながら振りあげ、照明器具の角にループを引っかけようとしているのだった。とはいえ、照明器具と天井のあいだがほんの一、二センチとあって、靴紐はこの角に引っかからずにむなしく金属を滑って落ちてくるか、器具に届きもしないかだ。この部屋は天井まで三メートルかそれ以上あるのだ。

　クレアはもう一度挑戦した。もう一度……。

　ふだんなら、これくらいの〝運動〟で疲れることなどありえないが、極端に体力が落ちているせいか、意識が遠のきそうになり、膝に手をついて深々と息を吸いこんだ。

　目を閉じて、靴紐がちょうどいい具合に空中を飛び、照明器具の角に引っかかるところを何度も繰り返しイメージする。そして完璧な弧を描けたと感じると、三つ数えて再び紐のループを振りあげた。

　またしてもはずれ。

「ちくしょう！」

　ため息をつき、再び膝を曲げると、紐を背中にたらして両端を握り、今度は飛びあがってから半拍ほど待って紐を振りだす。するとループが照明器具と天井のあいだの細い空間に滑りこんだ！

　クレアは着地と同時に、力をこめて照明器具を下へと引っ張った。器具を留めたネジが天井から吹っ飛び、照明器具の片端が大きな弧を描きながらたれさがったが、とっさにしゃがんでよけた。器具はドアにぶつかって反動で戻り、長いワイヤーにぶらさがって止まった。はずれた蛍光管が床に落ち、銃声のような音をあげて割れたものの、もうひとつは一瞬ちらついただけで消えなかった。天井から埃が降りそそぎ、クレアは咳きこんだ。

　手を伸ばし、まだ少し揺れている器具を押さえて配線を調べた。カーマイケル・エレクトリックで電気技師として働いていた父は、夜や週末に様々な副業をこなし、娘のクレアを助手として同行させた。たいていは近隣に住む人々から頼まれる、ちょっとした修理や配線で、こちらで五十ドル、あちらで百ドルにしかならず、そのすべてが家計の足しにされた。クレア自身は父の手伝いより友だちと遊びたかったが、おそらく父はサウスサイドで育つ娘が、近所の悪ガキと遊ぶのを好まなかったのだろう。電気に関する基本的な知識を教え、クレアに仕事を与えた。当時は不満たらたらだったが、いまは近所の人々が電気屋に頼むような作業を自分でこなすたびに、心のなかで父に感謝する。

器具の裏側には予想どおりのものが見つかった。長さ一・二メートルの蛍光管二本は直列に繋がっているうえに、この器具を設置した電気技師は、あとで設置場所を変更する可能性を考慮し、かなりの長さの電線を予備として残していた。

設置する位置を変えるために電線を足すには、配線ボックスを使わなくてはならない。でも最初から長めに残しておけば、それを伸ばすだけですむ。照明器具のなかにも二メートル半近い電線があった。これだけあればじゅうぶんだ。

クレアは器具のなかの白い線をたどり、溶接された箇所を見つけて引きちぎった。蛍光灯が消え、部屋には金属ドアの小窓から入ってくる廊下の明かりだけになった。

クレアはドアと、中央上部にある上着やコートをかける金属フックのあいだに電線の先を押しこみ、長い靴紐をぐるぐる巻きつけて固定した。ドアが部屋のなかに向かって開けば、電線にゆるみができるが、フックは窓の上にあるから外からは見えないはずだ。

照明器具のところに戻り、今度は黒い線をできるだけ引きだして床へと伸ばした。市長の釘をつかみ、靴を片方脱いで、床に膝をつく。ドアから約三十センチ離れたところにある床のひび割れに釘を突き刺し、釘がそこに固定され、動かなくなるまで、靴の底で釘の頭を打った。次いで黒い線をつかみ、被覆を剝がした銅線を釘のまわりに巻いた。

何本かのネジとちぎれたプラスターボードからたれている器具の両側をつかんで完全に天井からはずすと、外から見えないように左隅に片付けた。ドアは金属だから伝導性がある。うまくいけば目出し帽の男がドアを開けたとき、電流が通るほうの線を巻いた釘にドア枠が触れて、ドアの取っ手に電気が流れるはずだ。殺すほど強力ではないにせよ、しばらく動けなくなればそのすきに脱出できる。

それから水のボトルを逆さにして、ドアの前、さきほど男が立っていた場所に水たまりを作った。念には念を入れよ、ということわざもある。

でも、あいつは手袋をはめていた。あれが電流を遮断したらどうする?

クレアは足元に落ちている蛍光灯のかけらをすくうようにつかみ、鋭く尖ったガラスをじっくり見た。

もうひとつ予備の作戦を用意しておくことにしよう。

103

六日目　午前五時二十三分
ポーター

ポーターは写真を封筒のなかに戻した。とても見ていられない。

通路を挟んだ座席から緑のダッフルバッグをつかみ、血だらけの汚れた服の下に封筒を突っこむ。水色のシャツ、黒いスラックス、ローファー、ネクタイまである。撃たれた夜に着ていた制服だ。それがなぜこのバッグに入り、何年もヒルバーンのワゴン車に隠されていたのか？　原型をとどめていないのはおそらく、病院で脱がされたときに切られたからだろう。

作文帳も見覚えがある気がするが、ビショップが日記に使っていたのと同じ種類のノートだからかもしれない。もう何カ月も、ビショップの日記は起きているあいだ常に頭から離れなかった。ポーターはノートをぱらぱらめくり、日付や時間、備考欄の記載の一部に目を走らせた。ほとんどが省略形で書かれている。どうやら、日誌のようなものらしい。

１４Ｆ　１ｋ　ＣＨ　払い済み
十四歳の女、千ドル、キャリッジハウス。

なぜだかわからないが、その意味がすんなりと頭に浮かんだ。

ポーターはページのひとつにティーガンという名前を見つけた。もう一度ペンのキャップをはずし、その名前の横に〝ティーガン〟と書いてみる。

似ているとはいえ、同じ筆跡ではない。それは専門家でなくても見てとれた。そもそも、このノートに、この名前を書いた記憶もない。

これは日誌ではなく出納帳、取引の記録だ。

俺の取引の記録か？　ポーターはノートを閉じ、バッグのなかの服の下、写真や金がある奥のほうに突っこんだ。

カムデン療養センターから盗んできたファイルはバッグには入っていなかった。ビショップの分もない。くそ、プールのやつ。

車輪がアスファルトを捉え、ジェット機が揺れた。翼のフラップが出て、エアブレーキがかん高い音をたてる。

指示どおりに切ってあった携帯電話の電源を入れると、すぐに着信音が鳴りだした。

発信者は〝不明〟とある。

「もしもし」

「シカゴにようこそ、サム。黙って失礼してごめんなさい」

あの〝サラ〟だ。

「なぜ逃げた？」

「訊くまでもないはずよ」

「そういう謎めいた言い方はうんざりだ」

「罪悪感のせいね。罪悪感にさいなまれているんでしょう？　癒《いや》され、前に進むためには、自分の罪を認めることから始めないと。そうする用意がある？」

「何も悪いことはしていない」

「あら、まだ思い出せないの？」

一部は思い出した。

「ああ、思い出せんな」

「あなたはあの子たちを売っていたのよ、サム。相棒のヒルバーン、ストックス、ウェルダーマンたちと一緒に。子どもたちに売春させていたの。金を払う相手には誰彼かまわずに。チャールストンの拠点はキャリッジハウス・イン。あそこで子どもたちに客を取らせていた。ストックスとウェルダーマンが子どもたちの送迎を引き受け、ヒルバーンは取引がスムーズに運ぶように目を光らせていた。あなたは少し離れたところに待機して、見回りに来たひと握りの善良な警官たちの気を散らす。年に一度、子どもたちはシカゴの大規模な人身売買市場で売られ、残りはフィニッキーのところに戻った。あなたはわたしのアンソンをそんなくそみたいな世界に引っぱりこんだの。それがあなたの罪よ。そのせいであなたは撃たれ、ヘザーは死んだ」

〝急いで、あいつらが来る〟

「全部でたらめだ」

サラはため息をついた。「その豪華なジェット機にはテレビがある?」

ポーターは電話を切りたい衝動を抑え、機内を見まわした。コックピットの扉に近い壁に三十六インチのテレビがかかっている。

「それをつけて」

テーブルにマジックテープで留められたリモコンをつかみ、電源ボタンを押す。

「ニュース・チャンネルに合わせて」

ポーターは機内を見まわした。「俺のことが見えるのか?」

「早くニュースを観て」サラは彼の問いを無視して繰り返した。

ポーターは次々にチャンネルを切り替えた。ずいぶん数がある。

昇る太陽の光できらめく雪が舞い落ちるなか、人々でごったがえす駐車場に立つ男のレポーターが、風に乱れる黒髪をなでつけながら話していた。「……三時間前から集まりはじめました。気温はマイナス十度に達していますが、少しも気にしていないようです。支えを求めるアンソン・ビショップの呼びかけに応じて来た人々もいれば、何が起こるのか見たいだけの野次馬もいます。群衆の数はまだ増えつづけており、このままでは問題が生じる可能性もあります。ここギヨン・ホテルには、あと二時間弱で姿を現すと予告したビショップを取り押さえるため、ＦＢＩと地元警察、州警察が大量の捜査官や警官を投入しています。市民はその現場に少しでも近づこうと、塀を倒し、バリケードを押しやっていますが、ギヨン・ホテル自体はまだ閉鎖されています。周囲の通りを完全に遮断する案も出たようですが、ビショップがホテルにどんな方法で来るかわからないとあって、この案は立ち消えになりました。行く手を塞いでビショップの気が変わる危険をおかせない、と考えたのでしょう」

ジェット機が停止した。

エンジンが止まると同時に、テレビの画面が暗くなる。

何台もの警察車両と百人もの警官が待ちかまえているのを予測して窓の外を見たが、見えたのは、ジェット機の車輪の下に木製の輪留めを置いている作業員だけだった。

「ウイルスをどうしたの、サム？　どこに置いたか思い出した？」

この問いを聞いたとたん、頭のなかでカチリとスイッチが入った。ビショップが何をするつもりかわかったのだ。

ポーターは何も言わずに電話を切り、プールにかけた。

104

六日目　午前五時二十七分
ナッシュ

ウォーリックは階段室のいちばん下にあるステンレスの扉を押し開け、恐る恐る広い地下スペースに足を踏み入れた。むきだしの蛍光灯が発する低いうなりのなか、湿った空気は冷たく、埃っぽい。

大量の箱や使われなくなった医療機材、備品が視界をさえぎっていた。「メンテナンス作業員の名前はなんだって？」ナッシュはクロズに尋ねた。

「アーネスト・スコウだ」

ナッシュは両手で口を囲い、大声で呼びかけた。「アーネスト・スコウ、いるか？」

散乱するガラクタに声を阻まれ、ナッシュはさらに大きな声で呼んだ。

「封鎖が解けたあと、すぐに帰宅したんじゃないか」

「どうかな」ナッシュは腰のベレッタから安全ストラップをはずした。まだ銃を抜く気はないが、いつでも使えるようにしておきたい。

クロズが天井を示した。「クレアはこういう線が外部の壁に出ている箇所までたどったと言ってたな。電話線とインターネットの線だ。電話会社はトンネルのスペースを貸しだしているから、電話線をたどればトンネルに行きつくと思ったんだ。ところが、あいにくセメントで塗りこめられていた。この建物の基礎は八〇年代に造り直されたらしい。そのときトンネルの出入り口も封じられたようだ、とクレアは言っていた」

突然、前方左手で派手な音がした。アルミニウム製ストレッチャーに積んであった便器が落ちたのだ。ウォーリックが両手を上げ、そこから離れた。「すまん」

ナッシュの立っている場所から見えるだけでも、二十台以上のストレッチャーがある。四猿殺人鬼《4MK》事件を捜査中、ビショップが被害者に使ったストレッチャーをどこから調達したのか不思議だったが、ここには大量の用済みストレッチャーがある。そのうち何台かをこっそり盗みだすのは造作もなかったろう。ビショップのことだ、用がすんだら律義に返却したかもしれない。ここが自分用の医療器材倉庫でもあるかのように。

「病院のこのあたりは古い地下通路網とは繋がっていない」ウォーリックが言った。「最初から繋がっていなかった」

ナッシュは落ちた便器をまたいでウォーリックに近づいた。「街の下にある地下通路のことを、知ってるのか？」

ウォーリックは独善的な表情を浮かべた。「それより銃を返してくれ」

「クロズ、こいつを撃っていいぞ。ただし脚にしろよ、膝とか。そうすりゃ質問に答える気になるだろ」

ナッシュが本気だと思ったのか、クロズは一瞬、驚いた顔になり、それから呆れて首を振ると、天井の線に目を戻した。

ナッシュはウォーリックがまたさきほどのストレッチャーにぶつかりそうになるほど強く、肩をこづいた。

ウォーリックは上着の肘から埃を払い落とした。「ここは新しいクック郡病院だ。この部分は二〇〇二年に建てられた。密造酒を運ぶ地下通路の出入り口があるとすれば、隣の旧クック郡総合病院のほうだろうな」

「どうして知ってるんだ？」

「旧総合病院の建物は、何年も前から開発業者が目をつけているんだよ。敷地は広いし、街のど真ん中と、立地にも恵まれている。たっぷり駐車スペースを取ったマンション、ホテル、オフィス、ショッピングモールの総合施設、そういう企画が持ちこまれている」ウォーリックはため息をついた。「非常に有望だと思ったが、タルボットが死んだために計画は頓挫してしまった」

「その企画の陰には、アーサー・タルボットがいたわけか？」

ウォーリックがうなずく。

ナッシュはクロズと顔を見合わせた。

「ここからそっちへはどうやっていくんだ？」

ウォーリックは眉間にしわを寄せ、ゆっくり体をまわしながら捨てられた器材を見渡していたが、まもなく奥に近い壁にある両開きの扉を指さした。「当時の青写真に関する記憶が正しければ、あそこの扉の向こうに新旧の建物を繋ぐ廊下があるはずだ。二〇〇二年にこの新しい建物が完成したあと、丸一日かけてあの扉から総合病院の患者をこちら側に移し、上階の適切な科へ運んだんだ。重症患者は救急車で移されたが、大半があの扉を通った。旧クック郡総合病院はそれ以来閉鎖されている」

三人はウォーリックが示した扉に向かった。扉に近づくと、ナッシュはその少し手前で携帯のライトを床に向けた。「ずいぶん頻繁に行き来があるようだぞ」

積もった埃が、扉を出入りする何十もの足跡で乱れている。

「ドアがこじ開けてある」クロズが鍵のそばのひっかき傷を指さす。

ナッシュは銃を引き抜いた。「ウォーリック、あんたは俺の後ろにつけ。クロズ、おまえはしんがりだ。こいつが何かしたら撃っていいぞ。今度は冗談じゃない」

そう指示を出すと、横に立って扉を引き開け、すばやく通過した。銃を構え、携帯のライトで壁のスイッチを探す。頭上の照明は半分しか点かなかった。

前方には床も壁も白いタイル張りの廊下が伸びていた。二百メートルほど先に、いま通ってきたような両開きの扉がある。

ナッシュは携帯をポケットに戻し、銃を構えて廊下を歩きだした。埃のなかに残っている足跡は少なくとも三種類。そのうちひとつは残りのふたつよりはるかに頻繁にここを往復している。「ウォーリック、旧病院の保安設備はどうなってるんだ?」

「警報装置は切ってある。外に面したドアは鎖をかけるか、施錠され、こっちの病院の警備員がそれを定期的に点検している。しかし、あそこは宿泊所のリストに載っているからな。なんらかの手段で人々が出入りしているのはわかっている」

「宿泊所?」

ウォーリックは片手を振った。「街に点在する廃屋だよ。ホームレスに使わせているんだ。通りをうろつかれるよりましだろう? 市民はホームレスを助けたいと口では言うが、実際に手を差し伸べる者は少ない。最後の調べでは、シカゴとその周辺には八万人近いホームレスがいる。街にはそのすべてを収容できるシェルターはない。しかし、どこかに収容しなくてはならんだろう。ホームレスが通りでたむろしているのは誰も見たがらないからな。目につけば、問題があることをいやでも思い出す。だから、彼らが目につかないかぎり、どこかの建物に入りこんでも放っておくわけだ。暗黙のルールというやつさ」

「結構なこった」

廊下を半分ほど進んだとき、突然、照明が消えた。

闇が三人を呑みこんだ直後、銃声が響いた。

頭のすぐ上でタイルが砕け、ナッシュはあわててしゃがみこんだ。闇に向けて銃を構えながら、空いているほうの手でポケットの携帯を探る。「クロズ、撃ったのはおまえか?」

「いや。ウォーリックはどこだ？　見えるか？」

「何も見えない」

ライトをつけるためにポケットから携帯を取りだそうとしたが、誰かに腹を蹴られ、電話を取り落とした。

またしても銃声が轟《とどろ》き、苦痛に満ちたうなり声がそれに続く。

「クロズ、大丈夫か？」

つかのまの静寂を、三人の激しい息遣いが満たす。

「ああ」ややあってクロズが答えた。

それとほぼ同時に、古い病院のほうへと向かう足音が聞こえた。前方のドアが押し開けられ、勢いよく閉まった。

「すまない、ナッシュ」

なんだと？　だが訊き返す前に硬いものが側頭部を殴打し、ナッシュは壁にぶつかって床に倒れこんだ。意識が遠のき、やがて何もかも真っ暗になった。

105

六日目　午前五時三十一分
プール

プールが電話に出たとたん、低い声が早口に言った。「フランク、やつはクロズと組んでいるぞ。クレアを捕まえて、どこかの部屋に閉じこめている。何時間も前にその映像を見た。もっと早く連絡したかったが、クレアを殺すとビショップに脅されてできなかった。あいつの魂胆がわかったぞ。ギヨンの前に集まっている市民を、いますぐホテルから遠ざけろ」

プールは片手でハーレス支局長を呼び、口だけ動かしてポーターの名前を告げた。別の電話に出ているハーレスが、車内の通信ステーションについている男の肩を叩き、人差し指を空中で回してプールを指さした。通信技師がうなずき、逆探知を始める。

「ぼくたちもクロズとナッシュとクレアをずっと探しているんです」プールは言った。「あなたはどこです？　シカゴに戻ったんですか？」

「例のウイルスだが、あれは嘘だった。そうだな？」

「ええ。クレアが見つけた注射器には実際にウイルスが含まれていたが、救出された少女たちは強力なインフルエンザ・ウイルスを注射されていただけでした」

「ビショップはあの病院を実験台にしたんだ。救急隊員その他が何分ぐらいで現場に到着するか、それを知りたかったに違いない。いますぐギヨンから市民を退避させろ」

ハーレスが自分の電話を切り、何かを走り書きしてその紙をプールに渡した。それを読んだプールは顔をしかめた。「ビショップがギヨン・ホテルの前でウイルスをばらまくつもりだと思うんですか？」

ワゴン車の後部ドアが開き、ダルトン警部が入ってきてドアを閉めた。ハーレスがポーターから電話がかかっていることを小声で告げる。

「いまはひとりか？　話せるか？」ポーターが訊いてきた。

「ハーレス支局長がいます。ダルトン警部もいますよ。スピーカーフォンにしますか？」

ポーターは黙りこんだ。

プールはハーレスの走り書きを読み直し、ダルトンに渡した。

〝確認事項――ポーターはニューオーリンズで郡刑務所の近くにあるモーテルに部屋を取り、三泊分の代金を払った。盗まれたウイルスの容器がその部屋のゴミ箱で見つかったが、空だった〟

答えを待たずにプールはスピーカーフォンにした。「サム、聞こえますか？」

「ああ」

「農場であの女を見つけましたよ」

　ポーターは何も言わなかった。

「サム、シカゴにいるんですか？」

「その女はクレアをどこに閉じこめているか言ったか？」

　プールは自分を見つめているハーレスとダルトンに目をやった。「われわれが見つけた女は……死んでいました。知っているんでしょう？　あそこで何があったんです？　ほかの血痕についても説明してくれませんか？」

「あの女は死んでなんかいない。ついさっき……」

「サム、あなたは具合が悪いんです。それもわかっているはずだ。カムデン療養センターで治療を受けていたときのカルテを読みました。あなたがどんな目に遭ったかわかっています。ぼくが力になります。そこがどこだか――」

「訊くまでもないだろ？　この電話を逆探知してるのはわかってる。俺ならそうする」

「自首してください。そのほうが――」

「みんなグルなんだ。誰ひとり信用できん」

「そう思えるだけです。被害妄想もこの病気の症状のひとつなんです。自首すれば、必ず適切な助けを得られるようにします」

「ビショップをそこにいる群衆に近づけるな。あいつの望みは、そこで大勢の市民にウイルスを撒くことだけだ。クレアを見つけて、閉じこめられている部屋から助けだしてくれ。誰も信用するな」

ハーレス支局長がプールの携帯にかがみこんだ。「きさまがウイルスを持っていることはわかっているんだ。いますぐ自首しろ」

ポーターは電話を切った。

通信技師がスクリーン上の地図の一点を指さした。「南南西に向かって移動しています」

「ここに向かっているわけか」ハーレスが地図を見ながらつぶやく。

通信技師がうなずいた。

106

六日目　午前五時三十五分

プール

「周囲の建物四箇所の屋上に狙撃手を配置した。地上では制服警官と二十人あまりの私服警官が目を光らせている」ダルトンが告げた。「やつがわれわれに気づかれずにしのび寄るのは不可能だ」

「ポーターは何年市警で働いてきた？」ハーレスが尋ねた。「同僚がどこにいるか、あの男にはひと目でわかる。きみの戦略も見抜かれているに違いない。われわれはすでに捜査官を十二人配置し、さらに二十五人がこちらに向かっている。警官は邪魔になるだけだ」

「ポーターが市警の警官たちのやり方を熟知している点を、逆手に取りましょう」プールは口を挟んだ。「彼らを使ってポーターをこちらの意図する場所へ誘導し、群衆から遠ざかるように仕向ければ、安全に拘束できます」

ハーレスは首を振った。「あいつはウイルスを持っているんだ、見つけしだい射殺する。人ごみに近づけるなどもってのほかだ」

「持っていなかったら？　撃ち殺せば、ウイルスを回収する絶好のチャンスがふいになります。病院は陽動作戦でした。今度もその可能性があります」

「誰の話をしているんだ」ダルトンが口を挟んだ。「どっちの逮捕を最優先にするか、はっきりさせるべきだな。ビショップか、ポーターか？」

「ふたりが手を組んでいる可能性もある。われわれをここに引きつけておき、どこかの駅か学校でウイルスを撒くつもりかもしれん」

「ふたりとも殺さずに捕まえるべきです。そのためには人ごみから遠ざけなくては」

誰かがワゴン車の後部ドアをノックした。

ダルトンがラッチをはずしてドアを開けると、分厚い黒いコートを着て、シカゴ市警の帽子をかぶった男が、手袋をした手にコーヒーのカップを四つ危なっかしく持って立っていた。「コーヒーをお持ちしました」男は顎で各々のカップを示した。「これは砂糖がたっぷり入ったやつ、これはクリーム入り、こっちのふたつはブラックです」

ハーレスはダルトンの前に手を出し、ひとつ取った。「砂糖入りはわたしがもらう」

「ブラックをお願いします」通信技師が言った。

ダルトンはそれを通信技師に手渡し、もうひとつのブラックコーヒーをプールに差しだして、自分にはクリーム入りを取った。

開いているドアに目を留めたレポーターたちが近づいてくる。

ダルトンが気づき、コーヒーを運んできた男に早口で礼を言って急いでドアを閉めた。

「マスコミにも用心しないとな。逮捕の様子をテレビで生放送されるのは避けたい」

プールは横にある机にカップを置き、窓の外を覗いた。左手にテレビ局の中継車が三台見えた。車の屋根に取りつけられた三つのパラボラアンテナが目印だ。駐車場の反対端でもふたつばかり見た覚えがある。

かなり寒いうえに雪も降っているとあって、誰も彼も分厚いコートと手袋、帽子、マフラーでしっかり防寒していた。スキーマスクをかぶっている市民も多い。外で足踏みしている人々の半分が顔を隠し、目しか見えないとあっては、たとえ自分の母親がここにいてもわからないだろう。ましてやポーターやビショップを見分けられるはずがない。「さっき探知したシグナルはどうなってる？」プールは通信装置の前にいる技師に尋ねた。

「見失いました。電話を切ったあとバッテリーを抜いたんでしょう」

すぐ横で、ハーレスが机の上にあるマイクのボタンを押した。「カーマイケル、位置に着いたか？」

「着きました。ギヨンの地下でトンネルの出入り口を見つけました。ふたりに見張らせています。明らかに最近使われた跡がありますが、ビショップと例の刑事の姿はいまのところありません。六人の捜査官が各部屋を捜索中です。ホテルのなかは無人のようですよ」

「何か動きがあったら連絡しろ」

「ビショップは自首するところを市民に見せたいんです」プールは指摘した。「地下通路は使わないでしょう」

「ポーターは使うかもしれん」ダルトンが言った。

「いや、あの男も使わんな」ハーレスが否定した。「われわれが見張っているのは承知しているだろう。ホテルのなかから外に出るのはほぼ不可能だ。あいつがウイルスを持っているなら、ターゲットはホテルの前に集まった大勢の市民に違いない」

通信装置から別の捜査官の報告が入った。「支局長、チェンです。三階の一室で男の死体が見つかりました。片方の目と耳、舌が取り除かれて白い箱のなかにあります。死んでから――ちょっと待ってください」

チェンがその先を続けるのに手間取ると、ハーレスが苛々して促した。「どうした？」

「ほかにも二体が同じ状態で見つかりました。女と男です。部屋の壁には〝父よ、わたしをお許しください〟とありますが、殺害現場はここではないようです。血が少なすぎますから。三体とも白い粉で覆われてます。おそらく塩でしょう」

ハーレスはダルトンを見た。「ポーターをここで発見したとき、市警はホテル内をくまなく調べたと言ったな？」

ダルトンはうなずいた。「その三体は最近運びこまれたものだ」

「五階のキャプショーです。ここにも一体ありますよ。六十代後半か七十代前半の男。チエンが言ったのとまったく同じ状態です」

「支局長、ポーターの位置がつかめました」通信装置の前で技師が言った。

「どこだ？」プールは先を促した。

「ここです。携帯の基地局１９１３９０Ｂ、１９１３９１Ａ、１９１３９２Ｂの検知データに基づき、三角測量法で割りだしました。外のどこかにいるはずです」

ハーレスがマイクに向かって早口で指示を与えはじめた。ダルトンも自分の携帯で部下に命じている。

「ぼくは外で探します」プールは後部ドアを押し開け、止められる前にワゴン車を降りた。ギヨン・ホテルの裏口へ向かう途中、十二歳ぐらいの少年が上着の裾を引っ張った。

「おじさんは特別捜査官のフランク・プール？」

「そうだよ」

少年は何かをプールの手に押しこみ、たちまち人ごみに消えた。

折りたたまれた写真だ。

何年も前に撮られた写真だが、そこに写っているのはよく知っている男だった。プールは足を止めてワゴン車を振り向き、写真に目を戻した。

写真の裏にポーターはこう書いていた。〝クロズだけじゃない。こいつもかかわってる〟

プールは集まった人々を押しのけ、ホテルのほうへ向かった。

一刻も早くポーターを見つけなくては。

107

六日目　午前五時三十七分
ナッシュ

目を開けたとたん、鋭いガラスのかけらで頭を切られたような痛みが襲ってきた。ナッシュは片方の腕を体の下に敷いて床に倒れていた。さいわい銃はまだある。みぞおちに食いこんでいる。

俺はさっきの廊下にいるのか？

暗すぎてよくわからないが、どうやらそうらしい。

どれくらい気を失っていたのか？

上体を起こそうとすると、ひどいめまいに襲われ吐き気がこみあげてきた。

携帯電話が見つからない。さきほど取りだそうとして落としたのだ。そのとき――

〝すまない、ナッシュ〟

クロズ？

クロズが俺の頭を殴ったのか？

ばかな、絶対違う。そんなはずがない。

だが、オーリンズ郡刑務所、モンテヒュー研究所、クック郡病院の防犯カメラの映像のタイムスタンプを狂わせたハッキングも、市警を混乱させてビショップとポーターが逃げだすきっかけを作ったセキュリティ侵害も、並みの人間には不可能な工作だが、あいつならコンピューターのキーをいくつか叩くだけで簡単にやってのけられる。

病院で発見されたふたつの死体もあいつの仕業か？

クレアも……。

いや、違う。クロズがクレアに危害を加えるもんか。

埃だらけの床に手を走らせて携帯電話を探したが、見つからなかった。届かない場所へ吹っ飛んだか、持ち去られたのかもしれない。

誰かがうめき声をもらした。濡れた、喉にからむようなうめき声だ。

「ウォーリックか?」

やはりここは廊下らしい。またうめき声がした。さきほどよりも苦しそうなその声は、廊下の先から聞こえる。めまいと頭痛をこらえながら、ナッシュは後ろに手を伸ばして壁を支えになんとか立ちあがり、もう片方の手で頭に触れた。指が濡れたところを見ると出血しているのだ。傷の程度はわからない。

ウォーリックの呼吸音が聞こえた。かなり速く、辛そうだ。

ナッシュは銃を手に壁沿いを息遣いがするほうへ向かい――

ウォーリックにつまずきそうになった。ウォーリックは壁に背中を預け、床に座りこんでいた。手で探るとシャツもスーツもぐっしょりだ。片手で心臓のすぐ上、右胸を押さえている。苦しそうな息遣いからすると、肺を撃ち抜かれたのか? ほかも撃たれているかもしれない。「話せるか?」

ウォーリックが何か言ったが、聞きとれなかった。口から飛び散った何か、おそらく血の泡が頬に当たった。

ナッシュは口元に耳を寄せた。「まだ携帯を持ってるか?」

ウォーリックが痙攣するようにうなずく。

軽く叩いて探ると、上着のポケットのなかにあった。画面は明るくなったものの、電波はない。くそっ。

ウォーリックの体が痙攣し、次いで硬直したかと思うと再びぐったりした。

廊下が静かになった。

ナッシュは携帯のライトをつけた。

事切れたウォーリックがうつろな目でナッシュを見上げていた。

出血は思ったよりはるかにひどかった。銃弾は肺に穴を開けただけでなく、肺動脈をかすめ、心臓もかすめたのかもしれない。大量のアドレナリンに支えられ、どうにかここまで逃げてきたのだろう。だがその努力もむなしく――力尽きたのだ。

廊下のはずれで何かがきしみ、ナッシュは携帯の光をそちらに向けた。

旧クック郡総合病院に入る戸口に、黒い目出し帽をかぶり、黒いサングラスで目を隠した男が立っていた。何かの装置みたいなものを額につけ、落ちてこないようにストラップで固定している。暗視ゴーグルか？　ストレッチャーを引いてスイングドアからこちらへ入ってくるところだ。顔は目出し帽とサングラスで覆われているが、着ているものに見覚えがある。ナッシュは銃を構えた。「クロズ、そこで止まれ！」

108

六日目　午前五時三十九分
ポーター

ポーターは左手に携帯を持ち、分厚いウールのチャコールグレーのコート、グレーの襟巻とお揃いの縁なし帽、黒い革手袋といういでたちでギヨン・ホテルに向かっていた。すべて空港で待っていたキャデラック・エスカレードに用意してあったものだ。三八口径を入れたコートの右ポケットから手を出すたびに、銃の感触を恋しがるかのようにその手がうずく。銃に触れていると、心が落ち着いた。

ギヨン・ホテルの外にはすでにものすごい数の市民が集まっているが、その数は依然として増えつづけている。ポーターはホテルの三ブロック手前で、それ以上近づくのは無理だと判断し、車を捨てて雪のなかを急ぎ足に進んだ。こんな大勢のなかでビショップを見つけるのはまず不可能だ。とはいえ、ビショップのことだ。この携帯に電話をしてくるに違いない。

ヘリコプターが頭上を旋回している。

警官やFBIの捜査官があらゆる場所にいた。境界を見張る制服警官や群衆に紛れこんだ覆面捜査官もいる。だが、彼らを見分けるのはさほど難しくなかった。野次馬のほとんどが声高にしゃべり、冗談を言い合い、車が近づくたびにそちらに向かって首を伸ばすが、警官たちは黙々と人々の顔を確認しているからだ。

ポーターを探しているのだろう。

FBIも市警も、ビショップと同じくらい俺を捕まえたがっている。

ポーターは帽子を目深にかぶり、襟巻でできるだけ顔を覆って周囲の人々に油断なく目を走らせた。ビショップがここでウイルスを撒くつもりなら、何かに混入するだろう。真っ先に思いついたのはギヨン・ホテルのスプリンクラー・システムだったが、人々が屋外にいるとあって、この手段は使えない。

携帯が振動した。

発信者は〝不明〟と表示されている。

「ずいぶん集まりましたね」

今度はサラではなく、ビショップだった。

ポーターは顔を上げ、周囲の人々の顔を確かめた。刑事の勘はビショップがすぐ近くにいると告げているが、それらしい姿はどこにも見当たらない。「リビーに何が起きた?」

「知っているはずですよ」

「死んだことは知ってる」ポーターはそっけなく言った。「だが、きみの日記には農場を出たあと、リビーがどうなったかは書かれていない。きみたちがストックスを殺したあとだ。最後はリビーと再会できたんだろう？」

「ぼくたちがどうなったか気になるんですか、サム？」

ポーターは人ごみに目を凝らした。ビショップはどこだ？「何があったか知りたいだけだ。シカゴでリビーが借りていた家には、フランクリン・カービーの髪の束があったそうだな。リビーはどうしてシカゴに来た？　どうしてきみの母親とカーター夫人の写真や、銃や、偽の身分証明書を持っていた？　農場を出てからどうなったんだ？」

ビショップはため息をついた。「ぼくもリビーも、フランクリン・カービーのことは特別な存在だと思ってるんです」

「だが、カービーはきみの母親と逃げたんだろう？」

「ええ。あの男にはそのことを直接、感謝したいとずっと思ってました。母は何事にもぬかりのない人だけど、フランクリン・カービーは違う。あちこちにちょっとした痕跡を残していたから、見つけるのは難しくなかった。ぼくは何年もあの男を監視していたんです。何年もあと、リビーがあの男を知っていると言ったとき、ぼくがどんなに驚いたか想像してみてください」ビショップは何秒か口をつぐんだ。「なぜぼくの仲間を殺したんですか、サム？　なぜぼくらを放っておいてくれなかったんです？　そうでなくても、ずいぶんひどい目に遭ったのに。ぼくらは結局、最後までただのドル札、食肉市場に引かれていく家畜でしかなかったんですか?」

そのときビショップの横顔が見えた。こちらに背を向ける直前に。六メートルほど先で立ち止まり、携帯電話を耳に押し当てている。ポーターは人ごみをかき分けて近づき、コートをつかんだ。

くそ、人違いだ。

「気をつけてくださいよ、サム。ここは警官がうじゃうじゃいる。いま逮捕されたら、お楽しみが台無しだ」

ポーターはコートをつかんだ男に目顔で謝り、その場でゆっくり体をまわした。「どこにいるんだ?」

「近くです」

109

六日目　午前五時四十一分
ナッシュ

クロズはすばやく動いた。

ナッシュはベレッタの引き金を絞った。銃弾がドアの、一瞬前までクロズの脚があった場所に当たり、廊下に跳ね返って壁のタイル数枚にひびを入れ、埃を降らせて天井にめりこむ。

力の入らない脚を踏みしめ、どうにか立ちあがると、ナッシュは両開きの扉にたどり着き、戸口からストレッチャーを押しやった。とたんに銃弾が、開いた戸口、頭からほんの数センチ上に当たり、あわてて伏せた。部屋のずっと奥、別の扉のそばで、暗視ゴーグルを頭に上げたクロズが、ウォーリックを撃った銃をナッシュに向けている。

ナッシュが携帯のライトを向けると、すばやく横を向いて光を避け、後ろの扉の向こうに姿を消した。ナッシュは腰をかがめてそのあとを追った。

扉の向こうはまるで地下墓地のように空気がよどんでいた。ずっと昔に閉鎖され、忘れられた場所を、携帯のライトが照らしだす。まるでタイムカプセルに入りこんだかのようだった。使われなくなった医療器材が雑然と置かれているのは新しいほうの病院と同じだが、ここではそのすべてが大昔のものだ。金属棒に吊るされたガラスの点滴容器は、プラスチックではなく布か古いゴムで作られた部分が朽ちてぼろぼろ。大きなダイヤルやディスプレー付きの重たそうな特大の機材は、どれも埃をかぶっている。一部にシーツがかけてあった。

と、目の隅で何かが動き、部屋の向こうで扉がきしみながら開いて、クロズが叫んだ。

「あんたはサムを知っていると思っているが、大間違いだぞ！　サム・ポーターはあんたが信じているような男じゃない、善人なんかじゃないんだ。ほかの連中と同じだよ。あいつらは金のために子どもだったわたしたちを平気で売り飛ばした。その金で懐を肥やした。あいつらに痛めつけられ、わたしは危うく死にかけたんだ。メモを渡そうとしただけ、友だちを助けようとしただけなのに！」

「クレアはどこだ？」ナッシュは叫び返した。「クレアを傷つけたら、おまえをとことん苦しめて――」

「それは無理だな。わたしはもうすぐ死ぬんだから」

ナッシュは両脚を踏ん張って声がするほうに三発連射し、頭をかすめて銃弾が飛びすぎると床につっぷした。

「わたしを殺せば、クレアは見つからないぞ!」

わずかに顔を上げると、クロズがドアの向こうに飛びこむのが見えた。重い金属の扉が音をたてて閉まる。急いで部屋を横切り、扉を引き開けると、そこは階段室だった。クロズのくぐもった足音が上から聞こえてきた。

110

六日目　午前五時四十四分
ポーター

「このホテルでは、いつから子どもが売買されていたんです、サム？　あなたが子どもを連れてきたこともあったんですか？　それともその仕事は、ヒルバーンやほかの警官に任せたんですか？」

ポーターはすべて無視した。「リビーはどうやってカービーの髪を手に入れた？」

「ぼくがあげたんです」

「きみはどこで手に入れたんだ？」

「あれは最後にカービーと過ごした夜、母が切ったんですよ。カービーが眠っているあいだに。そして目を覚ましたカービーに髪を掲げてみせ、追いかけてきたら、今度は別のものを切り落とすと脅した。二度とはえてこないものを」

「きみの母親は愛すべき人だな」

「ええ、ほんとに」

「ずっと連絡を取り合っていたのか？」

「あなたはどうやってリビーを見つけたんですか、サム？　なぜ拷問し、殺したんです？　リビーはあなたに何もしていないのに」

「みんながきみを待っているぞ、ビショップ。どこにいるんだ？」

「なんだか気もそぞろですね。ヘリが気になりますか？　それとも、こんな人ごみのなかでもＦＢＩがあなたの携帯を追跡できるかどうか考えているのかな？　彼らがどれほど近くに迫っているか？　上から見張っているかもしれませんね。ＦＢＩのＩＴの連中もクロズのように腕がいいんでしょうか？　あいつは昔からテクノロジーにめっぽう強かった」

111

六日目　午前五時四十六分
ナッシュ

少なくとも一階上でドアを開閉する音がした。クロズが待ちかまえていたらすぐさま飛びのいて撃てるように、ナッシュは携帯のライトを手に、銃をもう片方の手に構え、壁に張りつくようにして早足で上がっていった。

次の踊り場には誰もいなかった。ドアの横に〈精神科〉と色褪せた表示がある。ナッシュは銃弾が飛んでくるのを半ば覚悟しながら、ゆっくりドアを開けた。銃弾の代わりに、廊下の向こうから声が聞こえてきた。市長の声だ。女の声もする。ちらつく光が見えた。

市長が悲鳴をあげ――

女が笑う。

ナッシュはライトを消して携帯をポケットに滑りこませると、銃を構え、静かに階段室を出た。そこはカフェテリアだったらしく、備品には分厚い白いシーツがかかり、壊れたテーブルやひっくり返った椅子が散らばっていた。頭上の照明は消えていたが、ずっと奥の隅で何かが光っている。

またしても市長の、怒りと苦痛の入り混じった悲鳴が聞こえた。「タルボットが金を出したんだ。わたしは仲介をしただけだ。いや、厳密に言うと、仲介をしたわけでもない」

「自分の街で人身売買が行われているのに、知らんふりをしただけ？」かすかに南部訛りのある落ち着いた声で、女が非難する。「そしてお金をもらった。その気になれば、いつでも中止させられたのに見て見ぬふりをした。つまり同じ穴の貉《むじな》よ」

「名前を教えよう。手を貸した者たちの名前をひとつ残らず教える。それとも金が欲しいか？　わたしもほかのみんなも、喜んで金を出すとも。こんなことはやめてくれ！」

「ええ、すべての名前を知りたいわね。そこに書きだしてちょうだい」

その声はテレビから聞こえてくる。カフェテリアの隅の天井に設置された、古い箱型のテレビだ。残りの三隅にあるテレビも順番にスイッチが入り、その光でカフェテリアが少しずつ明るくなった。

クロズはそのどれかのそばにいるに違いない。ナッシュは銃を手に、ぐるりと見まわしたが、裏切り者の同僚の姿はどこにもなかった。四つの画面には、ベッドに手足を縛りつけられた裸の市長が映っていた。ベッドがあるのはランガム・ホテルの寝室。あの部屋から持ちだされたテープが再生されているのだ。

「よせ！　やめろ、やめてくれ！」

「だったら全部吐きなさい。最初からもう一度」女が命じる。

「わかった、いいとも」市長が食いしばった歯のあいだから息を吸いこむ。「これはすでに言ったが、詳細をすべて知っているわけではない。わたしは会合の場所、連中がビジネスを行える場所を提供しただけだ」

「それがギヨン・ホテルね」

「積極的に提供したというより、タルボットに協力してあそこを空けておいたんだ。タルボットが建設委員会にあのホテルを再生させる計画書を提出するたびに、わたしは手続きの過程でできるだけ進行を遅らせた。委員会が最終的に提案を拒否すると、タルボット側は別の案を提出した。そうやってタルボットが申請費用を市に払うかぎり、あのホテルは半永久的に閉鎖され、ほかの開発業者は手を出せない。ギヨンが選ばれたのはたまたまで、あそこがだめならほかで同じことをしただろう」

「そして連中は、ビジネスを行う場所を確保したあなたに金を払った？」女の声には軽蔑がにじんでいた。

市長はうなずいた。「わたしが市長になる前から行われていたことだ──それはわかっているな？　わたしが考えたことではない。わたしはただ引き継いだだけだ」

女が黙っていると、市長は早口で続けた。「連中は毎年買い手と子どもたちをシカゴに連れてきた。大人が売られるときもあったが、ほとんどが子どもだった。ふつうの子どもではない。誰も望まぬ子どもだ」

「売り手は、どこからその〝誰も望まぬ子ども〟を調達したの？」

市長は肩をすくめた。「ほとんどがホームレスだ。少なくとも、わたしはそう聞かされていた。里親システムから吸いあげた子どももいたかもしれん。たしかなことは知らん。訊かなかった。すべてを調整するウェブサイトがあるんだ。きみが狙うべきは、わたしではなくそのウェブサイトだよ。アドレスはBackpage.comだ。そこを調べれば、なんであれ必要な情報が手に入る。そうとも、あいつらを狙うべきだ。そうすれば、このすべてを明るみに出せる。わたしも協力するとも。一緒にＦＢＩに行こう。こんな真似をやめて、これを解いてくれれば……」

市長の顔めがけて、女がさっと手を振りだした。手に持っているのはメスのようだが、動きが早くてよく見えない。それが触れると同時に市長の頬に赤い線が現れた。市長が顔をそむけると、女は反対側を切った。

「やめろ！」

女はやめようとはせず、再びすばやく手を動かして今度は肩を切った。

市長の顔が痛みにゆがむ。「きみの子どもが売られたのか？　見つけるのに手を貸す。一緒に取り戻そう！　それが望みか？　その子の名前を教えてくれ。携帯を貸してくれたら、いますぐ連絡する。ＦＢＩに知り合いがいるんだ。おかしな真似をしないように、そこで見張っていればいい。約束するよ。なんでも手伝う」

女がまたしても切りつけ、肩のすぐ下に血がにじんだ。

「頼む、やめてくれ！」

映像が停止し、テレビの画面が砂嵐のようなノイズに変わった。

クロズが降伏するように両手を上げ、かすかな光のなかに入ってきた。右手の指で何かをつまむように持っている。

ナッシュはベレッタの銃口を向けた。「それを捨てろ！」

クロズは首を振った。「捨てたら困るぞ」

空いているほうの手で、クロズは上着の前を開いた。爆弾をつけたベストの腰のところから、手にしている起爆装置へとワイヤーが伸びていた。

112

六日目　午前五時五十一分
ポーター

「キッドだな」ポーターはつぶやいた。

「そう、キッドです」喉の奥で笑いながらビショップが答える。「ポール・ワトソンとして作戦室の会議に加わり、４ＭＫ事件の説明をひと通り聞かされたときは、何度キッドと顔を見合わせ、吹きだしそうになったことか。どうやって進めるかは前もって打ち合わせていたが、いざ本番となると……あのときの演技がいちばん難しかったかもしれないな。そうそう、キッドが電話でアパートにいるあなたに、ワトソンが４ＭＫだと知らせてきたときも！　電話が鳴りだしたときのぼくの顔を見せたかった。キッチンで必死に笑いをこらえていたんですよ」

パトカーのサイレンが西のほうから近づいてくる。ポーターはそちらに体を向けた。ビショップはかまわず話しつづけた。「あのアパートで、あなたがクロズ、つまりキッドと話すあいだ、ぼくはあなたがしたことを考えていた。あなたとウェルダーマン、ストックス、ヒルバーンがしたことを。そしてあの場であなたの喉を切り裂くだけでは、罰が軽すぎると気づいたんです。それでは足りない。だから、あなたが犯した罪を贖うために、このすべてを味わってもらったんですよ」

クロズがビショップの仲間なら、何もかも辻褄が合う。なぜもっと早く気づかなかったのか？「ポール・ワトソンの身分証明を作りだしたのも、市警からの逃亡幇助も、あちこちの防犯システムに関する問題も、全部クロズの仕業だったんだな？」

「ええ。法組織がいかにコンピューターに頼っているか、クロズが話してくれました。あなた方はＩＴ部門がもたらした手がかりや情報にまったく疑いを持たずに従う、とね。信じられなかったが、実際あいつの言うとおりだった。４ＭＫとその後の捜査全体を通じて、ぼくたちはそれを利用したんです。クロズがときおり肉の切れ端を投げてやると、捜査班の面々は飢えた犬のように飛びつく。おかげで、とてもやりやすかった。今日はすべての集大成です。ウイルスがこれまでの仕上げをしてくれるでしょう」

プールに渡した写真を思い出し、ポーターはちらっとFBIのワゴン車を見た。「それからどうする気だ？　まさか無事に逃げおおせると思っているわけじゃあるまいな？」

「ぼくからリビーを奪ったのは間違いですよ、サム。農家でも、シカゴのあの家でも。絶対に奪うべきじゃなかった。これまで流れた血はすべてあなたが犯した罪のせいです」

ポーターは手にした電話に貼りつけられている名刺に親指で触れた。

〝急いで、あいつらが来る〟

「ウィーゼルはなぜあの路地に逃げこんだんだ？」

「その理由はわかってるはずだ。答えが欲しければ、頭のどこかに埋もれている記憶を掘りだすんですね」

まわりの人々が動きはじめた。誰もが駐車場の西側に向かっているようだ。ポーターもその流れに逆らわずに歩きだした。「なぜギヨンの一室にきみと俺の写真が大量にあった？　あれも捜査を攪乱する小細工か？　それとも、あれで俺の記憶を引きだそうとしたのか？」

ビショップは答えなかった。

「聞いているのか、ビショップ？」

「ええ、もちろん」

「俺はきみにとってなんなんだ?」

ビショップは電話を切った。

駐車場の奥のほうから叫び声と歓声が起こった。

ポーターは人々を押しのけ、騒ぎのほうへ進んだ。

113

六日目　午前五時五十六分
ナッシュ

「このスイッチは指を離せば作動するぞ。あんたが撃てば、ふたりとも死ぬ。このベストには建物の大部分を吹っ飛ばせるほどの爆弾がつけてあるんだ」

ナッシュは銃をおろさなかった。「クレアはどこにいる? おまえは何がしたいんだ?」

「真実を白日の下にさらしたい」クロズはテーブルの上にある一冊の作文帳に顎をしゃくった。「そのなかの名前があれば、人身売買組織のやつらを一網打尽にできる。市長が言ったBackpage.comをハッキングして、背後にいる権力者たちを見つけたんだ。そこに全部書いてある。そのサイトから十四の別の組織が見つかったが、そっちを取り仕切っている幹部の名前も突きとめた」クロズはビデオテープを投げてよこした。床に落ちたテープがタイルの上をナッシュの足元へと滑ってくる。「市長の自白をおさめたテープだ。あの女《ひと》は容赦なく締めあげた。さっき見せたのは、ほんのさわりだ」

「クロズ。こんなのおまえらしくないぞ。俺たちは仲間じゃないか」

「それよりも前に向こうの仲間だったのさ」

「おまえは人殺しじゃない」

「ウォーリックに訊いてみたらどうだ?」

「ベストの爆弾を解除しろ。じっくり話し合おう」

クロズは首を振った。「騙し合うのはよさないか。いまさら話し合ってなんになる? もう後戻りはできない。その事実は受け入れているよ」クロズは再び作文帳を顎で示した。「そこにある情報が明るみに出れば、たくさんの命が救われるんだ。それだけでもやった価値はある。何人も殺したが悔いはない。はるかに大勢の罪もない子どもたちが救われるんだから」

「おまえが4MKだと言ってるのか?」

クロズは床に目を落とし、そこに転がっていたペプシの缶を蹴った。「ずっと昔はみんなにキッドと呼ばれていたんだ。ところが二十年も前のことなのに、どんな手を使ったのかポーターがみんなのことを突きとめた。あいつがリビーを殺したとき、次はこっちの番だと思った。自分も含めてみんなの痕跡をうまく隠し、新しい身分を作りだしたつもりだったんだが……。ポーターがリビーに何をしたか、あんたも見ただろう？　リビーはひどい拷問を受けた。おそらく仲間のことをしゃべったに違いない。わたしのことも。しゃべったとしても誰が責められる？　リビーは昔からしっかりしていたが、あんな拷問に耐えられる人間などひとりもいない。ポーターが停職をくらわずに市警に戻っていたら、次はわたしがやられていただろう」自分の言ったことを考えるかのように、クロズの声がつかのま途切れた。「ひょっとすると最後にとっておいたのかもしれないな。裏切られたのを根に持って、ほかのみんなが死ぬのを見せつけたのかもしれない。あの男が何を考えているかなんて誰にもわかるもんか」

ナッシュはどうすればいいかわからず、銃をクロズに向けたまま壁沿いにゆっくり近づきはじめた。

「ポーターはまずリビーを拷問し、みんなの情報を聞きだして殺した。ポールは自然に死ぬのを待つことにしたんだろうが、ティーガンとクリスティーナをどうしたか、あんたも見ただろう？　そう、あの身元不明のふたつの遺体だよ。無残に殺して、ゴミでも捨てるようにティーガンを墓地に、クリスティーナを地下鉄の線路に捨てた。ヴィンセントは逃げようとしたが、ポーターはあいつも見つけた。いまはアンソンを捕まえるのに全力をあげているが、そのうちこっちの番が来る。ひとり残らず消すつもりなんだ。ポーターが来るのを待つ気はない。ほかのみんなみたいな死に方はごめんだ。死ぬなら、自分のやり方で死ぬ」クロズは手にした装置をぎゅっとつかんだ。

「そんなでたらめを信じるもんか。サムはおまえがいま言ったどの被害者も殺せなかった。死体が見つかったときはシカゴにいなかったか、市警に勾留されていたんだからな。シカゴとシンプソンヴィルを往復するのも不可能だ」

クロズは苛立ちに顔をゆがめた。「市長の右腕のウォーリックが共犯者なのさ。ＦＢＩの一部とも結託している。誰も彼も自分たちがかかわっていた証拠を消そうとしているんだ。それにポーターが勾留されていたのは、死体が見つかったときで、クリスティーナたちが殺されたときじゃない」クロズは窓の外を顎で示した。「あいつらは、冬場の凍結防止用の塩が昔貯蔵されていた倉庫に、死体を隠しておいたんだ。街のど真ん中、この病院のすぐ外にある倉庫に。そこならもう誰も立ち入らないから。アイズリーに訊けばわかる。捜査を混乱させるために、塩で死亡時刻を狂わせたのさ。シンプソンヴィルの死体にも同じような手が使われているはずだ。アンソンが引きつけていてくれなければ、わたしもいまごろは塩のなかに転がされていただろう。実際、いま言った倉庫には、まだほかにも死体が転がっている可能性がある」

「その爆弾を解除しろ。一緒に確認しようじゃないか」

「それはもうわたしの仕事じゃない。わたしにはもっと大きな目的がある」

そのとき誰かが低いうめき声をあげた。

114

六日目　午前五時五十九分
プール

プールは自分に届けられた写真を手に、再びナッシュの携帯に電話をかけた。やはり留守電になってしまう。ポーターから届いた情報が信頼できるかどうかわからないが、この写真が本物で、ポーターが真実を告げている場合、ひとりではとても対処できない。

携帯の画面をスワイプしていると、信頼できそうな男の番号が目に留まった。

「エスピノーザです」

「ＦＢＩのフランク・プールだ。いまは病院か？」

「ええ」

プールは写真を見下ろした。「よく聞いてくれ。どの程度かはまだわからないが、ハーレス支局長がこの件に関与している可能性があるんだ。支局長は現在ギヨン・ホテルの前で地上チームを指揮している。ＦＢＩの捜査官に話せば、本人に気づかれる恐れがある。

こっちにきみが信頼できる人間がいないか?」

エスピノーザは少しのあいだ黙りこんだ。「どんな形で関与しているんです? ダルトン警部がどこにいるかわかりますか?」

「ハーレスと同じ場所で、市警のチームに指示を出している」

「警部も関与しているんですか?」

その可能性は低いが、確信は持てない。「どうかな。ふたりともFBIのワゴン車にいる。外に出てくればともかく、ワゴン車のなかで警部に話すわけにはいかない。ハーレスの疑いを招かずに、警部を外に連れだすのも無理だと思う」

「わたしのチームの半分は、アップチャーチのところで拾ったウイルスにやられているんです。トーマスとほかにもふたりぐらいなら、そっちに送ることはできますが、それ以上は無理ですね。病院の捜索に支障が出ます」

ホテルの裏口には、警官がふたり見張りに立っていた。プールがそこに着いたとき、駐車場の隅で人々が叫びはじめた。

何かが起こっているのだ。

「その三人を送ってくれないか。この電話番号に連絡してもらいたい。電話を切るよ。何かが起きたようだ」

プールは電話を切り、裏口にちらっと目をやってから騒ぎの中心へと足を向けた。

115

六日目　午前六時
ナッシュ

ナッシュは声がしたほうを振り向いた。右手の板を打ちつけた窓の近くに、シーツに覆われた大きなものが置かれていた。声はそこから聞こえてくるようだ。

「しぶといやつだ」クロズがため息をつき、部屋を横切ってシーツを引きはがした。「この彫像は〝プロテクション〟と呼ばれていたらしい。〝守り〟とはちょっとした皮肉だな」

それは子どもを抱きしめている女の彫像だった。池を模した浅い水のなかに立っているが、いまその池を満たしているのは、漂ってくる匂いからするとガソリンのようだ。

うめき声の主は市長だった。太いロープで裸のまま彫像にくくりつけられ、背負うように彫像に両手をまわした格好で手錠をかけられている。どうやら意識が朦朧としているようだ。だいぶ離れたナッシュのところからでも、全身に彫られた文字——〝見ざる、聞かざる、言わざる、悪をなさざる〟——が見える。左耳が切り取られ、片目から血が滲みでていた。〝池〟の縁に並んだ白い箱のうち、ふたつは黒い紐をかけてあるが、三つめは空だ。

「謝りたくなったときのために舌は残しておいたんだが、期待するだけばかだったな。そろそろ行ったほうがいいぞ、ナッシュ」

クロズに目を戻すと、起爆装置を胸の前に掲げていた。

「よせ。そんなことをするな」

クロズはテーブルの上にある作文帳を再び示した。「そのノートにある情報を、アンソンがすでに渡してある資料の事実と合わせれば、人身売買組織の活動を止められる」クロズはナッシュの足元のビデオテープに目をやった。「それも有効に使ってくれ。オフィスにあるわたしのコンピューターにも情報が入ってる。ＦＢＩに渡して、ギヨンというフォルダーを見ろと言ってくれ」

「クロズ、こんなことはするな」

クロズはナッシュの言葉を無視して右手にある廊下を見た。「クレアはＢ１８号室に閉じこめてある。この廊下のすぐ先だよ。こちら側から開けるのに鍵はいらない。クレアを救出したら、そのまま廊下を進んで、突き当たりにある階段で地下に逃げろ。西側の壁に地下通路の出口が見える。見逃しっこない」クロズはつかのま言葉を切った。「百数えたら、このボタンを押す。走れば、爆発する前に脱出できるはずだ」

「よせ、クロズ。やめるんだ」

「あんたと働けて楽しかったよ、ナッシュ。クレアにもそう伝えてくれ。クロズが謝っていた、と」

「自分で言えよ。その爆弾を解除しろ」ナッシュはなりふりかまわず懇願した。「俺と一緒に来い。証言してくれ。すべてを説明するんだ」

「百、九十九、九十八……」

ナッシュはクロズを見つめた。飛びかかるか？　撃ち殺すか？　起爆装置をもぎとるか？　だが、そのどれもうまくいきっこないのはわかっていた。クロズのことだ、用意周到に準備してあるに違いない。ナッシュはビデオテープをすくいあげるようにつかみ、作文帳を回収するためにテーブルへ走った。

彫像に縛りつけられた市長が残った目でナッシュを見下ろし、しゃがれた声で必死に訴えた。「ロープを解いてくれ」

ナッシュは市長にまわされたロープとたくさんの結び目、手錠を見て、ビデオテープを掲げた。「これは本当なのか？」

市長は唇にこびりついた血を舐めた。「そんなことは関係ない。きみにはわたしを助ける義務がある」

この悪党のロープを解いていたら、クレアを安全な場所に導くだけの時間は残らない。ナッシュは市長に背を向けた。

クロズが微笑した。「結局のところ、わたしたちはみんな４ＭＫなんだ、ナッシュ。それを忘れるな」

ナッシュは振り返らずにカフェテリアを飛びだし、廊下を走った。クロズが秒読みを続ける声が後ろから追ってくる。

116

六日目　午前六時一分
ポーター

ビショップが見えた。

今度は間違いない。ドアが開いているところを見ると、自分が来たことをみんなに知らせたいのだろう。

この寒さのなか、黒い革のジャケットと首にゆるく巻いたマフラーだけで、帽子もかぶらず手袋もしていない。凍るような気温のなかで吐く息が白い霞みになり、消えていく。

ビショップはかつてヒルバーンが乗っていたような白いワゴン車で到着した。もちろん意図的にそうしたに違いない。群衆が車を通すために分かれ、通過したあとの空間を再び満たす。周囲からビショップに気づいた人々の声があがった。さきほど聞こえたサイレンの源だろう、三十メートルほど後ろにパトカーがいるが、群衆に邪魔されて白いワゴン車との距離は縮まらない。ワゴン車のほうもカタツムリのようにじりじり進み、やがてワシントン通りとプラスキ通りの角に達すると、縁石に寄せて停まった。

ビショップは開いているドアから集まった人々を見渡し、車を降りた。ワゴン車が縁石を離れて走りだす。運転している人間の姿は、ポーターのところからは見えなかった。

ビショップは珍しく緊張しているように、硬い表情で、肩をすぼめた少し前かがみの姿勢から背筋を伸ばした。だが、斜め向かいにいるチャンネル7の中継車が目に入ると、ほっとしたように手を振った。リゼス・ラウドンが手を振り返す。

ビショップがそちらに歩きだした。

片手に水のボトルを持っている。

ウイルスはあの水に混入されているに違いない。

ビショップはそれを集まった人々に振りかけるつもりだ。

ポーターはポケットのなかで三八口径を握りしめ、前にいる年配の男を突き飛ばしそうになりながら、ひしめく人々を押しのけてビショップのもとへと急いだ。

117

六日目　午前六時二分
クレア

三十分ほど前、分厚い扉と壁越しにくぐもった足音が聞こえたときには、開いた瞬間に襲いかかろうと、クレアは蛍光灯のかけらを手にドアの横で身構えていた。照明器具で作った仕掛けがうまくいけば、あの男は入ってきた瞬間に感電するはずだ。ところが、足音はクレアの部屋の前を通り過ぎた。隣の部屋のドアが開く音がしたものの、短いわめき声以外、何も聞こえなかったところからすると、黒い目出し帽の男はクレアに使ったのと同じ薬を市長にも使ったに違いない。

小さな窓から、男がストレッチャーに載せた市長を運んでいくのが見えた。クレアのほうには見向きもしない。

それからさきほどとよく似た小さな破裂音がして、廊下の明かりが消え、真っ暗になった。四方の壁やドアの下から染みだしてくるような黒い闇がクレアを包み、押しのけても振り払っても、しぶとくまとわりついてくる。こんなに暗くて、うまくあの男に襲いかかることができるだろうか？　部屋の隅に体を押しつけていると、不安にかられた。闇にからめとられて身動きひとつできずに、男が振りかざすナイフの餌食になってしまうのではないか？

再び足音が聞こえた。

誰かが走ってくる。さきほどよりずっと大きな足音だ。

一条の光が外の廊下を照らして、消えた。

クレアは蛍光灯のかけらを握りしめた。

床にこぼした水は蒸発しはじめているが、感電させるにはじゅうぶんだ。水たまりに足をつけないように気をつけなくては。

また光が閃いた。さきほどより明るく、近い。

かけらを握った手に力がこもった。

その光がドアの小さな窓から射しこんできたとき、クレアは思わず祈った。どうかあいつが、天井に蛍光灯がないことも、天井から線がたれていることも気づきませんように。間に合わせの罠がうまく作動する確率は低いが、いまはそれに賭けるしかない。攻撃する前に動きたくなくて、窓ガラスに顔が押しつけられたのはかろうじてわかったが、顔そのものはほとんど見えなかった。

クレアはかけらが砕けないように気をつけながら、いっそう強く握りしめた。

ドアの取っ手が回る。

「クレア?」

その声を聞いたときは、幻聴だと思った。ほんの一瞬、意識が遠のき、ありもしない声が聞こえたのだ、と。だが、再び同じ声が聞こえた。今度はもっと大きく。

ナッシュだ。

差し錠がカチリと音をたてて回り、ドアが開きはじめる——

「だめ! 入らないで!」

ドアの角が釘に達し、大きな音をたてて火花が散った。

ナッシュは飛びのくか、体を痙攣させるに違いない。そう思ったが、どちらも起こらなかった。よく見ると、取っ手には触れず、革靴のつま先で開けたドアを押さえている。

クレアはフックから白い線を引きちぎって投げ捨て、ドアを思い切り開いてナッシュの腕のなかに飛びこんだ。ナッシュは後ろによろけそうになりながらクレアを一瞬だけ抱きとめ、もぎとるように体を離して廊下の奥へと引っ張った。

「走れ!」

118

六日目　午前六時三分
プール

ビショップが白いワゴン車から降りるのが見えた。チャンネル7のラウドンと目を合わせ、中継車のほうへ歩きだす。とたんにおびただしい数の人がみな同じ方向へと動きだし、ビショップの姿を呑みこんだ。息ができないほど大勢が押し寄せてくる。

プールの何メートルか前、左側で、年配の女性が足を取られてつまずき、そのまま人の波に押し流されて群衆の足元に呑みこまれた。プールはあわててその女性のそばに行き、立ちあがるのに手を貸した。危ないところだった。もう少し遅れたら、踏み潰されていたかもしれない。その近くでは、八歳か九歳ぐらいの少女が母親の胸にしがみついている。母親は人ごみから出よう、流れに逆らおうとしているが、抗いきれずに押されていく。プールは母親に近づき、自分の後ろにつけと叫んだ。母親は言われたとおりにしたものの、プールが作りだした小さな隙間はすぐに人で埋まり、母と子どもの姿はそのなかに消えた。

前方では、ビショップを囲む人だかりからあがる叫び声がどんどん大きくなっていく。ビショップへの励ましや歓声に混じって、止まって、助けて、という悲鳴も聞こえた。

そのとき、十メートルほど左手をビショップのほうに向かうポーターの姿が見えた。目が合った瞬間、ポーターが肩をこわばらせた。上着のポケットに入れた手には、銃が握られているに違いない。

プールは肩のホルスターからグロックを引き抜いた。

119

六日目　午前六時四分
ポーター

リゼス・ラウドンは六メートルほど左に立っている。

アンソン・ビショップまではおよそ十歩。

ポーターは三八口径を取りだし、頭上に腕を伸ばして空中に三発放った。

群衆が凍りつき、一瞬、静寂が訪れる。

それから、まるで蜂の巣をついたように逃げ惑う人々の足音と悲鳴が、周囲の建物に反響する銃声を呑みこんだ。ふたりのあいだに誰もいなくなると、ポーターはビショップに銃を向けた。「そのボトルを下に置け、いますぐだ！」

ビショップは体をこわばらせてポーターを振り向いた。手にしたボトルはすでにキャップがはずれている。

ポーターは銃を構え、ビショップの胸を狙った。引き金にかけた指に力がこもる。「いますぐ置かないと撃つぞ」

ビショップがうなずき、ゆっくりしゃがんで、ひび割れたアスファルトの上にキャップの取れたボトルを置く。「ただの水ですよ、サム」

「銃を捨てろ！」

プールか？

思ったとおり、ＦＢＩのプールが銃をポーターに向け、人ごみをかき分けて姿を現した。「いますぐ捨てろ！」

ポーターは首を振り、ビショップに向かって叫んだ。「ボトルから離れろ！」そしてプールにはこう言った。「例のウイルスはそのなかだ」

ビショップが首を振った。「ただの水です。ここにウイルスを持ちこんだのはあなただ。ぼくじゃない。ぼくはそんなことをしません」

「集まった全員を感染させようとしていたんだ」ポーターは言い張った。

ビショップが一歩近づく。「朝食はどうでしたか、サム？」

もう一歩近づくのを見て、ポーターは叫んだ。「動くな！」

ビショップはかまわず近づいてくる。「ウイルスを持ちこんだのはあなただ。群衆を感染させる者がいるとしたら、それはあなたです。感染するのはあなたの周囲にいる人々だ」

〝朝食はどうでしたか、サム？〟

訪れた静寂のなかに一発の銃声が響いた。銃弾が胸に当たった直後、ポーターにもそれが聞こえた。倒れたのは覚えていないが、何が起こっているのか脳が理解したときには地面に横たわり、かがみこんだプールに手をこじ開けられ、銃を取りあげられていた。

突然、腹に響くような爆発音が地を揺るがした。それはクック郡病院のほうから聞こえた。

120

六日目　午前六時五分
プール

「〝急いで、あいつらが来る〟」

聞き違いか？　そう思ったが、ポーターはすぐに同じ言葉を繰り返した。唾液が血で染まっている。

プールはポーターの胸の傷に手を押し当て、顔を寄せた。「誰が来るんです？」

「ウィーゼルが……あの子が俺に電話をしてきた……証拠がある、会ってくれ、と……」

プールは眉を寄せた。「なんの証拠か知らないが、いまは話さないほうがいい。出血がひどいんです」

プールは上着を引きちぎり、ポーターの胸をむきだしにした。

ワシントン通りに面した建物の屋上から狙撃手が放った弾丸は、右胸上部に命中していた。ポーターの息遣いは浅く、ひどく苦しそうだ。「銃弾は肺を貫通しているようです。

しゃべらないほうがいい――もうすぐ救急隊員が来ます」

「俺が食べた朝食には、ウイルスが仕込まれていた。俺から……離れろ」

　ポーターは体を弓なりにしてプールを払いのけようとしたが、プールは傷口を押さえた手を離さなかった。

「〝父よ、わたしをお許しください〟」ふいに後ろで女の声が聞こえ、白黒の作文帳がポーターの血だらけの胸に落ちてきた。プールは急いで振り向いたが、顔をたしかめる前にその女は人ごみのなかに消えた。褐色の髪の女だ。プールは作文帳を押しやり、出血を抑えようと傷に当てた手にさらに力をこめた。

　プールの三メートルほど左では、制服警官四人がビショップを地面に押さえつけ、ＦＢＩのふたりがそれを見下ろしていた。警官たちは両手を背中にまわして結束バンドで拘束してから、ビショップを立たせた。ビショップはポーターと、その力なくたれた手の横に落ちた銃を見つめ、ちらっとプールを見てから、人ごみのなかを待機していたパトカーへと連行されていった。

　大量の黒い煙が、雲のように街の中心部の空を覆っていく。爆発があったのはクック郡病院か、その近辺のようだ。

　ポーターがシャツに血を飛び散らせながら咳きこみ、意識を失った。

　救急隊員がプールのすぐ横で膝をつき、もうひとりが反対側に膝をつく。

　プールはすぐ横にいる赤毛のショートカットの女性に言った。「ぼくはＦＢＩの捜査官だ。銃弾は肺を貫通していると思う。ついさっきまで意識があった」

「脈が弱いですね。血圧も七十三と五十五に落ちてる」その女性はポーターのシャツを広げ、傷口を見た。「あとはわたしがやります。さがってください」

プールはおとなしく従った。

もうひとりの救急隊員が、女性に止血用凝固スポンジと包帯を手渡しながらプールを見上げた。「さっきまでFBIのワゴン車にいたんですよ。おたくの支局長が毒を盛られたんです。コーヒーに入っていたようです。そっちに行かなくていいんですか？」

プールはワゴン車のほうに目をやった。あの車には、ハーレスだけでなくダルトンと通信技師もいた。「ダルトンともうひとりは？」

救急隊員はポーターに注射をしながら答えた。「毒を飲んだのはハーレスだけで、ほかのふたりは無事です」

ストレッチャーを手にして三人目が到着し、それをポーターの横におろした。

「呼吸をしているか？」プールは尋ねたが、誰も答えなかった。

ふたりが手際よくポーターを横向きにして、三人目がさっとストレッチャーをその体の下に移動させる。

「ぼくはこの人に付き添う」

「では、道を開けてもらえますか？」赤毛の女性が言った。片手で点滴の袋をポーターの一メートルほど上に持ち、もう片方の手をまずポーターの手首に、次いで首筋に当てて脈を取る。プールが見ているのに気づくと、目をそらして手をおろした。

プールは血で汚れた作文帳をベルトに挟み、三人の先に立って群衆を押しのけながら、縁石沿いに停まっている救急車へ向かった。

121

日記

ストックスが死んだ。

「そいつの銃を取れ」ぐったりしたストックスを見下ろし、ヴィンセントが言った。

「ストックス、どうしたんだ?」ウェルダーマンが階段の下から声をかけてくる。

でも、死人には答えられない。ヴィンセントが殴った後頭部から出ている血はごくわずかだが、白い骨がもつれた毛と裂けた皮膚の下に見える。頭蓋骨が割れたんだ。

「銃を取れったら!」戸口の横へ移動し、誰かが来たらいつでも襲いかかれるように背中を壁に押しつけて、ヴィンセントが繰り返す。

震える手で、リビーが銃を拾いあげた。

　ぼくはリビーの手からそれを取った。この先の展開は予測がつく。人の命を奪ったときの気持ちを、リビーに味わわせたくなかった。リビーには決して経験してほしくない。

　ベッドの上で、キッドがうめく。

　クリスティーナは真っ青な顔のティーガンに寄り添い、呆然とストックスの命のない体を見下ろしている。

「ストックス？　そっちに行くぞ！」

「急いで！　心臓麻痺を起こしたみたい！」ぼくはそう叫んで、割れた頭が戸口から見えないように、その前に膝をついた。銃をストックスの体で隠し、引き金に指をかける。銃のことはよく知らないけど、これは回転式連発拳銃《リボルバー》だから、安全装置はないはずだ。ないことを祈った。

　プラスターボードの壁に食いこみそうなほど背中を押しつけ、ヴィンセントがスパナを頭の上に上げ、すばやくぼくにうなずいた。

　二段飛びで階段を上がってくるウェルダーマンの影が壁に射した。重い足音がするたびにその影が大きくなっていく。ウェルダーマンが戸口に達すると、時間の流れが遅くなったように、すべての動きがスローモーションになった。倒れているストックスが目に入ったからか、ティーガンの顔に恐怖を見てとったからか、それとも部屋の隅に立ち尽くしているポールが、さもなければうずくまっているぼくが見えたからか、ウェルダーマンは戸口の手前で足を止めた。

駆けこんでくるのを予測していたヴィンセントは、重い足音がドアのすぐ外に迫った瞬間にスパナを振りはじめた。ウェルダーマンが立ち止まらなければ、スパナの先端はまともに当たり、刑事の顎を砕いていたに違いない。だがすぐ外でためらってから入ってきたせいで、スパナが当たったのは上腕だった。それも〝当たる〟というより〝かすった〟に近い。ホルスターから銃を抜こうとしていたウェルダーマンが、後ろによろめいた。

ぼくはストックスの銃を構え、すばやく三度引き金を絞った。狙いをつける間がなく、一発目はウェルダーマンの頭の少し上の壁に穴を開けた。手のなかで銃が跳ねたせいで二発目と三発目はもっとはずれ、壁のさらに上と天井にめりこんだ。

四発目を撃とうとしたときには、ウェルダーマンはすでに飛び退って壁にぶつかり、横に転がって階段の下に姿を消していた。

「よこせ！」ヴィンセントがぼくの手から銃をもぎとり、あとを追って廊下に飛びだす。

続けざまに二発、銃声が聞こえた。どっちもヴィンセントの銃の音じゃなかった。

122

日記

　ぼくはナイフが欲しかった。でも、あれはオグレスビーのところだ。さいわいスパナの使い方も父に教わっていたから、それをすくうようにつかみ、ヴィンセントのあとを追った。

　ヴィンセントの姿が階段の下に見えた。客間へと廊下の角を曲がったとたん、またしても銃声が響き、玄関のそばの漆喰が飛び散った。

　誰かが階段のてっぺんで叫んだ。たぶんクリスティーナだ。

　客間の外にうずくまっているヴィンセントを狙って、もう一発弾が飛んできた。ヴィンセントがすばやく玄関を指さす。言いたいことはすぐにわかった。この家の出入り口は二箇所ある。ウェルダーマンはキッチンにある裏口へと移動しているのだ。

　銃声がもう一度響き、ヒュンというなりが耳元で聞こえるほど頭の近くを弾が通過した。ヴィンセントが客間に向かって撃つ。床に伏せた瞬間、折れた腕に激痛が走ったが、かまわず玄関へと四つん這いで進んだ。ドアを開けて転がりながらポーチを横切り、階段を芝生へとおりると、どうにか立ちあがって家の横を走って裏口に向かう。

キッチンには包丁を手にしたフィニッキーがいた。「このクソガキ！」

そう叫びながら驚くほどの速さで包丁を振りたて、ぼくを近づけまいとした。ぼくは退く代わりに突進し、鋭く右腕を振りあげて、襲ってくる包丁を受けた。ギプスをはめた腕がフィニッキーの顎を突きあげ、のけぞった頭がキッチンのカウンターにぶつかって、フィニッキーは床に倒れた。死んだわけではないが、あえぐように浅い息をしている。右腕が痙攣するように動いていた。

ぼくはスパナを落とし、フィニッキーの包丁をつかんだ。自分のナイフとは違うが、使い方は同じだ。包丁は手のなかにしっくりとおさまった。

客間でまた銃声がした。ヴィンセントとウェルダーマンのどっちが撃ったのかよくわからない。

冷たい汗が額から滴り、重い鼓動に合わせて、ギプスが割れそうなほど激しく腕がうずく。ぼくは父に教わったように痛みを無視しようと努めながら、キッチンを横切った。キッチンから客間へ出るドアは閉まっていた。反対側で何が起きているか見えない。

またしても銃声がした。

ヴィンセントが撃ったときよりも腹に響く音だ。いまのはウェルダーマンが撃ったに違いない。ヴィンセントの銃はリボルバーだった。実際に撃ったのは今日が初めてだけど、銃はよく漫画に出てくるから少しはわかる。ほとんどのリボルバーは、六発しか装塡《そうてん》できない。ぼくは三発撃ったし、ヴィンセントが一発撃つのを見た。つまりあの銃に残っているのは多くてもあと二発。その前の銃声のどれかがヴィンセントの撃ったものだとしたら、もっと少ない。父さんなら、追加の弾薬を確保しようと階段をおりる前にストックスの体を探ったに違いない。ぼくは唇を嚙んだ。

さらに二発。

撃ったのはウェルダーマンだ。つまりヴィンセントはまだ生きていることになる。客間のすぐ外にいるに違いない。

ぼくはドアを蹴った。薄っぺらいドアが客間に向かって勢いよく開く。アドレナリンが大量に放出されているせいで、全部がゆっくり動いているように見えた。廊下の、真向かいにいるヴィンセントが視界に入った。ソファの陰にうずくまって銃を構えていたウェルダーマンがちらっとこちらを見て、向きを変えながら引き金を絞る。

ぼくは部屋に走りこみ、ソファに倒れこみながらも、起きあがりかけているウェルダーマンに飛びついた。

ウェルダーマンが再び引き金を絞った瞬間、熱いものが太腿に食いこんだ。

だがそのときには、手にした包丁でウェルダーマンの喉を切り裂いていた。母さんに教えられたとおり、手のなかで滑らないように柄の根本に押しつけた手のひらに、刃の先が皮膚と筋肉を切る圧力が伝わってくる。刃先が気管に達すると抵抗が大きくなった。刃が喉の奥の骨に当たり、熱い血が飛び散る。

ぼくはウェルダーマンの横に倒れこみ、ソファから転がり落ちた。折れたほうの腕が下敷きになった瞬間、気が遠くなった。

123

日記

ポールがぼくの顔を叩いた。

目を開けると、ポールの手が再び近づいてくる。ぼくは急いで顔をそむけた。

「気がついたぞ!」ポールが胸の上に座ってぼくを押さえながら、肩越しに叫ぶ。「じっとしてろ、あいつに撃たれたんだ」

太腿がものすごく熱い。頭だけ上げると、リビーがジーンズの破れたところに消毒薬を注いでいた。

「かすっただけよ。これくらいでほんとによかった」リビーはキッチンの布巾で傷口を拭き、どこで見つけたのか、横に置いた救急箱からガーゼをひと巻取りだして、何度かきつく腿に巻きつけた。

ソファのところでは、ヴィンセントがウェルダーマンのポケットを探り、中身をサイドテーブルの上に落としていく。ウェルダーマンは宙を見ていた。着ているものも、ソファも、まわりの家具も、血だらけだ。こんなに血が飛び散ったところを見ると、ぼくはたぶん頸動脈《けいどうみゃく》を切ったんだろう。包丁はウェルダーマンの足元に落ちていた。

「フィニッキーがキッチンにいる」ぼくはどうにかそう言って、キッチンのほうを見ようとした。

「もう見つけた。ティーガンとクリスティーナが縛ってる」ポールが報告した。「まだ生きてるぞ。もっと強く殴ればよかったのに」

「おりてくれる？　息ができないよ」

「おっと、悪い」ポールは横に体を傾けて、立ちあがった。

脚にガーゼを巻きおえると、リビーはどうにか笑みを浮かべてぼくの顔にかかった血を拭きはじめた。恐怖と心配に曇っているけど、見たこともないほど美しい笑顔だ。リビーはぼくにかがみこみ、少しのあいだ見下ろしてからそっと唇を重ねた。「あなたが大好きよ、アンソン・ビショップ」

ぼくだけに聞こえる静かな声が耳をくすぐる。その瞬間だけは脚の痛みも腕の痛みも忘れ、ほかのみんながいることも忘れて、ぼくも大好きだと告げていた。

ポールが聞きつけたらしく、赤い顔で目をそらした。

「車の鍵を見つけた」ヴィンセントがソファから言った。ウェルダーマンの銃と、予備の弾倉もひとつ持っている。「ヴィーゼルを助けに行くぞ」

ぼくは起きあがろうとした。「一緒に行くよ」

「だめ」リビーが止めた。

腿と腕が焼けるように痛んだが、無理して立ちあがった。「行かなきゃ」

「ヴィンセントとポールに行ってもらえばいいわ」

「でも、ここにはいられないぞ」ポールが言った。「誰がいつ戻ってくるかわからない」

ポールはウェルダーマンと大量の血を見た。「こいつもストックスも刑事だ。仲間がいる。この街の警官はみんな腐ってるんだ。ここに残ったら、ただじゃすまない」

「あたしを置いていかないで」リビーが訴えるように言ってぼくの頬をなでた。

リビーにはもう教えてあるが、念のために部屋の隅にある机でシンプソンヴィルにあるわが家の住所を走り書きすると、そのメモをリビーの手に押しつけ、目にかかった髪をなでつけた。「ティーガンとクリスティーナを手伝うんだ。ふたりがフィニッキーを縛りおえたら、納屋にあるお金をフィニッキーの車に積めるだけ積んで待ってて。二時間経っても戻らないか、それよりも前に逃げなきゃならなくなったら、この住所で落ち合おう。焼けた家の裏にあるトレーラーで」ぼくはかがみこんで声を落とした。「計画どおり、ここからできるだけ遠くに行こう。いいね?」

ヴィンセントはウェルダーマンの銃を腰に挟み、リビーにリボルバーを渡した。「弾は空だが、ストックスのポケットを探してみろ。持ってるかもしれないから」

リビーはものすごく熱いものを持つみたいに、リボルバーを受けとった。

「持つのがいやなら、クリスティーナに渡せ。あいつは使い方を知ってる。キッドは病院に連れてったほうがいいかもな。そのときは本名を使うなよ」

ポールが玄関のドアのところで言った。「あいつらが行ってから十分近く経つぞ。追いかけるなら、いますぐ行かないと」

「すぐ戻るよ」リビーにキスしながら、ぼくはつぶやいた。

説得するのは無理だとわかったらしく、リビーは涙のきらめく目でうなずいた。

ぼくはソファのそばに落ちている包丁を拾い、クッションのひとつで血を拭った。リビーの視線を背中に感じたが振り返らなかった。振り返ったら行かれなくなる。ウィーゼルを助けるにはこうするしかないんだ。

ヴィンセントとポールとぼくは、玄関を出てウェルダーマンの車へ向かった。

ヴィンセントの運転で私道を出ると、農場の母屋はすぐに背後の闇のなかに消えた。

あいつらがどこへ向かうかはわかってる。

ぼくは包丁を握りしめ、チャールストンの街の灯りが見えてくるのを待った。

124

日記

「見えたぞ！」ポールが叫んだ。「あそこだ！」

運転に慣れていないのか、ヴィンセントは細い道路で二度も溝に落ちそうになった。ブルフォード通りで一時停止の標識を無視したときは、横から走ってきたトラックがもう少しで後部に衝突しそうになったが、高速道路に入ると、ほんの少しましになった。でも、スピードの出しすぎだ。

ぼくらはみんな血だらけだった。おまけに死んだ刑事の銃を持っているし、農場には刑事ふたりの死体がある。もしもスピード違反で止められたら、考えるのも恐ろしい事態になるだろう。

高速を走りだしてまもなく、目当ての車が見つかった。白いワゴン車と、その少し後ろをついていくチャールストン警察のパトカーだ。ヴィンセントは何台か挟んで後ろについた。モーテルまでの道順はわかっているから、近づいて危険をおかさないほうがいい。

十分後、ぼくらはモーテルに着いた。まずいことになったのはそのときだ。

「あそこに停めて」ぼくは通りの向かい、マクドナルドと自動車部品店のあいだにある駐車場を指さした。そこなら、近づかなくても一部始終が見える。ぼくらが立てた作戦はシンプルだった。刑事たちがウィーゼルをモーテルの部屋に連れこむのを待って、ポールとぼくがウィーゼルを救出に向かう。ヴィンセントはワゴン車の男とパトカーの刑事を見張り、必要のないかぎり姿を見せない。

銃を使うのは最後の手段。でも万一のときはためらわずに使う。とにかくウィーゼルを助けるために全力を尽くす。

だけど、何ひとつそのとおりにならなかった。

ワゴン車がモーテルの駐車場に入り、パトカーがその横に並んで停まる。すると、ぼくたちがまだ駐車場に達しないうちに、ワゴン車の後部ドアが勢いよく開いてウィーゼルが飛び降り、緑色のバッグを手にぼくたちがいるのとは反対の方向に走りだした。全速力で駐車場を駆け抜け、あっというまにモーテルの裏のふたつの建物のあいだに消えた。

「くそ！」ヴィンセントが叫び、ギアをドライブに戻す。

車が縁石に乗りあげ、タイヤが空回りした。ヴィンセントはどうにか切り抜け、クレッセント通りを突っ切った。パトカーがクロンダイク通りを走っていき、ワゴン車は角を曲がってボイス通りに向かう。

あのふたりはウィーゼルを挟みこむつもりだ。

ヴィンセントがモーテルの駐車場を突っ切りながら左右を見た。「どっちを追う?」

一ブロック先にウィーゼルの姿が見えた。駐まっている車のあいだを抜け、石造りの建物の横を走っていく。

「あそこだ。ビルのあいだを走っていく。ぼくらを降ろして!」

「その脚で追いつけるもんか。あいつは——」

ぼくはみなまで聞かずにまだ走っている車から飛び降りた。ポールがうなり声とともに続いて降りてくる。

ぼくたちはモーテルの裏へとウィーゼルのあとを追った。その後ろで、ヴィンセントが急いで角を曲がろうとアクセルを踏みすぎたらしく、タイヤがきしむ音がした。ヴィンセントはハンドルを切りすぎて、駐まっているライトバンをこすりそうになり、それから車体をなんとかコントロールしてワゴン車のあとを追いかけていった。

ポールのほうがぼくよりずっと速かった。ついていこうとしたが、地面につけるたびに怪我した脚の痛みがひどくなる。ギプスのなかで揺さぶられている腕の痛みはその何倍もひどい。指が腫れあがり、熱をもって真っ赤になっていた。

不安を押しやり、痛みも押しやって、とにかくポールに追いつこうとモーテル裏の建物や横丁や路地を走りつづける。

ウィーゼルの姿は何度も見えなくなった。一度などポールの姿さえ見失った。ポールは速度を落としては振り返る。そのたびにぼくは手を振って、かまわず先に行けと促した。汗だくで、めまいがしはじめた。とうとう息が苦しくてそれ以上走れなくなり、膝に手をついてなんとか肺に空気を送りこもうとした。

体を起こすと、前方の狭い路地を走っていくポールの姿が見えた。ポールがその路地を半分進んだとき、さきほどのパトカーがタイヤをきしませ、カンバーランド通りで止まった。制服警官がなかから飛びだし、車をまわりこんで、通りの反対側にある敷石の路地に消えた。

全速力で走っていたポールが、パトカーのボンネットに倒れこみそうになりながら踏みとどまり、車を迂回して同じ路地に飛びこんだ。

ぼくがまだカンバーランド通りのこちら側にいるとき、最初の銃声が聞こえた。バン。つづいてもう二発、バン、バン！

125

日記

ようやくパトカーにたどり着いたとき、ポールが路地から飛びだしてきて両手を振りながら叫んだ。「逃げろ！」

「どうしたの？」

ぼくはパトカーのトランクのそばに立っていた。運転席側のドアが開いたままで、エンジンがかかっている。なかからはくぐもった無線の声がした。

ポールは答えずにぼくの横を通り過ぎ、カンバーランド通りの歩道を走っていく。速度を落とそうとさえしなかった。

路地に目を戻したが、何も見えない。

ぼくの手には包丁がある。パトカーの開いているドアのところへ行き、なかにかがみこんでマイクの線を切り、左の前輪を包丁で突き刺してから急いでポールのあとを追った。

路地の入り口で誰かが叫んだ。ワゴン車の男の声のように聞こえたが、振り向いて確認している暇はない。

チャーチ通りから曲がってきたヴィンセントが、交差点を塞ぐようにして車を急停止させた。ポールが後部ドアを引き開け、なかに飛びこむ。通りのあちこちからクラクションが鳴り響いた。よろめきながら車に近づいてなんとかドアを閉めると同時に、ヴィンセントがアクセルを踏みこみ、猛スピードでカンバーランド通りを走りだした。さきほどの路地を通過したときには、ワゴン車の男の姿はなかった。目を凝らしたが暗すぎて何も見えない。

「ヴィーゼルはどうした？」ヴィンセントがハンドルに覆いかぶさるようにして運転しながら、鋭くハンドルを切って右に曲がる。ポールの体が倒れかかってきた。

ポールはぶるぶる震えていた。顔が真っ青で、何か言っているが聞きとれない。

ぼくは片手で肩をつかんで揺さぶった。「どうしたの？　ヴィーゼルはどこ？」

ポールはぼくを見て、口を開けた。が、声が出てこない。

「ポール！」

あえぐような声が漏れた。「ヴィーゼルは……ちくしょう……あいつは死んだ。死んじゃった」

詳しく聞きだそうにも、ポールは両手に顔を埋めて泣きじゃくっている。

回転灯を光らせ、サイレンを鳴らしながら、パトカーが猛スピードですれちがい、カンバーランド通りのほうへ走っていく。

「街を出なきゃ」別の横道に曲がりながらヴィンセントが言った。

ほかにも二台のパトカーが近づいてきた。サイレンがあらゆる方向から聞こえる。

ぼくは座席に沈みこんだ。ポールはまだ泣きじゃくっている。「農場へ戻らなきゃ」

ヴィンセントがラジオの時計を見た。「もう四十分近く経ってる。農場まではあと三十分かかるぞ」

「リビーには二時間待てと言ったよ。農場に戻って」

ぼくらはそうした。

記録的な速さで私道に入った。

フィニッキーの車は消えていた。

126

日記

ぼくらは黙りこんだまま、シンプソンヴィルへ向かった。

ヴィンセントもぼくも、ずっと口をつぐんでいた。ポールはドアにもたれて体を丸めている。悲鳴のような泣き声が徐々におさまり、やがてすすり泣きに変わって、最後は静かになった。

グローブボックスに鎮静剤の瓶があった。ぼくはそれを水なしで四粒のみこみ、三十分後にふた粒のんだ。腕と脚の激痛がうずくような鈍い痛みに変わる。指の腫れは完全には引かなかったが、さいわい少しましになった。

大きな街や小さな町の灯りが背後に流れていき、やがてすべてが闇に溶けた。三人とも疲れはてていたが、車を停めて休もう、とは誰も言わなかった。いまは一分でも早く目的地に着きたい。

「ガソリンがなくなるぞ」ヴィンセントが言った。

「もうすぐ着くよ」

この言葉どおり、ぼくらはそれからまもなく目的地に着いた。ぼくの通り、森、家――どれもそこを離れたときのままで、ぼくが戻るのを待っていた。

「そこを曲がって」

ヴィンセントはまたハンドルに覆いかぶさるように運転していた。「どこだ？」

「右側の、郵便受けのところ」

ヘッドライトがビショップ家の名残、子ども時代の燃え殻を捉える。ヴィンセントが口笛を吹いた。

「フィニッキーの車があるぞ。女の子たちも着いたんだ」ポールがそう言って、隣のカーター家のほうを指さした。チャールストンを出てから、ポールがしゃべったのはこれが初めてだ。

ヴィンセントは父さんの隣に車を停めた。父さんの車はそのほとんどが雑草に覆われている。そのほうがよかった。あの車の残骸なんて見たくない。ヴィンセントがエンジンを切ると、低いうなりが、モーターが冷えていくカチカチという音に代わった。

カーター家のドアは開いていた。フィニッキーの車の近くにリュックやバッグが放りだしてある。

ヴィンセントが真っ先に車を降りて、ウェルダーマンの銃を手に低い段を上がっていった。

「クリスティーナ！　ティーガン！　リビー！」なかに姿を消すと、女の子たちを呼ぶヴィンセントの声が途中でくぐもった。

なんだかへんだ。ポールもそれを感じているようだった。得体の知れない不安に胸を締めつけられながら、ぼくたちは車を降りた。

ヴィンセントがすぐに出てきて、けげんそうな声で報告した。「誰もいないぞ」

ぼくはそれを半分しか聞いていなかった。フィニッキーの車の後部座席に人影が見える。女の子たちが眠っているんだ、そう思いたかった。きっと待っているうちに眠ってしまったに違いない。ぼくは自分に言い聞かせ、本当にそうであることを必死に願いながら車に近づいた。

後部座席でぐったりしているのは男だった。

「ウェルダーマンだ」ポールが言った。

ストックスの死体は前にあった。シートベルトで助手席に固定してある。

ヴィンセントが口のまわりに両手を当てて叫んだ。「クリスティーナ！」

返事はなかった。

誰からも。

ヴィンセントが運転席のドアを開けると、それが見えた。ハンドルについている血が。ウェルダーマンの血か、ストックスの血か、ほかの誰かの血かわからない。

「まずいぞ」ポールがあとずさり、ゆっくり体を回して周囲を見ていった。

「トランクを開けて」ぼくは車の後ろにまわりながら言った。

ポールもヴィンセントも動こうとしない。

「どっちでもいいから、トランクを開けて」

ヴィンセントが座席の横のレバーを引いた。

大きな音をたて、トランクが開く。

なかを見たくなかったけど、自分に鞭打《むちう》って息を止め、覗きこんだ。

空っぽだ。

ほっとして膝の力が抜けそうになった。それから、リビーのロケットが足元の地面に落ちているのに気づいた。

「ストックスのシャツにメモが留めてある」車のなかに頭を突っこんで、ヴィンセントが言った。

「なんだって?」

「〝一時間後に警察に電話する。その前にゴミを始末しろ。女の子たちのことは忘れるんだな。追いかけても無駄だ〟って。書いたのはサム・ポーターって男だ。署名がある」

六カ月後

127

百九十八日目　午後三時十八分
ポーター

ポーターは身じろぎして体重を移し替えた。が、一分もしないうちに今度は反対側の尻が痛くなった。ベンチが硬すぎるのだ。クッションを持ってくるべきだった。まったく、三カ月近くもこの椅子に座っているのに、まだ尻の痛さに苦しんでいるとは。

ポーターがいる二〇九号法廷は、シカゴのサウス・カリフォルニア・アベニュー二六〇〇番にある、ジョージ・N・レイトン刑事裁判所で最も大きい法廷だった。ほぼ二百人収容できる傍聴席はびっしり埋まっている。満席なのは今日だけではない。裁判の初日からずっとだ。

ビショップの弁護団を率いるカーティス・ルーランドは、裁判はイリノイ州の別の場所で行うべきだという動議を提出した。シカゴではとうてい公平な裁判は行えないと申し立てたのだ。おそらくそのとおりだろうが、訴追側のチームだけでなく、弁護団も、担当判事すら、公平な裁判ができそうな場所を思いつけなかった。４ＭＫ事件は何年も前からよく知られていたうえに、ビショップが最終的に自首した二〇一五年二月十七日の出来事は、アメリカ全土はおろか、世界中に報道されたからだ。〝四猿殺人鬼《4MK》逮捕される〟の知らせは、新聞やテレビは言うにおよばず、孫がいるような年配の人々のフェイスブックまで、ありとあらゆるメディアで取りあげられ、インターネットを介して世界中の話題となった。

二月十七日にギヨン・ホテルで発見された死体は、合計十三人におよんだ。それぞれ腐敗の度合いは異なるが、どの死体も片方の目と耳、舌が取り除かれ、近くの壁や床には〝父よ、わたしをお許しください〟と書かれていた。すべての死体は、ナッシュがクロズから渡されたノートにある名前と一致し、人身売買の巨大組織でなんらかの役割を担っていたことも判明した。ＦＢＩの捜索で、クロズが言及した病院の裏にある塩の貯蔵室でも、さらに三体見つかった。

エドウィン・クロゾウスキーが市警で使っていたコンピューターには、本人が直近の殺人すべてを告白する映像が残っていた。クロズはまた、被害者たちの犯罪に関する証拠、彼らをどうやって発見したかという詳細情報も明らかにし、被害者たちがその死で贖ったのは、各自が長年にわたり行ってきた山ほどの悪事の一部にすぎない、と述べていた。この自白によれば、スタンフォード・ペンツとクリスティ・アルビーを殺したのもクロズだった。ウェルダーマンとストックスに痛めつけられ瀕死《ひんし》の重傷を負った〝キッド〟は、スタンフォード・ペンツが経営するうさん臭い診療所に運ばれた。しかし、患者をひと目見て自分の手には負えないと判断したペンツは、クリスティ・アルビーの手を借りて応急措置を施し、容態を安定させると、キッドを車の後部座席に乗せて手近な救急病棟に運び、その外に置き去りにしたのだった。

クロズはそのとき見た顔を忘れなかったのだ。

ミルトン市長は死に、FBIのシカゴ支局長フォスター・ハーレスも毒殺された。プールはあの日ワゴン車にコーヒーを持ってきた男の外見を詳細に描写できたものの、ようやく合同捜査を始めたFBIもシカゴ市警も、その男に関する手がかりはまったく得られなかった。ほかのコーヒーに毒が入っていなかったことから、その男はハーレスがコーヒーに砂糖を入れるのを知っていたばかりか、ほかの三人が砂糖の入ったコーヒーには手を出さない、と信じるに足る情報を得ていたことになる。

ミルトン市長とハーレス支局長は、その〝罪状〟が小型の作文帳に二十ページ近くにわたるほど人身売買組織に深くかかわっていた。ふたりは自分たちの権力と影響力を駆使し、その組織の運営を円滑にする盾となり武器となっていたのだ。上司の死後まもなく、フランク・プールはオフショア銀行のハーレス名義の口座に三百万ドル近い預金があることを突きとめた。これは、市長の資産の大半ともども、ただちに凍結された。

エドウィン・クロゾウスキーは死んだ。

クロズが体につけていた爆弾は、旧クック郡総合病院をほぼ完全に破壊し、あとには黒焦げの残骸しか残らなかった。市長の死体の一部は見つかった。かつて〝プロテクション〟と呼ばれた彫像に貼りついていたのだ。

クロズの最期と、告白、告発に関する報告書のなかで、ブライアン・ナッシュはアンソニー・ウォーリックが現クック郡病院から旧総合病院へ至る地下廊下で撃たれ、死に至った経緯を述べていた。爆発の翌日、ＦＢＩと市警は合同でウォーリックの住まいを捜索し、この秘書官が市長の命令で行った違法行為の証拠を大量に発見した。クリスティーナ・ニーヴンとティーガン・サヴァラの行方を追い、ふたりを殺害して、その死体を墓地と地下鉄の駅に捨てたのはウォーリックだった。ヴィンセント・ウェイドナー、ポール・アップチャーチ、アンソン・ビショップに関する情報が詰まった箱も見つかった。証拠はまだ発見されていないが、ウェイドナーを殺し、その死体をポーターのアパートに残したのもウォーリックだとみなされている。ウォーリックはフィニッキー・ハウスから逃げだした子どもたちがまだ生きていると知った人身売買サイトの幹部から、４ＭＫの仕業に見せかけて殺せと命じられていた。

ポーターが三回の手術を経て、ようやく薬による昏睡状態から病院のベッドで目覚めたときには、撃たれてから一週間近く経っていた。そのとき病室にいたナッシュの話では、クロズはポーターがウォーリックとともに、フィニッキー・ハウスの子どもたち全員を口封じのため殺そうとしたと思いこんでいたという。報告書にはそのことは書かないつもりだ、とナッシュは言ったが、ポーターは首を振った。

「秘密はもうたくさんだ」ポーターはささやきとも言えないほど小さな声で言った。「何ひとつ隠すな」

　ナッシュはしぶしぶ同意し、すべてを書いた。

　ポーターはその報告書を読んだあと、自分がクロズの告発を認めることも否定することもできないのに気づいた。クロズが非難したことは、何ひとつ覚えていない。ふいに断片が閃くこともあるが、どれひとつをとっても完全な〝絵〟にはほど遠く、ウォーリックと会った記憶もなかった。

〝急いで、あいつらが来る〟

　プールの話では、ギヨンで胸を撃たれた直後、ポーターは〝ウィーゼルがそう言った〟と告げたそうだが、それすらもう思い出せない。あのときポーターが垣間見た過去は、またしても閉ざされた扉の向こうに隠されてしまった。

　プールはまた、SARSウイルスの残りはまだ見つからないが、ポーターが泊まったニユーオーリンズのモーテルで空の容器がひとつ発見された、と教えてくれた。そんなものがなぜあの部屋で見つかったのか、ポーターには見当もつかなかった。もちろん、残りのふたつの在り処《ありか》もまったくわからない。

　ポーターはウイルスには感染していなかった。

　病院に運ばれたあと即座に隔離され、検査で陰性だと判明するまでは、手術およびその後のあらゆる処置や看護に相応の予防手段が講じられた。ようやく尋問できるほど回復したポーターから、ビショップがジェット機でとった朝食にウイルスを仕込んだと仄めかしたと聞くと、ＦＢＩはただちにジェット機を調べた。だが、ウイルスは発見されず、ビショップが機内に侵入した痕跡も見つからなかった。ポーターの朝食に使われた食材の残りは、言うまでもなくとっくに処分されていた。プールはこのときの尋問には姿を見せず、担当した捜査官は淡々と供述を取り、引きあげた。捜査官が供述の内容を信じたかどうかはわからない。

法廷の正面の左側にある戸口から廷吏《ていり》が入ってきた。「ご起立ください。ヘンリー・シュミット判事が入廷されます」

ポーターは左側に座っているプールやほかの人々と一緒に立ちあがった。手首と足首の枷《かせ》が鎖で繋がっているせいで、少し前かがみの姿勢になった。

128

百九十八日目　午後三時二十一分
ポーター

主任弁護士が立ちあがる。紺のスーツを着て、裁判長の前のテーブルについているアンソン・ビショップも並んで立った。長めだった髪は、この裁判のために短く切られていた。ポーターは三列目の席からビショップの後頭部をにらみつけ、こっちを向けと念じたが、ビショップは振り返らなかった。

「お座りください」廷吏が全員に言った。

ポーターは座るのが遅れたに違いない。プールが腕に手を置き、座るよう促してきた。狙撃手に撃たれた胸の傷は、まだ完全に回復したとは言えない。いまはもう絶えず痛むわけではないが、ときおりずきんと自己主張する。この痛みは日が経つごとに鈍くなっていくだろうが、完全に消えることはなく、いつまでも二月十七日と、自分が死にかけたことをポーターに思い出させるに違いない。

裁判のあいだ、自分は誰ひとり殺していない、とビショップは主張しつづけた。そして自ら証言台に立ち、ためらいも口ごもりもせずに証言した。「はい、ぼくはたしかに名前を変えました。ですが、誰も殺していません。本物の４ＭＫを逮捕するための秘密捜査に協力してくれ、とポーター刑事に言われたんです」

弁護団はクロゾウスキーが残した映像を法廷で再生し、こう言って最終弁論を結んだ。エドウィン・クロゾウスキーは大勢の人々を殺したと告白している。カリ・トレメルやほかの若い女性たち、アンソン・ビショップが殺したとされている被害者も、すべてクロゾウスキーが殺害したと考えるのは難しいことだろうか？　結局のところ、このＩＴ担当の元警官は、防犯カメラの映像に手を加え、捜査を誤った方向に導き、犯罪行為を償わせるために大量の殺人を犯したと認めているのだ。真の犯人が被告ではなく、エドウィン・クロゾウスキーだと信じるのは、それほど難しいことだろうか？

法廷の右隅にあるドアから男七人、女五人から成る陪審員団が入ってきた。年齢は二十代前半から七十三歳まで。四人の黒人と、五人の白人、ラテン系がふたりにアジア系の女だ。この十二人は三カ月にわたり、インターネットもテレビもなしで、全員が裁判所の近くにあるホテルに隔離されていた。訪れた家族も、係争中の裁判に外部の影響を持ちこまぬようにという配慮から、身体検査をされてからでなければ会えなかった。シュミット判事は毎朝、法廷で提出された証拠だけを考慮してください、と陪審員に注意を促した。

裁判が始まってまもなく、ビショップが有罪であることを疑いの余地なく示す証拠は、主任検事が願っていたよりもはるかに少ないことが明らかになった。

ポーターはベンチからノートを取った。これに書きはじめたのはまだ病院にいるときだった。検事に渡すつもりで作ったのだが、検事局は受けとろうとしなかった。

白黒の作文帳の表紙には、〝証拠に関する覚書〟と書いた。

それを開くと、大きな活字体で〝ウェスト・ベルモント三一四における自白〟とある。

ポーターが当時建設中だったオフィスビル（タルボット不動産所有）の十一階でビショップを見つけたとき、アーサー・タルボットはオフィス用の椅子に縛りつけられ、死にかけていた。同じビルのエレベーター・シャフトの底には、エモリー・コナーズが監禁されていた。アンソン・ビショップはそこで自分が犯した罪を告白したのだ。タルボットを殺害する直前には、この不動産王がビショップの家庭を破壊したばかりか、様々な犯罪組織に関与していることも詳しく説明した。ポーターは、タルボットを開いたエレベーター・シャフトに突き落とそうとするビショップを止めようとしたのだった。

ビショップの裁判が始まって一カ月もすると、シカゴ・エグザミナー紙がポーターの行動のあらましと、記憶の一部が欠けていることを一面で取りあげた。エグザミナー紙は記事の情報源を明らかにすることを拒否したものの、ポーターと医師たちの会話の筆記録も同時に掲載した。これらの会話はポーターの記憶が欠けている時期を明確にしていた。ビショップの弁護団は召喚状により、ポーターの医療記録のコピーを手に入れた。その結果、ポーターは法廷が指定する精神科医の診察を受け、現在と過去の精神状態を査定されることになり、最終的に信頼性に欠くと判断されて、法廷で証言することを許されなかった。タルボットのオフィスビルでビショップの自白を聞いたのはポーターだけだったから、当時の報告書も証拠から削除された。

ポーターはノートの〝ウェスト・ベルモント三一四における自白〟を線で消した。

ノートには、自分のアパートでビショップに太腿を刺されたときの詳細も書いてあったが、それも証拠から削除された。

ビショップから受けた電話も。ビショップと交わした会話も。

信頼性に欠ける。

情報を裏付ける第三者がいる場合を除き、ビショップとポーターのあいだで起きたすべてが証拠から削除された。

ポーターはノートに書きこんだほかの〝証拠〟に線を引いていった。

ギヨン・ホテルにおける自白。

ジェーン・ドウ／ローズ・フィニッキーの殺害。

電話の会話すべて。

裁判の焦点は物理的な証拠に移った。マリファックス出版の地下室に出入りするトンネルで、ガンサー・ハーバートの死体を動かすのに使われたと思しきトロッコから採取されたビショップの指紋がそれである。ビショップは地下通路になど入ったことがない、と断言した。しかしトロッコの指紋はビショップが犯行現場にいたことを示している。だが、弁護団はあっさりこの証拠も無効にした。指紋を採取したSWATチームのマーク・トーマスは、それをポーター刑事に渡した。ポーターはどれくらいのあいだその指紋を持っていたか？　何時間もだ。それからようやく、科学捜査班に届けるようにとナッシュ刑事に渡した。「このナッシュ刑事は、われわれの依頼人が最初に自首したとき、なんの理由もなく依頼人を蹴った警官です」主任弁護士はそう陪審員に訴えた。こうなると、指紋の証拠が陪審員を納得させる望みはほとんどない。ポーターはそれも消した。

Ａ・モンゴメリー・ワード公園でビショップがエモリー・コナーズを誘拐したとき、そこで子どもを遊ばせていた親たちの何人かは犯人を目撃した。だが、面通しでビショップを見分けられる確信のある者はひとりもいなかった。

エモリーのボーイフレンドであるタイラー・メイサーズは、ビショップと顔を合わせていなかった。エレベーター・シャフトの底に閉じこめられていたエモリー自身も、暗くなりかけた公園で、ビショップが犬を探すふりをしているときにちらっと見ただけだ。

４ＭＫの日記は、その出所《でどころ》に疑問が投げかけられた。ポーターは、アップチャーチを雇ってそれを書かせた事実はない、アップチャーチには会ったこともない、と主張したが、検事や検事補は半信半疑。思い切ってこれが正しいことに賭ける気になれず、日記を証拠として取りあげるのをあきらめた。

伝聞。

憶測。

状況証拠。

弁護団は検察側の証拠をひとつずつ突き崩していった。ポーターはノートの書きこみを次々に線で消し、それを閉じて横に置いた。

六時間あまり熟考していた陪審員たちが法廷に戻ってきた。

ヘンリー・シュミット判事は木槌を叩いた。「静かに。静かにしてください」

ラリッサ・ビールとカティ・キグリーは二列目に並んで座っていた。

プールの向こうに座っているクレアとナッシュは互いの手を握りしめている。

判事が陪審員に顔を向けた。「陪審員長、評決が出ましたか？」

アジア系の女が立ちあがった。「はい、裁判長」

判事はビショップを見た。「被告は立ちあがって陪審員団のほうを向いてください」

アンソン・ビショップは上着のボタンをはめ、十二人の陪審員と向き合った。

判事が厳しい顔で傍聴席を見まわした。「評決が読まれても騒ぎたてずに、ここが法廷であることを尊重するように」彼は陪審員席の端にいるアジア系の女に顔を戻した。「評決を読みあげてください」

陪審員長は傍聴席を見まわし、一瞬だけビショップを見ると、咳払いをひとつして手にした紙を読みあげた。「クック郡対アンソン・ビショップ、I５‐８５２０１００８の裁判で、被告人アンソン・ビショップは刑法１８７（a）の違反、カリ・トレメル殺害において無罪。刑法１８７（a）の違反、エル・ボートン殺害において無罪、刑法１８７（a）

の違反、ミッシー・ルマックス殺害において無罪、バーバラ……」

ポーターに聞こえたのはそこまでだった。頭に血がのぼり、耳のなかで鼓動が大きくなって、続きを読みあげる陪審員長の声を呑みこんだ。傍聴人は息を呑み、叫んでいた。歓声をあげる者もいれば、泣きだす者もいる。

プールが肩を叩き、奥の右手にあるドアに顎をしゃくった。「ここを出ましょう」

ポーターの覚書

アンソン・ビショップによる被害者
カリ・トレメル
エル・ボートン
ミッシー・ルマックス
スーザン・デヴォロ
バーバラ・マッキンリー
アリソン・クラマー
ジョディ・ブルミントン
エモリー・コナーズ（生還）

ガンサー・ハーバート
アーサー・タルボット
ローズ・フィニッキー
ウェルダーマン刑事
ストックス刑事（ヴィンセント・ウェイドナーの被害者）

ポール・アップチャーチによる被害者（共犯者ビショップ）
フロイド・レイノルズ
エラ・レイノルズ
ランダル・デイヴィーズ
リリ・デイヴィーズ
ダーリーン・ビール（生還）
ラリッサ・ビール（生還）
カティ・キグリー（生還）
ウェスリー・ハーツラー

エドウィン・クロゾウスキーによる被害者
バリー・ミルトン市長

アンソニー・ウォーリック
スタンフォード・ペンツ――クック郡病院
クリスティ・アルビー――クック郡病院
ギヨン・ホテルで発見された十三人の被害者

アンソニー・ウォーリック（人身売買サイトの指示）による被害者
（フィニッキー・ハウスの子どもたち）
リビー・マッキンリー
ティーガン・サヴァラ――ローズヒル墓地
クリスティーナ・ニーヴン――地下鉄レッドライン、クラーク駅の線路
ヴィンセント・ウェイドナー――ポーターのアパート

ウェルダーマン、ストックス、ヒルバーンによる被害者
ウィーゼル

犯人不明の被害者
スチュワート・ディーナー
フォスター・ハーレス――毒殺

トム・ラングリン――シンプソンヴィル裁判所前
ジェーン・ドウ――フィニッキー農場

129

百九十九日目　午前十時二分
ポーター

「あの忌々しい日記の話は、もうひと言も聞きたくない！」ヘンリ・ダルトン警部が怒りで顔を真っ赤にしてテーブルを思い切り叩き、ポーターをにらみつけた。「おまえとあの日記ときたら。おまえがそれを書いたように見えたことか、頭のイカれた犯人のたわごとに捜査を台無しにされたことか――どっちによけい腹が立つのか、わからん！」

「俺が台無しにしたわけじゃ――」

ダルトンは怒りに震える指をポーターに突きつけた。「黙れ」

「ひと言申しあげておきます。わたしの依頼人はこの会合に参加することに喜んで同意しましたが、ここにいる義務はまったくないんですよ」

ポーターの左手でボブ・ヘスリングが抗議した。ヘスリングは組合が任命した弁護士で、四十代後半、薄くなりかけた暗褐色の髪は白髪を染めきれていない。ヘスリングは地方検事にも苦言を呈した。「検事局はマスコミの圧力に屈して、裁判を急ぎすぎましたよ。そもそも、一度に一件ずつではなく、ビショップが犯した殺人のすべてを一括して裁こうとしたのがまずかった。ビショップが自由の身になったのは、検事局が手間を省いたからです。わたしの依頼人の行動はまったく関係ありません。

地方検事は目を細めた。「警察が有罪にできるだけの証拠を集めなかったからだ。しかも、手渡された数少ない証拠さえ、とうていクリーンとは言えなかった。われわれが一括して裁いたのは、個々の犯罪の証拠がほとんどなかったからだ」

「ええ、おかげでビショップは無罪放免。同一の罪で二度裁くことはできないため、彼の罪を問うことは永久にできなくなった。まったくすばらしい手際だ」

「きみの依頼人が独房に戻るほうがよければ、こちらに文句はないぞ。彼はもうじゅうぶん〝協力〟してくれたからな」

「俺はまだ手伝える」ポーターは低い声で言った。

「黙ってろ」ダルトンが鋭く言い返す。

テーブルの向かいでフランク・プールがため息をついた。「あの女のことを話してください、サム。農場で見つかった死体のことを」

「きみが所有する農場で、だ」地方検事が付け加える。

「あそこは俺のものじゃない。シンプソンヴィルの不動産も同じだ」

「しかし、あの女と一緒にあそこに行ったんでしょう？」

ヘスリングがポーターの腕に手を置いた。「答えるな」

ポーターはその手を振り払った。「ビショップの母親と一緒に行った。サラ・ワーナーと名乗っていた女だ。そして一緒にあの農場を出た。全部話したはずだぞ。きみたちがあそこで誰を見つけたのか、俺は知らん」

地方検事は何枚かの写真をテーブルに広げた。「死体で見つかったのはこの女だ」

どの写真もすでに見たものだったが、それでも吐き気がこみあげた。誰かが剃刀の刃かそれと同等の鋭い刃を使って、全身に〝見ざる、聞かざる、言わざる、悪をなさざる〟と繰り返し記していた。片目と片耳と舌が取り除かれ、４ＭＫのほかの被害者同様、三つの白い箱に入れてある。女の指紋はデータベースにはなく、顔は原形を留めないほど傷つけられていたためそちらから身元を確認できる望みもない。一致するＤＮＡもまず見つからないだろう。ポーターは写真から顔を上げた。「俺はサラ・ワーナーとあそこを出た。この女が誰だか見当もつかない」

プールが尋ねた。「これがサラ・ワーナーと名乗っていた女性だという可能性は？」

ポーターは肩をすくめた。「髪の色は同じだし、体形もよく似ているが、違う女だ。サラ・ワーナーはここを出たとき生きていた」

「だったら、この女は誰だ？」地方検事が食いさがった。

「俺は知らん」

つかのま沈黙が落ち、プールがそれを破った。「あなたから話しますか、検事？」

検事は片手を振った。「いや、きみに任せる」

「何を？」

プールが言った。「ニューオーリンズのアパートで死んでいた本物のサラ・ワーナーは、人身売買サイトの上層部と深い繋がりがありました。そのうち数人の弁護人を務め、ほかの幹部連中にも必要な法的助言を与えていた。クロズが残したノートにワーナーの罪が詳しく書かれていました」

「犯罪者だったわけか」

「ええ」

ポーターは地方検事に顔を戻した。「農場で見つかった女も、おそらく人身売買サイトにかかわりがあったんだろう。俺がサラ・ワーナーだと思っていた女はどこかにいる。これは俺の知ってるサラ・ワーナーじゃない」そう言って写真を叩いた。

「たしかなことはわからないはずだ」

「あの女は空港で姿を消した」

「空港で姿を消した」検事は繰り返した。「きみしか見たことのない女が、だな」

「ああ、そのとおり」

プールは書類鞄《かばん》から分厚いファイルを取りだした。カムデン療養センターにあったポーター自身の治療の記録だ。プールはそれをテーブル越しにポーターへと滑らせた。「ここには、そのサラ・ワーナーはあなたの想像の産物だとあります」

「そのファイルはでっちあげだ」

プールは地方検事、ダルトン、ヘスリングを順繰りに見ていき、ポーターに目を戻した。

「わかってます」

抗議する気で身構えていたポーターは、意表を衝かれ、息を呑んだ。

「あなたがカムデンで治療を受けたことは一度もなかった。このファイルは、おそらくアップチャーチが作ったもので、クロズも一枚噛んでいたんでしょう。これは偽物だ。それに、カムデン療養センターはもう三年近く閉まったままです」

ポーターは混乱した。「だが俺は……あそこで医者に会った。二月に訪ねたとき……」

「ええ、ドクター・ヴィクター・ウィッテンバーグなる男に、昔あなたを診たと言われたんですね？　捜査中に頭に銃弾を受けたあとに」プールはポーターを見つめた。「しかし、カムデンのスタッフにウィッテンバーグという医者が勤務していた記録はありません。実際はとうに閉鎖されていたのに、二月にあなたがあそこに行ったとき、誰かがたいへんな手間をかけてセンターがまだ開いているように見せかけたんです。建物に侵入し、体裁を整えて、あなたを迎え、そのあとまもなく全員が姿を消した。あなたがあそこを訪れることを知っていた人間の仕業です。あなたが訪れたあと犯罪の証拠として残された血も偽物だった。人間の血ですらなく、動物のものでした」

「動物？」

「猫ですよ」

ビショップの猫か。

プールも同じことを考えたようだ。「ビショップがあなたをはめたんです。オグレスビーを見つけたあとでわかりました」

130

百九十九日目　午前十時二十一分
ポーター

「オグレスビーを見つけたのか？」

「本人ではなく、ドクター・オグレスビーに関する記録ですが。彼は十一年近くカムデン療養センターで働いていたようです。しかし、あそこは福祉関連の施設で、記録のほとんどが機密扱いでしたから、公の書類はあまり残っていません。確認できたのは彼がいくつかの報告書にサインしたことだけで、いまのところその内容にはアクセスできない。それはともかく、オグレスビーは九五年の後半に姿を消しています。ところが、警察にはその記録がない。センター側は解雇の理由を〝職場放棄〟としています。オグレスビーのファイルには、それ以外の記載はごくわずかしかありません」

「シンプソンヴィルの湖で見つかった死体のひとつが、オグレスビーだな」ポーターは低い声で言った。

「きみがそこに捨てたのか？」地方検事が真顔で尋ねた。

「まさか。オグレスビーからナイフを取り戻したあと、ビショップが死体を捨てそうな場所だと思っただけさ」

地方検事はプールと目を合わせ、ポーターに尋ねた。「シンプソンヴィルのトム・ラングリンはどうだ？　きみは彼を殺したのか？」

ポーターはテーブルの端をつかみ、怒りをこらえた。「俺は誰も殺してない」

地方検事はためていた息を吐き、プールにうなずいた。「言ってやれ」

プールはポーターに顔を戻した。「農場で見つかった女は死後少なくとも二週間かそれ以上経過していました。ほかの死体同様、塩に浸けられていた。われわれはあなたが殺したとは思っていません。ラングリンやほかの被害者を殺したのもあなたの仕業だとは思っていませんよ。個人的には、ビショップや、クロズや、ほかの仲間がやったのだと思います。あなたの言うとおり、身元が判明すれば、農場で死んでいた女も人身売買組織に繋がりがあったことがわかるでしょう。ギヨン・ホテルで見つかった十三体のように」

「ビショップの母親は、いまもどこかにいる」ポーターはつぶやいた。

「きみの空想の産物でなければ、だが」検事がそう言ってにやっと笑う。

ポーターはぱっと顔を上げた。「オーリンズ郡刑務所が、ビジターズパスに載せる写真を撮った。それが手に入れば――」

ポーターがまだ言いおえないうちに、プールが首を振り、書類鞄から写真を取りだしてテーブルを滑らせた。そこには中年の黒人の女が写っていた。

「これはなんだ?」

「刑務所の中央サーバーに残っているのはその写真です」

ポーターは写真を押しやった。「クロズの仕業だな」

しばらく黙って聞いていたダルトンが言った。「シンプソンヴィルの家と土地をおまえの名義にしたのは、放火の報告書を作成したトム・ラングリンだった。バニスター保安官が突きとめてくれたよ。ラングリンが郡の登記原簿にアクセスした証拠が見つかったそうだ。おそらく郡庁省に簡単に出入りできるラングリンに、ビショップが目をつけたんだろう。農場のほうは、すでにデジタル化されている記録をクロズが改ざんしたに違いない。もとのデータベースはすべて消去されていた。ラングリンを殺したのは、おそらく――」

「後始末をきちんとするためだな」ポーターは静かな声で言った。〝後始末の大切さは父に教えこまれましたから〟ビショップはそう言っていた。

「おそらくな」ダルトンはうなずいた。「おまえとアップチャーチの金のやりとりも、偽物だったようだ。そのへんはまだ捜査中だが」

地方検事は黄色いハガキを取りだし、それでテーブルの端を何度か叩いてから、ポーターに向かって弾いた。

ハガキはポーター宛てだった。「なんです？」

「きみの郵便受けにあった」

「俺の郵便を勝手に見たんですか？」

「きみは無数の犯罪事件の容疑者だ。われわれは郵便物に目を通しただけでなく、それを分類した」

ポーターはハガキを読んで、腑《ふ》に落ちない顔をした。図書館からの督促状だ。「何も借りた覚えはないが」

プールは透明の袋に入ったプラスターボードを四枚、テーブルに並べた。ナッシュがポーターのアパートで見つけたボードだということはすぐにわかった。「きみが四一プレースにある家の壁から切り取った詩か？　ディーナーが殺された家の？」

プールはうなずいて黄色いハガキを指さした。「そこにある『死の美しさ、美しい詩』は、フランシスコ・ペナフィエル編の詩の本です。最後にそれを借りたのはバーバラ・マッキンリーでした」プールはテーブル越しに、プラスターボードのひとつに手を置いた。

「この詩の筆跡と図書館の貸し出しカードの筆跡が一致しました」

ポーターにはよくわからなかった。「バーバラ・マッキンリーというと、リビーの妹だな。ビショップの五人目の被害者が、壁にこの詩を書いたのか?」

プールはうなずいた。

「ディーナーが殺された家の壁に?」

プールは再びうなずいた。

「いつ?」

プールはわからないというように肩をすくめた。

「バーバラ・マッキンリーはまだ生きているってことか?」

そこにいる全員が、その問いを考慮するように黙りこんだ。

プールはブリーフケースから薄い本を取りだし、ポーターのほうに滑らせた。「あなたのアパートの棚に、ほかのハードカバーと一緒に立てかけてありました」

ポーターは詩の本を引き寄せた。「本棚にあるのはヘザーの本だ。ヘザーは本が好きだったんだ。しかし、この本は見たことがないぞ」ポーターはプラスターボードの切れ端に顎をしゃくった。「そこにある詩がこの本に載っているのか?」

プールはうなずいた。「すべて載っています。該当ページを折っておきました。開けてみてください」

ポーターは腑に落ちない顔で本を開いた。最初に角を折ってあるのは「馬車」と題されたエミリー・ディキンソンの詩だった。誰かがそのページに黒いマーカーペンで8を横にした記号を描いていた。折ってあるページのすべてに同じ記号が描かれている。「無限記号か。あの刺青と同じだな。どういう意味があるんだ?」ポーターはプールを見た。

プールはまたしても肩をすくめた。「さあ」

バスの前に飛びだしたジェイコブ・キトナー、それにローズ・フィニッキーもこの記号を手首に刺青していた。

長いこと誰も口を開かなかった。

「ほかにもあるんです」プールはブリーフケースから透明の袋に入った携帯電話を取りだした。ポーターの昔の名刺がまだ裏に貼りつけられている。ビショップがポーターのために農場の古いロールトップデスクに残していったものだ。「これは四一プレースでビショップに襲われたときに奪われた、ぼくの携帯電話ですが」プールはつかのまためらった。「今朝充電したら、メールが入っていました。あなた宛ての新しいメールです」

ポーターは身を乗りだした。「見せてもらえるか?」

地方検事がうなずくのを確かめてから、プールは携帯を袋から取りだし、ポーターに渡した。ポーターはそれを見た瞬間、息を止めた。

〝あなたが電話をくれなくて寂しいわ、サム〟

熱い塊が喉を塞ぎ、声がかすれた。「この送信者の番号は……ヘザーの携帯だ」

「奥さんの?」ダルトンが訊き直した。

ポーターはうなずいた。「ヘザーが死んだあと、俺は留守電の声を聞くためによく電話をかけていたんです。だが、何カ月も前に解約した。そろそろ潮時だと思って……」ポーターはスクリーンに表示された番号に触れ、それからスピーカーフォンに切り替えた。呼び出し音は鳴らず、留守電になったものの、聞こえたのは耳慣れたヘザーの声ではなく、ビショップの声だった。

「やあ、サム。お別れを言う時間がありませんでしたね。謝ります。無作法で、失礼なことだ。両親にあれだけ礼儀作法を躾《しつ》けられたのに。ギヨン・ホテルの駐車場で受けた質問に、時間が許すかぎり答えたいと思います――あの日の朝は少しばかり急いでいたけど、いまは裁判も含めて、すべてが終わった。だから自由に話せます。あなたに話したいんです。あなたはぼくにとって誰なのか？　最近ぼくたちは多くの経験をしたから、複雑な答えを期待しているかもしれませんが、実は、ひと言で表すことができる。〝あなたはぼくにとって誰か？〟誰でもない。あなたは誰でもありません。昔あなたの相棒の車の床でティーガンが見つけた、色褪せて汚れた名刺。あなたはそれだけの存在です。ぼくたちを助けようと思えばそれができたのに、そうしなかった男。ちゃんと見ているべきだったのに、目をそむけた男です。だから目的を果たすための手段として利用させてもらった。昔行動を起こさなかったためにどんな犠牲を払うことになったか考えながら、残りの人生を過ごしてください。それが罰です。ヘザーを殺したのはあなたです。ヘザーの墓を訪れるたびに、それを思い出すんですね」

ポーターは背を丸め、椅子に沈みこんだ。呑みくだせない熱い塊が喉のなかで大きくなっていく。部屋にいる全員がビショップの言葉に耳を傾けていた。

「愛する者を失うのがどういうことか、少しはわかりましたか？　ぼくが失ったように、あなたも失った。ぼくの両親は去り、ただひとり心から愛したリビー・マッキンリーも、ウィーゼル、ヴィンセント、ポール、ティーガン、クリスティーナといった仲間たちも……みな失われた。昔キッドと呼ばれていたクロゾウスキーは、彼らの思い出のために命を捧げました――あれ以上大きな犠牲はありません。そうしてキッドも逝ってしまった。ぼくが喪失の痛みを感じると言っても、信じてもらえないかもしれないが、目を閉じるたびに、まだリビーが泣いている声が聞こえます。リビーの涙の塩辛さを指に感じ、真夜中に目が覚めて、夢うつつのほんの少しのあいだ、リビーの手がぼくの手を握りしめるのを感じます。それからリビーは消えて、ぼくはひとりになる。あなたは忘れるという幸せに恵まれた。でも、ぼくには忘れることができない。あなたが失った時間には、ぼくの最悪の記憶が詰まっている。ぼくはひとりで苦しみたくない。だからあなたに思い出してほしい。思い出してもらわなくてはならない。そうしてくれますか、サム？　ぼくたちが失った者すべてのために、どうか思い出してください。

　失われたパズルのピースを、あなたのために残しておきました。それがまだ発見されていないことに、正直言って驚いています。まあ、臭いの源を片付けるよりも、その臭いをジョークにするほうが簡単なんでしょう。臭いものには、直面するより蓋をする。あなたがそういう態度をとるのはこれが初めてではない。おそらく最後でもない。でも、この次は背を向ける前に、よく考えたほうがいいですよ」

ビショップの声が途切れてビーッという音がすると、みんなが驚いた。これが留守電のメッセージであることを、しばし忘れていたのだった。

ポーターは電話に手を伸ばし、通話を切った。「俺を市警に連れてってくれ」

131

百九十九日目　午前十一時三十九分
ポーター

地方検事はポーターの拘束具をはずすのを拒否した。ポーターはどっちでもかまわなかったが、市警の廊下をすり足で歩いていくと、大勢がじろじろ見てきた。目が合うと急いでそらす者もいれば、軽蔑もあらわににらみつけてくる者もいた。彼らはみな、打ちひしがれた負け犬を蔑むような目をポーターに向けてきた。

マスコミはポーターを完膚なきまでにこき下ろした。これまでもタルボットのビルからビショップを逃がしたと散々非難されてきたが、ビショップが秘密捜査などというでたらめの筋書きを口にしたとたん、それまでの何倍もの非難を浴びせられた。クロズが残した人身売買に関する証拠が公表されたこともあって、一般市民はビショップを英雄のように扱った。そうした目眩ましが街全体に浸透すると、シカゴ市民の大半はポーターが罪もないビショップを生贄にしようとしたと信じた。少ないながらまだポーターの無実を信じる人々もいたが、昨日ビショップに無罪の評決が下されたあとでは、もはやポーターの弁護はしてくれないだろう。ビショップが無罪になった責任はひとえにポーターにある、みなそう考えているのは間違いない。シカゴ市警の仲間たちも大半がそう思っているようだ。ポーターがこの事件の捜査を台無しにした、どこかで判断を誤り、ビショップにまんまとしてやられた、と。マスコミの非難など痛くも痒くもないが、ポーターが警官として大失態をおかしたのは事実だ。

プールや検事、ダルトン、ヘスリングとともに狭いエレベーターで地下におりると、廊下にナッシュが立っていた。

裁判で姿を見かけてはいたが、最後にナッシュと話してからもう一カ月以上になる。

「ナッシュ」

「やあ」

ナッシュがポーターの全身にさっと目を走らせた。オレンジ色のつなぎ、手錠と足枷を。

「ちぇっ、これで拘束マスクと護送用の台車があれば完璧にレクター博士だってのに、誰も思いつかなかったのか？」

一行はエレベーターから廊下に出た。後ろで扉が閉まる。

ナッシュは自分の足元を見て足を踏みかえ、それから顔を上げた。「昨夜プールから電話があって全部聞いたよ。クレアと俺はずっとおまえを信じてたぞ。おまえと話をしたかったんだが――」

ダルトンがこほんと咳払いした。「わたしが禁じたんだ。ふたりだけじゃない。殺人課の全員に禁じた。すべての事実が出揃うまではだめだ、とな。ニューオーリンズの刑務所から囚人を脱獄させた刑も、あと三日で終わる」ダルトンは地方検事に言った。「いま聞いたばかりのこの証拠があれば、追加で告訴されることもないだろう。共同で声明を発表しないか。マスコミにはわたしが……」

ポーターはダルトンを無視してナッシュに微笑みかけた。「おまえとクレア、だって？」

「ああ、俺とクレアが、さ」

クロズが自殺したと聞いたとき、ポーターは自分のなかの何かが死ぬのを感じた。ナッシュやクレアも同じ気持ちだったに違いない。だが、その喪失を乗り越え、ふたりは幸せを見つけたのだ。そして結局のところ、苦難を乗り越えるためにはそういう深い絆《きずな》が必要なのだ。

「クレアもいるのか？」

ナッシュは廊下の先に顎をしゃくった。「作戦室で荷物を詰めてるよ。捜査本部が解散して、地下にいる理由がなくなったからな。ようやくベンチからブルペンに復帰したってわけさ。おまえのことを心配して市警に立ち寄る連中もいるぞ。まあ、たいがい変わり者だが」

「来いよ。見せたいものがある」ポーターは廊下を歩きだした。

「なんだよ?」

プールがドアの鍵を開けた。ポーターがマッキンリーのファイルを盗みだしたあと、FBIは部屋の鍵をつけ換えたのだ。

ポーターは鎖の音をさせながら、すり足で部屋を横切り、左の隅に向かった。「机を動かすのに手を貸してくれ」

「例の、謎の染みか?」

ポーターはうなずいた。

ふたりは金属製の古い机の角を同時に持ちあげ、何歩か右へ移動させた。

黄褐色のカーペットには、何年も前から直径三十センチぐらいの染みがあった。もちろん、これがシカゴ市警の床にある唯一の染みというわけではない。市の予算の使い道のなかで、改装はさほど高い順位ではないのだ。そこから漂う臭いは、きつくなってはほとんど消え、またきつくなる。夏の数カ月がいちばんひどい。ちょうど……スカンクと濡れたウールと腐った牛乳が混じったような臭いだ。ポーターはそこにカーペットクリーナーを撒いたことがあったが、臭いが消えたような気がしたのはほんの数日だけで、すぐもとに戻ってしまった。そこで机をその上に移動させ、下に箱を積んで、臭いのことは頭の隅に追いやった。去年の終わりにこの部屋を使いはじめたFBIの捜査官たちも、一時的な捜査本部とあって本気で臭いの源に対処しようとはしなかった。

ポーターは床に四つん這いになり、染みをじっくり見た。「カーペットを剝がして、貼り直した跡がある」

ナッシュは首をひねった。「そんなことをするやつがいるか?」

「誰かナイフを持ってないか?」

プールがバック社のレンジャーナイフを差しだした。ビショップが携帯していたのとよく似たナイフだ。

ポーターは刃を開き、その先端に隅を引っかけて床の下地板からカーペットを引きはがした。すると裏のクッション材が四角く切り取られているのが見えた。その小さな空間に、黒い紐をかけたペンケース大の白い箱がおさまっていた。

132

百九十九日目　午前十一時四十二分

ポーター

誰かが証拠がどうのとつぶやいたものの、本気でポーターを止める者はいなかった。もうそんな段階はとうに越えている。ポーターは箱を取りだし、紐を解いて蓋を開けた。なかに入っている二本のガラス容器には、〈モンテヒュー研究所：重症急性呼吸器症候群《SARS》ウイルス〉と書かれたラベルが貼ってある。

「くそったれ」ナッシュがつぶやく。

「触らないでください」プールが言った。「支局から鑑識を呼びます。行方不明だった二本の容器だ」

ポーターは小さなガラス瓶を見つめた。「クロズがここに隠したに違いない。ここに出入りできたのはあいつだけだ。しかし、そうなると病院に隔離される前に隠したことになるな。やつらは一本の中身をクレアが病院のロッカーで見つけた注射器に入れ、空になった瓶をニューオーリンズのモーテルの部屋に捨てて、残りの二本をここに隠した。ウイルスを撒くつもりは最初からなかったんだ」

プールはポーターの話をうわの空で聞きながら電話をかけはじめた。

ナッシュが言った。「クロズが地下通路を使って病院からここに来た可能性もあるぞ」

「いや」ダルトンが即座に首を振った。「市警の建物はそこまで古くない。地下通路の出入り口はないはずだ。それにクロズが病院に隔離されていることは、市警の全員が知っていた。ここを出入りすれば、誰かが気づいて何か言っただろう」

いつのまにか入ってきたクレアが戸口のすぐ内側で咳払いをした。「ついさっきロビン・ヒルバーンと会ったの」クレアはまずナッシュ、それからダルトンとプールに目をやると、涙に潤む目で部屋を横切り、床に膝をついているポーターの横にひざまずいた。

「これをあなたに、って」そう言って封筒を差しだした。「デリックが、死んだ日の朝、枕の下に遺していったそうよ。奥さんへの遺言と一緒に。そっちは個人的なものだから見せる気はないけど、これをあなたに渡してほしいと頼まれた。長いこと隠していてすまなかったと謝っていたわ。ご主人が死んだあと、ご主人の思い出が汚れてしまうのが怖くて、引き出しの奥にしまいこんでいたんですって。でもFBIの捜査官が訪ねてきたあと、ニュースで事件の報道を聞いて、この情報を自分だけのものにしておくのは間違いだと気づいたそうよ」

誰かがずっと前に封筒を開けたと見えて、糊は剝がれていた。ポーターはなかに入っていた手書きの手紙に、すばやく目を走らせた。「これは……」

クレアはポーターの肩に手を置いた。「先に読ませてもらったの。いけないのはわかっていたけど、つい……ごめんなさい」クレアはためらった。「奥さんは、デリックが死んだとき死体から見つかったメモは、ウェルダーマンかストックスが筆跡を似せてでっちあげたものだと思っていたらしいの。だから怖かった、と言ってた。この情報が公になったら、ふたりに何をされるかわからないと思ったんですって」

最後まで読みおえると、震える手から便箋が床に落ちた。ポーターは机の横にもたれ、呆然とほかのみんなを見上げた。

クレアはポーターの首に腕を巻きつけた。「あなたにはなんの責任もなかったのよ、サム。聞いてる？　全部忘れるの。あたしたちも手を貸すわ。ビショップも、あいつがしたことも、何もかも忘れるのよ」

ポーターはそうするとつぶやいた。記憶が戻り、過去のなかに開いていた黒い穴が小さくなっていく。ああ、忘れる、ポーターはそこにいる全員に誓った。そして誓いながら思った。

小さな嘘はこんなふうに始まるのか？　罪もない誓いから？

133

二百三日目　午前九時四十八分
ビショップ

ビショップの主任弁護士は、ビショップは九月二日水曜日の正午に拘束を解かれ、その後クック郡裁判所のロビーで記者会見を行う、と発表した。ビショップと主任弁護士が合同で声明を発表し、そのさい質疑応答の時間も取る、と。

だが、ビショップが釈放されたのは八月三十一日の午後十一時だった。二メートル手前に設置された煙探知機が作動しないように、細く開けた裏口の扉を片足で押さえながら煙草を吸っている用務員を除けば、誰にも見られず、ビショップは裁判所の裏手にある搬入口から外に出て、エンジンをアイドリングさせているタウンカーに乗りこんだ。座席には、様々な名前で作られた数種類の身分証明書、クレジットカード、着替え、洗面道具、車のキー、一万ドルの現金が入った黒い革のバッグが彼を待っていた。そのタウンカーをミッドウェイ空港にあるラディソン・ホテルで乗り捨て、ホテルのバスルームで髪を褐色に染めると、ビショップは三時間だけ眠り、ダロン・メッラーの名前でボストン行きの夜行便に乗った。

　そしてパパラッチに取り巻かれることもなく、機内でも気づかれずに無事ボストンに到着すると、ローガン国際空港のターミナルから長期用駐車場へと向かい、バッグのなかにあったキーで銀色のメルセデスC－300のドアを開け、駐車区画K302をあとにした。燃料計の針は満タンを示していた。

　そこからニューハンプシャー州ニューキャッスルへは、ふつうなら一時間程度で着く距離だが、途中のニューベリーポートで海辺のレストラン〈マイクの店〉に寄り、朝食をとった。ケーブルテレビのニュース番組は、クロズが市警のコンピューターに残した動画を再生していた。画面のクロズは、最初の被害者カリ・トレメルからエモリー・コナーズの誘拐・監禁までの4MK事件も、すべて自分の仕業だ、と告白している。ビデオが終わると数人のレポーターが討論を始めた。このビデオが公開されたのは陪審の評決が出たあとだが、陪審員たちがこの告白ビデオをなんらかの手段で評決前に見た可能性があるだろうか？　ビショップは彼らがこの疑問の結論を出す前に店を出た。レストランでも、彼に気づいた者はひとりもいなかった。

　ポーツマスからニューキャッスル島へと橋を渡ったあと、車の速度を落とし、はるか昔のヨーロッパの趣を感じさせる美しい町並みを通り過ぎて、標識に従い、島の中心にあるグレートアイランド・コモンを目指した。大西洋に面したこの公園の駐車場には、ほんの数台の車しかなかった。おそらくそのほとんどがジョギングをしに来た人々か、遊び場で子どもたちを見守っている母親のものだろう。

ビショップは車を降りて、水辺沿いに置かれたベンチのひとつへ歩いていくと、少しのあいだたたずみ、潮の香りがする初秋の空気を胸いっぱいに吸いこんでから、朝刊を読んでいる男の横に座った。その新聞の一面には〈4MK事件の担当刑事、釈放される。長期休職を願いでる〉という見出しが躍っている。

新聞を読んでいる男がページをめくり、脚を組んだ。恐ろしく趣味の悪い赤と緑の菱形《ひしがた》模様のセーターと眼鏡のせいでかなり老けて見えるが、実際はそれほど年配でもない。男は新聞から顔を上げて白波の立つ海へと目を向けながら、眼鏡をはずし、首にかけた銀色の鎖からたらした。「美しい眺めだな」

ビショップは浮かびそうになる笑みをこらえた。「ひどい格好だね」

男は肩をすくめた。「燃やす前に、おまえがドクター・ウィッテンバーグに別れを告げたいかと思ってな」男は眼鏡をつかみ、鼻にかけた。「この小道具はなかなかいいな」

「久しぶりだね、父さん。会えて嬉しいよ」

「ああ、わたしもだ」男は時計をちらっと見た。「十二分早いぞ」

「ごめん」謝ってから、父が責めているのではなく事実を指摘しているだけだと気づいた。

父は気にするなというように片手を振り、海に目を向けたまま新聞をたたんでふたりのあいだに置いた。「おまえから連絡をもらって今回の計画を聞いたときは、正直な話、成功を危ぶんだものだが、よくやり遂げたな。子どものころはめったに褒めた覚えがないが、心から誇らしいと思っているよ。いまのおまえと、おまえが成し遂げたことを」父は新聞を叩いた。「このすべてを。おまえが連中を罰したあとは、世界が多少はましな場所になった」

「世界はまだ汚水溜めさ」

「だが、少しましになった」

「どうかな」

父はまた新聞を叩いた。「うちの湖にあった死体のことは、何も書かれていないな。少なくとも、ここにはない」

ビショップは海岸付近の岩だらけの小島にある古い灯台の近くで、波に揺られているヨットを眺めた。「カーターさんとウェルダーマンとストックスの死体は身元が確認されたらしい。一体はオグレスビーだとみなされているが、あのドクターのＤＮＡは残っていないから照合できないようだね。ほかの二体はいまのところ、突きとめられていないよ」

父がため息をつく。「おまえのお母さんは、ずいぶん気が短かったからな」

ビショップはつかのま訪れた沈黙を破って尋ねた。「母さんを許したの？　カーター夫人とカービーの三人で逃げたことを？」

父は長い沈黙のあとで小さくうなずいた。「わたしたちはどちらも、自分たちの関係が終わっていることに気づいていたんだろうな。それでも一緒にいたのはおまえのためだった。だが男と女を張りつけておく糊は、もっと強いものでなくてはだめなんだよ。あのとき終わっていなければ、わたしが湖の七番目の死体になっていたかもしれん」父は新聞の隅を指で弾き微笑した。「まあ、お利口さんのおまえが、あの小さなノートのなかですでにわたしを殺していなければ、だが」

「なんなの、そのクリスマス色のセーターは？」

近づいてくる足音に気づかなかったビショップと父は、揃って左手に目をやった。

「やあ、母さん」

洒落たワンピースにカーディガン姿の母は、麦藁色に染めた髪がよく似合っている。

「すばらしい眺めね、ジェラルド。ずっと秘密にしていたのね」

「いまはウォーレンだ。ウォーレン・クレイ。ここに落ち着いたのは、シンプソンヴィルを離れた一年後ぐらいだったかな。あちこち住んでみたんだが、昔から海に惹かれるものがあってね。町で小さなアンティークショップを営んで、かれこれ十二年になる。静かな暮らしだ。気に入ってるよ」

「わたしもこれからは静かな暮らしを楽しむつもり」

父は立ちあがって母の頭からつま先まで見た。「相変わらずきれいだ」

母はにっこり笑って父を抱きしめた。「あなたもすてき。ずいぶん久しぶりね」

誰かが後ろでクラクションを鳴らした。長々と三回。

とても静かとは言いがたい。

「飼い主と並んで走っているゴールデンレトリーバーが、ワンワンと二度吠《ほ》える。クラクションを鳴らしたのが誰か、ビショップにはわかっていた。「早かったのはぼくだけじゃないようだね」

三人が向きを変えると、ボンネットの真ん中にレーシングカーのような黒い帯が入った白いフォード・マスタングが、駐車場を横切ってくるのが見えた。車はベンチのすぐ後ろにある低いフェンスのそばで停まり、ヴィンセント・ウェイドナーが運転席から降りてきて体を伸ばした。「バッテリー切れで、ジャンプスタートさせるはめになったよ。ずいぶん長いこと車庫に入れっぱなしだったからな。けど、高速にのったら、夢のように疾走してくれた」

ビショップはベンチから立ちあがり、歩み寄った。「死人にしちゃ、元気そうだ」

「そいつは俺だけじゃないだろ」ヴィンセントはそう言って父を顎で示してから、親指を背後の車に向けた。「こいつ、道中の半分は歌ってたんだぜ。もう二度と乗せないぞ。歌ってないときは、ノートパソコンをいじりっぱなし。車の旅をどうやって楽しむか、まったくわかってない」

「ただのノートパソコンじゃないぞ。第八世代プロセッサーとGTXビデオカードを搭載した高性能ノートパソコンだ。人のハードウェアをばかにしてもらっちゃ困る」車のなかから声がした。「まだ当分は司法組織を出し抜きつづけないと。現在進行形の仕掛けがたくさんあるからな」助手席のドアが開き、エドウィン・クロゾウスキーがそう言いながら降りてきた。「しばらくだな、アンソン」

「やあ、キッド」

134

二百三日目　午前九時五十八分
ビショップ

「頭を剃ったのか?」

どちらかというと長めの髪だったクロズが、つるんとした頭を片手でなでた。「どう? なかなかいいだろ? 山羊髭も伸ばしてるとこさ」

「もう誰もきみを探してなんかいないぞ。すさまじい爆発だったからな」

クロズはきまり悪そうな顔になった。「C4の量が少し多すぎたかも。すさまじすぎて、まだ〝クロズの切れ端〟が見つからないんだ。さんざん手間をかけてDNAと指紋の記録を入れ替えたのに、親指の先すら見つからないなんて、がっかりだ」

「そのうち何か見つかるさ。時間をやれよ」

「どうかな」

ヴィンセントが後ろから近づき、クロズの肩をつかんだ。「俺は死人でいるのを楽しんでるぞ。教育ローンもクレジットカードの借金も全部ちゃら。昔のガールフレンドたちともあと腐れなくバイバイできた」

母が近づいてきた。父もその後ろからやってくる。母はクロズのスキンヘッドをじろりと見た。「しっかり入れ替えてくれた?」

クロズがうなずく。「地球上に存在するあらゆる識別データベースの情報を入れ換えた。陸運局にある古い運転免許証の写真まで変えたよ。われわれが残した死体は、われわれが捨て去った人生とあらゆるレベルで一致する。この世界では、アンソン以外は全員死んだんだ。アンソンは同じ罪で二度裁かれることはないから、晴れて自由の身だ」

「人身売買のウェブサイトBackpageの関係者はみな死んだか、雲隠れしてしまったわけだから、わたしたちが身代わりに使ったひと握りの元雇用者が消えても、不審に思う者はひとりもいないだろう」父が言った。「それに警察とＦＢＩも、裁判であれほど無様に完敗した手前、世間がこの事件を一日でも早く忘れるように手を尽くすに違いない。つまり、調べようとする者、探りを入れる者はひとりもいないわけだ」

クロズがマスタングの座席から革紐をかけた包みをいくつか取りだした。ひとつひとつに名札がついている。そのうちふたつを車の屋根に置き、残りをみんなに差しだした。

「新しい身分証明書とクレジットカードだ。銀行の通帳、これまでのクレジットカードの使用履歴、すっかり整ってる。Backpageの金庫のおかげで、全員が複数の銀行にたっぷり預金がある。あの金庫は空にさせてもらった」それからビショップの母親を見た。「あなたとリサ・カーターが昔タルボットから手に入れた金も加えたら、ひとりにつき約四百万ドル近くなりましたよ」

ヴィンセントの笑みが大きくなった。

父はジェイムソン・ウイスキーの小瓶をコートのポケットから取りだした。「乾杯といこうか」

「酒は飲まないんだ」ビショップは言った。

「いいから、今日は特別だ」

父はキャップをはずし、小瓶をふたりのあいだに掲げると、口元に笑みを浮かべてビショップを見た。「おまえのひとり勝ちだったな、アンソン。目には目を、だ」クロズ、ヴィンセント、元妻と、ひとりひとりの顔を見ていく。「みんなの手柄だ。本当によくやった」そう言って小瓶を口元に運び、たっぷり流しこんでビショップに渡した。

ビショップはつかのまそれを見下ろした。瓶の縁がウイスキーできらめいている。「ちょっと持っててくれる?」父に小瓶を渡し、ポケットから一枚の紙を取りだすと、そこに描かれている絵がみんなに見えるように掲げた。赤いセーターを着た十四歳ぐらいの少女が、いたずらっぽい笑みに目をきらめかせている。「ポール・アップチャーチ作の〝メイベル・マーケル〟だ」

「それはティーガンだぞ、知ってるだろ?」ヴィンセントが絵を見下ろし、にやっと笑った。「あいつは昔からティーガンに惚《ほ》れてたんだ」

ビショップはうなずき、ライターの炎を紙の端に近づけた。炎が広がり、少女が灰になって風で飛び散っていく。ビショップは最後の燃えかすを落とし、それが地面で燃え尽きるのを見下ろした。しばらくしてようやく顔を上げ、父から小瓶を受けとると、胸の近くでつかんだ。「志半ばで逝った、ポール・アップチャーチとリサ・カーターのために。ふたりはいつまでもぼくたちみんなの胸のなかにいる」そう言ってウイスキーをひと口飲み、次に渡した。ほんの一瞬、母の目がきらめいたような気がした。カーター夫人を思い出して目を潤ませたのだろうか?　だが美しい目には涙はなかった。母は一度も泣いたことがない。代わりにビショップを見上げて微笑んだ。「これからどうするの、アンソン?」

ビショップは少し考えた。「本を書こうかな。昔から面白そうだと思っていたんだ。カラフルな表紙をつけて虚構だと言えば、世間はそれを信じる」

そのとき黄色いフォルクスワーゲンが、マスタングの近くで停まった。

ビショップはそちらに目をやり、にっこり笑った。「女の子たちが着いたぞ」

135

二百三日目　午前十時八分
ビショップ

ビショップは運転席にまわりこみ、窓がするすると開くのを待って、車のなかへと身を乗りだし、運転してきた女性にキスをした。

「やあ、久しぶり」

白いショートパンツに赤いタンクトップ、大きなグッチのサングラスをかけたリビー・マッキンリーが微笑む。小麦色に焼けた肌は輝くばかり。この前会ったときより長くなった髪が、背中のなかほどまで届きそうだ。ウエーブもきつくなっている。

クリスティーナ・ニーヴンがドアを開け、横に立っているヴィンセント・ウェイドナーが目に入ったとたんに助手席から飛び降り、彼の腕に飛びこんで情熱的なキスをした。ティーガンは両足を胸に引き寄せ、後部座席でぐっすり眠っている。

「フロリダはどうだった?」ビショップは尋ねた。

「暑かったわ」リビーが答える。「バーバラがよろしくって」

バーバラ・マッキンリーは、人身売買組織の命を受けたアンソニー・ウォーリックらが自分たちに近づきすぎたことに感づいたビショップとクロズが、最初にでっちあげた死人だった。一種の慣らし運転みたいなものだ。警察がバーバラ・マッキンリーだと信じた死体は、ロリア・タットソンという家出娘で、ビショップが見つけたときは、金と安定をダシに家出した子どもたちを集め、人身売買サイトがギヨン・ホテルでその子たちを売った額の三パーセントを稼いでいた。ビショップはタットソンをいたぶりながら殺した。

リビーが彼の手を取り、指先を見た。「何をしていたの？」

指が煤《すす》で汚れている。

「洗ってくるよ。そうしたら一緒にここを出よう」

リビーは駐車場の反対側に建っている、羽目板張りの小屋を振り返った。「トイレはあそこよ。入ってくるときに見えたの」

ビショップはもう一度車のなかにかがみこんでキスをした。「待っててくれる？」

「もちろん」

小走りにトイレへ向かうビショップの後ろで、誰かが冗談を言い、みんなが笑った。もう二度と仲間の笑い声を聞くことはないと思ったこともあった。楽しそうな笑い声は、心地よく耳に響いた。

男性用トイレのドアを押し開けると、なかの明かりがついた。爽やかなレモンの香りが鼻孔をくすぐる。公衆トイレにしてはとても清潔だ。お湯で両手を洗い、乾かしていると、後ろで仕切りのドアが開いた。

鏡を見たとたん、心臓がどくんと打った。「よくここがわかりましたね」

仕切りから出てきたのは、手袋をした手に小型の黒いリボルバーを構えたサム・ポーターだった。「裁判所の裏口で煙草を吸っていた用務員がいただろう？　あの男が電話できみの車の特徴を教えてくれた。街なかを走るタクシーとタウンカーの位置は、すべてGPSでわかる。市警のパスワードを使えば、追跡するのは簡単なんだ。ホテルから空港まではあとを尾《つ》けた。きみが乗る飛行機を突きとめるのは、それほど難しくなかったよ。偽名を使っても、たいした時間稼ぎにはならないな。ほんのはした金で欲しい情報が手に入るんだから、おかしなもんだ。だが、そのどれもきみには説明するまでもないだろう？　俺は別の便でローガン空港に飛び、きみより十二分早く着いた。レンタカーのカウンターでは気づかれたと思ったが、どうやら勘違いだったらしい。〈マイクの店〉には入らず、駐車場で待った。あれはつらかったな。おかげで腹がぺこぺこだ。そこからここへ尾けてきた」ポーターは唇を舐め、ドアを示した。「きみの仲間が全員生きているのは、ここに来る前からわかっていた。即座に見抜いたわけじゃないが、きみの企みでぶちこまれた狭い独房にいるあいだ考える時間はたっぷりあったからな。ギヨン・ホテルの前で俺に電話をかけてきたとき、〝ぼくもリビーも、フランクリン・カービーのことは特別な存在だと思ってるんです〟と言っただろう？　過去じゃなく、現在形で。あれですべてが煙幕じゃないかと気づいたんだ。クロズの助けがあれば、古い友だちを〝殺し〟て、新しい人物を作りだすのは造作もない。そうだろう？」

ビショップが振り向こうとすると、ポーターは銃を構えた。「動くな」

「わかりました」

「両手をカウンターに置いてもらおうか」

「いいですとも」

ポーターが一歩近づいた。ビショップはポーターが靴をビニール袋で覆い、袋の端をテープでくるぶしに留めているのに気づいた。

「後悔するようなことは、しないほうがいいですよ」

ポーターは喉の奥で笑った。「何を後悔するんだ？　もう何も感じないのに。きみが俺の感情を殺してくれた。あのとき狙撃手に撃たれなければ、俺はギヨンできみの背中を撃ち抜いていた。それを望んでいたんだろう？　みんなの前で俺に撃たれるのを。それも計画の一部だった。そうだな？　刑事に公衆の面前で撃たれるのが、最後の仕上げだったんだ。まだアンソン・ビショップは有罪だと思っている少数派ですら、それで味方につけられる。〝ポーター刑事がビショップを殺そうとしたのは、自分の罪が暴かれるのが怖いからだ。ビショップは真実を告げているに違いない。ポーターは汚辱にまみれた警官だ。昔からそうだった〟と」

ビショップは黙っていた。

ポーターは手にした銃を振った。「ウォーリックは実際に誰かを殺したのか？　それとも、全部きみの仕業か？　墓地の女、線路の女――ティーガンとクリスティーナだと俺たちが思ったあのふたり。あれもきみの仕業に違いない。犯人が４ＭＫの手口を真似たと思わせたくて、ふたりに祈りの姿勢を取らせ、いつものように目と耳と舌を箱に入れた。あれはウォーリックに罪をなすりつけるための小細工だな。そして世間にきみの友人が死んだと思わせるための」

「ウォーリックは市長と同じくらい真っ黒だった。タルボットやほかの連中と同じです」ビショップは静かに言った。

「そうかもしれん。しかし、あのふたりを殺したのはウォーリックじゃなかった」

ビショップは答えなかった。

ポーターはドアのほうを示した。「〝サラ・ワーナー〟が運転してくるのを見たよ。農場で死んでいた女は誰だ？　サラじゃないことはたしかだ。あれは誰だったんだ？」

「誰のことだか――」

ポーターがすばやく距離を詰め、うなじに銃口を押しつけた。「農場で死んでいた女は誰だ？」

「落ち着いてください、サム」ビショップは冷静にたしなめた。

カチリという音がした。ポーターが銃の撃鉄を起こしたのだ。

「これを録音しているんですか？」

「いや」

「あれは誰でもない。人身売買サイトの下っ端、走り使いをしていた女です」

「たまたまきさまの母親に似ていたってわけか」

ビショップはうなずいた。

ポーターは数歩さがり、しばらく黙りこんでいた。「プールが日記の残りをくれた。ギヨンの人ごみのなかで、誰かがプールに向かって投げたノートだ。フィニッキーの車で見つけたストックスの死体に留めてあったメモ、あれは俺が残したものじゃないぞ」

ビショップはまだ黙っている。

「あれを書いたのは俺じゃない」

鏡のなかで、ビショップはポーターを見た。「あなたはほかの刑事同様堕落していた。この目で見たんです。フィニッキーの農場で。それにあの路地で」

ポーターはうなじをこすり、しばらくビショップをにらみつけていた。やがて意を決したように、上着の内ポケットから封筒を取りだし、カウンターに置いたビショップの手のすぐ横に投げてよこした。「読んでみろ」

ビショップは少しためらったあと、封筒から便箋を取りだした。「これはなんです？」

「ヒルバーンが自殺する前に書いたものだ」ポーターは冷たい声で言った。「本物だぞ」

鏡のなかで、ビショップはポーターと目を合わせ、便箋を見下ろした。

「声に出して読め」

ビショップはうなずき、咳払いをひとつして読みはじめた。「親愛なるサム、俺がしたことを理解してもらえるとは思っていない。この手紙は何度も書いては破り、また書き直した。きっと自分がしたことの説明を見つけようとしていたんだな。そんなもの、あるわけがないのに。おまえや、妻や、あとでいろいろ訊いてくるに違いない連中に俺の行動を説明するだけでなく、俺自身にも説明してくれる、そういう答えが見つかれば、と一筋の望みをかけていたんだ。

だが、そんな答えなどないという結論に達した。いつ物事が悪化したのか、よく覚えていないんだ。ふたつのドアのうち、ひとつを選んだ覚えは一度もない。ただ、何度かちょっとした間違いをしでかした。最初の一歩が次の一歩をもたらし、気がつくと深い森のなかに入りこみ、にっちもさっちも行かなくなっていた。ポーカーで何度か負け、友だちだと思っていたやつからいくらか借りた。ポニーレースで負けを取り戻そうとしたが、結局、また少し借りるはめになった——そんな具合に。やつらは金を渡すときは満面の笑みだが、返せと要求するときはころっと態度が変わる。ストックスとウェルダーマンは殺人課勤務だったから、おまえはどっちもほとんど知らなかったかもしれんな。あのふたりとはポーカーの賭けゲームで知り合ったんだ。ウェルダーマンは木曜日の常連だった。いま考えると笑えるが、もう少しでおまえを誘うところだったんだぞ。だが、賭け事は好きじゃないのを知ってたからな。もしも誘っていたら、どうなっていたかな？　エースとキングのツーペアで勝ったのを潮に、おしまいにしろと諭されたかもしれん。そうしていたら、俺の人生はまるで違うものになっただろうに。だが俺はおまえを誘わなかった。そしてやめずにポーカーを続け、一カ月後には首どころか目元まで借金に浸かっていた。そのせいでウェルダーマンたちがワゴン車を使わせろと言ってきても断れなかった。二度目には運転手をやらされたよ。そうやってほんの少しずつ泥のなかにはまりこんでいったんだ。だが自分が沈んでいることは、首まで浸かって身動きが取れなくなるまでわからないものだ。

子どもたちのことも訊かなかった。ふたりも進んで話そうとはしなかったし、俺も知りたくなかったからな。あいつらは自分たちの役目を果たし、俺は言われたことをした。あのモーテルに一回行くたびに借金が少しずつ減っていった。おまえが俺たちをいつから見張りだしたのか、正直、よくわからない。あとで知ったんだが、子どもたちの誰かがおまえの名刺を見つけ、電話であのモーテルで行われてることを話したそうだな。当時、俺はそれを知らなかった。最初に通りの向かいに停まっているパトカーを見たときは、おまえかどうかもはっきりわからなかったよ。暗がりじゃよく見えないし。たぶん見たくない、って気持ちが強かったんだろう。だが、〝おまえの相棒が、通りの向かいでモーテルとおまえを見張ってるぞ〟と、ストックスが言った。そしてなんとかしろとせっついた。借金のことがまず頭に浮かんだ。ここで俺がなんとかすれば、借金はずいぶん減るに違いない、とな。あんなことはしたくなかった。本当さ、信じてくれ。だが俺には妻がいる。子どもも作ろうとしてるところだった。借金をなんとかしなきゃならなかったんだ。あいつらはおまえを引きこめと言ったが、おまえが仲間になるわけがない。おまえときたら、生真面目で、曲がったことの大嫌いな男だからな。そうとも、まっとうなサム・ポーターが道を踏み外すはずがない。だが、ウェルダーマンたちにはそうは言わなかった。やってみる、と答えておいた。この嘘がおまえの命を救ったんだぞ、サム。どれだけ長くかはわからんが、俺は時間を稼いでやったんだ。どうしておまえは手を引かなかったんだ？　市警の半分がやつらの金をもらっていたってのに。見て見ぬふりをすることもできたじゃないか。だが、おまえは手を引かなかった。俺を見張り、尾行しはじめた。あの夜、俺のあとを尾けてフィニッキーの農場へ来たのを見て……もう後戻りはできなくなった。おまえにとっても、俺にとっても……。

どういう書き方をしようと、これを書くのはつらい。だからずばりと書くよ。俺たちはあの農場の電話を盗聴していたんだ。だからウィーゼルって小僧がおまえに電話をして、街で会う約束をしたのは筒抜けだったのさ。おまえが農場に向かう俺を尾けてきたとき、その約束がうまくいかなかったのもわかった。

俺がウィーゼルを連れて街に戻ったのはそのためだった。小僧が車から逃げだすのはわかっていた。わざと逃がしたんだ。子どもたちが集めた証拠はあの小僧がおまえに渡すことになっていた。その証拠を押さえる必要があるが、それがいったいどんな証拠で、どこに隠してあるのかわからない。そこで小僧を泳がせた。そして逃げだした小僧があのノートを――キャリッジハウス・インで行われていた売春の詳細を記した小ぶりのノートをおまえに渡そうとしているのを見たとき、俺は心のなかのドアを閉め、まだわずかに残っていた良心を閉じこめた。そうするしかなかったんだ。さもなきゃ、おまえを撃つことなんかできなかった。俺はストックスから渡された銃を構え、おまえに向かって引き金を絞った。ああ、そうしたんだ」

ビショップは次の文を頭のなかで読み、ためらった。再び読みはじめたものの、声が割れそうになった。

「あの小僧も撃ち殺した。ストックスとウェルダーマンにそうしろと言われたからだ。だが、どうしてもおまえにとどめの一発を撃てなかった。どっちにしろ、病院に行く前に死ぬと思ったしな。だがおまえは生き延びた。そして病院へ運びこまれたあとは、もう撃つチャンスはなかった。

小僧の死体は車のなかに隠した。子どもたちが集めた証拠も一緒にそこに隠した。ウェルダーマンたちにはあと腐れなく処分しろと言われていたが、俺は従わなかった。あの証拠はずっと隠しておいた。何かの保険になるかもしれない。すべて隠しておくのがいちばんだと思ったのさ。おまえの意識が戻って、撃たれたときの記憶がないとわかったときは、どれほどほっとしたか。これで助かった。誰も何も知らない、とな。だが、厄介なことに俺は知っていた。どんなに忘れようとしても、ふとした拍子に思い出す。長いあいだにそれがどんどん頻繁になり、責める声も大きくなった。罪悪感ってのは、まったく始末が悪いな。ワゴン車のなかに隠した死んだ子の悲鳴が、頭のなかで聞こえる。毎晩その声が大きくなっていくんだよ。

俺だって、悪徳警官になるつもりなんかなかった。だが、ちょっとした不運と判断ミスが積み重なり——足元にロープを置いて、地下室に座り、おまえにこの手紙を書くはめになった。それもこれも罪悪感のせいだ。頭のなかの金切り声をなんとしても消さなきゃならん。

あの子どもたちは、おまえがもっと早く行動を起こさなかったことを恨んだに違いない。見て見ぬふりをしたと。すぐさま農場に駆けつけ、悪いやつらを逮捕しなかったことを。逮捕状を取るにはどれだけ手間がかかり、どれだけの手順を踏まなきゃならないか、子どもにはわからんからな。警官の仕事がどういうもんか、わかっちゃいないんだ。考えてみると、俺もわかっていなかった。だが、おまえはわかっていた。最初からそうだった。おまえは立派な警官だ。俺がなりたかった警官だよ。どうか俺の分までしっかりやってくれ。ロビンのことを頼む。俺も昔は立派な警官だったと、話してやってくれないか」

ビショップは最後まで読みおえ、もう一度、今度は声を出さずに目を通すと、便箋を元通りに折って封筒に戻し、カウンターに置いた。

続いて落ちた沈黙をポーターが破った。「農場に行く何週間か前に、ティーガンから電話をもらったんだ。その手紙を読んで全部思い出した。ティーガンは……ものすごい早口でまくしたててた。俺にわかったのは、あの娘がモーテルで写真を撮られてる、ってことだけだった。売春のことは知らなかった。ティーガンが未成年だってことも、これがどれほど大掛かりな組織なのかも知らなかった。少しずつ調べたことを繋ぎ合わせはじめたとき、今度はあの子、ウィーゼルから、証拠を渡すから会ってほしいと電話が来た」

「そして証拠を受けとろうとしたあなたを、ヒルバーンが撃ち、それからウィーゼルを撃った」

ポーターはうなずいた。

「ウィーゼルがあなたに電話したことは知りませんでした。ティーガンが電話したことも。ふたりともぼくには教えてくれなかった。ぼくは……ぼくたちは全然……」ビショップの声は尻すぼみになった。それを知っていれば、どれほど多くが変わっていたことか。

ポーターはまだ銃を向けたまま尋ねた。「あのあと、女の子たちはどうなったんだ？」

ビショップは嘘をつくこともできたが、そんなことをしても意味がなかった。「ティーガンとクリスティーナはフィニッキーを縛ったが、どっちも父親からちゃんとした結び方を教えてもらわなかったんです。だからフィニッキーは紐をゆるめ、ティーガンに飛びついて銃を奪いとると、何本か電話をかけた。後始末をするために送られた連中のなかには、フランクリン・カービーも含まれていた。ぼくは——あなたもそのなかにいたと思ったんです。あいつらは、フィニッキーたちは、息のかかった医者スタンフォード・ペンツのところにキッドを運びこんだ。でも、ペンツの手に負えるような怪我ではなかったから、ペンツはキッドをシャーロットの郊外にある病院に置き去りにした。そのまま始末されなかっただけ運がよかったんですよ。女の子たちは人身売買の取引が行われる日が来るまで、フィニッキーの手元に置かれていました。ヴィンセントとポールとぼくがそれを知ったのは、ドクター・オグレスビーと最後の〝セッション〟をしたときです。オグレスビーはその夜親切にもぼくのナイフと写真を返してくれました。お返しに、ぼくは友人たちと一緒にドクターを湖に沈めてあげた」

ビショップは振り向こうとしたが、ポーターは銃を突きつけ、それを阻んだ。「鏡を見てろ。手のひらをカウンターから離すな」

ビショップはうなずき、おとなしく従った。「ぼくらはギヨン・ホテルで待ちかまえ、女の子たちを助けだして、街の西側にある荒れ果てた石造りの建物に、ほかのホームレスの子どもたちと隠れた。二年近くそこにいました」

ビショップはまた振り向こうとした。「サム、ぼくはてっきり――」

「動くな。鏡を見てろ」

窓の外、海岸の近くでは、クリスティーナが幸せそうな笑みを浮かべてヴィンセントに寄り添い、目を覚ましたティーガンが、リビーが言ったに違いない冗談に笑っている。父と母も寄り添うようにして海を眺めていた。すべてがあるべき形におさまった。

長い沈黙のあと、ポーターは鋭い声で言った。「本当のことを教えてもらいたい。正直、いまの俺はほかのことなどどうでもいいんだ。だが、これだけは……本当にハーネル・キャンベルに三八口径を渡し、キャンベルをあのコンビニまで送ったのか?」

ビショップは答えなかった。

「それとも、俺に追わせるために嘘をついたのか?　あれからずいぶん考えた。きみは俺を怒らせたかった。動揺させ、理性ではなく感情で動くように仕向けたかったんだ、とな。だから嘘をついたというなら、それもわかる。だが、きみの口から聞きたい。あれは本当なのか？　それとも俺を動かすための嘘だったのか？　きみはヘザーの死にかかわっているのか？」

　鏡のなかで、ビショップはちらっと透明の袋に包まれたポーターの足元を見た。「あなたがここにいることは、誰が知っているんです？」

「誰も知らないさ。偽の身分証明書を手に入れられるのは、きみだけじゃない」

　ビショップは努めてゆっくり呼吸し、父が教えてくれたように鼓動と脈を落ち着かせると、窓の外を示した。「真実を話したら、みんなをあのまま行かせてくれますか？　ぼくのリビーを行かせてくれますか？」

　ポーターはゆっくりうなずいた。「約束しよう」

「全員ですよ？」

「全員だ」

　今度はビショップがうなずく番だった。「ぼくはヘザーの死に責任がある。この手で殺したのも同然です。ハーネル・キャンベルはメタンフェタミンですっかりハイになっていた。あんな状態のキャンベルに銃を持たせれば、引き金を引くのはわかりきっていた」

　鏡のなかでポーターの顔から血の気が引いた。こめかみの血管が脈打っているのが見える。ポーターはいまの言葉を完全に理解すると、それまで用心金《トリガーガード》に置いていた指を引き金にかけた。

ポーターはごくりと唾を呑み、かすれた声で言った。「カリ・トレメル、エル・ボートン、ミッシー・ルマックス、スーザン・デヴォロ、アリソン・クラマー、ジョディ・ブルミントン……全部きみが殺したのか？　エモリーを誘拐したのもそうか？　それとも、クロズの仕業だったのか？」

ビショップは流しを見下ろした。石鹸の泡が排水口の縁に少し残っている。水を出して洗い流したかったが、代わりに目を閉じてこう言った。「全部ぼくが殺しました。心から楽しみながら」

小さな建物のなかで一発の銃声が鳴り響いた。その音は公園全体にこだまし、海岸に近い岩の上でひなたぼっこをしていたカモメの群れを驚かせた。

カモメは一斉に飛び立ち、銃声の残響がまだ消える前に朝の空へと吸いこまれていった。

謝辞

別れを告げるのはとても難しい。何年も一緒に過ごしてきたサム・ポーターやアンソン・ビショップ、ナッシュやクレアやクロズが、荷造りをしてぼくの人生から消えてしまう——それを見守るのは寂しかった。その日が来ることはもちろんわかっていたし、心のなかでそれに備えてもきた。ぼくから離れたいま、彼らは心地よい場所に落ち着いて、それぞれの人生を、ぼくと同じように前向きに生きていると思いたい。少なくとも、彼らのほとんどが。

四猿シリーズを書きはじめたとき、ぼくの頭にはひとつの疑問が重くのしかかっていた。連続殺人鬼とは、創りだすことができるものなのか？　善良な人間が、育った環境のせいで反社会的人間になっていくものか？　ぼくはこれまで多くの人々に会ってきた。そのなかには目を覆いたくなるような状況で育ちながら、きわめてまっとうな人間になった人々もいれば、その反対に、申し分なく恵まれた環境で育ちながら、成長するにつれて立派な人間になるチャンスを自ら潰していき、しだいに問題を起こすようになっていった人々もいる。多くの人殺しとも話をしたが、彼らの背景は千差万別だった。性別、年齢、居住地域、所得、職業、家族構成など人口統計学的な属性、社会的地位、経済状態は、子どもが大人になる過程である種の影響をおよぼしているかもしれないが、そこには別の力、人間の精神という、はるかに強い力が常に作用している。善であろうと悪であろうと、人が人生の障害に打ち勝てるのはその精神があるからだ。

アンソン・ビショップは自分が正しいことをしていると信じていた。果たして彼の取った一連の行動は正しかったのか？　その判断は読者のみなさんにゆだねるとしよう。

ぼくがこれまでに書いたほかの作品と同じように、本書で描かれている場所の多くは実在する。シカゴに行くことがあれば、旧クック郡総合病院に立ち寄ってみるのも一興だろう。ぼくが最後に訪れたときは、あの病院はまだ街の中心にあり、ドアには頑丈な錠前がかかっていて、開発業者はあの建物をどうすればいいか決めかねていた。もしもなかに入ることができれば、彫像〈プロテクション〉も、クロズがそれを残した場所にあるはずだ（もっとも、市長は縛りつけられていない）。

Backpage.com も実在する。というか、実在していた。このサイトが廃止になったとき、世界で最も大きな人身売買の組織のひとつが、それと一緒に解体された。児童ポルノと売春も、だ。Backpage は新聞や雑誌の案内広告のオンライン版の先駆けとして始まったウェブサイトだったが、時とともに目的が変わり、悪に染まったのだ。すぐれたアイデアも邪悪なものに変わりうるという一例だろう。

かつて栄えた Backpage.com には、いまではＦＢＩのメッセージが掲載されている。それを読みおえたら、きみが使っている検索ブラウザーに Focused Ultrasound Therapy と打ちこんでみてはどうだろう? この治療法は、医学の世界ではまだ生まれたての赤ん坊のようなものだが、非常に大きな将来性があることを示してきた。とくに、脳腫瘍の治療にはその効果が著しい。たいへん興味深いこの治療法に目を向けるきっかけをくれたジョン・グリシャムに感謝したい。

本書だけでなく、シリーズ前作二冊の編集者でもあったティム・ムーディ、本当にありがとう。また、本シリーズが世界の様々な出版社から刊行され、また映像化される道を作ってくれたエージェントのクリスティン・ネルソン、ジェニー・メイヤー、アンジェラ・チェン・カプランにも心から感謝したい。

ぼくのささやかな物語を様々なベストセラーリストのトップに押しあげてくれた世界中のファンのみなさん、ありがとう。きみたちがいるからこそ、ぼくは書ける。

最後に、頭のなかで物語の筋を常に正しく把握するために、家中に貼ってある何千というポストイットに黙って我慢してくれたすばらしい妻のダイナ、ありがとう。あれはもう全部剥がしていいよ。ついでに黒い紐を掛けた白い箱に入れてくれないか。いつかまた目を通すかもしれないから。

では、また次作で会おう——

訳者あとがき

J・D・バーカーの四猿シリーズ、ついに完結へ。

本書『猿の罰』（原題 The Sixth Wicked Child）は、『悪の猿』『嗤う猿』と続いた四猿三部作の完結編、物語は『嗤う猿』のエンディング直後から始まる。めまぐるしく視点を変えながら、前作、前々作に勝るとも劣らないスリリングかつスピード感のあるストーリー展開で一気に衝撃のラストへと突き進む。

四猿殺人鬼（４ＭＫ）は、実はシカゴ市警のサム・ポーターだった？　捜査班のナッシュやクレアの動揺をよそに、ポーターに不利な証拠が形を取りはじめる。

ギヨン・ホテルの一室で逮捕されたサム・ポーターの取り調べにあたったＦＢＩ捜査官フランク・プールは、ポーターの変わりように驚く。そこには、わずか数日前、捜査の陣頭に立って新たな連続殺人事件の指揮を執っていた敏腕刑事の面影はなかった。アパートを捜索されてから、ほとんど寝ていないらしいポーターは、ヤクでハイになった男のように目をぎらつかせ、頭のなかの声と会話しているように声もなく唇を動かしつづけている。

早朝のシカゴで４ＭＫの手口を彷彿させる死体がほぼ同時にふたつも発見され、またしてもシカゴの街を震撼させる。ＦＢＩ捜査官の一部は、ポーターがビショップの父親ではないかという憶測さえ口にしはじめ……。

欠落している記憶に不安を抱きながらも、ビショップが突きつける過去を受け入れられず、真実を突きとめようと悪戦苦闘するシカゴ市警のサム・ポーターは、ホテルの一室で逮捕され、脱走幇助、殺人の容疑に直面する。アンソン・ビショップがひねりだした巧妙な筋書きに翻弄されながら、孤軍奮闘。サウスカロライナ州チャールストンに飛び、胸のすくような活躍をみせる。すでにおなじみの脇役陣、シカゴ市警に勾留されたポーターを取り調べるＦＢＩのプール、相棒のただならぬ様子に胸を痛めるナッシュ、感染症の勃発が危惧され、封鎖された病院に隔離されたクレアとクロズも、それぞれ持ち味を存分に発揮して物語に厚みを加えた。

また出番は少ないながら、一作目でポーターに命を助けられ、二作目でちらりと顔を見せたエモリー・コナーズが、この完結編では重要な役目を果たす。そのエモリーがまだ仮免許ながら、ＳＵＶを巧みに運転し、四面楚歌のポーターに手を貸すシーンは、分刻みで展開する物語のなかで、ほっとひと息つけるオアシスとなっている。仮免で高速道路をスイスイ走るエモリーに少し違和感を感じる向きもありそうだが、アメリカでは免許を持った監督者が同乗していれば、ほぼフリーに運転できることを申し添えておきたい。

Ｊ・Ｄ・バーカーは一九七一年にイリノイ州で生まれ、十四歳のときに両親の引っ越しでフロリダに移った。大学時代、バーカーの宿題を読んだ『サーカス・マガジン』のポール・ガロッタに請われて、『25パラレル』誌で働くことに。当時の同僚で、音楽関連の記事を担当していたのがマリリン・マンソン（本名ブライアン・ワーナー）だったことはすでにご紹介したとおり。二〇一四年に出版された処女作『Forsaken』（原稿の一部を読んだスティーヴン・キングの許可をえて、『ニードフル・シングス』の主人公リーランド・ゴーントが登場する）は、複数の賞を獲得し、ブラム・ストーカー賞の最優秀処女作にもノミネートされた。その縁で『ドラキュラ』の前日譚を共著しないかという話が舞いこみ、ストーカー家の依頼により、ブラム・ストーカーのメモや日誌を使って描かれた『ドラクル』は、最大手五社の注目を浴びて、ペンギン・プトナム社が落札、パラマウントが『IT／イット〝それ〟が見えたら、終わり。』のアンディ・ムスキエティ監督で映画化権を獲得している。

『悪の猿』は、この処女作の成功が大手出版社の目を引いた結果、生まれた作品で、こちらもすでに映画およびテレビドラマ化権が売れている。二〇二〇年には新たな、サイコホラーミステリー『She Has a Broken Thing Where Her Heart Should Be』を出版（作風、独創性ともに、さらに磨きがかかったこの新作は、アマゾンで多くの五つ星を獲得している）。現在はベテランのベストセラー作家、ジェイムズ・パタースンとの共著を楽しんでいるようである。

連続殺人鬼とは、創りだせるものなのか？　善良な人間が、育った環境のせいで反社会的人間になっていくのか？　これまで数えきれないほど多くの議論がなされてきたこの疑問を突き詰めたいという思いが、この四猿シリーズ構想のきっかけとなったという。

果たしてアンソン・ビショップは殺しを楽しむ恐ろしい殺人鬼なのか？　法組織の穴からこぼれ落ちる〝邪悪〟に敢然と挑み、己の利益を得るために権力を行使してきた悪党に「正義」をもたらしたヒーローなのか？　衝撃的かつ心に残るエンディングが突きつけるこの疑問の答えはともかく、J・D・バーカーが優れた資質を持つストーリー・テラーであることは、もはや疑いの余地がない。以前の作品、次の作品が早い機会に翻訳されることを願ってやまない。

富永和子

二〇二〇年九月

訳者紹介　富永和子

東京都生まれ。獨協大学英語学科卒業。主な訳書にバーカー『悪の猿』『嗤う猿』、パリス『完璧な家』(以上ハーパーBOOKS)、ザーン『スター・ウォーズ 最後の指令』(講談社)などがある。

ハーパーBOOKS

猿《さる》の罰《ばつ》

2020年10月20日発行　第1刷

著　者　J・D・バーカー

訳　者　富永和子《とみながかずこ》

発行人　鈴木幸辰

発行所　株式会社ハーパーコリンズ・ジャパン
東京都千代田区大手町1-5-1
03-6269-2883(営業)
0570-008091(読者サービス係)

印刷・製本　中央精版印刷株式会社

定価はカバーに表示してあります。

Printed in Japan
ISBN978-4-596-54144-4